クラッシュ

楡 周平

角川文庫
15522

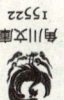

自惚(うぬぼ)れと好奇心とは我々の心の二つの災禍である

モンテーニュ

謝辞――――

この小説は、次に挙げる人々の協力なしにはとうてい完成させることは出来なかった。

航空機に関しての知識は、私の生涯を通じての親友である、民間航空機の現役機長T．S．とN．K．管制官のH．I．に協力を仰いだ。そして日本システム監査人協会の原善一郎氏にはコンピュータに関してのアドバイスをいただいた。世界最大の航空機製造メーカー、ボーイング社は取材を快く引き受けてくれた。特にキャプテン・ミカエル・E・ヘイウエット氏には、多忙なテスト・フライトの合間を縫って現代の最先端を行く航空機について懇切丁寧な説明を受けた。米国シアトルにあるモノリス社のクリス・ヘイウエット氏、ジェレミイ・ブラックマン氏は、コンピュータ・ウイルスについての知識を与えてくれた。またそれらの取材を可能にしてくれたモノリス社社長のゲイリー・カスマン氏にも最大限の謝辞を述べたい。そしていつものように米国での取材に多大な労力を割いてくれたJ．C．H．L．に。

私の乏しい知識を補充すべく、時に献身的なまでの協力を惜しまなかった生涯の友人たちに、そしてここに挙げた人々に心からの感謝を申し上げたい。

本書はあくまでもエンターテインメント小説として書かれたもので、必ずしも現実を忠実に再現したものではない。空の安全は、言うまでもなくここに書かれている以上に厳密に保たれており、そこに従事する人たちは、遥かに謙虚であり、そして何よりも優秀である。そしてまたサイバーの世界も同様である。現実では起こりえない事象も本書には多々あるのだが、そこはエンターテインメント小説、そしてフィクションという創り事の世界であるという性格からお許しいただきたい。現実を反映していない部分の責は前述した人々にあるのではなく、この私にすべてある。

I wish to express my gratitude
to the following people
who assisted me during the long process
of researching and writing this book.
Without their immense technical assistance and courtesy,
this work could not have been completed.

Captain Michael E. Hewett, The Boeing Company.
Michael gave generously his time
as a busy test pilot and was marvelously supportive
of my many inquiries into new findings
on cutting-edge aircraft technology.
Chris Hewett and Jeremy Blackman, MONOLITH,
Seattle, Washington.
Chris shared with me his knowledge
and technical expertise on high-tech aircraft.
Jeremy provided greater insight and hands-on experience
with computer viruses.
Gary Kussman, President, MONOLITH.
Gary granted access and made it possible for me
to interview the aforementioned people.

The Day－95　12月22日

●ドイツ　フランクフルト空港

　三万フィートの上空には、目に見える天候の変化というものがほとんどない。

　そこにあるものは、常に快晴の空と、マイナス四〇度を超える剃刀（かみそり）の刃のように研ぎ澄まされた清冽（せいれつ）な大気、そして目には見えない激しい気流だけだ。フランクフルト時間の夜一〇時、コックピットからは分厚いウインドシールドを通して、クレーターの在りかがはっきりと分かる満月と、青白い光を放って輝き続ける星の群れが見える。その無数の輝きに瞬きがないのは、それを目にする者たちが置かれている環境に、光を屈折させるほどの大気が存在しないことの何よりの証（あかし）だった。

　しかしその光景も、ホールディング・ポイント（待機）の一万フィートの高度になると、いささか様相が違ってくる。ここまで来ると星たちの透明な光の群れを縫うように、空間をゆっくりと移動する暖かみを帯びた人工的な光が目につきはじめる。その光の縁には、鋭く点滅を繰り返すさらに小さな光が見える。正確に数えたわけではないが、移動する同様の光は、そこから見えるだけでも軽く一〇を超えるだろう。

——天空の城の頭に『幻の』とつけるのは間違いだ——

機長席(キャプテン・シート)に座るジェームズ・フーバーは、その光景を見る度にそう思った。光源が取り付けられたジュラルミンの円筒の中には、それぞれにおおよそ二〇〇人から五〇〇人以上の人間が乗っており、いまこのフランクフルトの上空だけでも小さな街の人口程度の人間たちが空に浮いていることになる。そしてこの瞬間、世界でどのくらいの数の航空機が、そして人間が空に浮いているか……。それを考えてみれば、そこに一つの国家が存在すると言っても決して過言ではないだろう。

正面に見えていた月が、星の群れをともなってゆっくりと右に移動し始めた。それは機がもう何度目かになるホールディング・パターンを再びなぞり始めた証だった。操縦席のパネルに埋め込まれたCRTモニターのフライト・ディレクターの中で、機体の状態を表すシンボルが傾斜角(バンク)一五度を指したところで固定し、旋回を始めたことを示している。

機長席のサイド・ウインドウ一杯に地上の光景が広がっていく。黒い森と称されるドイツの濃密な森林。その間を縫うようにして走るアウトバーンの光、そしてフランクフルトの街の灯(ひ)。本来であれば月明りの下に見えるはずの光景も、今夜ばかりは違っていた。いまそこに見えるものは、地上を一面に覆い尽くした白く巨大な塊だった。その姿はまるでカルア・ミルクの底に分離して沈殿した澱(おり)のようで、不定形な表面に反射した月明りが青く、微妙な陰影をその上に創りだしていた。

「ダン、燃料残を確認してくれ」

フーバーは機体の進行方向に油断なく鋭い視線を走らせながら、ナビゲーション・ディスプレイに表示された旋回パターンを機が正確になぞっていることを確認すると、副操縦士席(コ・パイ・シート)に座るダン・リッターに向かって言った。

「一万一〇〇〇ポンドを少し切っている。リザーブを含めて約一時間といったところだな」

フーバーとは逆に、右翼側の空間を窺(うかが)っていたリッターは、モニターのモードを切り替え、そこに現れた各燃料の表示を素早く確認する。

下界を覆った白い塊の正体は、この日フランクフルトを覆いつくした霧だった。コックピットから見える空間を移動していく黄色い光、そして点滅光の正体は、天候の回復を待ってフランクフルト空港に着陸すべく待機している旅客機のものだ。このまま旋回待機を続けるか否かを決定するまでには、まだ多少の時間的余裕が残されていた。

しかし、代替空港であるデュッセルドルフまでの燃料、それにまさかとは思うが、最初の着陸をミスし、再度試みることを考慮すると、あと三〇分以内に着陸が許可されたにしても、フランクフルトへの着陸の機会はただの一度だけしかないとフーバーは考えた。いや正確に――理論的に――言えば、二度のトライは可能だ。しかしヨーロッパのハブ空港であるフランクフルトへ発着する航空機の数を考えれば、一度ミスすれば再度着陸を試みるまで、再び長い間の上空待機を余儀なくされるだろう。実際ウインドシールドから見える待機中の航空機だけでなく、ここからは確認できないところで待機を続けている航空機はごまんといるはずだ。燃料を腹一杯飲み込んで飛びたいのは山々だが、それでは機体重量が大きくなり燃費効率が悪くなる。着陸許可を待ちながら上空待機をしている航空機は、そのいずれもが経済性を重視する民間機の宿命として、安全性を確保できるぎりぎりのところで飛んでいるのだ。

「ダン。カンパニーラジオ（社内無線）でフランクフルトを呼びだしてくれ。あと二〇分経って再開の見込みがなければ、デュッセルドーフに降りるとな」

「やれやれ、何てことだ。記念すべきＡＳ－５００の初就航がダイバート（代替空港行）とはね。下で待ち構えているお偉方が、さぞやがっかりするだろうな」

フーバーの考えはもっともだったが、コ・パイ・シートに座ったリッターは思わず肩をすくめた。

機長資格を持つ者の証である四本の金モールの入った肩章がカサリと動いた。通常ならばこの席には三本のモールの入った肩章をつけた副操縦士が座っているはずだが、この日は違っていた。なにしろ世界でも最新鋭のハイテク機ＡＳ－５００の記念すべき路線就航初フライトなのだ。正副操縦士席とも四本モールの肩章をつけた機長が座り、後方の予備席（ジャンプ・シート）には、やはり同様の肩章をつけたライル・メイヤーが二人の会話と、操作を注意深く見守っている。ワシントンへの帰り便は、リッターが機長席に座り、そしてメイヤーは副操縦士席に座ることになるのだ。パイロットにとってフライトは、乗務が通常のものであっても、常に訓練の場であり勉強の場でもある。ましてや新機種への移行訓練を終えたばかりの新型機となれば、なおさらのことだ。

「エアー・アメリカ・フランクフルト、こちらエアー・アメリカ5便」

中央ペディスタルにある無線をカンパニーモードにしたリッターが、ほれぼれとするようなバリトンで到着地にある運航管理センターを呼びだす。

『エアー・アメリカ5便、エアー・アメリカ・フランクフルト、どうぞ』

わずかな空電の音の後、早口の男の声がヘッドセットを通じて返ってくる。

「現在フランクフルト上空で着陸待機中。残燃料は一万一〇〇〇ポンド弱。約一時間だ。あと二〇分待って天候が回復しない場合は、ダイバートしてデュッセルドーフに向かう」

『何てこった……』

無線の向こうで運航管理者の声が一瞬押し黙った。

『到着セレモニーの準備はすっかり整っているんだ。何とかならんのか』

無線の向こうの男は、地に根を張って出世競争に明け暮れるだけの、飛ぶ者の心理を知らない連中とはわけが違う。普段ならこちらの置かれた状況をいち早く理解し、的確なサポートをしてくれる人間だ。それがこうもとんちんかんなことを言うのは、このフライトが記念すべき初就航フライトであるからに他ならなかった。しかし燃料がなくなってしまえば、ハイテクノロジーの塊を飲み込んだジュラルミンの工作物は、二五〇人の乗客と一五人の乗員とともに、地上に激突してスクラップとなるのだ。ベルヌーイの定理は重力を無視して飛ぶようなことを教えてはいない。あくまでも翼面の上下を流れる気流の速度によって生じる空気圧力の差で浮力が生じることを教えているのだ。つまり前に進まなくなった飛行機は――墜ちるということだ。

「何とかしたいのは山々だが、天候が回復しないことにはどうにもならない。デュッセルドーフに降りた後の乗客への対応を頼む」リッターは、気の毒そうな声で答えると、「とにかくあと二〇分待機する。ダイバートを決定したらまた連絡する」そう結んで交信を終わらせた。

「やれやれ、とんだ初フライトだな。これじゃ帰り便のスケジュールも、へたをすると予定通りとはいかなくなるな」

二人の間に割って入るような姿勢で、メイヤーがジャンプ・シートから半身を乗り出した。

言われるまでもないことだった。デュッセルドーフに降りたら降りたで、それでお役目から解放というわけではないことは分かっていた。燃料を補給し、フランクフルトの天候回復を待つ。もし今夜のうちに着陸が可能になるようならば、直ちに乗員だけのフェリー・フライトということになるわけだ。大西洋を八時間もかけて飛んできて、散々待たされたあげくにもう一度飛ぶ。それが仕事とはいえ、考えただけでもうんざりする。

フーバーは、再び水平直線飛行に移った機の前方を見ながらそう思った。

ヘッドセットからは、ひっきりなしにフランクフルトの誘導管制（アプローチ）と交信する待機中の航空機の無線が聞こえてくる。着陸順番待ちを余儀なくされていたそれらが、フランクフルトへの着陸をあきらめて次々にダイバートを決意し、代替空港へ向かうルートの指示をリクエストしている。いつまでたっても前が空かないキャッシュ・ディスペンサーの行列から業を煮やした客が一人消え二人消えするように着陸順番がくり上がり、その間に5便はファイナル・ホールディング（最終待機）の高度に達していた。決断をする予定時間までまだ一〇分ほどあったが、もたもたしていると、ここで降りられなかった航空機がデュッセルドーフに殺到し、そこでもまた着陸順番待ちを強いられるかもしれない。

フーバーは決断の時が来たと思った。

「ダン。ダイバートしよう。フランクフルトはあきらめよう」

もう少し待ってもよさそうなものだが……と一瞬リッターは思ったが、資格上はたとえ同格でも一機の飛行機に二人の機長が存在しないのはこの世界の戒律である。今回のフライトの責任を担っているのはフーバーだ。肩章の線の本数は同じでも、今日の自分はフーバーをサポートするためにいるのだ。

「分かった」

バリトンで答えると、リッターは再びマイクを手にし、誘導管制を呼びだそうとした。

その時、それよりも早く、ヘッドセットを通じて管制官の声が聞こえてきた。

『待機中の全機へ、こちらフランクフルト・アプローチ。空港の着陸気象状態が最下限(ミニマム)を回復した。これより順次着陸誘導を行なうが、条件は極めて悪い。視程は六〇〇メートル。風は〇三〇の方向から一ノット……』

「よしきた！」

リッターは、口許(もと)からマイクを離すと再び残燃料の確認を始めた。この一〇分の間にすでに一四〇〇ポンド弱を消費している。AS―500は従来の同サイズの航空機に比べ抜群の燃料効率を誇っていたが、それは他機種との相対比較での話で、積載している絶対量との対比ではない。

「残燃料からすれば着陸は二回トライできる。デュッセルドーフにダイバートすれば一回だ」

「フランクフルトの一回で決めてみせるさ」フーバーは両手の指を胸の前で組み合わせると、はめていた薄い革のグラヴをしっかりと手になじませた。

「フランクフルト・アプローチ。エアー・アメリカ5便」

忙(せわ)しい会話が交わされる交信の合間を見計らって、リッターが誘導管制を呼びだす。

『エアー・アメリカ5便』

すかさずアプローチから反応が返ってくる。

パイロットの世界は、完全な階級社会であると同時に、資格社会でもある。同じ四本の金モールをつけてはいても、経験、技量、慣熟度によってさらに細かい資格制限が設けられている。

その一つは、離着陸時の気象条件に対する制限である。各ランクに与えられた資格によって、テイクオフできるか、あるいはランディングできるかの制限があるのだ。

同一条件下にありながら、ある便は他空港へダイバートし、またある便は、飛び立っていく他の便を見ながら天候回復待ちという理由で地上待機を余儀なくされる。それはすべて、同じ機長という職分にありながら、さらにその中で厳密に区分けされた資格制限のせいである。たまたま今日ここに乗り合わせた三人の機長は、フーバーはもちろんリッターもメイヤーも最高ランクの資格を保持していた。もっとも、同じ最高ランクの資格を有していても、最悪のコンディションの中で最終的に離陸、あるいは着陸を行なうか否かの判断をするのが機長であることは言うまでもない。

フランクフルトの発着基準がミニマムを回復した——

それは5便に少なくとも着陸を試みるチャンスが到来したことを意味した。

「エアー・アメリカ5便。これからフランクフルトへのアプローチに入りたい。指示を乞(こ)う」

『フランクフルト・アプローチ、了解(ラジャー)。君たちが一番乗りだ。これより進入誘導に入る』

前にずらりと並んでいたお客が次々に着陸をあきらめダイバートしたおかげで、いつの間にか順番がくり上がり一番乗りだ。フーバーとリッターは顔を見あわせて口許を緩めた。

そうはいっても回復間際に一番最初に降りるには、やはりそれなりの心構えというものがいる。一番機が無事着陸できれば、その機がアプローチした時のデータが後の機が降りる時に役に立つ。つまり安全性がぐっと増すのだ。

――きっと我々のアプローチの様子を息を殺して見つめている連中もいるに違いない。

だが考えようによっては、最悪の天候をついてランディングを行なう一番機になる――それはそれで最新鋭機の路線就航第一便のお目見得にふさわしい舞台のようにも思われた。

「エアー・アメリカ5便。現在高度三〇〇〇フィートを維持している」

リッターが自信に満ちた口調でポジションを報告する。

『エアー・アメリカ5便。左旋回でコースを二七〇に。二一〇〇フィートまで降下せよ』

すでに自動操縦モードを解除し、マニュアル（手動）に変えたフーバーが右手に持ったスロットルレバーを僅（わず）かに手前に引いた。左手は操縦桿（かん）に添えられている。細やかに聞こえていたエンジン音が僅かに変化し、一瞬機が浮き上がったかのような感覚の後に微（かす）かなマイナスGがかかると、機は緩やかに降下の態勢に入った。

「了解。左旋回でコースを二七〇にとり二一〇〇フィートまで降下する。いま三〇〇〇フィートを離脱した」

『了解……』

コックピットの中の空気が一変した。それまでは単純なトラフィック・パターンを旋回するだけで機の状態をモニターしていればよかったが、ここからはそうはいかない。クリティカル・イレヴン・ミニッツと言われるように、離着陸の一一分間に航空機事故が集中しているのは統計的データが実証している。航空機が空を飛ぶようにできており、そしてそれが永遠に飛び続けるようにできていない以上、必ずその魔の時間帯は存在するのだ。降下の開始はその最も危険な時間帯に向けて確実に近づくことであり、しかも今日のフランクフルトは着陸が可能になったとはいえ、最低限の条件を満たしているに過ぎない。

ＣＲＴモニターに表示されるデータを注視する正副二人の操縦士の目が鋭くなり、緊張の度合いを増していく。ジャンプ・シートに座ったメイヤーの目も、自分がこの機体を操っているかのように鋭くなり、二人の前にあるそれぞれのＣＲＴモニターの間を機敏に往復する。

『エアー・アメリカ5便、25番滑走路へのＩＬＳ進入を許可する』

レーダーで5便の飛行状況を監視していたフランクフルトのアプローチが、地上からの誘導電波に乗っての進入を許可することを伝えてくる。

「エアー・アメリカ5便。25番滑走路へのＩＬＳ進入許可を了解した」

薄暗いコックピットの中に、リッターのバリトンが静かに響く。

その言葉が終わると、フーバーは右手で高度カウンターを操作し、さらに降下率も調整した。ＣＲＴモニターの中の降下率の表示が大きくなり、高度計の数字が刻々と小さくなっていく。先ほどまでは遥か地上に貼りつくように澱んでいた霧の海が、徐々に浮き上がってくる。その乳白色の表面に、月の光を浴びて綿がけばだったかのような白く細い繊毛がたなびいているのが見える。

エアー・アメリカ5便は、ジュラルミンの外殻の中に二五〇人の乗客と一五人の乗員を飲み込んだまま、その白い海に向かって、吸い込まれるように降下していった。

●米国 カリフォルニア州・サンノゼ

お互いに嫌悪を感じている男女が一つの空間の中で暮らす。考えてみればこれほど奇妙なこともないに違いないわ。

暗いベッドルームで目覚めたキャサリン・ハーレーは、羽毛布団を巻き込むように寝返りを打つと、まだはっきりとしない頭の中でそう思った。瞬間、頭蓋(ずがい)の中一杯に鈍い痛みが水面を渡る波紋のように広がった。

何てこと、この私が二日酔いなんて……。

キャサリンは短く舌打ちをした。口の中で乾いた粘膜が嫌な音を立てた。

じっと目を閉じてみる。頭の中に広がった不快な鈍痛は、余韻となって頭蓋の内側をゆっくりと漂っている。暗い室内でじっと目を閉じていると、考えは一点に集中していく。

キャサリンが寝ている部屋は、この家に三つあるベッドルームの一つで、本来ならばゲストルームとして用いられる部屋だった。

もうあの男と閨(ねや)を共にしなくなって一か月になる。

そう思うとじっと閉じた瞼(まぶた)の裏に、いま別の部屋で寝ているはずのグレン・エリスの顔が浮かんできた。二つに割れたがっしりとした顎。顔の中央で不遜なほどに存在を誇示する鉤鼻。その付け根で油断なく動くサファイア・ブルーの瞳。いつも洗いたてと言わんばかりにサラサラの頭髪をきっちりとオールバックにまとめた姿は、プログラマーというよりも有能なビジネスマンといったほうがふさわしい。

そう、たしかにグレンは有能なビジネスマンには違いないわ。なにしろ一介のプログラマーから身を起こして、あのエアー・ストリーム社の新型機のフライト・コントロール・システムをプログラミングする仕事を請け負うまでに会社を成長させたのだから……。しかもまだ四五の若さで……。だけど仕事だけじゃなく女のほうにも、ここまで有能だとは思わなかった。

キャサリンの脳裏に、昨夜の屈辱的な光景が鮮明に蘇ってきた。

銀の盆に並べられたオードブルの数々。色とりどりの野菜スティック、それにディップ。キャビアもあった。宴の最初にはシャンペンが抜かれ、ナパ・ヴァレー産のワインが何本も飲み干された。

クリスマスを前にして幹部社員を自宅に招いてパーティを開いたのは、グレンの経営するU.S.ターン・キー社にとって、今年が特別な年だったからに他ならない。なにしろエアー・ストリーム社が社運を賭けて開発した新型旅客機AS−500のフライト・システムを、五年の歳月をかけて完成納入した記念すべき年だったのだから。部下を慰労し、羽目を外したどんちゃん騒ぎをしたくなるのも分からないわけでもない。

――でもだからといって、何もあの女まで同席させることはなかったはずよ――アンジェラ・ソマーズ。思い出すだけでも腹立たしい女だわ。コンピュータ・ソフトウェアの会社だけあって、カジュアルな服装の人ばかりの中に、ただ一人シックなワンピースを着こなして現れた。たしかにあの女はグレンの秘書で、一日中キーボードを叩き続けるプログラマー連中のように服装を気にしないでいられる仕事じゃないけれど、グレープフルーツのように豊満な胸の谷間をことさら誇張するかのように大きく開いたあの胸元はなあに。それに絹のようにしなやかな長いブロンドの髪が靡く度に、思い出すだけでも胸がむかつくような香水の匂いが鼻をついたわ。

スクリーンとなったキャサリンの瞼の裏に、まだ二四になったばかりの若い女の、瑞々しさに満ちあふれた張りのある胸の谷間が鮮明に浮かんだ。時折グレンを見ては、曰くあり気な視線を送る。体を合わせた男女の間だけで通用する秘められたもう一つの言語。それが瞬時に二人の間で交わされる。その後、あの女は必ず私を見た……。

――あなた何も分かっちゃいないでしょ。もうグレンは私の虜。張りをなくしたあなたの肌、その胸とはものがちがうの――

たしかにあの女の瞳はそう言っていた。

それは、今年三〇を五つ超えたキャサリンにとってどうすることもできない現実であるがゆえに、いっそう腹立たしかった。

世間によくあるボスと秘書の浮気、あるいは自分の気のまわし過ぎ……そう片づけてしまえば事足りたかもしれなかったが、キャサリンにはそう思うだけの根拠がちゃんとあった。

――何もかも七年前と一緒だわ。そう、私がかつて彼の妻だったリサの前で演じた行為と……。私もまた彼と同じ視線を交わし、そしてまた彼女にそうした意味を込めた視線を送ったものだった……。誰もいないオフィスで、そして私の家で、時間を見つけては愛しあった。それまでにも何人かの男と寝たことはあったけれど、グレンはコンピュータの前で精力を使い果たしているようなナード(おたく)連中とは違っていた。ビジネスだけでなく、セックスに関しても貪欲(どんよく)で、場所と時間を選ばなかった。内に燃えさかる抑えようのない野心を私の体内に注ぎ込もうとするかのように。グレンの行為は激しく、そしてあくまでもタフだった。そして二人の間だけのさらなる秘密……。グレンのカメラに収められた私の媚態(びたい)。行為の前にじゃれあう二匹の猫のように、それからの濃密な瞬間をさらに高めようとするかのように、時にグレンはデジタルカメラで私の裸体をメモリーに収めていった。シャッター音のないカメラ。内蔵されたメモリーにそれがしっかりと記憶されたことを告げるのは、目を射るようなフラッシュの一瞬の瞬きだった。

それはデジタルの世界に生きる二人の淫(みだ)らな秘め事を記録するのにふさわしい、堅く乾いた閃光(せんこう)で、二人の欲望を一気に高みへと引き上げ、そして事業の野心をも燃え立たせた。

そして毎日社内ネットワークを通じて送られてくる甘いメッセージ。

『――やあ(ハロー)、小猫(スイート・キティ)ちゃん。ご機嫌いかが――』

決まった文言で始まるメッセージには、時折そうした行為の最中に撮られた映像が張りつけられ、キャサリンを慌てさせた。同時にそれは、その日グレンが自分の中に入り込み、二人が一つになることのサインでもあった。

二人の関係がリサに知れるのは当たり前だったのかもしれない、とキャサリンはいまにして思った。自分がいかにうまく振る舞おうとも、グレンと生活をともにする人間には、二人の間に流れる些細な変化を敏感に察することができたに違いない。些細な変化。それは相手の仕草、ちょっとした言葉の端でゆらめく兆候、そして微妙な空気の匂い……。そうした嗅覚を本能として持つ者が、女というものであり、そして妻というものだ。そしてまた私も直接的な言葉や態度ではなかったにせよ、それを愉しむかのような目でリサを見たものだった。そう、昨晩あの女が私を見たように……。

グレンの家庭は崩壊し、お決まりのすったもんだの果てに二人は離婚した。そしてグレンは私だけのものになった……。

――報いが来たと言ってしまえばそれまでかもしれないけれど、彼がここまで成功できたのは私の貢献があったからこそじゃないの。たしかにグレンは卓越したビジネスマンであり、そしてプログラマーとしても優秀だったかもしれない。でも、ことコンピュータに関しては、私は遥かにあの人よりも優れているわ。いまの成功だって私の力なしではあり得なかった。グレンがリサと別れて私を選んだのには、それなりの理由があったはずよ。体もそして頭脳も、ビジネスを続けていく上でのパートナーとしても、彼女より数段勝っているのは誰が見ても明白だったのだから。……それが、よりによってあんな女と……。

キャサリンがそう思うのも無理はなかった。

時にはMIT（マサチューセッツ工科大学）以上とも言われるCALTECH（カリフォルニア工科大学）を首席に近い成績で卒業したのはだてではない。エアー・ストリーム社の最新型機のフライト・コントロール・システムのプログラムを完成させるにおいては、彼女の卓越した力がなければ、こうもうまくは行かなかったに違いない。

素人目には、スペック通りに物がコントロールできるようにコンピュータを動かす方法を書きさえすれば、プログラムはそれで事足りるように思えるかもしれないが、実のところ、プログラムほど、それを書く人間の優劣が如実に現れるものはないのだ。

航空機に組み込まれるプログラムのステップ数は膨大なものである。一つの動きをコントロールするのに、一〇行のステップを要するように作るのか、五行で足りるように作るのかでは雲泥の差がある。コンピュータがプログラムを記憶するスペースは無限ではない。そこには自（おのず）と制限というものがある。ましてや航空機という限られたスペースの中に搭載されるとなれば、コンピュータ本体の大きさにもまた制限があり、記憶容量が足りないからといってその台数を増やすというわけにはいかないのだ。

つまり、いかに要領よく、効率よくプログラムを書くか、そこにプログラマーの才覚が要求される。その点キャサリンはたしかに図抜けた、いや天賦の才ともいうべき能力に恵まれたプログラマーだった。

航空機という先端技術の粋を集めて作られるマシーンの中にあって、コンピュータ、それを制御するシステム・ソフトは文字通り頭脳であり心臓部である。安全性、耐久性、何よりも完全を求められるのは当然のことだ。そして現代のハイテク航空機は少し前のそれとは似て非なるものと言ってもいい進化を遂げている。すべてのコントロールが人の手、つまりパイロットを介して行なわれているように見えて、実はコンピュータのスクリーニングを通して行なわれるようになっているのだ。新型機の製造に加わるにあたっては、開発に要する費用もさることながら、その厳しいスペックを満たし得る能力があるか否かが、まず最初に問われる。

最近では、機体のある部分の製造を海外の企業に委託することも珍しくないが、それでもその受注に成功するのは長年の実績に裏付けられた巨大重工企業がほとんどで、新興企業がそこに名を連ねることはあり得ない。

しかしその一方で、最も大切な心臓部となるコンピュータ・プログラムに関して言えば、おもしろいことに、テクノロジー自体の歴史が極めて浅いうえ、技術の進歩が日々目まぐるしい発展の途上にあるため、優れたノウハウを持つ企業は極めて社歴が浅いという珍妙な現象が出現した。そこにU.S.ターン・キーのような、いわばヴェンチャーに等しい企業が巨大プロジェクトに参画する隙ができたのだ。

厳しい参加企業の選択レースを勝ち抜けたのも、五年にわたる開発期間を無事乗り越えて絶望的と思えるようなスペックを完全に満たし得たのも、自分の存在があってこそのこと。キャサリンはそう思った。そして……。

胸の奥底に湧き上がったそうした自負の念が強くなればなるほど、キャサリンにはグレンとアンジェラの関係が許せなかった。暗い闇の中で目を閉じていると、考えが堂々めぐりを始めて息苦しくなってくる。頭痛も一向によくならないどころか、ますます激しくなってくる。

キャサリンは脳裏を駆けめぐる鬱陶しさから逃れるように、羽毛布団を撥ねのけるとベッドを抜け出た。厚いカーテンの合わせ目にぶら下がったプラスチックの棒をぐいと摑むと、それを一気に引き開けた。瞬間、完全に昇りきった昼の陽光がキャサリンの目を射た。カリフォルニア特有の強い日差しに、思わず目を背けたキャサリンは、瞬間そこに見たものに啞然とした。部屋の片隅のサイドボードの上に置かれた時計は一一時を指していた。いつもならもうとっくに起きているはずの時間だったが、彼女の動きを止めたのは、そんな朝寝坊などといった些細なことではなかった。その背後にある鏡、そこに映った己の姿。それを見て凍りついたのだ。

普段なら度を越して飲んだりはしない酒による二日酔いのせいもあったのかもしれない。だが、窓から差し込んでくる強い日差しを浴びてそこに映る自分の姿は、目の下には小さな皺が寄り、昨夜酔っ払ってそのまま寝てしまったために、落ちかけた化粧がこびりつき、ことさら無残に見えた。もともとキャサリンは、誰が見ても晴れやかな器量を持つ女には違いなかった。しかし彫りの深い造作、それに整った顔立ちが、逆にこの時ばかりは僅かな老いの兆候を強調する役割をした。

——何てこと……。これが私？　本当に？……。

キャサリンはそっと自分の頰に両の手をあてると、その形のいい稜線に沿って手を動かしてみた。鏡の中の姿は寸分違わぬ動きをする。

茫然とした面持ちでそれを見ていたキャサリンは、次の瞬間小走りに駆けだすと、ベッドルームの奥にあるバスルームに飛び込んだ。黒い大理石が敷き詰められたバスルームの一角には、バスタブとは別にしつらえられたシャワールームがあった。厚い透明なガラスで覆われたそこに飛び込むと、キャサリンはおもむろに栓を捻った。肌を刺すような熱い湯が、無数の線となって噴き出すと、たちまちのうちにキャサリンの全身をくまなく覆った。

——グレン、あなたは私を捨てるつもりなの。あのリサのように……。

顔面を刺激する無数の熱い矢の中で目頭が熱くなると、そこからさらに熱を帯びたものが自分の体内から噴き出すのをキャサリンは感じた。

——そんなことさせやしない。私はリサとは違うわ。あなたには、まだまだ私が必要なはず……。

流れ出る湯が交感神経を刺激したせいもあったのだろう、キャサリンの脳裏に希望に満ちた光が宿りかけた。しかしそれも一瞬のことで、再びその脳裏に昨夜のパーティでのグレンとアンジェラの姿が、そしてついいましがたカリフォルニアの光を浴びて鏡に映った自分の姿が鮮明に浮かび上がった。

——そんなことはさせやしない。絶対に……。

キャサリンは、呪いの言葉を吐き続ける呪術者(じゅじゅつ)のように、同じ言葉を口の中で繰り返していた。そして自分の体の表面を流れていくこの水流が、少しでも自分の皮膚に潤いを持たせ、かつての瑞々(みずみず)しさを取り返せるとでも思っているかのように、長い時間をかけて……。

●ドイツ　フランクフルト空港

『エアー・アメリカ5便、ＩＬＳアプローチを続けながらフランクフルト・タワーと交信せよ』

フランクフルトの進入管制官(アプローチ・コントロール)が、ここから先は管制塔(タワー)からの指示に従うよう命じてきた。

現在の地上レーダー管制システムは、昔のもののように飛行物体をスクリーン上に輝点で表すようなものとはわけが違う。地上の高層建築物がレーダー波を反射しノイズとなって表れるものを予め(あらかじ)排除してある上に、飛行前にコンピュータにインプットされた識別番号の下、そこに表れている航空機の進行方向、高度、速度、管制に必要なすべての情報がスクリーン上に表示されるようにできているのだ。コックピットのナビゲーション・ディスプレイに表示される5便の位置は、いままさに滑走路の延長線上から一直線に延びるILSのコース上に乗りつつある。そのタイミングを見計らったようなアプローチ・コントロールからの指示は、地上の監視モニターが従来通りの機能を正確に発揮している何よりの証だった。

「了解」

リッターは高度計の数字を確認し、間髪を容れず返答すると、無線機の周波数をタワーのものへと切り替えた。管制官が受け持つ航空機の数は一機ではない。フランクフルトのようなハブ空港ともなれば、通常でも一人で一〇機程度の航空機をコントロールするという過酷な労働を強いられるものだ。ましてや今日のように、天候不良のせいで上空に待機する飛行機が雲霞のように多いとなれば、その数は膨れ上がっているに違いない。もしもパイロットがその正確な数を知ったなら、ただでさえもすぐれない天候の中に降りようというのに、さらなる不安をかき立てるような数字だろう。素早い返答を返し管制官の負担を減らすことは、自分の身の安全を高めることをも意味する。

「フラップス20……」

剛毛に覆われた逞しいリッターの腕が中央ペディスタルに伸び、スロットルレバーの脇の補助翼を稼働させるバーに添えられた。その手が合成樹脂で覆われた先端部を摑むと、カチリと一段手前に引いた。

計器盤に埋め込まれたCRTモニターの中で、フラップの角度を示す数値が二〇を示した。フラップに連動して主翼の前縁にあるスラットが出、翼面積が大きくなったせいで揚力が増すのを、機長席（キャプテン・シート）に座るフーバーがスロットルに添えていた右手でパワーをさらに絞って調整する。微（かす）かな唸（うな）り声を上げていたエンジン音の波長が少し変わった。フーバーの目がCRTの中の幾つかの表示の上を動き、エンジン出力計から降下率を示す数値、そして速度計に向けられた。降下率と速度が一定のところで安定したのを確認したフーバーは、次の指示を出した。

「ギア・ダウン」

「ギア・ダウン」

低いバリトンで指示を復誦（ふくしょう）しながら行動を起こしたリッターの無駄のない動作は、その指示が来ることを予め知っていたことを物語っていた。左の腕で中央計器盤の右寄りに突き出たギアレバーを引き下げる。少しの間を置いて床下でゴトリと音がすると、前脚（ノーズ・ギア）が下りるのが気配で分かった。その唸りが止むと、それに代わって機体の腹に突き出たギアが一八〇ノットの速度で大気を切り裂いていく音がする。ギアレバーの上に設置された三つのランプが赤の点灯から緑へと色を変え、脚が完全にロックされたことを告げた。

ILSの電波の延長線上にあるアウターマーカーと呼ばれる標識（ビーコン）に差しかかったことを告げる信号音が聞こえた。

「フランクフルト・タワー、エアー・アメリカ5便。いまアウターマーカー通過。高度一七〇〇フィート」

『エアー・アメリカ5便、フランクフルト・タワー。アウターマーカー通過を確認した。25番滑走路に着陸を許可する。風向きは〇二〇、風速は三ノット。視程は六〇〇メートル』

「エアー・アメリカ5便、了解」

管制官が確認した声が終わるや否や、「フラップス30(サーティ)……」フーバーが前方を見据えたまま、短い指示をリッターに送った。

「フラップス30」

高度、速度に注意を払いながら、フーバーがさらにフラップ角度の変更を命じる。その指示が着実になされることを確認しながら、スロットルがまた少し絞られる。

・降下計の針が一定の所を指したまま止まっている傍らで、高度計の数値は刻々とその数字を小さくしていく。高度は一五〇〇フィートを指そうとしている。ウインドシールドの前面に濃密な霧の海が急激に近づいてくる。両翼の付け根と前脚に取り付けられたランディング・ライトの光が、沈殿した霧の上面を一瞬明るく照らし出した時、

「ランディング・ライト・オフ」

フーバーは着陸灯を消すように命じた。

濃霧の中に強烈な光を放つランディング・ライトをつけたまま突入すると、ハレーションが起き、パイロットの目がその光に眩惑(げんわく)されることがあるからだ。次の瞬間、ウインドシールドの外は灰色一色の世界になった。一見単色に見えるキャンバスの上に、どこから

のものかは分からないが、僅かな光と影が織りなす微妙なコントラストの紋様が、猛烈なスピードで現れては消えていく。

「フラップス40（フォーティ）」

　フーバーの指示を復誦したリッターがまた一段、バーを引いた。カチリという金属音が張り詰めた狭い空間に鋭く響く。

「ビフォー・ランディング・チェックリスト」

　フーバーはリッターに命じると、CRTモニターに表示されているフライト・ディレクターに全神経を集中した。フライト・ディレクターには、中央に飛行機を真後ろから見た状態を示すシンボルの他に、縦と横それぞれ一本ずつのラインが同一画面に表示されている。これは滑走路に進入するにあたって、その正確な進入角度をパイロットに教えるグライド・スロープと、進入方向を表示するローカライザーと呼ばれるもので、この二つの機能を合わせてILSと称する。つまりこの二つの線が、機体を表すシンボルの中央で正確にクロスしていれば、間違いなくその飛行機は滑走路上のタッチダウン・ポイントに正確に着陸できるということを意味する。フーバーは小刻みに操縦桿（かん）を左右に、そして両足でラダー・ペダルを巧みに操りながら機をその中央に持っていく作業に集中していた。

　その傍らでリッターが着陸前のチェックを始めた。チェックリストには項目ごとに誰がその確認をしなければならないかが明示されている。そしてこのフェーズ（段階）でのチェックは、操縦を行なっている者が直接確認しなければならない項目は極力少なくしてあり、操縦を行なっていない者が責任をもって各項目をチェックしていく。着陸前のチェックの内容はギアとフラップとスポイラーの三項目だけで簡単に諳(そら)んじられるほどだったが、それでもリッターはマルチ・ファンクション・ディスプレイを操作してリストをそこに表示させると、自らの目でその三つの項目のチェックを確実にこなした。

「ビフォー・ランディング・チェックリスト・コンプリート」

リッターのバリトンが着陸に必要な条件がすべて整ったことを告げる。

あとは着陸を残すのみだった。前方の視界にまったく変化はなかった。地上からのレポートでは地上視程(グラウンド・ヴィジビリティ)は六〇〇メートル、フランクフルトが定めるステイト・ミニマムぎりぎりの数字だ。しかし上空でアプローチを決意した際に与えられた情報と、パイロットから見える視界、つまり飛行視程とは必ずしも一致しない。それよりも悪い場合もあれば、遥(はる)かによい場合もある。

リッターの目がフライト・ディレクターのＩＬＳの表示に集中する。そして高度計の数値の間を忙(せわ)しく走る。高度計の数値は、もう五〇〇フィートに差しかかろうとしている。

「五〇〇(ファイヴ・ハンドレッド)」

「スタビライズド(安定している)」

規定通りに高度を読み上げるリッターの声、それにフーバーが低く呟(つぶや)き返す。彼もまた緊張しているのだ。低く唸りを上げるエンジンの音だけが狭い空間を満たす。

フーバーの目はすぐ前の計器、それもＩＬＳに集中している。リッター、そしてジャンプ・シートに座るメイヤーの四つの視線が、ウインドシールドの外の光景と計器に集中する。着陸を取りやめてミスト・アプローチ（着陸復行）するか、それともそのまま着陸するかの判断は、滑走路の先端の延長線上に一直線に延びるアプローチ・ライトの光が見えた時点で決定しなければならない。それも着陸決心高度（ミニマム）と呼ばれる二一〇フィートで、滑走路の中心の延長線上に延びるアプローチ・ライトとランウェイ・ライトが見えなければ着陸は断念しなければならない。さらにエアー・アメリカの社内規定では、ミニマムに一〇〇フィートをプラスした時点、つまり高度が三一〇フィートの段階で条件がすべて整わなければ、着陸はやり直さなければならない決まりになっていた。

　高度計がどんどん数値を小さくしていく。それとは逆に、リッターは自分の心臓の心拍数が上がっていくのを感じていた。もうすでに四〇〇フィートに迫っている。

「四〇〇（フォー・ハンドレッド）」

　まだ見えない……。高度計と前方を交互に見るリッターの目の動きが忙しくなり、高度を読み上げる声のテンションが高くなる。もうそろそろ最終判断を下さなければいけない決心高度に差しかかる。プライマリー・フライト・ディスプレイに表示されたフライト・ディレクターのＩＬＳの表示は、ピタリと中心でクロスしている。

「プラス一〇〇（ハンドレッド）……」

　リッターは着陸決心高度に機が近づいたことを告げた。操縦桿を握るフーバーの目が、瞬間フライト・ディレクターのＩＬＳの表示と前方視界、そして高度計の数値の間を忙しく走った。このコールの瞬間、操縦桿を握る操縦士（機長）はプライマリー・フライト・ディスプレイと外界を、そして副操縦士は計器を監視するというように、これまでの役割が逆転するのだ。最終的に着陸を敢行するか否かは、操縦桿を握り、実際に機をコントロールする者が判断する。それが決まりだった。

前方に目を転じたフーバーの視界に、濃い霧の間から前方の滑走路の中央に向かって一直線に流れる九〇〇メートルに渡るアプローチ・ライトの光の長い列が、すぐ目前に現れた。その先には、うっすらとだが滑走路の先端を示す誘導灯の光も見える。

――もう大丈夫だ。

「チェック」

フーバーは着陸に必要な条件が揃っていることを確認したことを告げた。

「アプローチング・ミニマム（進入限界）」

「ランディング」

フーバーは、きっと前方を見据え、着陸する旨を宣言すると、さらに続けて、

「ランディング・ライト・オン」

濃霧の中でハレーションによる幻惑を防ぐために消していた着陸灯を点灯するように、リッターに命じた。夜間の着陸において前方を照らし出すランディング・ライトの光がないと、滑走路は闇の中に浮き上がって見える。強烈なライトの光は自機の位置を知らせるばかりでなく、正確な滑走路の設置帯の位置を確認する上で欠かせないものだ。すかさず

リッターがオーバーヘッド・パネルにあるランディング・ライトのスイッチを入れた。

しかしここで、三つの不幸な偶然が5便を襲った。

一つは霧の濃淡である。言うまでもないことだが、雲も霧もその濃さは一定ではない。どんなに薄く見える雲、あるいは霧にでも、状況によってはまったく視界がきかない部分があるように、どんなに濃い雲や霧にも視界が開ける部分がある。それはまさに自然の息吹というにふさわしい気まぐれさで存在し、それによって状況は瞬時にして一変する。まさにこの時5便の前を覆った霧がそうだった。再び綿菓子のような濃霧の塊が一瞬にしてウインドシールドを覆い、それまで見えていたアプローチ・ライトの光も、滑走路の誘導灯の光もかき消し、強烈なランディング・ライトの光を反射してハレーションを起こし、フーバーの目を眩惑した。

もう一つはリッターの行動である。この経験豊富なパイロットにして、目の前を覆った霧に注意を奪われ、計器に集中しなければならない副操縦士としての役割を一瞬忘れ、いつものキャプテン・シートに座り操縦桿を握る機長としての目で視線を外に集中したのだ。ミニマムぎりぎりの悪天候、突如として目前を覆った濃い霧、それが微妙な心理の動揺を生み、機の状態を客観的なデータとして示す計器から注意を逸らさせ、ランディング・ライトが霧に反射して起きたハレーションがリッターの目をも眩惑した。

視界が途切れたのはほんの一瞬のことだったが、ここで第三の不幸が5便を見舞った。フランクフルトの25番滑走路のすぐ左側には、並行してアウトバーンが走っており、そこに並ぶ街路灯、渋滞する車のヘッドライト、これらの光の列と滑走路のランウェイ・ライトの高低差が、再び開けた暗い空間の中に、同時に二人の視界に飛び込んできた。強烈な光のハレーションによって眩惑されたことに加え、フランクフルトの25番滑走路が持つ特異な条件に、一瞬、フーバーは自分の操縦する機体が左に傾いているような錯覚に陥った。空間識失調、通常バーティゴと呼ばれる、飛行機乗りにとっては最も恐ろしい現象の一つに二人は同時に陥った。考える間もなかった。すでに機はアプローチ・ライトの手前まで来ており、それは高度一五〇フィートを切っていることを示している。

反射的にフーバーは操縦桿を右に倒し、傾いていると思われる機体を正常に戻すべく操作を行なった。同時に主脚から接地させるべく操縦桿を僅かに引き、機首の引き起こしの準備に入る。瞬間、副操縦士席に座ったリッターが本来の自分の職分を思い出し、計器に目をやった。フライト・ディレクターの機体の状態を示すバーが水平状態から急激に右に傾斜を始める。それに気がついたリッターの瞳が凍りつき、顔面の筋肉が一瞬にして強張る。そのせいで僅かに開いた口から、バリトンが裏返ったような、悲鳴とも呟きともとれる声が洩れた。

「ジェームズ！」

フーバーの誤った操作を是正すべく、反射的に両手が操縦桿に伸びた。

自分の名を呼ぶリッターの声は、前方に、そして接地寸前に機体の姿勢を正しいものにしようと全神経を集中していたフーバーにも、はっきりと聞こえた。すでにアプローチ・

ライトは足元を猛烈な速度で流れていき、滑走路の先端が目前に迫っている。薄い霧を通して主翼、それに前脚に取り付けられたランディング・ライトの光が、黒い滑走路を闇の中に浮かび上がらせ始めた。

フーバーはそこで初めて、なぜリッターが自分の名前を呼んだか、その意図をはっきりと悟った。高度が一段と低くなり、滑走路の在りかがはっきりと分かった時、自分の操る機体が地面に対して平行の姿勢を取っていないことをはっきりと認識した。

「……ジーザス（神様）……」

フーバーの取れる行動は一つしかなかった。右に傾いたままの着陸。もちろん通常の着陸でも天候や横風のせいで、片脚接地はままあることではある。しかしそこには自（おの）ずと許容の範囲というものがある。最終着陸姿勢に入ったところで、パイロットがバーティゴの状態に陥った5便の傾きは、計器など見なくともその許容の範囲を超えていることがはっきりと分かった。いまこの時点でできること。それは右に傾いた機の姿勢を水平に戻すこと。それしかなかった。

一〇〇フィートを切ると高度を自動的に読み上げるオート・コールアウト・システムと呼ばれる装置の機械的な音声が、凍りつきそうな恐怖に駆られた三人の心情を無視するように、地上が迫ることを容赦なく告げる。

「……五〇（ヒフティ）……四〇（フォーティ）……三〇（サーティ）……」

そのコールが異常に早く感じる。

フーバーは機を水平にすべく反射的に操縦桿を左に倒した。しかしそれもこの時点でのこととなると無駄な努力以外の何物でもなかった。旅客機の舵の利きは戦闘機のように敏感なものではない。ましてや着陸前の最低限の速度——言葉を変えれば制御された墜落状態にある態勢でのこととなればなおさらだ。舵が利き始めるより以前に、5便はフランクフルト空港の25番滑走路のタッチダウン・ポイントに正確に接地した。しかしそれは主脚からではなく右の主翼からで、着陸速度まで落ちていたとはいえ、十分な速度に加え広胴型ボディの巨体の全重量がその一点にかかった。接地とともに右主翼の先端についたウイング・レットと呼ばれる小さな垂直翼が激しい火花を散らしながら吹き飛んだ。薄いジュラルミンで覆われた翼面が中軸を構成する主桁とともに上方にねじ曲がり、主翼についたエンジンポッドがアスファルトの滑走路に激突した。主翼だけならまだしも、このエンジンポッドの接地は機体に致命的な損傷を与えることになった。航空機の機体の中でも一つの機能をはたす機関としては図抜けた重量を持つエンジンの接地の衝撃は、堅牢な翼の主桁をもってしても、それを吸収することはできなかった。落雷、あるいは爆発音のような凄まじい轟音が起き、一瞬の間に主翼をその半ばから吹き飛ばした。次に機体の全重量、接地の衝撃がすべてかかった右主脚が根本から折れた。何も支えるものがなくなった機体はさらに右への傾斜を深くし、半ばまで折れた主翼を根本からもぎ取り、そこを中心にループするように右に回りながら機首の右前方側面から滑走路に激突した。複雑な力学的法則に従って、胴体に無数の亀裂が入り、その幾つかの部分が、まるで紙でできた筒を切り裂くような脆さで裂け、切断された。腹のタンクにまだ残っていた燃料が一瞬の間に噴き出し、それは激しい火花を散らしながら破壊していく機体に降り注ぎ、瞬間的に燃え上がった。機体の裂け目から二〇〇キロを超える速度で放り出された乗客が椅子ごと、あるいは腹部に固定したベルトから引きちぎられた不完全な肉体となって飛び出していく。機体の破壊、そして爆発炎上は一瞬のうちに起きた。オレンジ色の巨大な火の玉が闇の中に湧き起こり、それは霧に包まれた空港の周囲を、不気味な光となって浮かび上がらせた。コックピットの三人も、二五〇名を超える乗客、乗員の誰しもが防御の姿勢を取る間もなく、エアー・アメリカ5便はドイツの大地に激突し、衝撃と炎の中で、すべての人間の運命が同じフィナーレを迎えた。

●米国　カリフォルニア州・サンノゼ

長いシャワーを浴びてバスルームから再び寝室に姿を現した時、キャサリンは別の女になっていた。しっかりと塗られたファンデーション、そして鮮やかな赤の口紅。ドライヤーで乾かしたばかりのブルネットのショートヘアー。ヴォリュームを持たせた前髪の下、アイラインを入れた目の中で、頭髪と同色の瞳に理知的な光が満ちていた。

キャサリンはゆっくりとした足取りで窓際に向かうと、鏡の前に立った。先ほど鏡に映し出された老いの兆候は、入念に施されたファンデーションが隠してはいたが、二日酔いのせいで荒れた肌までは完璧とは言えなかった。カリフォルニア特有の透明な光が口紅の鮮やかな赤を引き立たせ、それはその些細な不完全さを際立たせる役割をした。

キャサリンは一つ小さな溜息をつくと、白いパイル地のバスローブを脱ぎ捨てた。年齢の割りにはまだ張りのある乳房。子供を産んだ経験がないこともあって、その先端には柔らかなピンクの乳頭がその存在を誇示している。透けるような白い肌の上を覆った体毛に光が反射し、柔らかなフレアーが全身を覆った。その姿を目にすれば少しは気が晴れたかもしれなかったが、キャサリンはもう鏡を見ることはなかった。

クローゼットの中から新しい下着を取り出して身につける。白の長袖のポロシャツにジーンズを穿き、最後にピンクのセーターを頭から被った。シャワーをたっぷりと時間をかけて浴びたというのに、口の中の嫌な感触はまだ残っている。胃のあたりに澱のように溜まった鈍い感触。そして倦怠感……。キャサリンは自分の体が外からだけでなく、内からも水分を欲しているのが分かった。

キッチンに向かうにはベッドルームから少しばかりの廊下を歩き、リビングを抜けなければならなかった。昼の強い日差しが差し込むリビングに入った瞬間、昨夜のパーティの名残の匂いが鼻をついた。

ピッツァのチーズの焦げた匂いにまじったペパローニのスパイシーな匂い。そしてグラスの中に残る種々のアルコールが入りまじった、べたつくような匂いが、キャサリンの嗅覚を刺激する。胸の奥に溜まった重い塊が急速に質量を増し、キャサリンは思わず顔をしかめた。頭を振りながらそこを抜けるとキッチンに入る。大型の冷蔵庫を開け、オレンジジュースの入ったボトルを取り出すと、二度、三度と振り、底に溜まった中身をグラスにぶちまけ、一気にそれを呷った。冷えたオレンジジュースが粘度を帯びた喉を通り、空っぽの胃の中に溜まるのがはっきりと分かった。

「キャサリン」

背後からグレンの明るい声が聞こえた。気をつけなければならない。この男が明るい声で話しだすのは、何か企んでいることがある時なのだ。

キッチンの窓からは、スプリンクラーから噴き出す水をたっぷりと吸って青々と繁る芝生と生け垣が見える。キャサリンはそこに視線を固定したまま、手にしたグラスをシンクの表面に貼られたマーブルの上に静かに置いた。堅い音がした。その音と同時に振り向いたキャサリンの前に、白いコットンパンツにネイビー・ブルーのセーターといういでたちのグレンが、キッチンの入口に寄りかかるようにして立っていた。サンフランシスコで生まれ育った、生粋のカリフォルニアの男らしく、ハードな酒は飲まず、煙草は一切吸わず、そしてエアロビクスとジョギングを信仰するグレンの体は引き締まり、そして何よりも垢抜けていた。要はパステル・カラーの似合うような男、ということだ。オールバックにした柔らかいブロンドの生え際が僅かに後退しているのが、四五になるこの男の年齢を物語るすべてだった。

「いま、お目覚めかね」

グレンはサファイア・ブルーの瞳でじっとキャサリンを見つめたまま、目許に穏やかな笑いを浮かべ、相変わらずの明るい声で言った。

「ええ」

「昨夜は珍しく随分飲んだみたいだが……一体どうしたんだ」

――どうしたですって？ それはあなたが一番ご存じのはずよ。

キャサリンは、口許まで出かかった言葉を、すんでのところで飲み込んだ。

「別に。飲みたくなったから飲んだ。ただそれだけよ」

――何が言いたいの？ グレン。話があるんでしょう。早く言いなさいよ。

「アルコールなんて、脳細胞をぶっ壊してまでも飲むような代物じゃないだろう。その様子じゃ、昨夜の分だけでも細胞の五〇万程度はクラッシュしちまったんじゃないかな」

そっけないキャサリンの対応など、グレンは一向に気に留めるふうでもない。それがすでに破綻しかけている二人の関係を如実に物語っていた。

「これからオフィスに出なきゃならない。例のAS―500のシステムのバグ取りが予定より遅れているもんでね。クリスマス前だってのに出ている連中がいるんだ」

世に出まわっているコンピュータ・ソフトウエアに、バグが存在しないものなどありはしない。言うまでもないことだがコンピュータは魔法の小箱ではない。0と1の膨大な数字の羅列、その組み合わせによって予め決められた通りに動くのだ。そしてプログラムをインプットするのは人間である。現代社会の最先端にあるテクノロジーの粋を集めたように思われるこのマシーンの頭脳を作り上げるのは、絶望的なほどの労力による人間の手作業という最も原始的な方法なのだ。そしてそこには必ずバグが生じる。

膨大なプログラム、その記号の羅列の中から、入力という行為の間に生じた人間のミスを探し出す。それは文字の入れ違いといったようにすぐに見つかるものの場合もある。あるいは『．』と『，』の違いといった、ともすると見落とすのが当然であると思われるものも少なくない。しかし視覚的には明らかなバグでも、それをエラーと認識する能力はコンピュータには備わってはいない。この機械はバグもまた命令の一つとして忠実に再現しようと動くものなのだ。

バグの掃除はソフトウエアが市場に出荷された後も続き、そしてそれは繰り返される毎に発見が困難になる。まるで海辺の砂の粒を漏らすことなく数えるがごとく、永遠に終わることがない。一つのソフトウエアのバグ掃除が終了するのは、それが市場性を失った時なのだ。

ＡＳ－５００のフライト・コントロール・システムをチーフ・エンジニアとしてまとめ上げたキャサリンもまた、そうした現状は十分に承知していた。エアー・ストリーム社によって作り上げられたスペックを基に、フローチャートを書き上げプログラミングする。そして度重なる改良、プログラミング、バグ掃除……。テストの後に試作機にシステムが搭載されても、その繰り返しは終わることがない。実際に路線就航するＡＳ－５００がロールアウトした時には、すでにそのヴァージョンは5を超えていた。

「君は休んでいればいい。今日は僕一人でやるさ」

本来であればキャサリンもまたオフィスに出向き、その作業を確認しなければならなかったが、グレンはそう命じなかった。

——要は、そこにいられるとかえって不都合だということなのね。どうせあの女もそこに来るんでしょう。アンジェラ・ソマーズ……いいわ、好きにすればいい。

キャサリンは再び窓の外を見やると静かに頷いた。

「帰りは遅くなると思うよ」

一年前までならば、そこで優しい接吻があるはずだった。キャサリンの機嫌がいい時は唇に。不機嫌で背を向けている時にはその首筋に、あの「小猫ちゃん」の甘い言葉とともに……。そっと回されるグレンの腕、押しつけられた唇の感触、そして形のいい鼻孔から洩れるせつないばかりに荒々しい息……。

しかし、いまキャサリンに聞こえるのは、絨毯を敷き詰めた廊下をガレージに向かうグレンの密やかな足音だった。ガレージへ続くドアのノブが回される音がし、そしてゆっくりと閉じる音がした。

キャサリンはキッチンを出て、昨夜のパーティの残骸が散乱するリビングに入った。リビングにはもう一つのドアがあり、そこはグレンの書斎に繋がっている。開け放たれたままのドアから、ブラインドが降りた薄暗い部屋の中、机の上に置かれたコンピュータのモニターが見えた。瞬間、キャサリンの脳裏にグレンのオフィスが浮かんできた。厚い絨毯が敷き詰められた部屋には、革張りの豪華なソファと磨き抜かれたマホガニーの大きな机が置かれている。コの字形のその机の上には、コンピュータと、冷えたペリエがいつも置かれている。常緑の鉢植えに季節の花が彩りを添え、壁にはマクナイトの絵が掛けられている。電子ロックに守られ、解除するにはカードと暗証をインプットしなければならない。それを知っているのは、いまやグレンとアンジェラだけ。あの部屋の中で一体何をやっているの。そんなことは分かっている。秘書とボスだけれど男と女が密室の中でやること……それは一つしかない。

現在の成功を収める前、サンノゼに集まってくるヴェンチャー企業の一つに過ぎなかった時代。みすぼらしいビルの一角を間借りしていた頃は、あんなものものしいオフィスじゃなかった。フロッピーディスクや書類が散乱し、食べ終わったチョコバーやポテトチップスの空き袋がいつも床に散らばっていた。そこで将来の成功を夢み、そして愛しあった。

いやそれだけじゃない。この成功の陰には、私たち二人だけが知る秘密があった。

ＡＳ－５００のシステム・プログラミングを受注できたのは、何もU.S.ターン・キー社の技術力が評価されたからばかりではない。第一、ビジネスの世界は、表向きの事情だけで決まるほど甘いところじゃない。最終ビッド（入札）に参加する業者ともなればほぼ互角、どれをとっても立派にプログラムを完成させることができる能力を持っている。激烈な競争を勝ち抜いて受注に成功したのは、キャサリンがコンピュータのエキスパートとしてもう一つの能力を発揮したからに他ならない。

不正侵入――いまの言葉で言うならばハッキング……。そう、エアー・ストリーム社の社内システムに侵入し、社内メールで交わされるビッドに関する情報を逐一盗み読んでいたからだ。いまでこそ、外部からの不正侵入に対しての防御は、それなりに対処されてはいるが、それでも完璧ではない。ましてや電子メールが米国の一般企業に普及し始めて間もない時代、インターネットが現在のように民間に普及する以前の時代ともなれば、その防御などないに等しいものだった。みすぼらしい部屋の中から、一〇万人を超える巨大企業の電子ネットワークの森に侵入し、キャサリンは無数のファイルの中を毎晩自由に彷徨った。ビッド関係のメールを探し当てるのに、それほどの時間はかからなかった。商談の際に貰ったエアー・ストリーム社のビッド担当者の名刺。その名前をリストの中から探し当てれば、後はそこから発信されたメッセージ、そして着信したメッセージの相手のファイルを追跡すればいいだけだった。

人間というのは誰も似たような行動様式を取るもので、メッセージの発信は一日の業務の最後に、そしてメッセージを読むのは翌日の朝という場合がほとんどだ。つまり膨大なホスト・メッセージは丸々一晩ホスト・コンピュータの中に保存された状態におかれるということだ。おまけに受信者は着信したメッセージを即座に消したりはしないという悪癖がある。たとえ消したとしても、送り先の後にCCと記載された同時送付先を覗きに行けば、その中の誰かが必ず文書を保存していた。巨大な容量を持つホスト・コンピュータでもメモリーの容量は無限ではない。ましてや一〇万人もの人間の間で交わされる文書量は膨大なものだ。いたずらにコンピュータのメモリーを食うこの悪癖は、常にシステム管理者の頭痛の種なのだが、ユーザーの一人一人にしてみれば、知ったことではない。九〇日を最高保存期間と決めていたエアー・ストリーム社の文書ファイルから、二人は過去にさかのぼり、ビッドに関する社内動向を完璧に把握することができた。

ビジネスを行なうにあたって情報は最大の武器である。相手が何を望み、そしてどの位の金額を許容の範囲と考えているのか。そして競合企業はどういう提案をしているのか。そのすべてを把握していたからこそ、新興のU.S.ターン・キーがエアー・ストリームという巨大企業の仕事を受注できたのだ。

重要な情報を手にした夜は、いつにも増してグレンの行為は激しかった。膨大な量のドキュメンツやプログラムのプリントアウト、そしてフロッピーが散乱する机の上をグレンの腕が一掃きすると、キャサリンをその上に乗せた。古びた机が軋みを上げ、モニターに浮かび上がった緑色の文字が放つ光の中で、キャサリンは押し寄せる快楽に身をゆだねた。

――そう、いまのグレンがあるのは、私があるからこそ。私なくしていまの成功はあり得なかった。

キャサリンは、もう何度繰り返したか分からない言葉を胸の中で繰り返した。

ガレージから、グレンの乗るメルセデスのエンジン音が聞こえた。瞬間、昨夜のパーティの残骸が放つ匂いが鼻をついた。

——これを片付けろということなの、グレン。あなたはこれからあの馬鹿女と会い、甘い一時を過ごすというのに。私には、この飲み、食い散らかした部屋をメイドのように片付けろというのね。この私に……。一体私はあなたの何だというの。事業に成功すればお役ご免っていうわけなの。そう、そういうわけなのね。あなたと私の聖域だったオフィスであのアンジェラと愛しあうのはまだしも、昨夜はもう一つの聖域だったこの家にも入れた。それが裏切りじゃなくて何だというの。

キャサリンの胸に、それまでとは明らかに違う感情の芽生えがあった。それは焦燥、不安、葛藤（かっとう）……といった、理性では簡単に割りきることのできない人間の感情をも一瞬にして断ち切る硬くて鋭利なものだった。

——行ったらいいじゃないの、グレン・エリス。あの女の所へ。私抜きで、これからあなたがどれほどのことができるのか、お手並み拝見といこうじゃないの。我慢をするにも限度というものがある。もうあなたと一つ屋根の下に暮らすなんて金輪際ご免こうむるわ。

キャサリンは踵（きびす）を返してその場を立ち去ると、ベッドルームへと向かい、次の瞬間にはクローゼットを開け、身の回りの品をトランクの中に手あたり次第に詰め込み始めていた。

●米国　アリゾナ州・フェニックス　エアー・ストリーム社

「一体あの飛行機に何が起こったっていうんだ」

エアー・ストリーム社の事故究明対策室で、室長を務めるポール・シェーバーは、入ってくるなり声を荒らげた。前頭部から後頭部にかけての髪が見事になくなった所に汗が浮かんでいるのは、駐車場からここまでの長い距離を速足で歩いてきたせいだ。にもかかわらず本来ならば上気している顔から血の気が失せているのは、この事故がエアー・ストリーム社に与える影響が甚大なものであることを如実に物語っていた。

「その後、何か分かったのか」

シェーバーは、ここに来るまでにすでに脱ぎ捨てていたダウンジャケットを、椅子の上に叩きつけるようにして置くと、続けて聞いた。白地に赤と黄色のギンガム・チェックのワークシャツにチノクロスのパンツというカジュアルな服装が、クリスマス休暇の初日に、取るものも取りあえず慌ただしく家を飛び出してきた何よりの証拠だった。

「現地ではまだ搭乗者の救出作業が続いています。機体の炎上もまだ完全には収まっていないようです」

広報室に勤務するブライアン・バートンが、困惑した表情を浮かべながら手元のドキュメンテーションを意味もなく捲ると答えた。こちらは仕事柄すでに地味な色のスーツをきちんと身につけている。いつもなら派手な色のパワー・タイを首からぶら下げているのだろうが、抜け目なく濃紺に暗いグリーンの小紋タイを締めている。彼が直接記者会見の席に同席するのかどうかは分からないが、華々しい新型機の発表ならともかく、事故について何かを喋らなければならないのなら、派手なパワー・タイはかえって逆効果というものだ。黒いフレームのボストン眼鏡の下の目が硬く緊張しているのが分かった。

救出作業がまだ行なわれているということは、ここに来る間に何度か携帯電話で受けていた報告以外に、何一つ新しい情報は入っていないということだ。つまり分かっているのは、すでに航空会社に納入された六機のうちの一つがフランクフルトで着陸に失敗、炎上した。それ以上でもなければ以下でもない。

「で、生存者は？」

シェーバーは、そこで初めて、事故究明対策室の六人のキー・メンバーの中で自分が一番最後にこの部屋に到着したことに気がついた。部屋の壁に掛けられた時計が午後二時半を指している。到着が一番最後だったのは、単に家からここまでの距離がメンバーの中で一番遠かったというだけの話で、何も行動が遅れたことを意味するものではなかったが、声のトーンが落ちたのは、それでも心のどこかにばつの悪い気持ちがあったせいかもしれない。

「いまのところは……」

バートンの視線が落ちた。

「ポール」

機体構造を担当するケネス・ヒルトンが部屋の片隅に置かれたテレビを目で指した。チャンネルをCNNにセットされた画面に、LIVEの文字とともに、ハンディライトに照らされたレポーターの姿が映し出された。

『エアー・アメリカ5便が墜落炎上したフランクフルト空港です』

カメラは早口でまくし立てる硬い表情のレポーターの表情を映し出すとすぐにパンし、深い霧に覆われた事故現場に向けられた。霧の中に点滅する膨大な数の緊急車両の回転灯の光。そして慌ただしく駆けまわる救急隊員たち。サーチライトやヘッドライトの光に照らし出された白いヴェールの向こうに、さほど大きくないオレンジ色の光の揺らめきが見え、それがまだ火災が完全に鎮火していないことを物語っていた。

『現地時間の午後一一時。エアー・アメリカのワシントン発フランクフルト行きエアー・ストリームAS－500型機が、着陸に失敗、墜落炎上しました。この飛行機には二五〇名の乗客と、一五名の乗務員が乗っていましたが、現在のところ生存者は確認されておりません。現場ではいまも必死の救出作業が続けられています。フランクフルトは現在も霧が深く立ち込め、我々がいるところから事故現場を目で確認することはできませんが、救助にあたっている救急隊員によると、機体は原形を留めないほどに破損しているうえ火災も激しく、生存者の存在は絶望的ということです』

画面が切り替わり、VTRの文字とともに、激しい炎を噴き上げて燃えさかる事故直後の映像が映し出された。噴き上がる炎の中に、横一列に並んだ窓が黒いシルエットとなって浮かび上がる。天井は崩れ落ち、機体のほとんどが複雑な鉄のオブジェとなって地上に散乱している。カメラがさらにゆっくりとパンするに従って、斜めになった巨大な垂直尾翼が大写しになる。それを支えている左の水平尾翼は、その半ばほどから折れ曲がり、根本のあたりから先のボディは完全に機体から分離された状態になっていた。赤々と燃える炎に照らし出され、垂直尾翼にペイントされた北米大陸をあしらったマーキング、そして水平尾翼の付け根の前に書かれたAS-500の文字が見える。

それはテレビの上に置かれたAS—500の模型とは似ても似つかぬ物だった——二基のエンジンを主翼にぶら下げた広胴型(ワイド)ボディは、その断面がほぼ円形にできており、それは機首でなだらかに収束する。主翼の先端には、ウイング・レットと呼ばれる小さな翼がついており、それが全体のデザインにアクセントをつけ、この新型機の外見を特徴づける役割をしていた。

「こいつぁひでえ……これで生存者がいたら奇跡だ……」

シェーバーの口から低い唸(うな)りが洩(も)れた。

『事故を起こしたAS—500は、エアー・ストリーム社の最新型機で、現在六機が世界中に就航しています。エアー・アメリカ5便は、同社が大西洋路線に就航させた同型機の初就航便で、地上では到着と同時に記念セレモニーが行なわれる予定になっており、悲劇はその関係者の目前で起こりました……』

「で、着陸時の状況はどうだったんだ」

まだ流れてくる現場からの中継を聞きながら、部屋の中央に置かれた楕円(だえん)形のテーブルに沿って並べられた椅子に、窓を背にしてシェーバーは腰を下ろした。

「フランクフルトの天候は最悪でした。グラウンド・ヴィジビリティ(地上視程)は六〇〇メートル。

これはドイツのILSアプローチのステイト・ミニマムです」

バートンは、手にしていたドキュメンテーションを捲りながら答え始めた。

「風は〇二〇から三ノット。これ自体は着陸に支障をきたすようなものではありません」

「クルー（乗務員）に関しての情報は」

「初就航便ということもあって、ダブル・キャプテンで飛んでいます。一応キャプテン（機長）はジェームズ・フーバー、コパイロット（副操縦士）はダン・リッター、それにジャンプ・シートにライル・メイヤーが座っていたようです。これはエアー・アメリカ社に確認した情報です」

バートンは、小さなメモ用紙をつまみ上げると、よどみなく読み上げた。

「三人とも、エアー・アメリカがAS—500を導入するにあたって、当社で訓練を受けたパイオニア・クルーです。ここにその時のデータがあります」

新型機種を導入するにあたっては、それに先だって航空会社はパイオニア・クルーと呼ばれるパイロットたちを航空機製造メーカーに派遣する。新型機の導入は単に航空機への投資に留まらない。コックピット・クルー（運航乗務員）を訓練するためのシミュレーターや、キャビン・クルー（客室乗務員）を訓練するためのモック・アップ。そして整備機材や部品……。導入には、付随する膨大な投資が必要となるのだ。パイロットの養成、訓練は航空会社の仕事だが、シミュレーターが航空会社のトレーニング・センターに設置される以前に、核となるパイロットを訓練するのは製造メーカーの仕事であるからだ。

エアー・ストリーム社で訓練を受けたパイロットたちのデータは、それを管理するコンピュータに記録されていた。バートンはそのプリントアウトを手にすると、声にして読み始めた。

「機長のフーバーは四五歳。飛行時間一万四五〇〇時間。空軍の出身です。エア・フォース・アカデミーを出た後、主に爆撃機に乗っています。B―52のパイロットとして飛んだ後、八五年にエアー・アメリカに入社。ボーイング―727、767と乗り継いでAS―500に移行しています。ここでは座学（グランド・スクール）を一〇〇時間、シミュレーターを八〇時間。それに実機での訓練を二〇時間受けています。成績は……」

「フーバーの成績は優秀だったよ」

バートンの傍らで、じっと耳を傾けていたスコット・マクナリーが言葉を継いだ。白いものが交じり始めた固い黒髪。口許には髭（ひげ）を蓄えている。ちらりとバートンを見やった視線は、空を飛ぶ者特有の光に満ちていた。

「ああ……そうでしたね、スコット。あなたが訓練教官だったんですね」

バートンはファイルの最後に記載された訓練教官の欄に目を走らせると言った。

「座学、シミュレーター、実機の訓練とも規定通り、チェックもいずれも一回でパスしている。腕も確かだ。おそらくエアー・アメリカじゃピカ一のパイロットだろう。旧型の飛行機からハイテク機に移行する際には大概の連中がとまどうもんだが、連中は767で飛んでいたからね。飲み込みも早かった」

「経験豊富なエアー・アメリカきっての優秀なパイロットを初就航便に乗せて、それでどうして事故るんだ」シェーバーの顔が再び赤みを増した。

「経験など何のあてにもできないさ」再びマクナリーが口を開いた。「たった一度のミスでもミスはミスだ。経験がそれを打ち消すものでもない」

厳しい訓練をくぐり抜けてチェックアウトしたパイロットは、あらゆる状況を想定して難関をくぐり抜ける技術を身につけている。地上で飛行状況を再現するシミュレーターの中で、彼らは時にサディスティックと思えるほどの仕打ちに耐えなければならないのだ。しかしそれも機械によって——正確に言えばコンピュータによって——再現された疑似空間での話でしかない。実際のフライトには実にさまざまなことが起こる。気まぐれな天候、風、そして何よりも厄介なのは、訓練を受けたパイロットたちは所属する航空会社の利益のために飛んでいるということだ。限られた燃料、時間の制約……彼らがライン・パイロットである以上、飛ぶことだけに全神経を集中していれば事が足りるというものではない。シミュレーターは飛行状況を無限の組み合わせで再現できはするが、企業の一員として飛ぶ時のパイロットの心理状況まで再現できはしない。そして航空機が人の手によって作り上げられたものである以上、トラブルは起こる。それを未然に防ぐために常に整備がなされるのだが、時には不都合を承知で飛ばなければならないこともある。いやむしろ完璧(かんぺき)な状態で飛ぶことのほうが珍しいだろう。そう、最新鋭の航空機を操るパイロットは、常に不都合を抱えて飛んでいるのだ。現代の航空機、特にハイテク航空機と呼ばれるやつは、かつての飛行機のような単純な構造にはなっていない。

パイロットの負担を軽減するために、経済性を増すために、安全性を高めるために、さまざまな機器が搭載され、それらが複雑に入りまじっている。そしてそれをコントロールするのは人間ではなく、コンピュータという機械であり、これもまた人間の手によって作り上げられたものだ。シミュレーターが実際に飛んでいるパイロットの心理状態までは再現できないのと同様に、コンピュータもまた臨機応変に状況に対処できるようになってはいない。予め(あらかじ)プログラムされたようにしか動かないものであり、そしてそこには必ずバグが存在する。

事故というのは、そうしたさまざまな要因が複雑に絡み合って起きるものであり、偶然に起こるものではない。結果から言えば、事故とは起こるべくして起こる。そういうものだ。

「タワー(管制塔)に何かトラブル発生の報告は」

マクナリーが聞いた。

「いいえ、それはなかったようです。いまのところは」

バートンが答えた。たとえ報告がなかったとしても、それが即トラブルがなかったことを意味するものではない。飛行中、それも着陸間際ともなれば、なんらかのトラブルが発生したとしても、それをただちに地上に報告するような余裕はパイロットにはない。危機の回避。まずそれが優先されることであり、報告など二の次だ。

「機体はエアー・アメリカに納入された二番機で、納入されてからまだ一月(ひとつき)あまりしか経っていません。クルーの路線慣熟飛行とワシントンでの招待飛行に使用されていて、総飛行時間は五〇〇時間ちょっと、問題が生じるような時間ではありません」

ヒルトンがテーブルの上に広げたファイルを見ながら言った。

「エンジンも同じです。エアー・アメリカはゼネラル・エレクトリック(GE)のGE―九〇をオプションで搭載しましたが、これを搭載している航空機は他にもごまんとあります。実績という点では、折り紙つきのやつですからね」

ロジャー・チャン。メンバーの中ではただ一人のオリエンタル(東洋系)がヒルトンの言葉を継いだ。

二人のメンバーはそれぞれに自分の専門領域を報告したが、あくまでも事実を述べたに過ぎず、それが必ずしも機体になんらかのトラブルが起きた可能性を否定するものではないことを知っていた。導入されたばかりの新品の機体、そしてエンジン。それは必ずしも完璧であることを意味しない。初期故障……機械には新しいがゆえのトラブルが必ずつきまとうものなのだ。ましてや、膨大なパーツが複雑にからみあった航空機の場合、それは無視できない確率で起きる。度重なる改良、改善、その度毎に一つのシリーズは精度を増していくものなのだ。そして……、

「マーク」シェーバーは一番入口に近い席に座っているマーク・チャップマンに目を向けた。

「システム・プログラムについてはどうなんだ」

「搭載していたソフトはヴァージョン5.3.1。路線就航機に搭載するアプルーブが出てから三回以上のバグ掃除が行なわれたもので、リリースされたのは三か月前です」

「すると納入前の試験飛行の間に一番新しいプログラムが搭載されたわけだな」

「あの飛行機に特に不都合はなかったがな」マクナリーが言った。「NA―三三五一……こいつは、ロールアウトしてから地上テスト、それに飛行テストも俺がやった機体だ」

「君が?」

「ああ。エンジン、機体、それにコントロール・システムのどこにも大きな不具合はなかった。AS―500のコンピュータのソフトは総じてかなり信頼性が高いと思う。開発の初期の段階から何度となくテストを繰り返したが、古いヴァージョンでもトラブルと呼べる症状にはあまりお目にかかった記憶がない。前のAS―400のシリーズに搭載したシステムとはわけが違う。あれは安定するまでに随分と時間がかかったからな」

だからと言って一〇〇パーセント完璧かと問われれば、そんなシステムが存在するわけはない。そんなことはマクナリーが言わずとも、ここにいる誰もが百も承知のことだ。

航空機のすべてをコントロールするべく構築されたプログラムは複雑かつ膨大で、実際に路線に就航した後も、考えもしなかった誤作動を起こすことは珍しくない。それは、突如としてコックピットのCRTモニターからあらゆる表示が消えたり、計器の表示が動かなくなるといった形で現れ、パイロットを恐怖に陥れる。これらの症状は、プログラムの森を彷徨うちに、コンピュータ自体がロックしたり、そこに必ず存在するバグの穴にはまってしまった時に起きるらしいのだが、外観からは異常を確認することのできないサイバー世界のことだけに、この問題は極めて厄介だった。

「AS－500のシステム・プログラミングはどこがやったんだ」

「サンノゼにあるU.S.ターン・キー社です」シェーバーの問いにチャップマンは答えた。

「優秀な連中です。たしかにスコットが言うように、AS－400の時とは違ってAS－500のシステム開発は極めて順調でした。まあAS－400の時はこちらがハイテク機を製造するのが初めてということもあり、500の場合はその時につちかったノウハウが生かされたという面も否定できませんが、システムの出来不出来はマネージャーの能力に大きく左右されるのです。その点あの会社には図抜けて優秀なプログラム・マネージャーがいましてね」

テレビにはもう何度目かになるクラッシュ直後の映像が映し出されている。AS‐500と機体後部にペイントされた文字がそこに浮かび上がる度に、シェーバーはいますぐにでもペンキを持って駆けつけ、それを塗りつぶしたい衝動にかられた。

それでもたった一つ、不幸中の幸いは、これが地上に墜ちたということだ。ヴォイス・レコーダー、それにフライト・レコーダーの回収はこの映像からみると容易なことに違いない。コックピットの中のパイロットの会話を記録したヴォイス・レコーダー、それに飛行状況を記録したフライト・レコーダーが早期に回収されるか否かでは、事故原因の究明に格段の違いがある。それ以前に、もうすぐありとあらゆる情報が押し寄せ、ここは戦場のような騒ぎになるだろう。事故時の状況のおおよそのことが分かるまでその騒ぎは続くだろう。一日二日の徹夜は覚悟しなければならない。明日からのコロラドでのスキーもキャンセルだ。くそ、今年はクリスマスどころじゃないぞ。まったくついてない。

シェーバーは心の中で毒づいた。

電話が鳴った。戦争が始まった。

●日本　東京・世田谷区経堂

まだ薄暗い部屋で川瀬雅彦は目を覚ました。口許までかかっている羽毛布団と顔の間に就寝前に飲んだジャックダニエルの匂いがこもっている。

——また深酒をしてしまった……。

同じ後悔の目覚めをもう何度繰り返しただろう。由紀が能登で死んでから、一年半の月日が流れていた。あれからというもの、いつもこうだった……。

瞼が重かった。吸収したアルコールを眠っている間に処理しようと、休む間もなく働き続けた肝臓のせいだろう。体がだるく、指の先にむくんだような感覚がある。じっとしていると、まだ癒えていない胸に深く刻まれた傷から、由紀を失った悲しみ、狂おしいほどの切なさが込み上げてくる。体内で発酵したアルコールの不快な匂い、そして胸に残る熱。そこから由紀への思慕の念がさらに熱い鮮血となって噴き出してくるように思えるのだ。

布団を撥ねのけて起き上がるのは、その苦しさから逃れようとするためだ。少なくとも腫れ上がった瞼を開け、現実の世界に立ち返ると、由紀への思いはなくならないまでも、ずっと楽にはなる。

雅彦は上半身をベッドの上に起こすと、腕を伸ばして明りをつけた。ランプシェードを通じて漏れる暖色灯の暖かな光が部屋の中を浮かび上がらせる。サイドボードの上に置かれた時計を見る。朝の七時。ベッドに入ったのは三時半のことだから、三時間半の睡眠しか取っていなかった。その隣で、雪のセントラル・パークで撮った写真の中から、由紀の顔が雅彦に微笑みかける。

ワインレッドのダウンコートにグレーのワッチキャップを被った由紀の姿。白く輝くヴァージン・スノーが積もった公園の木々を背景に、ワインレッドが鮮やかに映える。その色のコントラストがあの夜の惨劇に見舞われた由紀の姿を思い出させた。

金沢の病院の霊安室に横たえられた由紀の体は、白い布に覆われていた。誰もいない部屋の中で雅彦は由紀と二人きりになった。あれは長い時間だったのか、短い時間だったのか……雅彦はその傍らでじっと立ち尽くした。この白い布の下の膨らみが由紀だとは信じたくなかった。震える手で布をそっと捲った。その下にまた白い布……。いや正確には布の塊と言ったほうが当たっているかもしれない。包帯でぐるぐる巻きにされた由紀の頭部。純白の包帯を通して染み出した血液が、あの日由紀が着ていたコートと同じワインレッドに変色して乾き始めていた。さらに布を捲ると、覆いきれなかった由紀の長い髪が、包帯からはみ出し、首筋にまつわりついていた。着ていた服はそのままで、流れ出た血液が襟元から肩までを濡らし、黒く変色していた。

「……由……紀……」

雅彦の口から、搾り出すような声が洩れた。それは次の瞬間、本能の叫びとなって迸った嗚咽にかき消され、その声は暗い室内に、誰もいない海原で助けを求めるような絶望的な響きを残し、そして消えていった……。

もう何度、この写真をしまおうと思ったか。いや毎日、起きる度にそう思う。しかし由紀の姿は、写真を見ずとも雅彦の脳裏から離れることはなかった。

――日本海の北朝鮮領海ぎりぎりのところで航行不能となって浮上した米海軍原潜。俄に軍事的緊張状態に陥った米朝関係。それと同時に能登にある原発近くで起きたゲリラによる機動隊襲撃。そして警視庁、アメリカ大使館の爆破……。誰もがそれを、直接の後方支援基地となる日本を混乱に陥れるべく侵入した北朝鮮のゲリラ部隊による攻撃と考えた。それを決定的にしたのが、たまたま原発の取材で金沢にいた由紀の死だった。逸早く機動隊が襲撃された現場近くに取材班を引き連れて到着した彼女は、煌々と灯るハンディライトの中で、カメラに向かってレポートを始めた。戦場取材などそれまでに経験したことのない彼女にとって、それがいかに無謀で危険な行為か知る由もなかったに違いない。全国に中継画像が流れる中で、突如由紀の頭部に飛沫が上がり、その姿が画面から消えた。少し遅れて一発の銃声。そして爆発……画面が途切れた。その一部始終を見ていたテレビのキャスターが叫んだ言葉『これは……戦争です……』。

この映像、言葉が引きがねとなり、政府は自衛隊の出動を決断し、東京は戒厳令にも似た様相を呈した。

由紀の死の真相を知るために、そして、もの言わぬ体となった由紀に会うために、雅彦は能登に向かった。そしてそこで知った事実……。一連のゲリラ活動は、龍陽教という宗教団体が計画した国会議員殲滅を目的に周到に計画されたクーデターの陽動作戦だった。事を解明したのは雅彦だった。

クーデターは失敗し、事件の解決とともに雅彦は一躍時代の寵児となり、テレビ、新聞、雑誌……国内、海外を問わずありとあらゆるメディアが取材に殺到した。だが最愛の女性を失った雅彦は、ただの一度もそれらの取材に応じることはなかった。仕事の依頼も同じように殺到した。その多くが紛争地域、あるいは深刻な問題を抱える地域での取材だった。しかし雅彦はその依頼もことごとく断った。共に事件の解決に力を合わせた北代忠敏が編集長を務める週刊毎朝の依頼も断った。むしろ少しでも早く事件のことを忘れようと東京を離れ、あてのない旅に出た。ようやくマスコミが雅彦本人の取材をあきらめ、少なくとも身のまわりが平静を取り戻しても、あれほどの大事件がメディアの中で報じられない日はなかった。テレビで見るニュース番組、龍陽教の裁判の記事、そして何よりも由紀を思い出すきっかけは、この部屋をはじめ、日常の至るところに存在した。

重い体を引きずるようにベッドから抜け出す。キッチンに入ると、シンクに置いたままのグラスに水道水を満たし一気に呷る。一二月の冷気に一晩中冷やされた水が、胃をめがけて雅彦の喉を通っていく。ダイニングテーブルの上には、テイクアウトした弁当の空箱が散乱する傍らにコーヒーメーカーが置かれ、昨日の朝淹れたコーヒーの出しがらがセットされたままになっている。雅彦はまだ重く湿ったままの出しがらを新しいものに替えると、スイッチを入れた。しんと静まり返ったキッチンに、給水器がコポリと音を立てた。

仕事部屋になっている書斎には、しばらく使うことがないまま放置されたカメラセットが床の上に転がっている。机の上にはコンピュータが置かれ、傍らのレーザープリンターの上には数枚のドキュメンテーションが昨夜プリントアウトされたままになっている。雅彦はそれを取り上げると再びキッチンに入る。一定の周期で湯を噴き出すコーヒーメーカーの音とともに、芳しい香りが漂ってくる。

でき上がるまでにはまだ時間があった。雅彦はキッチンを抜けるとリビングに入り、ソファに体を投げ出すと、手にしたドキュメンテーションを読みだした。

雅彦は、あの日以来カメラを手にしていなかった。

血や人の争いごとを取材するのはもうご免だ。ファインダーの中に浮かび上がる血まみれの人々、そして死体……。悲しみにくれる人々の姿。叫び、そして涙。

カメラを向ける瞬間、そしてシャッターを切る瞬間。その一瞬でさえも、何の感情も覚えずに写真を撮り続ける自信はなかった。

雅彦は取材記者に転向することを決心していた。テーマを決め、とことん問題を追究分析し、それを記事にまとめ自分の言葉で発表する。それは映像メディアと活字メディアの違いはあっても、かつて由紀がジャーナリズムの世界に生き、そしてやり遂げようとしていたことだったからだ。発表の場を提供したのは北代だった。カメラマンとして輝かしい実績を持つ雅彦の申し出を、北代は何も言わずに受け入れた。由紀を失った悲しみの中で、その遺志を受け継ぎながら同じ世界で生きようとする雅彦の心情を、北代はその申し出だけで敏感に察知したのだった。

ドキュメンテーションは、雅彦が年明け早々にでも取りかかろうと決めていた取材の企画書だった。

『インターネットに潜む危険な罠』

そう題された三枚ほどのドキュメンテーションには、取材趣旨、取材先、期間、費用、そして原稿の枚数と脱稿予定日が記載されていた。

世界中を毛細血管のように網羅し、さらに異常なまでのスピードで発展し続けるコンピュータ・ネットワーク、インターネット。現代の、あるいは近未来の情報化社会には不可欠であり、産業社会においては次世代の大金鉱脈として誰もが参画することに血道を上げているテクノロジー。その薔薇色の世界に潜む負の部分をあぶり出そうというのだ。

雅彦はその三枚のドキュメンテーションに目を通すと、キッチンに戻りコーヒーをマグカップに注いだ。内側に汚れがこびりついたカップ。いつ洗ったかは忘れてしまった。一杯にコーヒーを注ぎ、焼けるように熱く苦い液体を何も入れずに啜（すす）ると、アルコールで荒れた胃の中に一瞬鈍い痛みが走り、そして穏やかに消えていく。マグカップを持ったまま、ドアの郵便受けに差し込まれた新聞を手にすると、雅彦はリビングに戻った。

時計は七時三〇分を指している。朝のニュースの時間だった。

テーブルの上に置かれたリモコンを手にすると、雅彦はスイッチを入れた。電源が入る鈍い音とともに、ブラウン管に映像が現れた。世の中の出来事を伝える音声が聞こえる。

『いま入ったニュースです』

アナウンサーが緊張した声で話し始めた。

『ドイツのフランクフルト空港で、エアー・アメリカ社の最新型旅客機エアー・ストリームＡＳ―５００型機が悪天候の中、着陸に失敗、多くの死傷者が出た模様です。この便に日本人乗客が乗っているかどうかは、いまのところ分かってはおりません』

渡された紙を読み上げるアナウンサーの声が途切れると、すかさず傍らに座ったコメンテーターが話し始めた。

『ＡＳ―５００と言えばエアー・ストリーム社の最新鋭機ですね』

『たしか全日航も導入したばかりの最新型ハイテク旅客機です』

その言葉に、雅彦の脳裏に、このところテレビのコマーシャルで頻繁に見かける全日航のＡＳ―５００の優雅な機体が浮かんだ。広胴型（ワイドボディ）旅客機特有の円筒の機体。純白に塗られた胴体の側面に入った鴇色のライン。垂直尾翼には羽をあしらった同色のマーク、そしてＡＪＡのロゴがペイントされている。主翼の翼端についたウイング・レットが、効率を極限まで計算し尽くされた技術の高さを印象づける。高空の眩しいばかりの光をその機体に反射させながら飛ぶ姿は、まるで神の恩寵を一身に浴びながら飛ぶことを許されたかのように誇らしげで、そして何よりも優美だった。

『たしかまだ世界で一〇機も就航していない飛行機ですよ。コンピュータで制御され、世界で最も安全かつ快適な、文字通りの最新鋭機なんですがね』

『まあ、どこの世界にも絶対という言葉は存在しないということなんでしょうか。それにしても衝撃的な事故ですね』

『フランクフルトは悪天候だったということなんですが。パイロット・ミスということも考えられるんでしょうが……』

『ハイテク機といえども、人間が操縦してるんですからね。もっともパイロットは厳しい訓練をくぐり抜けているわけですから、そうそう間違いを起こすもんじゃないんですが、第一、航空機は事故の確率からいけば最も安全な乗り物ですからね』

『とにかく死傷者の数が少ないことを祈るばかりです。このニュースは続報が入り次第またお伝えいたします』

コンピュータで制御されるハイテク航空機か……。

雅彦の視線が、テーブルの上に置かれた企画書のタイトルに向けられた。

『インターネットに潜む危険な罠』

意味あいは違うが、ここにもコンピュータという機械によって制御される世界があった。

とにかく最新鋭と名のつくものには、この機械が介在すると思って間違いない。この機械をそんなに信頼してもいいものなのだろうか。コンピュータはプログラムされた通りにしか動かない馬鹿（ダム）な機械で、感情も、思考も持ちはしない。そしてそれを作り上げるのは間違いを常とする紛れもない人間なのだ。コンピュータに人間が支配される時代などという言葉は単なる言葉の綾（あや）にしか過ぎない。仮にコンピュータが人間を支配するようになったとしても、それは神によってではなく、人間がそのように作り上げたものに相違ないのだ。

雅彦はニュースを聞きながらそう思った。

これから三か月の後に、世界を揺るがす事件の渦中に自らの身を置くことになるのを、この朝、雅彦はまだ知らなかった。

●米国　カリフォルニア州・サンノゼ　U.S.ターン・キー社

下ろされたブラインドのわずかな隙間から、午後の明るい日差しが漏れてくる。薄暗い部屋の中で、グレンとアンジェラが複雑に絡み合った姿が、ひとつのシルエットとなって浮かび上がる。

グレンのデスクの上に載せられたアンジェラが着ているグレーのワンピースの胸元は大きく開かれ、一方、フレアーのかかったスカートはたくし上げられ、腰のあたりでまとまっていた。巨大なグレープフルーツのような乳房をグレンの手が無造作に摑み、激しく、そして時に優しく揉みしだく。その上部にある桜色の突起と、アンジェラの唇の間をグレンの頭が上下する。グレンの吐く荒い鼻息と、アンジェラの吐息にまじって、足元までずり下げられたグレンのパンツについたベルトの金具が密やかなリズムを刻む。

その秘密の一時を邪魔するかのように、机の上に置かれた電話が長く鳴った。

「だめよ出ちゃ。クリスマス休暇の最中にかけてくるお馬鹿さんなんか相手にしちゃだめ」

グレンの体の下から、アンジェラが甘い鼻声で言った。

たしかにクリスマスの最中に会社に電話してくる人間などそうはいない。だが時間を置かずにもう二度目だ。と、いうことは、この電話の相手は俺がここにいることを知っているということだ。キャサリンか、そうだとすれば……。

「くそ、これからっていう時に」

グレンはそう毒づくと、アンジェラの豊満な胸の谷間からようやく顔を上げた。唇のまわりにはアンジェラのルージュが、べっとりとへばりついている。

「グレン・エリス」

受話器を取ると、まるでジョギングから帰ってきたばかりであるかのように弾む息の下から、不機嫌そのものといった声が洩れた。

『グレン。大変なことが起きた』

声は営業担当重役のラリー・ケントだった。

「何だ。何が起きた」

グレンは相変わらず不機嫌な声で問い返した。

『AS―500がフランクフルトで墜ちた』

「墜ちた？」

『着陸に失敗したらしい。さっきからエアー・ストリームのシステム担当のマーク・チャップマンが君を捜している。エアー・ストリームでは事故究明対策室が招集されたそうだ。たぶんそれに加わわれっていうことなんだと思うが』

「何てこった」

グレンの股間にそそり立っていたものが急速に萎えていく。

『その様子じゃCNNは見ていないな』

「ああ」

『見てみろ。さっきから繰り返し事故現場からの中継をやっている。生存者がいる可能性は考えにくいそうだ。実際、ああクラッシュが激しくちゃ、解説されるまでもなく、全員絶望は間違いないだろう』

グレンはアンジェラから体を離すと、サイドテーブルの上にあったリモコンを取り上げ、テレビのスイッチを入れた。電源の入る音とともに、画面いっぱいにフランクフルトの惨劇が映し出された。闇の中を照らし出すサーチライトに浮かび上がる深夜の事故現場。それは明るい日差しの漏れる閉ざされたブラインドを背景にすると、なんともアンバランスこの上ない光景だった。

「いま見ている……こいつぁひでえ」

『初就航便だぞ、グレン。初就航便が事故るなんて』

「事故の原因は分かっているのか」

『いや、テレビでは着陸に失敗したと言うだけで、ほかに原因らしいことは何も言っていない』

「これは霧か。随分と靄がかかっているように見えるが」

グレンは映し出される映像に目を凝らしたまま言った。

『ああ。天候は相当悪かったらしい』

「だとしたら、自動着陸をしたのか」

グレンの脳裏で不吉な影が頭をもたげた。自動着陸を試みたのなら、理屈の上では機体をコントロールするのはコンピュータで、事故の原因はほぼ決まったも同然だからだ。

『いや、分からん』

「分からん？」

グレンの声が興奮で上ずった。

『とにかく、私もテレビで聞いた情報がすべてなのだ。チャップマンも私のところに電話をくれた時点では、何も言ってはいなかった。事故発生の直後だったからな。とにかくすぐにエアー・ストリームに電話をしてくれ』

「分かった」

グレンが受話器を叩きつけるように置くのと同時に、アンジェラが恐怖に引き攣らせた眼差しを向けた。

「何てこと。AS―500が墜ちたのね」

「ああ。えらいことになった」

声が震えているのは、ずり落ちたパンツを穿き直している動きのせいばかりではなかった。もしも、事故の原因がプログラムにあるとすれば、不完全なものを市場に出したエアー・ストリームはもちろん、下請けとはいえU.S.ターン・キーとて、とうてい無事で済むわけがない。ましてや、膨大なプログラムのどこかに必ずや潜むバグが原因だったりすれば、せっかく軌道に乗った会社の存続そのものが危うくなる。

床に落ちた下着を拾い上げ、せわしなく身につけ始めたアンジェラにも、事の重大さは十分に分かっていた。途中で中断した行為のことなど、どこかに忘れてしまったかのように、上気していた顔から血の気が引き始めている。

ベルトの金具を締めるのももどかしく受話器を再び手にしたグレンは、そこで初めてチャップマンの電話番号を知らないことに気がついた。電話をかけるのは、秘書のアンジェラの仕事だった。

「アンジェラ。エアー・ストリームのチャップマンに繋いでくれ。急いで」

まだ身繕いの済んでいないアンジェラに向かって、いらだたし気に怒鳴った。

「ちょっと待ってよ、グレン」

乱暴な口調にワンピースの胸のボタンを掛けながら、アンジェラは非難めいた口調で言い返したが、

「そんなことは後でいい。今日は誰もいやしない。電話が先だ」

というグレンの言葉に納得したのか、胸を大きくはだけたまま、部屋を出ていった。

電話はすぐに繋がった。

『マーク・チャップマン』

「グレン・エリス」

『グレン！ 捜したぞ。どこにいるんだ』

受話器の向こうから、チャップマンの非難めいた声が聞こえてきた。背後で電話が鳴り響き、それに対応するスタッフたちの声が聞こえる。事故究明対策室も相当に混乱しているらしい。

「オフィスだ。バグの掃除が思うようにはかどっていなくてね」

『クリスマスの最中にご出勤かね。ご苦労なこった』

「そんなことより、あのAS−500に一体何が起きたんだ」

『フランクフルトで着陸に失敗した』

「天候はかなり悪かったようだが、完全自動着陸をやったのか」

グレンは一番の心配を口にした。

『いや、マニュアル（手動）の着陸だった』

「マニュアル……」グレンの口からとりあえずの安堵（あんど）の溜息（ためいき）が洩れた。「するとパイロット・ミスか」

『いや、そう結論づけるな。他のことは何一つ分かっちゃいないんだ。事故の原因を解明するのはそう簡単なことじゃないんだ。パイロット・ミスにも色々ある。判断、技能に起因する完全なパイロットのミスと言えるもの、それからそうなるまで彼らを追い込んだ副次的要因が絡むもの。大きく分けるとその二つがある』

チャップマンの言葉の裏には事故の容疑者として、自分たちがその対象から外れてはいないという匂いがあった。

『事故の状況から見て、フライト・レコーダー、ヴォイス・レコーダーともに回収するのは難しくはないが』チャップマンはさらに続けた。『解析が進めば、当然その事故をシミュレーターを使って再現することになる。ことによるとシステムも徹底的に洗い直すことになるかもしれない』

「洗い直す？　なぜそんな必要がある」

『この事故は我が社にとってもただの事故じゃない。ロールアウトしてまだ間もない、それも最新型のハイテク機が事故を起こしたんだ。何年にもわたって実際の路線で実績を積んできたやつが起こした事故じゃないんだ。単純なパイロット・ミスだったとしても、航空機の頭にハイテクの一語がつけば、世間の受ける印象は格段に違う。いいか、エアー・ストリームはAS－500の受注を八五機抱えているんだぞ。そのほとんどが仮受注だ』

チャップマンの言葉は、ハイテクという言葉で言い表されるものの裏に必ずや存在するコンピュータに対して一般の人間がおぼろ気に抱く、ある種の不安を言い当てていた。極めて洗練された頭脳のように見えて、実はそうではない人工の製作物。人間に狂気の兆しが見えれば外見から分かるが、暴走してもそうだとは俄には判断がつかない世界。そうした漠然とした不安が現実のものとなった時、直接的な悲劇の原因がそこになくとも、人々はこぞって先端技術に走り始めた文明を非難し、そしてその製品を非難する。

それは航空機事故の場合も例外ではない。いや、通常の製品よりも航空産業の場合は、そうした事故のダメージは大きいと言えた。

航空機の受注は通常の物品とは違い、仮発注から本発注までの間に長い時間がかかる。万が一、本発注に入る前に欠陥が発見されたり、あるいは突如会社の戦略が変わったりした場合には、いつでも発注がキャンセルできるようになっているのだ。しかし一方の航空機製造メーカーは、仮発注の段階で受注した航空機を納期通りに納入すべく、生産ラインを整え、部品を発注する。つまり予定通りに受注した航空機を納入しようとすれば、その途中で発生した事故に関しては、徹底的に調査を行ない、自社の航空機が安全であることを証明しなければならないのだ。

『とにかくだ』チャップマンは続けた。『すぐに、こちらに飛んできてくれないか。悪いがクリスマス休暇は無しだ』

「分かった。いちばん早い便でそちらに飛ぶ」

グレンはそう言うと受話器を置いた。

「フェニックスに行くのね」

開け放たれたドア口にアンジェラが立っていた。

「ああ、サンノゼからフェニックスまでいちばん早い便を取ってくれ」

「まったく何てクリスマスなのかしら」

すっかり身支度を整えたアンジェラは溜息まじりに言うと、部屋の外にある秘書席の受話器を取り、航空会社に予約の電話を入れ始めた。

「くそ、まったく」

グレンは、罵(ののし)りの言葉を吐くとサイドボードの上の鏡を見ながら口のまわりに付着した情事の痕跡(こんせき)をハンカチで拭(ぬぐ)い始めた。ハンカチにうっすらとついた真っ赤なルージュを見た時、グレンの脳裏にキャサリンの存在が浮かんだ。

――システムのこととなると、キャサリンの助けが必要になる。なにしろＡＳ－５００のシステムを誰よりも熟知しているのは、彼女以外にいないからな。

予約を入れるアンジェラの声を聞きながら、グレンは自分の机の上の受話器を取り上げ、自宅の番号を押した。

回線はすぐに繋がり、呼び出し音が鳴り始めた。しかし一〇度の呼び出しを経ても、受話器は取り上げられることはなかった。

The Day－80　1月6日

●日本　東京・丸の内　毎朝新聞社

出版に携わる者が年末進行に忙殺されるのは、正月の三が日を人並みに過ごすためで、年明けの仕事を楽にするためではない。仕事始めから三日目にもなると、週刊毎朝の編集部は、すでにいつもと同じ慌ただしさに包まれていた。時折訪れるフリーのライターやアンカーマンたちが、編集者や顔なじみと交わす挨拶が、かろうじて新しい年の始まりを窺わせるすべてだった。

皇居を背にして座る編集長の北代忠敏のもとに、雅彦が姿を見せたのは、その日の昼過ぎのことだった。

「トシさん。明けましておめでとうございます」

「おお、マサ。今年もよろしくな」

デスクの正面に立ち、丁重な口調で新年の挨拶を述べる雅彦に、北代もまた立ち上がって、あらたまった口調で言った。

「どうやら、ようやく本気で動きだす気になったようだな」

北代は腹が出てきた体を再び椅子に預けると、デスクの上の書類箱からさほど厚くない書類の束を雅彦の前に投げ出した。『インターネットに潜む危険な罠(わな)』——雅彦の企画書だった。

「お前の企画通り承認だ」

週刊誌の企画は、その内容、付随する費用ともに最終決定権は編集長にある。かつて同じ戦場を彷徨(さまよ)った二人の間柄からすれば、そこに幾らかの情実が入りそうなものだが、こと仕事に関して、北代はそれほど甘い男ではなかった。ましてや海外取材、それもある程度の期間が必要ともなれば、かかる費用は国内取材の比ではない。ニュース、情報を発信するのは、ジャーナリストとしての責務だが、言うまでもなく慈善事業でも何でもない。営利を追求する企業の事業である限り、ヴァリューのない企画に金を費やすことはできはしない。しかるべきルールの下で、最終決定者である北代に回された企画書が承認されたということには、それなりの重みがあった。

「ありがとうございます」

雅彦は丁重に頭を下げた。

「いや、実際いい企画だ。特集担当デスクの大西もこれなら面白い誌面を組めると喜んでいた」

「大西さんには感謝しないといけませんね。誰かさんと違って、大西さんはコンピュータのことに関しては詳しいですからね」

「馬鹿言うな」雅彦の軽口に、北代は緩めた口許にピースを運んだ。「たしかに俺はコンピュータ音痴には違いないが、お前の意図しているところは十分に理解しているつもりだ。パソコンが世に氾濫し、老いも若きもインターネットにEメール。あげくの果てはホームページだ。ついこの間までは、情報の発信は新聞社や出版社、それに放送局の専売特許だったが、いまは違う。誰でも情報の発信者になれる世の中だ」

「ホームページを開設しさえすれば、へたな雑誌や新聞の読者以上の人間たちが情報を目にしますからね」

「その通りだ。もちろん有益な情報も多いことは認めないわけではないが、中にはとんでもない情報を流す連中も少なくない。つまりお前さんの言うように、倫理、道徳、そういった本来報道に携わる者たちが持っていなければならない条件を満たさない、あるいはスクリーニングする責任を持たない個人が、感情のおもむくまま、情報をたれ流すようになっちまったってわけだ」

「実際、開設されているホームページやEメールを見ると背筋が寒くなります。幼児ポルノや無修正ポルノなんてのは序の口です。誹謗中傷、本来ならば守られなければならない弱者に対しての弾圧。果ては爆弾の作り方や殺しのテクニックなんてものまで、誰はばかることなく流されてるんですから」

「まったくだ。ブン屋や雑誌の編集者なんて売らんかなで誌面を作ってると世間じゃ思ってるんだろうが、そこにはちゃんとしたルールってもんがあってな。これを知らない素人がこんなもんを手にした日には……」

「いや、それだけじゃないんです。企画書にも書きましたが、こうした新しいテクノロジーが世に出ると、まず最初に出現するのが悪用を企む連中です。我々がいま目にしているのは、実のところ悪用が表面に現れている、そのごく一部に過ぎないのではないかと思うのです」

「言っていることがよく分からんが」

「そうですね、一つ例をあげるなら、Eメールの場合の通信の秘匿性です。もちろん通信そのものを盗み見しようと思えば可能ですが、双方が独自の暗号を使って交信をしている場合には解読は困難になります。それにコンピュータ通信の場合、発信の場所を選ばないのです」

「発信の場所を選ばない？」

「ええ、ネットに接続されてさえいれば、どこのコンピュータからでも送信、受信の双方が可能なのです」

北代は小首を傾げた。

「つまりこうです。誘拐犯人がネットを通してメッセージを流したとしましょう。従来のように電話でなされたものならば、逆探知が可能ですが、ネットの場合はそう簡単にはいかないのです」雅彦はさらに続けた。「私の家にもネットに接続したパソコンがありますが、ここにあるパソコンからでも自分のIDであちこちにアクセスできるのです」

「電話だって、どこからでもアクセスできるじゃないか」

「電話はそれぞれに番号というIDがあり、場所も特定されますが、ネット通信の場合はIDの場所は固定されていないんです」

「そうか、じゃあ、携帯電話と同じなんじゃねえか。つまり、世界中のどこからでもメッセージは発信できるが、登録された場所以外、実際に発信した場所は分からないということだな」

「その通り。といっても通信を管理するプロバイダーには通信記録が残りますから、どの回線を使ってメッセージを発信したか、それが分からないわけではありません。でも、これを調べるのはそう簡単ではありません。ましてやネットを使ってこうした犯罪を行なおうとする人間なら、痕跡を残さない方法でやるくらいのことは十分に考えているでしょうからね」

「痕跡を残さないって、そんなことが可能なのか」

「管理するコンピュータへの不正アクセスとか電話局への不正アクセスを考えれば可能性はたくさんあります。ネットの世界に絶対安全はないんですよ。他人のIDを盗み出して使用するなんてことも可能ですしね。どんな防御措置を講じようと、それを乗り越えてくる連中は跡を絶ちません。まるでイタチごっこですよ」

「目に見えない世界だけに実体が摑めないわけだな」

「それともう一つ。ネット世界ならではの厄介な問題がありましてね」

「厄介な問題？　何だそれは」

「ウイルスです」

「ウイルス？」

「プログラムやデータ・ファイルを壊すプログラムを流す連中がいるんです」

「何のために」

「まあ、ほとんどが愉快犯なんですが、ウイルスをもらう側からすれば、事は深刻です。ある日突然データが破壊されたり、プログラムが動かなくなるんですから」

「それもまたネットを通じて送られてくるのか」

「そういうこともあります。まあ性病みたいなものだと考えて下さい。接触感染、つまり送られてきたプログラムを不用意に自分のコンピュータにインストールしたり、データをコピーした時に、そこにウイルスが紛れ込んでいれば、感染する恐れがあります。これがネットを通じて次々に感染していく可能性があるんです。まさにピンポン感染というやつです」

「それを駆除する方法があるんだろう」

「ええ、ワクチンというやつがあります」

「ウイルスにワクチンか」

　絶妙な名前づけに北代が苦笑する。

「ですがワクチンというのは、ウイルスがあって初めて有効なものが作られるという宿命があるんです。つまり新種のウイルスが現れると、それがはっきりそうだと認識されるまでは何の手も打てないんです」

「対応は常に後手後手に回る、というわけか」

「残念ながらね」

　雅彦は肩をすくめた。

「まあ、聞けば聞くほどに面白い話じゃないか。とにかくいい記事になることを期待してるぞ」

　ここまで問題を明確に把握していれば、記事の出来栄えに問題はない。それにそれを書くのはこの雅彦だ。

「ところで、取材先とはもうコンタクトは取れているのか」

　北代は話題を転じた。

「ええ。アメリカン・ワールド・ニューズのワンダ・ヒンケルが間に入って、カリフォルニアにあるサイバー・エイドという会社とコンタクトを取ってくれています」

「サイバー・エイド。これもまた妙な名前だな」

「ワクチンを開発するヴェンチャー企業です。ワンダの話だと相当面白い連中が集まっているってことでしてね」

「まあ、彼女がそう言うんなら間違いはないだろう。で、いつ発(た)つ」

「大西さんは、企画の趣旨からして、記事の掲載は新学期、新年度が始まって少し経ったあたりの号がいいだろうということでしたので、三月下旬あたりを考えています。もちろん先方の都合もあることですが」

「そうか、とにかく思いっきりやってきてくれ」

お前の再起の初仕事だ。と、続けたくなるのを北代はようやくのところでこらえた。

●米国　アリゾナ州・フェニックス　エアー・ストリーム社

「よし、ブルースもう一度やってみよう。ファイナル・アプローチ(最終進入)に入ったところからだ」

エアー・ストリームにあるシミュレーターのキャプテン・シートに座ったマクナリーは僅(わず)かに体を捻(ひね)ると、後方のオペレーター席にいるブルース・キンベルに向かって言った。

「今度はどうします。条件を少し変えてみましょうか」

「そうだな」キンベルの問い掛けにマクナリーは少し考えているようだったが、「霧の状態を少し変えてみてくれ。アプローチ・ライトの少し手前で濃いのが一瞬視界を遮(さえぎ)る程度にな」

「分かりました」

返事をしながら、早くもキンベルの指がシミュレーター・コントロール・パネルの上を忙しく動き、たったいま受けたばかりの指示を実行すべく、データをコンピュータにインプットしていく。

フランクフルトで墜ちたエアー・アメリカ5便からは、予想どおりフライト・レコーダーとヴォイス・レコーダーの双方が回収されていた。搭載されていたフライト・レコーダーはDFDR（デジタル・フライト・データ・レコーダー）と呼ばれるタイプのもので、従来のFDR（フライト・データ・レコーダー）に比べ分析にかかる時間が圧倒的に少なくて済むものだった。回収されたDFDRは英国ファンボローの施設に送られ、コンピュータによる解析――再現――が直ちに行なわれた。その結果、着陸寸前に、通常ではとうてい考えられないような操縦桿の急激な右への操作があり、そのせいでまず最初に右主翼の先端が滑走路面上につき、続いてエンジンポッドが接地激突。吸収できなかった衝撃が機体を破滅的な破壊へと導いたことが分かった。それ以上の詳しい解析は、コックピット内のヴォイス・レコーダーやその他のデータのさらに詳しい解析を待たねばならなかったが、この時点で事故の原因はパイロット・ミスの公算が極めて高いと見られていた。しかしそうは言っても製造メーカーとしてはその結果が出るまでじっと指をくわえて何もしないでいるわけにはいかない。なにしろ路線に就航したばかりのモデルが墜ちたのだ。ありとあらゆる可能性を考えて、ここエアー・ストリームでは、すべてのセクションで入念な再チェックが行なわれていた。いまここで行なわれているのはシミュレーターによる着陸の再現で、これまで得た情報を基に、考えられるあらゆる条件に合わせて、繰り返しテストが行なわれていた。

キンベルの動きに合わせて、ファイナル・アプローチの状態に操縦席の環境を整えるべく、すでにコ・パイ・シートに座ったカルロス・シモンズが、機器をセットしていく。

「高度は一五〇〇フィート。フラップは40。ギアはダウンの状態で、ＩＬＳオン・コースでいいですね」

薄暗い穴蔵のような空間の中で、グリーン、オレンジ、レッド……と膨大な数のスイッチ類が、ちょっとした街の夜景のような美しさと密度で小さな光を放つ。正副操縦士席の前面にそれぞれ並列に二面、その間に縦に二面、埋め込まれたディスプレイには計器が画像となって表示されている。それらの表示が、後方でキンベルがインプットした条件に従って、一瞬のうちに変化する。

「それでいい」マクナリーは、シモンズが言葉通りの操作を終了したことを確認すると両手で操縦桿を握り、「ＯＫ、ブルース。始めてくれ」今度は後ろを振り向くことなく命じた。

「それじゃ行きます」

キンベルがシミュレーターのモードを稼働状態に入れる。ウインドシールドの全面に映し出された疑似画面が一瞬かき消えると、今度はすぐ手前まで迫った霧の海で一杯になった。夜の空間。その底に澱のように溜まった白い塊が、突如動きだしこちらに向かってぐんぐんと迫ってくる。シミュレーターの箱を支える支柱のロックが解かれ、コンピュータによって飛行状況が再現される。油圧によって支柱が動き、微妙な気流の流れ、操縦桿あるいはパワーによる動きが忠実に再現される。

「ランディング（着陸）・ライト（灯）・オフ」

「ランディング・ライト・オフ」

マクナリーの指示にシモンズが頭上にあるスイッチの一つを押す。迫りくる灰白色の塊のある部分がウインドシールドを一杯に満たす。ランディングのためのターゲット・スピード一三〇ノットに設定するために、スロットルレバーに添えたマクナリーの右手が僅かに手前に引かれる。目標とするスピードのプラス五ノットのあたりから、今度はターゲット・スピードを維持すべく、逆に少しスロットルを前に押し出して推力を上げる。コックピットの中に充満していたエンジンの唸り（うな）が微妙に変化する。左手で握った操縦桿はそのままだ。マクナリーの視線がフライト・ディレクターの中に表示されるＩＬＳの針と降下率を示す数値に集中する。機体を示すシンボルは、水平線よりも僅かに下にあり、降下の状態にあることを示している。ＩＬＳのラインはその中央でぴたりと重なって動かない。このままの状態で進入を続ければ、間違いなく機はフランクフルト空港の25番滑走路に着陸するはずだ。

突然窓の外が白一色の世界に変わる。霧の中に突入したのだ。

「一〇〇〇（ワン・タウザンド）（フィート）」

シモンズが静かに高度を告げる。

「ロウデータ」

ＩＬＳに目をやったマクナリーが答える。あいかわらずローカライザー、グライド・スロープの二つのデータを示す針は、フライト・ディレクターの中心でぴたりとクロスしている。そして計器のクロス・チェック……。すべては着陸に向けて順調に作動している。

その行動のすべてを後方のオペレーター席で逐一モニターしていたキンベルに、この時ちょっとした悪戯心が起きた。

――エアー・ストリーム社きってのテスト・パイロット。ＡＳ―５００の設計コンセプト段階から完成まで、パイロットとしてすべての開発に携わってきた男、スコット・マクナリー。最悪に近い天候を再現したとはいっても、着陸に失敗などするわけがない。

そうしたキンベルの考えを裏付けるように、目の前に並んだモニターに表示される数値は寸分の狂いもなく目的の滑走路に向かって一直線に降下を続けていることを示している。

――第一この男はほぼ毎日出来上がったばかりの機体を、能書きに書かれた性能を三〇パーセントも上回る極限状態で、文字通り命を懸けてテストしているのだ。最悪の状態での着陸を想定するとなれば、不測の事態というものがあってもいいはずじゃないか。

キンベルは考えた。それはちょっとした興味、あるいは好奇心といったたわいのないものだったかもしれない。このエアー・ストリームきってのテスト・パイロットが本当の不測の事態に陥った時、果たしてどんな行動を取るか。どんな表情を見せるか。それを見てみたくなったのだ。

——その結果この着陸に失敗したとしても、それは所詮疑似空間でのこと。誰が傷つくでもなければ、もちろん誰が死ぬわけでもない。もっとも失敗したとなれば、それがいかに不測の事態であったとはいえ、マクナリーのプライドは多少傷つくかもしれないが……。

キンベルの中で、自分の職分を全うすることよりも、すでに興味、好奇心のほうがまさりつつあった。オペレーター席にあるシミュレーター・コントロール・パネルには、考えられるありとあらゆる気象条件を再現すべくさまざまなスイッチが並んでいる。その上をキンベルの視線が彷徨い、浮き出るような赤い文字で表示された一つのスイッチに目が行った時、彼の腹は決まった。

『ダウンバースト』

——着陸寸前でこいつに出会ったら、一体この男はどういう顔をするんだろう。どういう操縦を見せてくれるんだろう。

およそ着陸間際にある航空機にとって、ダウンバーストほど厄介なものはあるまい。積乱雲や局地的な雄大積雲の下で起こる下降気流が、そのままの勢いで地表付近まで降下する。爆発的に発散して強い吹き出し風となる様は、さながら天空から降り注ぐ瀑布そのものである。その規模はマクロバーストの場合水平規模にして四キロ以上、風速毎秒六〇メートル。マイクロバーストの場合でも水平規模が四キロ未満、風速は実に毎秒五〇から七〇メートルを超える。着陸寸前、飛行中で最も速度が落ち、最も不安定な状態にある航空機が、このダウンバーストに遭遇すれば、規模あるいはタイミングによっては、そのまま何が起きたか分からないうちに地上に叩きつけられてしまう。そしてそれは現実に何件も発生していることだ。

キンベルはシミュレーター・コントロール・パネルを操作し、極めて小規模なダウンバーストを決心高度より少し手前で発生させるようにセットすると、ボタンを押した。視線を転じて機の状態を示すモニターを見る。深い霧に視界を遮られているにもかかわらず、さすがにマクナリーの操る機体は、寸分の狂いもなく25番滑走路に向けて正確な降下を続けている。

「五〇〇」

「スタビライズド」

高度を読み上げるシモンズ、それに答えるマクナリーの声が聞こえる。もうすぐ霧を突き抜け、滑走路が見えてくるはずだ。そしてお約束通りならば、二〇〇フィートに達した時点でもう一度深い霧が視界を遮るところだ。

――悪いがスコット、今回はそうはいかないんだ。

シモンズの読み上げる高度を耳にした時、キンベルの口許が僅かに緩んだのを、前に座る二人のパイロットが気づくはずもなかった。

「プラス一〇〇」

前方と計器を交互に監視していたシモンズが着陸決心点に来ていることを告げる。霧が晴れ、滑走路の中心の延長線上から一直線に伸びるアプローチ・ライトの光が、そしてランウェイ・ライトが見えてくる。

「チェック、ランディング・ライト・オン」

シモンズの手がオーバーヘッド・パネルに伸び、スイッチの一つを押す。途端にウインドシールドの前方に光が差す。

――さあ来るぞ。

キンベルが思った次の瞬間、シミュレーターの脚が折れたかのような衝撃とともに、箱全体ががくりと落ちた。いくらシミュレーターとはいえ、もしも四点式のショルダー・ハーネスで体を操縦席に固定していなかったら、二人とも頭をオーバーヘッド・パネルにひどく打ちつけていたに違いない。それほど激しい突然の降下に、機は見舞われた。

高度がまたたく間に落ちていく。昇降計の針は通常使用される範囲を、マイナスに向けていきなり振り切り、高空で機体損傷が起きた時の急降下でしか見ることができないような数値を示している。

「ジーザス!」

副操縦士席でシモンズが叫び声を上げた。明らかに、何が起きたのか分からないといった感情がそこに込もっているのが分かる。

「ゴー・アラウンド!」

即座に着陸復行を告げたのはマクナリーである。さすがにエアー・ストリーム一のテスト・パイロットは、これがさも実機で起きたかのような真剣さで、機の回復動作にかかった。もはやそこには、これがシミュレーターという疑似空間で起きたというような悠長さの欠片もなかった。一時的に高度の落ちた機は、このまだと滑走路のはるか手前に叩きつけられてしまう。

着陸寸前の急激な降下。このような事態に遭遇した際にパイロットがとる回復操作には世界的に統一された操作基準がある。

「ゴーレバー・ディプレイス、アンド・パワーレバー・フルフォワード、アンティル・メカニカル・ストップ！」

マクナリーは、右手で掴んでいたスロットルレバーのグリップの内側についている『ゴーレバー』を力を込めて押し込む。ゴーレバーの押し込まれたスロットルはフル・パワーの状態まで自動的に動いていくが、それよりも早くマクナリーの手はスロットルレバーを最前進位置まで押し出した。パワーが最大に上がったことを確認するのはシモンズにまかせておけばよい。スロットルレバーが最前進位置に達した手ごたえを確認するや、

「ピッチ・アップ、アンティル・ディッセンド・ストップ、オア・スティックシェーカー・スピード」

今度は降下を食い止め、操縦桿が機械的に震えだして失速の危険を知らせる速度限界まで機首の角度を上げるよう両手で引き上げた。ダウンバーストの規模を最小にしていたために、下降気流を抜けた機は今度は離陸時と同じ推力を持ち、パイロットの機首上げ操作

と推力モーメントが相まって機首が上を向く。しかし降下はまだ完全に止まってはいない。間もなく揚力がつき上昇に転じるだろうが、地表との激突を避けるためにはまだ上昇角度が足りなかった。地表はこうしている瞬間にもどんどん近づいてくる。アプローチ・ライトの光が、地表線と重なるように上がってくる。ゴーレバーが引かれたスロットルはすでにフルの位置にあり、これ以上の推力が得られないことは、エンジン系統の状態を示す計器がすでに目一杯のところにきていることからも分かった。

——機首をもっと上げなければ。

マクナリーの目が高度計と速度計、そして前方へと目まぐるしく動く。速度計の数値は操縦桿を引いて機首をもっと立ち上げても問題ないほどの余裕はある。降下率、それに揚力の回復の関係が素早く頭の中で計算される。

——この速度ならば、もう少し機首を上げても大丈夫。まだ失速速度には達していない。

マクナリーはそう判断し、両手に力を込めてさらに操縦桿を引いた。しかしマクナリーの意に反して機は機首の上昇角度を一定にしたまま、それ以上、上がることはなかった。

従来の航空機ならば、マクナリーの操作に確実に反応するところだろうが、フライ・バイ・ワイヤーのハイテク機の場合は必ずしもその意図を確実に舵（かじ）に伝えるとは限らない。フライト・コントロール・システムというコンピュータが、パイロットの操作がその状況において正しいものかどうかを検証した後、指示が信号によって稼働部に伝えられるようにできているのだ。機首の上昇角度は一五度に達したところで、ピタリと止まっている。

昇降計の数値はまだ降下を示している。地表は計器を見ずとも急激に足下に近づいてくる。機に僅かに浮力がつき始めるのが分かったがもう遅い。この上昇角度では間違いなく着陸復行の態勢に持ち込むことは不可能だ。このままならば、尻(しり)をこするような姿勢で地上に激突することになる。

「五〇(ヒフティ)……三〇(サーティ)……一〇(テン)……」

オート・コールアウト・システムが読み上げる機械音声が冷静に高度を読み上げていく。ランウェイ・ライトの先端がすぐ目前まで来たところで、それが地上の線と重なった。引導を渡すようにブザーが鳴った。墜落を告げる音だった。

「ブルース！　何をやった！」

怒声を上げたのは副操縦士のシモンズだった。

「いや、すまない。設定を間違えて、ダウンバーストのモードが入っていた」

勢いに押され、キンベルはとっさに嘘を言った。

「ダウンバースト？　そんなものを入れやがって」

だが、体を捻(ひね)り後方のオペレーターに向かって怒りをぶつけるシモンズの声も、マクナリーには聞こえていなかった。

着陸前の急激な高度の低下。それが意味するところはキンベルの説明を聞くまでもなくダウンバーストに機が突入したことをマクナリーはすでに悟っていた。問題はそれからだった。

――あの程度のダウンバーストならば、あのタイミングで着陸復行の手を打てば墜(お)ちることはなかったはずだ。俺の処置に間違いはなかった。しかしこの機は墜ちた。それは操縦桿をいくら引いても機が反応しなかったからだ。それは何故だろう。モードはオート・パイロットからマニュアル(手動)に変更していた。すべては俺のコントロール下にあったはずだ。よし、もう一度いま行なった手順を思い出してみよう。急激な降下。着陸復行の決断。あの時点ではまだ高度は十分あった。ゴーレバーを押し込みスロットルレバーを前方一杯に押し込んだ。パワーが上がる。機首上げ姿勢を取る。だがこの時点でまだ揚力は回復していない。さらに高度が下がる。速度は十分に上がっていた。さらに機首を上げて降下を止め、上昇に移ることが必須(ひっす)であったし、また可能だったはずだ。だから俺は操縦桿を引いた。しかしそれはまったく機能しなかった……。

マクナリーはこのハイテク機をコントロールするシステムのことを考えてみた。答にぶちあたるまでそう長い時間はかからなかった。

――そうか、フライト・プロテクション……フライト・コントロール・システムだ。最終着陸態勢にある機が復行を試みゴーレバーを押し込む。当然そのままだと急激な機首上げの状態に飛行機は陥る。へたをすれば失速という事態を招きかねない。それを防止するために着陸形態でゴーレバーを使用した場合は操縦桿についているエレベーター・トリム・コントロール・スイッチを操作しない限り一五度に機首上げ角度を押さえ込むプログラムになっているんだ。テスト・フライトの時は前もって事態設定が分かっていたから自然とこのプロテクションを解除する手順を踏んでいたが、今回のような不測の事態で必要な手順が増えるのはマーフィーの法則だな。現に俺自身が陥ったじゃないか。

――これはたしかに理に適った設計思想ではあるが、反面今回のような事態に遭遇した場合は命取りになりかねない。いや、もはや欠陥と言ってもいいだろう。着陸復行を行なうことは日常のフライトでもままあることで、ダウンバーストに遭う確率は微々たるものかもしれないが、その時システムが邪魔してパイロットの意のままに動かないとなれば、重大な事態を招くだろう。いや待て、この瞬間にも、すでに就航しているＡＳ－５００にはその危険が常につきまとっているということだ。これはすぐにでも改善しなければ。

「キャプテン、どうします。もう一度最初からトライし直しますか」

茫然とした面持ちで画面の消えた前方を見つめているマクナリーに、シモンズが指示を仰いだ。

「えっ。ああ……」

システムの欠陥で頭が一杯だったマクナリーの返事は、気のないもののように聞こえた。

「キャプテン。そんなにがっかりしないで下さいよ。あの状態でいきなりダウンバーストに入れられれば誰でも墜としますって。キャプテンのせいじゃないですよ」

『いや、そうじゃないんだカルロス。システムには……』と、言いかけたところでマクナリーは言葉を呑んだ。システムの欠陥。このシステム。それがこのＡＳ－５００にとってどれほど重大な意味があるか、開発のコンセプトの段階から参加していたマクナリーには、誰の説明を受けるまでもないほどよく分かっていた。

「いや、今日はこれで上がろう。シミュレーターは終わりだ」

——報告は少しでも早いほうがいい。

マクナリーは、頭部につけたヘッドセットを外して傍らに置くと、ドキュメンテーションをフライトバッグに入れ、立ち上がった。

The Day－79　1月7日

●米国　カリフォルニア州・サンノゼ　U.S.ターン・キー社

会議が終わると、部屋の中にいた一〇人ほどの男女が一斉に立ち上がり、机の上に広げられた分厚いファイルや書類をまとめにかかった。あちらこちらで溜息が洩れるのは、長かった拘束から解放された安堵からのものではない。これから極めて限られた時間の中でやり遂げなければならない仕事量、考えただけでも憂鬱になる前途を思ってのことだ。

重いドキュメンテーションを手にメンバーが部屋を出ていく。複雑なフローチャートやとうてい言葉とは思えないような記号が書きなぐられたホワイトボードの前に立つグレンの顔にも疲労の色が濃い。目の下には隈ができ、いつもならばきっちりとオールバックに撫でつけられた髪も乱れたままだ。

「グレン、キャサリンはどうしたんだ」

ひとりの男がグレンに歩み寄ると、小声で言った。チーフ・プログラマーのジェラルド・ケリーだった。銀縁眼鏡の下の神経質そうな目が、兎のようにどこか落ち着きがなく、怯えているかのような光を宿している。

——キャサリンがどうしたかだって？　こちらが聞きたいくらいだ。

「母親が病気でね、オハイオに行っている」

ホワイトボードを埋めつくした文字を消しながら、内心に込み上げるものをおくびにも出さず、グレンは咄嗟の嘘をついた。

「で、いつごろこっちに帰ってこれそうなんだ」

「分からない。大分悪いらしい」

「困ったな……」ケリーは心底困惑した言葉を洩らすと、乾いた髪を掻きむしった。「グレン。これだけの作業を短期間でこなすとなると、キャサリンの力がどうしても必要になる」

——そんなことは分かっている。

グレンは、再び言葉にしたい衝動をこらえると、ケリーに向き直った。

「キャサリンに事情は説明してあるがね。どうしてもいま家を離れるわけにはいかないんだ」

「そんなに悪いのか」

「ああ」グレンは溜息まじりに言うと「今回は君にリーダーでやって貰うしかない」と、続けた。

「そりゃ、できないことはないが。グレン、今度の仕事は単純なバグ取りの作業じゃない。知っての通り、プログラムの部分的な直しは、不都合箇所を直せば終わりってもんじゃないんだ」

グレンにしたところで、プログラマーの端くれだ。そんなことは百も承知だった。

コンピュータに限らず、しっかりとした設計図に基づいて製作されたものほど、一部の手直しが面倒になるものだ。たとえばビルの柱のたった一本の位置を直すとなれば、全体の強度の計算、部屋のレイアウトまでをも再び考え直さなければならなくなる。ましてやコンピュータのプログラムは、理論の集合である。一部を手直しすることで、玉突き的に修正しなければならないところは無数に出てくる。つまりプログラムの全体を、しっかりと頭に叩(たた)き込んでいる人間がいるかいないかでは、作業効率も、出来栄えもあからさまに違ってくるものなのだ。

ケリーの心配はもっともだった。

「とにかく、だめなものはだめなんだ、ジェリー。キャサリンはあてにできない」

「グレン」開け放たれたままのドアにアンジェラが立っていた。「もう行かないと、飛行機に間に合わないわよ」

「分かった」

グレンは、ホワイトボードに書かれた文字を最後に一拭(ひとふ)きすると、机の上のドキュメンテーションをまとめにかかった。

「それは私がやっておくわ」

アンジェラは足元に置いた数日分の衣類を詰めたダレスバッグと、アタッシェケースを指さした。

ドキュメンテーションをまとめかけていたグレンの手が止まり、腕時計を見る。フェニックス行きの最終便が出るまで、一時間しかなかった。短い舌打ちが洩れた。

「OK、アンジェラ。それじゃこいつをファイルしておいてくれ。多分一週間は向こうに張りつくことになるとは思うが、帰りが決まったら連絡する」グレンはそこで視線をケリーに向けると、「とにかくジェリー、君がリーダーでやるしかないんだ。今日の会議で決まった通り、すぐに作業にかかってくれ。エアー・ストリームにとっても、我が社にとっても正念場なんだ」

そう言い残すと、足早に会議室を出ていった。

「アンジェラ、そんなにキャサリンの母親の容態は悪いのか」

机の上のドキュメンテーションを片付け始めたアンジェラに向かって、ケリーは聞いた。

「キャサリンのお母さんの容態?」

「ああ、それでオハイオに帰っているんだろう?」

アンジェラの反応が意外なものだったせいで、ケリーの顔に訝しげな表情が宿った。

「ええ、どうもそうらしいわね。私も詳しいことは知らないけど」

アンジェラは手を休めずに慌ててつくろった。

「おかしいな」

ケリーは、小首を傾げた。

「何が」

「いや、事故が発生して以来何度もEメールを送っているんだが、返事がないんだ」

「そう……、メールを読んでるような余裕がないのかもね」

フランクフルトでAS－500が墜ちたあの日、慌ただしくフェニックスへ向かう支度をしながら、グレンは何度も自宅に電話をした。留守番電話すらセットされてなく、単調な発信音の繰り返しを聞く度に、グレンは受話器を叩きつけ、いらだちの声を上げた。

「ガッデーム！　キャサリンめ、どこに行ってるんだ。この大変な時に」

いらだちは電話の回数が増すほどに高まり、グレンの眉間に深い皺が寄っていく。額には太い血管が浮かび、乾いた髪が逆立つのではないかと思えるほどに感情が露になった。もちろんグレンもまたケリー同様に、Eメールを通じてメッセージを送っていた。普段は決して見せることがないそんなグレンの表情を見ながら、アンジェラはある種複雑な思いにとらわれていた。

アンジェラとて、単に魅力的な肉体を持っただけの馬鹿な女ではない。U.S.ターン・キー社の社長秘書として、それなりに有能な働きをしているれっきとした社員だった。自社が初めて手がけた大きな仕事が、スタートの段階で思わぬ問題にぶち当たったのだ。それが社にとってどれほど大きなものか、事の重要性は誰の説明を聞くまでもないことだった。それは、グレン個人の将来を左右しかねないほどの大問題であると同時に、いまやグレンに身も心も捧げ運命共同体と化している自分の将来ともそのまま重なる問題だった。

同時にもう一つアンジェラの脳裏に浮かんだのは、キャサリンのことだった。

――キャサリンが消えた。

グレンにしてみれば、ちょっと外出した、あるいはどこかのクリスマス・パーティに出かけた、その程度にしか思っていなかったかもしれないが、アンジェラにはそんな単純なものではないことが分かっていた。

あの夜のパーティで何気ない素振りでしきりに私を見た、あの探るような冷たい目。嫉妬、怒り、そして焦り……いったん敵と認めた同性に放つ、女の深いところに潜む陰湿な感情のすべてが込められた視線だった。時折私がグレンと視線を交わす度に深みを増していった。

――そうよキャサリン。分かって？　ううん、賢いあなたには分かるはずよね。だって私はあなたが気がつくように彼に視線を送ってるんですもの。

キャサリンの瞳に危険な感情の刃が露になるのをアンジェラは愉しんだ。

――駄目よキャサリン。あなたはグレンにとってもう『おんな』としては何の価値もない人なのよ。ビジネス・パートナー。そう、共有できるのは生活の手立てを得る場であって、生活を送る場ではないの。悪いけどグレンはもう私のものよ。ちゃんと見なさいよ、キャサリン・ハーレー、目を逸(そ)らさずに。この胸、この体。盛りの終わったあなたのものとはわけが違う。瑞々(みずみず)しく熟れた取れ立てのピーチと、ワゴンの中で何日も置かれたままのプラム。どちらを食べたくなるか、それはあなたにだって分かるはずよ。何たってあなたはあのCALTECHを優秀な成績で卒業したんですもの。私のような州立大出のバチェラー(学士)とはおつむの出来が違うものね。
ほら、またそうやって私を見る。やっぱり気になるのね。

伏線はお互いにとって十分なはずだった。あとはどちらの忍耐が限界に達するかを待つだけだった。チキン・レース……そう、正対する二台の車が猛烈なスピードで距離(対等)を詰め、我慢できなくなってハンドルを切ったほうが負け。でも勝負はもはやスクラッチじゃない。だってグレンはもう私の手の中にあるんですもの。

空しく鳴り響くだけの電話にいらつくグレンを見ながら、アンジェラは勝利を確信した。

そしてあれから二週間、キャサリンの行方は杳(よう)として知れなかった。

アンジェラは、取りまとめたドキュメンテーションを手にすると、会議室を出た。明るいグレーのカーペットが敷き詰められた廊下を、グレンのオフィスへと向かう。パーティションに仕切られたオフィスの所々には観葉植物が置かれ、六時を回ったこの時間ともなると、とっくの昔に人気(ひとけ)がなくなっているはずだった。にもかかわらず、パーティションの向こうに人の気配を感ずるのは、創設以来の危機に会社が遭遇している何よりの証拠だろう。

グレンのオフィスは同じフロアーの奥まったところにあった。アンジェラはドアの縁についたロック解除装置に胸にぶら下げていたIDカードを通すと、傍らにある暗証コードの番号キーを押した。

——キャサリンも知らないパスワード。

再びアンジェラの胸に、優越感が込み上げてくる。

ロックが解除される音とともに、暗い室内への扉が開いた。アンジェラは室内に明りを灯すと幅広のデスクに歩み寄った。分厚いドキュメンテーションの束、それに数冊のファイルをどさりとその上に置くと、それぞれの保管場所に手際よくしまい始める。ファイルは背後のブック・ホルダーに並べる。そして合鍵を使ってマホガニーでできたサイドテーブルの引き出しを開けると、中にあるドロップ・ファイルにドキュメンテーションを内容ごとに整理しながら入れ始めた。

小見出しのついたファイルが、引き出し一杯に整然と並んでいる。ドキュメンテーションの束を大方しまい終わろうとしたその時、アンジェラは引き出しの底に、そこには不釣り合いな物がしまわれていることに気がついた。

——何だろう。

反射的にアンジェラの手がそこに伸びた。大きさはちょうど手に収まるほどの物だったが、その割りには妙に持ち重りがする。樹脂の冷たい感触が手に心地よかった。

——カメラ？

外見こそ見慣れたコンパクトカメラそのものだったが、ボディの横には折り畳まれた液晶ディスプレイが収納されている。デジタルカメラだった。

——何が写っているのかしら。

それは自分が仕えるボスであるグレンがすでにサンノゼを離れ、もう今日は仕事から解放されるというところからくる、ささやかな興味、あるいは好奇心というものかもしれなかった。愛する男の秘密をかいま見るチャンスとアンジェラが思ったとしても、不思議ではなかったろう。

アンジェラはデジタルカメラのスイッチを入れると、液晶ディスプレイをセットした。小型のボディには、このどこにそんなに機能があるのかと思われるほど多くのボタンがあったが、それでも気を落ちつけて見れば、わけが分からなくもない。

アンジェラはマニキュアが塗られた長い爪先で、『PLAY』と書かれた小さなボタンを押した。液晶ディスプレイが明るくなると同時に、内蔵されたメモリーに記録された粗(あら)い画像が浮かび上がった。

もつれあう男女の姿。それがグレンとキャサリンの姿であることに気がつくまで、幾らの時間もかからなかった。アンジェラは無意識のうちに先送りのボタンを押していた。まるで行灯(あんどん)の火が瞬くように画面が暗くなり、そして明るくなると、そこには見まごうことなきキャサリンの裸体が姿を現した。おそらくはベッドの上で撮られたものなのだろう、胸の辺りまで持ち上げられた白いシーツ。隠しきれない豊満な乳房が一つ、隙間からこぼれ落ちている。含羞(はにか)むような笑い、それでいながらレンズを向ける男に挑むかのようにじっと正面から見据えるキャサリンの瞳は自信に満ち、何よりも愛されている女が放つ独特の光に満ちていた。

再びアンジェラの指が先送りのボタンを押す。画面が切り替わる度に奔放なポーズで肢体を晒(さら)すキャサリンの姿が画面に現れる。

張りのある裸体。それに顔の表情から、それが自分がグレンと関係を持つ以前のものだと分かってはいても、アンジェラは平静ではいられなかった。先ほどまでの勝ち誇った気持ちなど、どこかに吹き飛んでいた。いまアンジェラの心にあるものは、嫉妬、憎悪、そして紛れもない敗北感だった。

——私が愛するグレンと、あの女はこんな蜜月(みつげつ)期を過ごしていたのだ。たとえこれが私が知らない時代のことでも許せない。

——もしかしたらあの人のことだわ。まだキャサリンとは切れていないのかもしれない。『あの女にはあきあきした』……私の前でこそ、そんなことを言っちゃいるけど、本当にそうなのかしら。もしかしたら、あの二人はまだ続いていて、グレンは私を欲望のはけ口程度にしか思っていないのかもしれない。だとしたら最悪だわ。私はあの二人の前で馬鹿なピエロの役を演じているだけだわ。

それは危険な感情の芽生えだった。アンジェラの気持ちは、どうやってこの女を貶(おとし)めることができるか、そしてグレンを確実に自分のものにできるか、その一点に集中し始めていた。それは、画面が明滅を繰り返しながら映像が変わる度に、アンジェラの中で瞬く間に増幅されていき、頂点に達したところである一つの考えに結びついた。

——いいわ、キャサリン・ハーレー、見てらっしゃい。目にもの見せてあげる。そうやってグレンを見つめていられるのも、もう少しの間だけ。そんな娼婦みたいな視線をグレンだけに向けるのはもったいないわ。そう……もっと多くの男たちに愛されてしかるべきものよ、あなたの裸は……。

アンジェラはデジタルカメラの電源を切ると、躊躇することなくそれを手にグレンのデスクを離れた。入口の壁にある部屋の明りのスイッチを切ると、いましがたアンジェラの脳裏に浮かんだ邪悪な計画を暗示するかのように、オフィスは暗い闇に沈んだ。

The Day—78　1月8日

●米国　カリフォルニア州・エルセリート

緩やかな斜面に張り出したテラスからは、ベイを挟んでサンフランシスコの街並みが遠くに見えた。太平洋から流れ込む豊饒な海水が渦巻くベイには白い帆に風を孕んだヨットの群れ、そしてそれよりも速いスピードで動き回るおびただしい数のウインド・ボードのカラフルなセールが小さく見える。

「便利さを買ったんじゃないの。この景色を買ったのよ」

ダウンタウンへの通勤にはバートを使わなければならず、同じ金を払うならもっと便利なところがあるだろうに、という問いにメアリー・ピケットは答えたものだった。週末の午後、抜けるような青空から降り注ぐ陽光を一身に浴びていると、メアリーが言った言葉にいささかの誇張もないことが分かる。

「で、キャサリン。あなた一体どうするつもり」

白いテーブルの上に置かれたコーヒー・ソーサーの上に、揃いのカップを置きながらメアリーは聞いた。ローズ・ポンパドールのピンクが白い陶器の上でひときわ鮮やかに陽光に映えた。

CALTECH時代のルームメイトであるメアリーの元にキャサリンが転がり込んでから、もう二週間以上が経っていた。

「悪いと思ってるわ。いきなり転がり込んで、もう二週間以上になるんですもの」

キャサリンの視線が、遠くサンフランシスコの街並みを見つめる。

「ううん、そうじゃないの。あなたがここにいることは迷惑でもなんでもないわ。正直言って、昼間グレッグの面倒を見てくれる人がいて、ありがたいくらい」

テラスと窓ひとつ隔てたリビングでは、二歳になる男の子が床に広げた積み木で一心不乱に遊んでいる。シングル・マザー。自立する女でいることを目指すメアリーが、人工授精で得た自分の分身だった。サンノゼを離れたキャサリンが、何の予告もなしに訪れ、二週間にもわたって身を寄せていられるのも、一つにはメアリーがそうした背景を持つ女だからに他ならなかった。

「ありがとう、メアリー。あなたには本当に感謝しているわ」

「未練……てやつかしら」

「未練？」

「まだグレンとよりを戻す気持ちがあるのね」

「まさか」

キャサリンは、目を細めながら見ていたサンフランシスコの街並みから視線を外すと、カップを持ち上げ、中のデカフェを一口啜った。

「さっさと別れちまいなさいよ。ろくなことはないわよ、そんな女癖の悪い男と一緒にいても。たとえここでよりを戻しても、またきっと同じことを繰り返すに決まってる。グレンだってそこそこの財産があるんだし、それを築くにあたってあなたが果たした役割は決して小さくないはずよ。取れるだけ取って、さっさと新しい道を歩き始めたらどうなの」

「メアリー、あなた『ディボース・コート（離婚法廷）』の見過ぎよ」

キャサリンは、テレビの人気法廷中継番組の名前を口にすると、薄く笑った。

「だったら何を躊躇することがあるの。はっきりとした行動をとらずに思い悩むだけでだらだらと時間を過ごしても、結論なんて出やしないわ」

――そんなことは分かっているの。

キャサリンは喉（のど）まで出かかった言葉を呑み込んだ。コーヒー・カップに付着した薄いルージュを指先でそっと拭（ぬぐ）った。

――一体私は何を考えているのだろう。グレンの元に帰り、よりを戻す？　ううん、そんなことは考えちゃいない。メアリーの言うように、戻ったところで同じことの繰り返しになるに決まってる。未練なんてこれっぽっちもありゃしないわ。それは本当……。

――だったらなぜ……。そりゃ、私が決心しさえすれば、グレンの財産の半分、いいえ三分の二は私のものにできるに違いないわ。だって不義を働いたのは私じゃない。グレン・エリス、あの男ですもの。第一、会社がここまで大きくなったのだって私の働きがあったから。それはあの人だって認めるに違いないわ。でも、それでどうなるって言うの。あの人は財産のかなりの部分を失うけれど、それでも一緒に築き上げた会社はあの人のもの。個人の財産が三分の一になったところで、生活に窮するものでもない。そして私は生活に困らないだけのお金と引き換えに、これまでの長い時間を清算する。それが本当に対等な痛み分けって言えるのかしら。

　考えを巡らすキャサリンの脳裏に、突如アンジェラの顔が浮かんだ。この間のパーティの席で見せたあの勝ち誇った顔。そしてグレンと交わす視線。

――痛み分け？　とんでもないわ。グレンと別れて一番喜ぶのは、あの女に違いない。そう、いったん事を起こしてしまえば、何もかもあの女の思い通りになってしまう。そんなことがあってたまるもんですか。おつむの出来も、仕事の質だって私のほうが数段上だわ。ただ一つ若いだけの魅惑的な体を持っているということを除けば……。

　それが自分ではどうすることもできない現実であることに気がついた時、キャサリンの怒りに再び火がついた。

――絶対に別れてなんかやるもんですか。

「まあ、よく考えることね、キャサリン。ただ、もしもよりを戻す気があるんだったら、早いほうがいいわよ。この間のＡＳ－５００の事故、Ｕ．Ｓ．ターン・キーにだって、まったく関係ないってわけじゃないんでしょう」

キャサリンの瞳に、不穏な灯火が宿ったのに気がついたメアリーは、話題を変えにかかった。

AS―500のフライト・コントロール・システムに問題が見つかったことは、Eメールを通じて送られてくるメッセージで知っていた。グレンが、そしてチーフ・プログラマーのジェラルド・ケリーが毎日のようにメッセージを送ってきた。だが、メッセージの内容が、切迫の度合を深めれば深めるほど、そして次第にいらだちの色を濃くしていけばいくほど、それを読むキャサリンの顔には冷たい笑みが浮かぶだけだった。

――苦しむがいいわ、グレン・エリス。これでもあなたが私にした仕打ちに比べれば、まだまだ軽いものだわ。もっとも、もうひとりの送信者、ジェリーには少なからぬ罪悪感を覚えずにはいられないけど……。

「まったく関係ないどころか……」

キャサリンは口ごもった。

メアリーは心を許せる数少ない友人だったが、事はU.S.ターン・キーのみならず、エアー・ストリーム社の秘密にかかわる問題だった。秘密裏に改良しなければならないということは、エアー・ストリームにとっても修正しなければならないプログラムの不備が、初期故障といったレベルではとうてい言い逃れのできない深刻なものだということを意味していた。もしも、これがどこかから洩れるようなことにでもなれば、好調裏に受注を続けているAS－500のオプションはキャンセルされ、秘密裏に修正を行なおうとした企業倫理を問われて凄まじい批判に晒されることになるに違いない。それは同時にU.S.ターン・キーの存続が危うくなることを意味する。

キャサリンは気がついてはいなかったが、この一点だけを見ても、まだ彼女はグレンに、そしてそれ以上にU.S.ターン・キーに未練を残していたに違いなかった。

「いいのよメアリー。せいぜい困ればいいんだわ。私なしであの人がやっていけるのかどうか、思い知るでしょうよ」

キャサリンは冷たく言い放つと、空になったコーヒー・カップをソーサーごと持ち上げ、立ち上がった。リビングとテラスを隔てるガラス窓を開けると、積み木で遊んでいたグレッグが無邪気な目でキャサリンを見上げた。優秀な遺伝子を持つ精子の提供者というだけで、父親の顔を知らない二歳の子供にこぼれるような笑みを注ぐと、

「さあ、グレッグ。おばさまと遊びましょう」

午後のベイ・エリアの日だまりの中で、キャサリンは何事もなかったかのように言った。

●米国　カリフォルニア州・サンノゼ

一台のトヨタ・ピックアップ・ヴァンがウインカーを点滅させながらパーキングエリアに入ってくるのを、アンジェラはレストランの中から見つめていた。

ストップランプが一度長く点滅するとドアが開き、そこからワークシャツにジーンズといったいでたちの、風采の上がらない男が降り立った。手入れなどとうの昔に忘れてしまったかのように頭髪はけば立ち、痩せた頰を無精髭が覆っている。薄汚れたスニーカーに、黒いプラスチックのフレームの分厚い眼鏡。シャツの胸ポケットには、ペン・ホルダーに差し込んだ安っぽい筆記用具が頭を覗かせている。

ダサイったらありゃしない。本当なら二人で会うなんて考えもつかない、絵に描いたようなナード。

アンジェラはサングラスの下で目を細めると、小さく鼻を鳴らした。

男はエントランスのドアを開けると、そこに立ち止まり、レストランの中を見渡した。一時五分前。休日とはいえ、昼食のピークを過ぎた店内には空席が目立っている。ピンクのシャツを着たアンジェラを見つけるのにそう時間はかからなかった。メニューを小脇に抱えたウエイトレスが近づくのを片手で制すると、男はゆっくりとした足取りでアンジェラの座る席にやってきた。

「ハーイ、アンジェラ。久しぶりだね」

「ハーイ、ビル。本当に」

アンジェラは、胸に込み上げる嫌悪を精一杯の演技で封じこめ、魅惑的な笑顔で答えた。

ウイリアム・アトキンソン。三か月前まではU・S・ターン・キー社のシステム・エンジニアとして働いていた男だった。

「驚いたな。君が突然に電話なんかくれるもんだから」

「あら、迷惑だったかしら」

「いいや、そんな迷惑だなんて。ただちょっと意外だったもんでね」

安っぽい黒ぶち眼鏡、手垢で汚れたレンズの下の瞳が、戸惑いを隠せない動きをする。

「で、どうしてるの？　会社を辞めてから」

本当は首になってからと言ったほうが正しいのだが、いくら世間体など気にしないナードとはいえ、自尊心と無縁で生きているわけではない。アンジェラは言葉を選んで言った。

「まあ、それなりに仕事はあるさ。U.S.ターン・キーにいた時のような大きなもんじゃないけど、選ばなければ仕事は山ほどあるからね」

「そうね、いまの時代は住いを移さなくてもインターネットを使えば仕事を拾うこともできるものね」

「ま、そんなとこかな」

ウエイトレスが注文を取りにきた。メニューを広げたアンジェラに注意を払うことなく、アトキンソンは予め注文は決めてあると言わんばかりに、チェリーコークとチーズバーガーをオーダーする。

まったく代わり映えのしない男。一年中同じものばかり食べていて、よく飽きもしないもんだわ。

アンジェラは内心で鼻を鳴らしながらも、ことさらゆっくりとメニューを眺めると、アボカドとクラブのサラダ、それにアイスティーをオーダーした。

「でも突然と言えば、あなたが会社を辞めたのも突然だったでしょう。そりゃ驚いたものよ」

ウエイトレスが去ったところで、アンジェラは切りだした。

「驚いた？　君が？　事前に知ってたんじゃないの」意外な言葉を聞いたとばかりに、アトキンソンの目の表情が変わった。「だって君はグレンの秘書だろう？　僕が首を切られるのを知ってたんじゃないの」

「そんなことはないわ。そりゃ、私はたしかにグレンの秘書で、仕事の上では一番近いところにいるけれど、彼が考えていることの何もかもを知ってるってわけじゃないわ」

「へえっ、そうなの」

アトキンソンはさも意外だと言わんばかりにアンジェラを見ると、グラスの水を一口飲んだ。

「あの人の気まぐれは、あなたがよく知っているでしょう。その日の気分でどうにでも変わる人ですもの。本当に泣かされるわ」

「ふーん、そうなんだ。気まぐれは僕たちにだけじゃなかったんだ」

「それ、どういう意味よ」

「いや、僕はてっきり、君なんかはグレンとうまく行ってるもんだと思っていたからさ」

「そう見えるだけよ。こう言っちゃなんだけど、それがポリティックス（政治）ってもんよ。あなたなんかのように技術のある人とは違って、私なんかは首になったら次の日から職探しに奔走しなけりゃならなくなるんですもの、そこは大概のことは我慢するしかないの」

アンジェラは、アトキンソンの自尊心を擽りにかかった。

「聞いてみるもんだな」

アトキンソンは気のない返事をしながら、再びグラスの水を一口飲んだ。

「あなたの解雇に関しては、スタッフの間からも随分と批判の声が上がってるわ」

「へえ、そりゃ初耳」

当たり前だわ、とアンジェラは心の中で舌を出した。アトキンソンが首を切られたのは、まったく理由のないことではなかった。たしかにアトキンソンはコンピュータの技術者、そしてプログラマーとして優秀であることは間違いなかった。だがチーム、組織といった中で働くのに適任だったかと問われれば、必ずしもそうではなかった。高いレベルを持つ技術者が陥りがちな唯我独尊。つまり他人の意見を聞かず、自分の考えに固執し、突っ走る。アトキンソンは、そうしたタイプの典型的な人間だった。

力の裏付けのない人間が、何を言おうと鼻であしらい、組織からスポイルしてしまえば事は足りるが、アトキンソンの場合はなまじ力を持っていたがゆえに始末が悪かった。キャサリン、そしてグレンと事あるごとに衝突し、それはチーム全体の仕事の進行に影響を及ぼすことも少なくなかった。もちろん最終的な決定は、プログラマーを束ねる立場にあるキャサリン、そして会社全体のマネージメントを司るグレンの決定に従わざるを得なかったのだが、些細(ささい)な意見の衝突でもそれが度重なれば、相互の関係によい影響を及ぼさないのは世の常というものだ。アトキンソンが首になったのには、本人にとっては突然で納得のいかないものであっても、それなりの伏線というものがあったのである。

「あなたも知ってるでしょう。いま、会社がどんなことになってるか」

アンジェラは胸の中の囁(ささや)きをおくびにも出さずに話を前に進めた。

「ああ、AS—500の事故のことだろう」

「もう上を下への大騒ぎよ」

「どうしてU.S.ターン・キーが大騒ぎしなけりゃいけないのさ。あれはパイロット・ミスだったんじゃないの」

「ええ、あの事故の原因はそうなんだけど……」

アンジェラは、一瞬言葉に詰まった。U.S.ターン・キーが大騒ぎになっている本当の理由を話せば、アトキンソンにこれから起こしてもらわなければならない行動に、選択肢を与えてしまうことになる。それでは今日ここで、我慢しながらもこのナードと食事を共にしている意味がまったくなくなってしまう。

——あんたにやってもらいたいのはただ一つだけなの。ウイリアム・アトキンソン。

「エアー・ストリームにとって今回の事故は深刻な問題でね、すべての部分についての確認作業が行なわれているの」

「すべての部分についての確認作業?」

「そう、システムも含めてね。それこそエアー・ストリームも、U.S.ターン・キーも総動員、不眠不休の二四時間態勢の作業が続いているってわけ」

たしかにU.S.ターン・キーは不眠不休の二四時間態勢でプログラムの改良に余念がないのは事実だが、エアー・ストリームに関して言えば、内情は別にしても、表立ってはさしたる変化があるわけではなかった。しかし、そんなことをアトキンソンが知るわけはないとばかりにアンジェラは嘘を言った。

「そいつぁ大変な話だな」

口調とは裏腹に、アトキンソンの瞳に微かな笑いが走った。

やはり思ったとおり、この男はU.S.ターン・キーに、いやグレンに、キャサリンに、恨みを持っている。

アンジェラはその微かな兆候を見逃さなかった。

「いい気味だと思ってるんでしょう。ビル」

「えっ？」

「隠さなくてもいいのよ。私だって、内心あなたと同じ気持ちなんだから」

ウエイトレスが縁が擦れた白い大ぶりの陶器に載せた料理を運んでくると、ぎこちない笑いとともにそれをテーブルの上に置いた。

「お食べなさいよ。今日は私が誘ったんだから、おごりよ」

アンジェラはそう言うとフォークを手にして、ドレッシングのかかったアボカドとクラブのサラダを口に運んだ。アトキンソンはテーブルの端に置かれた調味料の中から、おもむろにケチャップを手にすると、付けあわせのフレンチフライとチーズバーガーの上にぶちまけた。

「本当のことを言えば、私もグレンとキャサリンには辟易してるの」グレンと一緒に行くレストランとは違う、かすかすで大味なサラダを噛みしめながら、アンジェラは話を続けた。

「たしかにグレンは会社の最高経営責任者で、キャサリンはそのパートナーかもしれないけどね、だからと言って、まるで独裁者のように横暴が通っていいってもんじゃないわ。気まぐれでスケジュールを変えたり、仕事の方針を変えたり、下につく人間を自由に操っていいってもんじゃないでしょう。揚げ句の果ては気に入らない人間はいかに優秀でもすぐ首にする。雇われている人間の権利なんてこれっぽっちも考えちゃいないんだわ、あの二人」

思いもかけないアンジェラの愚痴に、アトキンソンは戸惑いの色を浮かべながら、ケチャップのたっぷりとかかったフレンチフライを口に運ぶ。

「ビル、あなたもそう思うでしょう。あなたなんか最大の被害者だわ。優秀なプログラマーだったあなたを、何が気に食わないのか、いきなり首を切ったりするんですもの。いくら何でもあんまりよ。あなたもお人好しよね。それこそ訴訟にでも持ち込めば、辞めずに済んだかもしれなかったのに」

「訴訟ね」頬張ったチーズバーガーからはみ出したケチャップが口の端についたのをペーパーナプキンで拭いながら、アトキンソンは続けた。「そのまま会社にいるつもりなら訴訟を起こすのも意味があったかもしれないけどね、どっちにしてももうあの二人の下で働くつもりなんかないのに、それこそ時間と金の無駄ってもんさ」

「じゃあ、泣き寝入りじゃないの」

「形の上ではね、そうかもしれない」

「一泡吹かしてやりたい、そうは思わないの」

「そりゃできることならね」アトキンソンは手にした食べかけのチーズバーガーを皿の上に置いた。「正直言って、あの首は僕のキャリア・パスにとって大きな傷さ。リストラで問答無用のレイオフならともかく、業績好調のU.S.ターン・キー、それもメインの仕事についてた人間が突然解雇されたんだからね。次に雇おうとする会社からすれば、僕がどう説明しても、こいつには何かある、そう思われても仕方ないからね」

「あの二人の気まぐれが、あなたの可能性を台無しにしたってわけね」

「まあ、そういうこと。それを恨みに思わないわけがないじゃないか」

アトキンソンは、口の中に残った食べ物をチェリーコークで一気に胃袋に流し込んだ。

「分かるわ。私にしても明日はわが身。いつあの人たちの気まぐれであなたと同じ立場に陥るかもしれない」

「そんな気配があるの」

「大ありよ」

——ようやく乗ってきたわ、この薄ら馬鹿。

アンジェラは一気に本題に入りたい焦る気持ちをぐっと堪(こら)えると、眉(まゆ)を曇らせる演技をした。少しばかりの溜息(ためいき)を洩(も)らすことも忘れずに……。

「まあ、グレンとの関係はね、多少の横暴を我慢すれば、いまのところ大きな問題はないの。でも、問題はキャサリンよ。どうも私とグレンに何か特別な関係があるんじゃないかと疑っている節があってね。まあ下司(げす)の勘ぐりってやつなんだけど、このままだと私もあなたと同じ目に遭う可能性もないわけじゃないの」

「女の嫉妬(しっと)ってやつ？」

「まあ、そんなとこね」

「だとしたら、厄介だね。理屈もへったくれもあったもんじゃない。とにかく嫌なものは嫌。ただそれだけ。そして決定権を持つのは、残念ながら君じゃない。あのくそ女ってわけだ」

「そうなの……」アンジェラはそっと目を落とした。「私はあなたのようにこれといった技術がある人間じゃないわ。もしも首になってあの会社を放り出されたら、それこそ職探しが大変だわ」

「そうなったら、それこそ不当解雇で訴えればいいじゃないか」

「そういう方法もあるかもしれないけど、揉(も)めてまでいたい会社じゃないわ。でも、だからといって首を切られるのも——」

「癪に障る」アトキンソンがアンジェラの言葉を継いだ。「で、何か考えがあるのかい」

「あるわ」アンジェラの瞳に不穏な光が走った。「首を切られるのをじっと待つなんてとんでもない。その前に、あまり横暴なことをするとどんなことになるか、それを思い知らせてやる方法が」

「つまり予防措置を取るってわけだ」

「そしてあなたも、ささやかながらも腹に溜まった鬱憤を晴らす方法がね」

アンジェラはシートの上に置いたバッグの中を探り、樹脂でできた小さな工作物を取り出すと、テーブルの上に静かに置いた。

「デジタルカメラ？」

「そう、あなたに見せたいものがあるの」

アンジェラは静かに切りだすと、それから三〇分以上にわたって、この二日ばかりの間に考えた計画を喋り始めた。もはやナードに向かい合う不快感など、どこかに消し飛んでいた。

●日本　東京・世田谷区経堂

「OK、それじゃもう一度確認させてくれ、ワンダ」

時間はもう五分で日が変わろうとしていた。間接照明の柔らかな光の中に、雅彦の早口の英語が流れた。

「サイバー・エイドの取材は、三月の二六日から三日間、それで確認がとれているんだね」

『ええ、そうよ。取材はワクチン・ソフトの開発責任者トレーシー・ホフマンと社長のエドワード・ウイルソンが直接受けるそうよ』

「開発責任者と社長ね。そりゃまた錚々(そうそう)たる顔ぶれだな」

『そもそもがそんなに大きな会社じゃないこともあるけどね。プログラマーを含めて三〇人前後ってとこですもの。それに毎朝は日本でも屈指の全国紙ですからね。彼らのようなヴェンチャー企業にしてみれば自国のメディアじゃないにしても力が入って当然よ。ワクチンのマーケットは何もアメリカ国内に限ったことじゃない。日本だって大きな市場には違いないもの』

「なるほど」

『でもね、技術力と会社の規模が必ずしも比例しないのがこのサイバーの世界よ。たしかにサイバー・エイドは規模の点じゃさほど大きくはないけれど、技術力、特に開発責任者のトレーシー・ホフマンは相当に優れた技術者らしいわよ』

「トレーシー？　女性のプログラマーか、そいつぁ興味あるな」

『チッ、チッ、チッ』反射的に洩れた雅彦の言葉を聞くなり、ワンダの口が鳴り、注意を促した。『マサ、気をつけることね。いまの言葉、女性差別ともとられかねないわよ。まあ、あなたのことだから、そんなことないのは私は百も承知だけど』

「失礼、そんなつもりじゃ」

『まあいいわ。でも彼女の経歴を見れば、女性蔑視の根強い日本の男でも、優秀さに納得するんじゃないかしら』受話器の向こうから、ワンダが手元の資料を捲る音が聞こえる。

『コロラド州立大学のコンピュータ工学科を首席で卒業して、その後MITの大学院でコンピュータ・サイエンスの修士号を、これまた最優等の成績で取得しているわ。その後、カリフォルニアに移って、デジタル・ソフト社に入社、そこでは主にコンピュータ・セキュリティ関係の仕事に四年間従事している』

「なんとも華々しい経歴だな」

コロラド大学も、MITも簡単に学位を与えるような大学ではない。そのいずれをも優秀な成績で卒業したとなれば、技術者としてはたしかに最優秀の部類に入ることは間違いない。加えてデジタル・ソフトは、いまやパーソナル・コンピュータのOSである『スコープ2000』で、全世界のシェアの八〇パーセント以上を占める企業だ。そこでコンピュータ・セキュリティの仕事をしていたとなれば、今回の取材対象としては申し分ない。

『驚くのはそれだけじゃなくてよ』ワンダは話を続けた。『三年前に起きた〝闇のゾロ〟事件って知っているかしら』

「〝闇のゾロ〟……ああ、知っている。たしか、国防総省やFBIのコンピュータがネットから不正侵入されて大騒ぎになった事件だろう」

国防総省をはじめとする国家機関、そして研究機関のコンピュータに不正侵入する輩が跡を絶たないのはいまに始まったことではないが、〝闇のゾロ〟はその中でも、度重なる不正侵入に対処すべく各機関がセキュリティの改良を重ね、不正アクセスが厳しくなったところを狙って、いの一番にそれを打ち破ることで話題になった、半ば伝説となったクラッカーだった。

〝闇のゾロ〟の不正侵入は極めて短期間に多くの機関になされたがために、当時セキュリティ担当のコンピュータ技術者たちは、FBIに犯人が逮捕されるまで、文字通りのパニックに陥ったものだ。

『その〝闇のゾロ〟を追跡して、逮捕に大きく貢献したのが、当時デジタル・ソフトに入社して間もなかったトレーシーだったのよ』

「本当かい」雅彦の声のトーンが一つ上がった。「たしかあの当時、犯人逮捕に貢献した技術者がいたことは報じられたが、ただの一社も、インタヴューはおろか取材に成功したところはなかったんじゃないのかな」

『そう。あなたも知っての通り、アメリカン・ヒーローってのは、とかく表に出たがるもんなんだけど、彼女はどうもそういうタイプじゃないの』

「でも、その彼女、いやトレーシーが、何で今回の取材に応じる気になったんだい」

雅彦は当然の疑問を口にした。不正侵入の事件があったのは、三年前のことには違いないが、それ以降もその類の事件がなくなったわけではない。伝説的なクラッカーを捕まえた技術者、その存在はいまや伝説であり、取材価値がなくなったわけではない。

『これには、それなりの背景があるのよ。トレーシーがデジタル・ソフトを去ることになった理由は、いまのサイバー・エイドの社長、エドワード・ウイルソンと組んでヴェンチャー企業を起こしたからなの。エドも元はデジタル・ソフトでトレーシーと同じ部署で働いていた男で、まあ、二人とも大きな組織の中で与えられた仕事に追われるようなタイプじゃなかったってことなんでしょうね』

「優秀な技術者であると同時に、独立心と野心もそれなりに持ちあわせた人間ってとこか」

『野心という点に関して言えば、トレーシーの場合はクエスチョン・マークね。むしろ自分の思うがまま、誰にも干渉されずに仕事をしたいっていう気持ちがあったんじゃないかしら。もっともエドのほうは野心満々、大変アグレッシヴなタイプと言えるわね。たしかにコンピュータ・ネットワークの発展にともなって、ウイルスの被害は跡を絶たないんだけど、新興のヴェンチャーが確固たる基盤を築くのは並大抵なことじゃない』

「そりゃ、そうだろう」

『だけどサイバー・エイドに関して言えば、数あるヴェンチャーの中でも、近い将来必ず頭角を現すだろうと見ているむきは多いの』

「その理由は？　トレーシーのような優れた技術者がいるからかい」

『まあ、それも少しはあるけど』ワンダは一息つくと話を続けた。『他のヴェンチャーと違うのは、潤沢な資金力ってことかしら』

「資金力？　そのウイルソンってのは、そんな金持ちなのかい」

『そうじゃないの。かなり大規模な投資家グループが背後にいて、資金を供給しているみたいなのよ』

「なるほど」

　雅彦の思考がめまぐるしく回転を始めた。

　ヴェンチャーに投資する人間は、人の好い金満家でもなければ、物分かりのいい篤志家でもない。当たり前の方法で金を運用するよりも遥かに割りがいいと判断した事業にしか資金を供給したりはしない。こと金に関して言うならば、そこらの銀行家よりも遥かに厳しい、禿げ鷹のような連中だ。

　その投資家が莫大な資金を提供しているということは……。

「すると、何かよほどマーケット・ヴァリューのあるソフトを開発しているってことかな」

『多分ね』

「画期的なワクチン……」

『それもあるかもしれない。でもサイバー・エイドは何もワクチンを専門に開発している会社じゃないわ。他にも幾つかのビジネス・ソフトを開発しているから、あるいはそちらかもしれないけど』

「なるほど」

『何言ってるのよ。それを取材するのがマサ、あなたの仕事でしょう』

受話器の向こうでワンダの声が笑いを含んだ。

「そりゃそうだ。でもワンダ……」

『なあに』

「そんないいネタをどうして僕に？」

雅彦は話を聞くにつれ、心の奥に浮かんだ疑問を口にした。AWNの花形記者として、ピュリッツァー賞さえ受賞したことのあるワンダにしてみれば、今回の取材対象は自らの手で行ないたいと思って当然のネタだった。それをアポイントメントを取るところから、スケジュールの調整、そして背景調査まで、まさにすべてのお膳立て（ぜんだて）を整えて雅彦にプレゼントしてくれたのだ。当然の疑問というものだった。

『何言ってるの、あなたが考えた企画でしょう。人の立てた企画がいくらおもしろくても、それをパクるほど、私は落ちぶれちゃいないわ。それに……』

「それに？」

受話器の向こうで一瞬押し黙ったワンダに、雅彦は問うた。

『現場を一年半も離れた人間、それもかつてのカメラマンじゃなくて取材記者として新たに再出発をしようっていう〝ひよこちゃん〟に、ちょいと手を貸したくなったのよ』

ワンダはそう言うと、少しばかり落ちた声のトーンを打ち消すかのように明るく笑った。受話器を通して聞こえてくるその笑い声の裏にある温もりが、雅彦の胸に沁みた。

『正直言って、うれしいのよマサ。ユキを見舞った悲劇からあなたが立ち直ってくれるのが』

「ワンダ……」

『ごめんなさいね。ユキの名前を出してしまって。でもね、悲しみはいつかは乗り越えなければならないものなの。とくに私たちの仕事はね。そりゃ私たちが仕事で目にする悲劇は、ほとんどの場合が縁もゆかりもない人たちだわ。それでも目撃した悲劇を、活字、あるいは映像を通じて報じる時には痛みを感じるものだわ。ましてやあなたの場合、この世で一番大切に思っていた人を失くした。心に受けた傷は、それは深いものだったと思うの。でもねマサ、いまあなたはその悲しみを乗り越えて、前に進む決心をした。それもユキの遺志を継いで、活字メディアという、あなたにとってまったくの新しい道でね。ユキもあなたも、私にとってはかけがえのない友人だわ。その再起に手を貸せる、それだけで私はうれしいの』

ワンダの口調は敏腕のジャーナリストらしく歯切れのいいものだったが、雅彦を、そして亡くなった由紀を思う優しさ、そして温かさに満ちあふれていた。遠く地球の反対側から届く声が、その距離を感じさせないほどに近く感じられる。

「ワンダ、ありがとう。君の厚意を無駄にしないよう、いい記事を書くよ」

雅彦は胸に込み上げるものをこらえながら、静かに言った。

『期待しているわ、マサ。とりあえずサイバー・エイドとエド、それにトレーシーについての資料は、この電話の後にファックスで送っておくわ。とにかく私が手助けできるのはここまでよ。もし他に何か助けが必要な時には、遠慮せずに何でも言ってちょうだい』

「ありがとう、もう十分だ……」

雅彦はそう言うと、静かに受話器を置いた。

静寂が訪れた。受話器から視線を移すと、サイドボードの上に置かれた由紀の写真が目に入った。柔らかな間接照明の光の中で、こちらに向かって微笑(ほほえ)みかける由紀の笑顔が、いつにもまして穏やかに見える。

――そうよ雅彦、悲しみは乗り越えるためにあるのよ。

ついさっきワンダが言った言葉が、由紀の声となってはっきりと聞こえるのが分かった。

電話が鳴り、ファックスが唸(うな)りを上げると、ワンダの思いやりに満ちたメッセージを静かに刻み始めた。

The Day－75　1月11日

●米国　カリフォルニア州・サンノゼ

それは何度見ても不思議な映像だった。

コンピュータのモニターに浮かび上がる裸体。レンズをじっと見つめながら、しどけないポーズをとる女の映像は、見まがうことなきキャサリンのものだった。あと少し風が吹けば、たちまちのうちに燃えさかる熾火のような欲望を秘めた瞳。それはこの後に始まるであろう行為への期待に満ちあふれ、生々しいまでの妖しげな光に満ちていた。

これがキャサリン？　あの女がこんな恰好で、こんな表情でカメラに収まることなんてあるのか。

スタッフを前にして見せるキャサリンの日頃の態度からは想像もつかない姿態に、ソフト・ドリンクの空き容器や、チョコバー、それにポテトチップスの空き袋が散乱する部屋の中で、アトキンソンは何度も画像を捲ることを繰り返した。

実際、普通の男が目にしたならば、欲情をそそられるような映像に違いなかった。オフィスで毎日顔を突きあわせていた頃には、ボスとスタッフという関係、それも有無を言わせぬ絶対的管理に辟易する感情が先に立ち、ついぞキャサリンを女として見る気など抱きはしなかった。もちろんキャサリンがそうした態度を取るに当たっては、彼女の技術がスタッフの誰よりも優れたものであるという裏付けがあってのことだったのだが、ことコンピュータに関しては、自分の能力もまたキャサリンとさほど変わりはないと信じていたアトキンソンには、ほとんど盲目的に従わなければならない環境にいらだちを覚えるばかりだった。

ほんの少し能力があるからといって……。

それは事あるごとにアトキンソンが口にする愚痴の一つだったが、ほんの少しの差、それは山の頂に立つのと、九合目に立つのとでは雲泥の差であるように、じつに大きな違いがあることに彼は気がついていなかった。

この女の本性を知らなければ、ピンナップにして壁に飾っておきたいぐらいだ……。衣服を脱ぎ、ただの女として、それまで見たこともない媚びるような視線を送るキャサリンを見ながら、アトキンソンは思った。

――さてと、取りかかるとするか。

アトキンソンの指が、ピアノ・ソロの一小節を奏でるように猛烈なスピードでキーボードの上で弾む。

「ビル、あなたあの二人に一泡吹かせてやりたいとは思わない？」

三日前にアンジェラが囁いた言葉が、アトキンソンの脳裏に蘇った。

「復讐？」

「私もあの二人にはいろいろと言いたいことは山ほどあるわ。いいえ、私だけじゃない、あの会社で働いている他の人たちも、あの二人に一泡吹かせてやることができるんだったら、そうしたいと思っているはずよ」

「どうやって？　何かいい方法があるのかい」

「あるわ、この中にね」

アンジェラは、テーブルの上に置いたデジタルカメラに視線をやった。

「何が写っているのさ」

「キャサリンの裸……」

「は・だ・か？」

アトキンソンの声が裏返った。

「偶然見つけたのよ。グレンの机の中からね。どうもあの二人、結構な趣味をお持ちのようでね」

アンジェラの口許に淫猥な笑いが広がると、それはたちまちのうちにアトキンソンに伝染する。

「ハック！　そいつぁすげえや」

アトキンソンはナードらしい感嘆の声を洩らすと、テーブルの上に置かれたデジタルカメラを手にし、慣れた手つきで操作した。

「ワーォ……！　驚いたな、こいつぁ間違いなくキャサリン・ハーレーじゃないか」口許が開き、白い歯が徐々に剝き出しになっていく。その一方で、手垢のついた眼鏡のレンズの下の目は、一点に固定されたまま動かない。「で、これをどうしろってのさ」

短い時間の後に、アトキンソンが聞いた。

「それをインターネットで流したらどうかしら」

「インターネットで？」

アトキンソンの目がアンジェラに向けられる。

「そう、それもキャサリンの裸の映像だけをね」

「キャサリンのやつだけを？　だってグレンと絡んでいる絵だってあるじゃないか」

アンジェラは口許に皮肉な笑いが浮かびかけるのをアイスティーを口に含んで隠した。

「あの二人、最近どうもうまくいっていないみたいなの」

「へーえ、そうなんだ」

「社内じゃ気がついている人はいないけどね。何といっても私はグレンの秘書ですからね。あの二人のプライヴェートなことも、少しは知っているわ」

「原因は何なのさ」

「詳しい経緯は私も知らないけど、とにかくうまくいっていないことは確かなの。まあ、あの二人もグレンの前の奥さんが出ていって七年、そろそろ秋風が吹き始めてもおかしくない頃だわ」

「僕が入る前の話だから詳しいことは知らないけど、グレンが前の奥さんと別れる時は随分揉めたらしいじゃないか」

「らしいわね」

その当時U.S.ターン・キーにいたわけではなかったが、アンジェラは、当事者を除けば事のあらましを詳しく知っている数少ない一人だった。

「また、女かな」

「さあ、どうかしら。ただ、キャサリンはグレンにまだ未練を持っていて、何とか二人の間を修復したいと思っているらしいの。グレンは逆らしいけど」

「あの女ならグレンがそう思うのも無理はないな。家でもあの調子でやられたんじゃ、たまったもんじゃない」

「まあ、そういうところなのかしら」

「そんなら、いっそスッパリ別れちまえばいいのに」

「そこが難しいところなのよ。なにしろあなたも知ってるように、キャサリンはAS—500のチーフ・プログラマーでしょう。あのプロジェクトがうまくいくかどうか、U.S.ターン・キーの存続そのものが、あの女にかかっている」

「なるほど、別れるに別れられないってわけか」

「そういうわけ」アンジェラは、もう一口アイスティーをストローで啜った。「そんな時にこの裸体映像がインターネットを通じて流れたら、どんなことになると思う？」

「そりゃ、この映像を持っている人間、つまりグレンに怒りの方向が向くだろうね。あのプライドの高い女なら、問答無用でね」

「そう、そしてU.S.ターン・キーはチーフ・プログラマーを失い、経営の危機に直面する」

「その通り。でも、そんなことになったら、君だって困るんじゃないのかい。へたをすりゃ、U.S.ターン・キーは潰れちまうぜ」

「分かっちゃいないわね。あなたは」アンジェラは、軽い溜息の後に微かな笑いを浮かべると、ぐっと身を乗り出した。「この世に余人を以て替えがたい仕事なんてないわ。もしもそう思っている人間がいるとすれば、それは思い上がりというものよ。いいこと、キャサリンが去れば、その穴を埋めるためにグレンはどうすると思う？」

「その代わりになる人間を探す」

「それで、あのシステムについてキャサリンの次に、……いや、彼女と同等にすべてを知っている人間といえば？」

アンジェラは、アトキンソンをじっと見つめた。

「なるほど」

「いいこと。突然キャサリンが去れば、絶対あなたに声が掛かるわ。だっていま、U.S.ターン・キーはシステムの見直しで大変なことになっているのよ。グレンだって金の出し惜しみなんかしやしないわ。前よりもずっといい報酬とポジションであなたを迎えにくることは間違いないわ」アンジェラの口ぶりは自分が決定権を持っているかのようで、最後に「これがキャサリンのEメール・アドレスよ。裸を見た連中からリプライ・メールが届くようにしておいたらおもしろいかもね」止めを刺すように言った。

AS―500のフライト・コントロール・システムの仕事に携わる。それはコンピュータを操ることが生活の一部と化したアトキンソンにとって、しがない仕事をインターネットを通じて拾うよりも数段魅力的なことには違いなかった。しかもあの邪魔な女キャサリンを追い出し、グレンを失望の淵に陥れ、その上、高給とポジションを手に入れられるのだ。

断る理由など、どこにもなかった――。

モニター上の画面が反応すると、ハンガリーにあるプロバイダーのサービス画面に切り替わった。

インターネットが爆発的に拡大するに従って、個人のホームページを掲載するプロバイダーの数も増加の一途をたどった。激烈な競争の中で、後発のプロバイダーの中には、新たな顧客を獲得すべく、お試し的に無料の個人ホームページ掲載の場を提供する所も少なくない。その多くが提供するスペースは極めて限られたものでしかないのだが、アトキンソンがアクセスしたそれは、中でも比較的掲載スペースが大きなものだった。

そしてもう一つ、こうしたプロバイダーが提供するお試しホームページは、どこの誰が掲載したのか、そのアクセス・レコードも管理されていなければ、内容すらも管理されていないものが多いのだ。

アトキンソンがアクセスしたお試しホームページもまたこうしたものの一つで、これから行なおうとすることには、まさにうってつけの環境と言えた。

モニター一杯に浮かび上がった画像が、アトキンソンの手垢に塗れた眼鏡のレンズ一杯に鏡写しに反射する。そこから僅か下にある口許が歪に歪んだ。

アトキンソンの指先が、再びキーボードの上で踊ると、眼鏡の上の画像が変わった。そこには紛れもないキャサリンの裸体が、そしてその画面上部に『どう？　私の体。感想を聞かせてちょうだい。あなたの返事待ってるわ』陳腐なセンテンスに続いて、キャサリンのEメール・アドレスが表示されていた。

アトキンソンは、最後にホームページのタイトル欄に、『私の秘密』とそそるタイトルを打ち込むと、すべての作業が終了したことを確認し、接続を解除した。

この瞬間から世界中のインターネット・ユーザーがキャサリンの裸体を目にすることができるようになった。世界中に散らばる少なくない数のサイバー・ネットの放浪者たちが、このページを目にするまで、いくらも時間はないはずだった。

The Day－73　1月13日

●米国　カリフォルニア州・エルセリート

リビングにできた日だまりの中でグレッグを遊ばせながら、キャサリンは三日ぶりにEメールのチェックにかかった。

きっとまた私を捜し回っていることでしょうね、グレン。せいぜい慌てることね。

キャサリンと何とかコンタクトをとろうとするグレンのメッセージには、最初困惑の色が強く漂い、そして日を追う毎に、焦りと、意識的に込み上げる怒りを抑えようとしていることがはっきりと分かる、いささか乱暴な匂いが窺（うかが）えるものに変わっていた。

そこから漂う匂い。グレンの焦りと怒りが深まれば深まるほど、キャサリンの胸に込み上げてくるのは、ささやかな復讐（ふくしゅう）への快感と、裏切った男がまだ自分を必要としていることが確認できたことへの満足感だった。

持参したノート・パソコンを電話に接続し、キーボードを操作すると、画面が反応し、メッセージ・リストが現れた。

瞬間、キャサリンは目を疑った。膨大な数のメッセージ・リスト。メールの受信件数を示す数字は一〇〇を超している。一〇や二〇の数ならまだしも、三桁の数のメッセージとなると、さすがに尋常ではない。

顰めたキャサリンの眉間に皺が寄る。その目が発信者のメール・アドレスに注がれた。最初の数通は、グレン、そしてU.S.ターン・キー社のスタッフからのものであることはすぐに確認できたが、そこから先の膨大なリストに記載されたアドレスには見覚えがなかった。中には末尾に記載された記号から、日本からと推測されるものさえある。どう考えても合点がいかない現象だった。

言い知れぬ胸騒ぎを覚えたキャサリンは、マウスを操作するとまったく覚えのないアドレスからのメッセージの一つにアクセスした。

画面が変わった。

それは悪夢以外の何物でもなかった。しどけない女の裸体。豊満な胸、薄いピンクの乳暈の中央で存在を誇示するように尖った乳首が息づいている。体の半ばを覆ったシーツから伸びた脚、その付け根の隙間からは、すべてではないが白い肌と対極のコントラストをなす茶色を帯びたブッシュが見えさえする。じっとレンズを見つめる瞳には、媚びたような表情の中に、淫猥な光が宿っている。

それが紛れもない自分の裸体であることに気がつくまで、いくらの時間もかからなかった。

全身の血液が音を立てて落下していく。頭の中が真っ白になり、すべての思考が停止する。そして次の瞬間、逆流した血液は、沸騰しそうな熱量をともなって一気に頭に駆け昇り、脳細胞を破壊するかのような勢いで頭蓋《ずがい》の中で弾《はじ》けた。

困惑、恥辱、怒り、そして絶望……。複雑な感情が一気に渦巻き、それは突如発生した強烈な磁場の螺旋《らせん》のように、キャサリンの感情の中で渦巻いた。

「なぁに、これは……どうして私の……なぜ、ここに」

あまりの出来事に動揺したキャサリンには、この映像がいつ、どこで撮られたものか、それすらも俄《にわか》には考えつかなかった。焦点のあわない視線、その瞳が無目的にノート・パソコンの限られたスペースの中を彷徨《さまよ》い、そこに記載されたメッセージを捉《とら》えたところでようやく固定した。

『ハーイ、キャサリン！　素晴らしい体だよ！　文句なしさ。個人的におつきあいなんてのはどうだい？　僕のテクニックで、死ぬほど君を満足させる自信があるんだけどな』

——誰？　どうして私の名前を知ってるの？　一体何が起きたっていうの。

キャサリンは最初のメッセージを閉じると、膨大なリストの中から無作為に二つ目のメッセージを開いた。そこには最初の映像とは違った自分の裸体が現れ、『この絵が最高にヌケルね！　キャサリン。でも、見せてもらうだけじゃ悪いから、俺の写真も送るよ。どうだい、なかなかのもんだろう？　じゃ、ホームページの更新、楽しみにしてるよ』というメッセージが記載されていた。そして、おぞましい男性器のクローズアップ写真……。

冗談じゃないわ。なに……これは一体どういうこと……。

ともすると絶望的な気持ちに打ちひしがれそうになるのに必死に耐えながら、キャサリンは再び別のメッセージを開いた。そこにもまた自分の裸体が、そして卑猥な言葉が現れた。言葉として知ってはいても、生涯決して口にすることのない単語が容赦なくいくつもまじる文面。思わず読むのを途中で止めて目をそむけたくなるような文字の羅列が、自分の裸体に重なって現れる。そしてまたその次のメッセージにも……。

キャサリンはそれだけでも自分の体が、見ず知らずの男たちに蹂躙(じゅうりん)され犯されたような気になった。

送付されてきたメッセージは、いずれも返送機能(リプライ)を用いて送られてきている。

何てこと……誰が一体……。

キャサリンは混乱する頭の中で必死に考えた。複雑な感情が渦巻き、混乱を極める思考の中で、怒りの感情が一つ抜きん出、それはキャサリンの思考を一点に集中させる働きをした。

——この映像を撮影したのはグレン……そうグレンとの間がうまくいってた頃に、寝室で撮ったもの。とすると、これはグレンの仕業なの……？

キャサリンは考えた。

——まさか、あのグレンが……いくら何でもこんな酷(ひど)いことをするはずがないわ。

Eメールへのアクセスをいったん終了させると、キャサリンは今度は自分の裸体が掲載されているホームページへアクセスした。ハンガリーにあるお試しホームページ、何件かのリストの中から目指すものを見つけるのは難しいことではなかった。

『私の秘密』

タイトルを開くと、そこにはたったいま目にしたばかりの自分の裸体映像が姿を現した。屈辱に塗（まみ）れながらページを捲（めく）る。五ページほどの映像には、すべてキャサリン一人の裸体画像が掲載されていた。

――あの時、グレンは私の裸体をデジタルカメラで撮影した。そしてあのカメラはまだグレンの手元にある。どこに保管してあるのかは分からないけれど、とにかくあのカメラに収められた画像を自由にできるのはグレンをおいて他にいない。それにここに掲載されているのは、私の裸だけ。あの当時撮った絵の中には彼が写っていたものもあったはずだわ。でも、そうした画像はこのホームページのどこにもありゃしない。

キャサリンの思考は、一つの方向に向かって動き始めた。度を越した怒りは冷静さを取り戻させ、混乱は静まりつつあった。キャサリンの明晰（めいせき）な頭脳がフルに回転を始める。そしてそれにともなって芽生え始めた感情……。

――でも……これだけの酷いことをあの男がしないなんてことがどうして言えるの。考えてみれば、七年前には前の奥さんだったリサを追い出し私と生活を始めた。そして今度はあのアンジェラと関係を持ち、私の前でこれみよがしな仕草を繰り返す……。リサ、そして私にした仕打ち、笑顔の裏に隠された男の本性を考えてみれば、これくらいのことをしでかしても不思議じゃないわ……。それに何と言っても今度の場合、会社が危機的状況にありながら私は一切あの人を、会社を顧みることはなかった……。それを縁切りの意思表示と取り、それならそれで一挙に決着をつけようとこんな行動に出た……。

キャサリンの心中に芽生えた疑念は、複雑に絡みあった感情の螺旋構造を、明らかに負の方向に向かって走り始めていた。

――そう、そういうわけね、グレン。あなたはこの私に復讐しようってわけね。U.S.ターン・キーの危機に仕事を投げ出して姿をくらました私に、この映像を世間に公開することで、二人の間に決着をつけようってわけね。いいわ、グレン。よく分かった。あなたがその気なら、私にも考えがあるわ……。

キャサリンは、ホームページの画像を閉じた。画面がお試しホームページのメイン画像に変わったところで、アクセス件数が表示された数字に目が行った。

――一五五六件――

キャサリンの呼吸が止まった。その数の多さに、キャサリンの心は再び複雑な感情の磁場に満たされた。腹の底から込み上げてくる羞恥、恥辱、そしてさらなる怒り……。キャサリンはまるで自分が多くの男たちに強姦され続けているかのような気がした。

――こんなに多くの人間が私の裸を覗き見た。下劣な好奇心に満たされた見ず知らずの人間たちが私の体のすべてを知っている……。

『ハーイ、キャサリン！……個人的におつきあいなんてのはどうだい？……』

『この絵が最高にヌケルね！　キャサリン……』

ついさっき目にしたばかりのメッセージが脳裏に蘇った。

許せない。絶対に。画像を公開したのはグレンかもしれないけれど、あなたたちも同罪だわ。

危険な感情の芽生えだった。噴き出した怒りは恥辱によって増幅され、そのベクトルは復讐という一点に向かって一気に進み始めた。それはやがてこうした場を安易に提供したプロバイダーに、そしてインターネットという世界を網羅するネットワーク・システムそのものに対する怒りへと繋がっていった。

何が高度情報化社会よ。何が誰もがパブリッシャーになれるよ。国家の主義主張に囚われない自由な情報交換の場ですって？　冗談じゃないわ。馬鹿もやすみやすみ言いなさいよ。自由ってものは制限のないことと同義じゃない。自由って言葉は、それなりの責任と、モラルという観念の下に自らを律することができる人間だけが使える言葉よ。それを、揃いも揃ってこの馬鹿どもが……。

キャサリンは自分のEメールに残った未読のメッセージを一つずつ消去しながら、心の中で何度も同じフレーズを繰り返した。

いいわ、どいつもこいつも見てらっしゃい。あなたたちが愛してやまないこのネットワークが、どれだけ危険なものか、使い方を誤るとどんなことになるのか、私がたっぷりと教えてあげる。

The Day－70　1月16日

●米国　カリフォルニア州・サンノゼ

サンフランシスコからインターステイト一〇一を南に下り、一時間半ほど走ったところで、キャサリンはサンノゼの街に入るアクセスロードへと真紅のアコードを乗り入れた。

かつては二週間以上も街を空けていれば、周囲の光景にもそれなりに懐かしさが込み上げてきたものだが、今日ばかりは違った。世界の先端産業の中枢にいる企業の名前を掲げたビルが林立し、行き交う車の交通量も少なくなかったが、アメリカの大方の街の例に洩れず、歩道を歩く人間の姿はほとんど目にすることがない。それでもキャサリンはサングラスの下から油断ない視線を歩道に、そして対向してくる車に送った。いやそればかりではない、三車線の道路を並走する車、信号待ちでは隣に停車した車の運転席にも、肩を上げ、そこから伸びた腕で顔を隠すようにしながらその車内を窺った。

誰か知っている人間にでも会ったりすれば、計画はすべて水泡に帰すことになる。

キャサリンの心臓の鼓動は速くなり、内臓の一部が欠落したのではないかと思えるほど重い塊となった緊張感が、胸のあたりから下腹部に向けて一気に駆け抜ける。

アコードは企業のビルが立ち並ぶ街を抜けると、郊外の住宅地へと向かった。低層のアパートメント・ビル、そして一戸建ての住宅が立ち並ぶ一帯に入ると、道の両側にはオリーヴや、パーム・ツリーの並木が目立ち始める。庭の芝生の緑を保つために、スプリンクラーからまき散らされる水が、高い空から注いでくる太陽の光を反射して、銀と虹色の輝きを放つ。

キャサリンの乗ったアコードは、メイン・ストリートから対向二車線の小さな通りに入ると、そこからしばらく行ったところにある住宅の入口に乗り入れた。生け垣の向こうに続くアプローチ、その向こうには七年にわたって過ごした家がある。

グレンがそこにいないことは分かっていた。

今朝も送られてきたEメール――いまキャサリンに代わってチーフ・プログラマーを務めるジェラルド・ケリーからのメッセージ――から、それは分かった。

『キャサリン。君にメッセージを何度も送っているにもかかわらず、いっこうに返事がないのはどういうわけなんだ。AS―500のフライト・システム・プログラムの改訂αヴァージョンを完成させるデッドラインまで、あと四〇日しかない。みんな不眠不休で働いているが、どうしても君の助けが必要だ。このところグレンはフェニックスに行きっ放しで、こちらに帰ってくる目処が立っていない……』

代わり映えのしない泣き言だらけのメッセージで、最後まで読む気さえしなかったが、たった一つ、グレンがフェニックスにいるということが分かったのは収穫だった。そして……グレンからのメッセージは今日もなかった。この三日ばかりは音信を絶ったままだ。ほぼ毎日の、泣き言と宥（なだ）めすかしの文言が羅列されたメッセージ、それがピタリと止んだのだ。

――そりゃそうでしょうよ、グレン。あなたは、私に見切りをつけたんですもの。それもとうてい普通じゃ考えられない方法でね。もう二度とメッセージなど送ってくるわけがないわよね。

キャサリンの脳裏にコンピュータのモニターに浮かび上がった自分の裸体を目にした時の驚き、屈辱、怒りが再び浮かび上がってきた。

あれからすぐにキャサリンは、ハンガリーにあるお試しホームページを提供するプロバイダーに電話をした。込み上げる怒りを必死に抑えながら事情を話すキャサリンに、受話器の向こうから酷（ひど）く訛（なま）りのあるたどたどしい英語が聞こえてきた。

『ミズ・キャサリン、事情はよく分かりました。すぐに問題のホームページは削除します』

「削除する？　当然だわ。いますぐに。直ちによ。それから」キャサリンは早口で一気にまくし立てる。「それからあなた、このホームページを掲載した人のアドレスを教えてちょうだい。私もこのまま泣き寝入りをする気はないの。法的手段というものをとらなきゃならないのでね」

『それが……』受話器の向こうの男の声が困惑したものに変わった。『どこの誰が開設したのか、それは分からないのです』

「分からない？　それはどういうわけ。ホームページを開設した人間は、インターネットを使ってあのつまらない画像を公開したんでしょう。それならアクセスした人間のEメール・アドレス、いいえIPアドレスが残っているはずじゃないの」

IPアドレスとはコンピュータそれぞれにつけられた、独自の番号（ユニーク・アドレス）でいわば住所とも言えるものである。これが分かれば所属するプロバイダーを突き止め、そのユーザーを特定することが可能なのだ。

『そうしたことは、お教えできないんです』

「お教えできない。立派な答ね。いいこと、これは立派な犯罪行為よ。人の裸を本人に無断で、不特定多数が目にする場所に晒（さら）した。それなのに協力できないなんて、どういうことなの」

キャサリンの口調が詰問調になった。

『失礼ですが、ミズ・キャサリン。この映像は何かの雑誌に掲載されたものではないのですか』

「何かの雑誌に掲載されたですって？」その言葉から、電話口の向こうの男がいまこの瞬間、あの忌まわしい映像を目にしていることが分かった。再びキャサリンの体の中で、羞(しゅう)恥(ち)、怒り、そして屈辱が入りまじった複雑な感情の嵐が渦を巻く。「冗談じゃないわ。事情を詳しく話すつもりはないけれど、それは極めてプライヴェートなところで撮られたもので、決して人の目に晒すつもりで撮ったものじゃないの。どうしてこれが流出したのかは知らないけれど、とにかくこれは立派な犯罪行為そのものですからね」

　最後にキャサリンは少しばかりの嘘をまじえた。

『正直言いまして、そうしたログ(履歴)は当方のどこにもないのです』

「ログがないって……それはどういうこと」

『管理していないのです』男の声が静かに言った。『ただのお試しページですからね、それはいろいろなアクセスがあります。その一々を管理してはいないのです。それにここにはそんな法律もありませんからね。もちろん幼児ポルノだとか、爆弾の作り方、社会的倫理観から問題があると思われるものについては、独自の判断でこちらで消去することにしていますが、この映像の場合は大人の、しかも許される範囲のものだと思われます。もちろんあなたがお話しになった経緯を知れば別ですが……とにかく、これはお試しページで、ログは当方で記録していないことだけは確かです』

――つまりこういうことね。管理が甘ければ甘いほど、反社会的な映像や情報を提供する輩(やから)にとっては都合がいい。そして悲しいことに、いけないと言われれば言われるほど覗(のぞ)き見したくなる欲望が人間にはある。そういう人間の、そうした欲望――それもビジネスの対象、慈善事業でやってるんじゃないってわけね。

プロバイダーの無感情な声は、キャサリンの胸中に燃えさかる怒りの炎に油を注ぐことになった。その矛先は、再び、裸体画像をインターネットを通じて流したグレンに、そしてそのホームページを見た不特定多数の人間たちにも向けられた。

——このまま泣き寝入りなんかしてたまるもんですか。絶対に痛い目にあわせてやるわ。グレンも、そして私の裸を見た連中も。

復讐の感情はさらに強まった。そしてそれを狂気にも近い形で深いものにしていったのは、その日の昼過ぎ、グレッグを連れて近くにあるスーパーマーケットに出かけた時の出来事だった。

広大な駐車場の一角に車を止め、小さな歩幅で歩くグレッグに歩調を合わせながらスーパーに入った瞬間、キャサリンはそれまでの自分の人生でかつて経験したことのない多くの視線が自分に集中しているような気がして、思わず立ち止まった。

——誰かが私を見ている。それも少なくない数の人が私を注視している。

ぐるりとまわりを見渡してみる。昼下がりのスーパーの中は、巨大なカートに食料品や日用品を満載した人間が散見できるだけで、レジのラインも半分ほどが閉鎖されたままだ。とうてい彼女が感じるほどの視線の数に相当する人間は見当たらなかった。

——気のせい？……ううん、違う。たしかに誰かが、それも多くの人が私を見ている。

キャサリンはさらに注意深く周囲を見渡した。うずたかく商品が積み上げられた棚の陰から一人の男がカートを押して現れた。頬まで覆った髭面、額から頭頂部にかけて禿げ上がった髪。ダウンジャケットにジーンズといった風体の中年の男だった。反射的にじっとその男を見つめたキャサリンの視線に気がついたのか、その男は口許から白い歯を見せて笑った。それはかわいい盛りの幼子を連れた母親を見た時に、自然とこぼれた笑顔だったに違いない。しかしキャサリンは、そうは取らなかった。

――この男は私の裸を知っている。

その時、レジの向こうから笑い声が聞こえた。見れば二人の男が何やら親しげに会話をしている。一瞬その男の眼差しが自分に向けられたような気がした。そしてまた笑い声……。二人はその直後レジに向かって歩き始めた。それまでこちらに背を向けていた男が自然とこちらを向く形になる。それまでの笑いの名残をのこした顔が、一瞬自分を見たような気がした。

――この男も私の裸を見た。

それはもはや、キャサリンにとって確信以外の何物でもなかった。そう思って見ると、商品棚に向かって品物を選んでいる女性も、レジの従業員も、ここにいるすべての人間が自分の裸を見ているように感じられてくる。

――男だけじゃないわ、あの女もこの女も、ここにいる皆が私の裸を知っている。ホームページは不特定多数の人間が目にするものであることを知りながら自分の裸の映像を流した女――こっちを見ていない人間は、内心では軽蔑の感情を抱きながら、ことさら無視を決め込んでいるだけに過ぎないんだわ。さっき感じた痛いほどの視線は、そのせいなんだわ。

キャサリンは握り締めていたグレッグの手を離すと、腰に手をまわして小さな体を抱え上げ、たったいま入ってきたばかりの入口に向けて飛び出した。一度感じ始めた視線は、外に出て乾いた空気を肌で感じながら駆けだしても消えることはなかった。もどかしい手つきでジーンズのポケットからキーを出し、車のドアを開ける。後部座席に取り付けられた幼児用のシートにグレッグを座らせ安全ベルトをかける。運転席に座って初めてキャサリンは、背中に冷たい汗が流れ、腕に鳥肌が立っているのを感じた。その一つひとつが、あの忌まわしいホームページにアクセスしてきた人間の視線のように感じる。

――一五五六件――

画面に表示されたアクセス件数が瞬間脳裏に蘇(よみがえ)る。

――あれは、あくまでもアクセスして私の裸を目にした人間の数。中には画像をセーブして他に転送している人間だっているに違いない。つまりプロバイダーがあのホームページを削除したとしても、画像を保存した人間がいて、誰かに転送する、あるいは別の形でホームページに掲載でもすれば、私の裸体は永遠にサイバー・ネットの世界の中を彷徨(さまよ)うことになる。

キャサリンの心に絶望感にも似た感情が芽生える。固くハンドルを握り締めた両手が瘧(おこり)にかかったように大きく震えだす。屈辱、憤怒、絶望、そして恐怖。人間の感情を負の方向に運ぶ要素が複雑に絡みあい、キャサリンを奈落の底へと突き落としていく。

どれくらいそうしていたのか、キャサリンにも分からなかった。後部座席でグレッグが上げた無邪気な笑い声が引き金になった。ハンドルに添えた両手の間に埋めていた顔を上げた時、彼女の瞳に宿る光は、明らかに、ついさっきまでそこに浮かんでいたものとは趣を異にしていた。

度を越した復讐への執念はもはや狂気の領域に近づきつつあり、良識や道徳といった、キャサリンのような人間ならば必ずや持っているはずの分別のすべてを奪い去っていた。

――見てらっしゃいグレン、そしてインターネットという怪物に毒された人間たち。私はこのまま泣き寝入りする人間じゃなくてよ。私が受けた苦しみ、いいえそれ以上の苦しみを味わわせてやるわ。

アコードは速度を落としながらアプローチを駆け上がると、玄関前の車寄せで止まった。アプローチが僅かにカーブしているせいで、家のまわりを囲むようにして植えてある生け垣が邪魔になり、通りからアコードの姿は見えない。

エンジンが停止するとすぐにドアを開き、玄関の前に立ったキャサリンの耳に、庭に植えてある木々の上方から小鳥たちの囀りが聞こえてくる。それはいまキャサリンの胸中に渦巻く黒い陰謀を考えれば、あまりにも対照的な、小さな野生が奏でる清冽なまでに美しく穏やかな囁きだった。

ジーンズのポケットからこの三週間ばかり使うことのなかった鍵束を取り出す。当然のことながらそれは問題なく機能し、重厚なオークの一枚板でできた扉が開いた。仄かなポプリの匂い。それにまじって食べ物の腐敗した匂いが漂ってくる。その正体がなんであるかはすぐに分かった。明るいベージュ色のカーペットが敷き詰められた廊下を通りリビングに抜ける。その奥にあるキッチンのシンクには、あのパーティの夜に食べ散らかされた食器が山となって放置されたままになっていた。床に置かれたままのゴミ袋の中身は考えるまでもない。

もちろんそれを何とかしようという気などさらさらなかった。キャサリンは微かに鼻を鳴らすと、リビングを抜け、自分が仕事部屋としている一室に入った。

窓際に置かれた机。その上には一台のコンピュータが置かれている。そして壁に沿った本棚には整然とコンピュータ関係の書籍が、そして分厚いファイルが置かれていた。

『AS—500　FCS』

ファイルの背に書かれたそのタイトル——AS—500のフライト・コントロール・システムのシステム仕様書である。

キャサリンは、五冊にも及ぶ分厚いファイルを手にするとそれを重ね、部屋から運び出した。女が運ぶにはかなりの苦労を強いられる重量だったが、なんとか一度に運ぶことができた。リビングを抜け、キャサリンの仕事部屋とは反対側にあるグレンの書斎へと向かう。

ブラインドの僅かな隙間から昼の陽光が漏れ、室内を仄暗く浮かび上がらせる。キャサリンのものよりも倍の大きさのある机の上に、五冊のファイルを置くと、コンピュータの電源を入れた。宙を飛ぶ羽虫の唸りのような音とともに電源が入る。キャサリンは机の上に置かれたケースから、フロッピーディスクを取り出す。画面が目まぐるしく変化し、短い時間の後に安定する。

キャサリンはフロッピーディスクをコンピュータ本体に差し込むと、イニシャライズを開始した。それは画面が起ち上がるよりも遥かに短い時間で終了した。

――さて、ここからだわ。

ハイテク航空機の頭脳とも言うべきAS－500のフライト・コントロール・システムを開発するU.S.ターン・キー社のコンピュータ・システムは、外部からの侵入を防ぐべく、まったくのクローズド・システムの形態を取ってはいたが、ただ一つの例外があった。この家にあるグレンのコンピュータ。このコンピュータとだけは専用の回線で接続されていた。二人が会社を大きくすることを、事業の成功を夢みていた時代、その労働は帰宅後の深夜に及ぶことも珍しくなかったし、また休日などという言葉とも無縁だった。その時代の名残として、いやシステム自体がまだ完成とは言いがたい現在も、そのラインは立派に機能していた。

キャサリンのしなやかな指がキーボードの上で跳ねる。一定の間隔の後に、見慣れた画面が次々にモニターの上に現れる。それはまるで一〇年の間毎日散歩し続けた公園の光景のようなものだった。そして何度目かの操作の後に、キャサリンの指が止まった。その瞬間キャサリンの目はモニターに吸い付けられたように固定し、そしてその顔一杯に不敵な笑いが広がっていった。

——見てらっしゃい、グレン。

一つ、二つとキャサリンの頭が上下する。そしてキャサリンは次の行動を開始した。指先が一つひとつのキーをしっかりと確認するように、ゆっくり、そして確実に打つと、その最後に長いピアノソナタの最後の一音を弾き終えたかのように、ポンと一つ、大きく跳ねた。

僅かの間を置き、コトリ、コトリとコンピュータ本体に内蔵されたフロッピーディスク・ドライブが、微かな音を立てながらディスクにデータを刻み始めた。

●日本　東京・大田区　全日本航空

ビルの内部には、外観の大きさに比して驚くほど人の影がなかった。蛍光灯に照らされた窓一つない廊下には、広い間隔を置いてドアが並び、その細長い空間にリノリウムの床を歩く人間たちの足音がうつろに響く。

「どうぞ、お入り下さい」

先頭を行く男が一つの部屋の前で立ち止まると、ドアを開けた。

ブラインドが閉じられたままの部屋。壁際にある照明のスイッチを入れると、白い光が室内を満たす。

「なにしろこういうご時世ですからね。照明一つも節電節電と、厳しく言われるもので」

男は苦笑を浮かべると窓際に進み、ブラインドを操作した。

明るい日差しが差し込み、ブラインドの隙間から、ビルの下を流れる運河の向こうに羽田空港が一望できた。アイドリングを続ける軽やかなエンジンの音に混じって、離着陸する航空機が奏でるかん高いエンジン音が聞こえてくる。

「あらためまして、川瀬雅彦です」

部屋の中央に置かれたテーブルを挟んで、雅彦は名刺を差し出しながら言った。

「どうも、全日本航空の技術部の矢島です」

「敷島です」

「広報の中村です」

双方の手が伸び、名刺が交換される。

「川瀬さんといいますと、あの龍陽教事件でご活躍なさった……」

名刺から顔を上げた矢島の目に、好奇心にあふれた輝きが宿った。

「ええ……」

雅彦の目に戸惑いの表情が浮かぶ。日本を、いや世界を震撼させた龍陽教のクーデター未遂事件を解決に導いた立役者として雅彦の名前は大きく報じられたものだが、これが取材に際して事を円滑に進めるのに役立つ場合もあれば、また逆の場合もある。世間で名を知られるというのはそんなものなのだろう。

「そうですか、いや、お会いできて光栄です」

名前が知られている分だけ、取材がしやすくなる反面、その副作用として相手があの事件の詳細に興味を示し、その好奇心を満たすために不本意な時間を費やさなければならなくなることもある。しかしこの場合は、どうやら前者の部類であるらしい。

「で、今日はAS－500についてお聞きになりたいとのことでしたね」

勧められるままに椅子に腰掛けたところで、矢島が話を切りだした。

「ええ、そうなんです。今回の取材趣旨は先にお送りしました通り、現代の最新鋭ハイテク航空機、特にそのコンピュータ・システムについてお伺いしたいのです」

前もって広報の中村から取材趣旨の書かれたドキュメンテーションがコピーされて送られていたのだろう、矢島と敷島の二人は数枚のペーパーをテーブルの上に広げた。

雅彦が全日本航空を取材する気になったのは、昨年の暮れにドイツのフランクフルト空港で起きたエアー・アメリカの着陸失敗事故がきっかけだった。世界を網羅したコンピュータ・ネットワーク、それがいまの社会に福音をもたらす反面、新たな危険を生むものであるのと同様に、コンピュータによって制御されるハイテク航空機もまた同様の問題を含んでいると考えたのである。

「今回の取材記事は、『インターネットに潜む危険な罠（わな）』、これがテーマで、正直申し上げてハイテク航空機のコンピュータ化は、あくまでも補足記事的なものとなります。そこのところは予め（あらかじ）ご承知おきいただきたいと思います」

「『危険な罠』というような刺激的なタイトルの後で航空機のコンピュータ化が扱われるのでは、こちらとしても考えるところがあるのですが、補足記事は逆の視点から扱われるのでしたね」

中村が広報担当らしい視点から、予め電話で聞いた取材趣旨を確認した。

「その通りです。ご承知の通り、インターネットは使用に当たってのルール作りができないうちに全世界、それも一般ユーザーに広がってしまいました。そしてその管理はいまも万全とは言えません。しかしその一方で、航空機のようにコンピュータ化が極限にまで進んだ世界もある。文字通り人命がかかっているがゆえに、完璧（かんぺき）なシステムと保守管理が必要とされる世界です。その違いを比較しながら、今回はインターネットの持つ危険性を、広い観点から取材し、記事にするつもりです」

雅彦の言葉に嘘はなかったが、ＡＳ−５００の事故がそのヒントになったことはあえて触れなかった。

「分かりました、それじゃ、どこからいきましょうか」

矢島が技術者らしい真摯（しんし）な目を向けると、雅彦に聞いた。

「実は、取材をお願いしているにもかかわらず、航空機にはまったくの素人でして……」

「そうですか、それじゃ概論からいきましょう。もし途中で質問があればいつでもおっしやって下さい」

「ありがとうございます」

矢島が隣に座った敷島に目配せすると、彼の前に積まれた資料の中から最初の一つを雅彦の前で広げた。

その最初のページには、カラーで印刷されたコックピットの写真が載っている。それはアナログの計器と極北の大地に密生する木々のようにおびただしい数のスイッチに覆われたかつての飛行機とは違い、キャプテン・サイドとコパイロット・サイドにそれぞれ横並びに二枚、その中間に縦に二枚、前面に埋め込まれた大きなモニターと、洗練されたスイッチとおぼしきものがあるだけだった。マシーンの極致といった男の世界はなく、むしろ快適な居住性を売り物にする高級乗用車の室内——操縦桿（かん）さえなければ、明るい色の樹脂で内装されたコックピットは、そんな印象さえ抱かせる。

「随分、印象が違うでしょう」

矢島はコックピットの写真に見入る雅彦を見ながら、穏やかな笑いを目にたたえた。

「ええ、私の知っている飛行機の操縦席とは随分違いますね」

「それは、昨年末に我が社の太平洋路線に就航したAS―500のものです。現在就航している航空機の中では最新鋭のものです」

「なるほど」

「現代の航空機というのは、おそらく皆さんが考えている以上にコンピュータ化が進んでいます。極端な言い方をすれば、パイロットの仕事は、予めコンピュータにインプットされたデータベースの中から、出発する空港と目的の空港を、そしてルートを選択する。地上滑走を行ない飛行機が地上を離れたところで脚を上げ、そして目的空港の滑走路に進入を開始したところで脚を下ろしてやる。その程度のことしかないところまできているのです」

「つまり、完全自動離陸から着陸まで、すべてコンピュータが管理する環境にあると」

「まあ、飛行途中には予測できないいろんなことがありますからね、いまの言い方はいささか極端にはなりますが、機能的なことだけから言えばそういうことになります。それを可能にしたのがＦＭＳとＩＲＳという装置です」

矢島は、キャプテン・シートとコパイロット・シートの間にあるアイル・スタンド・パネルの中央にある、モニターのついた計算機といった観のある装置を指差した。

「ＩＮＳ（慣性航法装置）ではなくＦＭＳとＩＲＳですか」

雅彦は乏しい航空機の知識の中から、知っている言葉と機能が一致する数少ないものを口にした。

「ＩＮＳは一世代前の航空機の航法援助装置です。といってもＦＭＳもまたＩＮＳと基本的なところでは変わりはないのですが、使い勝手はかなり違います。ＩＮＳの場合、現在自分がいる位置、それから途中通る座標ポイントをコンピュータにインプットしなければなりませんが、ＦＭＳは航法に関するコンピュータの機能がさらに進んだもので、文字通りのフライト・マネージメント・システム、この中にはいま申し上げたように数千という世界中の空港のデータがインプットされています。INSは飛行機に内蔵されたジャイロが安定するまで十数分、それから数値化された通過ポイントを間違いなくインプットしなければなりませんが、FMSはパイロットが画面に出てくるメニューを選択すればそれでよいのです。途中の位置の測定も、IRSの他に衛星、つまりGPSのデータを用いるので、極めて正確です」

「GPS？　あの自動車のナビゲーション・システムに用いられるデータですか」

「そうです」矢島、敷島、それに中村の三人の顔に同時に苦笑が浮かんだ。「一般の自動車に積み込まれたナビゲーション・システムと同じデータを使用しているなどと言うと、随分危なっかしいもののように感じるでしょうが、そもそもGPSは自動車のナビゲーション・システムのために開発されたものではありません。もちろん軍事目的に利用することを最優先に開発されたものであることは間違いありませんが、その中には当然航空機の航法援助も含まれます。この点では我々民間機がGPSを使うのも、軍事目的で開発されたものを応用しているという意味で、自動車のナビゲーション・システムと何ら変わるものではないのですけれど」

「なるほど、高速で飛ぶミサイルを寸分違うことなく目標に命中させる。それを利用すれば航空機が目的空港まで勝手に飛ぶことなど難しくないというわけですね」

「まったく見事なものですよ。それこそ滑走路のセンターラインにドンピシャリと降ろすことができるんですから」

「となると、たとえば深い霧が空港を覆い視界がゼロになったとしても、ハイテク機の場合、離着陸が可能となるわけですが、必ずしもそうではありませんよね……」

「これには飛行機の性能の他に、いくつかの問題があるのです」

「問題？　それはどういった問題ですか。機械、いやコンピュータがすべて行なうならば、問題などないのではないですか」

素人ならば当然覚える疑問を口にした。

「一つは空港施設の問題です。ＩＲＳやＧＰＳを用いた航法は位置を正確に教えはしますが、ご承知のように航空機は三次元の空間を飛ぶものです。滑走路に向けて自動着陸を行なうためには、地上からの誘導施設が空港に完備されていることが必要なのです」

「なるほど、灯台に相当するものですね」

「まあ、そういうことです。それともう一つの理由は、パイロットの等級の問題です」

「パイロットの等級……」

「一般にはあまり知られておりませんが、パイロットの階級は単に機長、副操縦士だけではないのです」

「それは初めて聞きます」

矢島は、当然とばかりに穏やかな笑みを浮かべると、説明を続けた。

「同じ機長でも、技術の熟練度、経験などによって離着陸を行なえる条件に制約があるのです」

「そうなんですか」

「天候が悪くて、自分の乗った飛行機が地上で天候待ちをしている間にも、他の飛行機が出発していく。あるいは、着陸していく便があるにもかかわらず、ダイバートして他の空港に行ってしまう便もある……そんな経験をしたことがありませんか」

「言われてみれば……そういった経験はたしかにあります。着陸は分かりませんが、天候待ちの機内アナウンスの最中に、窓の外を離陸していく飛行機がある。そんな場面に出くわしたことがありましたっけ」

「大体そういう時には、機内は不穏な空気になるものでしてね」敷島が苦笑いを浮かべた。「何で天候の回復待ちなんだ。こっちのパイロットの腕が悪いだけなんじゃないのか、と」

「ましてや他社便が飛んで、こちらが飛ばないなんてことになると、苦情が殺到します。全日航のパイロットは腕が悪い、なんてね」

中村が肩をすくめた。

「機能的に可能だということと、安全を考えてしないということは別なのです」再び矢島が続ける。「まず一つは、完全自動離着陸ができるだけの施設がある空港は、まだそう多くはありません。その地域のハブとなるような大規模空港、あるいは霧などの発生率が高く天候によって離着陸の制限を受ける頻度の高い空港、そういった所にしか自動着陸を行なえる援助施設が整備されていないのです。さらに機械といえども一〇〇パーセント完全というわけではありません。進入の途中にどんな障害が生じないとも限りません」

「つまりそうした万が一の場合を想定して、しかるべき資格を持ったパイロットでないと、悪条件下での離着陸や自動着陸を行なえないというわけなのですね」

「その通りです」

「なるほど」

「しかしハイテク航空機の場合、離着陸に際して、いまだにパイロットの手によって一〇〇パーセントのコントロールがなされているかと言えば、そうではないのです」

「それは、どういうことですか」

「これはなにも離着陸に限ったことではないのですが、すべてのオペレーションにコンピュータが介在しているのです」

「それは、計器類がすべてコンピュータによって制御されているということですか」

「もちろんそれもありますが、もっと物理的な部分で、です」

「物理的な部分……」

「現在の航空機は、パイロットが実際に操縦桿を動かす、つまり機体をコントロールする際にも、そこにコンピュータが介在するようにできているのです」

「たしか舵(かじ)は油圧システムで動くようにできているのでは……」

「もちろん最終的なユニットの部分ではその通りです。しかし最新の航空機はそこにいたる中間部分が違うのです」

矢島が視線を送ると、すかさず中村が次の資料を差し出した。見ると何やらフローチャートのようなものが書いてある。

「そこに書いてあるのは、ＡＳ－５００のフライト・コントロール・システムの概要図です。パイロットの操作はすべてプライマリー・フライト・コンピュータ・システムによって、操作の整合性を確認された後、信号となって稼働部に伝わります。たとえばパイロットが操縦桿（かん）を動かした場合ですが、どれくらい舵を動かすか、それは信号となってエアー・コントロール・イクイップメントと呼ばれるＰＦＣＳを構成するコンピュータに入り、整合性が確認された後、信号となって航空機の舵を実際に動かすパワーコントロール・ユニットに伝えられる仕組みになっているのです」

「つまり、パイロットが飛行状況にそぐわない操作をしても、コンピュータが是正してしまうという……」

「その通りです。もっともそうは言っても、これは機体を危険に陥れるとコンピュータが判断するような操作をした場合ですが」

思わず発した疑問に対し、気にも留めなかったのか、淡々とした口調で説明を続ける矢島の言葉に何か釈然としないものを感じた雅彦だったが、手元に差し出されたフローチャートを見ているうちに、また新たな疑問が浮かんだ。

「このチャートを見る限りでは、すべての操作がこのＰＦＣＳに集約されているようですが、もしこのコンピュータが暴走を始める、あるいは致命的なプログラム・ミスがあったりしたような場合はどうなるのですか。まったくコントロールが利かなくなるなんてことはないのですか」

「正直な話、飛行中にシステムが動かなくなったというような事例が、いままでなかったわけではありません。まあ普通のパソコンだって、突然ハング・アップすることがありますからね。いくら飛行機に搭載しているものだといっても、中身は基本的に同じですからね」

「で、そうした場合はどうなるのです」

「この図ではコンピュータが一つしか搭載されていないように思われるかもしれませんが、実際には三つのコンピュータがそれぞれの機能を監視しながら飛行を続けるようになっているのです」

「つまりナンバー・ワンが異常をきたせばナンバー・ツーを。それが駄目ならナンバー・スリーをと、メインのコンピュータを切り替えてやればいいのです」

「フェイル・セーフの思想ですね」

「その通りです。一つのコンピュータがいかれる。これは日常パソコンを使用している方なら誰でも経験したことがあるでしょうし、容易に想像がつくでしょうが、同時に二つ、ましてや三つのコンピュータがいかれる可能性は限りなくゼロに近いと言えるでしょう。あの銀行のシステムだって、メインとバックアップの二つしかないんですから」

も可能です」

「しかし、あり得ない話じゃない」

「お言葉を返すようですが、『あり得ない』という言葉を用いれば、『完全』という言葉も、この世のどこにも存在しませんよ」

「たしかにそうですが、それでもあえてお聞きしますが、もし三つが駄目になったら」

「最悪の場合には、コンピュータ・システムを切って、マニュアルで操作するということも可能です」

「ただし、この場合はパイロットが操作できるのはトリム、パワー、フラップ、スポイラーといった、フライト・コントロール・コンピュータ・システムが介在しないものを使って、ということになりますが……」

中村が矢島の説明を補足する。

「それで危険はないのですか」

「操縦に不便がないかと言われれば、パイロットは相当な不自由を強いられるでしょうね。正直言いましてパイロットもそんな訓練は受けていませんから……」

「逆の言い方をすれば、それだけこの飛行機に搭載されているシステムは、信頼性が極めて高いということです」

「そういうものですか」

雅彦の口調に、どこか釈然としない響きがあった。

「もう一つの疑問、プログラム・ミスですが、これはコンピュータが飛行中にハング・アップする以上に起こる可能性は低いと思います」矢島は次の質問の答にかかった。「システムのチェックは大変厳格なものでしてね、航空機製造メーカーが実際に就航する航空機に搭載する前には、必ずFAA（米連邦航空局）のチェックを受けることになっているのです。もちろんコンピュータのプログラムですから、バグがないことはあり得ません。そのためにヴァージョン・アップも度々行なわれます。ヴァージョン・アップされたプログラムはメーカーで厳しいチェックを受け、そしてFAAで再度チェックを受ける……バグ掃除がなされ、信頼度の上がったものでも、そうした厳しいチェックが常に行なわれているのです」

矢島は力強い口調で言うと、胸を張った。しかし矢島の口調が力強いものであればあるほど、胸中に何か釈然としないものが残るのを雅彦は感じていた。

それは技術屋とそうでない者が感じる違和感、理論の世界に生きる人間と、そこに漂う匂いを嗅ぎわける能力を命綱とする世界に生きる人間との違いであったのかもしれない。

理論はあくまでも人間によって構築されたものであり、それに基づいてものを作り上げるのもまた人間である。そこに人間が介在する限り、間違いは必ず起こるものだ。つまり理論が一〇〇パーセント完全に実行されるということはあり得ないのだ。間違いは必ずや起こり、そしてそれが発覚する時はえてして悲劇的な形で現れるものだ。ましてやプログラムという、目で見ることのできないサイバーの世界のことであれば、なおさらのことだ。

それはカメラマンとして、数多くの悲劇の現場に立ちあってきた雅彦の本能が嗅ぎ取った危険な匂いだった。

The Day −62　1月24日

●米国　アリゾナ州・フェニックス　エアー・ストリーム社

「で、改良プログラムの進捗状況はどうなんだ」

ＡＳ−５００担当上級副社長のダニエル・デーヴィッドは縁無し眼鏡を外すと、静かに机の上に置いた。

部屋の中にいる三人の男たちのうち、真っ先に口を開いたのは、フライト・システムを担当する部門の長、ハンク・ポーターだった。

「全力を挙げて取り組んでいますが、正直申し上げて予定よりも一週間ビハインドしています」

「一週間のビハインド。それはどういうことだ」

デーヴィッドのいかつい顔の中央、眉間に深い皺が寄った。普段は温厚な男だが、こと仕事となると話は別だ。副社長室の机の上にはＡＳ−５００の模型が飾られている。片隅のロッカーの上に置かれた白地に『S』の文字が入ったフットボールのヘルメットが示すように、学生時代にスタンフォードでクォーターバックとして鳴らした体は、年を経てもまだ迫力を失ってはいない。その体が一瞬一まわりも膨らんだかのような錯覚をポーターは覚えた。

「システムの改良を行なっているU．S．ターン・キー社の作業の進捗状況がおもわしくないのです」

「それほど厄介な作業なのかね」

「問題点は明確で、何をすべきかもまた、はっきりしています」

「それならば、なぜ」

「たしかに我々が定めたデッドラインからすると仕事量が多いのは否めないのですが、どうもU．S．ターン・キーの対応がこれまでと少し違うような気がするのです」

ポーターの言葉のどこかに歯切れの悪さがある。

「それはどういうことだ」

「分かりません。ただ一つ言えることは、これまでの開発過程のキーパーソンだった人間が、この重大な問題に際して、ただの一度も姿を現してはいないのです」

「誰だ、それは」

部屋にいたもう一人の男、事故究明対策室長のポール・シェーバーが聞いた。

「キャサリン・ハーレー。U．S．ターン・キー社でチーフ・プログラマーとして開発の先頭に立っていた人間です」

「それが、どうして一度も姿を見せないんだ」

デーヴィッドは怪訝(けげん)そうな顔をしながら背もたれの高い革張りの椅子に体をうずめ、金でできた細い眼鏡の蔓(つる)を嚙(か)んだ。

「社長のグレンは、我々と改良点の詳細を詰めるべく、ほとんどこちらにいるのですが、それについては言を左右にして、はっきりとしたことは言わないのです。彼の言葉を信じるなら、キャサリンがこちらのミーティングに出席しなくとも、スペックさえしっかりしていれば事は足りると言ってはいるのですが、これまでの状況からすると、どうも彼女、サンノゼにもいないようなのです」

「それは大きな問題なのかね。つまりスケジュールに影響を与えるような」

「リーダーとしてシステムの全容を知っているのはキャサリンですからね。影響がないとは言えないでしょう」

「しかしリーダーということと、実際に現場で実作業の全体を見る人間は違うんじゃないのか」

大規模なプロジェクトともなれば、全体を管理するリーダーの役割と、実作業を管理する人間とは自(おのず)と役割が違うのは当然というものだ。プロジェクト・リーダーはスケジュール、予算、人事……そうした全体管理もしなければならない立場上、必ずしも実作業の詳細に関して詳しいとは言えないものだ。むしろ仕事の詳細に関しては後者のほうがよく知っているに決まっている。つまりキャサリンがいなくとも実務にはさほどの影響など出るはずがない。シェーバーは当然の疑問を口にした。

「普通はそうなんですが、キャサリンの場合、その両方の役割を一人でこなしていたんです」

「その有能な女性が、この重大な局面に際して姿が見えないというわけかね」

「どうも、そのようで」

デーヴィッドの言葉が詰問調になり、それに比例してポーターの言葉が困惑の色を深める。

「ハンク、そのキャサリンとやらがいようといまいと、そんなことはどうでもいいのだ。私が必要としているのは、期限までに欠陥の見つかったプログラムが是正されるかどうかだ」

「分かっています」

デーヴィッドを見つめるポーターの目が力なく落ちた。その額にうっすらと汗が滲む。その言葉が何を意味するかは聞くまでもない。問われているのは過程ではない。結果だ。それが達成されなかった時、それは自分がこの役職を解任され、同時に会社を去ることを意味する。

「いいかね、ＡＳ－５００の導入期にあのようなシステムの欠陥が見つかったことが公になれば、今後の販売状況に深刻な影響を及ぼすことになるのは目に見えている。言うまでもないことだが、八五機の受注はこの業界の慣例通り仮発注だ。納入されて初めて商談が成立するんだ。この欠陥が表沙汰になってキャンセルが相次いでみろ、我が社の経営はたちまちのうちに危機に瀕することになる」

「しかし、見つかった欠陥が実際に事故につながるような事態には、そうそうなるものではありません」

シェーバーがうかつな言葉を吐いた。

「最終着陸態勢にある機が復行を試みゴーレバーを押し込む。当然そのままだと急激な機首上げの状態に飛行機は陥る。へたをすれば失速という事態を招きかねない。それを防止するために着陸態勢でゴーレバーを使用した場合は、操縦桿についているエレベーター・トリム・コントロール・スイッチを操作しない限り、フライト・コントロール・システムの中のフライト・プロテクションが掛かり、一五度に機首上げ角度を押さえ込むプログラムになっている。そのためパイロットがいくら操縦桿を引いても機は反応しない。たしかに今回シミュレーターで再現されたような状況は数年に一度あるかないかの状況には違いなかろう。だが、その数年に一度が明日起こらないという保証はどこにある。もしこれが明日起これば、誰もが考えたくもない結果がその後に待っている。いや、そうでないにしてもだ、そんなことが実際に起こり得るシステムを搭載した飛行機だったなんてことが分かってみろ。たとえ実際にそんな事故が起きていなくとも、マーケットに与える心理的悪影響は計り知れない」

「しかしいずれにしても、改善されたシステムが市場に導入された時点で、事は公になります」

シェーバーは正面からデーヴィッドを見つめた。

「通常のプロセスを経ればな」デーヴィッドはその視線から目を逸らすことなく静かに言った。

「通常のプロセスを経れば、ですって」

シェーバーは小首を傾げた。

「ハンク。現在就航しているAS－500に搭載されているシステムの最新ヴァージョンはいくつだ」

「5．3．1です」

俄には質問の真意が測りかねるといった風情で、ポーターが答えた。

「その次のヴァージョンは、いつリリースされる予定になっていた」

「あと、ひと月後です」

「そいつは、5．3．1のバグ取りがさらに進んだもので、システムのロジック自体に変更はないヴァージョンだな」

「その通りです」

デーヴィッドは元フットボール選手らしい頑強な体をぐいと机の上に乗り出すと、肘をつき手を顔の前で組んだ。緑と灰色がまじった瞳に澱んだ光が満ちている。シェーバー、そしてポーターの顔が、吸い寄せられるようにデーヴィッドの顔に近づく。

「知っての通り、新しくリリースされるソフトウエアは、たとえそれがバグ掃除がなされただけのものに過ぎなくとも、すべてFAAのチェックを通らなければならない。ただ一つの例外もなくな」

副社長室は十分な広さを持っているだけでなく、ただ一つの出入口であるドアもまた分厚い扉で閉ざされていた。声が洩れる心配などないにもかかわらず、デーヴィッドの声は小さなものになった。

「その通りです」

それにつられてシェーバーの声もまた小さなものになる。これから話されることは、決して他の人間に聞かれてはならないことなのだ。シェーバー、そしてポーターの胸中に普段ならめったに言葉すら交わすことのない上級副社長と、何かは分からないが秘密を共有できる喜びと優越感、そして期待感が無意識のうちに込み上げてきた。しかし次の瞬間、それは恐怖に変わった。

「FAAには、バグ掃除の済んだシステムを予定どおり提出する。だが、実際に路線に就航しているシップに搭載するのは、現在改良しているシステムを送る」

「何ですって、それは明らかな……」

「違法行為だ」考える間もなく反応したシェーバーの言葉をデーヴィッドの言葉が遮った。

「そんなことは百も承知だ。だが、考えてもみろ。改良したシステムをFAAに送り、お墨付き(アプルーバル)を貰(もら)うとなれば、欠陥そのものをこと細かに報告しなければならない。同時に航空会社に対しても同様の通達を出さなければならない。いいかね」デーヴィッドはそこで背もたれにゆっくりと体を預けた。顔つきが瞬間的に上級副社長の不遜(ふそん)なものに変わる。

「コンピュータのシステムというのは、実に厄介なものだ。航空機のすべてをコントロールする頭脳でありながら、その一端すらも肉眼で確認することはできない。もちろん頭脳がどういう仕組みになっているのか、それをコンピュータにダウンロードすれば、プログラム自体は目にすることはできる。しかしそれも単なる記号の羅列に過ぎず、それが正しいものであるかどうか、そんなことは誰にも分かりはしない。まるで人間の脳味噌(みそ)そのものだ。そこに、まかり間違うと深刻な事態を招きかねない、つまり狂気になり得るロジックが組み込まれている——そんなことが分かれば、人々は一体どう思う」

「おっしゃっていることはよく分かりますが、しかしそれでは……」

シェーバーがついさっき感じたエグゼクティヴと秘密を共有できるささやかな喜びなど、すでにどこかに吹き飛んでいた。法を犯す恐怖、罪悪感、そしてその陰謀に加担する気持ちが、力ない反論の兆しとなって口から洩れた。

「外から見ても分からないとなれば、中身が違っていても同じことだ。ただ数枚のフロッピーディスク。それが航空会社に送られ、シップにインストールされる。それによってパイロットの操作手順が違ってくるわけでもなければ、安全性が落ちるわけでもない。いやむしろ安全性は確実に改善されるのだ」声を失った二人を交互に見ながらデーヴィッドは止めの言葉を吐いた。

「そしてAS―500は順調に販売を続け、エアー・ストリームも発展を続ける」

重苦しい沈黙が部屋の中に漂った。しかし上級副社長を前にして、一介の管理職である二人に答の選択肢と呼べるほどのものは残されていなかった。そして短い沈黙。『分かりました』それが二人のただ一つの答だった。

「ついでに言っておくが、これは私一人の独断で決めたことではない。すでにこの件に関しては社長、会長をはじめ、役員の主だったところは皆知っていることだ。君たちは何も心配することはない。とにかく全力を挙げて、期日までに改良ソフトを仕上げてくれ」

デーヴィッドは手にしていた縁無し眼鏡を掛け、机の端に置かれた書類を引き寄せると、もう用はないとばかりに冷たく言い放った。

「君たちへの話はそれだけだ」

●米国　カリフォルニア州・エルセリート

「それじゃキャサリン、行ってくるわね。今日は六時には戻れると思うわ」

レモン・イエローのブラウスの上に、生なりのブレザー、そして黒いパンツ。ショルダー・バッグを肩に掛け、ワインレッドのブリーフ・ケースを手にしたメアリーは、車のキーを片手で弄びながら声をかけた。

「食事は適当に用意しておくわ。グレッグのことは心配しないで」

「悪いわね、あなたにメイドやベビー・シッターのような真似をさせて」

「ううん。居候を決め込んでいるのはこっちですもの。これくらいのことはしないと。気にしないで」

女二人の生活も悪くはなかった。レズビアンのカップルが人工授精で得た子供や養子を女二人で育てるのは、この国ではままあることだが、実際、女二人でいると、子育てに男親が必要だというのは必ずしも当たっていないような気がしてくる。もちろんキャサリンとメアリーはレズビアンではないが、グレッグは何一つ支障なく育ち、僅かひと月の間にも確実に成長を遂げている。もちろん人間ひとりが一人前になるまでには、男親の存在があったほうがいい時期もあるのだろうが、それが必要なのはいまではない。もっと先の話だろう。それにキャサリンにしても、一日中ここにいてグレッグの世話や家事に追われているわけではない。ここにいても、やらなければならないことは山ほどある。

メアリーがキャサリンの腕に抱かれたグレッグに軽い接吻をし、カー・ポートに続くドアを開けて出ていくと、彼女が身につけた香水の残り香が微かに鼻をついた。少しの間を置いてエンジンのかかる音がし、それはすぐに遠ざかり、部屋の中は静寂に満たされた。予てからベビー・シッターに面倒を見てもらうことが習慣となっているグレッグは、母親が姿を消してもむずかることもなく、床に置かれると、すぐにそこにあった積み木でひとり遊びを始めた。

「ねぇ、グレッグ。おばさまはこれから大切なお仕事があるの。いい子にしているのよ」

早くも積み木遊びに熱中し始めたグレッグに向かって優しい言葉を投げかけると、キャサリンは周囲に子供が飲み込みそうなもの、手にすると危険なものがないことを確認し、リビングに置かれたソファに座り、ノート・パソコンを用意して電源を入れた。

この一週間の間、キャサリンにとって、もはや習慣と化した作業の始まりだった。

昼は無邪気に遊ぶグレッグを目の前にしながら、ひたすらノート・パソコンに向かう。夜になってメアリーが帰ってくれば、食事を共にした後ベッドルームに早々と閉じこもり、AS―500のフライト・システム・プログラムが記載されたファイルと格闘する。睡眠時間は時に三時間を切ることもあったが、それは何の苦にもならなかった。そもそもがシステム・エンジニア、あるいはプログラマーと呼ばれる人間たちの日常とはそんなものなのだ。

開発に携わる者には常に期日という絶対的デッドラインがあり、保守にあたる者は、外科医が心臓の鼓動を一瞬たりとも停止させられないのと同様に、いったん稼働し始めたシステムを止めることは絶対にできないのである。もちろんそうは言ってもトラブルは発生するものだが、そうなればなったで、諸般の事情はさておき、システムの回復に全力を挙げなければならない。あらゆるビジネスにコンピュータが介在し、そのネットワークが巨大化し複雑に絡みあいながらさらに拡大を続ける現代社会において、ホスト・コンピュータの存在は人間の体で言うならばまさに心臓で、そしてネットワークは神経であり、血管と言えるだろう。その心臓が停止すればたちまちのうちに神経はマヒし、血液は流れなくなる。

そうした業務の一端に身を置いていたキャサリンにとって、この程度の労働は苦役と言えるような代物ではなかった。ましてやそこに『復讐』という明確な目的があれば、なおさらのことである。

ノート・パソコンの液晶画面に、複雑な文字の羅列が浮かび上がってくる。

それはこの一週間にわたって、キャサリンが持てる能力のすべてを駆使して開発し続けているプログラムだった。

テーブルの上には、これもまた同様の記号が記載されたノートが開かれている。

キャサリンはおもむろに指でキーの一つを押す。画面に現れた文字の羅列が勢いよく画面の下に向かってスクロールする。昨日までに作成したプログラム、それを確認しながら今日これから始める部分を検討しにかかっているのだ。指先でいま操作したすぐ下のキーを一つずつ押す。プログラムが一行ずつ、今度は上方に向かって動き始める。

キャサリンの目が左右に、そして上下に動きながら、書き込まれたプログラムの上をなぞり、整合性を確認していく。

それを見つめる目の中にあるものは、技術者が物を作り上げるに当たって必ずや宿すであろう、知恵と技術を駆使している様を単に表すものばかりではなかった。与えられた課題を最高の作品として仕上げようとする明確な意思でもなければ、義務に追われて仕方なくそこに向かっているという覇気のないものとも違っていた。

復讐、そしてそれが引き起こすであろう混乱、破壊、悲劇……。

キャサリンは複雑な記号の羅列の裏側に、このプログラムが稼働した時に発生する社会の光景をたしかに見ていた。

一連の操作の後に、前日の作業の成果を確認したキャサリンの顔に、ゆったりとした笑いが広がっていく。

カーソルが、プログラムの最後に来る。キャサリンの指が、再びキーボードの中央に置かれ、最初のキーを叩こうとしたその瞬間、グレッグがはしゃぎ声を上げた。積み木が崩れ、その幾つかがカーペット上を転がり、ソファの脚に当たって堅い音を立てた。

「まあ、グレッグ。おいたをしちゃ駄目よ。お願いだからしばらくの間静かに遊んでいてちょうだい」

キャサリンは立ち上がると、足元に転がった積み木の一つを手に取り、そして崩れて散らばったそれらをグレッグの前に集めてやった。その間、彼女の目は、優しく慈愛に満ちた母性そのものの眼差しをみせた。しかしそれも一瞬のことで、グレッグが再び積み木遊びに興じ始め、パソコンに向き直った時には、キャサリンの脳裏は再び危険なイメージに満たされていた。

見てらっしゃい。この私を怒らせると、どんなことになるか。

キャサリンのしなやかな指がキーボードの上を走り始め、新たなプログラムが白い画面の上に文字を刻み始めた。

そのスクリーンの作業枠の最上部には、いま作成されているプログラムのファイル名が表示されていた。

――『エボラ』――

キャサリンの指がキーを叩く度に、それは、一つ、また一つと確実に細胞を形成していった。

The Day−30　2月25日

●米国　アリゾナ州・フェニックス　エアー・ストリーム社

スチールのドアを開けると、入口の大きさとは不釣り合いなほどの巨大な空間が開ける。蛍光灯の白い光に満たされた空間。パワーユニットや制御機器が低い唸(うな)りを上げ、束ねられた配線がリノリウムの床をのたうっている。高い天井、十分に取られた左右のスペース、一見したところ格納庫のようにも見えるその空間が明らかにそれと違うのは、外部と繋(つな)がる巨大な扉がなく、ほぼ閉ざされたものだということだろう。

部屋の中央には、大型のバスを先頭から三分の一ほどのところでぶった切ったような形をした箱が油圧で動く鉄のアームで支えられ、空間に浮いている。そのボディは白く塗られ、サイドにはAS-500の文字が黒く鮮やかにペイントされている。

ボディの後方、箱の入口にかけられたタラップに、フライトバッグを片手に駆け上がるスコット・マクナリーとカルロス・シモンズの姿があった。

部屋に設置された機材はAS－500のシミュレーターで、これを使って昨日出来上がったばかりの改良ソフト、そのαヴァージョンのテストが始まるのだ。

ドアのノブを回し、シミュレーターの中に入る。そこは三〇〇人乗りの旅客機のコックピットを寸分違わず忠実に再現してはいたが、実機と違う点があるとすれば、後方に設けられた、さまざまな飛行状況を再現するオペレーターの空間があることぐらいだろう。実際のコックピットは三畳ほどの広さもない。路線就航便で東海岸から一気に太平洋を横断するともなれば、この狭い空間で、パイロットは十何時間もじっと前を向いて座るという苦役を強いられることになるのだ。

「ブルース、お手柔らかに頼むぜ。いつかのような悪戯は今日は無しだ」

すでにオペレーター席に座っていたブルース・キンベルの前を通りながら、マクナリーは片目をつぶった。

「分かってます。今日のテストはバグ取りの済んだニュー・ヴァージョンのテストですからね、メニュー通りに行きますよ」

自分がやらかしたちょっとした悪戯でクラッシュさせたことが、エアー・ストリーム社きっての半ば伝説化したパイロットの自尊心を傷つけてしまったらしい。

事の真相を知らないキンベルは、僅かな快感とともに込み上げる笑いを抑えながら明るい声で答えた。

その言葉を背後に聞きながら、マクナリーはキャプテン・サイドの椅子を後方にずらし、巨体を操縦席に滑り込ませる。再びレバーを操作しながら位置を調節し終えたところで、右のコパイロット・シートに座るシモンズが同じ操作を終わらせる。

すでにメインユニットのパワーが入れられたシミュレーターの中は、電子機器から漏れる微かな唸りに満たされている。

「OK、カルロス。それじゃ始めるとするか」

マクナリーが言うが早いか、二人のパイロットの手が狭い空間を走りまわり、正面のパネルに埋め込まれたモニターが反応し、鮮やかなブルーの地色の上に計器を表示し始める。

「ブルース、ちょいとばかりテストの手順を変えたいんだが」

「手順を変える？」

マクナリーの突然の申し出にキンベルが怪訝な顔をした。

「最初に視界不良の中での着陸をやっておきたいんだ」

マクナリーは、体が自由になる僅かな空間で体を捩るようにしながら後方を振り返ると、何気ない口調で答えた。

「分かりました。霧でいいですか」

キンベルの口許に、すべてを心得たと言わんばかりの笑いが漂う。

――落とし前はきちんとつけて、というわけですな、キャプテン。

「で、空港はどちらにします」

キンベルは分かりきった質問をした。

シミュレーターをコントロールするコンピュータは、世界の主要空港の様子が再現できるようになっている。実機ならば飛んで行くだけで一日かかる空港でも、ボタン一つで目の前に用意できるのだ。

「フランクフルトだ」

「分かりました」

そらきたとばかりにキンベルの指がコントロール・キーの上をなぞり、再現空港をフランクフルトと選択する。

「高度は一五〇〇フィート。夜間。天候は霧。視程はグラウンド・ヴィジビリティで六〇〇メートル」

――はい、はい。

いちいち聞くまでもなく、マクナリーの言葉と同時にキンベルは条件をコンピュータにインプットしていく。

シミュレーターのウインドシールドが変化し、深い霧に覆われたフランクフルトの光景がコンピュータ・グラフィックス（CG）によって再現される。

その間にマクナリーとシモンズの手が再び動き、計器の状態を着陸進入のそれに変えていく。モニター上が正確に条件通りであることを確認したところで、二人の視線が頷（うなず）き合う。

「フラップス20」

「フラップス20」

「ギア・ダウン」

マクナリーが小さなアクションをつけながら次々に繰り出す指示を復誦しつつ、シモンズが遅滞なく操作を行なっていく。

「了解、ギア・ダウン」

「OK、ブルース。始めよう」

シミュレーターのスイッチが入れられた。途端にエンジンの微かな唸り声に空間は満たされ、箱を支えた支柱が油圧の力でモーションを与え始める。マクナリーの両手ががっちりと操縦桿を摑み、微妙にそれをコントロールし、状態はたちまちのうちに安定する。

スロットルレバーにマクナリーの右手が添えられたところで、シモンズが高度を読み始める。

「いま一五〇〇フィートを切りました。降下角度を五度にセットしました」

「それでいい」

マクナリーの目が、ウインドシールドの向こうに迫ってくる白い塊と計器を交互に見つめる。思考と感情のすべてが、この飛行機を無事着陸させる、その一点に注がれた目だった。もはや彼の目前に繰り広げられている光景は、コンピュータによって再現された模擬空間の出来事ではなく、まさに現実以外の何物でもなかった。

「ランディング・ライト・オン」

シモンズの腕がオーバーヘッド・パネルに伸び、スイッチの一つを押す。

ウインドシールドの下端から前方に向けての光景がうっすらと明るさを帯びる。

高度はどんどん下がり、やがて地上をべったりと覆った霧の中に機は突入する。瞬間両主翼と前脚(ノーズ・ギア)についたランディング・ライトの光が霧に反射し、ハレーションを起こしながら白一色になった前方の光景を、一際明るく照らし出す。

「五〇〇(ファイヴ・ハンドレッド)」

高度を読み上げるシモンズの声が緊張の度合いを強くする。

「スタビライズド」

さあ、ここからだ。

白一色だったウインドシールドの世界の中に、明らかに人工のそれと分かる光の列が姿を現した。中央に一直線に延びるアプローチ・ライト、やがて黄色と赤の光がその延長線上の両側に間隔をおいて見えてくる。

滑走路だ。

「プラス一〇〇(ハンドレッド)」

「チェック」

このまま進入し、着陸を行なうことに何の問題もなかったが、それではこのシミュレーションを行なう意味がない。シモンズと予め(あらかじ)打ち合わせた通り、マクナリーは次のプロセスを実行しにかかった。

「ミニマム（着陸決心高度）」
「ネガティヴ、ゴー・アラウンド（着陸中止復行）」

着陸には何の支障もない状況だったが、マクナリーは取り止めを宣言すると、ただちに復行操作に入った。パワーをコントロールすべくスロットルレバーに添えられていたマクナリーの指先が動き、先端部の樹脂の下に設けられた『ゴーレバー』と呼ばれる自動的にパワーを全開にするスイッチを押し込む。両翼に吊り下げられたエンジンが息を吹き返し、出力を示す計器の表示がたちまちのうちに限界に向かって跳ね上がっていく。推力の増加にともなって自然に機首が上がり、上昇計、昇降計、そしてフライト・ディレクターの表示が一斉に反応を始める。

――さてここからだ。

マクナリーは敢えて操縦桿を引き、さらに機首を上げようと試みた。前回は、機首の仰角が一五度に達したところで急激な機首上げによる失速を防ごうと、おせっかいなシステムが制御し、にっちもさっちもいかなくなったところだ。マクナリーの目がフライト・ディレクター、昇降計、そして速度計に集中する。急激な機首上げによる失速に陥らないよう、操縦桿を握った手に込められる力が微妙に調整される。

機はマクナリーの意思通り、順調に機首を上げていく。機首の角度は前回仰角一五度で固定された線を越え、いまや二〇度に達しようとしている。ウインドシールドの中央に滑走路の中心を示す誘導灯の光が流れ、それが再び濃霧の中に呑み込まれていく。

前回はパイロットの操作を誤ったものと判断したコンピュータが、今度はパイロットの判断を優先させたのだ。よし……。

「ミスト・アプローチですね、キャプテン」

背後からキンベルが声をかけた。今度はその言葉から、先ほどまでのしてやったりといった響きが消えている。伝説化しつつあるエアー・ストリームのキャプテン、テスト・パイロット中のテスト・パイロットが二度、着陸ミスを繰り返したのだ。

「まったく、どうしたものか。前回の仇を取るつもりだったんだが……」

マクナリーは心にもない言葉を吐いて、その場を繕った。

「どうします、もう一度トライしますか」

「いいや、今日はよそう。どうもこの組み合わせは性に合わないみたいだ」マクナリーはシモンズをちらりと見ると、目に満足したとばかりの表情を湛えながら言った。「それじゃブルース、予定どおりのメニューをこなすとしようか」

●米国　カリフォルニア州・エルセリート

連日連夜の孤独な作業が続いていた。ベッドルームの片隅にしつらえられた小机の上には、びっしりと文字――というよりは記号――で埋まったノート・パッドが置かれ、それはすでに数十枚の厚さに及んでいた。背後のクイーン・サイズのベッドの上には、AS―

500のシステム仕様が記された分厚いファイルが置かれ、その幾つかは開かれたままになっている。

　卓上ランプに浮かび上がるキャサリンの顔には疲労の色が漂い、反射した柔らかな光が肌の荒れを際立たせてはいたが、一心不乱にペンを走らせる瞳（ひとみ）は外見とは異なり、体の中にあるすべての精力がそこに集中しているかのような、異様なまでの冷たい輝きに満たされていた。

　ウイーク・デイの昼間のほとんどを『エボラ』の開発に費やし、そして夜になると睡眠時間を極限まで削って、キャサリンはあるプログラムの開発に没頭していた。机の隅に置かれた時計は午前三時を指している。一つ屋根の下、別の部屋で休むメアリーとグレッグは深い眠りの中にいるはずだった。一日二時間から三時間の睡眠。外見の変化は事情を知らないメアリーの目にも明らかだった。

「キャサリン、あなた体の調子は大丈夫なの。顔色も悪いし、随分と窶（やつ）れたみたいだわ」

　メアリーが言ったのは、作業に入って間もない週末の朝食時のことだった。目に見える変化はそれよりも早く現れてはいたが、それがグレンとの関係からくる心労と考えていたメアリーにも、さすがにそれ以外の何かがキャサリンの体に起きていると確信させるに足る兆候だった。

「どうもこのところ寝つきが悪くて、睡眠が浅いのよ」

　キャサリンは無難な答を返した。

「やっぱりグレンのことが気になるのね」

「ううん、そうじゃないの。あの人のことはきっぱりと心の整理がついたつもりよ」

「それじゃ仕事のこと」

「それは少しはあるかもしれないわね。いまでも毎日Eメールで、私に助けを求めるスタッフのメッセージが送られてくるんですもの。そりゃ多少の罪悪感を覚えないほうが不思議ってもんだわ」

「で、どうするのキャサリン。会社に戻るの？　それともこのままここにいて雲隠れを決め込むの？」

「戻るなんてまっぴらだわ。グレンの下にはもちろん、会社に戻って仕事を続けるのもね。結局あの人の手助けをしてしまうことになるじゃないの。そりゃあ何も知らないスタッフには悪いとは思うけど、どちらの選択肢も私にはあり得ない」

「それならそれで、早くけりをつけるべきじゃないかしら、はっきりとした形でね」メアリーの言葉の語尾がことさら強調されたものになる。「ただ雲隠れを決め込んでいるだけじゃ、はっきり言ってあなた不利よ。別れるにしてもやることをやって別れるのと、やらねばならないことを放棄して別れるんじゃ雲泥の差があるわ」

やれやれまたその話なのメアリー。そうじゃないの、お金、会社、そんなことはどうでもいいの、私のやりたいことはただ一つ……。

かといって、事の真相を話すわけにいかないキャサリンは、曖昧な笑いでその場を取り

繕った。その笑いが顔に滲(にじ)んだ疲れを強調したのか、メアリーは、

「ちょっと待ってらっしゃい」

朝食の席を立つと、リビングのサイドボードの引き出しの中から、小さな薬の入った容器を取り出した。

「とにかくキャサリン、眠ることよ。不眠は健康にも美容にも、そして何かを考えるにも最大の敵よ。時には薬の力を借りるのも悪くないわ」

テーブルの上に置かれた透明なプラスチックの容器の中には、灰色のカプセルが入っている。

「メラトニン。あなた使ったことあって」

「何度かね。確かによく効くわ」

「私も時々飲むの。習慣化するものじゃないし、少し使ってみたら」

もちろんキャサリンに睡眠を誘発するホルモン剤など必要なかった。スーパーマーケットで出会う人間のすべてが自分の裸体を見ているような錯覚を覚えてからすぐに、キャサリンは精神分析医のところへ行き、カウンセリングを受けた。長椅子に腰を掛け、長い時間をかけてキャサリンの話を聞いたその女医は、その心の傷の深さを知り、受けた仕打ちに心からの同情を示した。『心身症、あるいは強迫神経症』それが女医の下した結論だった。

「あなたのように心に大きな傷を負うと、物事をすべて悪いほう悪いほうにと考えてしま

うものなのです。それは何も思考だけの問題ではありません。不安定な精神状態は不眠という形で現れ、それはストレスとなって体内に蓄積されていきます。言うまでもないことですが、これは決していいことではありませんよ、ミス・キャサリン。内科系の病気の六割が心身症が原因と言われるように、多くの場合、違った形の病となって現れます。肉体の不調はさらに大きなストレスとなり、そして精神状態の不安定さに拍車をかけるものなのです」

女医はそう断じると、精神安定剤のドグマチール、メイラックス、さらに就寝前に飲むようにと、やはり安定剤のデパスと誘眠剤のレンドルミンを処方した。しかしキャサリンは、そのいずれも口にすることはなかった。

――薬に頼って精神の安定を取り戻す？　そんなことなんかできやしないわ。私が受けた屈辱、それを癒（いや）す手段はただ一つしかない。

むしろ寝ないで済むならそちらのほうの薬が必要だった。もしもいま手元にスピード（覚醒剤）でもあれば、迷うことなく口にしていただろう。

なにしろ完成させなければならないプログラムは複雑である上に、作業量もまたそれに比例して膨大なものだった。そして完成までの期限はあまりにも短く、そしてプログラムを移植するタイミングはほんの一瞬しかなかった。

それを逃せば、すべての計画は文字通り水の泡となってしまう。

キャサリンは自分の体力がもう限界に差しかかっていることを感じながら、さらに作業に没頭した。彼女を支えているもの。それは復讐（ふくしゅう）への執念、それ以外の何物でもなかった。

The Day－29　2月26日

●米国　アリゾナ州・フェニックス　エアー・ストリーム社

「改良ソフトのαヴァージョンのテストは、どうやらうまくいったようだ」

エアー・ストリーム社の会議室で、チャップマンがほとほと疲れたといった表情を浮かべながら椅子に腰を下ろした。

「これで一安心だな」

グレンの口から大きな溜息が洩れ、背もたれに背筋を伸ばすようにしながら体を預けたせいで、後頭部の髪を手が撫であげる。

「あとは実機に搭載してのテストがあるが、その前にバグ取りをしなければならない」

「シミュレーターではバグが悪さをするような兆候はなかったんだろう」

「もちろんそんな兆候はなかったさ。そんなものがあれば『うまいこといった』なんて言うわけがないだろう」

――それはそうだ。

グレンは静かに頷いた。バグの始末の悪いところは、正常に働き続けていたシステムが何かの拍子におかしな症状となって現れることだ。まるで体内に潜んだウイルスが、体力十分な時には問題がないのに、体が弱ると暴れ始めるように……。

「で、システムの掃除にはどれぐらいかかる」

どうせこちらの望むだけの時間が貰えるはずもない。答を得るまでには一言二言の遠回りをすればいいだけだったが、グレンはそれをスキップした。

「どれくらいでやらなければいけないんだ」

「三週間だ」

「二週間！　それはまたタイトだな」この二か月もの間にサンノゼとフェニックスを何度となく往復し、過酷な労働を強いられたせいで、グレンの頬はそげ落ち、弛緩した皮膚のせいもあって眉間に深い皺が寄った。「スタッフも疲労困憊しているし、なにしろ期限に間に合わせるために急いだ仕事だ。バグも多いことは十分予想される。最低でも一月、いや、せめて三週間は欲しいところだ」

「それに関してはノー・ネゴシエーションだ。すでにヴァージョン5．3．2はFAAに提出している。そのアプルーバルが下りるまでに約二週間、その時点で改良ソフトが間に合わないと、事は厄介になる」

チャップマンの口調には反論の余地を与えぬ響きがあった。アメリカ社会で、物が期日通りに納入できない――それは即仕事を失うということだ。もちろん航空機のシステム・プログラムの開発のようなものともなれば、すぐに首をすげ替えられるということはあるまいが、次のシリーズの受注の際には何らかの影響を受けることになるだろう。貢献と実績。それが次のビジネスにつながるのだ。ましてやエアー・ストリームの受注を礎に会社を拡大させてきたU.S.ターン・キーにしてみれば、次の受注を失うことは会社の存続にかかわる問題となる。

何が何でも、期日通りにバグ掃除の済んだβヴァージョンを完成させなければならない。しかしその一方で、この二か月の間、文字通りの不眠不休でシステムの改良にあたってきたスタッフを思うと、この上さらに過酷な労働を強いるのは無理があるように思えた。ただでさえも労働条件の厳しさに不満が渦巻いている職場、事実この二か月の間に音を上げたスタッフが二人も会社を辞めている。プログラムを開発し完全なものにしていくには、単にシステム・エンジニア、プログラマーの技術が熟達していればそれで済むというわけではない。要件を把握し、作り上げるシステムの特性を理解して初めて仕事になるというものなのだ。

そのためには……。

グレンの脳裏に二人の人間の名前が浮かんだ。一人はウイリアム・アトキンソン、もう辞めてから五か月にもなる男だが、腕は確かだ。それにかつてはキャサリンの直属のアシスタント・マネージャーとしてAS－500のフライト・システムの開発に一から携わってきた男だ。性格、特に協調性という点においては問題があるが、この際だ、連れ戻せるものかどうか、声を掛けてみるだけの価値はある。

そしてもう一人……言わずと知れたキャサリンだった。

くそ！　あの馬鹿女が。雲隠れさえしなければこれほどのタイトロープをせずとも済んだものを。この二か月の間、ただの一度も連絡をよこしやしない。

しかし、ここにきてプログラムを完璧なものに仕上げるためには、彼女の存在があると無しでは格段の違いが出てくる。βヴァージョンはロジック上問題なく動くだろうが、キャサリンがここで復帰すれば、次のヴァージョンの完成度はぐっと違ってくるというものだ。悔しいがそれは間違いない。しかし、そのためには……。

グレンは、人に頭を下げるのはビジネスの時だけと決めていたが、今度ばかりはその主義を変えざるを得ないことを納得した。もうこうなれば完全に白旗を掲げ、何としてでも戻ってきてもらう以外にない。

遅きに失した観は否めなかったが、グレンは再びキャサリンにコンタクトすることを決心した。

The Day−27　2月28日

●米国　カリフォルニア州・サンノゼ　U.S.ターン・キー社

「ハァイ、ビル。ウエルカム・バック」

アンジェラの明るい声がオフィスに響いた。

「ハァイ、アンジェラ。調子はどう」

アトキンソンが相変わらず薄汚れたままの黒縁眼鏡のレンズの下から、不器用なウインクを送る。相も変わらぬワークシャツ、胸のポケットからはペンケースに入れたボールペンが数本頭を覗(のぞ)かせている。そしてよれよれのジーンズに、これまた薄汚れたスニーカー。

――復帰の初日、それもチーフ・プログラマーとしてのポジションを貰ったんだから、もう少し気を遣(つか)ったらどうなの。

「まああってとこかしら」内心の気持ちなどおくびにも出さずに、アンジェラは魅惑的な笑いを顔一杯に浮かべると、「どう、言った通りになったでしょう」声を落として早口で言った。

「ああ、キャサリンのことに関しては少しばかり良心が痛まないわけじゃないけどね」

「良心？　それが痛むのはこのあたりかしら」

アンジェラは赤くマニキュアの塗られた爪先を伸ばすと、アトキンソンの心臓のあたりを指した。

「まあ、そんなとこかな」

「でも、そのおかげであなたはチーフ・プログラマーとして職場復帰ができた、それもあのグレンに頭を下げさせてね。お給料も随分アップしたんでしょう」

「それはご存じの通りってやつじゃないの。第一オファー・レターを作ったのは君だろう」

「まあ、給料がアップした分はしっかりと働かなくっちゃね。グレンはそれなりのものを求める人よ。それはあなたもよく知っているでしょう」

「分かってるさ。まあ見てなよ。僕が来たからにはもう大丈夫」

「そんな大口叩いていいの。半年ちかくも職場を離れていて、十分期待に応えるだけの働きをする自信があるの」

「でなきゃ、声が掛かるわけがないだろ」

アトキンソンは最初よりずっとうまくウインクを返すと、その場を立ち去った。

グレンの部屋に続く背後のドアが開いたのは、その直後のことだった。

「アンジェラ、ちょっと来てくれるかな」

明るい声だった。この男がそうした声で話しだす時は、決まって何か考えがあってのことなのだが、アンジェラはまだそれを知らなかった。振り返ったアンジェラの前のグレンの顔には、このところ久しく見ることのなかった晴れやかな笑顔が浮かんでいる。それを見た瞬間、アンジェラは自分の体のある部分に微妙な変化が起き始めたのをはっきりと感じていた。

そういえば、このところ随分とご無沙汰だったもの。仕事にもようやく目処がついて、やっとその気になったってとこかしら。朝一番、それも仕事開始の直後に始まる秘め事。ドア一つ隔てた空間では多くの従業員が賃金のために身を削る場所で、快楽の波に身をゆだねる。その背徳感と不条理に、アンジェラの期待は高まった。

「ドアを閉めてくれ」

アンジェラは後ろ手にドアを閉めた。電子ロックがかかり、これでパスワードを知らない者はこの部屋に入ってはこられない。そしてその暗証番号を知っている者はただ二人、いまこの部屋にいる自分とグレンだけ。つまりはまったくの密室がここに成立したというわけだ。

「グレン、朝一番から始めるつもり?」

アンジェラは鼻にかかった声で言った。込み上げる期待が声に表れ、ハスキーなものに変える。

　しかしグレンは、アンジェラが予想だにしない行動に出た。いつもならグレンからアンジェラに近づき、時には荒々しく、時には薄いシルクの生地を扱うがごとく優しく触れてくるところが、そのまま革張りの椅子にどっかと腰を下ろし、高く脚を組んだ。そして正面からアンジェラを見つめる目——そこには行為の前に必ずや男が見せる欲望の兆しは欠片（かけら）もなかった。あるのは男の、それも有能なビジネスマンとして、商談の際に見せる冷徹なまでの眼差（まなざ）しだった。

　グレンは机の引き出しを静かに開けると、一枚の紙片を静かにその上に置いた。長方形の紙切れ。大きさと形状からそれが小切手であることはすぐに分かった。何を書き込むでもなく、小切手帳からその一枚を引きちぎるでもなくすっと差し出したところから、予（あらかじ）め予定された行動であることが窺（うかが）えた。

「なあに、これ」

　その小切手の意味するところが俄（にわか）には分からなかったアンジェラは、訝（いぶか）しげな表情を浮かべた。

「今日までの君の賃金に、私の厚意を足してある」

「……」

　毒。体の中にこれほどの毒がたまっていたのかと思われるような、重い塊が胸のあたりから両脚の先に向けて一気に駆け降りると、自由が利かなくなった。自律的に繰り返される呼吸ですら、自分では感覚がない。アンジェラは一瞬、自分のすべての機能が停止し、そのまま死の淵へ転げ落ちていくのではないかという錯覚に陥った。かろうじてまだ生きている、それを感じさせるものがあるとすれば、机の上に置かれた小切手、それが幻覚でもなんでもなく、たしかにそこにあると認識できる、その現実だけだった。

思考が停止した脳の視神経を通じて、紙切れの上に並んだ数字が見える。五桁の数字。末尾のピリオドの次にさらに二桁の○が並んでいる。二○○○○・○○ドル。その下には乱雑な手書き文字でTWENTY THOUSAND AND 00／00−とご丁寧にも記してある。

「どういうことかしら、グレン」

考えも戦略もなかった。アンジェラの脳が、無意識のうちに反応した。

「見ての通りだ、アンジェラ。今日で君にはこの会社を去ってもらう」

「つまり、仕事だけじゃなくて私との間も清算すると……そういうわけ」

「その通りだ」

グレンの言葉に容赦はなかった。

「なぜ。そのわけを聞かして」

戸惑い、動揺、混乱。感情の荒波の中から、アンジェラの思考が急速に立ち直り始める。

「わけを話さなければならないかな」

「当たり前でしょう」

グレンは一つ頷くと静かに話し始めた。

「最大の理由は君を思ってのことだよ、アンジェラ」

「私を思って？」

――それなら他に方法があってよ、グレン。

アンジェラは無言のままグレンを正面から見つめる。

「まだ若い君が、このままこんな関係を続けるのはよくない。しかも経営者とその秘書。たしかにこの国じゃ秘書とそのボスがこんな関係に陥ることは珍しいことじゃない。だが、それも将来に何らかの展望があればの話だ」

グレンの視線が落ちた。

――この男、嘘を言っている。もっとも、そんなことは聞くまでもないことだけど。

「展望？」アンジェラの口調に皮肉がまじる。「つまり、私とあなたとの間ではこれから先、何の展望も望めないと」

「このまま関係を続けても、無駄に時間を浪費するだけだ。少なくとも君にとってはね」

グレンは机の一点を見つめ静かに言葉を続けた。「正直に言うが、たとえこのままの関係を続けたとしても、私は君と一緒に暮らすつもりもなければ、ましてや結婚するつもりもない。つまり関係の継続は君にとって無駄な時間を浪費させるだけのことになる。そこに気がついたのだよ」

「何をいまさら」

「何をいまさら――たしかにそう言われても仕方がない。しかし人間には何かの拍子に間違いに気がつく時があるものだ。そうじゃないかね」

「何かの拍子って、何よ」

アンジェラの口調が詰問調になる。

「今回のＡＳ－５００のフライト・システムの改良作業だ。正直言って、これには参った。どうにか期限通りにプログラムを仕上げることはできたが、本当のところはタイトロープそのものだった。一つ間違えば会社存亡の危機に瀕するところだった」

――もっともその危機が去ったわけじゃない。いまでも続いたままだ。

「それで」

「考えてみれば、いままでが順調すぎたんだよ。ヴェンチャーを起こし、エアー・ストリームという大会社の、それも航空機の心臓部ともいえるフライト・システムの受注に成功した。会社の業績も上がり、規模も大きくなった。だが、それがすべて自分の力によって成し遂げられた……と思った、それが思い上がりだったことに気がついたんだ」

「で、私とのこともその思い上がりのなせる業だったというわけ」

「あらためてそう言われると、返す言葉がないが」

「それはちょっと違うんじゃないかしら。会社を大きくしたのは、誰の力でもないわ。あなたの力よ。グレン、しっかりしなさいよ。あなた少し疲れて弱気になっているだけよ」

激しい感情の嵐が収まると、アンジェラの心に、舞台が暗転するかのように、いままでとはまったく逆の感情が急速に頭をもたげた。

グレンを自分だけのものにする。妻の座に座る。そうした野心、未練……そんな感情とは違った、もっと生々しい感情。

――一体これは何なのだろう。初めて覚える、いいえ、前にもこうした気持ちに襲われたことがあった……。愛してるの？ この男を私が愛してしまっている？ ティーン・エイジャーの小娘じゃあるまいし。グレンに対する私の気持ちはもっと打算的なものだったはずよ。でもこの気持ち。捨てられると分かって初めて覚えるこの気持ち。これはまさしく……。

アンジェラは、突如芽吹いた自分でもとうてい理解し得ない感情に戸惑った。しかし考えてみると、この目の前にいるグレンは、女癖の悪さではピカ一だったが、それにも増して危険な分だけ男として魅力的には違いなかった。決して近づいてはいけない危険な匂いを漂わせる花……それをさらに魅惑的にするために、地位と経済力という色に彩られた花弁。そう、花弁の色が何色でも、漂ってくる匂いだけでもこの男は十分に私を魅了して止まないのだ。

「いや、そうじゃない。この会社が今後も順調に事業を拡大していくためには、それなりに態勢を立て直す必要がある」グレンの視線がしっかりとアンジェラに向けられると、まるで有能なビジネスマンがプレゼンテーションを始めるかのような口調で言った。「組織の頂点に立つ人間には、それにふさわしい資質と行動が求められるものだ。会社が小さいうちは、自分の好き勝手に振る舞っていても、世間は何も言いはしない。だが、多少なりとも名を知られる存在になれば話は別だ。U.S.ターン・キーは、もはやそういう会社になりつつあるのだよ、アンジェラ。会社そのものだけじゃなく、経営者の資質、それもプライヴェートな面を含めての資質を問われるような、ね」

「つまり、愛人がいるような経営者じゃ世間的に通用しないってわけね」

「通用しない、というよりも信頼度が圧倒的に違ってくるということだ」

「で、私との関係を清算しようと」

グレンが無言のまま、アンジェラを見つめる。それが『イエス』ということを物語っているのは言うまでもない。

「それでキャサリンとよりを戻そうというわけなのね」

キャサリンの名前を自ら口にしたところで、再びアンジェラの中の感情が反転し、激しい怒りが込み上げてきた。

――嘘おっしゃいグレン。そんな取って付けたようなきれい事を言わなくても分かっているわ。要はこの会社を発展させていくためには、どうしてもキャサリンの力が必要だということを、あなたは実感しただけのことでしょう。私との間を清算し、頭を下げさえすれば彼女は戻る。そう思っているんでしょう。もうたっぷりと味わい尽くした女を切りさえすればすべては安泰。元に戻ると……。

「結果的にはそういうことになるかもしれないね、なにしろ彼女は僕の妻同然の人であり、この会社を経営するにあたってのパートナーだからね」

――おあいにくさまグレン。もうあの女はあんたのところには戻りゃしないわ。もうルーレットは回り始め、玉はディーラーの手を離れたの。それも飛びきり腕のいいディーラーによってね。つまり玉の落ちどころもすべて決まっているってわけ。そしてその落ちどころは、あなたがチップを張ったところじゃない。

アンジェラの胸中に、冷たいものが込み上げてきた。それが瞳に現れたかと思うや、机の上に置かれた小切手に注がれた。

「いいわグレン。別れてあげる。だけど二万ドルはないでしょう。あなた、この一年もの間、私の体の隅々まで味わったのよ。この会社と、あなたの将来を守るために私を切るっていうんなら、ちょいとばかり額が違うんじゃなくて」

不思議なことにアンジェラの声には何の感情も現れてはいなかった。グレンはその声を聞きながら、この目の前の女に秘書以外の別の才があることを初めて知った。

The Day－20　3月7日

●米国　カリフォルニア州・エルセリート

いちどきにまったく異なった二つのプログラムを書き上げる。それも異なった言語で書かれた複雑極まりないプログラムを。

いかにコンピュータに卓越した能力を持つキャサリンにしても、それは初めて経験すると言ってもいい困難極まりない仕事だった。チャンスは一度だけ、それも厳密な期限がある。持てる能力のすべてを吐き出し、体力は既に限界を超えていた。いまキャサリンを支えているものは、復讐を遂げることへの執念、ただそれだけだった。

膨大な脳細胞の中で、複雑なプログラムの整合性が検証され、それを実現する記号の羅列が指先を通じてほとばしる。天からの福音を思わせるカリフォルニアの陽光が差し込む部屋の中で、その恩恵のすべてを吸い込んでしまうブラックホールのように邪悪な意思に満ちたウイルス、『エボラ』は完成の時を迎えようとしていた。

細くしなやかな指、この前マニキュアを塗ったのはいつのことだったか思い出せないその先端が、猛烈な勢いでキーボードの上を這い、そしてポンと跳ねると最後の音を刻んだ。深い吐息が洩れ、キャサリンの肩ががっくりと落ちる。時々思い出したように浴びるシャワーは、ともすると倒れ込みそうになる体を奮い立たせるためだ。ブラッシングさえしていない洗いざらしの髪の縺れ合った感触を感じながら、キャサリンの指がその間をゆっくりと掻き上げていく。

久々に訪れた空白の時間。しかしそれを十分に味わう心の余裕はなかった。

――まだ、幾つかある段階の、最初のステップにたどり着いただけよ。やらなければいけないことは、まだまだたくさんある。

キャサリンは疲労した体に鞭を入れると、次の行動に移った。

出来上がったばかりのプログラムを検証している時間はなかった。おそらく多少のバグがあるには違いないが、要は目的を遂げるようにプログラムが動きさえすればいいのだ。それもただの一度でいい。

プログラムの実証。それがキャサリンが取りかからなければならない次のステップだった。

ラップトップ・コンピュータのサイドにフロッピーディスクを差し込む。すでにフォーマットされているディスクに完成したばかりの『エボラ』をコピーしていく。画面に現れたグラフのバーが伸び、ドライブがフロッピーディスクの上に刻印を押していくかのような音が微かに聞こえる。バーがグラフを満たすと、一瞬の静寂が訪れる。

キャサリンはすかさずマウスを操作すると、本体から取りだしたフロッピーを手に立ち上がった。傍らでお絵描きに熱中していたグレッグが、動きに反応し無邪気な眼差しを向ける。

「グレッグ、いい子だから少しの間おとなしくしていてね」

窶れ果てたキャサリンの顔、その瞳に束の間の優しい光が満ちる。周囲に判断のつかない子供の脅威になるものがないことを確認したキャサリンは、リビングに隣接するメアリーの寝室のドアを開けた。

キルトが施されたカバーに覆われたダブル・サイズのベッド。衣類が収納されたクローゼットは堅く閉じられ、週末の度に掃除されるカーペットの上に午後の陽光が反射し、少しばかりけば立った微細な繊維の上に柔らかなフレアーを作っている。

部屋の片隅に置かれた仕事机の上には、デスクトップ型のコンピュータが置かれていた。キャサリンはその前に座ると電源を入れた。柔らかなスタート・サウンド。そしてハードディスクが、乾いた細胞が水分で満たされ膨らんでいくかのような音を立てる。

アイコンで一杯になった画面が現れる。マウスが操作され、矢印がその中の一つ、インターネットに通ずるものに当てられると、二度クリックされる。

キャサリンの指がキーボードを激しく叩き、目指すホームページのアドレスを打ち込んでいく。それは二月前に自分の裸の写真が掲載された、ハンガリーにあるお試しホームページだった。

キャサリンはその白紙のページに、予め(あらかじ)セットしたフロッピーに記憶させておいたプログラムをアップロードした。『文明の輪廻(りんね)転生について』。二四ポイントの大きな文字で書かれたタイトルの下には、一〇行ばかりの文章が続いている。まるで新興宗教に毒された人間か、哲学者気取りの凡人が思いつくまま書いたようなつまらない文章。たとえこのページにアクセスした人間がいたとしても、まともに読む人間などいようはずもない駄文だった。

しかしキャサリンにはそんなことはどうでもよかった。このプログラムがきちんと動くかどうか、それこそが問題なのだ。この誰も相手にしないような駄文の裏側に潜むウイルス『エボラ』が考えた通りの威力を発揮する——それが確かめられればそれでいい、テストにはこれで十分だ……。

キャサリンは、ホームページが開設されたことを確認すると、接続を解除し、コンピュータの電源を切った。

アップロードの済んだフロッピーディスクを手に、ベッドルームを出て再びリビングに戻る。一心不乱にお絵描きに忙しいグレッグは、今度はキャサリンに見向きもしない。

——本当にいい子だわ。どうしようもない男の種を貰(もら)って子供を産むより、選ばれた男の精子を貰って育てるほうが、やっぱりマシってものなのかしら。

作業がまた一つ済んだことが、心の余裕に繋(つな)がったのか、そんな考えが浮かぶと、ふと、グレンの顔がキャサリンの脳裏をよぎった。しかしそれは自分の分身を残す相手の男としてではなく、二か月にわたってキャサリンの中で熟成されてきた、復讐の相手としての顔だった。

いいこと、グレン。あんたを、あんたの会社を目茶苦茶にしてやるから。それに何のモラルも持たない連中に、プレイするフィールドを公開して頬かぶりしている連中に、それを当然の権利だと思っている連中に……。

キャサリンはラップトップ・コンピュータを操作すると、再びハンガリーのお試しホームページにアクセスした。そこに開設されているメニューが数ページにわたってモニターの上に羅列される。

『文明の輪廻転生について』

ついさっきキャサリンが開設したばかりのホームページがメニューの中に現れる。すかさずマウスが操作され、矢印がその項目の上にきたところでダブルクリック、キャサリンのホームページが開かれた。

僅か一〇行にも満たない文章。単なる文字の羅列。絵も色もない、およそ見知らぬ人間をどう引き付けるか、そのために知恵と時間と労力を割いている普通のホームページからすれば、『ダサイ』の一言で終わるような代物。

もちろん、キャサリンはその文面を読むこともしなければ、見かけの出来栄えを確認することもなかった。

とになる。

——『エボラ』ウイルスが生きているとすれば、この瞬間ウイルスは二つに増殖したこ

キャサリンの背筋にぞくぞくするような、快感と興奮が走る。

手と指先がせわしなく動き、ホームページが終了すると電源が切られる。そして

リブート。

——さあ、動いてちょうだい。キャサリンは再び起ち上がったコンピュータ画面の中か

ら、一つのファイルを無作為に選ぶと、それを開いた。罫線に囲まれた中に数字や文字が

並ぶ、それはどこのパソコンにも一つや二つは入っているであろう、何の変哲もない表計

算のファイルだった。

キャサリンは画面上部、その右隅に表示された時計を見た。

発症まで、あと一時間……。

時間を確認すると、このところ久しく見せることのなかった慈愛に満ちた笑みをグレッ

グに向けた。

「グレッグ、長いこと一人遊びをさせてごめんなさい。さあ、今日はおばさまが夕方まで

たっぷりと遊んであげるわ」

The Day－14 3月13日

● 米国 アリゾナ州・フェニックス エアー・ストリーム社

　広大なエアー・ストリームの工場も、遥(はる)か彼方(かなた)に見える山脈の麓(ふもと)まで続く砂漠の中では、さほどの大きさを感じない。もしその大きさを感じさせるものがあるとすれば、目指す飛行機に向かうべくエプロンを歩いている、そこまでの距離が思うほどに縮まらないことだろう。

　射すような強烈な日差しをあまねく吸収したエプロンのコンクリートからは、陽炎(かげろう)がたち、その先に駐機しているAS－500の優美な姿をより一層魅惑的なものに変えた。

エアロ・オプティカルのサングラスをかけ、手には箱形のフライトバッグを下げたスコット・マクナリーと、こちらはレイバンのサングラスをかけたカルロス・シモンズは目指す飛行機に向かってゆっくりとした足取りで歩を進めた。

生産ラインからロールアウトしたばかりの機体を発注先の航空会社に引き渡すまで、所定のテストを繰り返すのは彼らの本来の仕事だが、今日のフライトには特別な目的があった。改良されたフライト・コントロール・システム、そのβヴァージョンをこれから実機で検証するのだ。シミュレーターで問題なく動きさえすれば、実機に搭載しても問題などあろうはずもないのだが、それでも検証するのは航空機製造メーカーの義務の一つというものだ。

真新しい機体のまわりには、数人のメカニックがたむろしている。

「ハァーイ、スコット、調子はどうだい」

見るからにメキシコ系と分かる顔つきをしたひとりが、サングラスをかけた髭面の顔をくしゃくしゃにしながら声をかける。

「いつもの通りさ。彼女の具合はどうだい」

マクナリーは一瞬立ち止まると、鏡のように光る飛行機の腹を顎で指した。

「まったく問題ない。いつでもどうぞ、ってとこさ」

それに軽く上げた片手で応えたマクナリーは、年齢を感じさせない軽やかな足取りで、タラップの中央を一気に駆け上がる。金属が剝き出しになった手摺はやけどしそうなほど熱くなっているに違いない。

ドアを入ったすぐ左手にあるコックピットは開け放たれたままになっている。後方のキャビンは、椅子はもちろんのこと内装もすべて取り払われ、外殻を形成するフレームが剝き出しになっている。前方と後方に据え付けられたジュラルミンでできた数個の巨大なビア樽(だる)状のものは、乗客の重量を再現すべく水で満たされたタンクである。この中に詰められる水量を調節することで機に荷重をかけ、前後、左右のバランスのテスト、ペイロードのテストを行なうのだ。

天井、床を、複雑に張り巡らされた配線が走り、その中でも一際鮮やかなオレンジ色にコーティングされたラインは、キャビンに設置された数々の計測機器用のものだ。このラインはすべてのテストが終了した時点で取り外されるのだが、テスト期間中の機体は、実際に航空会社に納入された航空機に比べ、倍の配線の数を持つことになる。

すでに持ち場についたアナライザーたちが、乗り込んできた二人には目もくれずに機器のチェックに集中している。

マクナリーはドアを入って左手すぐにあるコックピットに入った。コ・パイ・シートの後方のジャンプ・シートに腰を掛けていた電子機器担当のメカニックが斜(はす)に被(かぶ)った帽子の下から白い歯を見せて笑った。

「グッド・タイミングです、キャプテン。ちょうどいま、システムのインストールが終わったところです」

男は指先で、コ・パイ・シートの後方の壁際に設置された、システム関係の整備に使用されるメンテナンス・アクセス・ターミナルに組み込まれた機器を操作した。彼らがムース・タン(へら鹿の舌)と呼ぶコンピュータ・プログラムの読み取り装置から、一枚のフロッピーディスクが鈍い唸(うな)り声とともにぬるりと出てくる。

「昼寝の時間にはもってこいってところだな。フィル」

キャプテン・シートに体を潜り込ませながら、マクナリーが軽口を飛ばす。ディスクは一枚だが圧縮されたプログラムを読み込むのに、なにしろ四〇分近い時間を要するのだ。

「まったく昼寝をしても文句を言われないほどの給料しかもらってないんですがね、あいにく母親が信心に熱心なもんでしてね。物心つくころから勤労の精神を叩(たた)き込まれているせいで、お天道(てんとう)様が出ているうちは汗を流して働かないと、どうも気が落ち着かないもんで」

「汗を流して働くのは夜もじゃないのか、フィル」

シモンズがシートの位置を調節しながら、ニヤリと笑う。

「それもベッドの上でね。たしか三人目は今月生まれるんだったよな」

「来月の初めですよ、キャプテン」

男はそう言うと、持ち込んでいた機器を片付けはじめた。

「よし、男の子に五ドル(ファイヴ・ボックス)」

シモンズがちゃめっ気たっぷりに言うと、

「それなら女の子に五ドルといこう」

すかさずマクナリーが返す。

「よして(カモーン)下さいよ。人の赤ちゃんに賭(か)けるなんて」

非難がましい言葉を吐いたメカニックだったが、その顔一杯に笑いが広がっていく。賭けはテスト・チーム全員で行なわれ、生まれてくる子供が男であろうと女であろうと、それはうれしい誕生祝いに変わるのだ。それがエアー・ストリーム社のテスト・チームの間で古くから伝わる伝統であることを、男は知っていた。

「とにかく、システムのインストールはすべて終了しました。特にこれといった問題はありません」

「ありがとう。フィル」

「それじゃ、安全なフライトを」

メカニックはマクナリーの肩に手を置きながらそう言うと、コックピットを出ていった。ドアが閉まる音がすると、そこは三畳にも満たない空間になった。前方のウインドシールドからアリゾナの強い日差しが差し込んでくる。半袖のシャツから剝き出しになった腕が、たちまちのうちに熱を持ち始めるのが分かる。

「よし、始めよう」

マクナリーの合図に、シモンズが後方のアナライザーに向かって問いかける。

「コックピットだ。始めるぞ。準備はいいか」

『いつでもどうぞ。すべて準備は完了しています』

すかさずチーフ・アナライザーの声が返ってくる。その言葉が終わらないうちに、まるで予め操作の手順がインプットされた機械のように、二人がそれぞれの職分をこなし始める。

エンジンが始動し、狭い室内に吹き込むエアコンの音が俄に激しくなる。

「タワー・T・F(タンゴ・フォクストロット)−16 リクエスト・タクシー・クリアランス」

二基のエンジンが完全に安定したところで、前脚(ノーズ・ギア)に接続されていた整備長(コンプリーター)との連絡用ラインが外されたことを確認したシモンズが、テスト機に付けられたコールサインとともに地上滑走の許可を低い声で要求する。

ウインドシールドの外の世界に、そして計器に注がれる二人の目が、俄に緊張を帯びる。外見こそ完成品のなりをしてはいるが、この飛行機はまだ工場からロールアウトして間もなく、不備な点がないと保証されたものではないのだ。いや、これからのフライトが安全性を保証するためのものであり、不備を見つけるためにある。つまり、何が起きても不思議ではない。パイロットの頭にテストの一語がつくかつかないかでは、その危険度には雲泥の差があることをこの二人はよく知っていた。

ジュラルミンの肌が剥き出しになった機体をアリゾナの太陽が舐(な)め、機は方向を変えると、ゆっくりと地上滑走を始めた。この時点でただ一つ、テスト・パイロットにとって心安らぐものがあるとすれば、離陸の順番待ちがないことぐらいだろう。ここはエアー・ストリーム社の専用空港であり、よほどのことがなければ、地上滑走から離陸までは流れ作業のように進む。

路面の凹凸を車輪が拾い、時折尻(しり)の底から突き上げられるような不快な振動を感じながら、シモンズが舵(かじ)のチェックをする。

「エルロン。ライト、レフト……エレベーター。アップ、ダウン……。ラダー。ライト、レフト……」

すべてが正常に作動することを確認したところで、いよいよ離陸に入る。ほぼ九〇度の角度で回転し、タクシー・ウェイから滑走路に出る。機首がセンターラインに乗ったところで、エンジン出力を七〇パーセントに上げる。

「スタビライズド」

シモンズが両エンジンの回転が安定したことを告げる。マクナリーの手によって一気にスロットルが前方に押し込まれる。強烈なパワーに満たされたエンジンが轟音を上げ、女性的な優美さを感じさせていた機体が突如一変し、肩を怒らせながら獲物に向かっていく野獣のような獰猛さを見せる。速度を上げた機体は、滑走路の中ほどで、ひょいと機首を上げると、うだるような砂漠の熱気に包まれた大気を切り裂きながら上昇に入った。

「オートパイロット・ワン」

脚が上がったところで、二系統あるうちのオートパイロットの一方のスイッチを入れるよう、マクナリーが命じる。シモンズの腕が前方のグレア・シールド・パネルにあるプッシュ・ボタンに伸び、指先にいささかの力を込めてそれを押す。オートパイロットが作動した証のグリーンのランプが灯る。ナビゲーション・ディスプレイには自分の飛行機を示す三角の表示の先端から、空中に道があるかのように目的地に向かうルートが白い線となって現れている。オートパイロットは正確に作動し、その上をきっちりとなぞり始める。

狭い空間に満ちていた緊張が、一瞬緩和された。しかしそれもそう長くは続かないことを二人は、いや後方のキャビンに座る一五名のアナライザーたちの誰もが知っていた。

これから繰り返されるテストは、毎度のこととはいえ、この飛行機の耐久限界への挑戦、それ以外の何物でもない。エアー・ストリームが対外的に公表しているAS—500の性能は、最高巡航速度九八〇キロ、最大高度四万三〇〇〇フィートだが、もちろんこれは一〇〇パーセントの安全を保証できることを前提とした数値に他ならない。本当の限界は、それよりももっと先、正確に言うならば三〇パーセントほどプラスしたところにあるのだ。

これからやらねばならないことは、まさしくその三〇パーセント先の世界を体験することだった。急激な降下、急旋回、そして失速、回復……。飛行機が空を飛ぶものである限り実際に起こりうる最悪の状態を、生身の人間たちが体験し、そして生きて帰ってくることで、安全を証明するのだ。しかも今日は、最後の着陸でもう一つ新たなテストを行なわなければならない。シミュレーターでうまくいっている限り、実機で不都合が起きるとは考えにくいのだが、それでも仮想の世界と現実の世界との心理的違和感には拭いきれないものがある。

——あの問題さえクリアになれば、本当にこの飛行機は完璧なものになるはずだ。

開発当初からチームに加わり、AS—500を隅から隅まで知り尽くしたマクナリーは思った。しかし、このマクナリーにして、テストでは窺い知ることのできようもない前代未聞のトラブルが、これから半月を経ずして現代科学技術の最先端を行くこのハイテク機に起きようなどとは、思いもよらないことだった。

The Day－13　3月14日

●米国　アリゾナ州・フェニックス　エアー・ストリーム社

　エアー・ストリーム社の施設への立ち入りには、ゲートにある守衛ブースで、面倒な手続きをしなければならない。もうこの二か月半の間、何度となく、時には毎日足を運んだおかげでシフトごとに変わる守衛の誰もがグレンの身分を知ってはいたが、それでも手続きは何一つとしてスキップされることはなかった。

「毎度のことだがグレン、この用紙に必要事項を記載してくれ」

　最初のうちこそこうした言葉の一つも返ってはきたが、——調子はどうだい、グレン——いまではお決まりの挨拶とともに用紙が差し出され、同時に面会相手を聞くまでもないといったふうに受話器を取り上げ、グレンの来訪を告げる。それがただ一つ変わったことだった。

　砂漠の強い日差しが降り注ぐ中、守衛室の屋根の張り出しが作りだす僅かばかりの日陰に身を寄せながらチャップマンの迎えを待つ。面会相手のエスコートがあって、初めて施設への立ち入りが許される。それほどこの施設のセキュリティには万全の配慮が払われていた。

「待たせたな、グレン」

白の半袖のYシャツに、赤のタイ。胸にはエアー・ストリームのIDカードをぶら下げたチャップマンが現れたのは、七、八分も経った頃のことだった。大気が乾いているとはいえ、噴き出す汗が、きっちりと着込んだグレンのスーツの下の体を覆い始めていた。

「毎度のことさ」グレンは軽く片手を上げて守衛に挨拶を送ると、チャップマンと肩を並べて歩きだすなり言った。「で、昨日のテスト・フライトはどうだった」

「うまくいった。問題はなさそうだ」

「すると、今回のヴァージョンをリリースすることになるんだな」

「そうなる」

「そいつぁよかった」

グレンの口から思わず安堵(あんど)の吐息が洩(も)れた。

「実際よくやってくれたよ」その仕草から、労力の大きさを慮(おもんぱか)るようにチャップマンは慰めの言葉をかけた。「どうなることかと思ったさ。あの欠陥が発見された時にはな。こんなことが公(おおやけ)になれば、いや改良前にすでに就航しているシップが、システムの欠陥が原因で、事故りでもしたら、大変なことになるところだった。それを二か月で、何とかやりおおせたのも、すべては君たちの努力のたまものだ」

「上役連中もこれで一安心というところだな」

仕事の評価で大切なのは、決定権を持つ人々の評価で、平のチャップマンからの褒め言葉は慰め程度のものだ。グレンは表現を変えてそれとなく上層部の評価を探った。

「もちろん喜んでいるさ。U・S・ターン・キーへの評価も前にも増して高くなってる」

安心しろ、とばかりにチャップマンはグレンの背を軽く押した。その顔の中に白い歯が光る。

ビルディングの入口には、再び守衛のいるブースがあり、ガラス張りのスペースの中から、メキシコ系の男が物憂げな視線を二人に送った。チャップマンが胸のIDをかざし、グレンもいま発行されたばかりのヴィジターIDを見せる。ブースの男は大きく頷（うなず）くと、顔の前でゆっくりとした仕草で腕を振った。

エアー・ストリーム社の社章が大きく壁に掲げられたロビーを抜け、長大な廊下の中ほどにある会議室に入る。オレンジ色とグレーに塗り分けられた壁。中央に置かれたテーブルを囲む形で、一〇ほどの椅子が置かれている。

「掛けてくれ」

チャップマンの言葉に、グレンはホワイトボードに一番近いところの椅子に腰を下ろした。脱いだ上着を隣の椅子に置くと、天井のエアコンから流れてくる冷気が、じっとりと汗ばんだ体の熱を奪っていくのが分かる。

おもむろにホワイトボードにチャップマンがペンを走らせ始める。

AAA　4（−2）
AJA　3（−1）
NPA　4（−2）
………
………
………

ホワイトボードの上に、一〇行ほど、アルファベットと数字が記されていく。各列の最初に書かれたアルファベットの三文字が航空会社を表すものであることに説明はいらなかった。続く数字は、すでに納入が終わったAS―500の機数だ。総計すると二〇機近いAS―500の納入が終わっていることになる。ということは、この二か月の間に一四機ものAS―500がシステムの欠陥を抱えたまま、この工場を出ていったということだ。

「現在のところ、生産ペースは月間七機というところか……。予定通りに進んでいるわけだね」

「ああ、まったく幸運なことに、フランクフルトの事故はパイロット・ミスということで決着がついたからね。受注には影響を受けずに済んだ」

――パイロット・ミスね。

顔にこそ出さなかったが、グレンは心の中で皮肉な笑いを浮かべた。およそ航空機事故の原因として、パイロット・ミスほど、航空会社、犠牲者の家族、そして航空機製造メーカーにとって都合のいい言葉はないからだ。もしも事故の直接的・間接的原因に、整備上の不良、あるいは製造上の欠陥があるとなれば、航空会社、製造メーカーにとって事故の処理は格段に難しいものになる。責任は企業という組織に対して問われ、事故は未然に防ぎ得るものだったという認識が生まれ、犠牲者の家族との補償交渉はもちろん、社会的、法的責任が格段に厳しくなる。しかし不思議なもので、これがパイロット・ミスだということになれば、補償の矢面に立つのは航空会社であることに変わりはなくとも、事情が少しばかり違ってくる。当事者、あるいはそれを報じるマスコミの中にも、『そもそも人間は間違いを犯すものだ』という潜在的認識があり、過失、つまりは確率的に起こり得るリスクの範疇で事故を捉えようとする意識が働くものなのだ。

もちろん、だからと言って、愛する家族を失った遺族の舌鋒が鈍るわけでもなければ、補償交渉に直面する航空会社の物理的、精神的労力が軽減されるわけでもないのだが、それにしても組織に対する信頼感というものだけは格段に違ってくる。そしてパイロット・ミスという結論で、最もメリットを享受する組織、それが航空機製造メーカーであることは言うまでもない。

航空機の製造というものは、部外者の想像を遥かに超えて、複雑かつ大規模なものである。実際、エンジンは発注元の航空会社のものが使用され、機体に関して言えば、AS－500のテール部分は韓国で、ドア、そしていくつかの単純な構造部分は日本で、また機体の三〇パーセントほどは、ミネソタ、ミシシッピといった他州の下請け会社の工場で製造されているのだ。そこで使用される部品の調達、製造ラインの組み替え、人員調達……すべて厳密なスケジュール管理の下に行なわれ、最終の組み立てラインであるフェニックスに運ばれてくる。航空機製造のノウハウの上で最も重要なテクノロジーを必要とする主翼、機体フレームの製造は、エアー・ストリームの工場からは門外不出、各地から集まってきた部分完成品が、ここフェニックスで四交代制の二四時間シフトの下で組み合わされ、まさに流れ作業で完成されていくのだ。

もしも、この作業を阻害するような要因が発生すれば、それは単なる一企業の問題ではなくなる。多くの航空機事故が、パイロット・ミスという極めてグレーな決着を見るケースが多いのは、こうした思惑が働いてのことというのには、必ずしも否定できないものがある。

「で、そのダッシュの後の数字は何なのかな」

「路線に就航していない機数だ」

「路線に就航していない機数？」

グレンは怪訝な顔で聞き返した。

「訓練用に使用されている機体の数だ。納入したばかりのところでは、訓練機に加えて路線就航前にパイロットの慣熟飛行用に使用しているところもある」

「なるほど」

グレンは、あらためて、ホワイトボード上に書かれた数字を見た。

AAAはエアー・アメリカの略だろう。その（　）の中の数字が－2になっているのは、フランクフルトで墜ちた一機の分が含まれているからに違いない。

「今日中にはFAAに提出していたヴァージョン5．3．2がアプルーブされるはずだ」

「だが、実際にこれらの航空会社に送るソフトは違う。改良されたβヴァージョンを送る」

チャップマンは黙って頷いた。

「その通りだ、グレン。だが、君はそのことを作業終了と同時に忘れなければならない。いいかね。これは我が社一社の問題じゃないんだ。事が公になれば我が社も、そしてAS－500の生産に携わっているすべての会社の経営が深刻な打撃を受けることになる。それには君の会社、U．S．ターン・キーも含まれていることを忘れないことだ」

チャップマンは正面からグレンを見据えると、有無を言わさぬ傲慢な口調で言った。そこには、ついいましがたまで苦楽を共にしてきた盟友に対する親しさ、秘密を分かち合った者同士特有の親しさもなかった。あるものはただ一つ、絶対的支配権を持つ発注主と、哀れな下請け、その立場の違いだけだった。

「分かってるさ、マーク。俺はそれほど馬鹿じゃない」

――そうさ、俺はそれほど馬鹿じゃない。

グレンはもう一度心の中で繰り返すと、そっと両の肩をすくめた。

――ここまで苦労して育て上げた会社をぶっ潰すような真似をする人間が、一体どこにいる。

グレンは間違っていた。その会社を潰すべく動き始め、その機会に向けて密かに動き続けてきた人間が、一人だけいた。

●米国 カリフォルニア州・バークレー

カリフォルニア大学バークレー校の校舎が丘にへばりつくように点在するその麓に広がる街の一角、コンピュータを時間貸しするショップで、キャサリンはこの三日の間、日の光を浴びるという行為を忘れたかのように二つ目の作業の完成に没頭していた。

一つの作業の目処が立ち、次の作業へ移行するに際して、キャサリンは、メアリーの部屋をしばらく出ることにした。以前にも増して頭脳と肉体を酷使することが予想され、自分の姿や表情が鬼気迫るものになるに違いない、と思われた。これ以上メアリーに心配をかけたくなかったし、なにより二つ目の作業に専念したいと思ったからである。

メアリーには、一週間の予定で気分転換の旅に出ると言ってある。キャサリンが抱えて

いる事情が事情だけに、メアリーは黙って頷くと、穏やかな笑みを湛えて、

「そうね、どこかで愉しい思いをして、嫌なことを忘れるのもいいことよ、心機一転、新しい人生の旅立ちにはね」

　ようやく吹っ切れたのねとばかりに、行き先も聞かずにキャサリンを送り出した。

　インターネットを通して自分のラップトップ・コンピュータに感染させた『エボラ』は、計算した通り確実に作動した。しかしそれは計画の第一段階が整っただけに過ぎず、壮大な計画を完成させるためには、いま自分が作成しているもう一つのソフトウエアを完璧に作り上げなければならなかった。時間は限られていた。

　――何としても今日中に完成させなければ。

　皮肉なことにそのデッドラインを確固たるものにしたのは、グレンからのEメールだった。

『キャサリン。君がこのメールを読んでくれることを心から願いつつ送る。今回のことはすべてこの私の身勝手な振る舞いから始まったことだ。君が私の許を去った原因は、十分に承知している。いまさら〝正直に言おう〟もないものだが、アンジェラと私は愛人関係にあった。かつて、君とそうであったように、私は同じ行為をアンジェラと繰り返したのだ。そしてこの一年間、君を欺いてきたことに関して、弁解することは何もない。罪はすべて私にある。正直言って突然に消息を絶った君を恨みもした。まったくひどいことにね

……。

しかし、ここに至って私は自分の間違いに気がついた。君はやはり私にとってかけがえのない女性であり、妻同然の人だった。何をいまさらと君は言うだろう。たしかにそれは無理もない。だが、あらためて思うのは、AS—500のフライト・システムの受注、製作は私たち二人の努力の結晶だったということだ。すでに承知のはずだが、そのシステムに重大な欠陥が見つかった。もちろんそれは我々のミスから生じたものではないが、この二か月というもの、システムの改良に我々は文字通りの苦行を強いられることになった。君が抜けた穴は大きかった。新システムのデッドラインを厳守するために、あのウイリアム・アトキンソンを呼び戻し、チーフ・プログラマーに据えた。知っての通り、彼は優れた技量を持ったプログラマーには違いないが、優れた管理者ではない。しかし、デッドラインまでに改良版のβヴァージョンを完成し、エアー・ストリームに納入するためには、あの馬鹿野郎の手を借りでもしなければ、どうしようもなかったのだ。それだけでも私が、いや我が社が苦境に立たされていた現状が君にも理解してもらえると思う。二人で育ててきたこの会社を守るために、必死だったのだ。

ヴァージョン5.3.2は今日中にはアプルーブされる。それに間に合わせて改良βヴァージョンもでき上がり、テスト飛行も昨日終わった。しかし本当のところを言えば、それでも私の不安は拭いきれないのだ。あのシステムを隅から隅まで知りつくしている人間は、君をおいて他にいない。いまからでも君が戻ってきてチーフとして陣頭指揮にあたってくれれば、これほど心強いことはない。それにエアー・ストリームはすでにAS—500の次のシリーズ〈—（ダッシュ）100〉の開発に入っている。これもまた大きな仕事で、我が社にとってもさらなる飛躍を遂げることができる大きなチャンスだ。

これを機に、君との仲をもう一度やり直したい。アンジェラとはもう手を切った、完全に……。一時の劣情に駆られ大きな間違いを犯してしまった哀れな男を許してほしい。キャサリン、お願いだ、もう一度だけ私にチャンスをくれ。どうか戻ってきてほしい。

フェニックスより　心からの愛と謝罪を込めて　グレン』

長いメッセージを読み終えた後にキャサリンの顔に浮かんだものは、嘲笑（ちょうしょう）以外の何物でもなかった。

——よく言うわグレン。すべてを悔い改めるですって。謝罪をする？　もう一度やり直したいですって。何をいまさら。あれだけひどいことをしておきながら、虫がいいにもほどがあるわ。アンジェラとのことだけでも耐えがたいことなのに、その上インターネットを通じて私の裸の写真を流しておきながら、それをすべて水に流せと言うの。

もう一度やり直したい……。一度こじれた男女の仲を修復しようとする際に決まって用いられるこの言葉が、ほとんどの場合において機能しないものであることをキャサリンは知っていた。人間の感情というものはそれほど単純なものではない。心に負った傷の深さは、たとえ長い年月を共に暮らした者同士でも、正確に測り知ることは不可能なものだ。

いや、傷を負った本人にも分かりはしないだろう。

罪を悔い、謝罪に満ちたメッセージは、グレンの意に反してキャサリンを不快にし、抱いていた憎悪をさらに深いものにしていった。長いメッセージを読み進む間に、キャサリンは何度その行為を中断しようと思ったかしれなかった。だが、泣き言としか思えないメッセージを一読して、我慢しただけの価値はあった、とキャサリンは思った。くだらないメッセージの中に、役に立つ情報が含まれていたのだ。それも自分が、最も必要かつ知りたいと思っていた情報が……。

——それが向こうから転がりこんでくるとはね。グレン、あなたを許す気持ちもなければ、元に戻る気持ちなんてさらさらないけど、こればかりは感謝するわ。メッセージありがとう。

それは、すでにでき上がったはずの改良βヴァージョンがリリースされる予定の日はいつか、ということだった。

——エアー・ストリームのOKはすぐに出るはずだわ。そうなると、残るはバグ・チェックを経て最終ヴァージョンとなるだけ。通常は四、五日かかるけれど、ビルが戻ったのなら、もっと早くできるかもしれない。彼らがバグ取りのすんだ最終ヴァージョンを、すでに就航している航空会社に向けてリリースする前に、作業を完璧に終わらせておかなくては……。でも、よかった、まだ間に合ったんだわ。急がなくては。何としても今日中に完成させるのよ、キャサリン……。

時間は残り少なかったが、机の上に山と積まれていた手書きのプログラムのペーパーは確実に枚数を減らし、いまや残り一〇枚を切ろうというところまできていた。このペーパーに書かれた文字がすべてコンピュータの中に打ち込まれた時、まったく違った命を吹き込まれたシステムが完成するのだ。そしてそれは、すでに完成し活動の時を待つ『エボラ』が世界中を席捲する際の序曲となるはずだった。

培養床の中に植え付けられた目に見えない細菌が繁殖を始め、やがてその姿が肉眼ではっきりと確認できるように、キャサリンの脳裏に、いま自分が作り上げつつあるプログラムが、そして『エボラ』ウイルスの姿が、鮮明に見えていた。

流れるような旋律、音符の洪水のようなアマデウス・モーツァルトのピアノソナタを奏でるように、キャサリンの指が、キーボードの上で跳ねる。画面の上に刻み込まれていく文字と記号の羅列を目で追いながら、キャサリンの口許には穏やかな笑みが浮かび、反対にその目には狂気を感じさせんばかりの歪な光が宿っていった。

● 米国　カリフォルニア州・サンノゼ　U.S.ターン・キー社

ゴールはもう手を伸ばせばすぐそこにあった。長く辛い道のりを駆け抜けてきたマラソン・ランナーが、一直線に張られたテープを目にした時に、それまでの苦しさが歓喜と充実感に代わる一瞬。プログラマーにとって、仕事の完成はそれと同じような喜びと充実感に満たされるもので、コンピュータの画面に向かって改良されたプログラムの最終チェックに余念のないアトキンソンも、また例外ではなかった。

『ビル、ヴァージョン5.3.2がアプルーブされたぞ。もちろんエアー・ストリームからのβヴァージョンのOKも出た』エアー・ストリーム社に張りついたままのグレンの声が、これほど穏やかな安堵に満ちたものであるのを聞いたのも初めてならば、『本当によくやってくれた。感謝している』労いの言葉を聞いたのも初めてだった。

――OKが出た？　何を当たり前のことを。一体この仕事を誰がやったと思ってるんだ。本当は、電話の向こうのグレンにそうしたセリフの一つも吐きたいところだったが、それを実際に口にするほど、アトキンソンも思慮に欠けた子供ではない。

「そいつぁよかった。ボス。これで一段落ってわけですね」

取って付けたような言葉を返した。

『ああ、だが、まだバグのチェックがあるが、そっちの進み具合はどうなんだ』

グレンの口調はいつもの傲慢さを感じさせるものになった。

「今日、一日で終わりますよ」

『今日一日？』

予期しない数字、それも明らかに朗報を聞いたという響きとともに、グレンの言葉の語尾が上がった。

「エアー・ストリームに渡してからすぐにバグのチェックを始めてましたからね。もう作業も終わりに近いんです」

——俺がチーフでやった仕事だぜ。間違いがあるわけないだろう。

言葉こそ丁重だったが、口調のどこかに不遜《ふそん》さが漂う。それを表すかのようにアトキンソンは椅子の背もたれに体を預け、両の足をコンピュータのモニターが置かれた机の上に乗せた。僅《わず》かばかりのスペースに散乱していたチョコバーやポテトチップスの空き袋が、ガサリと音を立てる。チーフの座の証《あかし》として与えられたアトキンソンの個室は、そうした空き袋や、ソフトドリンクの空き缶が散乱し、足の踏み場もないありさまだった。かつて部屋の主としてキャサリンが使っていた頃には、観葉植物の鉢植え、ポプリの匂い、そして他人が手を付けるのを躊躇《ちゅうちょ》せざるを得ないほど、きちんと整理されたファイルが整然と並んでいたものだったが、いまではここが同じ部屋とは思えないほどの変わりようだった。

『大した自信だな。ええ、ビル。もしも、また大きな変更があったりしたらどうするつもりだったんだ。時間と人を投入して、それがパーになるかもしれないのに』

いかにも経営者らしい視点からの意見だったが、言葉の響きはまったくの対極にあった。実際、大きな変更でもあった日には、その場で即アトキンソンの首は飛んでいたことだろうが、要は結果の問題である。勇み足と気の利いたプレイは常に表裏一体というわけだ。

「ボス。エアー・ストリームが要求してきた改良点は明らかです。スペックさえしっかりしていれば我々がやらなけりゃならないことは、ただ一つ。その要求を満たすソフトをプログラミングできるか否か、ただそれだけです。今回の場合は特にね。何をどうすべきかが、はっきりしていて、それを完璧(かんぺき)に仕上げた。それなのにOKをもらうまで何もしないで指をくわえて見ているなんて、それこそ馬鹿げた話じゃないですか」

受話器の向こうから、一際明るいグレンの笑い声が聞こえてくる。

『まったくその通りだ、ビル。大いに気に入ったよ。いや見直したよ。君がそこまでできるやつだとは、正直言って思いもしなかった。エアー・ストリームには一週間は必要だと言っていたのだが、連中も驚くだろうな』

「一週間どころか、明日の朝には渡せますよ」

アトキンソンは事もなげに言いきった。

『まあ待て、そう簡単に渡したんじゃ、ありがた味も何もあったもんじゃない。渡すのは――』

グレンはそこで言葉をいったん切ると、『三日後でいい。予定よりも早く仕上げる、それも余り早すぎない程度にな』狡猾(こうかつ)な口調で指示した。

「それでいいんですか」

『いいかビル、人事考課と同じさ』意外な口調で聞き返したアトキンソンに、グレンは含み笑いをまじえて答えた。『目標通りに仕上げれば、できて当たり前、評価は〝A(アヴェレージ)〟だ。だがそれよりも早くできれば〝A+(エー・プラス)〟、四日も早く仕上げたとなりゃ、評価は〝E(エクセレント)〟ってことになる』

「なるほど」

つくづく抜けめのない男だ。アトキンソンの口許が皮肉な笑いで歪んだ。

『ところで、ビル、今週末は何か予定があるのか』

「いいえ」

『それじゃ週末の夜は空けておいてくれ。〃エドワーズ〃でディナーといこうじゃないか』

——グレンが俺をディナーに招待だって。驚いたな、それも街一番のレストランにだぜ。

その脳裏に、かつてU・S・ターン・キーとエアー・ストリームの契約が成立した際に目にした、双方のお偉方が一堂に会した写真が思い出される。重厚な年代物の家具、薄暗い間接照明。背後にはタキシードに身を包んだウエイターが彫像のように控えている。純白のテーブルクロスの上には、磨き込まれたクリスタルのグラスや銀のナイフやフォークが整然と置かれ、フラッシュの閃光を反射して眩いばかりの光を放っている。

アペタイザーからメインディッシュ、デザート。食前酒や食中酒、それにチップを入れなくとも、勘定書きはひとりあたま三桁に届くことは間違いない。極東のどこかの島国ならいざ知らず、ここじゃよほどの場所でなければ、そんな勘定は〃法外〃以外の何物でもない。

普段ファーストフードで三食を済ますことを当たり前とするアトキンソンにとって、そこはあまりにも縁遠い場所だった。一体そのレストランで何をオーダーし、どう食べればいいのか、アトキンソンには想像もつかなかった。第一、あの店はジャケット、タイの着用が必須で、ユニフォーム、いや、もはやトレード・マークと化しているワークシャツや

Tシャツにジーンズといった服しか持たないアトキンソンが立ち入れる場所ではない。

しかし、そうした思いがアトキンソンの脳裏をよぎったのはほんの一瞬のことで、『エドワーズ』という超一流の場所に招待された、その事実が、今回の仕事がグレンの言う『E(エクセレント)』評価であることを暗に物語っているとアトキンソンは確信した。

——あのグレンが、いったん首にした俺を評価した。それも最高の評価を。ざまぁ見たことか。キャサリンなんかいなくとも、この会社で一番のプログラマーはこの俺様だ。

アトキンソンの胸中に込み上げてきたものは、それまで心の奥のどこかに澱(おり)のようにわだかまっていた屈辱、復讐(ふくしゅう)心からの解放であり、傲慢とも思える自らの技術への新たな自信だった。

「もちろん喜んで」

アトキンソンの声がゆっくりと受話器に吸い込まれていく。

『私は、そちらからのフロッピーディスクが届くまで、こちらに滞在する。せいぜい君たちにはいっぱいをかけているふりをしなきゃならんからな』

グレンはすべての辛苦から解放されたような明るい声で笑うと、電話を切った。

電話が終わると、部屋の中は机の下におかれたハードディスクから漏れる低い唸(うな)りが微(かす)かに聞こえるだけになった。アトキンソンは机の上に両足を投げ出したままの不自由な体勢から腕を伸ばし、散乱したスナックの中からリコリスのジェリー・ビーンズを一摑(つか)みすると、二、三粒、口の中に放りこんだ。アニスの独特な匂いに、コーティングされたシュガーの甘さがまじる。そしてまたもう三粒……。

その時電話が、再び耳障りな電子音を立てて鳴った。一定の間隔の長い呼び出し音……外線からのものであることが分かった。

「ウイリアム・アトキンソン」

三度目の発信音の半ばで受話器を持ち上げたアトキンソンは、名乗りながらそれを右の肩に挟み、起こした体を背もたれに預ける。その仕草を素早くこなしながら、リコリスを口に入れる。両の足は机の上に投げ出したままだ。

相手は何も喋(しゃべ)らなかった。受話器からは自分が口の中でリコリスを噛(か)みしめている音だけが聞こえてくる。

「ハロー……」

反射的に口をついて出た呼びかけにも返事がない。

「ハロゥ」

受話器を戻す動作が遅れたのは不自然な姿勢を取っていたせいだろう。肩に挟んだ受話器を元に戻そうと取り上げたせつな、微かな女の声で返答があった。

『ビル……』

たしかに自分の名を呼んだ。再び肩に挟み、耳に押し当てた受話器の向こうから、今度は明確な言葉が聞こえてくる。

『私よビル。キャサリンよ』

「キャサリン！」意外な人間の名前を耳にして、アトキンソンは大きくのけぞると、驚きの声を上げた。「驚いたな。一体どうしたんだい。急に姿を消して、連絡がつかなくなったって、こっちは大騒ぎだったんだぜ」

限界まで倒れた背もたれが軋みをあげた。

『あら、そのおかげでその席にあなたは座ることができたんじゃなくて。私なんかがいなくても、優秀なチーフ・プログラマーを雇うのは、いまのU．S．ターン・キーには難しいことじゃないわ』

「そうかな。大変な騒ぎだったんだぜ。知ってるとは思うけど、ＡＳ－５００のフライト・コントロール・システムに重大な欠陥が発見されて……」

事の経緯を喋りながら、実のところアトキンソンの心中は穏やかではなかった。三か月近くもの間音信を絶っていたキャサリンが、何ゆえにここに至って連絡をしてきたのか。それもよりによって自分のところへ電話をしてきたのか。その真意を測りかねていた。

――まさかあのホームページの件が発覚したのでは……。

最初に疚しいところに考えが行くのは、人間の常である。アトキンソンの考えがまず最初に行き当たったのも、その一点だった。

『その話は、逐一Ｅメールで聞いているわ。でも、あなたが入ったんなら、その問題はクリアになったんでしょう』

「ああ、何とかね。βヴァージョンのバグ取りも今日一日あれば、終了する。納期までは一週間も残してね」

『一週間も残して？　さすがねビル。もっともあなたなら当然ってとこかしら。エアー・ストリームもさぞかし喜んでいることでしょうね』

「それが納入日は三日後なのさ。だから明後日(あさって)送ればいい」

『明後日？』

疾しさは人を能弁にする。ホームページの一件が目的ではないかという不安から取りあえず解放されたアトキンソンは、キャサリンの問いかけになめらかな口調で話し始めた。

「グレンは有能な経営者だよ。今回はつくづくそう思い知らされた。エアー・ストリームから与えられた納期まではまだ一週間ある。ワークロード(作業量)から考えて双方が納得いく線としてはその辺なんだろうけど、それを四日も早く仕上げたとなりゃ、相手はどう思う」

『そりゃ悪い気はしないでしょうね』

「そう。だけど一週間って言ってたものが、いきなり翌日に出てきたら、喜びはするだろうが、逆にありがた味という点ではむしろマイナスに作用するってわけさ。それこそ不眠不休でスタッフが働いたお陰で四日も納期を短縮できた。そこに相手が受ける印象に格段の違いが出てくるってわけさ。それに正直言って、あまり早く完成品を出すのは、実作業を担当する側としてもいいこととは思えないのも確かさ。悪しき前例、つまりその実績が次の仕事の納期の基準になりかねないからね」

アトキンソンの言葉は、もはや完全に管理者のものだった。

『なるほど、グレンの考えそうなことね』

「実はキャサリン、エアー・ストリームはAS―500の次のシリーズの〈―100〉の開発に取りかかっているんだ。今回の実績が、その開発に携わるに当たって大きな評価基準になることは間違いない」

『それは同時にあなたの評価にも繫がるってわけでしょう、ビル』

「どうかな、もちろん君が戻ってくれれば、僕は君の下でやるってことになるんだろうけど」

――そんなことがあってたまるもんか。たしかにあんたが高い能力を持った技術者であることは認めるが、俺のほうが上さ。もうあんたは過去の人、必要のない人間さ。

アトキンソンは顔に浮かぶ皮肉な笑いとは裏腹に、受話器の向こうにいるキャサリンに向かって殊勝な口調で話した。

●米国　カリフォルニア州・バークレー

――よく喋るお馬鹿さんだこと。こちらが聞きたいことを、ほとんどべらべらと話してくれたわ。

キャサリンは小馬鹿にしたように眉を吊り上げながら、耳障りなアトキンソンの言葉を聞いていた。本当ならばいますぐにでも受話器を叩きつけて切りたいところだったが、その前にまだいくつか聞いておかなければならないことがあった。

「それじゃ、今夜を最後に、あなたも枕を高くして眠れるってわけね」

バグ一つない完璧(かんぺき)なプログラムなどこの世にただの一つも存在しないものだが、それでもニュー・ヴァージョンのプログラムを完成した夜には、この仕事に従事した者でなければ理解できない充実感がある。

『その通り。とにかく今夜で改良プログラムのβヴァージョンのバグ取りは終了する。それを明後日(あさって)の便でエアー・ストリームに送れば、それでお終(しま)いってわけさ』

――つまり完成した改良プログラムはU.S.ターン・キーのホスト・コンピュータの中でまる一日おねんねするってことね。

聞きたいことが、また一つ分かった。

キャサリンの口許に笑いが広がる。

「で、グレンはそれまでフェニックスに張りつきっ放しってわけね。多分あなた方にはっぱをかけて、納期を短縮させるパフォーマンスを演じなきゃいけないでしょうからね」

『その通りさ、キャサリン。さすがに長年一緒に暮らしてきただけのことはあるね。週末まで彼はあっちにいる』

これが最も聞きたいことの一つだった。グレンの行動、それが今回のキャサリンの計画のキーになる。エアー・ストリームに改良プログラムが送られるまでの、まる一日のタイムラグ。そしてグレンがサンノゼに不在であること。この二つのキー・ポイントが揃えば、計画は九割方成功したも同然だった。

『実はキャサリン、グレンが僕を週末に〝エドワーズ〟のディナーに招待してくれたんだ』

今度は一転して誇らしげな口調に変わったアトキンソンの声が聞こえた。

「凄いじゃないの、ビル。グレンがあのレストランを使うのは、よほどのことよ」

『エドワーズ』はキャサリンにとっても思い出のあるレストランだった。愛人として、そしてビジネス・パートナーとして二人の関係があったころ、大きな商談をものにした時には決まってあのレストランでディナーをとった。そしてエアー・ストリームのフライト・システムの受注に成功した夜も、あのレストランで二人きりのディナーをしたものだった。

ニューヨークのフィンガーレイク近くにあるワイナリー『ウイドモアー』で、副産物としてできるスウィート・シェリー。ワインそのものは、『エドワーズ』のようなレストランで出せるような代物ではないが、オークの樽の中で七年も寝かされたシェリーは深い琥珀色になっており、重厚な作りのバー・カウンターで味わうには香りも味も申し分のないものだった。そしてメイン・ダイニングに移ってからは、ナパ・ヴァレー産のワインの中でも、製造本数が極端に少ないためにベイ・エリアでも入手の難しい『フリーマーク・アーヴィー』の赤と、当たり年だった一九六一年のフランス産のシャトー・パルメを抜いた。テーブルの上に置かれたキャンドルの光を通してルビー色に輝く液体。そしてクリスタルのグラス。磨き抜かれた銀のフォークにナイフ。ゆっくりと時間をかけて、ほどよいタイミングで運ばれてくる料理を味わったあの時間は、まさに至福の時以外の何物でもなかった。

そうした思い出が次々と脳裏に蘇るにつけ、いま受話器の向こうにいるアトキンソンには、キャサリンが考えるまでもなく、ふさわしくない場所だった。

『正直言って、緊張しちゃうな。あんな凄いレストランなんて行ったことないもの』

アトキンソンの口調から不遜なものが消え、以前のナードまる出しのとぼけたものになった。

「別に堂々としていればいいのよ。こっちはお客なんですもの」

『でもねえ、そうは言ってもジャケットにタイを着用なんて、前にそんな恰好をしたのが一体いつのことだったかさえ思い出せないんだ。あんな堅苦しい恰好して、何を食べりゃいいんだか』

――少なくともあそこでハンバーガーやフレンチフライ、それもケチャップをいっぱいかけて食べるような真似はしないことね。

キャサリンの眉が吊り上がり、口許が軽蔑に歪む。

「自分が人を気にする以上には誰もあなたのことなんて気にしちゃいないわ。興味のあるものを頼んで、興味のあるものを飲む。それでいいのよ」

『ふーん。そんなもんかな』

「そんなもんよ」

——恥をかいても、それはディナーをしている僅か数時間のことで、店をあとにしたら最後、あんたのことなんて誰も記憶しちゃいないわよ。

「ただ、恰好だけはちゃんとしなきゃだめよ。シックなスーツに、タイ。その程度のものを着ていかないことには店に入れてくれないから」

『でも、僕はそんなもの持っちゃいないよ』

「借り着でいいのよ、ビル。グレンがあのレストランに招待するなんて、よくよくのことなんだから」

『それもそうだね』

「あなたがよく行くイースト・モールの貸し衣装屋に行けば、それなりのものを貸してくれるわ。たった一回のディナーのために何百ドルもの出費をするなんて、ばかばかしいでしょう」

——せいぜい私に感謝することね、ビル。あとにも先にもあんたがあの店に行くのはこの一回きり。それで最後。一体いくらの年俸で呼び戻されたのかは知らないけれど、たとえ数百ドルでも、一生に一度きりの晴着のために費やすことをセーブできたんだから。なにしろU.S.ターン・キー自体が、もうすぐなくなってしまうんですもの。つまりあんたは、元の失業者に逆戻りってわけよ。

『そうするよ』キャサリンの心中など知る由もないアトキンソンは、素直に感謝の気持ちを表すと、『ところで、これからどうするつもりなんだい。いつこっちに戻ってくるの』

打って変わって言葉のどこかに、反応を探るような緊張した気配を漂わせながら聞いた。

「いろいろと事情があってね。まだしばらくは帰れないの。おそらくは〈―100〉の開発が始まっても、あなたがチーフでやることになるでしょうね」キャサリンは、口調に困惑した色を浮かべる演技をしながら、決して実現することのない未来の話でアトキンソンの心を擽ると、

「とにかくまた連絡するわ。それから私から連絡があったこと、グレンには話さないでいてくれる？」再び芝居がかった深刻な声を出した。

『分かった、内証にしておくよ』

――そりゃそうでしょうよ。私が戻りでもしたら、あんたはお払い箱。いまのポジションを追われることになるんですものね。もっともそうじゃなくとも……。

「ありがとう、ビル」

アトキンソンの答に満足したキャサリンは、ゆっくりと公衆電話に受話器を戻した。

壁に掛けられた時計は、夕方の六時を指している。レンタル・コンピュータ屋のフロアーには、低いパーティションの向こうから頭だけを覗かせてモニターに向かっている学生ふうの若者たちの姿が見える。部屋の片隅にある公衆電話で交わされる会話になど、何の関心もないかのように、キーボードを叩く鈍い連続音が低く聞こえる。

キャサリンは、自分が占有していたブースに向かってゆっくりとした足取りで戻ると、

コンピュータの電源を切った。この二週間の労作は、すでに机の上に置かれた一枚のフロッピーディスクにコピーしてある。それを手に取り、ケースに入れ、積み上げられたドキュメンテーションを鞄に入れる。

計画はすべて予定通りに進み、それが実行に移されるまでに、あと二つのステップをこなせばいいだけだった。その後は、キャサリンのラップトップ・コンピュータといま手にしているディスクの中で息づく1と0の数字の組み合わせが、すべてやってくれるはずだった。

それが動きだせば、この世の中がどれだけの混乱に陥り、そしてどれだけの人々の命が危険に晒されるのか、そんなことには考え及ばなかった。キャサリンの脳裏にあるものは、この世にはびこったコンピュータ文明とグレンへの復讐、そして大きな仕事を期限内にやり終えたという、一方の感情とは相矛盾するコンピュータ・プログラマーを生業とする者特有の充足感だった。

——すべては明日。今夜は久々にゆっくり眠れるわ。

キャサリンは、見るからに疲れ果てた足取りで、ゆっくりと出口に向かって歩いていった。

The Day－12　3月15日

●米国　カリフォルニア州・サンノゼ

誰もいないと分かってはいながらも、キャサリンはドアを開けた瞬間から全神経をそばだてて、中の気配を探った。しんと静まり返った家の中には、ポプリの香りが仄(ほの)かに漂っていた。自分が暮らしていた頃には、常に絶やすことなくオイルを補充することを忘れなかったものだが、グレンひとりになってからは、それも行なわれてはいないのだろう。香りは鈍く、長いこと閉めきられたせいで停滞した空気の中で、残り香という程度のものでしかなかった。

後ろ手にドアを閉め、長い廊下を歩く。カーペットの下の床が僅かに軋(きし)む音がやけに大きく耳に響く。リビングを抜け、グレンの書斎のドアを開ける。大きな机。その上に一六インチのモニターが置かれている。

キャサリンはドアを開け放したまま、真っすぐそこに向かうと、革張りの大きな椅子に座りざまにコンピュータの電源を入れた。それはこの部屋の片隅に置かれたもう一台のコンピュータとは異なり、U.S.ターン・キー社のワークステーション、それもフライト・コントロール・システムを開発するものに直結していた。

外部からの不正侵入やウイルスの感染を防御するために、U.S.ターン・キー社はフライト・コントロール・システムの開発に用いるワークステーションは、完全に独立した形態を取っていた。つまり社内の、それも必要最低限の端末以外からは一切アクセスすることができないのだ。しかしそれにもただ一つの例外があった。オーナーであるグレン、そしてキャサリンが暮らすこの家にだけは、専用回線を使って開発用ワークステーションにアクセスできる端末が置かれていた。

かつて二人の関係がうまくいっていた頃。大きな家を手に入れ、少しでも二人だけの時間を多くしようと考えた結果だった。深夜、そして休日、キャサリンは何度この場所に座って仕事をしたことだろう。皮肉なことにかつての甘い思い出の場所は、いま、破壊行為の始まりの場所に変わろうとしていた。

画面にU.S.ターン・キー社のロゴマークが現れる。キャサリンの指が僅かに動くと画面が変わり、ロゴマークに代わってパスワードを打ち込むよう要求してくる。

七桁(けた)の数字――キャサリンの指が素早く動き、それにともなって、数字は表示されないままにカーソルだけが画面の上を滑っていく。

リターン・キーを押すと、画面に数行のメニューが現れた。

それに素早く目を走らせたキャサリンは、その中の一つ、目指す項目の番号をインプットすると、リターン・キーを押した。そして再度のメニュー……。三度同じことを繰り返したところで、ついに目指す画面が目の前に浮かび上がった。

『AS－500 RIVISED FLIGHT CONTROL SYSTEM FINAL V.』

そのラインの延長上には、今日の日付と早朝の時刻が記録されている。昨日アトキンソンが言っていた、バグ取りの済んだプログラムの最終ヴァージョンであることは間違いなかった。

「ビル、たしかにあなたは優秀なプログラマーに違いないわ。認めてあげる」

この時ばかりは、キャサリンもアトキンソンのプログラマーの能力に感謝した。

キャサリンは鞄の中から一枚のフロッピーディスクを取り出すと、それをフロッピーディスク・ドライブの挿入口に差し込んだ。そしてコピー……。鈍い唸りを上げながら、プログラムがディスクに記録されていく。圧縮されたプログラムを完全に記録し終えるまで、一〇分はかかるだろう。

キャサリンは、作動状況に問題のないことを確認すると、いったん部屋を出て、キッチンへと向かった。大きなゼネラル・エレクトリック製の冷蔵庫を開けると、中に入っていたペリエを一本取り出した。栓を開け、瓶から直接、中の発泡水を口に含む。よく冷えた甘みを帯びた液体が、キャサリンの喉を滑り落ちていく。三分の一ほど飲み干したところで、ボトルを片手に書斎に戻る。昨夜の十分な睡眠、それにペリエの清涼感が効いたのか、キャサリンの体から、意識していなかった緊張感が抜けていくのが分かった。

コピーはまだ半ばまでも終了してはいない。椅子に体をうずめ、もう一口ペリエを喉に流し込んだところで、キャサリンは鞄の中から新しく一枚のフロッピーディスクを取り出した。透明なプラスチック・ケースを開き、黒いカバーに包まれた本体を取り出す。

その間にもコピーの状況を示すバーが、僅かずつだがその長さを伸ばしていく。

「カモーン……カモーン……」

バーの伸びを催促するように、キャサリンは呪文を唱えるように同じ言葉を低く呟いた。最後のところで、急にバーの伸びの速度が増すとコピーは終了し、画面は元のメニュー画面に戻った。

「Yes！　ガド・イット！」

キャサリンは低い歓声を上げると、コピーが完了したディスクを取り出した。返す手でキーボードの上を細い指が滑り始める。

そしてキャサリンが行なった行為――それは、いまU.S.ターン・キー社のホストの中にある、アトキンソンが仕上げたプログラムを消去することだった。膨大な時間と労力を要するプログラムも、消去はほんの一瞬で済む。一連の作業が終了するまで、一分もかからなかっただろう。

実行キーを押した瞬間にメニュー上にあった『AS－500 RIVISED FLIGHT CONTROL SYSTEM FINAL V.』の文字は、見事に消え失せていた。

それを確認したキャサリンの口許に不敵な笑いが浮かんだ。瞳が輝きを増し、手が先ほど鞄の中から取り出したディスクに伸びる。薄い一枚をフロッピーディスク・ドライブの挿入口に差し込むと、またひとしきりキャサリンの指がキーボードの上を滑る。そして実行……。

最後のアクションこそ同じだったが、結果はまったく逆だ。今度はプログラムを取り出すのではなく、送り込んだのだ。

コトリ……コトリ……。ハードディスクの中でフロッピーに記録されたプログラムを読み込む音がする。それを聞くたびにまるで射精をしているペニスの動きを体内で感じるかのような恍惚感がキャサリンの背筋を走る。いやそれは、男がその瞬間に感じるであろう快感そのものなのかもしれない、とキャサリンは思った。精液が女の体内に送り込まれていくように、差し込んだフロッピーディスクからは、精子の数にも等しい膨大な数の記号の羅列が、ラインを通じて母体ともいえるワークステーションに刻々と送り込まれているのだ。それも、その精子のＤＮＡには奇形を起こす情報が組み込まれている。それが世に出た時には誰もがそのおぞましさに震え上がることを、キャサリンはもはや疑わなかった。込み上げる感情の高ぶりに堪えきれないかのように、キャサリンの手がサイドボードの上に置かれていたオーディオ・セットに伸びると、スイッチを入れた。

ラジオから、ルトリシア・マクニールの『エイント・ザット・ジャスト・ザ・ウェイ』が、曲の途中から流れてきた。

Ain't that just the way that life goes
down, down, down, down
Movin' way too fast or much too slow
Gettin' up, gettin' high, gettin' down,
gettin' no, no, nowhere,
but not gettin' into someone I should know

そんなふうに人生は進んでいくんじゃないかしら
どんどん　どんどんと
あまりにも速すぎるか　遅すぎるかのスピードで
上がって　ハイになって　また下りて
どこにも　どこにも行き着かないの
出会うべき人にも会えないままに

こぶしのきいた歌声、のりのいいメロディ・ライン、その曲に合わせるように、ハードディスクの中では、相変わらずプログラムが送り込まれていく音がする。

繰り返される歌詞をキャサリンが口ずさみ始める。

「どこにも、どこにも、行き着かないの……出会うべき人にも会えないままに……」

――まるで、いまの私じゃないの……。

軽快なメロディに乗ってはいるが、歌詞そのものは決して前向きなものとは言いがたい。

ふとキャサリンは言いようのない空しさに襲われた。いま自分がしようとしていること、これから起こるであろうこと、そしてその結果が招くであろう混乱、悲劇……そうした未来が一気に脳裏に浮かび上がった。

——こんなことをして何になるの、キャサリン。そりゃあんたは酷い仕打ちを受けたわ、グレンにも、そして数多いるインターネット・ユーザーの中のクレイジー・ガイたちにも。だけど何の罪もない人たちを巻き込んでまで、こんな酷い仕返しをしなければならないことなの。

それまでキャサリンの体に渦巻いていた興奮が急速に醒め、長い間体の片隅で抑圧されていた良心が一瞬頭をもたげかけた。空に輝いていた星に薄雲がかかるように瞳が曇り、突如わき起こった良心に思いを馳せるように、焦点が合わなくなる。

その時、目の前のモニターに変化が起きた。それは一六インチのモニターに並んだ文字の中のたった一行の変化に過ぎなかったが、キャサリンの心中に僅かに姿を現しかけた良心の欠片を吹き飛ばした。

『記録終了・新しい記録保管名を記入して下さい』

再びかつての光が戻ったかのように、キャサリンの瞳に画面上の文字が反射した。吸い込まれるように指がキーボードに置かれ、これまでとは打って変わって、慎重に、そして確実に文字を拾い始める。

『AS−500 RIVISED FLIGHT CONTROL SYSTEM FINAL V.』

つい先ほど消去された画面上の記憶コードと一言一句と違わぬ文字が打ち込まれる。

——これでいいわ。

この瞬間、AS—500のシステム・ミスを是正すべく改良されたフライト・コントロール・システムは、キャサリンの手によって作り替えられたプログラムとすり替わった。

The Day－4　3月23日

●日本　千葉県・成田空港

　その日、空港の一角にある全日航のハンガー（格納庫）では、ＡＳ－５００のＢ整備が行なわれていた。ボーイングの７４７型機でさえ完全に収納してしまう巨大なハンガーからテール部分が突き出ているのは、ＡＳ－５００の胴体が、それよりも長いからだ。建築現場のような足場に囲まれた機体の周囲には、カバーオールに身を包んだ整備士たちが、それぞれの持ち場で整備（メンテナンス）に余念がない。厚紙程度の厚さしかないジュラルミンの板で覆われた翼の上で、フラップやスポイラー、エルロンなどの稼働部分が入念にチェックされ、カバーが開けられたままの左右に一基ずつついたエンジン部分では、油にまみれた整備士が懐中電灯で人体に張り巡らされた血管を思わせる複雑な内部を照らしながら格闘している。コックピットでは、電子機器担当の二人の整備士が、それぞれ決められたメニューを一つ一つこなし始めていた。

キャプテン・シートに座った一人は、このシップの機能のすべてを表示するCRTモニターの具合をチェックし、もう一人はコ・パイト・シートの背後のジャンプ・シートに座り、メンテナンス・アクセス・ターミナルからハイテク機の生命ともいうべきコンピュータ・プログラムの更新を始めようとしていた。

「川口君。今日はフライト・コントロール・システムの更新があるんで、モニターの稼働チェックは、それが済んでからでいいだろう」

ジャンプ・シートに座った手塚が言った。ブルーのヘルメットに赤い側線が二本入っているところから、この男がこのセクションのチーフであることが分かる。

「分かりました。いずれにしてもナビゲーション・ディスプレイの調子が不安定という報告が出ていますので、こいつを取り外してチェックしなけりゃなりませんので。インストールは気にせずにやっていただいて結構です」

「分かった」

手塚はそう答えると、手にしていた数枚のフロッピーディスクの中から、『AS－500 PFCCS 5.3.2』と書かれた一枚を選び出した。実のところを言えば、ことハイテク機のコンピュータ・システムのプログラムの更新は日常茶飯のことである。特に頻繁なのは、目的地に向かうまでの地上援助システムに関するデータの更新である。飛行前に予め飛行ルートをコンピュータにインプットしさえすれば、現代の航空機は、パイロットが面倒なナビゲーションをしなくとも、定められたルートを寸分の狂いなく飛ぶようにできているものだが、整備、あるいは故障などの理由で、一時的に使用不能になる施設が少なくないのだ。日々変わるこうした情報を更新しておかなければ、飛行そのものに支障をきたすことになる。もっとも、こうしたデータのアップデートは飛行前の極めて短い時間に済ますことができるのだが、シップのすべてをコントロールするメインのフライト・システムともなれば話は別である。

圧縮されたデータをインストールするだけでも四〇分ほどの時間がかかるうえに、その間飛行機は事実上すべての機能を停止するのだ。

手塚は手にしたディスクをエアー・ストリーム社の整備士たちがムース・タンと呼ぶディスクの挿入口に差し込むと、データを読み込むために必要な操作を行なった。

『LOADING』の表示が液晶ディスプレイの小さな窓に表示され、その隣にあるグリーンのランプに明り(とも)が点った。

何万ステップという膨大なプログラムがゆっくりとだが確実に、このシップの頭脳に送り込まれ始めた瞬間だった。

「明後日(あさって)には、もう一機のAS－500が入ってくるんでしたよね」

キャプテン・サイドのナビゲーション・ディスプレイを取り外しながら、川口が聞いた。

「二番機がニューヨークから戻ってくる」

「あれはこの前B整備が終わったばかりでしたよね」

「ああ、あっちはスポットでデータベースをアップデートしなけりゃならんだろう」

「しかしインストールに四〇分もかかるとなると、出発時間に影響が出ますね」

「やむを得んだろう。システムを入れ換えていても、他の整備やキャビンの清掃、準備には影響はない。遅れを最小限に止めるよう、手際よくやらなけりゃならんだろうが」

民間航空機のフライト・スケジュールは驚くほど過密なものである。東京―ニューヨーク間では七〇〇〇マイル弱の距離があるが、目的地に到着しても翼を休めるのは通常一時間から二時間程度のことで、給油や必要なメンテナンスを受けると、すぐに再び次の目的地に向かって飛び立っていく。A、B、Cと行なわれる作業密度によってカテゴライズされた整備を受けるのは、予め決められた飛行時間によって行なわれるもので、突発的な不具合が生じない限りは、そうしたスケジューリングで稼働し続けるのである。いかに現代技術の粋を集めたマシーンとはいえ、これはやはり驚異的耐久力というものであろう。フル稼働に近い状態で、あれだけの大きさのものが、トラブルを起こさずに過密な飛行に耐えるのだ。しかもその寿命たるやバスや乗用車の比ではない。先進国でこそ、同一機種の交代は一〇年にも満たないサイクルで行なわれるものだが、乗用車と同じように航空機にも中古市場が存在し、古くなった機体は、新型機を購入する余裕のない発展途上国へと流れ、半世紀を経てもなお飛び続けていることさえある。

高価な機材をいかに効率よく使用するか。運賃競争が激化し、経営そのものがかつてのように安定したものとは言いがたい現代の航空ビジネス界において、それは経営的見地からすれば重要な要件の一つであるといえる。

ましてや世界のハブ空港の中では珍しく離着陸に時間制限が設けられている成田ともなれば、へたに整備が長引けば、場合によっては欠航という事態にもなりかねない。整備を時間内に終わらせ、定時に離着陸させる。それもまた整備士たちに課せられた重要な職務の一つだった。

「もっとも、明日到着の便が定時に戻ってくればの話だがな」

そう続けた手塚に向かって、川口が取り外したモニターを抱えながら振り向いた。

「今回のリヴァイズはどんな内容なんです」

「いや、ただのヴァージョン・アップだ。バグ取りがさらに進んだだけのもので、機能的にはどこも変わっていないらしい」

手塚が手にしたマニュアルにそれとなく目を走らせながら答えた。

「ややこしい話ですね。バグ取りが済んだということは、致命的なものではないにせよ、いままでこいつは不具合を抱えて飛んでいたってことでしょう。電子機器の整備をやっている当の本人が言うのも何ですが、考えてみると時々恐ろしくなることがありますよ」

「まったくだな」中年の域を超えつつある手塚は視線を川口の背に向けると、その言葉に同調した。「かつての飛行機はもっと人間臭いもんだった。俺がこの仕事に入った頃はな。不調な箇所があれば、その部分が悲鳴をあげ、あるいは目で見て不具合が分かったもんだ。修理そのものも人間の体を治してやるように、部品を交換しさえすれば目に見えてよくなるのが分かった。ところがこうしたハイテク機ってやつは、どこに不具合が生じたのか、いや生じているのかさえ、皆目見当がつかんことも珍しくない」

川口がそこで初めて窮屈なキャプテン・シートの上で身を捻って手塚を見た。

「手塚さん、それを言うなら、むしろより人間に近づいたってことじゃないんですか」

「人間に近づいた？」

「ええ、かつての飛行機は頭脳を持たないただの機械だったってことです。つまり我々メカニックは、内科や外科の医師で、不都合が起きそうな場所を未然に発見し、実際に不都合が生じればその部分に対処していけばよかった。しかし、そこに脳神経科が新たに加わった」

「なるほど、脳神経科ね」

「飛行機が自分で考え、対処する能力を持った……そういうことなんじゃないでしょうか。もっとも、作り上げたのは人間ですけどね」

「頭脳を作り上げたのは人間ね……」

川口の最後の言葉を繰り返しながら、手塚は漠然とした不安が胸中に去来するのを感じていた。

――人間が作り上げたものに間違いがないなどということはあり得ない。それが航空機の頭脳となって稼働する。もちろん入念にテストが繰り返され、間違いがないと実証されたものには違いないが、このコンピュータ・システムというやつだけは、いかに医学が進歩した今日でも脳の中に収まった情報や思考を見ることができないように、肉眼で不具合を確認することなどできはしない。人間だって脳の外見に異常は見当たらなくても、狂気という病に襲われることがあるじゃないか。それと同じことが、どうしてコンピュータに起きないと言える。いや、現に飛行中にシステムが誤作動、あるいは不具合を起こすことはままあることだ。それが人命を失わせるような深刻な事態に繋（つな）がっていないというだけのことじゃないか。

メカニックとしてジェット旅客機の歴史とともに歩んできた手塚にとって、すべてがコンピュータによって制御されるハイテク機には、その職分ゆえの納得のいかない部分があった。

手塚の胸中に芽生えた漠然とした不安を無視するように、ディスクが差し込まれた機械は正常に作動し、プログラムのローディングは刻々と進んでいく。手塚も、そのプログラムを送り届けてきたエアー・ストリーム社も、そしてプログラミングを行なったU.S.ターン・キー社の誰もが正しいと信じて疑わないプログラムが、路線に就航している最初のAS―500にインストールされていった。

滑走路に向かうべくタキシングを続ける日本航空2便、サンフランシスコ行きB―747―400のビジネス・クラスのシートに身を埋（うず）めながら、川瀬雅彦は窓の外を見つめていた。闇に閉ざされた空港は、飛行機がスポットを離れると、近くには黒い空間に整然と並ぶ誘導灯のグリーンとブルーの光が、遠くには投光器に照らされた空港施設が見えるだけとなる。機が滑走路へと向かうにつれ、空港の一角にある全日航の巨大なハンガーが目に入った。開け放たれたドア。水銀灯の光に満たされた庫内には、長い胴体を機首から突っ込んだ姿勢でAS—500が格納され、周囲には足場が設置されている。入りきらない尾翼部分はハンガーから突き出し、庫内から漏れる白い光に垂直尾翼に描かれた全日航のフェザーマークに重ねられたAJAのロゴが薄ぼんやりと浮かんでいる。

最新鋭のハイテク旅客機。外見はどこのメーカーのものでもそう違うものではないが、中身は、新しいシリーズが発表される度に格段の進歩を遂げているのだ。いま自分が乗る〈ダッシュ400〉にしてからがそうだった。初期の747は、民間の旅客機として初めてコンピュータによって慣性航法装置(INS)がつき、パイロットがナビゲーションに注がなければならなかった労力は大幅に軽減されたが、この〈—400〉は外見こそさほど変わりはなくとも、システムがまったく異なるものだった。

コックピットからは、アナログの計器はほとんどと言っていいほど姿を消し、かつては正副操縦士の背後で機の状態を監視コントロールしていたフライト・エンジニアは姿を消した。導入当初はその正確さゆえに『化け物』とまで評されたINSは、さらに進歩したFMSに取って代わられた。パイロットの操作を、舵(かじ)をはじめとする稼働部分に伝達する経路は747の場合、いまだに油圧のままだが、もちろんこれとて、すべてにコンピュータが介在し、常にモニターを続けているのは言うまでもない。

ハイテク機とは、『コンピュータによって制御される航空機』と同義語なのだ。

雅彦の座るシートは、一階のちょうど主翼の上にあたり、タキシングを続けながらエルロンが、そしてスポイラーが動くのが分かった。操縦士が離陸前に必ず行なわなければならない稼働部のチェックを行なっているのだ。

――ハイテクか……。

雅彦は、小さな窓から漏れる機内の灯に浮かび上がるそれらを見ながら、口の中で自然と呟いていた。

『ハイテク』。およそ機械とカテゴライズされるものについては、規模の大小を問わず新製品が出る度に、まるで決まり文句であるかのように、この言葉が頭につく。容量の大小、規模を問わなければ、もはやこの社会はコンピュータの存在なくしては成り立たない。地球という惑星を覆いつくしたネットワークは、動脈から支流の血管へと枝分かれし、そして社会の隅々まで、まるで毛細血管のように入り込んでいる。

その様は、まさに人体の組織そのものだ。

そして病気にかからない人間などこの世に存在しないように、コンピュータにもまた、ウイルスという病原体が存在する。いやそればかりか、もともとバグという潜在的病原体を抱えながら一時の休みもなく稼働し続け、社会を動かしているのだ。人間の体内にも病原体は必ず存在するものだが、体力が弱ればたちまちのうちに活動が活発化し、病を引き起こす。バグが影響を及ぼすのもまた、ふとしたことからで、それは多くの場合原因が定かになることもないままに、コンピュータをダウンさせる。もちろんネット自体がどうかなったり、あるいは一瞬にして社会を混乱に陥れるほどの規模のものはこれまでなかったのだが、いまや人体と同じような構造となったコンピュータ・ネットワークを考えると、もしも強烈な毒性を持ったウイルスが現れれば、社会が大混乱に陥る可能性がないとは言えない。

考えてみると、その土壌は確実に現実性を帯びたものになっている。『スコープ2000』――あの新OSの誕生がそうだった。これまでのパソコンOSに比べ、人間工学的見地から開発されたというふれこみ通り、あらゆるオペレーションが楽になった新OS。いったんこのOSが市場に導入されるや、人々は先を争うようにしてパッケージを買い求めたものだった。

三年前のクリスマス・イヴ。まるでサンタクロースからの贈り物だと言わんばかりに、午前零時を以て世界中で一斉に販売が開始された。店頭に山積みされたパッケージは瞬く間に消え去り、必死の形相で補充する店員の姿がテレビや新聞を通して大きく報道されたものだった。あれから三年、スコープ2000のシェアは世界のパソコンOSの八〇パーセントを超し、個人、企業を問わずほとんどのパソコンのOS環境がスコープ2000で統一された。

『独占禁止法に触れる』――時にはその現状を指摘し、そうした批判が出ないわけではなかったが、商品を選択するのは消費者、つまりユーザーである。購入者の選択を誰が妨げることができるだろうか。その結果、スコープ2000を開発した、まだ四〇歳にも満たない『デジタル・ソフト社』の創業者は、このOSの成功一つで、世界の富豪リストのトップに躍り出た。まさにアメリカン・ドリームを成し遂げたのだ。しかしそれもウイルスという存在に目を転じて考えてみると、統一された環境下にかくも膨大な数のコンピュータが存在するということは、それだけ大感染の土壌が整ったということを意味するはずだと、雅彦は気がついていた。

事実、人間界においても未知の病原体の発見は珍しいことではなく、それが悲劇的な結末をもたらすことも少なくない。ましてや人間が作り上げたネットワーク、そしてプログラムを破壊すべく、これも人間によって意図的に作り上げられたウイルスともなれば、ことによっては猛威を振るうことになると考えられないわけではない。もっともコンピュータ・ウイルスの存在は、ユーザーにとって、不正アクセスとともに、いまや常に警戒の対象となっており、それなりの対策がなされているものではある。しかし、悪意をもって事を起こそうとするものは、常に既存の防衛システムを打ち破る、あるいは裏をかくことに知恵を絞るもので、そうでなければ、次から次へとウイルスに対抗するワクチンや、不正アクセスに対する防御措置が開発されるわけがない。

――スコープ2000というOS、そしてインターネットの発達によって、いまやコンピュータ社会は一つの人体となったと言えるんじゃないだろうか。いやクローズされたシステムの存在を考慮すれば、一体化し肥大した人間とそれ以外の極めて少ない人間たちによって構成されている社会と考えたほうが当たっているのかもしれない。ウイルスの人間への感染は、エリア、距離といった物理的要因によって拡散が防げるものだが、いまやネットによって一つに繋がれたコンピュータ社会は、巨人一人が倒れでもしたら、まさにこの世の崩壊に繋がらないとも限らない。

タキシングを続けている窓の外の光景は、そこから漏れる光に浮かび上がる翼と、周囲に広がる闇だけとなった。雅彦はその闇に、濃密な密度をもって世界を網羅したサイバー社会の暗がりそのものを見たような気がした。

機が大きく右に旋回すると、エンジンの音が大きくなった。シートに押しつけられるようなGがかかると、雅彦を乗せたB―747―400は五〇〇〇マイル離れたサンフランシスコに向けて離陸を開始した。

The Day－2　3月25日

●米国　カリフォルニア州・エルセリート

久々に戻ったメアリーの家の居間では、相変わらずグレッグが日あたりのいい窓際で、お絵描きに余念がない。離れていたのが、たった二週間だったにもかかわらず、その間にもグレッグは随分と成長したような気がする。時折上げるはしゃぎ声や独り言、そして画用紙の上に描いた無数の色の線すらも、錯覚だとは分かっていても、以前とは違ってそれなりの意味を持つように思えるのだから不思議なものだ。

ことあるごとにグレッグに向けられるキャサリンの視線は、母であるメアリー以上に優しく、そしてなによりも母性そのものに満ちあふれていた。しかし、キャサリンの目にそうした慈愛に満ちあふれた色が宿るのも、ほんの一瞬のことで、注意はほとんどの間、机の上に置かれたラップトップ・コンピュータのモニターに注がれていた。

買ったばかりの真新しいマシーン。それを用いて行なわれているのは、一連の作業の最終工程だった。常人から見ればとうてい意味を持つとは思えない単なる文字と数字の羅列の作成だったこれまでとは違い、今回のそれは文字通りの文章の作成だった。

文頭には『声明文』とタイトルが記されている。

美文である必要も、格調高さも必要なかった。二〇ページほどにも及ぶ長い文章は、ほとんどの部分があくまでもそれらしく体裁を整えるためのもので、単にそれを読もうとする人間たちの興味を掻き立てるものであればよかった。目的はただ一つ、この文章に興味を持った人間たちが、文章を自分のコンピュータにダウンロードする。その行為がなされればそれでいいのだ。その結果が招くところは、机の上に閉じたまま置かれている、かつてキャサリンが使用していたラップトップ・コンピュータが教えている。ハンガリーのお試しホームページを経由して自らの手で感染させた『エボラ』ウイルスは確実に稼働し、狙い通りに「魔法の箱」を合成樹脂のただの箱に変えてしまった。

——さて、ここからだわ。

キャサリンは、フルーツ・ロール・アップの袋を歯で食い破ると、シート状になった中身を取りだした。

「さあグレッグ、いらっしゃい。おやつの時間よ」

優しい声で、グレッグの注意を引く。

毒々しい色の菓子は、グミをシート状にしたもので、アメリカの子供たちには定番のおやつの一つである。

「色はどうかと思うけど、これ全部果実一〇〇パーセントですからね。体に悪いことなんて一つもないのよ。安心してお食べなさいな」

キャサリンは、シート状になった菓子の一部を引きちぎると、自分の口に入れ、残った大部分をグレッグに渡した。託児所でもドライ・フルーツの一種として扱われ、デザートにランチ・ボックスに入れてくる子供が少なくないせいで、食べ方はとうの昔に知っているとばかりに、グレッグは小さな手でシートを細く千切ると、それを人さし指に巻きつけてしゃぶりはじめる。

この日、キャサリンがフルーツ・ロール・アップをグレッグに与えたのには、わけがあった。いや正確に言えば、グレッグに与えようと、この菓子を所持していたのではなかった。

『エボラ』をいかに多くのコンピュータに感染させるか。その効果を最大に高める仕掛けが、この僅か二ドルちょっとの子供向けの菓子の中に入っていたのである。

菓子の袋の中にはおまけとして、ちょうど初期のコンピュータにはつきものだったパンチ・テープほどの幅のテープが入っている。トレース・シートのように薄く、向こう側が透けて見える幅二センチほどのテープの上には、象形文字を思わせるような、奇っ怪な記号が印刷されている。この『デコーダー』と別に赤枠で囲まれた中にも、やはり同様の記号が印刷されている。このテープをデコーダーの部分で千切り、二つになったそれらを重ね合わせ横にスライドさせると、ある一点で文面が浮かび上がってくる仕掛けになっているのである。

もともと幼児向けに製造された菓子のおまけである。単純極まりないパズルには違いないが、これがこれから先に起きる大事件を解く鍵となれば、人々が答を求め熱中するであろうことをキャサリンは疑わなかった。

――テストと同じことよ。時間制限のある中で、高いスコアを上げようとすれば簡単なものから手をつけようとするのが人間の心理というものだわ。ましてや誰にでもできそうに思え、答を見出せば英雄になれるとなれば、誰もがファイトを燃やすことでしょうよ。だけど、そう簡単にはいかないのよ。

キャサリンの唇が、左右に広がり薄くなった。

――簡単そうに見えて簡単じゃない。解けそうで解けない。そういうもんじゃないとね。そう、そうして時間がかかればかかるほど、『エボラ』に感染するコンピュータが増える

……もっともそうでなくとも……。

薄くなったキャサリンの唇から、白い歯が覗く。マウスを握り締めた手が机の上を滑り、画面のアイコンの中から作図ソフトを選び出す。

――さあ、あとは時間が許す限り、できるだけ多くの文字を作るだけだわ。

作業には知恵もいらなければ、知識もいらなかった。一部を削ったために不完全な図形となった文字の羅列、それを白い画面上に並べていくだけでいいのだ。もちろん本来であればキャサリンのような高いレベルの技能を持った人間がやるような仕事ではない。高校

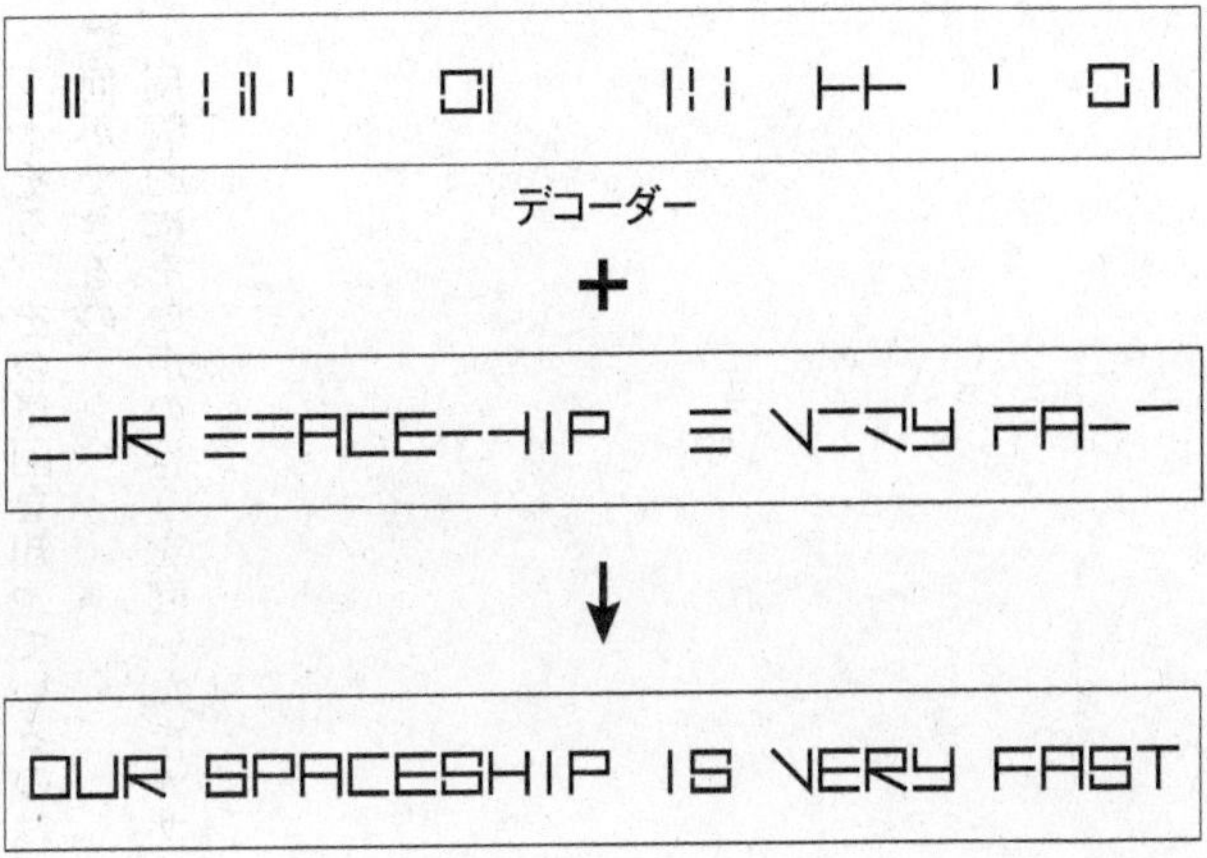

生、いや中学生でもことは足りる。しかし仕事の単純さは別として、このパズルもまた、ＡＳ―５００のフライト・コントロール・システムに仕込んだあるプログラムと同様に『エボラ』ウイルスの拡散という目的からすれば、極めて重要な意味合いを持つものだった。そして何よりも目的の達成のために重要なことは、事前に計画を誰にも悟られないことだ。

　キャサリンが手を加えたフライト・コントロール・システムのプログラムは、改良されたものとして、すでに就航しているＡＳ―５００にインストールされていることを、彼女は疑わなかった。そしてそれが動き始めるまで、あと少し。その秘密を知る者は、自分をおいて他になく、気配すらも……。

　その時、足元で遊んでいたグレッグがひときわ高い歓声を上げた。

――そう、その気配を知っているのはグレッグ、この子だけだわ。でも、二歳のこの子に何ができるの。

反射的にその声のほうを向いたキャサリンは思った。

The Day−1 3月26日

●米国 カルフォルニア州・サンノゼ サイバー・エイド社

「取材の意図は、ワンダから聞いています。あなたから送られてきた取材の趣旨書も読ませていただきました。私が言うのも何ですが、なかなかいい企画だと思います」

サイバー・エイド社の会議室で、一通りの挨拶が済んだところで、トレーシー・ホフマンが切りだした。

金縁の丸眼鏡の下から、緑色の瞳が雅彦の顔を見つめている。解けば全体に緩いパーマがかけてあるのだろう。濃いブラウンの長い髪は、後ろで一つに束ねられてはいるが、背にかかった部分は竹箒を思わせるようなヴォリュームである。尖った顎、やや突き出しかげんの頬骨の上を薄い皮膚が覆っている。女としての最低限の身だしなみといった化粧をほどこしただけのトレーシーは、静かな口調と相まって、たしかに『力』を感じさせる何かを漂わせていた。いや力だけではない。グレーと濃いグリーンのチェックのワークシャツにジーンズ。革のモカシン・シューズ。雅彦はそこに懐かしい東部の匂いを感じていた。

「彼女は大変優秀な技術者でね、我が社が開発中のワクチン・ソフトの開発の責任者をやってもらっているんです」

質実剛健といった服装のトレーシーとは対照的に、シャツもパンツも黒ずくめなら、短く刈り上げた頭髪に、目の周囲を除けばほぼそれと同じ長さの髭が顔を覆った、カリフォルニアの男然としたエドワード・ウイルソンが白い歯を見せた。従業員三〇名の企業の最高経営責任者という抜け目なさと、頭にヴェンチャーがつく起業家集団のリーダーらしい、エネルギーと枠に囚われない気さくさとが感じられる男だった。

その言葉に雅彦が穏やかな笑みを浮かべ、頷きながら答えたのは、決して日本人特有の曖昧さからではなかった。ワンダから送られてきたトレーシーの経歴が思い出されたからだ。コロラド州立大学のコンピュータ工学科を首席で卒業、その後MITの大学院でコンピュータ・サイエンスの修士号を最優等の成績で取得……。

——そりゃ優秀に決まってる。

そうした雅彦の反応に気をよくしたのか、ウイルソンが続けた。

「〝闇のゾロ〟の事件は知っているよね」

「ええ。国防総省、それに不正侵入者を取り締まるべき立場のFBIのコンピュータに侵入した連中ですね。あの事件の解決に、大きく寄与したのが、ミス・ホフマンでしたね」

「トレーシーでいいわ、ミスター・カワセ。それよりエド、ミスター・カワセはあの事件についての取材に来たのではなくてよ」

優秀なスタッフの自慢話に傾きかけた話題を、トレーシーが修正にかかった。

「マサで結構ですよ、トレーシー。例の〝闇のゾロ〟の話は、個人的には興味があるのですが、優先順位が違うのはおっしゃる通りです。たとえお話を伺えても、いただいている時間の中ではとうてい終わりそうもありませんからね」

トレーシーは雅彦の言葉に、片方の眉(まゆ)を僅(わず)かに上げ、満足そうな笑みを口許に浮かべると、

「私もあなたには、いろいろ聞きたいことがあるの」

予(あらかじ)め送付されてきていた取材趣旨書をテーブルの上に広げた。

「聞きたいこと？」

「例のクーデター未遂事件の顚末(てんまつ)をね。もちろんこれも、あなたの取材が終わって時間があればの話ですけどね」

初めてトレーシーの目のあたりに温かな表情が宿った。

「クーデター未遂事件の顚末ですか」

一瞬だが雅彦の顔に意外な言葉を聞いたとばかりの表情が浮かび、同時に僅かばかりの翳(かげ)が宿った。由紀の面影が一瞬脳裏をよぎる。切ないほどのやるせなさ、ふとした拍子に込み上げてくる、それも体のどこかというだけで、その在りかがはっきりとしない場所に染み出てくる、やり場のない感情の騒(ざわ)めきが……。

一年半前に日本で起きた未曾有の危機は、在日米軍が出動し、あわや北朝鮮との間で一触即発という事態に陥ったこともあって、アメリカでも大きく報道された。川瀬雅彦の名前は、危機を解決するにあたって大きな役割を果たしたヒーローとして、特にこうした存在には格別の興味を抱くアメリカのメディアでは大きく報道されたものだった。しかし、だからと言って、マサヒコ・カワセなる日本人の男の名前がアメリカの社会に深く浸透したかと言えば、そうではない。もしも同じような事件がアメリカ国内で起き、そしてその解決に日系人が大きく寄与したとしても、おそらくは同じようなものであっただろう。これがもし、アングロサクソン系の人間の手によって解決されたものであったなら、まさにアメリカン・ヒーローとして深く人々の心に印象を刻み、それなりの扱いを受けたに違いなかった。

要はなじみのない名前、人種の坩堝と言われるアメリカ社会においても、現在にしてまだ根強く残る人種の壁、主流と傍流の民族、そして何よりも事件がいかに大きくとも所詮は遠く太平洋を隔てた極東の島で起きた事件でしかなかったのである。

雅彦の顔に意外な表情が最初に宿ったのは、そうした概念があったからに他ならない。

「最初に君の名前を聞いた時に、すぐにあのカワセじゃないかと言いだしたのはトレーシーでね。いや時間が許せば、私もぜひ聞きたいものだね」

ウイルソンも髭面の下から白い歯を一際大きく覗かせながら、はしゃいだ声を上げる。

「時間があれば、お話し申し上げましょう」

おそらくは二人とも由紀を見舞った悲劇のことは知らないか、とんと忘れているに違いない。ましてや自分と由紀が恋人以上の関係にあったことなど、想像だにしていないに違いなかった。事の次第をどう話すかは自分の勝手だが、単純な興味からハリウッド映画のヒーロー話的な大活劇を期待していたとしたら、本当のところを聞けば、さぞや気まずい思いをすることだろう。

「それじゃ、さっそく本題に入りましょうか」

トレーシーが技術者らしい目に戻ると、会議室に入る際に持ち込み、テーブルの上に置いたデカフェの入ったマグに口をつけ、一口啜ると切りだした。

雅彦もまた、前に置かれた使い捨てのカップに入ったデカフェに口をつけた。

「今回の取材の主な目的は、趣旨書にも書きましたように、インターネットに潜む危険な罠、特にウイルスの問題です」

「それに対抗するワクチンを作るのが、私たちの仕事ですから」

トレーシーは軽く頷くと、持ち込んできていたファイルの中から数枚のドキュメンテーションを取り出し、雅彦のほうにテーブルの上を滑らせた。いかにもプレゼンテーション慣れしたアメリカ人らしく、きちんとレイアウトされた資料だった。一枚目二枚目と目を通し始めた雅彦を前に、トレーシーが話し始める。

「ウイルスの出現自体はそう新しいものではありません。パーソナル・コンピュータが民間に普及し始めると間もなくのことでした」

「パーソナル・コンピュータの普及と、パッケージ・ソフトの出現はイコールと考えていいわけですね」

「そう言ったほうが正しいですね。ご承知の通り、初期のコンピュータを稼働させるためには、しかるべき作業を機械にさせるために、コンピュータ・プログラマーの存在が不可欠でした。つまり、ソフトそのものはオリジナルに作成され、機械そのものが独立した環境にあったのです」

「しかしそこに、パッケージ・ソフトが出現した」

ウイルソンが横から口を挟んだ。

「市場原理、と言うよりコンピュータの性質を考えれば当然の成り行きというものでしょう。もともとコンピュータというのは、人間の頭脳とは違います。機械自体、これは機能も含めてのことですが、馬鹿なものなのです」

「コンピュータが馬鹿な機械とは、なかなかおもしろい言葉ですね」

雅彦がメモを取る手を休めて、トレーシーの言葉に反応する。

「当たり前のことですが、コンピュータは所詮人間が予めプログラムした通りにしか動かないようにできているのです。それ以上のこともしなければ、それ以下のこともしない。そういうものなのです」トレーシーはそこで再びデカフェで口を湿らすと、話を続けた。

「コンピュータが最も威力を発揮するのは、ある一定の法則によってなされる業務処理です。たとえば何万にもわたるデータを大きいものの順に並べる、あるいはそれを瞬時にグラフ化する……こうした作業は人間が行なえば単調極まりない上に、多くの労力と時間を要します。そしてそのようなパターン化された仕事は、どこの企業にも必ず存在します」

「単純作業に係わる人間の労力と時間、それに支払う人件費を考えればコンピュータはまさに魔法の箱ということになるわけだ」

「こうしたプログラムというのは――」トレーシーがウイルソンの間の手に一つ頷く。「どこの会社でも必ず必要とされ、要求されるスペックに、さほどの違いがあるわけでもないものです。そこにパッケージ・ソフトというものが産業として成り立つ素地があった」

「それは画像製作のソフトや、ワード・プロセッサーにしても同じことが言えるわけですね」

「その通りです」雅彦の質問にトレーシーが答える。「画像製作のソフトにしても、ワード・プロセッサーにしても必要とされる条件は標準化できます。出来栄えが違うのは使う側の感性の違いというものでしてね。それはともかくとして、ここで大きな問題が起きました。ソフトのコピーという問題です」

「高い金を払わずとも、複製で同じものが何枚も作れるというわけですね」

「その通り。もっとも、レコードやCDと同様の事態が起こるということは十分に予想されたことなのですが、ただ一点、そうした媒体とはまた違った問題が起きたのがウイルスなのです」

トレーシーはそこで立ち上がり、壁にあるスイッチを調節して部屋の光量を落とすと、オーバーヘッド・プロジェクター（OHP）に電源を入れた。白い壁に光のスクリーンが浮き上がると、数行の文字と数字が現れた。

DOSウイルス	9000〜10000
MECウイルス	20〜30
UVIXウイルス	数例
汎用（はんよう）コンピュータ・ウイルス	数例

「テープレコーダーが記録媒体として出現して以来、レコードやCDに録音されている音楽がコピーされるのは常識となりました。ボタン一つ押せば、僅かなテープ代を負担するだけで同じものを手にできるわけですからね。これは世の中の誰もが日常的に行なっていることです。マサ、あなたもそうした経験がおありでしょう」

「そりゃ、もちろん」

雅彦の顔に苦い笑いが浮かぶ。

「私も日常的に行なっています。もちろんエドもね」

ウイルソンが肩をすくめ、両眉がぴくりと動いた。

「自分だけのためなら許されるといっても、それだけには止（とど）まりません。これは著作権の侵害という立派な違法行為ですが、コンピュータの世界でもソフトの出現と同時に同じことが起きました。僅か一〇ドルかそこらのお金を惜しむんですから、一つ数百ドルもするソフトウエアがコピーでき、それがオリジナルと寸分たりとも違わないとなれば、使用者がこうした行為に走るのは当然の成り行きというものだったんです。しかし、ここで誰も予期せぬことが起こった……」

「さあ、ここからが本題だね」

ウイルソンがトレーシーのプレゼンテーションに演出効果を与えるような間の手を入れた。

「音楽CDからのコピーは、オリジナルからテープといった段階ではさほどの音質の劣化は見られませんが、テープからテープへの複製を繰り返していくに従って、明らかに音質は低下してゆくものです。つまり、複製が複製を生んでいく段階にはおのずと限界というものが生じてくるわけです」

「ねずみ算的構造は、この媒体の場合、成り立ち難いというわけですね」

「その通りです。しかし、コンピュータ・ソフトの場合は違います。複製ものからつくられたコピーでも、オリジナルと寸分違わぬものが手に入るのです。つまり音楽CDの複製という行為の中では成立しえなかったねずみ算的複製の拡大の構図が、このコンピュータ・ソフトの世界では成立しえるのです。それが、ウイルスを作成する人間たちにとっては大きな動機になったと言えるんじゃないかと私には思えるんです」

トレーシーはそこで、冷めたせいで飲みやすくなったデカフェをたっぷり口に含んだ。

「最初は、ちょっとした悪戯心だったのかもしれません。いや、いまでもウイルスを作成している人間のほとんどが、システム破壊を最初から目指すというような大それたものではなく、悪戯心、あるいは自分の卓越した技術をひけらかすといった自己満足が動機になっていると思われます。しかし、コピーからコピーを繰り返しても、品質に変わりがない、つまりプログラムされたように、間違いなくウイルスが動きだすとなれば、事態は深刻です。音楽は音が悪ければ聞かないで済みますが、コンピュータ・ソフトはそうはいきませんからね」

「まるで性病のように、接触感染でどんどん広がるというわけですね」

「性病ね」雅彦の言葉に、トレーシーが噴き出した。「たとえて言うには、たしかにその表現があてはまっているかもしれませんね」

「かも？」

「接触感染、そしてそこから先に広がる様はまさに性病のそれです。玉突き感染という形態もよく似ています。ふとした欲望に駆られた結果の感染。ほんとうにこの部分だけを見ている限りでは、人間社会にはびこる愚行の構図そのものという点もね。しかし、性病の広がり方と似ていたのはかつての話で、コンピュータ・ウイルスの広がり方の現状は、大きな違いが生じてきているのです」

「それは、どういうことです」

「インターネットの出現です。たしかに接触感染という意味では、基本的に、これもあなたが言った性病感染型には違いないのですが、これについては私は考え方を分けるべきだと思っているのです」

雅彦の手がメモ用紙の上で走り始める。テープレコーダーは回しているが、重要なポイントと思える部分をメモしておくことは、基本中の基本というものだ。

「本来してはいけないことですが、コピーしたディスクがオリジナルからのものであれば当然のことながらウイルス感染はまずあり得ません。性病という言葉が出ましたのであえてこうした言葉を使いますが、出所の分からない不特定のディスクからソフトをインストールする——これは街で売春婦を買うような行為で、感染率が格段に高まるのは当然と言えるでしょう」

「つまり、つまらぬ欲望に走らずにワイフだけを相手にしてりゃ、余計な病気にかかることもないってわけだ」

ウイルソンが明るい声を出す。

「ところがここで、こうした概念を覆すものが出現したのです。インターネットという怪物がね」

トレーシーのプレゼンテーションは、ウイルソンの少しおどけた口調に反応することなく、淀(よど)みなく続く。なにやら技術者というよりも社会学者の講義を聞いているような気にさえなる。

「最初、アメリカ国内にある数か所の大学、研究機関のコンピュータをネット化したものに過ぎなかったものが、学外のユーザー、そして一般のユーザーへと拡大していくのにそう時間はかかりませんでした。まるで、基幹となる血管をもとに枝になる血管が生まれ、そして毛細血管へと伸びていく、まさに人体の構造を彷彿させるような現象が、極めて短時間のうちに起きてしまったのです。インターネットがこれだけの短時間に世界中に広がってしまったのには、二つの理由があると考えられます。一つは、すでに確立されていた既存の通信手段、つまり電話回線を用いて行なわれるものであったこと。もう一つは、ちょうどパッケージ・ソフトを用いて使用されるパーソナル・コンピュータの普及期にタイミングがあったこと。もしも、インターネットを使用するのに、電話回線以外の何か別の通信手段を新たに設置しなければならないということにでもなっていたなら、これほどの短期間に爆発的に世界中に広がることはなかったでしょうし、ソフトを自分で書ける能力がなければだめだということだったら、やはり結果は同じだったと思います」

「つまり、画期的な技術の出現であったにもかかわらず、既存の、それも世界にあまねく浸透した技術の下地があって、インターネットが爆発的なまでに広がったというわけですね」

雅彦はメモを走らせる手を休めることなく聞いた。

「その通りです。インターネットの急速な普及は、新たな問題、つまりそれまでのコンピュータ・ユーザーが考えもしなかった事態を引き起こしました。一つは不正アクセス。つまり、一般にハッカーやクラッカーと呼ばれる人間たちの出現です。彼らはネットワークを介して他人のコンピュータに侵入しデータを覗く、盗む、あるいは改竄するといった行為を行なうのです。しかし、問題の深刻さの程度を考えなければ、不正アクセスができるのは、それなりの技術力を持ち、さらに悪意――これは腕試しといったたわいもない動機も含めてですが――を持った人間たちということですから、コンピュータ・ユーザーの中でも極めて限られた存在と言えるでしょう」

「そのわりに被害は大規模、かつ深刻なものだがね」

「ですから、問題の深刻さの程度を考えないという前提で言えば、と言ってるんです」トレーシーはウイルソンに一瞬視線を向ける。「さて、その次に持ち上がったのがインターネットを用いる上でのモラルの問題です。これは第一に挙げた問題点、不正アクセスにも共通することなのですが、インターネットの普及が余りにも急速、かつ国家、国境という概念を通り越して発達してしまったがために、誰にもコントロールできない状態に陥ってしまったことにあるのです」

トレーシーはホワイトボードの受け皿にあったフェルト・ペンを手にすると、そこに三重の円を書いた。外側の大きな円には『インターネット・ユーザー』、その中に小さめに書かれた円には『モラル欠如ユーザー』、そしてコアとなる真ん中の小さな円の中には『犯罪的ユーザー』という文字を書いた。

「インターネットの問題点は、いまここに書いたこれら三つにカテゴライズされるユーザーたちが、一つの集合体に属し、いずれも同じ器具を用いているという点です」

「つまり誰もが、個人の意思と技術次第では、そのコアに書かれた犯罪的ユーザーになり得るというわけですね」

「その通りです」トレーシーが雅彦の言葉に頷いた。「それぞれのユーザーについて定義しますと、このモラル欠如ユーザーですが、これはいまインターネット・ユーザーの中でしきりと問題視されている人間たちと言うことができます。つまり、幼児ポルノやポルノ、他人のプライヴァシーを悪意をもって流す。国によっては禁止されているドラッグの製造方法や、爆弾の作り方、中には原子爆弾の製造方法といったものまで、情報として流す人間たちです」

「他人のパスワードや、不正アクセスの方法を流す連中もいますね」

「それはこのコアになっている犯罪的ユーザーにカテゴライズされるべきでしょう。この集団には先に申し上げた不正アクセスを行なう者、つまりハッカーも含まれますが、もう一つ意図的に相手のコンピュータ・システムの破壊を狙ってウイルスを作成する人間たちも含まれます」

「彼らによって作られたウイルスの数が、そこに出ている数字なのですね」

雅彦の目がOHPによってスクリーンに映し出された数字に向けられる。

「その通りです。しかしこの数は刻々と変化、と言うよりは増加しています」

「いまじゃ、インターネット上でウイルス作成用のソフトを無料でばらまいているやつもいるからね」

ウイルソンがトレーシーの説明を補足しにかかる。

「そう。ウイルスをプログラムから作る知識がなくとも、どういったタイプのウイルスを作りたいのか、具体的に言えばどういった発症の仕方をするのか、ある時間なのか、稼働時なのか、保存時なのか、ファイルか、プログラムに寄生するのか。そうした必要事項を埋めるだけで簡単にウイルスができるようなソフトが、インターネット上で堂々と公開されているのです」

「しかし、そうしたソフトを用いたウイルスならば、ある程度パターン化され、対処するワクチンの開発にもそう苦労はないのでは」

「それがそうでもないのです」トレーシーは溜息まじりに首を振った。「一つのウイルス作成ソフトによって作成されたウイルスでも、インプットされた条件によって、発症の仕方が千差万別です。それに厄介なのは、既存のウイルス、あるいは未知のウイルス同士が一つのコンピュータに感染すると、今度はその中で特異変化を起こす。つまり作成者がまったく意図しなかったようなウイルスに変化する可能性があるのです」

「複合感染ですか。まるで人間の体に寄生するウイルスそのものですね」

「ええ。それに最近ではウイルスを作る側も随分と手の込んだことをするようになってきましてね。かつては得体の知れないコピーディスクを自分のコンピュータにインストールしたりしなければ、ウイルスの感染はほぼ防げたものだったのですが、いまでは、一見なんでもない画像ファイルや文書ファイルの裏にウイルスが隠されているケースが多いのです」

「つまりそれは……」

言いかけた雅彦に先回りするように、トレーシーが話を続けた。

「先ほどマサは、ウイルスの感染は性病みたいなものだと言いましたが、いまの感染経路はインターネットを通じての感染です。ネットの普及率、感染形態からすれば、もはや感染は性病のような接触感染というより、空気感染といったほうが当たっているかもしれません」

「空気感染ですか」

「事態は、そこまで深刻なのです。もちろん、ネットに潜むこうした罠はユーザーにとっても広く知られるところですが、対抗措置を講じても、それを打ち破ろうと知恵を絞るのがこうした行為を行なう人間の習性というものです。いまだにそれはイタチごっこというわけです」

「まったく、それだけの知恵をもっと他のことに使えばいいものを」

「しかし、ここからは私の個人的な見解ですが」トレーシーはあらたまった口調でそう前置きをすると、静かに話し始めた。「実はこの問題の大きな本質は、こうした一つひとつの現象にあるとは、私は思ってはいないのです」

「ほう、それはどういうことですか」

「いまのインターネットのあり方そのものに問題があると思うのです」

ペンを握った雅彦の手が、新たに捲(めく)ったメモ用紙の上で構えられる。

「インターネットの出現は、人類が火を手にして以来、二度目の革命的な道具の出現だったと言えるんじゃないかと思うんです。なにしろ誰もがパブリッシャーになれ、誰もが情報の発信基地になれる。たしかにそれはそれで大変素晴らしいものにちがいないことでしょう。しかし、商業出版においては、いかに報道と表現の自由が保障されているとはいえ、自(おのず)とそこには自己責任に基づく規制が生じます。それは長い歴史の中で培われてきたもので、そうしたモラルを持たないパブリッシャーはマーケット、いや社会の中で自然淘汰(とうた)されていくものでしょう。逆の言い方をすれば、そうした業務に携わる人々は『自由』を口にする限りにおいての責任の重さというものを知り尽くしているはずです。しかし、インターネットを利用する人たちの中にはこの自由を履き違えている人間があまりにも多すぎるのです。自己規制、モラル、そうしたものからすべて解放されたものこそが、つまりルールなど何もないのが自由だと勝手に思い込んでいる人間が多いのです」

「それは、何もインターネットのユーザーに限った話じゃないでしょう。『自由』という言葉ほど実は制限を課せられる言葉はないのです。ところが世の大方の人間は自由は何でもありの無制限だと思っている。いやむしろ、やっていいことと悪いことの区別がつかない人間に限って、この言葉を使いたがる」

雅彦も、憤懣(ふんまん)やるかたないといった口調で同意する。

「火はあらゆる面において人類の発展、文明の発展に寄与してきました。しかしその火ですら、使い方によってはとんでもない悲劇をもたらします。その典型的な例が原子力です。私はね、マサ。インターネットの出現は火というよりも、原子力の出現と似ているように思うのです。原子力にはエネルギーの供給や医療といった平和的利用法と、その一方では軍事利用という対極の利用の仕方があります。インターネットもまた、たしかに既存の通信手段や情報伝達の手段を根底から変えてしまうような可能性を秘めています。ただこの二つの決定的な違いは、原子力は普通の人間にはそう簡単に扱えないけれど、インターネットは年端もいかない子供にも自由に扱える点にあるのです」

「それも、ルールも何も決まらないうちに国境を越え、国の主義主張を超え、それがまるで一つの国家統一を成し遂げたかのように一人歩きを始めてしまった」

雅彦はトレーシーの言葉に先回りした。

「その通り」トレーシーは溜息まじりに深く頷いた。ダウン・ライトのせいで、陰影がさらに深くなっていた顔に憂鬱な色が浮かぶ。「私は自由と権利というものを尊重する人間ではありますが、人がすべて善人だというような幻想を抱いている人間ではありません。小さな赤ん坊に正しい使い方を教えないうちに銃を持たせたらどんなことになりますか。いまのインターネットの現状は、まさにそれと同じようなものなのです」

「もっとも、そうした輩が存在するから我々のビジネスが存在するのではあるのだがね」

ウイルソンが、トレーシーの言葉を明るく、そしてどこかに自嘲めいた響きを含んだ言葉で継いだ。

「まるでドブさらい。言葉が悪けりゃ、まあ警察官みたいなもんさ。任務に終わりがないという点も含めてね」

●日本　千葉県・成田空港

いま一機のB—747が強烈なランディング・ライトの光を放ちながら、ウインドシールドの一〇〇メートルほど前を左から右に飛び去っていく。水平尾翼の前縁の付け根近くに備え付けられたロゴ・ライトの光に垂直尾翼に描かれた鶴丸、そしてJALの文字がはっきりと見える。747は、三〇〇メートルばかり先のタッチダウン・ポイントに着地すると、たちまちのうちに減速し、四〇〇〇メートル滑走路の四分の一ほどを残したあたりで右に旋回し、タクシー・ウェイへと進入を開始した。

『オール・ジャパン7便。お待たせした。滑走路34から離陸を許可する』

巨大な747の垂直尾翼が完全に滑走路上から姿を消したところで、管制官の声がヘッドセットを通して聞こえてきた。全日本航空ニューヨーク行き7便のコックピットの中の照明は、インスツルメンツ・パネルを除いてすべて消されている。インスツルメンツ・パネルに埋め込まれたCRTモニターが放つ光、そしてオーバーヘッド・パネルの都市の夜景を思わせるさまざまな光が、小さな空間の中で輝いている。

すでに離陸前の最終チェックリストは読み上げられていた。

「ライト・サイド・クリア」

副操縦士の宮下が右側に障害がないことを確認する。

機長の神崎が、同様に左側を確認する。これから離陸に使用する滑走路に向かって進入してくる航空機のランディング・ライトが見えるが、こちらが離陸するまでにまだ十分に余裕がある。

「レフト・サイド・クリア」

声と同時にスロットルレバーに乗せられていた神崎の手が前方に動き、ブレーキが緩められる。推力を得たAS−500はゆっくりと右にカーブしながら、巨体を滑走路の中央に向けて進みだす。

「いま、センター」

滑走路の中央線に機首が乗ったことを宮下が告げる。神崎が左手で操作していたステアリングを中央に戻す。

滑走路の中心線にそって四〇〇〇メートル先まで延びた白いランプが、ゆっくりと一つずつ迫ってくる。それは先に行くにつれ、赤と白の交互の光となり、滑走路の末端から三〇〇メートルの部分は赤一色となる。

「スタビライズド」

姿勢が滑走路の中央で安定したことを再び宮下が告げる。

「よし、行こう」

「よろしくお願いします」

宮下の手が、スロットルレバーを握った神崎の手の、少し後方に添えられる。巨大なシップのパワーをコントロールする二つのレバー。その出力の差に違いを生じさせないための手立てだった。

「テイクオフ」

声と同時に神崎の手がスロットルレバーについたゴーレバーを指で押し込んだ。自動的にスロットルレバーが前に動き、それにともなって巨大な二つのエンジンが唸(うな)りを上げ、機はゆっくりと速度を上げ始める。インスツルメンツ・パネルの中央に埋め込まれた、エンジン関係の情報を集約して表示するＥＩＣＡＳの中の数値とグラフがみるみるうちに変化していく。正副操縦士席の両サイドに埋め込まれたプライマリー・フライト・ディスプレイの中の速度を表すテープが下に流れて数値が大きくなっていく。

アスファルトの滑走路の中央に埋め込まれたセンターラインを示すランプの突起をタイヤが拾うせいで、ごつごつという振動が尻(しり)から伝わってくる。

「一〇〇(ワン・ハンドレッド)……Ｖ１」

離陸を行なうにあたって、規定通りに宮下が、基準となる数値の読み上げを静かな声で行なう。

「ＶＲ(ヴイ・アール)」

離陸に支障となるような兆候は何も見られなかった。離陸を促す宮下の声が狭い空間に響き、操縦桿がゆっくりと引かれた。

尻を突き上げるような振動が突如止んだかと思うと、AS−500はひょいと機首を上げ、地面を蹴飛ばすような微かな衝撃とともに、夜の空に向かって上昇を始めた。

「V2」

宮下が、速度が離陸安全速度に達したことを告げる。

「ギア・アップ」

すかさずギアレバーを操作する。床下から不快な機械音が聞こえ、それが止むと同時にギアレバーの上部の表示が三つの脚が完全に収納されたことを示した。

「フラップ・アップ」「スラット・リトラクト」

宮下が中央ペディスタルにあるレバーを操作する。カチリと金属が溝に入り込む音がし、モニター上の表示が、フラップが完全にアップになり翼前縁にあるスラットが格納されたことを示す。

『オール・ジャパン7。銚子経由第八出発方式で、フライトレベル二〇〇（高度二万フィート）まで上昇せよ』

「了解。オール・ジャパン7は銚子経由第八出発方式で、フライトレベル二〇〇まで上昇する」

「アフター・テイクオフ・チェックリスト」

副操縦士の宮下が間を置くことなく管制官の指示に答えたところで、神崎が離陸後のチェックをリクエストする。

宮下がマルチ・ファンクション・ディスプレイを操作し、そこに現れた短いチェック項目を自らの責任で確認していく。異常を示す項目は何もなく、その間にも機は順調に上昇を続けていく。予め（あらかじ）インプットされたプログラムに従って、ナビゲーション・システム上に現れた予定コースの上を、自機を表す楔（くさび）形の表示がゆっくりとなぞっていく。

「オートパイロット・ワン」

「オートパイロット・ワン」

半袖の制服から剝（む）き出しになった宮下の腕が伸び、グレア・シールド・パネルの中央にあるプッシュ・ボタンが押される。プライマリー・フライト・ディスプレイ上にオートパイロット・モードが表示され、「オーパイ・ワン」のセットを自らの目でも確認した神崎は、それまで握っていた操縦桿から両手を離した。使い込まれた薄手の革の手袋を外すと、左の胸ポケットに手を伸ばし、そこからマイルドセブンのパッケージを取り出す。オート・ポジションにあったノー・スモーキング・サインはランディング・ギアが格納ロックされた時点で自動的に切れている。その間も神崎の視線は、機体の姿勢、高度、スピードを表示するプライマリー・フライト・ディスプレイと、飛行コースを示すナビゲーション・ディスプレイに油断なく向けられている。

遥（はる）か三万フィートを超える高空に薄雲があるだけで、当面、飛行に支障をきたすような雲もなければ、乱気流の情報も入ってはいなかった。

「オール・ジャパン7。いまフライトレベル二〇〇に接近中」

傍らのキャプテン・シートで煙草に火をつける神崎の気配を感じながら、宮下が所定の高度に達しつつあることを管制塔に報告する。

『了解。オール・ジャパン7はそのままフライトレベル二九〇まで上昇を続けよ』

「オール・ジャパン7。了解。フライトレベル二九〇まで上昇を続ける」

神崎が深く吸い込んだ煙を吐き出した。煙がエアコンの気流にかき乱され、たちまちのうちに狭い空間に拡散していく。ウインドシールド越しに、満天の星空と鹿島灘（なだ）に点在する烏賊（いか）釣り舟の漁火（いさりび）が見える。

「宮下君、（フライトレベル）三三〇を取れないか」

気流の強さは高度によって大きく異なる。この日の出発前の運航管理者（ディスパッチャー）とのブリーフィングで、三万三〇〇〇フィートの高度を確保できれば、より安定した気流と追い風があることを神崎は知っていた。よい風と安定した気流を摑（つか）めるか否かでは、航空機の燃費に大きな違いが出てくる。少しでもいい条件で飛ぶ、それは経済効率を常に要求されるライン・パイロットというよりは、パイロットならば誰しもが願う本能の一つというべきものだった。

「分かりました」宮下は即座に返事をすると、「東京コントロール。オール・ジャパン7。フライトレベル三三〇をリクエストする」機長の要求をそのまま伝えた。

『オール・ジャパン7。フライトレベル二九〇を維持せよ。前方一〇マイル、フライトレベル三一〇に他の航空機が同方向に向かって飛行中だ』

「どこだ」

二人はほぼ同時に身を乗り出し、星が煌(きら)めく前方の夜空に視線を凝(こ)らした。

「ああ、あれか」

最初にそれを見つけたのは神崎だった。白銀の光を放つ星の合間に、一定の間隔で点滅を繰り返すストロボライトの光がある。

「しょうがねえな」

神崎は、低く言うと二度目の煙を吸い込んだ。

その時、キャビンからコックピットを呼び出すコールサインが一度、軽やかな音を立てて鳴った。

『ミール・サービスを始めたいのですが、よろしいでしょうか』

チーフ・パーサーの声が聞こえた。

「ああ、始めてくれて結構だ」

神崎が答える。

「三三〇は取れませんでしたが、天候は悪くありませんし、揺れの報告もありませんし、楽なフライトになりそうです」

「そう願いたいものだが」

宮下の言葉に嘘はなかった。なにしろこの最新鋭機はいったん飛び上がってしまいさえすれば、あとは目的地の上空近辺まで、勝手に飛んで行ってくれるのだ。ポジション・レポートと、地上の運航管理責任者との業務連絡、時に入る天候の変化にともなうルートの修正……やらなければならないことは他にもあったが、目的地までの一三時間という飛行時間の中では、それもアクセント程度のことでしかない。基本的には前方の障害物に目を凝らし、機が飛ぶがままにまかせる。考えようによっては僧の修行に等しいようなものだった。もちろんそれこそが無事に飛行を続けていることの証には違いなかったが……。

しかしいまこの瞬間にも、コックピット後方の床下に取り付けられたコンピュータの中で、キャサリンの手によって改造されたプログラムが始動へのカウント・ダウンを始めていることなど、二人にとって考えもつかないことだった。

●米国　ニューヨーク州・ジョン・エフ・ケネディ空港

その男はチェックイン・カウンターが並ぶロビーに姿を現すと、人影がまばらな他のクラスとは違って、一際長く伸びたエコノミー・クラスの列の最後尾に迷うことなく並んだ。灰色がかった金髪の一部は、寝起きのままここに来たとばかりに跳ね上がり、それを直そうとした痕跡さえ見えない。歳の頃はまだ三〇代半ばといったところだろうか。痩せこけた頬の所どころには歳に似合わぬ吹き出物を処理した跡が残り、それがこの男の不健康な食生活ぶりを感じさせる。銀縁の丸眼鏡。どこかのアウトレット・ショップで買ったことが一目瞭然の仕立ての悪いスーツを着込み、靴もまた暫く手入れをしていないことが見て取れる。どこか名もない会社の風采の上がらないビジネスマン……。それは誰の注意を引くような存在でもなかった。ただ一つ、この男にどこか違和感を覚えさせるものがあるとすれば、手にしたトランクと肩からぶら下げたコンピュータのキャリー・ケースの質のアンバランスさだろう。よく言えば使い込まれた、正直なところどう見ても安手のトランクは、傷が目立ち、ブルーの地が色あせて変色を始めている。一方のキャリー・ケースはと言えば、これもまた十分に使い込まれてはいるのだが、堅牢な作りのせいで型が崩れていることもなければ、綻びの一つもない。

時折現れるビジネス・クラスやファースト・クラスの乗客が、さほどの時間を経ずして次々にチェックインしていくのを横目で見ながら、長蛇の列にうんざりした表情を浮かべるエコノミー・クラスの人々の中にあって、その男は平然として自分の順番が来るのを待っていた。

三〇分ほどの時間が経って、ようやく男の番になった。

「ネェックスト」

チェックイン・カウンターの一番端に立った航空会社の職員が、エコノミーの客など荷物同然といった無遠慮さで片手を上げて男を呼んだ。男はトランクを片手に黙ってそこに歩み寄ると、胸の内ポケットから航空券とパスポートを差し出した。

顔を見ることもなくそれを受け取った職員が、必要事項をコンピュータにインプットする。その間に男はトランクを自らの手で、秤のついたカウンターの切れ目に載せた。

コンピュータの画面を見つめていた職員の顔が、突然驚きの表情に変わった。

「ミスター・パーカー？　あのデジタル・ソフト社の？」

職員は初めてそこで男の顔を見ると、まるでスターにでも出会ったかのような驚きと憧れとも取れる表情を浮かべながら、男の身分を確認した。

「ええ」

男はそれまでの表情を変えることなく無造作に答えた。どこの国でも、どこの航空会社のカウンターでもチェックインの瞬間に決まって繰り返される反応であり、質問だった。

「失礼いたしました。早くおっしゃっていただければ、これほど長い時間お待ちいただくこともありませんでしたのに」

航空会社の職員の態度が一変したのも道理というものだった。タイム、ニューズウィークをはじめとする名だたる雑誌の表紙を飾った男。スコープ２０００の成功で世界のコンピュータ市場の八〇パーセントのシェアを握り、コンピュータ・ソフトの世界に帝王として君臨し、瞬く間に世界の富豪のトップの座に駆け昇った男……ジョセフ・パーカー。その男がいま目の前にいるのだ。

「ミスター・パーカー。ご予約いただいたのはエコノミーですが、ファースト・クラスに席をご用意させていただいております」

職員はそう言うと、一際すばやい手付きでコンピュータのキーを叩き始めた。それはパーカーにとって予め予想された反応以外の何物でもなかった。席を予約する時は決まってエコノミーだが、どの航空会社でもファースト・クラスを用意する。それがいつものパーカーの旅の始まりだったのだ。

グリーンのラインが入ったエコノミーのチケットに代わって、赤いラインの入ったファースト・クラスのチケットがパーカーの手に渡される。秤の上に置かれたトランクにも赤いバゲッジ・タグが取り付けられる。

「ミスター・パーカー。出発まではまだお時間があります。この上の階にファースト・クラス専用のダイアモンド・ラウンジがありますので、出発までそこでおくつろぎ下さい」

職員はそう言うと、シルバーに縁取られたカードを差し出し、返す手で秤の上に置かれた薄汚れたトランクをまるで宝物を扱うような丁重さで後方にあるベルト・コンベアーの上に置いた。

「どうもありがとう」

ダイアモンド・ラウンジまでの行き方は尋ねるまでもなかった。キャリー・ケース一つと身軽になったパーカーは、軽やかな足取りで二階に上がると、手荷物検査場を抜け、重厚な扉にクリスタルで『ＡＪＡ　ダイアモンド・ラウンジ』と表示してある部屋に入った。

受付に座る日本女性のグラウンド・ホステスが笑みを浮かべながらパーカーを迎え、チケットをチェックする。

「ミスター・パーカー。奥に、お飲み物と軽いスナックを用意してございますので、どうぞご自由におとり下さい」

そんなことは百も承知だったが、パーカーにはまったく必要のないサービスだった。ゆったりとしたソファや、飲み放題のドリンクやスナックよりも先にやらねばならないことがあった。パーカーは奥へは向かわずに、そのまますぐ傍に設置された数台の電話ボックスの一つに入った。狭い空間ではあったが、電話が置かれた台にはラップトップ・コンピュータがおけるほどのスペースが確保してあった。いまやビジネスマンが出発前にEメールをチェックする、あるいは送付するのは当たり前のことであり、ビジネス・クラス、ファースト・クラスのラウンジの公衆電話には、それなりのスペースが確保されているのだ。

パーカーはキャリー・ケースからラップトップ・タイプのパソコンを取り出すと、手慣れた仕草でそれを電話に接続した。代金の支払いはもちろんクレジット・カードだ。回線が接続されるとすぐに、Eメールをチェックしにかかる。

『一八〇件の着信があります』

ニューヨークのホテルを出る時には九八件だったメールが、この二時間に満たないうちに倍近くまで跳ね上がっている。パーカーは社員とのやり取りのほとんどをEメールを通じて行なっており、通常その受発信件数は日に三〇〇件を下回ることはない。それでもいつもに増して着信のペースが速いのは、これから東京に向かう目的が、三年ぶりに発表するスコープ2000の次世代OS『スコープ3000』にあるからに違いない。

あと二か月を経ずして世界同時発売される新型OSは、この三年の間にユーザーから寄せられた批判や意見を十分に反映したものとなっており、前回同様に世界中のマーケットを席捲するであろうことをパーカーは信じて疑わなかった。

——それにしても今日は多すぎるな。

パーカーの日常は、普通の感覚で言えばワーカホリックのそれに違いなかったが、それでも仕事が順調に前進している時には楽しくこそあれ、さほど気にならないものだ。そうした心の内を表すかのように、力仕事とは無縁の細い指が軽やかに動くと、パーカーは最初のメッセージを読みにかかった。

その時ラウンジの中に、グラウンド・ホステスの穏やかな声が、天井のスピーカーを通じて流れてきた。

『全日本航空より東京行き8便のお客様に御案内申し上げます。8便は機材整備のため出発が一時間ほど遅れる見込みです。お急ぎのところまことに申しわけありませんが、ご搭乗のご案内まで、いましばらくお待ち下さいませ』

コンピュータの画面に現れたメッセージを読みながら、パーカーは案内を聞いた。

——一時間の遅れか。ちょうどいい。溜まったメッセージに返事を出す時間が少し稼げた。

次の瞬間には、彼の指が猛烈な速度でキーの上を走り、最初のメッセージに返事を打ち始めていた。

キャプテン・シートで塚本はいらついていた。東京から到着したAS—500の折り返し便の第一エンジンに不調箇所のあることが伝達事項としてレポートされていたために、その整備に思わぬ時間をとられていたのだ。トラブルがなければ、二時間の間に燃料の補給をし、ミールの搭載、機内清掃を終わらせ、一時ちょうどにスポットを離れることができるはずだった。それが四〇分を過ぎても、まだ作業が終了しないのだ。

AJAがベースとする成田なら、代替機のやり繰りを考えるところだが、たった一機の飛行機しかない寄港地でのこととなると、そうはいかない。日本向けは他社便もこの時間に集中しており、ビジネスマンの利用者の多いニューヨーク線ともなれば、グラウンドのカウンターでは、そろそろ他社便への振り替え作業が始まっていることだろう。旅客の争奪戦が激しく、旅慣れた乗客が多いこの路線では、特定のエア・ラインに執着しない乗客も少なくはない。一時間も出発が遅れるということになれば、最も利益を生むビジネス・クラスの客から順に、他社便への乗り換えを希望する乗客が出てくる。それは即座に経営効率という数字を直撃することになるのだ。いかに飛ぶことを生業にし、会社経営というマネージメント・ジョブからは縁遠い人間だといっても、心中穏やかならざるものがあるのは事実だった。

「失礼します」

濃紺のカバーオールに、同色のナイロンでできたジャンパーに身を包んだ確認整備士の岩倉が開け放たれたままのコックピットに入ってきた。

「どうですか、まだまだかかりそうですか」

塚本はいらつく心情をおくびにも出さず、静かに言った。整備士が全身全霊を込めて復旧作業にあたっているのは、オイルに塗(まみ)れた衣類や、手にしたグラヴが物語っている。それに何よりトラブルは彼のせいではない。

「ええ、あと三〇分といったところでしょう。第一エンジンのイグニッション・ユニットに異常があって、交換をしているところです」

ＪＦＫに駐在している整備士の岩倉が、塚本の心情を察するかのように、大したトラブルではないことを暗示するような明るい声で言った。ニューヨーク発の日本行きの便が午前中、それも早い時間に集中するのにはそれなりのわけがある。ほぼ半日以上をかけて飛ぶ目的地・成田の発着時間に制約があるからだ。極東のハブ空港として自他共に認める成田は、世界のハブ空港には珍しく、夜一一時以降の発着を原則として認めてはいない。トラブルが深刻で、万が一、出発が大幅に遅れるとなれば、目的地の上空に達しても着陸そのものができない可能性が高くなる。よしんば例外的に着陸できたとしても、今度は都内へのアクセスが極端に制限され、乗客に多大の苦労を強いることになる。そして限られた機材のスケジューリング、クルーのやり繰り、問題は連鎖的に大きくなるものなのだ。

「あと三〇分ですね。それならなんとか遅れを取り戻せるでしょう。今日は上の風もいいようですし」

コ・パイ・シートに座った浦部が、気象チャートを捲りながら言った。

三万フィートの上空を西から東に吹くジェット気流は、航空機の燃費と飛行時間に大きな影響を及ぼす。西行き便は常に向かい風を受けることになるが、向かい風の弱いルート、そして最も経済的な高度を確保できれば、その程度の遅れはたしかに取り戻すことは可能だろう。塚本の顔にも安堵の色が見られた。

「他の作業はすべて予定通りです。そう心配することはありませんよ」

岩倉はそう言い残すと、コックピットから出ていった。

「それじゃFMSのセットを始めるか」

「はい」

塚本の言葉に浦部が答えると、用意しておいたチャートを取り出し、予め決められていた数値をインプットし始めた。そのデータは瞬時にコックピットを出て、前部搭乗口の床下に格納されたコンピュータにインプット、記録されていく。

作業を行なう二人も、機外で整備にあたる男たちも、そのデータを元にこの機をコントロールするフライト・システムに、意図的にしかけられた罠があることに、そしてそれが間もなく牙を剝いて自分たちに襲いかかろうとしていることに気がつくはずもなかった。

整備は岩倉の言葉通り、ほぼ三〇分後に終了した。間もなく乗客の搭乗が始まり、フライト・アテンダントのにこやかな笑いに迎えられながら、二〇〇名を超える乗客たちが乗り込んできた。

出発準備を終えた全日航8便はプッシュ・バックを始めながら、エンジンを始動させ始めた。二つ目のエンジンが完全に始動し、巨大なトーイング・カーが機体から外されたところで、ノーズ・ギアに接続されていたインターコムから、岩倉の声がコックピットに座る二人のパイロットの耳に聞こえてくる。

『いまトーイング・カーも離れました。すべて異常ありません。よいフライトを』

少しの間を置いて、機首から離れていく岩倉の後ろ姿がコックピットのサイド・ウインドウ越しに見えた。十分な距離を確保したところでこちらを振り返る。数人のメカニックたちが整列してこちらを見ている。

「リクエスト・タクシー・クリアランス」

塚本が浦部に地上滑走の許可を求める指示を出す。

「JFK、グラウンド・コントロール。オール・ジャパン8。リクエスト・タクシー・クリアランス」

ゆっくりとした浦部の英語よりも遥かに早口の指示が、すかさず返ってくる。その指示を繰り返す浦部の声を聞きながら、塚本がスロットルレバーを前方に押し出す。エンジンが高鳴り、機はゆっくりと前に進み始める。あまり加速がつかないうちにスロットルが戻され、惰性で機はゆっくりと地上滑走を始めた。

整列した整備士たちが一斉に手を上げ、ゆっくりとそれを左右に振る。全身全霊を込めて整備したシップが出発する瞬間。彼らが最も充実感を感じる瞬間だった。

機の状態が安定したのを確認した塚本が、右手を上げ、それを左右に振って応える。

地上滑走を始めた8便の前には、一〇機ほどの他社の航空機が列を作っていた。離陸と着陸。必ずしもそれが交互に行なわれるとは限らないが、離陸の順番が来るまでにはさらに三〇分以上の時間を要するだろう。遅れは一時間と少し。燃料の効率を考えながら、これをどれだけ取り戻せるか。いま塚本の頭には、そのことだけしかなかった。

●太平洋上空　AJA7便

自らが所持していた鍵でドアを開けたフライト・アテンダントが、軽いノックの後にコックピットに姿を現した。あらかじめインターフォンで知らされていた二人のパイロットにとっては、予想された来訪だった。

「失礼します。お飲み物を伺いにまいりました」

まだ乗務を始めて間もないせいもあるのだろう。若いフライト・アテンダントが、乗客に接するような丁重さで飲み物のオーダーを聞いた。

「コーヒーにしてくれ」まず最初にキャプテンの神崎が答える。「クリームだけでね」

「分かりました」若いフライト・アテンダントの視線が右席の副操縦士に向けられる。

「僕はＡＢＣ」

まだ独身の宮下が砕けた口調でオーダーを口にする。

「ABC……ですか」

フライト・アテンダントが怪訝な表情で聞き返すのと同時に、神崎もまた宮下の方を向いた。

「アメリカン・ブラック・コーヒー。略してABCさ」

「ああ、そう言うんですか」

フライト・アテンダントは冗談を真に受けたらしく、業務用語を記憶するかのように、真顔で頷くとコックピットを出ていった。

「ABC、アメリカン・ブラック・コーヒーね。俺も初めて聞いたよ」

「私も使ったのは初めてですよ、キャプテン」宮下は軽くウインクを返すと、口許に笑みを浮かべた。「最近の若い娘にしちゃ、すれていないようでしたんでね。ちょっとばかりからかってみただけですよ」

「悪いやつだ」

神崎は苦笑いを浮かべると、胸のポケットからマイルドセブンのパッケージを取り出し、中の一本を口にくわえ火を点けた。気流は安定しており、エンジンも快調そのものだった。長距離を飛ぶ航空機は、短波局とセル・コール・チェックを行ない、悪天候時は別としてVHF電波の可聴範囲外では、セル・コールで自機が呼ばれるまでラジオにあまり注意を向けない。たとえVHFの可聴範囲内でもコックピット内のスピーカーをオンにし、ヘッドセットを頭から外している場合が多い。離陸という最も緊張を要する仕事を無事に終え、束の間の解放感を味わう時間帯だった。

フライト・アテンダントのコックピット・サービスは、操縦室のドアを開けてすぐのところにあるギャレーで行なわれており、二杯のコーヒーを準備するのにそれほどの時間がかかるはずはなかった。案の定、ものの三分もしないうちに、再び先ほどのフライト・アテンダントが姿を現した。

「お待たせしました」

二つのカップを載せたトレーを手に、フライト・アテンダントが注意深い足取りで、コックピットに入る。

「頼むから、この真ん中のあたりだけにはコーヒーをこぼさないでくれよ。ここにはコンピュータ関係の機械が集中していて、濡れたら大変なことになる」宮下が今度は真顔で、注意を促した。

「これがやられたら、それこそ手探りで飛ばなきゃならなくなっちゃうからね」

「分かりました」

フライト・アテンダントの顔に緊張の色が浮かび、トレーを差し出す速度が遅くなった。

『オール・ジャパン7。東京コントロール』

その時、所沢にある東京航空交通管制部が自機を呼びだす声が、スピーカーを通して聞こえてきた。

神崎がトレーを差し出したフライト・アテンダントを手で制した。

「東京コントロール。オール・ジャパン7」

宮下がすかさずコールに答えた。

『オール・ジャパン7。クライム・アンド・メインテイン・フライトレベル三三〇』

「よしきた」

神崎が声を上げた。先ほど要求していた高度への上昇、そしてその高度を維持しろという指示だった。すかさずオートパイロットを水平飛行モードから上昇モードに変更し、機を上昇させにかかった。

俄に動きが激しくなった二人のパイロットの間で、手持ち無沙汰なフライト・アテンダントが不安げな表情で二人の動きを見守る。

「オール・ジャパン7。了解。これよりフライトレベル三三〇へ上昇する」

宮下が答えたのと同時に機は上昇を始め、高度計の表示が数値を上げていく。

三万一〇〇〇……三万二〇〇〇……。高度計の数値はそこでピタリと止まった。

――おや？

高度計の数値が目標とする三万三〇〇〇フィートに向けて刻々と数値を上げていくのを見守っていた神崎の目の表情が訝しげなものに変わった。

異変は突然に、何の前触れもなく突然に起きた。

正副操縦士席のパネルの中央、二段に並んだうちの下段にあるマルチ・ファンクション・ディスプレイの画面に、異常を知らせる『ワーニング』の文字が現れ、点滅を始めた。

それに注意を促すように警報音が鳴る。

異常事態。

パイロットは、乗務中に飛行機に起こり得るありとあらゆる事態を想定した厳しい訓練を受けている。そのほとんどはシミュレーターを用いてのものだが、処置に失敗してもそれが模擬空間でのことである分だけ難易度は高くなり、訓練は反復され、その結果、考え得るすべてのトラブルに対処する術を完璧なまでに身につけることができるのだ。

「何が起きた」

最初に声を上げたのは機長の神崎だった。突如鳴り響いた警報音、それに二人の操縦士の会話から、何か予期していなかった異常がこの機に発生したことがフライト・アテンダントにも分かったらしい。彼女は固まったように、トレーの上に二人分のコーヒーを載せたままその場に立ち尽くした。

「三万二〇〇〇で飛ぶことをレポートして」

承認された高度以外でレベルフライトに入った場合、航空機には、理由を付して報告を行なう義務が生ずる。

「オール・ジャパン7。東京コントロール」

『東京コントロール。オール・ジャパン7、ゴー・アヘッド』

「オール・ジャパン7、リクエスト・フライトレベル三二〇・テンポラリー・デュー・トゥ・フライトコントロールトラブル・スタンバイ・ファーザー・インテンション」

神崎の指示に、すかさず宮下が、とりあえずの報告を行なった。

ハイテク機で最も恐ろしいトラブルは、電気系統がすべてアウトになることである。電子機器を満載し、コンピュータによって制御されるハイテク機はその動力源となる電気を確保できなくなれば、たちまちのうちにすべての機能を停止し、ただのジュラルミンの塊と化す。こうした最悪の事態を防ぐために、ハイテク機には電源確保のために三重、四重の安全措置がほどこされ、最後の手段としては翼から小さなプロペラが飛び出し、風力発電によって最低限の電源が確保されるように設計されている。

しかし、いま現実に起きているトラブルは、どうやら最悪の事態が引き起こしたものではないことは明らかだった。事実全部で六面あるディスプレイのうち、ワーニングの表示を示しているマルチ・ファンクション・ディスプレイを除けば、他の五面は通常通りの表示が現れたままだ。

宮下が警報を切り、タッチパネルになっているマルチ・ファンクション・ディスプレイの『ワーニング』と表示された部分に触れる。

『フライト・コントロール・システム』

少しばかり厄介なトラブルだと、神崎は思った。AS－500のコントロールはすべてがフライト・コントロール・システムを通して行なわれることになっており、こいつがいかれたとなると、機のコントロールはまったく利かなくなってしまう。なにしろパイロットが操作した指令は、すべてこのシステムによって検証され、それがシグナルとなってワイヤーを伝って各稼働部に伝えられるようにできているのだ。つまりハイテク機はかつての飛行機とは違い、物理的にケーブルを引っ張ることで舵が動く仕組みにはなっていないのである。

——しかしまだ、バックアップのコンピュータがある。三つのコンピュータが搭載されているのはこうした事態を想定してのことだ。

宮下は、これまでに受けたシミュレーターでの訓練にしたがって、システムをいま稼働している一番から二番へ切り替える操作を行なう前に、再びマルチ・ファンクション・ディスプレイをタッチした。地上へのトラブルの詳細の連絡は、状況が好転するか一応の結果をみてからのことで、まず最初に行なわなければならないのは、事態への対処、それが何よりも優先される。

宮下の指がタッチパネルに触れる。本来ならばそこにアブノーマル・チェックリストが表示されるはずだが、何の反応もなかった。

「キャプテン」

右席に座った宮下が、不安げな表情で神崎を見た。先ほどまで後ろにいたフライト・アテンダントは、とうの昔にコックピットから姿を消していた。

「システム・トラブルの可能性が高いな。メインを一番から二番に替えてみよう」

「分かりました」

宮下が頷いたその瞬間。マルチ・ファンクション・ディスプレイに数行の文字が浮かび上がった。

「何だ」

二人の目がそこに釘付けになった。それは本来表示されるべきものではなかった。文章、それも八行に渡って記載されたそれの文頭には、ご丁寧にも番号がふってある。そして一番上の行には、『次の質問にすべて答えよ』の文字が英語で表示されてある。

「何だこれ」

宮下が素頓狂な声を上げ、身を乗り出す。同じ動作を取りながらも、神崎はすでに冷静な目でメッセージを読み始めていた。

Ⅰ　ライト兄弟の動力つき飛行機が最初に飛んだのはいつか

1．1898年　2．1907年　3．1910年　4．1903年

Ⅱ　世界の国際空港と呼ばれる施設への到着便の昨年の平均延着時間は、次のうちどれか

1．1時間45分　2．2時間56分　3．3時間14分　4．3時間45分

Ⅲ　米国東部時間3月31日、ニューヨーク／東京間を飛ぶ航空機の平均飛行所要時間はおよそ何時間か（スポット・アウトからインまでの時間とする）

1．13時間30分　2．14時間15分　3．12時間45分　4．11時間50分

奇妙な質問だった。航空機のシステムを考えてみるまでもなく、こんな質問が突如としてマルチ・ファンクション・ディスプレイに表示されることなど、あり得ないことだった。航空機に搭載されたコンピュータは、飛行を一〇〇パーセント安全に継続、支援するためにあるのであって、くだらないゲームやふざけたメッセージを表示するようなロジックは組み込まれてはいない。もちろん世間一般で使用されているコンピュータならば、ウイルスへの感染、あるいは何者かが不正に侵入し、この類のメッセージを表示すべくプログラムが改竄される可能性は常にあるものだが、こと航空機のシステムに限って言えば、完全にクローズされたものであるがゆえに、可能性はゼロに等しい。

「何だ。一体何なんだ!」

脳裏であらゆる可能性に思いを巡らしながら、神崎が搾り出すような声を上げた。その声のどこかに明らかな戸惑いと、胸中に湧き上がった潜在的な恐怖の響きがある。

「これじゃ、まるでピーターIIウイルスじゃないか」

宮下が画面に視線を向けたまま顔をしかめた。その額にうっすらと脂汗が浮いている。

「ピーターII? 何だそれは」

「いや、パソコンの世界ではびこっているコンピュータ・ウイルスの一種なんですが……」

宮下はそこまで言いかけたところで口ごもった。

——たしかに症状は似てはいるが、あのウイルスが存在するのはあくまでもパソコンの世界の話だ。完全に外部と遮断されたシステムの中でこんなウイルスが存在するわけがない。

「それに似ているというわけか」

ハイテク機の機長でも、通常生活の中で使用されるパソコンの世界に精通しているとは限らない。日頃の生活の中でパソコンをいじるか否かは、あくまでも個人の興味と向学心の問題だ。

「ええ、私自身は実際に被害にあったこともなければ見たこともありませんが、ピーターIIというウイルスは、この世界じゃかなり有名なウイルスでしてね。そいつの発症の仕方によく似ています」

「どういうウイルスなんだ。そいつは」

二人の視線が薄暗いコックピットの中で交差した。問いかける神崎の目には、常識では考えられない何か、それも意図的に仕組まれた何かがシステムに起こっているのではないかという疑念が満ちている。

「ブート・セレクター感染型のウイルス、つまりコンピュータを起ち上げるとすぐに稼働し始めるやつとしては有名なものです。普段は身を潜めているのですが、ある決まった日、たしか二月二七日の年一回に限って発症するように仕組まれていて、電源を入れると画面にクイズが三問現れ、全問に正解しないとデータを破壊するという、たちの悪いやつです」

「で、正解した場合は」

「データの破壊も起きなければ、他にも影響はありません。もちろんワクチンを用いれば駆除は可能です」

神崎は、クイズの羅列されたディスプレイを見つめたまま、押し黙った。たしかに宮下の言葉を聞く限り、いま、目の前で起きている異常はピーターIIの症状そのものだ。しかし、航空機の製造過程、ましてや現実に就航している航空機のフライト・コントロール・システムのプログラムにパソコンのウイルスが紛れ込むことなどあり得ないことだ。

――ウイルスがフライト・コントロール・システムに入り込んでいる？

考えている間にも、機は、ほぼ満席に近い二〇〇名以上の乗客と乗員を乗せて、マッハ一に近い速度で暗黒の空間を飛んでいる。いや、ジェット気流に乗ったいまとなっては、対地速度はマッハ一を超していることを計器は示している。システムに異常をきたしたというメッセージのせいか、正常に作動しているように見える他の表示も、何やら信憑性(しんぴょうせい)に欠けるもののような気がしてくる。

反射的に神崎の目がウインドシールドの外に注がれる。三万二〇〇〇フィートの高空、ましてや早春の夜、北に向かって飛行を続ける機体の外気温は、マイナス四〇度を下回っているだろう。ともすると空間識失調(バーティゴ)に陥りそうになる感覚を阻止すべく、目標となる月と星の間合いを目で測った。そこからとりあえず、機が計器の表示通り水平のまま安定した飛行を続けていることが分かった。

しかしそれも、いま現在、機が物理的安定状態にあるという以外、何の慰めにもならなかった。

「とにかく、メインのコンピュータを二番に替えてみよう」

神崎はまず最初にこのままの状態で機がコントロールできるかどうか、それを確かめるべく宮下に指示を出した。

「分かりました。フライト・コントロール・システムのメインを二番に切り替えます」

半袖から剝き出しになった宮下の腕が伸び、パネルに触れる。しかし思惑に反して、表示には何の変化も現れない。

「何で駄目なんだ……三番はどうだ」

宮下はそう言いながら、同じ動作を繰り返した。しかしマルチ・ファンクション・ディスプレイに現れたメッセージは、相変わらず奇妙な三つの質問を表示したままだ。

「駄目か。完全にシステムがロックしちまってる」

宮下の口調が乱暴なものになったことで、慌てぶりが分かる。フライト・コントロール・システムが奇妙なメッセージを発したまま、一度に三つともフリーズする。こんな事態に対処する訓練など、いままで一度も受けたことがない。瞬間、神崎の脳裏に最悪の状況が浮かんだ。

——もしもフライト・コントロール・システムが完全にいかれていたら、この機はコントロールができなくなる。

単にシステムにウイルスが侵入、マルチ・ファンクション・ディスプレイが使えないだけというのならともかく、システムそのものがフリーズしてしまっていれば、事は深刻だ。

「オートパイロットを切ってみよう」

果たしてマニュアル(手動)でのコントロールが利くのか利かないのか、それを確かめるべく神崎は指示を出した。

「分かりました。オートパイロット・オフ」

宮下の腕が伸び、グレア・シールド・パネルにあるスイッチが押された。グリーンのランプが消え、マニュアルモードのオレンジの色に表示が変わった。操縦桿(かん)を僅(わず)かに右に傾けてみた。しかし機に何の反応も現れない。やはりシステムが完全にロックされている。

「こうなったら、システムのブレーカーを抜いてリブート(再起動)してみるか。システムをもう一度起ち上げ直せば、元に戻るかもしれん」

神崎はフライト・コントロール・システムを一度強制的にダウンさせ、再起動させることを試みる決心をした。フライト中にシステムをリブートさせるような操作は訓練でも行なったこともなければ、マニュアルにも書いてはなかったが、他機種で起きたシステム関係のトラブルに際して、同様の操作を行ない機能の回復をみたというパイロット仲間の話を思い出したからだ。

「分かりました」

宮下が頷(うなず)いたその時だった。新たな表示がモニター上に現れた。

『問題に正解しない限り、いかなる操作もすることができません』

「畜生！　一体こいつは何だってんだ」

宮下が罵(ののし)りの声を上げた。

「コンタクト・東京コントロール」

7便は太平洋を北上しながら、NOPACと呼ばれる北米に向かう五本の定期航路のうち、A590というルートに乗り、北海道の遥(はる)か沖を北東に向かって飛行を続けていた。ここはまだ東京管制区のコントロール下にあり、神崎は異常事態発生時の手順に従って、事の次第を報告すべく宮下に指示した。

すかさず宮下が左の太股(ふともも)のあたりに位置するアイル・スタンド・パネルのラジオ・チューニング・パネルを操作する。

「東京コントロール。オール・ジャパン7」

『オール・ジャパン7。東京コントロール』

宮下のコールに事務的な地上管制官の声が返ってきた。

「こちらオール・ジャパン7です。緊急事態につき、日本語で交信します」

宮下が落ち着いた日本語で、事件の第一報を告げた。

●日本　埼玉県・所沢市　東京航空交通管制部

ちょっとした体育館ほどの広さの管制ルームには窓が一つもない。家庭用のパラボラ・アンテナを一回り大きくした程度のレーダー・スコープがずらりと並び、日本中、いや日本近海で飛行を続けるすべての航空機が画面上に映し出されている。

レーダー画像を見やすくするために照明が落とされた室内には、数十人の管制官が座り、画面に集中しながら、時折早口の英語で、飛び交う航空機に指示を与えている。レーダーや無線機器を埋め込んだパネルの上に吊り下げられたオレンジ色の光が、各管制官たちの目に反射し、鋭い光を放つ。円形のレーダー・スクリーンの上に輝点として表される航空機の中では、乗客がワインを傾け、あるいはミール・サービスを受けている者も少なくはないだろうが、優雅なフライトを楽しめるのも、常にその安全に目を配る人間たちの隠れた努力のおかげだということを、一体どれくらいの人たちが知っていることだろう。

そのレーダーの一つの前に座り、北海道エリアを担当していた管制官、中川の耳に突如聞きなれぬ日本語が飛び込んできた。

『こちらオール・ジャパン7です。緊急事態につき、日本語で交信します』

航空管制の公用語は言うまでもなく英語である。それを百も承知のパイロットが日本語での交信をリクエストしてくる。それだけでも事態がただならぬことを予期させるに十分だった。

「オール・ジャパン7。東京コントロール。了解しました。以降の交信は日本語で結構です。緊急事態の詳細を知らせて下さい」

中川は背後のフロアーで、テニスの審判席のように高い椅子に腰を掛け、受け持ち地域全体を監視していたセクション担当のチーフ、富岡に片手で合図を送った。もうその時には交信をモニターしていた富岡は中川の方に向かって小走りで駆け寄ってきていた。

『オール・ジャパン7。フライト・コントロール・システムに異常が発生しました』

「フライト・コントロール・システムに異常が発生。了解した」危機に直面しているのは無線の向こうにいるパイロットであり、管制官ではない。自分たちは彼らが無事な飛行を続けられるよう、支援、援助するためにここにいるのだ。「詳細を知らせられたい」職分をわきまえた中川の口調はあくまでも冷静そのものだった。

『オール・ジャパン7。詳細を知らせる。高度三万二〇〇〇フィートに達したところで、マルチ・ファンクション・ディスプレイから通常表示が消えた』

航空機と管制官の交信内容は、すべて自動的に録音されている。これはニアミスといったアクシデントが発生した際に、その原因が運航サイドによるものか、管制サイドによるものかを解明するためである。この瞬間もその機能は間違いなく作動しており、交信内容はすべて録音されているはずだった。

しかしそれはあくまでも後の検証に使用されるもので、いま進行しつつある危機に際して取るべきアクションは別だった。膨大な電子機器に囲まれた中で中川が取り出したのは、一冊のノートだった。後方に待機した富岡もまたノートを手にしており、ボールペンを握り締めた二人の手が同時にその上を滑り始める。

「マルチ・ファンクション・ディスプレイから、表示が消えた？」

『その通りです』

「と、いうことは画面は真っ黒ということか」

『いや』ヘッドセットのイヤホーンから聞こえてくる宮下の声に、一瞬だが戸惑いの色が浮かんだ気がした。『それが、変な質問が三つ表示されている……』

「質問が三つ？」

中川と富岡が怪訝な表情を浮かべ、顔を見合わせた。しかしそれも一瞬のことで、二人はすぐにイヤホーンから聞こえてきた質問の内容をノートに書き始めた。この頃になると、すでに二人の周囲には異常事態を知ったスタンバイの管制官が集まってきたのだろう、数人の人垣ができている。その誰もが宮下の言葉を一言も聞き洩らすまいと、じっと聴覚に神経を集中している。

「これじゃまるで、ピーターIIだ」

その中の一人、一番若い管制官が言った。

「何だ、そのピーターIIってのは」

電子機器に埋もれながら仕事をしている管制官といえども、必ずしもコンピュータのエキスパートとは限らない。富岡が声のほうを振り返って聞いた。

「コンピュータ・ウイルスの一種です。質問が突然画面に現れ、全問に正解しないと、データが破壊されるという、ウイルスの中でも最も始末の悪いやつです」

その言葉を裏付けるように宮下の口からその言葉が洩れた。

『状況から判断すると、フライト・コントロール・システムに何か意図的に別のプログラムが仕掛けられた可能性がある。症状からするとパソコンのウイルスの一種、ピーターIIによく似ています』

――意図的にウイルスがフライト・コントロール・システムに仕掛けられた？　そんなことができる、いや、あり得るのか。

「オール・ジャパン7、東京コントロール。コントロールはできるんですか。すでにそのトライはしているんですか」

富岡は無線のモードを発信にすると矢継ぎ早に質問をした。

『トライはしたが、まったく舵は反応しません。操縦桿を動かした途端に〝問題に正解しない限り、いかなる操作もすることができません〟というメッセージが出ました』

疑いの余地はなかった。やはり何者かの手によってハイテク機の心臓部ともいうべきフライト・コントロール・システムにウイルスが混在したか、あるいはシステムそのものがすり替えられた可能性がある。しかしいま、そんなテクニカルな問題は二の次の話だった。

安全に航空機を誘導し、無事地上に降りられるようにするのが管制官の務めであり義務だった。その観点から言えば、システムが改竄（かいざん）された、あるいはウイルスが混在したことはたしかに深刻な問題には違いないが、それ以上に、コントロールがまったく利かない航空機がいま空の上を飛んでいるということのほうが遥かに大きな問題だった。スーパーバイザーを務める富岡が次に何を行なおうとしているか、それは中川にもすぐに分かった。

「オール・ジャパン7。現在高度は変わらずフライトレベル三二〇、方位〇五五に向かって飛行を続けています。速度はどうですか」

『オール・ジャパン7。了解しました。速度はマッハ〇・八四。ナビゲーション、その他の機器はどうやら正常に機能しているようです。こちらの計器が示しているデータと寸分の狂いもありません。システムがダウンする前の状態で、とりあえず飛行を続けていることが確認できて安心しました』

相変わらず落ち着いた宮下の声が聞こえてくる。しかしそれも問題の一つがクリアになっただけに過ぎない。フライト・コントロール・システムをやられた、つまりコントロールが利かない状態で次の通過点となる『POXED』で、あらかじめFMSにインプットされた指示通りに方向を変えることができるのだろうか。もしも舵が固定されたままだと、このまま北東に向かって7便は一直線に飛び続けることになる。

「オール・ジャパン7。スコーク7700を宣言しますか」

間髪を容（い）れず富岡が言った。その言葉を聞いた瞬間、周囲にいた管制官たちの表情にさらなる緊張の色が浮かんだ。『スコーク7700』――およそ航空関係に従事する人間ならば、生涯一度として聞きたくない言葉だった。それは、遭難を含め緊急事態に陥った航空機を他機と区別すべく発せられるスコーク・ナンバーだった。

『……スコーク7700を宣言します』

機長の神崎に指示を仰いだのだろう、短い沈黙の後、宮下の声が返ってきた。

「スコーク7700！」

周囲の管制官たちの動きが俄に慌ただしくなった。操縦不能に陥った航空機の近辺を飛行中の航空機を排除、避難させ、空中衝突をはじめとするあらゆる事故の可能性を絶つ手立てが取られ始めたのだ。

全日航7便は、円形のレーダー・スクリーンの上で、その瞬間赤く点滅する輝点となり、明らかに他機と区別される存在になった。

●日本　千葉県・成田空港　全日航運航管理センター

『オール・ジャパン東京。オール・ジャパン7』

全日航の航空機が世界の空を飛ばない瞬間はない。一日二四時間世界のどこかを鴇色の羽のテール・マークをつけたシップが空を舞っているのだ。それらの航空機とリアルタイムで交信を行ない、地上から運航を管理支援するのが運航管理センターの役割だった。広大なオフィスの中央には、全日航の全シップのスケジュールと運航状態を示す巨大なボードが置かれ、ずらりと並んだ机の上には、これまた全シップの現在状況がリアルタイムで見られるコンピュータのモニターが置かれている。その前に座る男たちは、それぞれの受け持ちのシップと緊密に連絡を取り合い、たとえば途中の乱気流の発生や、到着地の気象状態、途中の天候状況、そして延着が予想される場合には、地上の各セクションとの対応にと追われるのだった。

「オール・ジャパン7。オール・ジャパン東京です。どうぞ」

運航管理責任者の長崎が答えたのと同時に、隣の席の電話が鳴った。長い呼び出し音は外線からのものだ。長崎が隣席の立花に向かって目配せする。

「全日航運航管理センターです」

まだ若い立花の威勢のいい声が、受話器に向かって発せられる。

『オール・ジャパン7、いま、スコーク7700を宣言しました』

「え、何ですって、7便がスコーク7700を発した」

無線を通して聞こえてくる宮下の落ち着いた声に、色をなしたような立花の声が重なり、緊急事態の発生を同時に知らせることになった。

「所沢の東京航空交通管制部からです。7便がスコーク7700です」

長崎は、ちらりと立花の方を見て頷(うなず)くと、

「オール・ジャパン7。オール・ジャパン東京。スコーク7700を確認した。状況を知

らせよ」

そう言っている間にも、その目はすでに机の上に置かれた数種の分厚いマニュアルのファイルに注がれている。運航管理センターには、あらゆる緊急事態に即し、直ちに的確な対応ができるように、想定されるトラブルへの対応手順を記したマニュアルが備え付けてある。ハイジャックに対応するもの。急病人の発生に対処するもの。火災に対処するもの……。長崎の手がその中の一冊に伸びた。メカニカル・トラブルと背表紙に書かれたそれは、およそ一〇センチほどの厚さを持っていた。スコーク7700。その意味するところは操縦不能か、あるいは制御不能であり、最も考えられる原因はメカニカル・トラブルと判断したからだった。

慌ただしくページを捲りインデックスを探し当てる間にも、宮下の報告は続く。それはすでに異常の発生と同時に東京管制部に報告された内容と寸分違わぬもので、隣席で電話からの報告を記録する立花のメモと内容的に違いはないはずだった。

しかし東京管制部からの報告と、たったいま副操縦士の宮下から受けた報告との内容照合は後のことだ。現在7便を見舞っているトラブルは、運航管理者としての自分ができる能力、そして職分の範疇を遥かに超えていた。まず先に自分がしなければならないこと、それはAS－500を隅から隅まで知り尽くしたメカニックと直接当事者である機長とをコンタクトさせ、最善の処置を講じさせること。それ以外になかった。

「7便。そのままの周波数でホールドして下さい。これからメカニックに繋ぎます」

長崎はそう言うと、コンソールを操作し、メカニックを呼び出した。

「運航管理センターの長崎です。7便からスコーク7700が出ました。緊急事態です」

長崎の声に緊張が走った。

●米国 ニューヨーク州上空・AJA8便

8便はJFKを離陸後、順調に高度を上げていた。離陸するとすぐ、眼下にジャマイカ・ベイの湿地帯が広がり、そこで大きく左に旋回すると、コニーアイランド上空から北に針路をとった。左手にマッチ棒を乱立させたようなマンハッタンが見え、ニューヨーク州を北に縦断すると、やがてレーク・オンタリオが見え始める。快晴の空。日本とは違ってバス代わりに航空機が使われるアメリカの空は、行き交う飛行機の密度が極めて濃い。薄い雲が散見できる程度の高空にも、青いカンバスにクレパスで線を引いたような飛行機雲が無秩序な線を描き、その幾つかは銀色に輝く先端からいまも伸び続けている。

『オール・ジャパン8。クライム・アンド・メインテイン・フライトレベル三五〇』

ニューヨークにある管制センターから上昇許可が出た。飛行は極めて順調で、気流の乱れも報告されていなかった。左のサイド・ウインドウからは、遮るもののない強い日差しが容赦なく差し込んでくる。それを少しでも緩和しようと、サンバイザーの代わりに、ルートマップが窓の半分ほどを隠す所まで暖簾(のれん)のように掛けられている。多少視界が妨げられようともいったん巡航高度に達してしまいさえすれば、ニアミスなどはめったに起きないものだ。機長の塚本の行為は安全面という観点から厳密に言えば許されるものではなかったが、これも現場で開発された、ささやかな知恵の産物というものだろう。

サングラスの下から、上昇の操作を行なう副操縦士の浦部を見ながら、塚本はカップの底に残ったコーヒーの最後の一口を啜った。その右横の席で浦部がオートパイロットを水平飛行モードから上昇モードに変更する。

プライマリー・フライト・ディスプレイの中のフライト・ディレクターの目盛りが動き、その横にある数値が緩やかに上昇し始める。

「楽なもんだな」塚本の口調には少しばかり刺があるようだった。

「ちょいとスイッチを操作すれば何でもご希望通り、すべてコンピュータが間違いなく完璧にやってくれる」

「ありがたいことだと思っています」

早くも気配を察したとばかりに、浦部が冷めたコーヒーを口にした。苦い表情が浮かんだのは何も黒い液体の味のせいばかりではない。僅か三畳にも満たない空間で、十数時間もの間を二人で過ごすのだ。もちろん毎回同じ人間同士で飛ぶわけではないが、当然そこに相性というものが生じるのは、人の世の常というものである。

現在の第三、第四世代にかけての二シーター機（正副二人の操縦士によって運航されるハイテク機）は、副操縦士の業務にもかなり重い権限と責任を課している。仮にあるアクシデントに関して副操縦士の業務範囲の中で重大な過失があった場合、その運航自体に対する全責任は機長が負うが、副操縦士への過失責任に対する追及は以前とは比較にならないくらい厳しいものがある。現在のハイテク機は、運航の安全に関しての最終的責任者という部分を含めての機長の業務と副操縦士の業務とが合わさって初めて、一つの運航という形態が成立するのだ。

そしてもう一つ、今日の組み合わせには、航空界、いや日本のパイロットの世界ならではの、出身母体の違いという障壁があった。

「君はそう簡単に言うが、たとえばナビゲーション・システムがまったく使えなくなった状況を考えたことがあるか」

浦部が予感した通り、塚本が切りだした。航空大学校出身の塚本は、民間航空機のパイロットとしては文字通りのエリート・コースを歩んできた人間だった。いまでこそ大学二年終了以上が入学の条件だが、かつては高校卒業と同時に操縦士になるべく教育され、アナログの単発機から始まり、卒業までには事業用双発機及び計器飛行証明の免許を取得した。航空会社に入社し、実際の業務についてからも、YS—11から始まって現在のAS—500というハイテク機に至るまで、現代旅客機の歴史そのものをたどってきた塚本には、それなりの自負というものがあった。その点、副操縦士席に座る浦部はと言えば、一般大学卒業者を対象に全日航が募集し養成された人間で、当初からハイテク機に乗務すべく訓練されてきたパイロットだった。もちろん基本的な操縦——初期の——に関しては、航空大学校卒業者と同様の経過をたどってはいたが、ハイテク機には要求されないアナログ機ならではのキャリアという点に関して言えば、塚本に比べて、キャリアなど無いに等しいほどの差があるのは否めない事実だった。

塚本の質問は、そうした一般大学出の自社養成パイロットが持つ欠点を容赦なくついたものに他ならなかった。

「ナビゲーション・システムが使用不能になれば、ルートマップも表示されなければ、プラン・モードも、その他のものも、すべてが駄目になる。そうなれば、頼りになるのはこのコンパスだけだ」

「はい」

浦部には、反論の選択肢はもとより残されてはいなかった。

「そうなれば、行き先までのルートに対する位置と速度を自分だけで判断しなければならなくなる。それが自分でできるかどうか、普段から考えておくことが必要だぞ」

――そんな事態に陥ることなど、あるわけがないじゃないか。

チェックアウトしてまだ二年、トラブルらしいトラブルを経験したことのない浦部は心の中で毒づいた。

――大体そんなことがこのハイテク機に起こる可能性があるのなら、シミュレーターの訓練メニューにだってそうした項目が含まれているはずじゃないか。そんなものはあの厳しい訓練のどこにもありはしなかった。つまりあんたが言うような状況は起こり得ない。

そういうことさ。

サングラスの下から浦部の目が、ナビゲーション・ディスプレイを見つめる。CRTモニターの中央下には自機を表す三角の表示があり、その頂点の延長上に延びるラインは、これから進むべきルートを表している。この線上を飛びさえすれば、黙っていても目的地までこの飛行機は飛んで行くのだ。テレビ・ゲームにしたところで、これほど単純極まりないプレイなどありはしない。そしてこの飛行機をコントロールするコンピュータはテレビ・ゲームなどの比ではなく、膨大な開発費と、優秀な頭脳を持つ選りすぐられた人間たちによって開発されたもので、安全性にしても、厳しいという言葉をもって表現される以上の検査をくぐり抜けてきたものだ。

「よく肝に銘じて勉強しておきます」

心にもない真摯な態度で、浦部は塚本に向かって頭を下げた。それに呼応したわけでもあるまいが軽い気流の乱れがあり、機がちょっとしたダート・ロードを走るように上下に揺れた。プライマリー・フライト・ディスプレイ上のフライト・ディレクターの針が上下し、速度を表す数字が細かく変化した。

「少し揺れてきましたね」

話題を変えるチャンスだとばかりに、浦部は計器に目を集中した。

「大きなタービュランスの報告はないし……」言いながら塚本は前方に、そして左のサイド・ウインドウにかけたルートマップをまるで暖簾を持ち上げるようにして、周囲の様子をうかがった。浦部もまた前方、そして右側の空を注意深く見た。

乱気流の原因となりそうな雲は確認できなかった。もちろんそうは言っても晴天乱流(CAT)という落とし穴のようなものもないわけではない。その最も大きな要因の一つである積乱雲でもあれば別だが、CATに出会うのはまさに交通事故のようなもので、多くの場合、視認によって予測のできる性質のものではない。

「どうします、シートベルト・サイン出しますか」

「いや、すぐに収まるだろう」

ふと高度計に目をやった浦部の目に怪訝(けげん)な表情が宿った。高度計の数値が三万二〇〇〇フィートを指したところでピタリと止まったまま動かなくなったのだ。昇降計に目をやると機が上昇していないことが分かった。

「あれ、どうしたんだ。三万二〇〇〇フィートで上昇が止まりました」

浦部が、そう言った時だった。突如何の前触れもなくマルチ・ファンクション・ディスプレイから映像が消えた。警報音がコックピットに鳴り響き、画面に『ワーニング』の文字が赤く点滅し始める。

「何だ」

すかさず浦部がタッチパネルになったモニターに手を触れる。『フライト・コントロール・システム』。トラブルの箇所が即座に表示された。

――さっそくこの俺を試そうってわけか。『ナビゲーション・システムが使用不能になれば……頼りになるのはこのコンパスだけだ』『……行き先までのルートに対する位置と速度を自分だけで判断しなければならなくなる。それが自分でできるかどうか……』

ついいましがた塚本と交わしたばかりの会話が浦部の脳裏をよぎった。

――駄目になったのは、フライト・コントロール・システムだが、冗談にもほどがある。大体このフライトは通常業務のものでチェック・フライトでも何でもない。それなのに……。

浦部がサングラスの下から怒りに満ちた視線を塚本に向けた。しかしその目に飛び込んできたのは、明らかに動揺を隠しきれない塚本の横顔だった。レフト・サイドのウインドウから差し込むニューヨーク上空の日差しは、右席に座る浦部には逆光となり、シルエットとなった塚本の喉仏が一度大きく上下するのが分かった。

「いったい何が起きたんだ」

塚本が低い声で唸った。シミュレーターでは実機で起こり得るすべての可能性に対する訓練が行なわれるが、実機、それも乗客を乗せた路線便で起こったとなれば、やはり緊張の度合いが違うというものだ。小刻みに続く揺れも果たしてそれが僅かな気流の乱れによるものなのか、それとも、さらなるトラブルへの予兆なのか、言いようのない不安が襲ってくる。

浦部が手順通り、ワーニング・チェックリストを表示させるべく再びタッチパネルに触れた。しかしそこには何の表示も現れない。

「キャプテン」

浦部が言いかけたその瞬間だった。黒く何も映し出されなくなったマルチ・ファンクション・ディスプレイに、突如数行のメッセージが表示された。

二人の目が食い入るように、そして何かにすがるようにその文字を読み始めた。
I　ライト兄弟の動力つき飛行機が最初に飛んだのはいつか
1．1898年　2．1907年　3．1910年　4．1903年
II　世界の国際空港と呼ばれる施設への到着便の昨年の平均延着時間は、次のうちどれか
1．1時間45分　2．2時間56分　3．3時間14分　4．3時間45分
III　米国東部時間3月31日、ニューヨーク／東京間を飛ぶ航空機の平均飛行所要時間はおよそ何時間か（スポット・アウトからインまでの時間とする）
1．13時間30分　2．14時間15分　3．12時間45分　4．11時間50分
それは、東京からニューヨークに向かって飛行を続けている7便のマルチ・ファンクション・ディスプレイに表示されたメッセージと寸分違わぬものだった。

「何だ、これは」

二人が同時に顔を見合わせた。サングラスの下の顔が緊張で硬く強張っている。

キャサリンは、AS—500のシステムを改竄（かいざん）するにあたって、稼働条件にいくつかの仕掛けをほどこしていた。その一つは稼働時間で、これは三月二七日のグリニッジ標準時（GMT）十二時間にセットされていた。そしてもう一つは、改竄箇所が稼働し始める高度だった。キャサリンはそれを三万二〇〇〇フィートに該当機が達した時としたのである。彼女が狙いとすることを成し遂げるには、ある程度の長い時間が必要だった。そのためには長距離を飛ぶ航空機が巡航時に使用する高度、そこに達してからプログラムが作動し始めることが必要だったのである。

そしていま、偶然にも同じ航空会社の、しかも東京とニューヨークを東と西からそれぞれの目的地に向かって飛行を開始した二機のAS—500で、キャサリンの仕掛けたプログラムは正確に動き始めたのである。

「くそ！　こいつは一体どうしたことだ」

想定されていない、つまり起こり得ない現象として訓練されていない現実に対して、パイロットのできることは、たった一つのことしかなかった。

「アイ・ハヴ・コントロール」

塚本が自分が機をコントロールすることを宣言し、

「ユー・ハヴ・コントロール」

浦部がそれを確認した。

「コンタクト・ニューヨーク・センター（航空管制部）！」

浦部に命じる塚本の首筋に汗が浮かんでいるのは、サイド・ウインドウから差し込んでくる強い日差しのせいばかりではなかった。

●米国　カリフォルニア州・エルセリート

十分な睡眠の取れた朝が、これほどに気持ちのいいものだということを久しく味わっていなかったことに、キャサリンは気がついた。

――一体いつ以来だろう、こんなに軽やかな気分で朝を迎えるのは……。

体の下半分までが羽毛の布団に埋まり、押しつけた顔にあたるマシュマロのような枕の感触が何とも心地よい。やはりダウン・ボールのたっぷりと入った掛け布団は温かい空気の被膜のように軽やかだった。意識がはっきりと目覚めるまでの短くも至福の時間、その中にふとグレンの顔が浮かんできた。

――そう、あの男とうまくいっている間は、こんな朝も珍しくなかった。

無意識のうちに思い出された男の顔。それと同時に日課としてシェイプアップをかかさない男の逞しい胸の筋肉の感触が、その上を覆った剛毛とともにはっきりと蘇ってきた。

――グレン、見てらっしゃい。今日はあなたにとって、身の破滅を招く記念日になるのよ。

男の感触を思い出したのが覚醒への引きがねとなったのか、キャサリンの意識は急速に現実へと引き戻されつつあった。ベッドサイドの小机の上には、昨夜床につく前に飲んだ誘眠剤のレンドルミンと精神安定剤のデパスの空になったホイル、半分ほど中身の残ったエビアンのボトルが置いてある。

――これも、グレンとアンジェラの置き土産だったわね。

二人の関係を気配で感じるようになってからというもの、眠れぬ夜が続いた。きつい労働と次第に崩壊していく二人の生活……。ストレスと不眠に悩まされ、精神分析医のところに通っては、誘眠剤と精神安定剤の処方を受けた。日常的に服用するようになっていたそれを使ったのも、考えてみると三か月ぶりのことだった。そう三か月、この間はむしろこうした薬を使わずにいかにして限られた時間で仕事を成し遂げるか、その一点にキャサリンは精神と肉体、そして頭脳のすべてを費やしてきたのだ。

本当ならこんな薬の世話にならずとも、昨夜はぐっすりと眠れたにちがいなかった。しかし、すべての仕事を完璧（かんぺき）にやりおおせた充実感、そこからくる興奮を抑えきれないのを、キャサリンは感じていた。あのホームページを見て以来、二か月以上もの間考えていた計画が、ついに実行される。グレンに、自分の裸を盗み見た連中に、そしてインターネットという怪物に、ついに復讐（ふくしゅう）する時がきたのだ。

デパスもレンドルミンも、精神安定剤、誘眠剤としてはさほど強い作用を持つ薬ではないが、興奮した気持ちを静め、穏やかな睡眠へと向かわせるのには絶大な効果があった。少なくとも極限まで疲れきった肉体の欲求を無意識のうちに呼び出す効果も。

キャサリンは羽毛の掛け布団のように軽くなった体をベッドの上に起こした。物音一つしない室内。ふとサイドボードの上の時計を見た。針は朝の九時を指そうとしていた。

――不思議なものね。目覚ましが鳴らなくとも、しっかり時間前には目が覚めるんですもの。

計画は朝の九時半をもってスタートする手筈になっていた。メアリーには今日は用事があると言っておいたせいで、グレッグは彼女の手によって託児所に預けられることになっていた。

ベッドを抜け出したキャサリンは、寝室を抜けリビングに入った。L字形のソファ。部屋の片隅には、グレッグの玩具や積み木が小さな箱に収めて置かれている。大きめのTシャツの下からショーツが覗いたままの恰好で、キャサリンはリビングのサイドボードの中に置かれたテレビのスイッチを、リモコンを使って入れた。おそらくはお出掛け前にグレッグが見たのだろう、アニメ専門のチャンネルTNTの画面が現れ、バックス・バニーのおどけた姿が目に飛び込んできた。キャサリンは、すぐにリモコンでCNNにチャンネルを変えた。もしも事が起きるとすれば、まず一番最初に報じるのはこの局に違いないからだ。

画面では、ワシントンDCの国会議事堂の前に立ったレポーターが、なにやら政治がらみのレポートを深刻な顔で喋っている。国民のうちの何割がこうしたニュースに関心を持つのかは知らないが、新聞、週刊誌に限らずテレビのニュースにも定番というものがある。

もともと政治に興味もない上に、空に聞いていてもさほど気を引くような内容でもなかった。

——テレビ局の皆さんもまあ、せいぜいいまのうちにゆっくりとコーヒーでも飲みながら、のんびりと仕事をしておくことね。もうすぐてんてこまいの忙しさになることでしょうから。

キャサリンはキッチンに向かうと、大型の冷蔵庫を開け、一ガロン入りのボトルに入ったオレンジジュースをグラスに注ぐと、一息にそれを飲み干した。十分な睡眠によって覚醒していた脳が、フロリダの太陽をたっぷりと浴びて育ったオレンジジュースによって刺激され、ヴァイタミンが細胞の隅々まで行き渡り、精気に満ちあふれてくるのを感じる。

寝室で目覚まし時計のブザーが鳴った。

——時間だわ。

キャサリンは、寝室に取って返すとブザーを止め、再びリビングへと戻った。それまで穏やかだった彼女の目に不敵な光が宿った。それはあくまでも澄みきり、一点の曇りもないだけに、何かを確信させ、そしてこれから自分が起こす行動にほんの少しの疑念さえも抱いていないことを印象づけるものだった。

リビングの片隅にあるデスクの上に置かれていたラップトップ・コンピュータを開く。電源を入れ、画面が起ち上がったところでインターネットへの接続を開始する。まるで鼻歌まじりにこれらの操作をやっているかのように、キャサリンの手は滑らかに動き、そして楽しげでさえあった。

プラスチックのケースから取り出された一枚のフロッピーディスクがドライブに差し込まれる。

——さてここからよ。見てらっしゃい。世の馬鹿ども。目にもの見せてくれるわ。

キャサリンは、ディスクがセットされたところで、予め調べておいたフィンランドにあるプロバイダーが提供している『お試しホームページ』にアクセスした。ここもまた、かつてキャサリンの裸の写真を流したところと同じように、アクセス者の管理もしていなければ、その掲示内容のチェックもずさんなところだった。

ディスクに予め記録された内容を、自分用に割り当てられたスペースにアップロードしていく。その作業が終了するまでに、ものの数分とかからなかった。

白いページの上に、ディスクから移植されたかなりの量の文面と、奇妙な記号の羅列が現れた。文章の一番最初の行には、一四ポイントの大きさの太字で『犯行声明』のタイトルが記してある。そして二行目には一二ポイントの文字で『コンピュータ文明に毒された者たちへ』のサブタイトルがつけられていた。そしてそれに続く一〇ポイントの文面、奇妙な記号の羅列……。

キャサリンはすべての作業が終了したことに満足すると、ホームページへのアクセスを終了した。

——これで仕掛けの第一段階は終了。

まだルージュが塗られていないキャサリンの唇が左右に広がり、会心の笑みが洩れた。この目に見える文面の裏に隠されたウイルス。決して文面から窺い知ることができないウイルス『エボラ』の存在に人々が気がついた時、一体この世に何が起こるのか。想像もつかない事態が巻き起こることは間違いなかった。その瞬間を考えるだけでも、キャサリンは背中が粟立つのを覚えた。

――さて、次だわ。

キャサリンは、声を整えようとするかのようにオレンジジュースを再び口にすると、受話器を取り上げた。そしてあらかじめ用意しておいたヴォイス・チェンジャーで口を覆うと、メモ用紙に記載しておいた電話番号をプッシュした。

コールはただの一回で繋がった。

『CNNアトランタです。ご用件を伺います』

早口ながらも事務的な丁重さで答える女性オペレーターの声が聞こえてきた。

●日本　千葉県・成田空港　東京メンテナンス

飛行中のパイロットとメカニックが無線で直接会話をする。その行為自体はそれほど珍しいものではなかった。飛行中の航空機には、乗客がそうとは知らないだけで、メカニカル・トラブルというものはまま起こることで、地上に待機しているメカニックと操縦士が解決策を見出すべく相談することは、マニュアルの中にも記載されていることだ。しかし今日のトラブルばかりはいつもと違っていた。無線の向こうから聞こえてくる副操縦士の宮下の声が落ち着いていればいるほど、そしてトラブルの詳細を聞けば聞くほど、AS－500のチーフ・メカニックを務める根本は自分の体が強張っていくのを感じていた。

背後にはシステム担当の在間が立ちすくんだまま、じっと二人の会話に耳を傾けている。眉間に皺を寄せ、副操縦士とチーフ・メカニックの会話の中から、トラブルに関してのあらゆる可能性を考え、打開策を見出そうと思案している様子が窺えた。

「間違いなく、システムに、意図的に操作されたプログラムが組み込まれているようですね」

症状のあらましを聞き終わったところで、根本は無線のマイクに向かって言った。

――馬鹿な返事をしたものだ。そんなことは、あらためて言わずとも分かりきったことだ。

言い終わった後、根本は後悔した。

『どうして、そんなことが起きるんです。搭載されたプログラムはエアー・ストリームで検証が済んだものじゃないんですか』

「たしかにその通りです。しかし状況から判断する限りでは、それ以外に考えられません。開発の過程で何者かが意図的にプログラムを改竄した。それ以外には……」

『それならどうして、いまになって突然こんな変なプログラムが動き始めたりするんです。

これまでこのシップは、ただの一度だってシステム・エラーなんか起きたことがなかったじゃないですか』

宮下の声が心なしかいらついたものに聞こえる。

たしかにその通りだった。ハイテク機のシステム・トラブルは、ごくたまに発生するものだが、ことAS—500に関する限り、これまでにそれらしいトラブルは報告されてはいなかった。信頼性の極めて高い飛行機。最も安全な飛行機。製造メーカーの売り文句ではなくとも、就航して間もなくから、いつの間にかメカニックの間でもそうした評価が定まりつつあった矢先の出来事だった。

根本は助けを乞うかのように、背後の在間を見た。在間は何かに気がついたように分厚いファイルを捲っている。

「7便、メインのシステムを一番から二番に替えてみていただけませんか」

『すでにトライしました』

「申しわけありませんが、もう一度トライしてみていただけませんか」

『了解した』

AS—500には、フライト・コントロール・システムをロードした三つのコンピュータが搭載されていた。これらのうちの一つがメインのコンピュータとして航空機の全システムとフライトをコントロールし、残り二つがメインのコンピュータが正常に稼働しているかどうかを常に監視、検証する役割を果たしている仕組みになっていた。そのメインのコンピュータを一番から二番に替える。それは現在動いているコンピュータをサブに回し、二番のシステムをメインにするということだ。もし切り替えに成功し、それが正常に稼働するようならば、異常をきたしている一番をその時点で切ってしまえばいい。宮下はすでにそれを試みたと言ったが、コンピュータというのは気まぐれなものだ。一度は駄目でも二度目にうまくいくことだってないわけじゃない。

根本はそう考えた。しかしその一方で、症状から判断するに、搭載前にシステム自体に大掛かりな改竄、それも明確な意図を持った改竄が行なわれている可能性は十分に考えられた。

――もし、そうだとしたら。

根本は、背後でファイルを捲っている在間を見た。

「いまのシステムをアップデートしたのはいつだ」

「ちょっと待って下さい」

在間はいままで手にしていたファイルを置くと、それよりも幾分薄手のファイルを手にし、忙しげにページを捲る。表紙には『整備記録』、その下には7便の機体ナンバーが記載されている。

「ありました」そう言った在間の顔色が変わった。部屋の中に置かれた数多くのコンピュータのモニター画面に蛍光灯の光が反射しないよう、正方形に組まれた放電管。井桁のカバーを通して差し込んでくる白い光の中でも、戸外整備の多い日焼けした男の顔がはっきりそれと分かるほどに変化した。「フライト前に、システムのヴァージョン・アップが行なわれています」

「フライト前？」

「そうです。このフライト前です。システムが5．3．2にヴァージョン・アップされています」

「システムの変更内容は」

「特に記載されていませんから、バグ取りの済んだ通常のヴァージョン・アップだと思います」

「となれば、三つすべてのコンピュータにインストールされているわけだな」

根本は答の分かりきった質問をした。三つのコンピュータのそれぞれが、誤作動を起こしていないかどうか監視するということは、それらすべてが同じプログラムを持ち、常に整合性を確認し合っているということだ。

「そういうことです」

在間は、顔を強張らせたまま整備記録を閉じた。

『東京メンテナンス。システムの変更は、やはり機能しない』

「三番をメインにしても駄目ですか」

『それもトライしたが駄目だ。変化があるのは、モニター上の〝問題に正解しない限り、いかなる操作もすることができません〟のメッセージがブリンク（点滅）するだけです』

やはり得られた結論に変化はなかった。ただ一つの救いは、聞こえてくる副操縦士の声がこの前代未聞の危機にあってもなお、落ち着きを失っていないことだけだった。むしろ状況把握に努めようとする根本のほうが困惑の色を隠しきれないでいる。

システムが完全に本来の機能を失った。ハイテク機にとって、いや少なくともAS－500にとって、その機構から考えれば、これはまさに致命的なトラブルと言えた。いまや7便は人間で言うならば発狂した脳、その上脊髄を切断された状態に等しく、単にエンジンが回っているから空中に浮いていられる状態といっても過言ではなかった。

「これじゃ、まるでピーターIIだ」

奇しくも、東京管制部の若い管制官が気がついたのと同じ言葉を在間が口にした。

「ピーターIIだって？　何だそれは」

次の手段を考えあぐねていた根本が、すがるような目で在間を見た。

「パソコンのウイルスの一種で、突然画面に質問が現れるんです」

「それで」

根本が次の言葉を促す。

「質問に正解すればウイルスは何の害も及ぼしませんが、正解しない場合はデータが即座に破壊されるという、たちの悪いやつです。どうも聞く範囲では、今回インストールしたシステムにこれと同じロジックのプログラムが組み込まれている可能性が高いような気がします」

「つまり、問題のすべてに正解すれば、機能が回復するというわけか」

「もしも、ピーターIIと同じならばですが」

「だが、回復しない場合は……」

「データが破壊される。つまり……システム全体が破壊される可能性が極めて高いと言えるでしょう」在間が言いにくそうに答えた。

「何てこった」

――システムが破壊されれば7便は糸の切れた凧だ。AS―500はフライト・コントロール・システムの働きなくして飛べるようには設計されていない。いや正確に言えば、システムなしに飛行機をコントロールする手立てがまったくないというわけではない。数少ないマニュアル・モードで操作可能な各トリム、スポイラー、あるいはパワーを使って上昇、降下、旋回などを行なう、その程度のことはできるだろうが、この機能だけを使って無事に着陸できるかと問われれば、『絶対に』とは言いがたい。コントロールを失いながらもとりあえずは真っすぐ飛んでいるいまの状態よりも、より危険な状態に7便を追い込むことになる。

「根本さん。もしもこいつがピーターIIと同じ意図をもって作られたものだとすれば、答を見つけるのはそう難しいことではありません」

「何だって」根本は呆けたような表情で在間の顔を見つめた。「どういうことだ」

「ピーターIIの質問にはいくつかの種類があるんですが、ウイルスを作成した人間の良心というんでしょうか、不思議なことに答はどれも一緒、つまり一種類しかないんです」

「一種類。質問が違っていてもか」

「そうです。いつも答は4・4・2と決まってるんです」

根本の顔に、一縷（いちる）の望みを見出（みいだ）したような光明が宿った。振り向きざまに机の上に置かれたメモに食い入るような視線が注がれる。

Ⅰ　ライト兄弟の動力つき飛行機が最初に飛んだのはいつか
1．1898年　2．1907年　3．1910年　4．1903年

Ⅱ　世界の国際空港と呼ばれる施設への到着便の昨年の平均延着時間は、次のうちどれか
1．1時間45分　2．2時間56分　3．3時間14分　4．3時間45分

Ⅲ　米国東部時間3月31日、ニューヨーク／東京間を飛ぶ航空機の平均飛行所要時間はおよそ何時間か（スポット・アウトからインまでの時間とする）
1．13時間30分　2．14時間15分　3．12時間45分　4．11時間50分

「ライト兄弟……今世紀の初めはもちろんだが、何年か分かるか」

根本が言うより早く、在間が壁沿いに並んだキャビネットの中から広辞苑を取り出す。

メカニックが待機する部屋は整備関係のマニュアルや文献で埋めつくされてはいるが、百

科事典とまではいかなくとも、広辞苑程度の一般辞典の備えはある。

在間はもどかしげにページを捲ると、そこからライトの項目を探り当てた。

「ウイルバーとオーヴィルのライト兄弟。動力つき飛行機の初飛行は1903年です。やはり4に該当します」

「次はⅡだが……世界の国際空港、こいつはどうしたらいいんだ。国際空港、それも世界のなんてデータはどこにもないぞ。大体国際空港なんてものの定義がはっきりしない。文字通りインターナショナル・エアポートと名乗るところとするなら、日本にだってごまんとある。アメリカに行きゃあ、それこそほとんどの空港がそうだ。何とかカウンティ・エアポートなんていう田舎の国際空港でも、カナダやメキシコに行く直行便があれば、それだって国際空港だ」

——ならばⅢはどうだ。

まるで時間制限のある試験問題を解くように、根本の目は次の質問に移った。しかしこれもまた奇問だった。

——三月三一日だって？　今日はまだ二六日じゃないか。すぐ日が変わるにしろ、四日や五日後の飛行時間を当てろというのか。

しかし冷静に考えてみれば、この問題が一番見当がつけやすかった。この時期ニューヨーク／東京間の飛行時間は、ジェット気流に逆らって飛ぶために、一四時間を切ることはない。つまり、答は2番ということになる。

根本の頭の中につい先ほど在間が言った『いつも答は4・4・2と決まってるんです』という言葉が浮かんだ。

「IIIの答は2しかありません。誰も分かるものじゃありませんが、この時期ニューヨーク／東京は一四時間が飛行時間の目安です。それ以下ということはあり得ません」

その考えを裏付けるように、在間が断言する。

「すると答の出しようのないIIはやはり……」

「4です。やはりこいつはピーターIIを模して作ったプログラムです」

若い在間の言葉に、もはや迷いはなかった。そしてかつて経験したことのないトラブルを前にして、根本にも事態を打破するために何かすがるものが欲しいという潜在的な意識が働いた。もはや二人の頭の中は、現実に起こっている危機はピーターIIの亜流、それも答のパターンまで模倣したものであるという考えに満たされていた。ましてや実際に二〇〇名を超える乗客と乗員の命がかかっているのだ。プログラムを改竄した人間がどんな意図をもってこのようなことをしでかしたのかは分からないが、まさか大量殺人を起こすことなどを目的とはしていまい……。

「長崎さん。根本です。答が分かりました」

根本は社内電話を使って運航管理センターを呼び出すと、たったいま結論づけた答を、7便に伝える前に長崎に報告すべく、事のあらましを話し始めた。

●太平洋上空　ＡＪＡ７便

「答は4・4・2で間違いないんですか」

操縦桿（かん）の右グリップ前方についたトリガー式の無線の送信ボタンを押しながら、宮下が確認した。相変わらず声は落ち着いてはいるが、背中一面にベットリと浮かんだ汗がシートとシャツを密着させる不快な感覚をたしかに感じていた。

『状況から判断すると、コンピュータ・ウイルスの一種、ピーターIIの症状に酷似しています』

――ピーターII――

神崎、宮下ふたりの目が、自分たちの推測が裏付けられたと言わんばかりに、瞬間的に狭い空間の中でぶつかった。

「こちらでもその可能性については考えていたところです。しかしピーターIIはパソコンに寄生するウイルスのはずですが、フライト・コントロール・システムにウイルスが感染するなんてことがあり得るんですか」

当然の疑問というものだった。航空機に搭載されるシステムは、メーカーによって開発され、それも厳重な管理と検証を経てはじめて実機に搭載されるものだ。インターネットやコピーディスクを不用意に用いるといったような、安易な行為による感染などとは無縁だ。

『正直に言ってその可能性はゼロに等しいと思います。エアー・ストリームのシステム開発がどのような環境でなされているのかは分かりませんが、意図的な操作が行なわれない限り、ウイルスへの感染などあり得ないことです』

「するとハッカーか何か、そういった類の人間がシステムを開発中のコンピュータに侵入してプログラムを改竄したとか、そういったことなんですか」

『分かりません。少なくとも実機に搭載されたプログラムは、メーカー、それにFAAの検証を経たものです。もしも、そういった不正侵入があったとしたら、開発サイドで事前に気がつくはずだとは思うのですが』宮下の問いかけに答える根本の語尾が少し弱くなった。『ただ一つ言えることは、現在搭載されているシステムが何者かの手によって改竄され、それがピーターIIの症状に酷似している。その事実だけです』

結論の出ない論議は、再び元に戻り、堂々めぐりをしかけていた。

「分かりました。もう一つだけ聞かせて下さい。その答の4・4・2の根拠は何ですか」

『ピーターIIは答を間違うとデータを破壊するという、たちの悪いウイルスですが、質問が変わっても答は同じという特性を持っています』

「それが4・4・2だというわけですか」

『そうです。実際にライト兄弟の初飛行、これは4番で間違いありません。二つ目の質問については正直言って検証のしようがありません。それから三番目ですが、ニューヨーク／東京間の三月三一日、つまりこれから五日後の平均飛行所要時間ですが、この季節は飛行時間が一四時間を切ることはありません。それはそちらも経験上ご存じでしょう』

「なるほど、答が分からない二番を除けば、既存のウイルス、ピーターIIのそれと一致するというわけですね」

『それが、現在こちらで出せる結論です』

根本の言葉が一〇〇パーセントの確証があってのことでないことは、宮下にも分かっていた。いかに整備のプロフェッショナルとはいえ、機体やエンジンのトラブルならともかく、目に見えないプログラムの世界、それも意図的に改竄されたものについて確実な打開策など与えられるわけもない……。

――こちらが苦境に立たされているのと同様に、あちらも同じように苦しく、そして必死なのだ。

宮下はそう考えると、最後の質問を口にした。

「根本さん。もし答が間違っていたとしたら、つまり既存のピーターIIとは違って、答が一つではないようにプログラムされているとしたら、次に起こり得ることは何が考えられますか」

しばしの沈黙があった。それは宮下や神崎ならずとも、誰もが最も知りたいことに違いなかった。だが、

『……分かりません』チーフ・メカニックの答は正直だった。『何も起こらず、そのまま

の状態が続くのか……あるいは次のメッセージが出るのか……しかしシステムが回復しない限りは、最終的にはすべてのコンピュータ・モードを解除し、マニュアル・モードで操縦することになります』

それは神崎や宮下にとって、考えたくもない状況だった。マニュアル・モードで操縦する。それはトリムとパワーで上昇下降と速度制動、及び左右の方向をコントロールするということだった。どんなにサディスティックな教官でも、たとえそれが墜落しても実害の及ばないシミュレーターでの訓練であったとしても、考えもつかない状況での操縦となる。

決断の時だった。

「答をインプットしてみるか」

神崎は右席に座る宮下を見た。

「やってみる価値はあると思います」最初にピーターIIの症状に酷似していると言った宮下は断言した。「たしかに地上の言う通り、ピーターIIの答が決まっているのは広く知られた事実です。このウイルスに感染した時には、考えることなくこの答をインプットすれば、問題は解決することになっています」

パソコンに詳しい宮下の言葉は、地上からの根本の言葉を裏付けるものだった。

しかし二〇〇名を超える人命を預かる神崎には、それでも決断がつかずにいた。

——もしも答が違っていたら……システムが暴走を始める可能性はないのだろうか。

操縦不能、いやそれ以上の最悪の事態に陥る可能性はないのだろうか……。

両肩に付けられた四本の金モールが、ことさら重く感じられる。

「キャプテン。もしマニュアル・モードで、トリム、パワー、それにスポイラーだけで着陸しなければならないとなれば、これは相当に厄介です。十分な距離を持った滑走路、天候もベストの状態が要求されますし、着陸前には燃料も投棄しなければなりません。コントロールが思うようにならず、燃料も投棄したとなれば着陸復行はまず無理です」

宮下の言うことはもっともだった。思うように巨体をコントロールできない状態で迫りくる滑走路。そして着陸ミスのできないプレッシャー……最悪のシーンが神崎の脳裏に浮かんだ。

——それは、やはり最後の手段というものだろう。第一、答が合ってさえいれば、システムが回復する可能性がまだ残されている。次の手段を考えるのはそれからでも遅くはない。

●米国　ジョージア州・アトランタ

「トーマス・リプソン」

アトランタのダウンタウンから少し離れたコンヴェンション・センターの隣に立つCNN報道センターの電話が二度まで鳴らないうちに、まだ三〇前の若いスタッフが受話器を取った。

『社会部のスタッフと話がしたいという電話が入っています。重大な情報提供なので氏名は名乗れないと言っていますが』

受話器の向こうから、いささかうんざりといったいつもの口調で、電話受付の中年女性の声が尋ねてきた。

二四時間ニュースを報じ続けるCNNに限らず、およそマスコミと名のつくところにこうした電話があるのは日常茶飯のことで、その多くは精神に異常をきたした人間の妄言か、個人的な恨みからの、とてもニュースとは言えない代物のオンパレードだった。しかし、中には——もっともそんなものは千に三つもないのだが——とんでもない大ニュースが飛び込んでくることもある。もちろん、明らかな妄言やメディアが取り上げるのにはふさわしくないと思われるものは別として、少しでも脈がありそうなものは、必ず裏を取らなければならないのが辛いところだった。

「繋いでくれ。僕が聞くよ」

これも給料のうちだと言わんばかりにリプソンは、溜息まじりに言った。

回線が切り替わる音と同時に、

「CNN社会部のトーマス・リプソンです」

あらたまった口調で、リプソンは名乗った。

——さて、千に三つか、九九七か……。

それでもリプソンは記者の習性として、メモ用紙を手繰り寄せると、左手にボールペンを持って構えた。

『要件だけを伝えます。極めて重要なことだから、聞き洩らさないでよく聞いてね』

受話器の向こうからドナルドダックのような変な響きをもった声が聞こえてくる。話し方のリズム、アクセントから、それがヴォイス・チェンジャーを使って本当の声が分からないように細工された女のものであるらしいことがかろうじて分かる。

――脅迫か、何かの犯行声明か。

ふと、そう思ったのはリプソンに報道人としてのそれだけのセンスがあったからではなかった。女の言葉遣い、そして会話のリズム、聴覚に訴える何かが、よくあるくだらない電話とは違っていたからだった。

「お名前はお聞かせ願えないので……」

リプソンが言いかけた時、受話器の向こうの声が、そんな言葉など聞こえないかのようにいきなり喋り始めた。

『我々はエアー・ストリーム社の最新鋭機、AS―500のフライト・コントロール・システムを改竄することに成功した。これは嘘ではない。現在飛行しているAS―500がある所定の高度に達した時点で、我々の仕掛けたプログラムが稼働するようになっている。操縦席のマルチ・ファンクション・ディスプレイからあらゆるデータが消え、それに代わって三つの問題が表示され、それに正解しない限り操縦不能の状態が続く。つまり飛行機はロックされた状態で一直線に飛び続けることになる。システムを元に戻すためには、インターネット上に表示した我々の犯行声明を読み、その後に記載したパズルを解かなくてはならない。その中にロックを解く答が隠されている。我々がなにゆえにこうした行動に出たか、その詳細とパズルは、これから言うインターネットのホームページに記載してある。あなた方報道に携わる方々に言う。この事実を直ちに世界に向けて発信しなさい。さもなくば次の悲劇が、さらに大きな悲劇が起きるであろう』

「ちょ、ちょっと待って下さい。何ですって、AS－500が操縦不能に――」

リプソンが凄まじい勢いでペンを走らせながら、会話の内容を確認しようとした。しかし女の声はそれを無視してさらに続いた。

『決して、嘘や冗談で言っているのではない。FAA、あるいはエアー・ストリームに問い合わせれば、すぐに分かることだ。いいか、これから言うホームページ・アドレスをすぐに、この事実とともにニュースとして流すのだ。そうしなければ、さらなる悲劇、もっと大きな悲劇が世界を見舞うだろう』女はそう言うと、五つのホームページ・アドレスをゆっくりと読み上げた。

『いい、ちゃんと書き取った？』

「ちょっと待ってくれ、確認させてくれ」

リプソンは、ミミズの這ったような文字、たぶん自分以外の誰も読めはしないような文字で書いたホームページ・アドレスを復誦した。

『よくできたわ。詳しいことはホームページを読めばすべて分かるわ。そしてパズルを解くためには一人でも多くの人の手を借りることね。もしも一時間以内にこの報道がなされない時は、我々は次の手段に打って出ます。繰り返しますが、これは嘘や冗談じゃありませんからね』

「ちょっと待ってくれ、ちょっと――」

悲鳴にも似たリプソンの言葉が終わらないうちに、電話は一方的に切られた。

それは時間にしてほんの一〇秒にも満たない時間だっただろう――リプソンはその間に、たったいまメモした女からの犯行メッセージに何度も目を走らせながら、ありとあらゆる可能性を考えていた。

AS―500がエアー・ストリームの最新鋭機であることはよく知っていた。しかしそのフライト・コントロール・システムを改竄したことがどれだけの重要性を持つものか、航空知識といえばごく普通の知識しか持たないリプソンにとって、事の重要性の判断は俄にはつかなかった。

――しかし、女は操縦不能に陥っているはずと言っているぞ。

リプソンの目が二度目にメモを読み返した時に、その一か所に釘付けになった。

――もしも、飛行中の飛行機が乗客を乗せたまま、そんなことになれば……こいつぁ大変なことになる。

そう思った次の瞬間にはもう椅子を蹴って、リプソンは報道デスクのいる部屋に向かって駆けだしていた。

広大なフロアーの奥にガラス張りの個室があった。その中で背もたれの高い椅子にふんぞりかえってマグに入ったコーヒーを啜っている男がいる。禿げ上がった頭、ブルーのオックスフォードのボタン・ダウンにレジメンタル・ストライプのボウ・タイ。ご丁寧にも赤のサスペンダーで決めている。これが報道デスクを務めるロビン・ジョーダンだった。いなりは、ジャーナリストというよりもウォール・ストリートの証券マンといった風情だが、世界中にニュースを発信し続けるCNNの報道デスクを張るのは誰にでもできるものではない。その能力は折り紙付きだ。

リプソンはノックもせずに、その部屋のドアを開けた。

「トーマス！……どんなニュースが飛び込んできたか知らんが、こういう現れ方は好きじゃないな」ジョーダンは不快感を露にしながら言った。「大体慌てて飛び込んでくるやつのニュースに、ろくなものなんかありゃしないんだ」

「ロビン、それは話を聞いてからにして下さい。大変なニュース、いや犯行声明が飛び込んできたんです」

「犯行声明？」

ジョーダンは上目づかいにリプソンを見ると、そのまま視線を逸らすことなくマグの中のコーヒーを啜った。

「犯行声明、犯行予告……そうしたものがここに年何件寄せられるか、君は知らんのか。

その度にドアをぶち破るような勢いで飛び込まれてきた日には――」

「ロビン、聞いて下さい。これはどうも冗談や狂言の類じゃなさそうなんです。そんな感じがするんです」

「感じがする？」

必死に食い下がるリプソンに、ジョーダンの皮肉な視線が容赦なく向けられた。

「裏はまだ取ってないんだな」

「それよりも先に、聞いてもらいたいから来てるんです。ことによると我々がその当事者にされかねないんですから」

当事者にされかねないという一言がジョーダンの嗅覚に触れたのか、あるいはリプソンの様子が余りにただならぬものだったからなのか、ジョーダンはマグを机の上に置くと、両の手をきちんとそこに添え、身を正した。

「言ってみたまえ」

リプソンは手にしたメモを元に、できるだけ忠実に、女の犯行声明、そしてCNNに突きつけてきた条件を話した。

最初上目づかいにそれを聞いていたジョーダンの視線が、説明が進むうちに徐々に下がり、報告が終わる頃には、正面からリプソンを見つめる位置で固定された。

興奮しているせいで早口になり、そして幾分甲高い声で喋り続けたリプソンの説明が済むと、一瞬の静寂が部屋の中を包んだ。机の上に置かれたジョーダンの手がマグに伸び、コーヒーをぐいとひとくち飲み下したかと思うと、返す手が電話に伸びた。

「ビルか。すぐに確認してほしいことが三つある。一つはFAAに操縦不能に陥っている航空機が出ていないか確認してくれ。二つ目は、エアー・ストリームに同様のレポートが出ていないか。三つ目は、いまフライト中のAS－500、こいつを全部調べてくれ……いやアメリカだけじゃない、世界中のだ」

叩きつけるようにして受話器を置いたジョーダンは、すかさず今度は違った番号をプッシュし始めた。桁数が多いことから、市外電話であることが分かった。

「CNNのロビン・ジョーダンですが、ジャン・カスターのオフィスに繋いでいただけますか」

ジャン・カスター。その名前を聞いてリプソンは驚いた。CBSの報道部長の名前だった。

「もしもこいつが本気なら、大手メディアにはすべて同じ犯行声明と要求を突きつけてくる可能性がある」何を意図しての電話か理解に苦しむといった表情で見ていたリプソンに向かって、ジョーダンは短い解説をした。「いいか、もしもこいつが本当なら、我が社一社の問題じゃない。マスコミ全体の問題になる。どこか一社が突っ走ってそれで済むような問題じゃない。『ユナ・ボマー』のケースを覚えているな。あれと同じだ」

黙って頷くリプソンに今度はいきなり、ジョーダンの鋭い叱責の声が飛んだ。

「いつまでそこに突っ立っているつもりだ！　その女の言うホームページにアクセスして、

犯行声明とやらをさっさと取り出してこい！」

●米国　カリフォルニア州・エルセリート

キャサリンは、それから三〇分ほどのうちに、CNN以外のテレビ三大ネットワーク、CBS、NBC、ABCへと、同様の電話をかけた。電波メディアを狙ったのは、ペーパー・メディアに犯行声明を伝えたとしても、新聞発行は一日一回であり、ニュースが報じられるまでにまる一日の時間がかかる。その間ずっと、搭載燃料という絶対的制約のある航空機が空中に浮いていられるわけがない。報じられた危機がリアルタイムで進む、それが事件を伝えるメディアのニュース・ヴァリューを高めるだけでなく、それを知った人々の興味を格段に高めることを計算してのことだった。

——AS－500が操縦不能に陥っている事実は、すぐに、いやもう確認されているに違いない。彼らにとってはその事実だけでも報道する価値があるはずだわ。たとえ私が黙っていたとしても、連中は間違いなく報道する。問題はそこからだわ……。もしも要求通りにホームページ・アドレスが公開されれば、好奇心に駆られた多くのインターネット・ユーザーたちがアクセスしてくる。そして操縦不能をもたらしたクイズを解く答が隠されているというパズルを解こうと必死になるはず。でもね、残念ながらあのパズルには答なんて最初から隠されていないのよ。そう、謎解きに必死になればなるほど危機感は高まり、アクセス件数は飛躍的に増すってわけよ。

キャサリンの目がつけっ放しにしているCNNの画面に向けられる。ニュースでは、カンザス州で起きた殺人事件の報道がなされている。幾つかのニュースが繰り返し流されながら、新しいニュースが入ってくる度に、古いもの、あるいはプライオリティの低いものから順に入れ替えられ、それと気がつかないうちに変わっていく。それがCNNの報道パターンだった。

キャサリンは時計を見た。針は一〇時を少し回ったところだった。

——この時間なら、少なくとも二機のAS―500でプログラムが稼働を始めているはずだわ。

キャサリンは、改竄(かいざん)したプログラムが動きだす前に、すでに路線に就航している二〇機のAS―500のフライト・スケジュールを調べていた。狙いとする効果を最も高めるためには、操縦不能になったAS―500の飛行時間が長ければ長いほどいい。訓練機として使われる機体、それにテスト中の機体のスケジュールは把握できなかったが、分析した結果から分かったのが、グリニッジ標準時(GMT)±一二時間にセットすれば、その前後二時間の間に飛行を行なうAS―500が全日航の東京／ニューヨーク便、それにニューヨーク／東京便であることが分かった。他の路線就航便は、長距離を飛び終えて次のフライトに備えているか、あるいは着陸間際で、プログラムが稼働し始める高度にはいないはずだった。もっともこれは、あくまでもそれらの航空機が予定通りのスケジュールで飛んでいればの話だが、そうでなければ操縦不能に陥るAS－500が増えるだけで、それは事件をより劇的なものにし、本来の狙いをより効果的なものにするだけのことだ。

キャサリンは考えた。

──最初にCNNに犯行声明を伝えてから三〇分。それでもまだ動きがないということは、私の要求を電波を通じて流すか否か、それを検討しているからに違いない。

その一方で、一向に代わり映えのしない画面を見ているうちに、不安が込み上げてくる。

──プログラムはちゃんと作動したのかしら……。なにしろ時間に追われたせいでやっつけ仕事もいいところだったから、何かとんでもないミスをしていたかもしれない。それとも、あのアトキンソンがシステムを納入する前に、私の改竄に気がついたのかも……まさか、そんなことはありはしないわ。あのお馬鹿さんがそんな機転をきかせられるもんですか。グレンに褒められて有頂天になっていたあのビルが……。

期待と不安が交錯する複雑な感情にさいなまれながら、キャサリンはじっと耐えるしかなかった。サイドボードの上に置かれた時計の秒針が時を刻むのを長く感じながら……。

●太平洋上空　AJA7便

神崎は決心した。最終的な決断を下すのは機長たる自分の役割だったが、地上にいる管理センター、そしてメカニックとの相談の上に下した結論だった。すでにそこに迷いはなかった——答をインプットした後に何が起こるか、それに対する不安、そしてシステムが回復するのではないかという期待があるだけだった。

ウインドシールドから見える外界には、満天の星が白く輝いている。北米に向かう幹線とも言えるこのルートなら視界のどこかに見えてもおかしくない他機の存在を示すフラッシュ・ライトの瞬きも見えない。スコーク7700を発したために、管制官が周囲の航空機をこのエリアから遠ざけたのだろう。

しかしそれを考えなければ、何とも平和で快適な飛行だった。気流は安定し、ナビゲーション・ディスプレイの表示は、この飛行機がとりあえず正確にルート上を飛んでいることを示している。

一瞬、神崎の脳裏に、初めて単発の練習機で操縦訓練を受け始めた頃の光景が浮かんだ。いまとは違って右席に座り、アナログの計器を頼りに飛行を続けた日々。操縦桿を動かせば、あるいは方向舵を動かすラダー・ペダルを踏めば、風の抵抗が腕を、そして足を通して感じられた。

機体のすべてが自分の体の感覚と一緒になり、まるで自分自身が空を飛んでいるような喜びに包まれていた頃……。やがて操舵部分と舵を繋ぐワイヤーが油圧の力で遥かに楽に動くようになり、そしてコンピュータが間に介在し、いまやシグナルとなってその指令が伝えられるようになった。それが航空機の進化と呼ばれ、操縦性の面のみならず安全性の点においても遥かに進歩したものと言われて、誰一人としてそれを疑いもしなかった。しかし、いま現実に自分の目の前で起きていることは、その定説、そして進化のすべてを否定するものだった。

「キャプテン」

反射的に視線をやった神崎の目前で、宮下がナビゲーション・ディスプレイを見つめている。何事かと神崎も、自席の前にある、同じ情報が表示されているディスプレイを見た。

北米と日本を結ぶ定期航空路には、いくつかのチェックポイントがあり、いま7便はR591上にある三つ目のチェックポイントである『POXED』に来ていた。本来ならばここでコースの修正が入るはずだが、ディスプレイ上に表示された自機を表す三角の印は、本来のコースとして表示された白い線を外れ始め、それまでのコースを維持して飛行を続けている。

やはりフライト・コントロール・システムが完全にロックし、ナビゲーション・システムからの指令も一切を拒絶しているのだ。

「東京コントロール、オール・ジャパン7。いまPOXEDを通過、コースの変更が実行されない」

『東京コントロール。こちらもそれを確認した。7便はいままでのコースをそのままの方位で飛び続けている』

――決断の時だと神崎は思った。もはや残された手段は二つしかない。答と思われる数値をインプットして、ロックを解除し日本――この場合最も近い空港は千歳だが――に引き返すか、あるいはブレーカーを切ってフライト・コントロール・システムを遮断し、不自由な操縦で引き返すかのどちらかしかない。

「オール・ジャパン東京、オール・ジャパン7便」

『7便どうぞ』

カンパニーモードに無線を変えた宮下が運航管理センターを呼び出すと、待つ間もなく長崎の声が返ってくる。

「お聞きの通りです。コースを外れ始めました。これから、答の数値のインプットに入ります」

『了解した。成功を祈っています』

「よし、やるぞ」

神崎は目の前に表示されている計器に注意深い視線を走らせながら、右席に座る宮下に決断を伝えると、

「シートベルト・サイン」

短く命じた。

「はい」

すかさず宮下の腕がオーバーヘッド・パネルに伸び、シートベルト・サインのスイッチを入れた。ベルト着用サインが点ったことを知らせる軽やかな音が狭い空間を震わせた。

「こちら操縦席です。これから気流の悪いところにさしかかります。シートベルトの着用

をお願いします」通常はフライト・アテンダントによってなされるアナウンスを、神崎は直接自分で行なった後「客室乗務員も着席、安全ベルトを装着するように」と続けた。

——答をインプットしてシステムが元に戻ればよし、しかしそうでない場合は何が起きるか分からない。

それがいまの神崎にできる、乗客を守るただ一つの手立てだった。

「コックピットだが」返す手で神崎はフライト・アテンダントと連絡を取りあうためのインターフォンを手にした。「これから随分揺れるかもしれないからね。ギャレーの扉をロックし、乗客のテーブルをしまって座席を起こさせておいてくれ……そうだ、着陸前の状態と同じようにしてくれ。準備が終わったら知らせてくれ」

インターフォンを切るとすぐに、柔らかな声でたったいま神崎が伝えた指示がキャビンに流れるのがドア越しに聞こえる。

短い時間が流れた。インターフォンの呼び出し音が軽やかに鳴った。

「はい」取ったのは宮下だった。「全員着席を確認したな……分かった」

宮下は神崎を見ると緊張した面持ちで、

「キャビンはOKです」と、静かに言った。

「よし、それじゃやるぞ。宮下君、数値をインプットしてくれ」

薄手の革手袋をはめた宮下の指が、アイル・スタンド・パネルにあるコントロール（C）・ディスプレイ（D）・ユニット（U）のキーボードに伸び、最初の番号を押した。

●日本　千葉県・成田空港　全日航運航管理センター

長崎は、すでに自分が呼吸をしているのかいないのか分からぬほどの緊張感と集中力で、その一瞬をモニターしていた。背後には事の次第を知った同僚たちが人垣となって、同じように注目している。他のブースから絶え間なく聞こえてくる世界中を飛びまわっている全日航の航空機と交わされる会話が、静かに緊張した空気の中を流れる。

その声は突然に起きた。緊張した雰囲気を切り裂くような悲鳴、あるいは絶望的なまでの響きを持った、恐怖に引き攣った声だった。

「8便がスコーク7700です」

「なにっ！」

男たちの視線が一斉に声の起きたほうに向けられた。

「どういうことだ！」

人垣の中から立花が抜け出すと、長崎のブースからそう離れていない、たったいま声を上げた運航管理者のブースに駆け寄った。数人の男たちがそれに続く。

カーペットが敷き詰められたフロアーの上を駆ける数人の慌ただしい足音が止むと、スピーカーから全日航のニューヨーク運航管理センターと8便の副操縦士、浦部の緊張したやり取りが聞こえる。

『……とにかくいま報告したように、マルチ・ファンクション・ディスプレイにおかしな質問が三つ出て、それに正解しないと機能は回復しないというメッセージが最後に表示されているんです』

『おかしな質問？』

ニューヨーク運航管理センターの問いかけに対して表示された質問の内容を答え始めた浦部の報告に、全員の注意が集中した。

「……7便とまったく同じ症状だ」

立花が呟(つぶや)いた。

「おい、すぐに整備に確認してくれ。8便のシステムをリヴァイズド(更新)したのはいつかと」

「分かりました」

近くのブースで様子を窺(うかが)っていた若い運航管理官が即座に返答し、受話器を持ち上げる。

その間にも浦部とニューヨーク運航管理センターのやりとりは続いている。

『ニューヨーク・センター(航空管制部)は、こちらがスコーク７７００を発してすぐにＦＡＡに報告、それからエアー・ストリームにもコンタクトすると言っていますが』

「8便。東京の宍戸です」ニューヨークと7便の交信をモニターしていた運航管理者の宍戸が交信に割って入った。「現在東京を発(た)って太平洋を飛行中の7便でも同じ症状が出て、やはりスコーク７７００が発せられています。画面に表示された質問の内容も、発生状況もまったく同じです」

『なんで、こんなことが起きるんですか』

少し腹立たしげな浦部の声が問いかける。

「原因はまったく分かりません。ただ状況から言って、何者かがフライト・コントロール・システムのプログラムを改竄（かいざん）した、それだけは間違いないようです」

『で、その対応策は見つかったんですか』

「症状からすると、コンピュータ・ウイルスの一種ピーターIIに極めてよく似ているそうです」

『コンピュータ・ウイルス？　どうしてそんなものに航空機のプログラムが感染するんだ』

「ですから何者かが意図的にプログラムを改竄したとしか言いようがありません。一般に使われているパソコンが感染するような経路での可能性はゼロです」

『そちらでは、どういう対策を取ろうとしてるんですか』

「ピーターIIが稼働した際には幾つかの質問パターンがあるのですが、内容が異なっていても答は同じだという特性があります」

『答は一緒？　それが今回のケースとも同じだというわけですか』

宍戸は、7便の窮状打開のために検討した内容を話した。

『たしかに、聞く範囲ではピーターIIの症状、それに答の傾向とも一致するようですが。それでシステムが戻るという保証はあるんですか』

――それが分かれば、こんな大騒ぎにはなっていない。

宍戸は喉まで出かかった言葉をすんでのところで堪えた。危機に、それも間違いなく命にかかわる事態に直面しているのは、この無線の向こうにいる彼らなのだ。その肩には二〇〇名を超える乗客と乗員の命がかかっている。そして自分は彼らを安全に目的地へ運ぶためにサポートするのが仕事なのだ。

「正直なところ、それは何とも言えません。ただ、7便はすでに答のインプットを決断しています」

『ちょっと待ってくれ。7便は答をインプットするのか』

浦部の声に緊張の色が窺える。

「スコーク7700が宣言されてから、こちらのメカニックと直接対応策について話しあってもらった結果です。もしもこれがピーターIIと同じロジックで組み立てられているとしたら、答は4・4・2、この可能性が極めて高いという結論に達したのです」

『そうか。すると、もしその答が正しければシステムは回復する可能性が高いと判断したわけですね』

「その通りです」

『結論はそう遠からず出るというわけだが……』浦部はそこで次の言葉を言い淀んだが、

『ニューヨーク・センターと話し合った結果ですが、原因がはっきりしないうちは、システムには触らないほうがいいということになりました。キャプテンも同じ判断をしています。とにかく、この手のシップがこんなトラブルに見舞われたのは前代未聞のことです。FAAに報告の上、エアー・ストリームにトラブルの内容を検討させ、それから処置を考えることになっています』

「分かりました。それで機の状態は安定しているのですか」

『一応はね。だがコントロールがいかれているんです。現在のところは、それ以上の範囲での異常はありません。もっとも次のポイントで、うまくこいつがデータ通りに動くかどうかは、まったく見当がつきません』

宍戸は机の上に置かれたモニター画面を見た。そこには衛星を中継して送られてくる航空機の位置が複雑な航空路の線の上に輝点となって現れている。8便を示すそれは、正確に予定の航路上にあり、次の方向転換のポイントまでまだ三〇分ほどの距離があった。しかし次のポイントで8便が予定のコースを外れるであろうことは、7便の例からしてもまず間違いない。つまり8便は真西に向かって飛び続けるということだ。だが宍戸はあえてその事実を話さなかった。ものには万が一ということがある。フライト・コントロール・システムとは関係なく送られてくるデータ画面には、8便の燃料残、対地速度、コックピットで見られる情報のすべてが表示されている。

ニューヨークから一五時間近い時間をかけて飛ぶ8便の燃料は、まだ十分にあり、たしかに浦部の言うように、FAA、そしてエアー・ストリームが問題の解決方法を検討し、何らかの解決策を見出すまで待つという判断も成り立つと考えられた。

7便の機長、神崎が答をインプットするのを選択したのとは異なり、8便の塚本はしばらくこの状態で飛ぶことを選択した。そのいずれを選択するのも、最終的には機長の判断にゆだねられるのがこの世界の掟(おきて)だった。

しかし塚本がこのままの状態で飛ぶことを選択したとしても、その判断を継続できるのはごく限られた間のことでしかなかった。

――燃料残からみて、約一六時間……その間に問題が解決されなければ……。

それが8便に残された時間であり、それが経過した後のことは誰もが想像だにしたくないことだった。

●太平洋上空　AJA7便

宮下の指が、最後のキーを押した。

――あとはエンター・キーを押すだけだ。

二人は巡航飛行に入ってから外していたショルダー・ハーネスを装着し、体を座席に固定した。光といえばモニターからのものだけのコックピットの中は薄暗く、ぼんやりとしたシルエットとなって、まるで操縦席に座る亡霊のように見える二人が目を見合わせた。

マルチ・ファンクション・ディスプレイに緑色の文字で表示され続けている三つの問題がやけに輝いて見える。

神崎はもう一度インプットした答を確認した。

「4・4・2……間違いないな」

「間違いありません」

宮下の緊張した声が聞こえてくる。

「よし、それじゃエンター・キーを押してくれ」

暗がりの中で宮下の顔が一段とキャプテン・シートとコ・パイ・シートの間にあるアイル・スタンド・パネルに近づいた。操縦桿を握りながらその作業を見る神崎にしても、たった一つのキーを押すのにこれほどの緊張と恐怖を感じたことはなかった。悪天候をついての離着陸、突然の乱気流、エンジン・トラブル、急病人の発生……四本の金のモールのついた肩章をつけるまでには、およそトラブルといわれるもののすべてを経験してきたつもりだった。いや、シミュレーターという疑似体験を通しての話ならば、もっと過酷な状況の体験もあった。しかし今度ばかりは、いままでのどれとも違う緊張感と恐怖が神崎の体内から込み上げてくるのだった。

それはこれから自分たちが行なう行為が、果たしてどういう結果を生むのか、先の見えないことへの不安以外の何物でもなかった。パイロットとして、機長として巨額の機体を預かり、何よりも、限られた時間の中とはいえ多くの人命を預かる。そのために厳しい訓練と選別に耐えてここまで来たが、想定外の事態に自らの考えで断を下すのは、今回が初めてのことだった。

宮下の手がキーに触れ、そしてその指先に少しばかりの力が込められた。重い決断に反して、意外なほどそれは手ごたえがなく、キーは僅かな樹脂の摩擦音とともに、ほんの数ミリ動いた。

本来ならば操縦桿を握る機長の神崎の目は、フライト状況のモニターに満遍なく注がれていなければならない。だが、まるで魔の空白の時間に吸い込まれたかのように、その時神崎の目は三つの質問が出たままになっているマルチ・ファンクション・ディスプレイに集中していた。そのせいでプライマリー・フライト・ディスプレイ上に表示される外気温、それに風の偏向を表す数値が急激に変化し始めたことに気がつかなかった。宮下の目も先ほどから同じディスプレイ・ユニットに釘付けになったままで、彼もまたそれに気がつかなかった。それらの数値の変化は、この先、7便にとって大空に待ち受ける罠の一つが現れる兆候だったが、二人はそれに、ついぞ注意を払うことはなかった。

重い静寂が狭い空間に充満した。エアコンの音、そして一定の波長で断続的な音を奏でる単調なエンジンの音。それだけが聞こえるもののすべてだった。

突如静寂を破ったのは、運航管理責任者の長崎からの無線だった。

『7便に緊急連絡。現在ニューヨークから東京に向かっている8便でも、同様の事態が発生したとの報告が入った』

「何だって!」

神崎と宮下は顔を見合わせた。

『すでに答のインプットは終了したのか』

　長崎は宮下の答を待つことなく矢継ぎ早に問いかける。

「たったいま、終了した」

　薄暗いコックピットの中で、顔を見合わせた神崎の喉仏が大きく上下するのが、宮下にははっきりと見えた。

『で、何か変化は。画面のメッセージ、あるいはシステムに何か変化は……』

「何もない。何も起きない」

　宮下は再びディスプレイ・ユニットに目を向けると、送信ボタンを押しながら答えた。システムが回復しなかったことへの失望、破壊されなかったことへの安堵(あんど)、そして次の手立てを考えなければならなくなったことへの焦り……複雑な感情の入りまじった声だ。

『問題に正解しない限り、いかなる操作もすることができません』

　英文で表示されたメッセージは、変わることなく三つの質問の末尾に出たままだ。

「ちくしょう！　一体どうすりゃいいんだ」

　宮下が極度の緊張に耐えかねたように、ディスプレイ・ユニットの横のパネルの樹脂の部分を拳(こぶし)で一度殴りつけた。もしこれで何も起きないとなれば、残された手段は二つしかない。番号の組み合わせを変えながら正解の表示が出るまでインプットを繰り返すか、それでもだめな時は、最後の手段としてトリムとパワーとスポイラーだけで、どこかに着陸しなければならない。

『7便、こちら東京メンテ……』

無線の声がメカニックの根本に変わったその時だった。

ディスプレイ・ユニットの最下段に新たなメッセージが、一文字ずつゆっくりと、ブリンクしながら現れた。

「ちょっと待ってくれ！　いま新しいメッセージが現れた」

根本の声を制するように宮下が叫んだ。

『コ・タ・エ・ガ・チ・ガ・イ・マ・ス　ゲ・ー・ム・ハ・シ・ュ・ウ・リ・ョ・ウ・シ・マ・ス』

「答が違う！　ゲームを終了するだと！」神崎の目が信じられないものを見るように見開かれた。

「一体どうなるってんだ！」

『7便！　どんなメッセージが出たんだ。何が起きた』

返事を待ちきれないといった感情を露にした長崎の声が、スピーカーから聞こえた。

「答が違うと……」

宮下がそこまで言いかけた時、急に操縦桿がガタガタと震えだした。航空機には失速をパイロットに警告するためにスティックシェーカーという、操縦桿そのものを振動させる機能があるが、まるでそれが稼働したかのような震えが始まったのだ。

　運航管理センターに状況を報告するために、宮下の左手は操縦桿に添えられ、人差指は送信ボタンを押したままの状態だった。その手を通して、自分の意思ではどうすることもできない振動が断続的に始まった。

「何だ、何が始まった！」

　キャプテン・シートに座る神崎は当然のごとく両の手で操縦桿を押さえにかかる。

　しかし二人の力をもってしても、操縦桿の振動は収まるどころか、ますます激しさを増していく。それに応じて機は激しく機首を上下に振り始めた。

「オール・ジャパン東京！　メッセージとともに激しく機体が揺れ始めた」

　もしもこの時、通常の役割分担に従って業務の遂行を行なっていたなら、この異変が晴天乱流（ＣＡＴ）に突っ込む前兆であることに、飛行状況をモニターする神崎が必ずや気がついていたに違いない。しかし二人の注意はあくまでもマルチ・ファンクション・ディスプレイに注がれていたために、激しい振動を大空に待ち受ける恐ろしい罠と関連づけて考える方向には判断が働かなかった。ＣＡＴはその程度によって、ライト、モデレート、シビアの三つにカテゴライズされ、その中でも最も激しいシビアにまともに突入すると、ＡＳ－５００のような大型機でも、まず無事で済むことはない。いま7便が突入しつつあるＣＡＴは、不幸にもその最悪のシビアにカテゴライズされるものだった。だが二人ともこの断続的に続く不規則な揺れを、ＣＡＴと関連づけて考えるよりも先に、ロックしたフライト・

コントロール・システムにインプットした答が間違った結果、起きたことだと考えた。

もはや状況を地上に報告している場合ではなかった。とにかく考えられるすべてのことを行なってこの危機的状況を脱すること、それが先だった。

「ブレーカーを切れ！」

こうなれば操縦にかなりの不自由を強要されることになるが、ダウンしたフライト・コントロール・システムを遮断するしかない。神崎はそう判断し、宮下に命じた。

「分かりました」

とは言ったものの、ＡＳ—５００のブレーカーは副操縦士席の後ろにあり、席を離れなければブレーカーを切ることはできない構造になっていた。宮下がハーネスを外した瞬間、急激な降下が起きた。宮下の体がまるで戦闘機の脱出装置を稼働させたかのような勢いで席から浮き、オーバーヘッド・パネルに激しく叩きつけられる。樹脂と金属でできたパネルに彼の頭部が激突した瞬間、首のあたりから生物体のある部分が損傷を受けたとはっきり分かる鈍い音がした。まるで天井に体がへばりついたように、宮下の体が浮き上がったまま落ちてこない。肉体が自然落下するよりも急激な降下に機は陥っているのだ。それは数秒であったかもしれないし、それ以上だったかもしれない。何もしないうちに機は突然上昇に転じた。瞬間、宮下を掴み上げていた見えない手が開かれたように、今度はその体がシートの上に叩きつけられた。その様子を視界の端で捉えた神崎の目に、不自然な姿勢でがっくりと頭を後部にそらした宮下の姿が目に入った。

「宮下!」

神崎は、反応のない操縦桿(かん)をそれでも反射的に操作しながら、声をかけた。しかし微動だにしない宮下からは何の返事も返ってこない。それに代わって、〝ドーン、ドーン〟という腹に響く不気味な音が神崎の鼓膜を、そして体を震わせた。

――エンジンだ!

反射的に神崎の目が、エンジン関係の状況を示すモニターに注がれる。右のエンジンに明らかに異常を示す兆候が見られた。急激な上昇下降によってエンジン空気取り入れ口の気流が急速に変化し、コンプレッサー・ストールが起き、フレーム・アウトを誘発したのだ。正常に稼働し続ける左エンジン。死に体となった右エンジン。左右の推力が急激にバランスを失った機は、急激な偏揺れ(ヨーイング)の状態に陥った。当然パイロットはこうした事態に際しての訓練を受けてはいるが、副操縦士の手助けなしにはエンジン故障に対処する操作を迅速、かつ的確に行なうことは簡単ではない。しかしいま、その副操縦士は隣の席で意識を失ったままだ。いや、生きているかどうかさえ定かではない。急激なヨーイングは、同時に急激なバンク(傾斜)へと結びつく。神崎は反射的にヨーイングを修正すべく反対方向、つまり左のラダー・ペダルを力一杯踏み込んだ。しかしロックされ、いかなる指示も受けつけなくなったフライト・コントロール・システムは当然のことながら、その指令を方向舵(だ)に伝えることはなく、なんの効果も及ぼさなかった。複雑な気流の流れに翻弄(ほんろう)されコントロールを完全に失った機は、瞬く間に斜度を深めていき、このままでは間もなくロールの状態に突入する。

旅客機は快適に飛ぶこと、そして何よりも安全に飛ぶことを前提に設計されてはいるが、アクロバット飛行が可能なほどの強度は計算のうちに入っていない。

いままさに7便が陥ろうとしている状態は、アクロバット飛行そのものだった。

「メイデー、メイデー。オール・ジャパン7！」

神崎の悲壮な声が、最後の言葉を発した。瞬間さらに急激な降下が始まり、今度は右のサイド・ウインドウに倒れたままの宮下の体が激しくぶつかった。

全日本航空7便は背面急降下の状態に入り、加速度的に速度を上げていく。対地速度はすぐにマッハ一を超え、機体の能力は、通常の限界能力とされるものより三〇パーセントも安全係数をとってある、本当の意味での限界に近づきつつあった。

ほどなく、主翼が上下に振れるフラッターと呼ばれる現象が起き始めた。薄いジュラルミンで覆われた主翼に皺がより、それは小さな亀裂を無数に発生させ、ついにはパッチワークのようにはりついた金属の何枚かに決定的ダメージを生じさせた。

そこからの破壊は瞬間的に、そして連鎖的に起きた。主翼を覆ったジュラルミンの薄い板の数枚が飛び、速度に耐えきれなくなった主翼のリブ、そして腹の中央から主翼の中にかけて設置された燃料タンクが裂けた。燃料が漏れ、その飛沫がエンジンの熱によって発火するのと、主翼が折れたのはほぼ同時だった。オレンジ色の激しい火の玉が夜空に出現した次の瞬間には、もうそこに空を飛ぶテクノロジーの塊は存在しなかった。

無数の金属片、そして肉片は、三万フィートの上空で飛散し、そして広い範囲に落下していった。

●米国　イリノイ州・シカゴ

「こちらフライト・デッキです。乗客の皆さまに申し上げます。先ほど来この飛行機は離陸の順番待ちをしておりましたが、間もなく当機への離陸許可が下ります。お急ぎのところご迷惑をおかけしました。皆さまの寛容なる忍耐に感謝申し上げます」

AS－500のキャプテン・シートで、機長のジョン・スネルは努めて明るく、そしていささか芝居がかった声でキャビン・アナウンスを行なった。

全米有数の規模を誇るこの空港のラッシュ・アワーでは、スポットを離れてから一〇機以上の飛行機が自分の前に列をなして離陸を待っていることが当たり前の光景となっている。一機の離陸が終わり、次の飛行機の離陸まで最低二分の間隔を置いたとしても、それだけでも長い列の最後尾についた飛行機は二〇分の待機を要求される。それも前に飛んだ飛行機のタイプによっては、さらに長い間隔を置かなければならない。巨大なジャンボ・ジェットの後に、コミューターのプロペラ機などを離陸させようものなら、強烈なジェットエンジンから吐き出された乱流によって、コントロールが利かなくなり、墜落の可能性があるからだ。時にその離陸順番待ちの待機時間だけでも、目的地までの飛行時間に相当することすら珍しくはないのだ。事実スネルが列の最後尾についてからもうすでに四〇分の時間が経とうとしている。毎度のこととはいえ、この時間は最前列の機の離陸が済めば間隔を詰める、その程度しかやることがない。まるで逃げ場のない高速道路の大渋滞で、ブレーキを踏み続け、そして時にアクセルをちょいとばかり踏み込む——それとまったく同じ動作を何度となく繰り返すのだ。

『ユナイテッド84。27番滑走路進入支障なし。直ちに離陸せよ』

ヘッドセットを通して、まるで早口言葉を喋(しゃべ)るような管制官の声が聞こえてくる。

「やれやれ、やっと前が片付く」

スネルがいささかうんざりした顔で言ったのと同時に、管制官が、

『オール・アメリカ１２５０。シカゴ・タワー。前の７２７が離陸次第、君たちの番だ。滑走路手前まで前進してくれ』

指示を出してきた。

「オール・アメリカ１２５０。了解」

スネルの右手が、自然と中央にある二つのスロットルレバーに添えられる。たったいま離陸許可を貰(もら)ったユナイテッド航空のB—７２７の三つの噴射口が、ゆっくりと前方に動きだし、滑走路へと出ていく。距離を測ってスネルはフット・ブレーキを離し、機を前方へと進める。

「ビフォー・テイクオフ・チェックリスト」

その間に、スネルは副操縦士に離陸前の最終チェックを要求した。すぐにマルチ・ファンクション・ディスプレイにリストが現れ、副操縦士がそれを確認していく。数項目の確認事項を終えるうちに、前方の727は滑走路に出、機首を回転させてセンターラインへ合わせるとすぐに離陸を開始した。

分厚いウインドシールド、ジュラルミンで覆われた機体が、727のフル・パワーのエンジン音に共鳴し、ビリビリと音を立てて振動する。

「ビフォー・テイクオフ・チェックリスト・コンプリート」

副操縦士が、離陸前の点検がすべて完了したことを告げる。

『オール・アメリカ1250。27番滑走路に進入、ただちに離陸せよ』

遥(はる)か先で727の両翼がイリノイの空から降り注ぐ陽光に銀色の光を反射しながら、機首を持ち上げたのとほぼ同時に、相変わらずの早口で離陸許可が下りた。

「オール・アメリカ1250。了解。ただちに離陸する」

「レフト・サイド・クリア」

スネルが左サイドを確認する。

「ライト・サイド・クリア」

副操縦士が言うが早いか、スネルはスロットルを今度は先ほどよりも少し前に押し出し、フット・ブレーキを緩(ゆる)めた。滑走路のセンターラインが副操縦士席の向こうに見えたあたりでスネルは左手に持ったステアリングを操作し、機首を右に回転させた。ゆっくりと、しかし確実にセンターラインが、視界の中に戻ってくる。一旦（いったん）停止は無しだ。滑走路に進入したのと同じ速度を維持しながらパワーを上げ始める、ローリング・テイクオフと呼ばれる手法をスネルは取った。機首の中心がセンターラインとピタリと合ったところで、

「さあ行こう（ヒア・ウィ・ゴー）」

スネルは指先に力を込め、スロットルの内側についたゴーレバーを押し込んだ。生き物のようにスロットルが前方に動き、中央のディスプレイにあるエンジンの状態を表示するグラフが、みるみる出力部分の色を変えていく。住宅密集地にある空港という条件から、騒音と、それにエンジンへの負担を幾分でも軽くするために、離陸時のパワーは予め（あらかじ）リデュースド・テイクオフ・パワーにセットされ、表示は最高出力から少し余裕を残したところで安定した。

サイド・ウインドウ越しに見えるオヘア空港の景色が後方に加速度を増して流れていく。滑走路前方に見えるセンターラインが手前に迫る間隔が短くなる。

「一〇〇（ワン・ハンドレッド）（ノット）」

副操縦士が静かに速度を告げる。機体に何の異常もなかった。

「チェック……」

スネルがすかさず答える。天候もよし、離陸に支障がある気配は何もなかった。副操縦士からは間もなく、離陸決心速度（V1）を告げるコールがあるはずだった。離陸を断念するか、このまま続けるか、ここで決めなければならない。もし何か不測の事態があって

も、この速度を超せば、離陸を続行しなければならないのだ。パイロットが最も緊張する一瞬だった。スネルが両の手にはめたグラヴ越しに、操縦桿を握り締めたその時だった。

『125０離陸中止！　離陸中止！』

必死で離陸中止を命じる管制官の声が飛び込んできた。

「リジェクト！……リバース！」

理由を考える余裕などなかった。すでに機は滑走路の半ばに差しかかり四〇〇〇メートル滑走路の先端が見えている。

スネルはスロットルレバーを手前に引くと、さらにそれを引き起こし、エンジンを逆噴射させた。副操縦士が『リジェクト』のコールとともに離陸中止に関する操作業務を自動的に開始する。自動的に主翼上面についたスポイラーが立ち、エアーブレーキがかかる。離陸の手順がクライマックスに達したところで、着陸の手順をフルコースでこなしていくのだ。シミュレーターでは、何度となく経験した操作だが、実機でやるのはこれが初めてだった。

離陸時には必ず最大機能にセットされているオート・ブレーキ・システムが働き、両の肩、そして太股を締めつけていたハーネスが体に食い込む。腰に一本のベルトしかしていない乗客は、おそらくもっと酷い苦痛を味わっているに違いない。事実、閉じられた後方のドアの向こうからは、乗客の悲鳴とともにキャビネットの中に入れられたミールのコンテナが狭い空間の中でぶつかりあったのか、何か重量のあるものがぶち当たる音がする。

逆噴射の猛烈な音。急激な減速。スネルはラダー・ペダルをこまめに操作しながら方向維持に集中する。機は確実に速度を落としてはいたが、滑走路の最先端がすぐそこまで来ているように感じる。その先には、僅かばかりの芝生の緩衝地帯を残して、車がひっきりなしに行き交う高速道路が走っている。

「ガッデム！」

スネルは無意識のうちに罵りの言葉を吐きながら速度計に目をやり、ようやくタクシー・スピードまで速度が落ちたことを確認すると、そこで初めて両の足を踏ん張ってラダー・ペダルを踏み込み、マニュアル・ブレーキを使った。燃料と乗客、それに貨物を満載したAS－500は、スネルの正確な操作の甲斐あって、滑走路を一〇〇メートル残したところで停止した。コックピットから見れば、もうその先端がすぐそこに見える所だった。

「一体なんだってんだ！」

スネルはこの僅か数十秒の間に額、首筋、そして背中をべったりと濡らすほどにかいた汗に気がつく様子すらなく、力の限り叫んだ。

●米国　ジョージア州・アトランタ　CNN会議室

室内は深刻な空気に包まれていた。円形のテーブルの中央にはスピーカーフォンが置かれ、その前に、報道デスクのロビン・ジョーダンと副社長のジェリー・マローンが座り、話し声しか流れてこないというのに、まるでそこに相手がいるかのように視線を中央の一点に集中させている。

回線はアトランタのCNN、それにニューヨークにあるCBS、NBC、ABCの全米三大ネットワークの会議室と繋がっていた。前代未聞のアメリカの四大テレビ・メディアの緊急合同会議がいま行なわれているのだ。

この一時間に満たない間に起きたこと、判明した事実は、それほどメディアにとっても衝撃的な出来事だった。女からの犯行声明はCNNを皮切りに、ニューヨークにある三大テレビ・メディアに、一言一句違わぬ形で寄せられ、その間に最初に電話を受けたCNNのリプソンが指定されたホームページにアクセスし、声明文とパズルを確認した。ジョーダンの指示を受けたスタッフは、FAA、それにエアー・ストリーム社に次々と電話を入れ、事実の有無の確認に入った。

確認作業にそれほどの時間はかからなかった。とは言っても答は二つに分かれた。全日航8便がニューヨーク・センターにスコーク7700を発してから、その事実はしかるべきルーティーンにしたがって、すぐにFAAに報告されていた。操縦不能の航空機に対しての対処は、まず第一に管制当局、それよりも当事者たる航空会社とパイロットの間で問題解決にあたるのが普通で、製造メーカーへの報告はそれよりも後のことになる。エアー・ストリーム社がこの時点で何も知らないのは、当然と言えば当然のことだった。

しかし正体不明の女の言葉通り、操縦不能に陥ったAS－500の存在が確認できた。

それだけでメディアにとっては十分だった。法廷で有罪の証として用いられる論理、当事者しか知り得ない秘密。それが立証されたのだ。それは同時にスピーカーフォンを囲んで、話し合う四大ネットワークが、本来ならば傍観者であるべき自分たちが当事者として事件の中心に置かれたことを意味した。刃は自分たちの喉元に突きつけられたのだ。

『で、FBIへの通報は済んだのか、ロビン』

CBSの報道部長カスターの声が、スピーカーを通して尋ねてくる。

「ああ、事実関係が判明してからすぐに通報してある」

『しかし、どんな手を使ったのかは分からんが、航空機のフライト・コントロール・システムを改竄し、チェックに引っかからないように搭載させるなんて芸当ができるものなのか』

低いトーンで訝しげな声を上げたのはABC報道部長のマーク・サンプソンだ。

『いつものハッカーの犯罪というわけかな。航空機製造メーカーのフライト・システムをプログラムするコンピュータといえども、ネットで繋がっている限り、連中の不正侵入と無縁でいられるわけがないからな。なにしろ、あの国防総省のホストだって、何度防護策を講じても、その度に破られているじゃないか』

いかに航空会社とはいえ、民間会社のコンピュータに侵入することなどちょろいものだと言わんばかりに、NBCの報道部長ディヴィッド・グローバーが言った。

「方法論を論じている場合じゃないぞ。事は現実に起きて、いまなお進行中なんだ。こうしている間にも、ＡＪＡ8はマッハ一に近い速度で、飛行を続けてるんだ。それも操縦不能という状態でな」

マローンが話題を転じにかかった。

『状況はどうなんだ。操縦不能は分かったとしても、その症状は、やはりあの女の言った通りなのか』

グローバーが、いらついた声で聞いた。各社一斉に独自の取材に動き始めているとはいえ、一番最初に電話を受けたＣＮＮが情報を一番多く手にしている。

「ＦＡＡに確認したところでは、彼女の犯行声明と寸分違わぬ症状が8便に出ている。つまりフライト・コントロール・システムが完全にアウトになり、コックピットのディスプレイにはそれにとって代わって、三つのおかしな質問が出ている。これに正解しない限りシステムは元に戻らないというメッセージとともにな。手元に彼女の犯行声明は持っているな」

ジョーダンが他の三社の人間たちに質問した。ＣＮＮの二人の前には、すでにホームページからプリントアウトされた長大な犯行声明が置かれている。それはＡ4のレターサイズの紙に、一〇ポイントの文字でびっしりと記載され、二〇ページにも及んだ。

うんざりした顔で、マローンが低い唸り声を上げた。

「全文に目は通したろうな」

『ざっとね』ＡＢＣのサンプソンが即座に返事を返す。『いかれてるよ、まったく。〃コンピュータ文明に毒された者たちへ――支配される者たちの社会とその未来――〟タイトルからして、この手の犯罪者にありがちな、狂信的なまでの独善性に満ちている』

「第一パラグラフは、現在のコンピュータ社会の現状に対しての批判、第二パラグラフはさらにそれが社会にはびこったネットワーク、それに管理される危険性。そして第三パラグラフは……」ページを捲るジョーダンの手が早くなった。「こいつが一番長いな。七ページか。インターネット社会に対しての批判と警告だな。最後の第四パラグラフが事実上の犯行声明と、問題解決のための方法。つまり……」ジョーダンがさらに四枚ほどのページを捲る。

「このパズルの中に答が隠されているというわけだ」

『しかしこのパズルは一体何なんだ。単なる記号、それもまるで象形文字のような記号の羅列じゃないか。どこをどうすれば、答が出てくるんだ』サンプソンが呻いた。

『これは簡単な文字合わせじゃないかと思う』四社をリンクしたスピーカーフォンを囲んだ中でも最も若いABCの報道室長、ケビン・リンチが言った。『象形文字のように見えるのは、アルファベットのある部分をわざと欠落させたもので、この中のどこかの部分と重ね合わせることで、完全な文字、そして文章が浮かび上がってくるようになってるんじゃないかな』

「重ね文字？」マローンが意外なことを聞いたとばかりに問い返す。「どうしてそんなことが分かる」

『いや、うちには五歳の娘がいてね』

「聞きたいのは君の家族の話じゃない」

『そうあせらないで、ジェリー。その娘が幼稚園のランチによくフルーツ・ロール・アップというお菓子をデザートに持っていくんだが、そいつのおまけにこれがついているんだ。半透明のテープにこれと同じような記号がプリントされていて、二枚を重ね合わせてずらしながら透かして見ると、ある所で記号が文字となって突然文章が浮き上がってくる。そんな仕掛けになってるんだ』

「何てこった。一億ドルの機体と二〇〇名を超す人命を助ける答が隠されたパズルが、幼稚園の子供がやるパズルだって？　どこまで人を馬鹿にしてるんだ」

　マローンが怒りに満ちた口調で手にしていた犯行声明文をテーブルに叩(たた)きつけた。

『しかしこのパズルは、幼稚園児でも解けるそんな代物とは違ってちょっと面倒だな』

「何が面倒なんだ」

『あの手のパズルは、元になる、つまり重ね合わせると正解が浮き出てくる、その元になる〝デコーダー〟という部分が予(あらかじ)め別になっていて、その何文字かを記号の上にスライドさせていけばいいようになっているんだが、こいつは、それがいくつものパターンに変化している』

『その元のセンテンスが、このパズルには幾つかあるというわけか』サンプソンが唸った。

『二〇ほどね』

『その二〇のパターンがあるデコーダーの中から正解に結びつく一つを探し出し、そして四ページにも渡る膨大な記号に重ね合わして文章になる部分を探し出さなきゃならない。そういうわけなんだな』

『その通り。これは大変な作業だ。元になるデコーダーがどれなのか、答がまとめて三つ分あるのか、あるいはそれぞれがまったく別々に隠されているのか。やってみないことには何とも言えない』

「そんな時間なんてありゃしないぞ。8便の燃料残からして、飛んでいられるのはあと一五時間がせいぜいだ。それもコントロールがまったく利かない状態でだ」

マローンの額に汗が光り、太い血管が浮かび上がった。

『そんなことは我々が考えるよりFBIやFAAの連中が考えているさ。みんなこの会議の目的を忘れちゃいないか。我々が考えなくてはならないのは、こいつが突きつけてきた要求、それに応じるかどうかだろう』

グローバーがいらだちを隠せない声で、がなり立てた。

一瞬重苦しい空気が部屋の中に再び流れた。そうだった、矛の刃先が向いているのは8便や、その問題を解決すべく奮闘してるFBIやFAAの連中だけではない。自分たちにも向けられ、いや、もしかすると彼ら以上に重要な責務を押しつけられているのだ。

「第二のユナ・ボマーか」

マローンが忌々しげに吐き捨てた。

ユナ・ボマー。それは事件の発生、犯人の要求を知った時に、ここに集う誰しもの頭に浮かんだ名前だった。そして思い出したくもない名前。彼は数年間にわたり全米数か所のコンピュータ研究機関に小包爆弾を送り、幾人かの死傷者を生み出した。最後に突きつけた要求は、今回以上の長大な犯行声明――というよりは、極端に機械化された現代社会に対する批判論文ともとれる文章を、ニューヨーク・タイムズ及びワシントン・ポストという二大クオリティ紙に掲載することだった。期限内に要求が叶えられなければ、飛行中の航空機の中で小包爆弾が爆発する……。その脅しの前にメディアは屈し、ついに彼の論文は二大紙に掲載された。それは、メディアの長い歴史の中で、初めて犯罪者の要求に無条件に屈した屈辱的な出来事として、この世界に携わる者にとっては忘れようにも忘れられない事件だった。

しかし、ユナ・ボマーと今回の事件が明らかに違うのは、圧倒的時間的制約が課せられているという点だった。ある期限内に自分の論文を二大紙に掲載せよ――あの時は検討するのに十分な時間があった。しかし、今回の犯人の要求を叶えるためには、8便の飛行時間内という制約がある。それも犯人の言う通りシステムが回復したとしても、今度は着陸する空港を探し当てなければならない。そこに到達する時間もだ。それを考えれば、さらに決断までの時間は短くなる。今回の犯人がペーパー・メディアを避け、電波・映像メディアだけを狙って要求を突きつけてきたのも、当然と言えば当然のことだった。

「彼女の言うホームページのアドレスを報道したらどうなる。この退屈極まりない狂信的論文を物好きなインターネット・ユーザーが読んで、それでお終いってわけか」

『それで済むならお安いもんだ、ジェリー。読む読まない、パズルの謎解きに加わる加わらないは、ユーザーの自由裁量にまかされるんだ。我々は、単にホームページのアドレスを教えてやるだけじゃないか』

ABCのマーク・サンプソンが言った。視聴率という、実体がいま一つはっきりしない怪物に支配され、常に数字によって評価される世界に生きる人間の本能が、早くも剝き出しになった。中でもサンプソンは、ことさらその面に関しては敏感な男だった。

『しかし、安易に犯人の要求を吞んでもいいのか』すかさず異議を唱えたのはCBSのカスターだった。『我々は犯人のメッセンジャーじゃない。報道することが社会に及ぼす影響、それに報道人としてのモラルに対して、もっと慎重であるべきだ』

「それは正論には違いないがね、ジャン。事態は時間との争いなのだ。ここがユナ・ボマーのケースとはまったく違うところだ。あの事件の場合、いつどこで爆弾が飛行中の航空機の中で爆発するか分からないという恐怖があった。ニューヨーク・タイムズやワシントン・ポストが要求を吞まなければ、それこそ全米の航空路線は完全にマヒ状態に陥っただろう。その可能性があっただけでも、連中はユナ・ボマーの要求を吞んだのだ。もちろんそれ以前に、犠牲者が出た、その事実があってのことだがね」

ジョーダンが落ち着いた声でとつとつと話す。

『ロビン。それは、CNNは奴の要求を吞むということを意味するのかね』

カスターの声が厳しくなる。

「報道の方法として二つ考えてみた。一つは、すでに我々がアクセスして確認した画面をニュースとともに流す。この場合、奴が公表しろと迫ったホームページのアドレスは流さない。あくまでも犯行声明とパズルが載った画面を映像として放送するだけだ。もう一つは、言うまでもないことだが、奴の要求を一〇〇パーセント呑んで、指定されたホームページ・アドレスをそれとともに流す」

『それで、どっちの選択肢が正しいと思うんだね、ロビン』

カスターの声にいらだちの色が濃くなった。

――正解があれば、こっちが聞きたいよ。だからこうして電話会議をやってるんじゃないか……。

ジョーダンが腹の中で毒づく間もなく、サンプソンが口を挟んだ。

『この場合、要求を呑まざるを得んのじゃないか。奴の要求を実現させない限り、8便のシステムは回復しない。つまりこの一五時間の間に二〇〇名、いいか二〇〇名を超す人間の命が奪われるんだ』

『どうしてそんなことが言えるんだ。奴はこのパズルを解きさえすればシステムは回復すると言ってるんだ。もうすでに我々の局でも謎解きに入っている。いや我々ばかりじゃない、FAAだってFBIだって、全力を挙げてパズルを解こうとしているはずだ。その中の誰かが解いてしまえば、もう放送する必要なんかないんだ』

スピーカーの向こうから、ばさりと分厚い書類の束をテーブルに叩きつける音がする。

カスターはあくまでホームページ・アドレスの公開には慎重な姿勢を崩さない。それは犯罪者の要求に屈する屈辱よりも、報道人としての本能の片隅に宿った何かがそうさせているに違いなかった。

『しかし、パズルを解いてそれで終わりという保証がどこにあるの』しばらく議論を聞いているばかりで、沈黙を守っていたNBC副社長のバーバラ・フォスターが初めて口を開いた。始終口を開きっ放しの人間の意見よりも、たまに口を開く人間の言葉には注意を引きつけるだけの重みというものがある。

『実は、あなたたちの議論を聞きながら、もう一度この犯行声明文を読み返してみたんだけど、この女性はそれなりの高等教育を受けているような気がする。論旨もいま彼女が実行していることも狂気じみてはいるけれど、少なくとも考えというものに一貫性があるわ。文章自体も、使われている言葉、センテンスともにきっちりしたものよ。よく言えば洗練されている』

『いったい何が言いたいんだ、バーバラ』

サンプソンがいらだちを隠せない声を上げる。

『彼女はユナ・ボマーと同等程度の教育を受け、そして知的レベルの高い人間だと思うわ。それが要求が達成されないうちにパズルが解かれ、それで操縦不能になった8便のコントロールが回復して終わりになる、そんなへまな結末を迎えるようなことをするものかしらね』

スピーカーフォンを囲んだ全員が押し黙った。その脳裏にユナ・ボマーという名の下で全米を恐怖に陥れた男の経歴が浮かんでいた。

一五歳で、アイヴィー・リーグの名門ハーヴァード大学に入学、若くして数学科の助教授としてウエスト・コーストの名門UCバークレーで教鞭を執った男……。天才という言葉があるとすれば、まさに彼のためにあるような華麗な経歴。他の人間たちと違っていたのは、その頭脳もさることながら、その明晰さゆえか、機械に支配される人類の未来に危惧の念を抱き、自らを原始的な生活に置くばかりか、社会に警告する手段として爆弾魔と化した……。

その周到さ、社会の盲点を突いた手腕、いや彼の頭脳の前に、東部エスタブリッシュメントの巣窟と言われるアメリカの言論界、いや世界の言論界をリードするニューヨーク・タイムズ、ワシントン・ポストの二大紙は要求に屈したのではなかったか。

「すると何かね、バーバラ。あなたは、我々が彼女の要求を無視した場合、何かまた別の仕掛け、あるいは事件が起こる可能性があると言うのかね」

ジョーダンが、ぐっとスピーカーフォンに顔を近づける。

『むしろその可能性が高いということね。どんな手を使ったのかは知らないけれど、彼女は飛行機のフライト・コントロール・システムを改竄するという、常識では考えられない困難なことをやってのけた。それは同時に彼女、あるいはその組織がコンピュータに関して、まさにトップクラスの腕を持っていることの証明だわ。これくらいのことをしでかす人間が、要求を聞き入れられないうちに事が解決して満足するとは思えないのよ』

たしかにフォスターの言葉には説得力があった。ここに集まったのは航空機に関してはまったくの素人の集団だったが、現在のハイテク機と呼ばれるものが、コンピュータが文字通りの頭脳となっていること程度の知識はあった。正常に動かすべくプログラムされた頭脳が狂った。それも設計者が心血注いで完成させたものとはまったく別のものへと、意図的にだ。それが目に見えない、つまり時間をかけて解析しない限り、誰一人として中を見ることのできないものであるだけに、フォスターの発言は極めて現実的なものとして捉(とら)えられた。

『決断の時がきたようだな。私もバーバラの言う通りだと思う。もしも、我々が彼女の要求に従わなかったとしたなら、次に何か起きる可能性が高いと思う。たとえ8便のシステムが回復し、当面の危機が回避されたとしても、新たな危機が8便、あるいは他の航空機、他のコンピュータ・システムで起きる可能性が高いと思う』

「するとマーク。ＡＢＣは奴の要求を呑んで、ニュースとともに、ホームページ・アドレスを公開するって言うのか」

ＣＮＮのマローンが苦渋に満ちた表情で、深い溜息(ためいき)を洩(も)らした。

『私は反対だ。もしそんなことをすれば、我々テレビという媒体は、それこそ犯行声明を一般に公表する場としての悪しき前例を残すことになる』

CBSのカスターがすかさず異論を唱えた。

『悪しき前例だって？　すでにニューヨーク・タイムズ、ワシントン・ポストが禁を破っちまってるじゃないか。人命救助と次の事件を未然に防ぐのは何物にも優先される。それを阻害するもんなんてあるもんか』

一際激しい口調のサンプソンの声がスピーカーフォンから聞こえたその時だった。ノックもなしに、会議室のドアが暴力的なまでに勢いよく開いた。ジョーダン、マローンの視線が瞬間的にそちらに向いた。

そこにいたのはまたしてもトーマス・リプソン、最初にキャサリンから犯行声明の電話を受けたその男だった。

「トム。これで二度目だぞ。どんな用件か知らんが、部屋に入るときはノックぐらい……」

ただでもいらつく議論のクライマックスに現れた乱入者を、不愉快だとばかりに睨みつけながら、ぐっと引いたジョーダンの顎が首に結んだボウ・タイの上にかかる。しかしその一方で頭の片隅に不吉な予感が走った。

――この男がこうした現れ方をする時は、必ず……。

「AJAの7便が消息を絶ちました」

ただでさえ青白い顔から、血の気がまったく失せている。

「7便？　8便じゃないのか」

マローンが椅子から半分腰を浮かせ、聞き返した。

「7便です。東京発の……それがニューヨーク発の8便と同じ症状に見舞われ、何かの答をインプットした直後に操縦不能になり……」

『もう待ったなしだ！　うちはすぐ奴の要求通りの報道を開始する。君たちが何と言おうとな』

スピーカーフォンから流れてくるリプソンの報告を聞いたサンプソンの、椅子を蹴って立ち上がる音が聞こえる。

「ジャン。どうやら選択肢はなさそうだ。我々もただちにこの事実とともに、彼女の要求通り、ホームページのアドレスを公開する」

マローンの声が会議室の中に響いた。スピーカーフォンからそれに反対する声は聞こえてこなかった。それもそのはず、その時点でマローンの言葉に耳を傾けている人間など、もう誰もいなかったのだから……。

●米国　ニューヨーク州上空・AJA8便

『8便へ緊急連絡。キャプテン、システムには絶対触らないで下さい』

ヘッドセットを通じて宍戸の緊張した声が、早口で聞こえてきた。

「7便に何かあったのか。答をインプットしたのか」

宍戸の口調にはただならぬ気配があった。何かを知り、その結果に対して覚える恐怖、そうした感情の色が口調に現れていた。それは決していいものではなく、まったく逆のものであることに、塚本は気がついていた。

『7便は答をインプットしました……』

「で、その結果はどうだったんだ」

塚本の脳裏に浮かんだ不吉な予感が、確信へと変わっていく。

『……たったいま、レーダーから機影が消えました。最後に操縦不能の報告がありましたが、その前に、〝答が違います。ゲームは終了します〟というメッセージがディスプレイ・ユニットに現れたそうです』

レーダーから機影が消えた、それが何を意味するかは聞くまでもないことだった。空を飛んでいる限り、航空機に限らず、それがある一定の大きさを持っている限り、レーダー電波を反射するのは物理の原理というものだ。その電波を反射しなくなったということは、答は二つ。電波の届かない所、つまり地上に激突したか、反射しない小片となって空中に散ったか、そのいずれかしかない。どちらにしても結果は最悪だった。

塚本、浦部の二人の腕が、無意識のうちにアイル・スタンド・パネルにあるCDUから距離を置いた。まかり間違ってこのキーに触れでもしたら、7便と同じように操縦不能に陥り、墜落という最悪の結果を招きかねない。その恐怖が二人の動作となって現れたのだ。

『8便。東京メンテナンスの根本です』運航管理者とパイロットの間に、チーフ・メカニックの根本が割って入った。『とにかくシステムには絶対に触らないで下さい。これは最初我々が考えたピーターIIの仕組みとは違って、正確な答をインプットしないと、元に戻らない仕組みになっているようです。もちろん7便がインプットした答、4・4・2に間違いはないと判断したのですが……。いずれにしても、それが答ではないことは、これではっきりしました』

地上から8便を支援していた人間たちも、塚本も浦部も、誰ひとりとして7便が消息を絶った本当の理由が晴天乱流にあることなど考えもしなかった。

——これで、はっきりした？　随分と高い代償を払ったもんだ。その答を出すために二〇〇人を超す乗客と乗員の命を失ったんだぞ。

もう少しで叫び出しそうになるのをグッとこらえ、塚本は努めて冷静さを装って聞き返した。

「それで、次はどうしたらいいんだ。何か方法があるのか」

『すでにそちらの報告を受け、FAA、FBIが事件の解明に動き始めています』

「それよりも、肝心のシステムを開発したところとコンタクトは取れているのか」

——何がFBIだ。連中はこんな馬鹿なことをしでかした人間を見つける役割をするだけで、この状況を解決するためにいるわけじゃない。

塚本の声に明らかにいらだちの色が込められた。

『それもFAA、それからこちらから直接エアー・ストリームにコンタクトを取って、プログラムの検証に入ってもらうよう、要請をしています』

「その検証が済むのにどれくらいの時間がかかるんだ。検証の結果、答が分かるのか」

『……それは……』

根本の声が途切れた。

『キャプテン、落ち着いて下さい。こちらも全力を尽くして何とか解決策を見出す努力をしているところです。幸い燃料はデータではまだ一五時間分は残っています、この間に何らかの進展が絶対にあるはずです』

宍戸の声が懇願するかのように聞こえる。

――そうだ、連中も何も手をこまねいて事態の推移を見守っているわけではないのだ。すでに一機が消息を絶ち、同じ轍を踏まぬよう、我々と同様に苦しんでいるのだ。

塚本は急速に冷静さを取り戻しつつあった。

「分かった。しかし最悪のケースも想定しておこう。時間内に解決策、つまり正確な答が見つからなかった場合だ」

『7便では、最初にメインのコンピュータの一番から二番、二番から三番への変更をトライしましたが、どれもうまくいきませんでした。整備記録からすると、7便8便それぞれに搭載されたコントロール・システムは、7便は出発直前に、8便は日本を発つ前にそれぞれ同じヴァージョンに変更されています。これは機に搭載されている三つのコンピュータそれぞれに同じプログラムがインストールされていますから、おそらくメインを切り替えても駄目でしょう』

気を取り直した根本の声が、理路整然と、しかし冷静に事実だけを淡々と話す。

「こちらでも、もちろんやってみるが、だめだろう。だとすると、残された手段は？」

『コンピュータのブレーカーを抜いてしまうことです』

「つまり、舵は全然使えないということになるわけか」

塚本の声が深刻なものになった。右の席から浦部がサングラス越しに不安げな眼差しを向けるのが分かった。

『使えるのは、トリム、パワー、フラップ、それにスポイラーだけということになります』

答は短かったが、告げられた状況は最悪だった。

飛行状況を示すフライト・ディレクター、コースを示すナビゲーション・ディスプレイは生きてはいるが、スポイラー、パワー、トリムだけで、着陸を試みようとすれば、今度は進入角度、コース、スピードそれらすべてのものに、これまで経験したことのない大きな制限を受けることになる。その前に、燃料の残量によってはある程度の投棄も考えなければならないだろう。もちろん着陸は一回で決めなければならない。通常通りのアプローチはまず無理だろう。進入角度によっては通常のタッチダウン・ポイントをはるかに越えてしまうこともあり得る。滑走路は長ければ長いにこしたことはない。それにこのような状態での着陸となれば空港周辺の立地条件も問題だ。たとえ長い滑走路、十分な空港施設があったとしても、シカゴのような住宅密集地の中にある空港だと、まかり間違って着陸に失敗した時に、周辺に及ぼす二次災害の危険性が極端に高くなる。

自分が置かれた状況、そして着陸の条件を考えれば、マニュアル・モードでの着陸が可能な空港は恐らくアメリカ国内のどこかにならざるを得ないだろう。そうなれば自分たちが決断までに残された時間は搭載燃料の多寡に関係なく、ずっと短いものになることに塚本は気がついた。

「東京メンテナンス。聞いているか」

『聞いている』

「リクエストがある。アメリカ国内、あるいはフライト・コース上で、次の条件を満たす空港をピックアップしてくれ」

塚本はそう言うと、たったいま自分が考えた状況に見合う空港の条件を運航管理者に向かって話した。

『了解した。さっそく条件に見合った空港のピックアップをする』

詳しい意図の説明など必要なかった。地上にいる関係者の誰もが、塚本の言葉の意味するところを即座に悟った。

『ですが、キャプテン。それはあくまでも最後の手段です』

根本の念を押すかのような言葉が、最後に続いた。

「分かっている。こちらもそんな方法での着陸は、できればしたくはない」

『オール・ジャパン8。クリーブランド・センター』

会話が一段落するいとまもなく、一転して流暢な英語が聞こえてきた。

「オール・ジャパン8」

浦部がすかさず操縦桿のスイッチを押し、呼び出しに答えた。

『コースを外れ始めているが、状況を教えてくれ』

――何がいまさらコースを外れ始めただ。エマージェンシー・コールをかけた時点でこちらの状況は分かっているはずじゃないか。

クリーブランドからの無神経な問いかけに、塚本のこめかみの血管が膨らんだ。

「状況は先ほど来伝えている通り。現在一切の旋回は不可能。当便の進行方向を制限空域も含め、すべてクリアにしておいてくれと言え！」

浦部に向かってそう命じると、それをクリーブランド・センターに向かって報告する声を聞きながら、その目をナビゲーション・ディスプレイに注いだ。言われるまでもなくコース変更のポイントに来て、ディスプレイ上に線となって示されている予定コースから機を示す三角マークが少しずつずれ始めているのが分かる。バッファロー上空から真西に向かって飛び続けているのだ。

――くそ、選択肢はますます少なくなるというわけか……。

塚本は口にこそ出さなかったが、罵りの言葉を投げつけると、前方の空間を見やった。

普段ならば、行き交う航空機の二機や三機、あるいはその痕跡が見える空間に、その影はなかった。スコーク7700を発した8便の周囲から、他の航空機を遠ざけるべく、管制が行なわれている、それがなによりの証拠だった。

機の右手にはレーク・オンタリオが見え、左には広大なアメリカの大地が広がっている。

塚本はその時、自分がこの空にたったひとり残されてしまったような孤独を初めて感じた。

●米国　カリフォルニア州・エルセリート

『新しいニュースをお伝えする前に、最初に視聴者の皆さまにお断りを申し上げなければなりません』

ザッピングを続けていたキャサリンは、リモコンを操る手を止めた。CNNのチャンネルだった。キャスターの口調、表情がこれまでのものと一変して、あらたまったものに変わった。

――来た。

キャサリンは、これから読み上げられるニュースが、自分が四大ネットワークに流した犯行声明、それに関するものだということを直感した。ソファの上でリモコンを握り締め、もう一方の手にしていたデカフェのマグをガラスのテーブルの上に置くと、姿勢を正した。

『今朝、JFKを飛び立った全日本航空の東京行き8便が、ニューヨーク州上空で操縦不能に陥りました。同機からの報告によりますと、コンピュータ・システムがダウンし、それに代わって操縦席の計器表示モニターに三つの質問とともに、これらの問題に正解しない限りシステムは回復しないというメッセージが現れました。同時に我々CNNをはじめ、ABC、CBS、NBCの各放送局に犯人と名乗る女性から犯行声明の電話があり、これから伝えるホームページのアドレスを公開し、そこに記載された犯行声明文を読み、パズルを解かない限り、操縦不能に陥った航空機の機能は回復しないということを告げました。我々はこの問題についてどう対処すべきか、慎重に検討を重ねました』

——慎重に検討を重ねた？　嘘おっしゃい。そんな時間なんかあるもんですか。電話をかけ終わって一時間も経っていないじゃないの。

キャサリンの口許に皮肉な笑いが浮かんだ。再び片手がマグに伸び、冷めかけたデカフェを一口啜る。

『こうした脅迫に我々報道機関が屈するのは、本来の我々の使命、またモラルといった見地からも大きな問題があることは事実です。それにこれから先に悪しき前例を残すことにもなりかねません』

——だからどうなのよ。要求を吞むの、吞まないの。まったくこの連中ときたら、前置きばかり長くて……。

『しかし、操縦不能に陥ったのは全日本航空8便ばかりではありませんでした。犯行声明以前に東京からJFKに向けて飛び立った同航空の7便が同様の症状、そして操縦不能に陥りました。システム・ダウン、それに続いてモニター上に現れた質問。これらの症状は一般のコンピュータ・ウイルスとして有名なピーターIIに極めて似ている点から、質問の内容を検討し、7便は答と思われる数値をインプットしましたが、その結果、直後に遭難のコールを残し、レーダー・スクリーンから消えました。現在、日本の海上保安庁、自衛隊が出動し、遭難地点と思われる海域を中心に捜索活動を行なっておりますが、いまのところその行方は分かってはおりません』

――レーダーから機影が消えた？　なぜそんなことが起きるの。たとえ間違った答をインプットしたところで、どうにかなるようなプログラムにしちゃいないわ。

キャサリンの顔から血の気が引くと、手にしていたリモコンが、マグが震えだした。まだ幾らも飲んでいないデカフェがマグのなかで大きく波打ち、縁からあふれた黒い液体がこぼれ、白いカーペットの上に染みを作った。

混乱する脳裏で、キャサリンは自分が改竄（かいざん）したフライト・コントロール・システムのロジックを検証する努力を始めた。

――たしかに私はパソコンの世界に現存するウイルス、ピーターIIをモデルにシステムを改竄した。でもどんな答を入れようと、改竄したプログラムが動き始めて一〇時間が経過するまでは『答が違います。ゲームは終了します』のメッセージが現れ、今度は別のクイズが画面に表示される。それが延々と続くだけだったはずだわ。それだけの時間があれば私の目的は十分に達成されたはず。だからパズルにも、答になるようなセンテンスはどこにも入れなかった。それがどうして……。

『事態は一刻を争います。というのも説明するまでもなく、航空機に搭載される燃料には限界があり、現在東京に向かって飛行を続ける8便にはあと一五時間分の燃料しか残っていません。もしも我々が犯人の要求を呑むことなく、事態の推移を見守ることに徹すれば、事件の性質上第二、第三の新たな仕掛けが動きだし、二〇〇人を超す8便の乗客乗員の生命を危機に晒すことになる——そう判断しました。こうした事情から我々は犯人の要求を呑み、犯行声明とパズルの掲載されたホームページのアドレスを公開します。ここにアクセスし、犯行声明をお読みになるか、パズルを解こうとなさるかは視聴者の皆様のまったくの自由意思に基づくものであり、その判断もまた自由であると申し上げます』

テレビのスクリーンには、キャサリンの犯行声明文を映し出した映像を背景に、複数のホームページのアドレスが画面の下にテロップとして流れている。

キャスターが何かを喋り続けているが、もうキャサリンは聞いてはいなかった。無意識のうちに立ち上がり、何かに導かれるように、リビングの片隅に置かれた机に進む。

——そんな……墜ちるなんて。私のプログラムのどこにミスがあったと言うの。いや、そんなはずはないわ。プログラムは完璧だったはず。まかり間違っても、プログラム自体が暴走して墜落するなんて、そんなことはあり得ない。

キャサリンは机のすぐ足元、床の上に置いておいたブリーフケースを開けると、分厚いノート・パッドを取り出した。オリジナルのフライト・コントロール・システム、アトキンソンが改良した最終ヴァージョンを改竄すべく、手書きで書いたプログラムがびっしりと記載されている。同時にサンノゼの自宅から持ち出したプログラム・ファイルを取り出し、机の上に広げた。

プログラムの改竄は、仕事量が多く、肉体労働という意味では重労働には違いなかったが、変更のポイント自体はそれほど多くなかった。AS—500が高度三万二〇〇〇フィートに達した時点で改竄したプログラムが働き、ある一点でループを始め、ロックしたのと同じ状態になる。同時に操縦席のマルチ・ファンクション・ディスプレイへの情報が遮断され、最初のメッセージが送られ、タイマーが一〇時間後のロック解除に向けて秒読みを開始する……。その間にたとえ間違った答がインプットされようとも、AS—500が暴走状態に陥ることはないはずだった。

——何かを間違えたのだろうか。この私が？　いいえ、そんなはずはないわ。私に限ってそんな間違いをしでかすなんて……。

キャサリンは呪文（じゅもん）を唱えるように、何度も同じ言葉を声には出さずに繰り返した。だがたとえキャサリンが改竄したプログラムが完璧なものだったとしても、それが間接的に全日本航空7便の墜落という惨劇を招いたことは紛れもない事実だった。

——私のせいじゃない、私の……。

キャサリンは、自分が犯した罪の重さに怯（おび）えるように震える手を何とか意思の力で押さえ込む努力をしながら、黄色い地のペーパーに目を走らせた。ページを捲（めく）る度に紙が擦（こす）れ合い、カサカサと乾いた音を立て続けた。まるでニュースによって公開されたホームページにアクセスするユーザーの数をカウントするような音だった。同時にそれは、その裏に潜むウイルス『エボラ』が一つから二つへ、そして三つへと確実に増殖を始めた音でもあった。

●米国アリゾナ州・フェニックス　エアー・ストリーム社

今度は遅れを取ることなく、ポール・シェーバーは事故究明対策室に現れた。いや正確に言えば二番目だった。すでにそこには広報担当のブライアン・バートンが、いまや遅しとメンバーが揃うのを待っていた。

「今度はいったい何だ」

ポケット・ベルで非常招集がかけられる時、それも特定の番号が表示され、この部屋に集まるよう指示がなされた時には、どこかで自社の飛行機が事故を起こしたということだ。広大な工場の敷地内にあるビルを移動するだけでも、場所によっては一時間ほどもかかる。シェーバーはその間に、携帯電話を通じて事故のあらましを知らされてはいたが、エアー・ストリームに勤務して二五年、こんな馬鹿げた話は経験したこともなければ、他社の事故の例としても聞いたことがなかった。

「フライト・コントロール・システムが完全にダウンして、それに代わってマルチ・ファンクション・ディスプレイに馬鹿げた質問が三つ現れただって。一体全体どこをどういじくりまわしたらそんなことが起きるってんだ」

頭に載せていたエアー・ストリームのロゴ入りのキャップをぽーんと机の上に放り投げると、大柄な体を椅子に沈めた。

「分かりません。いま、システム部の連中が、必死になってプログラムのチェックを行なっていますが、分析結果が出るまでにはまだ相当の時間がかかります」

バートンが困惑した顔で言う。そのどこかに、息苦しさと戸惑いの表情が見て取れる。この部屋に怒り狂う室長と二人でいる限り、たとえそれが理不尽なものであったとしてもその矛先は一〇〇パーセント自分に向いてくる。メンバーが揃うにつれ、少なくともそれは分散されるに違いない。

「いまのところ、同一の症状が出ているのはＡＪＡの二機だけなんだな」

「ええ、幸い他に飛行中のＡＳ－５００はいませんでした。オール・アメリカの１２５０便がシカゴで離陸態勢に入っていましたが、これはＦＡＡの緊急連絡を受けた管制当局が、すんでのところで止めましたからね。問題はＡＪＡの7便と8便ということになります」

バートンが、メモ用紙を見ながらシェーバーの問いに答える。

「で、その7便だが、その後何か消息は摑めたのか」

深い溜息とともにバートンの首が横に二度、三度と振られる。

その時、ドアが二度ノックされ、テスト・パイロットのスコット・マクナリーが入ってきた。

「遅くなった。ちょうどテスト・フライトから帰ってきたばかりだったもんでな」

「スコット。事態は深刻だ」

　マクナリーが席に向かって歩き始めるうちに、シェーバーは事のあらましを説明する。

　マクナリーは眉間に深い皺を寄せながらも、途中でコーヒーサーバーから黒い液体を発泡スチロールのカップに注ぎ、それを啜りながらじっと耳を傾けている。

「信じられるか、システムがロックし、それに代わって奇妙な質問がディスプレイに現れる。そんなことが起こり得るものなのか」

　シェーバーの言葉に、マクナリーは肩をすくめると、コーヒーを一口啜り、

「信じがたい話だが、現に起きているんだからな」まるで他人事のように言うと、「搭載したシステムのヴァージョンは幾つだ」

「5.3.2です」

　バートンが答えた。

「一番新しいヴァージョンだな」

「両方とも、システムを入れ換えたばかりだったようです」

「このヴァージョンのチェックは君がやったんだったな、スコット」

　シェーバーが聞く。

「ああ、シミュレーター、実機の両方で実際に試した。テストの内容は、いつもと同じメ

ニューにそって、漏れなくやった。今回の異常に通ずるような症状は何もなかった」

メニュー通りにテストが行なわれたということは、路線便ではとうてい起こり得ないような厳しい状況下でのテスト、つまり限界とされている性能のさらに三〇パーセントも上の極限状態でのテストが繰り返されたことを意味する。そうでなければ、アプルーブするわけがないじゃないかとばかりに、技術者として最高峰の位置に属し、命と引き換えに危険を自らくぐり抜けた者だけが持つ自負の念を以て、マクナリーはシェーバーを見た。

「それなら何故こんな馬鹿なことが起きるんだ。事故の状況から判断するに、これは明らかにシステムに起因する、それもメインのシステムが原因としか考えられない」

シェーバーの言葉に、マクナリーは何事かを考えているふうだったが、

「システムがそうなるように改竄されたそれならあり得るんじゃないか」

「そんな馬鹿な。今回のヴァージョン・アップは、着陸復行に関しての不都合部分だけの改良だったはずだ。他のところには一切手を触れていないはずだ。7便、それに8便の報告からすると、もっと根本的なシステムの改竄が行なわれた、そう考えるしかない」そこで、シェーバーはちらりと腕時計に目をやると、「チャップマンはまだ来ないのか」いらだった声を上げた。

「しかし、消息を絶った7便の対応はあまりにも安易な感が否めないような気がします。三つの質問が画面に出た。たとえその答と推測されるものが正解である確率が高いとしても、いきなりそれをインプットするというのは……」

「バートン、それはちょっと違うな。パイロットなら誰でも、上空で起きたトラブルをまず最初に自分の手で解決しようとするさ。もしも自分の手で解決できないなら、地上のメカニックのアドヴァイスを受けながらなんとかしようとするだろう。訓練で受けたこともない、マニュアルにも書いていないことなら、なおさらだ」

――トラブルの度にメーカーにその原因や対処方法などいちいち問い合わせたりするものか。考え得る対処の方法は、すべて航空会社のしかるべき役割を持った人間に教育してあり、連中が解決できないトラブルはメーカーにだって即座に解決できるものではない。危機を回避するための方法は、特にそれが想定もしなかったものであればあるほど、その結果だけをもって当事者を責めるのは酷というものだ。

マクナリーは自分が同じ状況下に置かれたことを想像しながら、そう考えた。

慌ただしくドアが開くと、機体構造担当のケネス・ヒルトン、そして原動機担当のロジャー・チャンが入ってきた。

「7便は発見されたのか」

長い廊下を走ってきたらしい。小太りの体一杯に汗を浮かせ、肩を上下させながらヒルトンが聞いた。

「消息を絶ったのは、夜、それもずいぶん経ってからのことです。それに三万二〇〇〇フィートのほぼ指定された巡航高度でのことですからね。日本の沿岸からもずいぶん離れたところのようだし、捜索はそう簡単にはいかないようです」

「もしもその高度で、機体に決定的なダメージを受けたとしたら、飛散はかなりの広範囲になるな。フライト・レコーダー、ヴォイス・レコーダーの回収も相当に難しくなると考えたほうがいいだろう」

バートンの報告にチャンが顔をしかめた。

言うまでもないことだが、事故原因の究明には、機体の破損状況、そしてその回収状況が大きく影響する。機体が原形を留め、もしも生存者がいれば、究明は容易かつ確実になり、逆に細分化かつ広範囲にわたって飛散し、生存者もいないとなれば極端に難しくなる。ましてや洋上の高空で破壊が起きたとなれば、なおさらのことだ。ことによるとフライト・レコーダー、ヴォイス・レコーダーの回収すらおぼつかない事態に陥るかもしれない。そうなれば事故原因の究明は、推測――それもありとあらゆる可能性を基に行なわなければならず、それは同時に、膨大な時間と労力を費やさなければならないことを意味する。

その間に、事故を伝えるマスコミは航空評論家、あるいは識者と呼ばれる人間たちを動員し、無責任な推測を報道の名の下に垂れ流し続けるだろう。そうなれば、社運を賭けて開発したＡＳ－５００の前途に、当然いい影響を及ぼすはずがない。

『馬鹿と鋏は使いよう』とはよく言ったものだが、マスコミもまた商品の価値を必要以上に高める役割をする反面、ズタズタに切り裂く凶器と化すこともあるのだ。ＡＳ－５００が優美な機体を初めてマスコミの前に明らかにした時、彼らはこぞってそれをニュースにし、特にハイテクの塊のような性能を持ち上げ、近代科学の粋を結集した、世界で最も効率よく、かつ安全な航空機と褒めそやしたものだった。しかしかつての褒め言葉が今度は一転してAS－500の信頼を失墜させるキーワードになることを、ここにいる誰もが知っていた。

『人間よりも機械に、いや、コンピュータに頼り過ぎた悲劇』

いったんそうした評価が世間に蔓延したからといって、直ちに航空機製造メーカーへの姿勢が変わるわけではないが、少なくともAS－500のビジネスに決定的なダメージを与えることは間違いない。いかに世間がハイテク機に対して不安を持とうとも、いったん完成品として世に送り出した航空機のスペックを、そう簡単に変えるわけにはいかないのだ。事は設計思想を始めとする、根幹に係わる問題である。

事故原因の究明は急がなければならなかった。

いらだたしげにシェーバーが、再び腕時計を見ると声を荒らげた。

「チャップマンはまだか。あの野郎何をぐずぐずしてやがる」

そう、一番のキーパーソンが、まだこの部屋には来ていなかった。

●米国　カリフォルニア州・サンノゼ　U.S.ターン・キー社

「もう一度言ってくれ、マーク」グレンは受話器を耳に強く押しつけると、かじりつかんばかりに送話器に口を近づけた。「フライト・コントロール・システムがダウンして、操縦不能になっただって」

とうてい理解できない言葉を聞いたとばかりに、その顔色が白くなり、眉間に深い皺が寄った。

『何度でも言ってやるさ。ＡＪＡの東京発ニューヨーク便とニューヨーク発東京便、その両方のシステムがダウンして、マルチ・ファンクション・ディスプレイ上に三つの変な質問が表示されたんだ。ご丁寧にもその問題に正確な答をインプットしない限りシステムは回復しないというメッセージとともにな。東京発の便は正解と思われる答をインプットした、その直後レーダーから機影が消えた。メイデー・コールを最後にな』

「そんな馬鹿な。理屈の上から考えたって分かるだろう。それじゃまるでウイルスに感染したのと同じような症状じゃないか。そんな形でシステムのダウンが起きるわけがない。普通のパソコンならともかく、我々がＡＳ－５００のシステムを開発する環境は、完全にクローズされた中でやってるんだ。外部からフライト・コントロール・システムを開発するワークステーションに侵入するなんてことは不可能だ。システムのダウンは何か他の要因、たとえば電気系統の故障とか、そういうことは考えられないのか」

グレンは無駄なこととは知りつつも、すがるような思いで、他に原因を求めようとした。

『電気系統の故障で三つの質問が出たり、正確な答をインプットしない限りシステムは元に戻りません、そんなメッセージが表示されたりすると思うか』

「それはそうには違いないが……しかし」

苦しげに反論を続けるグレンの言葉を遮るように、マーク・チャップマンの言葉が冷酷さを増す。

『現実に起きていることは、普通のパソコンがウイルスに感染、それも悪名高いピーターIIに感染した時によく似ている。もしも、これがウイルス感染でないとすれば、誰かが意図的にプログラムを改竄した。それしか考えられない。そうじゃないのか』

「馬鹿な！ そんなことはあり得ない。第一、今回のヴァージョンを搭載する前には、実際にそちらで厳密なチェックをしたじゃないか。αヴァージョン、βヴァージョンともに、シミュレーター、実機でのテストを繰り返したじゃないか。改善点は一か所。たしかにワークロード（作業量）は大きなものだったが、あの一点を除いては、システムのどこにも触っちゃいないし、改竄するにしてもそれほど大がかりなことをしでかす時間的余裕などありはしなかったさ。基本的にはヴァージョン5.3.1と何の変わりもないんだ。もしも今回のような問題が起きているとすれば、とうの昔に起きているはずだ」

『ならば、今回のケースをどう解釈したらいいんだ。君のところのシステムは完全にクローズされ、外部とは一切繋（つな）がっていない。従ってハッカーの類（たぐい）のような何者かが侵入し、プログラムを改竄したとは考えられない。内部の犯行だとしても、時間とワークロードの観点から考えても不可能だ。だがな、現実に二つの航空機、それも最新ヴァージョンの5.3.2を搭載したもので同一の症状が出たんだ』

一気にまくしたてるチャップマンの声にまじって、ポケット・ベルの断続的な呼び出し音が聞こえる。いまグレンに対して行なわれている質問は、チャップマンがこれから事故究明対策室に行けば、間違いなく質問される内容そのものに違いなかった。責める側が、今度は責められる側に代わるのだ。そのために身にまとう鎧を少しでも厚くし、集中する質問に答えられるよう武装を試みるのは当然といえば当然の反応だった。

しかし、ここで二人がどれだけ長い時間をかけて原因の究明について論議を戦わせようとも、それは所詮推測の域を出るものではない。

「マーク、分かった。とにかく聞いた範囲の症状から判断すると、少なくともその二機に搭載されたシステムが、我々がOKをもらったものと違うものであることは確かなようだ。本当に改竄が行なわれたのか、我々はこちらにあるオリジナルのシステムの解析に直ちに取りかかる。それとAJAへシステムのニュー・ヴァージョンを送ったのはそちらからだが、そこで何者かの手によってシステムがすり替えられた可能性もないわけじゃないだろう。君のほうではその辺の検証を行なってくれるか」

『分かった。とにかく何か分かったら知らせてくれ。対策室の電話番号は知っているな』

「ああ」

『さっきから、ポケット・ベルが狂ったように鳴りっ放しだ。これから地獄のような質問の嵐に晒される身を少しは哀れんで、何かちょっとしたことでも分かったらすぐに連絡をくれよ』

——地獄のような立場はお互いさまだ。

グレンはそう言い返したくなる気持ちを抑えると、受話器を持ったまま電話を切り、返す手で内線の短い番号を押した。

『ビル・アトキンソン』

どこかとぼけた感じの声が聞こえてくる。フライト・コントロール・システムの改良を無事終わらせ、その労(ねぎら)いの意味をこめたディナーを街一番のレストラン『エドワーズ』で受け、次の仕事に入るまでの束の間の静かな時間を味わっている男の声だった。

「私だ」

その一言で声の主を察したと見えて、アトキンソンの口調が変わった。

『ハァイ、グレン』

ボスの期待通りに仕事を終わらせ、最大限の感謝の気持ちを受けた親しさが言葉の奥に潜む。いまどれほどの大問題が起こっているのか、まったく知らない無防備な響きがある。

「ビル、すぐに私の部屋に来てくれ。大変な問題が起きた」

『大変な問題？　何です、それは』

聞き返すいとまもあらばこそ、グレンのいらだちが頂点に達した。

「来いと言ったらすぐに来るんだ！　とにかく至急対処しなければならない大問題が起きた」

恐らく両足を机の上に置くという横柄な態度でグレンの電話をとっていたのだろう。グレンの言葉に反射的に姿勢を正す際に、机の上一杯に散乱していたゴミの山が崩れる音がする。

『分かりました、すぐに……』

アトキンソンの最後の言葉を聞くまでもなく、グレンは受話器を叩(たた)きつけると、傍らにあったリモコンを手にし、テレビのスイッチを入れた。

『……繰り返して申し上げます。本日東部時間午前一〇時頃、ニューヨークのJFK空港を離陸したニューヨーク発東京行き、全日本航空8便のフライト・コントロール・システムが突然機能しなくなり、本来計器が表示されるモニターに三つの質問が現れました。またこれよりも少し早く、東京からニューヨークに向かって飛び立った全日本航空7便でも同一の症状が現れ、答と思われる数字をインプットしたところ、同便は遭難信号を発し消息を絶ちました。直後に私どもABCを始めとする四大テレビ・ネットワークに女性の声で犯行声明が寄せられ、それによるとAS－500のフライト・コントロール・システムは三つの質問に正解しないと元に戻らないように改竄されているとのことです。それを解く鍵(かぎ)はこれから公表するインターネットのホームページに記載された犯行声明、それに続くパズルにあると言い、このホームページのアドレスを全世界に向けて公開することを要求してきました。我々はこの要求に応じるか否か、報道に携わる者のモラルの根幹にかかわる問題として慎重に協議いたしました。しかし、現実に危機は進行しており、すでに東京発の7便は二〇〇名を超える乗員乗客とともに消息を絶ち、8便もまた同様の危機にあること。それにもし我々自身の手でパズルを解き解答を得たとしても、犯人の要求を呑(の)まない限り第二、第三の罠が待ち受けていないとも限らないと判断し、ホームページのアドレスを公開することにいたしました』

画面が変わり、フリップ・ボードに記載された数行のホームページ・アドレスがキャスターの声に重なりながら表示される。

グレンはペンを取るとその中の一つをノートの上に書きなぐっていき、終わりかけた時、ドアがノックされた。ペンを放り出すとグレンは小走りで、ドアに駆け寄った。勢いよく開け放たれたドアの向こうに、相変わらず薄汚れたレンズの黒縁眼鏡をかけたアトキンソンが立っていた。グレンからの電話の口調で、さすがにその瞳に不安の色が窺えはしたが、思わず『この間抜け』と、罵りの言葉の一つも吐きたくなるような顔だった。

「グレン、何か……」

「何かじゃないぞ、ビル。大変なことが起きた」

「大変なこと？」怪訝な顔で聞き返すアトキンソンの目に浮かんでいた不安の色が、ますます濃さを増していく。「今度は何が起きたんです。システムの改良は完璧だったはずですが」

「その完璧だったはずのシステムが暴走を始めたんだ」

「暴走ですって」

言葉の意味が分からないとばかりに、アトキンソンは小首を傾げた。

「暴走……というよりも、何者かによってシステムの最終ヴァージョンが改竄されているんだ。そうでなければこんなことになるはずがない」

「改竄って……そんなことは不可能です。大体開発しているワークステーションは完全に外部とはディスコネクトされた状態になっていますし。改良した部分以外のロジックは元のままです。何が起きたのかは知りませんが、そんなことができるわけがないのは、あなただってよくご存じのはずじゃないですか」

その時つけっ放しにしていたテレビの画面に再びキャスターが現れると、ニュースの続きを話し始めた。

『FAAの発表によりますと、操縦不能となったAJA8便は、予定のコースを外れ、これまでのコースをほぼ真っすぐに西に向かって飛行を続けております。なおFAAは現在路線就航中のAS－500に同じシステム・プログラムが搭載されたという可能性があり、安全性が確認されるまで同型機の飛行を全面禁止するとの通達を出しております。それでは離陸を中止したAS－500が駐機しているシカゴ・オヘア空港から中継でお伝えします』

画面が変わり、スポット・インしたAS－500をバックに、女性レポーターが登場する。ご丁寧にもその間もキャサリンが指定したホームページ・アドレスは、テロップで画面の下に流され続けている。

「ガッデム……」

その画面を見たグレンが、呆けた表情で呟いた。

世間のほとんどの人は、現在のハイテク航空機が操縦系統を含めて、ここまでコンピュータ化が進んでいるなどとは考えもしないだろう。航空機の外見は、効率化を求めてゆけば自然とある種のパターンの中に収まるものだ。主翼があり、水平尾翼、垂直尾翼、そしてエンジン。だが、外観上はこの数十年間、さしたる変化がなくとも、中身はまったく異なった乗り物になっているのだ。それはもちろんテクノロジーと文明の発達によって変化してきたもので、より安全に、より効率的に発展してきたものには違いないが、今回の事件で、世間一般の人間、つまり航空機利用者たちが飛行機に抱くイメージは大きく変わるだろう。人間の手によってではなく、人間が作った得体の知れないシステムによってコントロールされる乗り物。それがすべての航空機に対して抱かれるイメージではないにせよ、少なくともAS―500に関して言えば、今回の事件は利用者にそうした印象を抱かせるに十分過ぎるくらいのものだ。そしてそれは同時にエアー・ストリーム社、ひいてはU.S.ターン・キー社の経営に重大かつ深刻な影響を及ぼすであろうことを、グレンは疑わなかった。

「一体何があったんです。教えて下さい」

テレビ画面と狼狽(ろうばい)の色を隠せない上司の顔を交互に見ながら問いかけるアトキンソンの声を聞いて、グレンはかろうじて正気を取り戻し、事の次第を一から話し始めた。

●米国イリノイ州上空・AJA8便

ファースト・クラスのゆったりとしたシートに体をうずめながら、ジョセフ・パーカーは始まったばかりのミール・サービスを受けていた。席は最前列の窓側で人目につくことを嫌うVIPが最も好む席が用意されていた。いかにも風采（ふうさい）のあがらない二流のビジネスマン然としたこの男が機内に姿を現し、所定の席に向かう短い間にも、さすがに世界有数のビジネス路線、それもエグゼクティヴ中のエグゼクティヴが集まる機内では、早々にパーカーの正体を見抜いた人々が、驚きと羨望（せんぼう）、そしていささかの興奮に満ちた視線で彼を見つめた。

隣の席は空けられたままで、パーカーは離陸するとすぐに、キャリー・ケースに入れてきた分厚いドキュメンテーションに目を通し始めた。

高度が安定するとすぐにフライト・アテンダントが現れ、引き出し式のテーブルに白いクロスが掛けられ、食前の飲み物を丁重な口調で聞きにくる。パーカーは日頃ドクターペッパーを愛飲していたが、そんな風変わりな飲み物をオーダーする乗客などいやしない。パーカーもまた、そんなことは百も承知とばかりにコークを頼んだ。ほどなくして飲み物が用意され、続いてキャビアやロブスター、それに日本の航空会社ならではの握り寿司（ずし）が彩りも華やかにワゴンに載せられて運ばれてくる。

「ミスター・パーカー、オードブルは何をご用意いたしましょうか」

これもまた日本の航空会社ならではの丁重な口調、そして爽やかな微笑みとともにアテンダントが尋ねる。

「ロブスターと、寿司を二つばかり」

ワゴンの上にあるものはすでに承知とばかりに、パーカーは銀縁眼鏡の下の目に、少しばかりの愛想笑いを浮かべると、書類から僅かの間目を離して答えた。

コークにロブスター、それに寿司とはどう考えてもいただけない組み合わせだったが、世界の大富豪のトップに名を連ねながらファーストフードが大好物ときているこの男にとって、食べ物など、まったく興味の範疇にはなかった。手慣れた手付きでオードブルを取り分けるアテンダントに興味を払うこともなく、パーカーは黙々と書類に目を通す。

「ミスター・パーカー。お食事は洋食と和食をご用意してありますが、どちらになさいますか」

ボーン・チャイナの陶器の皿に注文通りのオードブルを載せたアテンダントが、パーカーの前にセットされたテーブルの上にそれを置くと、かしこまった口調で聞いた。

「洋食を。魚じゃなくステーキにして下さい。ミディアム・レアでね」

「かしこまりました」

これもまた決まったオーダーだった。本当はチーズバーガーがあれば最高なのだが、残念ながらそうしたジャンク・フードが飛行機の中に用意されているはずもない。ちまちまと何度にも分けて出てくる日本食よりも、一気に平らげることができる洋食のほうが、食事にとられる時間をセーブできるというものだ。

パーカーはドキュメンテーションに目を通しながら、テーブルの上に置かれたロブスターにフォークを突き刺し、二切ればかり口に運んだ。忙しげにセンテンスを左から右に追っていたパーカーの目がある一点で止まった。手にしたドキュメンテーションのカバーには、『スコープ3000発表計画——日本』とタイトルが記してある。

神経質そうな顔の眉間に皺が寄り、いままでよりもさらに速いスピードで次のセンテンスを読みにかかる。その行為が一段落したところで、パーカーは腕時計に目をやり時間を確認すると、おもむろにテーブルを前に押しやり、席を立った。後方に座った乗客の視線が一斉にパーカーに向けられる。サイバー世界のスターを見つめる目だった。

パーカーは、いつものことと、それを無視するとゆっくりとした歩調でファースト・クラスとビジネス・クラスを分けるギャレーのほうへと歩きだす。

「ミス……」次のサービスの準備に取りかかっていたアテンダントの一人に声をかける。

「たしかこの飛行機にはエアー・フォンがついていたはずだよね」

「はい、こちらにございます」

二つのクラスを分ける間に、厚い樹脂で囲まれたブースがある。アメリカの国内線を飛ぶ航空機にはファースト、ビジネス、エコノミーの別を問わず、エアー・フォンが取りつけられているのはいまや常識となっているが、国際線でも使用可能なものを取りつけたのはこのAS—500が初めてのことであり、それがまたこの飛行機の売りの一つでもあった。

案内されたブースに入ると、パーカーは所定の指示にしたがって操作を行ない、数桁の番号を押した。回線が繋がるまでいくらの時間もかからなかった。日頃部下への指示はEメールを通じて行なうことを常としているパーカーだが、時には直接電話で話さなければならないこともある。

相手は三度の発信音の後に出た。

『デジタル・ソフト、ベン・ブライアント』

「B.B.ジョー・パーカーだ」

『ジョー！　いまどこにいるんだ』

B.B.と愛称で呼ばれた男が驚きの声を上げた。

「どこって、決まってるじゃないか。日本行きの飛行機の中からかけているんだけど」

何をそんなに驚くことがあると言わんばかりに、パーカーの口調に訝しげな色が宿る。

『日本行きって、全日本航空の8便か』

「そうだが」

『何てこった。やっぱりそれに乗り合わせていたのか』

「それがどうかしたのか」

『何も知らないのか。こっちはあなたが本当にその便に乗り合わせたのかどうかで、確認に大騒ぎになってるところだったんだ』

「だから何があった」

パーカーの口調がいらだちに満ちたものになる。

『何も知らないのか。本当に』

「ああ。何があったか教えてくれ、こっちはいたって平穏無事な飛行を続けてるんだ」

『平穏無事だって？……』

受話器の向こうの声が、一瞬押し黙った。

「B.B.」

『落ち着いて聞いてくれ。先ほど流れたニュースによると、その飛行機のフライト・コントロール・システムが何者かの手によって改竄され、操縦不能の状態に陥っているそうだ』

「そんな馬鹿な。いまのところ飛行は順調そのものだ」

『だがこちらで報じられたニュースによるとだ、その飛行機が高度三万二〇〇〇フィートに達したところでフライト・コントロール・システムがロックし、それを解くための三つの質問がコックピットのモニターに現れた。それを解けばロックは解除され、できなければ……』

「できなければ……どうなる」

『多分そのままの状態で飛び続ける。そういう犯行声明が流れたんだ』

『実際に犯人からの声明がテレビの四大ネットワークに寄せられたんだ。当局もその事実を確認したそうだ』

「………」

無意識のうちにパーカーの心臓の鼓動が激しくなり、冷たい汗が背中に流れるのを感じる。受話器を握りしめる手の血管が、心臓から押し出される血液のプレッシャーに膨張し、神経がマヒし、むくんだように感覚がなくなっていく。

『犯行声明は、インターネットのホームページを通じて世界に発表された。そのページには同時にパズルが掲載されていて、それを解けばフライト・コントロール・システムのロックを解除できるというメッセージがあった』

「パズル？　それを解けばコックピットに現れた三つの質問の答が分かるというわけか」

『その通りだ』

「で、そのパズルっていうのは、どんなやつなんだ」

『それが実にふざけたものでね。重ね文字のパズルなんだ』

「重ね文字？」

『ああ、フルーツ・ロール・アップって菓子を知っているな』

「子供の頃よく食べた」

『あの中に入った重ね文字のパズルがあっただろう。あいつと同じものだ』

「デコーダーの部分を欠損した文字に重ね合わせていくと文章になるという、あれか」

『そうだ』

「そんなものすぐに解けるだろう」

パーカーの声がさらにいらだったものに変わった。

『ところが厄介なのは、このデコーダー部分が幾つものパターンに変化するんだ。それに欠損した文字部分は四ページにもわたるときている。つまり変化するデコーダーのどれが本当に正解に該当するものなのか、まずそれを見つけ出さなければならない。それも一つのデコーダーが一度に三つの解答を与えてくれるのか、それとも一つずつなのか、それをすべて検証しなければならないときている。実際やってみると、これは容易なことではない』

「それじゃすでに君は、そのホームページにアクセスして画面を直接確認したんだな」

『もちろん。私だけじゃない。なにしろ四大テレビ・ネットワークは犯人の要求を呑んで、ホームページ・アドレスを大々的に報じているからね。会社でも多くの社員がいまこの謎解きに取り組んでいるところだ』

「しかし、それほど大がかりなシステムの改竄が行なわれたとなると、同じ状況に陥ったのは何もこの8便だけじゃないだろう」

『…………』

電話の向こうが一瞬押し黙った。

――何かあったな。

パーカーはその沈黙を不吉な兆候として捉えた。

「どうなんだ、Ｂ.Ｂ.」

『たしかに、他のＡＳ―５００でも同様の事態が発生した』

「した？」ブライアントの言葉が過去形になっていることを、パーカーは聞き逃さなかった。

「で、どうなったんだ、そのＡＳ―５００は」

『答と思われる数値をインプットした』

「それで」

『直後に、救難信号を発して消息を絶った』

パーカーの瞳孔が開き、痩せて突き出した喉仏が一度大きく上下した。

「馬鹿な！　パズルも解けないうちに答と思われるものをインプットしただと。そんなことをすればどうなるか……パソコンのウイルス、ピーターⅡのことを考えてもみろ。間違った答を入れればシステムは破壊される。この手の犯罪行為を行なう者の常套手段じゃないか」

『だから、我々もパズルを解こうと必死になってるんじゃないか。いや我々だけじゃないＦＡＡもＦＢＩも、ホームページにアクセスしたインターネット・ユーザーたちも、いまやこの重ね文字のパズルの中から答を見出そうと必死になってるんだ』

しかしまぎれもない当事者であるパーカーにとって、必死になって状況を訴えるブライアントの言葉は、なんの慰めにもならなかった。まだ三〇代半ばにして、たった一つのOSで世界のパソコンOS市場の八〇パーセントを制覇した男。莫大な富と、帝王としてこの市場に君臨する力を手に入れた男。その運命が、自分ではどうすることもできない環境に置かれたことに気がついた時、パーカーはこれまでただの一度も覚えたことのなかった恐怖に取りつかれた。

――いやだ。こんな形で人生を終わらせるなんてまっぴらだ。二か月後に全世界で発売されるスコープ3000は2000同様に大成功を収めるに違いない。約束された未来。さらに輝かしい栄光に彩られた世界。それをふいにして非業の最期を迎えるなんて、そんな馬鹿な話があっていいものか。

もはやパニックに陥ったパーカーは次の瞬間、受話器に向かって大声でまくし立てていた。

「B.B.そんな面倒なパズルを解くのに、ちまちましたことをしてちゃだめだ。誰にでも分かる理屈で構成されたパズルなら、人手をかければ正解を見つけ出すやつが必ず出てくる。構わん。二〇〇万ドルの懸賞金を出せ。正解を発見した最初の人間には二〇〇万ドルの賞金を出すと、すぐに全世界に向けて発表しろ。これは社長命令だ！」

この決断が、世界で八〇パーセントを超えるパソコンのOSがスコープ2000で動く現在の環境下において、事態をさらに深刻なものにすることになろうとは、パーカーもブライアントも気がつくはずもなかった。

パーカーは受話器をホールダーに戻すと、顔を引き攣らせながら小走りにファースト・クラスを駆け抜け、最前部にあるコックピットのドアをノックしようとした。傍らにあるギャレーからそれを見とがめたチーフ・パーサーが穏やかな声でそれを制した。

「ミスター・パーカー。飛行中のコックピットへの立ち入りは禁止されております」

「君。この飛行機は操縦不能になっているんじゃないのか」

パーカーは恐怖に満たされた感情をぐっと堪え、声を一段落としてパーサーに食い下がった。

「ミスター・パーカー。こちらへ……」

パーサーが、パーカーの腕を引くようにギャレーの中に引き入れる。

「どうしてそれをお知りになりました」

「エアー・フォンでいま会社に電話したら、地上じゃそのことで大騒ぎだって言うじゃないか。この機のフライト・コントロール・システムがロックして操縦不能になった。いやそれだけじゃない。もう一機東京発の便にも同じ症状が起き、そっちは消息を絶ったそうだ」

7便が消息を絶ったことをまだ知らされていなかったパーサーの目に、さすがに一瞬驚きの表情が宿ったが、すぐにそれも職業的な穏やかな顔の下に隠れた。

「たしかに当機をコントロールするコンピュータに異常が発生していることは、機長から報告されております」

「やっぱりそうなのか。それを君たちは知って隠していたわけだな」

「隠していたわけではありません。飛行は安定しており、まだミール・サービスの中止の指示も出ておりません。それは発生したトラブルが、当機の飛行の安定に重大な影響を及ぼすような事態には陥っていないと機長が判断している何よりの証拠ではないでしょうか」

「そんなのんびりした状態じゃないんだ。いいか、この飛行機のフライト・コントロール・システムは何者かの手によって改竄（かいざん）され、ディスプレイ上に現れた質問に正確な答を打ち込まない限りそのロックが解けないようにできているんだ。別の飛行機が消息を絶ったのは、間違った答をインプットしたせいだ。この向こうにいる機長が同じ過ちを繰り返さないという保証がどこにある。それを警告してやらねば……」

「ミスター・パーカー、状況はコックピット・クルーのほうがあなた以上に把握しています。そしてそれに対しての対処の方法も」

「そうは言ってもコンピュータのこととなれば話は別じゃないかな。私のほうがことこの分野に関しては詳しい。何か手助けができるはずだ。それは間違いない」

「でも航空機のシステムに関しては別でしょう。少なくともこの向こうにいる二人のほうが専門家ですよ」

パーサーは、堅く閉じられたコックピットのドアを目で指すと、諭（さと）すように言った。

「しかし……」

それでも納得がいかないパーカーに、パーサーが静かな微笑みを浮かべながらも毅然として言い放った。

「とにかく私たちは最善を尽くしています。特にこのドアの向こうにいる二人はね。どうか私たちをご信頼下さい。そしてどうか冷静になって下さい。いまあなたが取ろうとした行動は決して事態を好転させることには繋がらないはずです。お席に戻ってお考えになれば、それはよくお分かりになるはずです」

The Day 0　3月27日

●日本　東京・丸の内　毎朝新聞社

時計はすでに午前零時を回っているというのに、フロアーは昼間にも増して多くの人が行き交い、怒号にも似た声と、ひっきりなしに鳴る電話の音で殺気だった雰囲気に包まれていた。

ＡＪＡ7便が消息を絶ってからすでに四時間が経過し、いつもならばとうに迎えているはずの朝刊の最終版の締切時間も一時半まで延長されていた。錯綜（さくそう）する情報を整理しながら記事を書き、紙面を作り上げていくのは至難の業だった。ましてや航空機の遭難ともなれば、新聞の一面、そして社会面のほとんどを占める大事件である。それはめったに起きないことであり、言葉を変えればそれが航空機がいかに安全であるかを示していることに他ならないのだが、いったん事が起きれば大量の死傷者が生ずる。それも今回はただの事故ではない。消息を絶った7便、そして同型機の8便は、ほぼ同時刻に操縦不能の状態に陥っているのだ。

夜間に起きた事故のせいで、深夜になっても7便の行方は分からず、一方の8便は所定のコースを外れ、西に向かって飛び続けているという予断を許さない状態に置かれている。一機の事故でさえも大変なニュースだというのに、二機の状況を追わなければならないのだ。万が一にでも8便が7便と同じ運命をたどるとなれば、航空史上前代未聞の大惨事となることは誰の目にも明白だった。

部屋の片隅に置かれたテレビも、深夜にもかかわらず、すべての予定を変更してこの二つの航空機関連のニュースを流し続けている。一連の7便の事故の経緯の解説に続き、次に乗客名簿が読み上げられる。グリーンの地を背景に白字で次々に漢字で、あるいはカタカナで名前が表示され、時折『只今（ただいま）、太平洋上空で消息を絶った全日本航空7便に搭乗していたとみられる乗客の方々の名簿を読み上げております』というアナウンサーの声が、一定の間隔で単調な放送にアクセントを刻む。

傍らに置かれた別のテレビでは、衛星を通じて送られてくるCNNが、こちらは操縦不能となった8便を中心にニュースを報じている。

画像は太平洋を隔てたアメリカ西海岸で、グレンが見たものと同じものだった。

「大変だ。7便8便ともにフライト・コントロール・システムが何者かに改竄されたものが搭載されているらしい」

画面を見ていた若い記者が興奮した声で叫んだ。その手は、忙（せわ）しくキャスターが早口で喋る英語のコメントをメモしていく。

「何だって」

締切時間に追われ、記事を書くのに必死だった記者の何人かが即座に反応し、その声のまわりに集まってくる。CNNのモニターを取り囲んだ記者がすべて英語を解するわけではなかったが、たとえそれが電波という媒体を通じてのものであっても、直に自分の目で見、耳で聞くのと伝聞では、そこに通訳が入ろうとも、記事が持つリアリティが違ってきて当然というものだ。

画面はシカゴ・オヘア空港にスポット・インしたAS－500をバックに、レポートを送る女性記者のものに変わった。

「アメリカの四大ネットワークに犯人とおぼしき人間から犯行声明が寄せられたそうです」

「どんな声明だ」

脂汗の浮いた額を光らせた記者の一人が、疲労の色の濃い顔で目をぎらつかせながら、モニターと、メモを取る記者とを交互に見やった。

「AS－500に搭載されているフライト・コントロール・システムを改竄した。コックピットのモニター上に現れた三つの質問に正解しない限りシステムは元に戻らない。その正解は犯行声明文とともに、インターネットのホームページ上に掲載したパズルを解けば分かるようになっている」

「何をふざけたことを！　ゲームでもやっているつもりか」メモを読み上げる背後に立っていた一人の記者が怒号を上げた。「7便はそのおかげで消息を絶ってしまったんだぞ。二〇〇人以上の乗客乗員とともにな」

「そのホームページ・アドレスがこれです」

若い記者は、なぐり書きしたメモを背後の記者の一人に手渡した。その記者が反射的に自分の席に戻りかけようとした瞬間、社内放送が緊急電を告げるチャイムを鳴らした。

『ニューヨーク発AWN。アメリカ四大テレビ・ネットワーク、NBC、CBS、ABC、CNNに、全日本航空7便8便のそれぞれのフライト・コントロール・システムを改竄したとの犯行声明が入った。犯人は四社に対し、犯行声明文とシステムを正常に戻す筈が隠されたパズルが掲載されているインターネットのホームページ・アドレスを世界に向けて公開することを要求。四大ネットワークは現在迷走を続ける8便の乗客を救うという人道的見地、及びユナ・ボマーの前例に則し、この要求を呑んだ模様』

「何が呑んだ模様だ。すでに放送してるじゃないか」

テレビの前にいた記者の一人が、天井のスピーカーに向かって吠えた。

『それではここで、7便8便に乗客として合わせて五人が乗り込んでいる総合商社菱紅の対策室から中継でお送りします』

もう一つのテレビを通じて、ひとしきり7便の乗客名簿を読み上げていたアナウンサーの無表情な顔が一瞬画面に映し出されると、今度は事務机が並んだオフィスを背景に、スーツ姿の記者が現れる。

その背後では、Yシャツ姿の商社員たちが、ある者は電話を片手に深刻な表情で連絡をとり、ある者は何台か置かれたテレビの前に座って、刻々と伝えられる情報に最大限の注意を払っている。ホワイトボードには7便8便に搭乗している社員の名前が所属部署とともに記載され、すでに搭乗が確認されていることを示している。湾岸戦争の際には、いやそれ以降も海外の情報収集の中枢として日本に多大な貢献をしている商社が、独自のネットワークを駆使して、自らの手で情報収集、確認作業を行なった何よりの証がそこにあった。

『すでに菱紅では、7便に二名、8便には三名の社員が搭乗していることが確認されております。7便が消息を絶った直後に発足した対策室には、ご覧のように常時一〇名を超える社員が詰めており、情報の収集、家族との連絡を緊密に行なっております』

緊張した面持ちで告げる記者の肩越しに、部屋に置かれた数台のテレビの中に、衛星回線を通じてリアルタイムで報じられるCNNの画像が映っているのが分かる。

『出ました。犯人の犯行声明です』

事件を報じる記者の声に重なって、テレビをモニターしていた商社員の声が聞こえる。すでに一人の男が机の上に置かれたパーソナル・コンピュータに集中して、その文面に目をやっている。

「よし、こいつだ」

毎朝新聞でも声が上がった。テレビ画面に集中していた記者たちが一斉にその場を離れ、キャサリンが作成したホームページを映すモニターのまわりに集まる。

「すげえ長い文章だな。しかも英語ときちゃ、お手上げだ」

記者の一人が歯がみをしながら吐き捨てた。

「末富、訳せ」

年長の記者が、先ほどまでCNNをモニターしていた若い男にすかさず命じる。

「ちょっと待って下さい。これ一体何ページあるんですか。それに最後にはパズルがあるって言ってましたけど。とにかく全容を見ないことには……」

それまでパーソナル・コンピュータを操作していた男に代わって、末富が犯行声明文をスクロールさせる。

「長いですね二〇ページもあります。それにこのパズル……」

「何だこれは。まるでエジプトのピラミッドの中に書かれた象形文字のようなもんじゃないか」

記者の一人が呻くように言う。

「これは重ね文字じゃないですか。アメリカ駐在中に子供たちがよく食べていたフルーツ・ロール・アップのおまけについていたやつとよく似ています」

「重ね文字？」

「ええ、デコーダーと言うんですが、キーになる部分を重ね合わせていくと、どこかで文章が出てくるんです。理屈は単純なんですが……」末富の声が困惑したものになった。パズルの最初に赤枠で囲まれた部分にあるデコーダーの文字が数秒間隔で変化していく。どうやらパターンがいくつかあるらしい。「冗談じゃねえぞ。このデコーダーのパターン、いくつあるんだ。この中から本物のキーになるやつを探さなきゃならないのか」

「まいったな、それにこの奇妙きてれつな文字の出来損ないのページは一体何ページあるんだ」

背後からの声にせかされるように、末富がページを再びスクロールする。

「四ページです。デコーダーのパターンが幾つあるのかは分かりませんが、その中から正しいものを見つけ出して、重ね文字の正解部分を見つけるとなると大仕事です」

「よし、とにかく犯行声明のあらましだけでも最終版に載せよう」いちばん年嵩（としかさ）の記者が言うと壁に掛かった時計に目をやった。「一時間もないが、どうだ」

「概略だけなら何とかいけるんじゃないかと思います。とにかくこいつをプリントアウトします」

末富は言うが早いか、立ち上がった。

『いま入りましたニュースです。今回の全日本航空の一連の異常事態は、人為的犯行との見方が濃厚になりました』

何台かあるテレビの中の民放の一局が新たな展開を報じ始めた。

『アメリカの四大テレビ・ネットワーク、ＮＢＣ、ＣＢＳ、ＡＢＣ、ＣＮＮに犯人と思われる女性から、全日本航空の二つの航空機に搭載されているフライト・コントロール・システムを改竄したとの犯行声明が寄せられました。犯人は世界に向けたメッセージをインターネットのホームページを通じて公開するとしており、同時にそこにシステムを回復する答を隠したパズルを掲載しているとのことです。犯人はこのホームページ・アドレスを一般に公開することを要求しており、すでに7便が消息を絶った時点で、四大ネットワークはこのホームページ・アドレスの公開に踏み切っております。犯人が指定したホームページ・アドレスは次の通りです』

アメリカ四大ネットワークがアドレス公開に踏み切ったのが、さも免罪符になったと言わんばかりに、そしてニュース・ヴァリューは他社に先駆けてこそ価値が上がるとばかりに、キャスターは一際明瞭な声でキャサリンが指定したホームページ・アドレスをゆっくりと読み上げ始めた。ご丁寧にもフリップ・ボードに記載したアドレスを大写しというおまけつきでだ。

「プリントアウト、出ました」

レーザープリンターから吐き出されるキャサリンの犯行声明文、そしてパズルが束となって末富から年嵩の記者の手に渡された。

「デコーダーは、一つひとつ変わるごとに画面を止めてプリントアウトしなければなりませんので時間がかかります。パターンが少なければいいのですが」

末富が必死に画面を操作しながら言う。

それはこの毎朝新聞社のみならず、ビジネス路線である東京／ニューヨーク便に社員が乗っている菱紅を始めとする、日本を代表する名だたる企業でほぼ同時に起きた光景であり、また、この時間まで起きて事の成り行きを息を潜めて見守る、世界中のインターネット・ユーザーの中でも好奇心にかられた人間たちが行なった行為でもあった。

キャサリンが犯行声明文とパズルの裏に隠したコンピュータ・ウイルス『エボラ』は、この瞬間から、国家、宗教、主義、そして民族の区別なく、世界中を毛細血管のように覆ったネット網を通じて、爆発的に増殖を始めた。

●米国　カリフォルニア州・インターステイト一〇一

四車線のハイウェイを北に向かって疾走するビュイックの中に三人はいた。サイバー・エイド社の社長、エドワード・ウイルソンが自らハンドルを握り、助手席には雅彦が、そして後部座席にはトレーシー・ホフマンが座っていた。午前中の取材を終え、ランチを取るための短いドライブとはいえ、早朝から三時間もの間、コンピュータ、インターネット、ウイルス、ワクチンといった、最先端技術の話を続けてきた三人にとって、それは束の間のブレイク・タイムでもあった。早春のカリフォルニアの太陽は、ハイウェイの両側の丘陵に密生した枯れた芝生に反射し金色に輝いている。それはまさにカリフォルニア州旗に描かれたゴールデン・ベアーの毛並みを思わせるような鮮やかさだった。

ビュイックが完全に車の流れに乗ったところで、ウイルソンがおもむろに口を開いた。

「マサ。どうかね、我々の話は少しは君の期待に応えられそうかね」

「ええ、正直言って、期待していた以上のものがありました」

「そうかね。それならよかった」

「実際、トレーシーの言った言葉には、つくづく考えさせられるものがありました。特に、インターネットの出現は人類が火を手にして以来の革命的出来事だったという言葉は、印象に残ります。そのまま記事のタイトルとして使ってもいいかもしれませんね」

「それはどうも。お役に立てて光栄ですわ」

後部座席からトレーシーが、車内に差し込む光に負けないほどの明るい声で言う。

「それと同時にいまのインターネット、いやサイバー社会がどれだけ脆く、危ういものなのか、それをあらためて思い知らされた気がします」

「気がするじゃなくて、それが現実なのよ」トレーシーが後部座席から二人の間に身を乗り出してきた。「ハッカーによる不正侵入は、いくら防御措置を施してもすぐに破られてしまって防ぎようがない。それにウイルスだって次々に新手のものが現れてくる。幸い、これまでに世界を危機に陥れるような大きな被害、特に人的被害が出ていないから、どこか遠い世界の話に聞こえるだけでね。実際は私たちの生活は、ナイフの刃の上を、そうとは知らずに裸足で渡っているようなものなのよ」

トレーシーの口調が、ついさっきまで続いていたプレゼンテーションの時のようなものに再び戻った。また少し身を乗り出したせいで、彼女が後ろに束ねた長い髪から、シャンプーの残り香だろうか、かすかな甘い香りが雅彦の嗅覚を刺激する。

「ナイフの刃の上を裸足で渡っているようなものとは、また随分と物騒な表現じゃないか、トレーシー」

サングラスの下のウイルソンの顔が歪み、白い歯が覗く。

「あら、ちっともオーバーな表現じゃなくてよ。たとえばサイバー・テロの可能性を考えてごらんなさいよ。これまでのウイルスによる被害なんてのは、それこそさっきの話じゃないけれど、ちょっとした性病感染程度のものだわ。そりゃあ被害にあった人にとってはプログラムが駄目になったり、データが破壊されたり、大災難以外の何物でもないけど、世界中に普及したコンピュータの数から見れば、局地で起きた些細な被害でしかないわ。でも、ネットで繋がれたいまのサイバー社会では、ある程度の技術を持った人間が、明確な意図を持ってテロを行なおうとすれば、可能な状態にあると言ってもいいんじゃないかしら」トレーシーの言葉が熱くなり、再び雅彦の感性に、面白い話が聞けそうだという予感が湧く。

「それに考えてもごらんなさいよ。三年前に出たスコープ２０００の爆発的な普及。あのおかげで世界の八〇パーセントのパソコンが同じ環境下にあるのよ」

「つまり、まったく同じ肉体条件を持った人間……というより、クローンが世界人口の八割を占める」

「そこに何か、感染力の強いウイルスが出現したら」

「間違いなく全員が発症するってわけか」

「でもその危険性も、例のデジタル・ソフト社が近々スコープ３０００という新しいＯＳを発売することになっているから、多少は環境が変わるんでしょうけどね」

「ＯＳが変化すれば、２０００には効いても３０００には効かない。そういうことか」

「そう。だからそうした観点から考えれば、もしも何かの拍子でウイルスの大規模感染が起きるとすれば、いまが最も危ない時ね」

「テロと言えば、マサ、例の日本で起きたクーデター未遂事件の話を聞かせてくれないか」

ウイルソンが急に話題を転じた。相変わらずの調子で尋ねるウイルソンの言葉のどこにも、悪意の欠片もあろうはずはなかった。大事件の渦中に身を置いた人間の実体験に対する単純な興味。それだけでしかなかったのは明らかだったが、それは雅彦にとって、心の奥深くにある扉の封印に手をかけられたような気がした。

ふと、生前の由紀との思い出深い幾つかのシーンが脳裏に蘇った。ＡＷＮのワンダ・ヒンケルのオフィスでの出会い。雪のセントラル・パークで初めて交わした接吻。そして日本に帰ってからの二人の生活。そしてあの能登からの中継画面に現れた最後の姿……。

「申し訳ないが、エド。その件についてはあまり話せないんだ」

雅彦はサングラスの下の視線をじっと前方に向けたまま、静かに言った。

「カモーン、マサ。聞かせてくれよ。あの事件は当時アメリカでも大きく報じられた大事件だったんだぜ。君はあの事件を解決した立役者じゃないか。それとも当局との間で何か守秘義務の約束でも交わしているのか」

ウイルソンは雅彦と前方を交互に見やりながら、片手を上げるといった大袈裟な仕草をしながら、促しにかかる。

「そうじゃない」

雅彦の返事がそっけないものに聞こえたのか、

「そうじゃないなら、聞かせてくれても」

ウイルソンがそこまで言いかけた時、

「そうじゃない。ただ、一番大切な人間……いや女性をあの事件で失った。だからもう思い出したくないんだ」

静かだが、やり取りにピリオドを打つのに十分な重さを持って、雅彦の言葉が響いた。無意識のうちに抑えている感情が現れたのか、その肩がゆっくりとだが上下している。明らかに呼吸にともなうそれとは別の動きだ。前部座席に座る二人の間に身を乗り出すようにしていたトレーシーの手が、そっと雅彦の肩にかかり、二度三度と優しく撫でた。

気まずい雰囲気が狭い車内に流れていた。雰囲気を変えようとしたのか、ウイルソンがチューナーに手がラジオのスイッチを入れる。最初激しいロックの旋律が流れ、ウイルソンがチューナーを操作する度に音楽はカントリー、ソウル、ポップスへと変わっていく。そして幾つ目かの局に来たところで、男性アナウンサーの声が聞こえ、ウイルソンの手が止まった。

『乗客乗員二〇〇名以上を乗せたまま操縦不能に陥った全日本航空8便は、バッファロー上空から現在コースをほぼ一直線に西に向かって飛行を続けています。なお同機のフライト・コントロール・システムは何者かの手によって改竄されており……犯人からの犯行メッセージ、システムを元に戻す答の隠されたパズルは、次に述べるインターネットのホームページに記載されております』

まるで、そのホームページにアクセスせよと言わんばかりの口調で、アナウンサーの声が、キャサリンが指定したアドレスを次々に読み上げていく。アメリカの四大ネットワークがすでに公開したのが免罪符になったかのような状況が生じ、世界中のあらゆるメディアが誰はばかることなくアドレスを報じ始めたのだ。

「なあにこれ、いったい何があったの」

トレーシーが雅彦の肩から手を放し、前部シートに両手を乗せて、さらに身を乗り出してくる。すでに三人の注意は、ラジオから流れてくるニュースに集中している。

本来ならば一〇一を降り、目指すレストランのある街へ出る出口へのアプローチに入る準備をしなければならないところだが、ハンドルを握るウイルソンにして、その操作を忘れてしまっている。

『なお、東京発のニューヨーク行き7便に搭載されたフライト・コントロール・システムも同一人物の手によって改竄され、操縦不能になった同機は太平洋上で遭難信号を最後に消息を絶っております。7便にも二〇〇名を超える乗客乗員が乗っており、五〇名を超えるアメリカ人が乗っていることが確認されております。現在、アメリカの沿岸警備隊に相当する日本の海上保安庁と自衛隊が出動し、消息を絶った7便の捜索に全力を上げておりますが、現場は深夜の洋上ということもあり、手掛かりは現在のところ、何一つ摑めておりません』

「墜ちたんだな、きっと……。だが、フライト・コントロール・システムが改竄された？　そんなことが、どうしてできるんだ」

ウイルソンが、それまでとは打って変わって深刻な声を上げる。

「開発した会社のシステムがどうなっているのかにもよるけど。もし完全なクローズド・システムじゃなく、どこかで外のネットと繫がっているなら、ハッカー……というより、この場合もうクラッカーといったほうがいい人間たちが侵入して、データを改竄する可能性がないわけじゃないわね」

トレーシーは、何かひっかかるものがあるのか、珍しく歯切れが悪い。

「しかし、実際に路線に就航している飛行機に搭載する前には、厳密なチェックが行なわれるはずだ。シミュレーター、実機を使って何度もな。それをどうやってくぐり抜けたんだ」

航空機のシステムに関してはまったくの素人ながら、ウイルソンが当然の疑問を口にする。

「いずれにしても、フライト・コントロール・システムが改竄されたとなれば、これはかなり深刻な事態だ」

雅彦の脳裏に、米国に旅立つ前、事前取材として訪問した全日本航空で受けたAS—500に関しての説明が、成田を発（た）つ前に見た巨大な格納庫（ハンガー）から突き出た鴇（とき）色の羽を尾翼に描いた優雅な機体の姿とともに浮かんだ。

「現在のハイテク航空機にとって、フライト・コントロール・システムが何らかの要因で動かなくなるということは、構造的に、パイロットが機を制御できなくなることと同義語なんです」

「それはどういうことだい」

口を半分開けたまま、理解に苦しむといった表情でウイルソンが雅彦の顔を見る。

「以前の航空機と違って、ハイテク機はパイロットの操作を舵（かじ）に伝達する前に、それが正しいものであるかどうか、システムが判断するというプロセスが入り、それが検証された後、指令がシグナルで送られる構造になってるんです」

「それじゃ、パイロットがいくら操縦桿（かん）を操作しても、システムが受けつけなければ舵は動かないってことかい」

「でも、当然バックアップとしてマニュアル・モードの操作は残されているはずよね」

ウイルソンの驚きの声を引き継いだ形で、トレーシーの声がそれに重なる。

「いや、残されてはいるが、相当な不自由を強いられることになる。なにしろ使えるものはトリム、パワー、フラップ、それにスポイラーだけだ」

「そんな馬鹿な。コンピュータが完全にダウンすることを考えていないの」

「設計思想の違いだ。AS—500の場合、人間のミスが事故に繋がらないよう、すべての操作にコンピュータが介在し監視するという基本概念に基づいて設計されているんだ。この点、たとえばボーイングのように、最終的に判断するのは人間で、機械だってミスを犯すという観点からシステムを完全に遮断してマニュアル・モードに戻す機能を残しておくという思想を、エアー・ストリームは取っていないんだ」

「コンピュータは万能のマシーンじゃないわ」

「だから、それが設計思想の違いってやつさ。AS—500には三つのコンピュータが搭載されているが、正常な状態ではこれらが相互に作動状況を監視しながら働くことになっているんだ。つまりナンバー1がダウンしてもナンバー2をメインに切り替えれば、システムは正常に戻るという……」

「フェイル・セーフはトリプルで働いているって理屈ね」トレーシーが皮肉の込もった声を上げた。「でも、この三つのコンピュータに搭載されたシステムは同じものでしょう。つまり今回のケースのような場合、三つ全部のプログラムが意図的に改竄されているとしたら、パイロットがいくらメインのコンピュータを切り替えても、駄目ってことになるじゃないの」

「リブート（再起動）したら？」

ウイルソンが思いつきに等しい素早さで反応する。

「そんなこと、プログラムで利かなくするの、簡単にできるわよ」

「するとブレーカーを抜いて、コンピュータを完全にダウンさせ、マニュアル・モードで航空機をコントロールするしか方法はないわけか」

「それを最終的に判断するのはパイロットということになるんだろうけど、それは大変危険な飛行になるらしい。しかもそんな状態で着陸する訓練なんて、パイロットだって受けていないはずだ。だから、これはまるで最初から墜とすつもりみたいな……」

ウイルソンの言葉に答えながら、雅彦は、何か釈然としないものを感じた。それは、かつてフォトジャーナリストとして、戦場や束の間の平和な町で、人々の喜びや慰めや思いがけない善意と、その何倍もの人間の悲しみ、恨み、怒り、そして悪意……といった負の感情を見てきた雅彦が、かろうじて捉え得た、小さな疑問の粒のようなものだった。

——まるで最初から墜とすつもり……？　残酷な愉快犯？　いや、そうではない。墜とすだけのつもりなら、何もプログラムの改竄などという手の込んだことをするはずがない。飛行機二機と五〇〇人ちかくの人間の生命を、いわば「人質」にして、この犯人は一体何をしようとしているのか。ラジオのニュースを聞く限り、要求は金でもなく、政治的なことでもなさそうだ。ホームページの犯行声明を読み、パズルを解けとはどういうことなのか。それだけでいいのか。それなら、最初の一機は、なぜ落としたのだろう。犯人の悪意が……動機が見えない。これは一体何なんだ……。

その時、トレーシーが、雅彦の疑問を率直な言葉にした。

「でも、何でそんな大それたことをしたのかしら……。お金？　それとも何か他の目的があるのかしら」

「僕もいま、そのことを考えていた」

「たしか犯行声明とシステムを回復させるパズルをホームページに掲載したと言ってたな」

「飛行機一機を落っことしておいて、もう一機を操縦不能にしたまま飛行を続けさせる。ここまで大きなことをしでかすからには何か大きな目的があるはずだわ。そのホームページに書かれた犯行声明ってものを見てみたいわ。何か別の意図があるのかもしれない」

断片的なニュース。しかも三人がディスカッションを続けている間に、メディアから流れるニュースの冒頭に決まって言い訳じみたように流されていた『ユナ・ボマー』の例に倣って（なら）という言葉が抜け落ちていた分だけ、先入観というものを持たない三人はそこから漂う何か別の匂いを直感的に感じていた。その時、ラジオからニュースの続報が流れた。

『ただいま入りましたニュースです。操縦不能になったまま飛び続けている全日本航空8便にデジタル・ソフト社の社長、ジョセフ・パーカー氏が搭乗していることが判明しました。パーカー氏は近々発売される新OS〝スコープ3000〟の発表のために日本に向かっている途中でした。なおデジタル・ソフト社は、操縦不能に陥った8便を救うために、パズルを解いた第一正解者に二〇〇万ドルの懸賞金を支払うことを決め……』

「マサ、ランチはサンドウィッチのデリバリーでもいいかな」

ウイルソンが、助手席を見た。

「もちろんさ」

「オフィスに戻りましょう。これからすぐに」

提案する間にウイルソンは早くもウインカーを右に出し、車線の変更を始めていた。

トレーシーはハンドバッグから携帯電話を取り出すと、

「アンディ、私よ。すぐに調べて欲しいことがあるの。CNNでもABCでもどこでもいいわ。いま操縦不能になっている飛行機のニュースをやっている局を捕まえて、そこで報じられているホームページ……犯行声明が掲載されているホームページ・アドレスを控えておいて欲しいの……そう……お願いよ。二〇分でそちらに戻るわ」

電話の向こうの部下に命じるトレーシーの声が狭い車内に響いた。トレーシーの感性も、そこにある『何か』を確かに感じ始めていた。

●米国　カリフォルニア州・エルセリート

何度見直しても答は同じだった。A4のノート・パッドにびっしりと埋め込まれた記号の羅列。それが紡ぎだすロジックを脳裏で解析し、何度も検証した。

――どうして出鱈目(でたらめ)な答を入力したからといって、急に墜ちたりするの。飛行機が暴れだすようなプログラムなんて、どこにも入れちゃいないわ。

キャサリンは改竄(かいざん)した部分のプログラムを見直しては、自分を弁護するかのように何度も頭の中で繰り返した。傍らには、AS―500のフライト・コントロール・システムの全プログラムが記載された五冊の分厚いファイルが山となって積んである。キャサリンはその中の一冊を取り出すと、震える手でページを捲(めく)った。もう何度繰り返したかしれない同じ作業。心臓が激しく収縮を繰り返し、そのリズムに合わせるかのように息遣いが激しくなる。見えない手が肋骨(ろっこつ)の上から胸を締めつけ、喉(のど)から小さな筋肉の塊が飛び出してきそうな錯覚さえ覚える。異常なまでの喉の渇きを覚えたキャサリンは、空になりかけたエビアンのボトルを手に取ると、最後の一口を流し込んだ。

――改竄したプログラムを入れたのはこの部分……高度三万二〇〇〇フィートに達したところでシステムロック……そしてメッセージの表示……リブートの指示は無視……タイマー作動……答のインプットがあればメッセージの表示……そして……。

ノート・パッドに書かれたプログラムとオリジナル・プログラムの相関関係が次々にキャサリンの頭脳の中で立証されていく。

――私が改竄したプログラムにミスなんかありはしないわ。事実、仕組んだ通りにプログラムは作動し、二機の飛行機は想定通りの状態に陥った。バグ？……たしかにやっつけに等しい仕事には違いなかったけれど、改竄部分にバグがあったとしても、これが他の部分に誤作動を及ぼしたり、ましてやシステムが暴走を始めるようなことはあり得ない……でも7便は墜(お)ちた……どうしてそうなるの。操縦不能の状態に陥って墜ちた。それは紛れもない事実だわ……。

ふとキャサリンの脳裏に、プログラムの至急の改良の必然性をEメールで何度も訴えてきたグレンのメッセージとともに、自分の代わりにその作業を行なったウイリアム・アトキンソンの顔が浮かんできた。

――まさかあのナードが、プログラム全体に影響を及ぼすような変なことをしでかしたんじゃないでしょうね。

しかし、その考えは余りにも希望的観測に基づきすぎているものであることに、キャサリンは気がついた。どこをどう動かしたにしても、キャサリンが改竄した部分が他のプログラムの暴走を誘発する可能性は考えられなかった。

――なぜ？　なぜ7便は墜ちたの。

キャサリンは混乱していた。航空機のフライト・コントロール・システムを作製するチーフ・プログラマーとはいえ、所詮航空機製造メーカーが出してきた要件定義にしたがってプログラムを作り上げるだけの人間に過ぎない。コンピュータ・プログラムに関してのプロフェッショナルであっても、空の世界に通じた人間ではない。

もしもキャサリンが、航空機の運用、あるいは実用面で重要視される気象現象や、機体構造といったものに多少とも通じていたならば、もっと他の可能性を考えられたことだろう。しかし一介のシステム屋に過ぎないキャサリンには、自分が作り上げたプログラムが予定通りに作動し、そこに複雑な気象条件が重なった場合の危険性という考えは見事に欠如していた。たとえ正常に飛行を続ける航空機であっても、空という空間には常に自然が作り出す罠に等しい危険が待ち受けていること、そしてその危険を事前に回避するために計器がありパイロットがいることなど、キャサリンには思いもよらないことだったのだ。

『太平洋上空で消息を絶った全日本航空7便の行方は依然不明のままです。日本の海上保安庁及び自衛隊は、夜明けを待って、7便が消息を絶った地点を中心に、さらに大規模な捜索を開始することにしており、現在現場海域に向かって多数の艦船が急行中です。なお操縦不能になっている8便ですが、同機にはデジタル・ソフト社の社長ジョセフ・パーカー氏が乗り合わせており、同社は今回のパズルを解いた第一正解者に対し、二〇〇万ドルの懸賞金を支払うと発表しました。この発表直後から犯行声明が記載されたホームページには、それまでにも増して世界中からアクセスが殺到しており……』

　朝起きてからずっとつけたままにしてあるテレビからは、繰り返し7便、8便のニュースが流れている。ある一定の周期で同じニュースが流れ、事態の進展、あるいは新しい情報の入電とともに、内容は徐々に変化していく。

　もう何度同じ言葉を聞いたか、キャサリンにも分からない。ただ一つ言えることは、少なくとも自分が改竄したプログラムは確実に作動し、そして今や本来の目的である『エボラ』ウイルスはこの瞬間にも確実に増殖を続けているということだった。それに輪をかけたのがジョセフ・パーカーの懸賞金の発表だった。だがそこに目論見通りに事が運んだという、歓びも充実感もなかった。

キャサリンの中にあるものは自分が改竄したシステムによって二〇〇名を超える人命が失われてしまったのではないかという恐怖。ただそれだけだった。

『いま日本で何か新しい情報が入ったようです』

その言葉にキャサリンの視線がテレビのモニターに向けられた。スタジオに座るキャスターの姿が画面からかき消えると、次の瞬間、スーツの上にマウンテン・パーカーを羽織った男の姿が現れた。深夜のオフィス・ビルの前、ハンディライトに浮かび上がった男の周囲には、日本の報道関係者なのだろう、やはりハンディライトの光を浴びながら、何事かをカメラに向かって喋(しゃべ)る男の姿も見える。

『こちらは、7便の捜索本部が置かれている、東京の海上保安庁前です。いま新しい情報が入りました。遭難現場近くと見られる海域で操業中の漁船から、高空で巨大な火の玉が上がるのを目撃したという報告が何件か寄せられている模様です。目撃されたのはちょうど7便が遭難信号を発した時刻と一致しており、捜索当局はこの火の玉が7便のものである公算が極めて高いとみて、この情報を重要視しております。7便には二〇〇名を超える乗客、乗員が乗っておりますが、少なくとも現在までに確認が取れたところでは、約五〇名のアメリカ人が搭乗しており、在日アメリカ大使館では乗客の中にさらに何人かのアメリカ人がいるものとみて、確認作業を急いでおります』

「……オーマイ・ガッド……オーマイ・ガッド……」

悲鳴、と呼ぶにはあまりにも小さな声だったが、かろうじて声として発せられるエネルギーをすべて絞り出したという意味では、悲鳴そのものに違いなかった。

早鐘を打つようなリズムを刻み続けていた心臓が、マヒを起こしたかのように感覚がなくなる。それにともなって全身の血液が急速に熱を奪われ、冷えたブラッディ・マリーに入れ替わったかのような複雑な感触が神経を刺激する。赤い液体の中に入れられたタバスコが刺激しているかのように手足の先がビリビリと痺れ、関節を動かせば、音を立てて軋むのではないかと思われるほど硬直しているのが分かる。

冷たい汗が背筋を流れ、軽い目まいの後に、半透明の緞帳が下りるかのようにゆっくりと視界が暗くなる。

「……そんなはずじゃなかったのよ……二〇〇人を超す人間が死ぬなんて……そんなはずじゃなかったのよ……私がやりたかったのは、ただ……」

——ただ、自分の裸を盗み見た連中、ちゃんとしたルールが確立されないままに野放図に拡大を続けるネット社会に復讐してやる。それだけだったはず。

——でも、そのために二〇〇人を超す何の罪もない人を殺し、これだけの混乱を引き起こした。

キャサリンの中で、二人の自分が激しくぶつかり始めた。

——事故だわ。これは事故よ。だいたい私が改竄したシステムでは、あの飛行機が墜ちるなんてことはあり得ないことよ。それは何度も検証したわ。

——でも現実に7便は墜ちた。直接的な原因はさておき、あなたが間接的にあの飛行機を落としたことは、墜落前にあなたがインプットしたプログラムが動き始めたことで、間違いないことだわ。

——だけど8便は、そのまま飛行を続けているわ。もちろんフライト・コントロール・システムはロックしていて糸の切れた凧のような状態には違いないけど、それだってタイマーが作動し、あと何時間か後にはシステムは元に戻るようになっている。

——それは何の弁解にもならなくてよ。

——弁解? 弁解なんかじゃないわ。システム的にもどんな出鱈目の答を入れても新たな質問が出て、タイマーが切れるまでそれが何度も繰り返されるだけだわ。8便のパイロットが試してみれば分かることよ。

——本当にそうなの? そう言いきれる自信があなたにはあって? 答を入れた直後に8便が7便と同じ運命をたどらないって言いきれるの。

——だって、だって私が狙ったのは、あくまでもネット社会の破壊であって、そのせいで人が死ぬなんてことはあり得ないはずだったのよ。

キャサリンの目が、再び机の上に置かれた改竄プログラムの書かれた黄色いノート・パッドと、開かれたままの分厚いシステム・ファイルに注がれた。しかしもう一度そのロジックを検証する気にはなれなかった。

キャサリンは混乱していた。二〇〇人を超す大量殺人。状況的には自分がその犯人であることは逃れようのない事実だった。それがどのような運命に自分を陥れるか。もしも司法当局の手によって自分が捕まるようなことになれば、自分を待ち受けている運命は、誰に聞くまでもなく明らかだった。

混乱、恐怖……もはやキャサリンの思考の能力は正常とされる範疇を超え、カオスの段階へと突入していた。

それは、彼女が開設したホームページを通じてこの瞬間にも爆発的な勢いで増殖している『エボラ』ウイルスが予定通り動きだした時、社会が陥るであろう混乱を、まるで予め象徴するかのようであった。

●米国　カリフォルニア州・サンノゼ　U.S.ターン・キー社

グレンのオフィスから戻ると、アトキンソンは二〇名ほどのスタッフを集め、事の次第を簡潔に説明し、総力をあげてプログラムのチェックに取りかかった。まず最初に行なったのは、バイナリー・チェック、つまりプログラム容量の確認だった。もしも余分なプログラムが書き加えられているとすれば数値に変化があるはずだ。しかしそこにおかしな数値は現れなかった。こうなればオリジナルのプログラムが記録されているワークステーションにアクセスし、そのロジックの検証を行なう。言葉にすれば簡単だが、数万ステップに及ぶプログラムの解析は容易なものではない。

しかしアトキンソンもまた、キャサリンほどではないにせよ、プログラミングに関してはその頭に『優秀な』の一言がつくプログラマーである。グレンから聞いた7便、8便に起きた症状から、改竄するなら、あるいは何らかのプログラムを入れるならこの辺だろうというあたりをつけていた。

正常に作動した離陸に関する部分、そして操縦不能に陥った二つの便が行なっていない着陸に関する部分のプログラムはとりあえずチェックの対象から外された。

しかし、プログラム作成作業が終了した時点でプログラムが入れ換えられ、改竄されたプログラムがエアー・ストリームに持ち込まれた後、グレンと自分が『エドワーズ』で豪華なディナーに舌鼓を打っていたうちに、再びキャサリンの手によってプログラムが元に戻されたなどとは露ほども考えていないアトキンソンは、まったく別の視点からものを見ていた。

――俺がもし、プログラムを改竄してAS―500をああした状況に陥れるとしたら、いじるのは……。

アトキンソンの指示の下、ワークステーションに保存されているプログラムと、プリントアウトされ保管されていたヴァージョン5・3・2のオリジナル・プリントアウトとの比較が手分けして始まった。それは膨大な記号の羅列の、一文字、一行をチェックしていくという単調な作業だった。もちろんチーフを務めるアトキンソンも、その作業を黙々とこなしていた。しかしその一方で、彼は脳裏に湧き上がる疑問を抑えきれないでいた。

――いったい誰が、何のためにこんなことをしでかしたのか。もし本当に改竄が行なわれたとしたらどんな方法で行なったのだろう。この開発システムは完全に外部と遮断された環境の中にある。もしもここで改竄が行なわれたとしたら、それは内部、少なくともここにいる二〇人の中の誰かが行なったことになる。しかし……。

アトキンソンは考えた。

――たしかにこの中には会社に対して不満を抱いている人間がいないわけじゃないだろう。事実かつての自分がそうだった。だからと言って、こんなことをしでかせばどんなことになるか。二〇〇人以上の人間の命を奪えば、いやあるいは操縦不能になったまま飛行を続ける8便が墜ちでもしたら、合わせて五〇〇人ちかい人間の命を奪うことになる。そうなればその償いは自らの死を以て行なうしかないだろう。たとえそこにどんな理由があろうとも、陪審法廷も、判事も下す結論は一緒だ。自らの死を以て晴らすほどの恨み。そんな深い恨みなんてそう簡単にあるもんじゃない。そんな人間がここにいるか……。

――するとやはり外部の人間の仕業。ハッカー？　いやそんなはずはない。システムが外部と繋がっていない以上、それはない。絶対にだ。

アトキンソンは目の前の記号の羅列を比較対照する作業を続けながら、自分に納得させるかのように断言した。

――絶対に？

ふと、アトキンソンの脳裏に閃くものがあった。

――アクセス・レコード。これを調べてみる必要はないのだろうか。

フライト・コントロール・システムを開発するワークステーションには、誰がいつからいつまでアクセスしたか、端末のIDと時間が記録されていることをアトキンソンは思い出した。もちろん開発部門の人間ならば、いつ何時ワークステーションにアクセスしようと不思議はないのだが、ものには万が一ということがある。可能性がまったくないとは言いきれない。

アトキンソンは膨大な記号の羅列から顔を上げると、ワークステーションに繋がった専用端末に飛びついた。男の手にしては細くしなやかな指がキーボードの上を滑るように動いていく。何度か画面が変わる度に、アトキンソンの指が同じような動きをし、そしてやがて止まった。

画面上にはワークステーションにアクセスした端末のIDとともに使用開始時間、そして終了時間が一杯に表示される。

——システムの改良が本格的に始まったのは俺がここに来てからだから、二月二八日だ。アトキンソンはカーソルを操作し、プログラムの改良作業が始まった日から不審なアクセス、作業がなかったかどうかのチェックを始めた。もしも突出して変な時間に作業していたり、アクセス時間が長ければ、一応チェックしてみる価値はあるだろう。アトキンソンはそう考えた。しかし厳しい納期の制限があったせいで、徹夜仕事も多く、アクセスの時間もまちまちならば、その長さもまた長短さまざまだった。レコードの中からは一定の規則性というものが見えてこない。

――くそ！　これじゃさっぱり分からない。

カーソルを操作するアトキンソンの手付きが荒くなった。日付はどんどん近くなり、ある一日を以てアクセスの件数が急に少なくなった。

ふとアトキンソンはジャンク・フーズの空袋が散乱した机の上に置かれたデスク・カレンダーを見た。それは作業が終了したまさにその日だった。

そして、アトキンソンの目がその日以降にアクセスされたレコードに向けられた。

――何だこのアクセスは。この日はエアー・ストリームへ送る最終ヴァージョンの作業がすべて終了した翌日じゃないか。ここにいる誰もが疲れ果て、久々の仕事の抑圧から解放されたその日じゃないか。一体誰がアクセスしてるんだ。

アトキンソンはU.S.ターン・キー社の全社員の端末IDが記載されている薄いファイルを頭のすぐ上ほどの高さにある書棚から手に取ると、急いでページを捲った。だがその動作は最初の一ページ、いや正確に言えばファイルの表紙を捲ったところで止まった。

IDは最初のページの最初の一行目にあった。

――グレン……どうして、あんたが……。

●米国　アリゾナ州・フェニックス　エアー・ストリーム社

ただでさえも狭い空間の中には、収容限度ぎりぎりに近いと思われるほど多くの男たちが、体を寄せ合うようにしながらひしめいていた。事故究明対策室の五人のメンバーに加え、FAAの係官が二人、それにFBIの捜査官が二人。九人の男たちが操縦席を再現したシミュレーター後方に接続された四畳に満たない空間に押しかけているのだ。普段ならば座席とその周辺だけしか体の自由が利かない操縦席の空間が、この時ばかりは特等席と感じられるほどの有り様だった。

カルロス・シモンズが座るコ・パイ・シートの後方に設けられたジャンプ・シートに座って、その傍らに設置されたソフトウエアデータ・ローダーを見つめていたオペレーターのブルース・キンベルの手が動いた。イジェクト・スイッチを押すと、低い唸り(うな)を上げながらムース・タンから一枚のディスクが、その名の通りへら鹿が舌を出したかのようにペロリと飛び出してきた。ディスクのラベルには『AS—500 FCS 5.3.2』の文字が手書きで記載されている。

システムのアップデートが終了した瞬間だった。

「これで問題の二つの飛行機と条件が同じになったわけだな」

FBIの捜査官がポール・シェーバーに向かって聞いた。

「理屈の上ではそうですが、さらにもう一つ理屈を重ねると、いままでこのシミュレーターを動かしていたプログラムと何の変わりもないはずです」シェーバーの代わりにシステム担当のチャップマンが答えた。「U.S.ターン・キー社で開発されたシステムを最終的に検証したプログラムがもともと搭載されていた。つまり我が社がヴァージョン5.3.2

として各社に配ったマザーが搭載されていたんですから」

「しかし実際に全日本航空の二つの便に搭載されたプログラムは何者かの手によって、改竄されていた。もしもこれからシミュレーターを動かして同じ症状が出なければ、改竄は君たちが全日本航空にソフトを送付した後、つまり向こうの手に渡る途中ですり替えられたことになる」

ＦＢＩの捜査官は自由の利かない空間の中で首だけを僅かに動かした。

「全日本航空にディスクを送ってから、このシミュレーターを動かしたことは」

もう一人の捜査官が聞いた。

シェーバーの顔が、自然とオペレーターのキンベルのほうを向く。

キンベルはダウンロードの済んだディスクを手にすると、ジャンプ・シートから立ち上がり、人垣の間に自分が座るべく残された最後の小さなスペースに向かって歩み寄ると、

「ほぼ毎日誰かがここで訓練をしています。だけど例の二つのシップに発生したような問題は、ただの一度だって出てやしません。システムに関して別の不具合も、その兆候すらありませんでしたよ」

「それじゃ、最後にこのシステムを動かした者は」

再び同じ捜査官が聞いた。

「いいえ、昨日からは誰も。今日は午前中に訓練が一つあったんですが、この騒ぎでキャンセルになりましたからね。まる一日近く、このシステムは動かしちゃいません」

「もしも、ある時間を以て改竄部分が稼働するようにプログラムされていたとしたら……」

「それまでは息を潜めていたプログラムが働きだし、正常に動いていたシステムが急に狂いだす可能性だってあったわけだ」

「それは、これからこのシステムを動かしてみれば分かることですよ」

チャップマンが、FBIの二人の捜査官に向かって投げやりな言葉を吐いた。

――グレンとの電話を終わらせ、事故究明対策室に駆けつけたチャップマンを待っていたのは吊るし上げにも等しい質問の嵐だった。前代未聞の状況、それもシステムに原因があると思われる状況で、担当者に質問が集中するのは分からないではなかったが、簡単に答えられるくらいなら苦労はしない。

「分かりません」

「それは現在U.S.ターン・キー社で調査中です」

洪水のように次々飛び出す質問に間の手を入れるように、チャップマンはその二つの言葉を繰り返すしかなかった――

「で、スコット。空港はどこにする」

オペレーター席についたキンベルが人垣の向こうからキャプテン・シートに座ったマクナリーに向かって声を張り上げた。

「JFKでいいだろう。8便が離陸したところだ」

「OK」

「タキシングはなしでいい。いきなりテイクオフ(離陸)から始めよう」

「分かった」

コンソールが操作される短い音が途切れると、それまで何も映っていなかったシミュレーターのウインドシールドにまっすぐに伸びる滑走路が現れる。面倒なエンジン始動や離陸前の操作、手順もすべてスキップされており、あとはゴーレバーを押し込んでやりさえすればスロットルレバーが前方に動き、機はいつでも正常の離陸ができる状態になっていた。

それでも操縦席に座った二人は、いつもの習慣でざっと目の前の計器に注意を払う一瞬の間をおき、阿吽(あうん)の呼吸で準備の整ったことを確認した。

「OK、テイクオフ」

マクナリーの逞(たくま)しい手がスロットルレバーにかかり、ゆっくりと、しかし確実に二つのゴーレバーを押し込む。エンジン音が空間一杯に広がり、パイロットに疑似Gを感じさせるために、シミュレーター全体が僅かに上を向く。車輪が路面の凹凸を拾う振動とともにCGが作り上げた滑走路が手前に加速しながら流れてくる。

「V1」

「ローテーション」

シモンズのコールに、マクナリーはスロットルから右の手を放すと、無言のまま操縦桿(かん)

を引いた。シミュレーターの傾斜がきつくなり、ウインドシールド一杯に青い空が広がる。

「V2」

「ギア・アップ」

マクナリーが命じるまでもなく、シモンズの手が前方に伸びてギアレバーを押し上げ、脚を格納する。機の状態を示すプライマリー・フライト・ディスプレイ、飛行コースを示すナビゲーション・ディスプレイ、エンジンの状態を示す中央のディスプレイともに異常は見あたらない。まったく問題ない、正常ないつもの離陸だった。

さらに幾つかの指示がマクナリーから出、それに応じてシモンズが的確にその操作をこなしていく。

機はナビゲーション・ディスプレイに表示されたコースをなぞりながら、順調に高度を上げていく。

「8便のシステムが落ちたのは三万二〇〇〇フィートにさしかかったところだったな」

マクナリーが前方を見たまま、後方でじっと状況を見つめている誰にともなく聞いた。

「そうです」

FAAの係官が即座に返答する。

「よし、その高度までとにかく上げてみよう」

通常ならば、JFKに離着陸する飛行機やニューヨーク上空を通過する他機との整合性を管制官が測りながら指示する通りに上昇を続けるところだが、疑似空間にそうした面倒な手順は不要だった。

マクナリーの手が操縦桿をそのまま引き続ける。プライマリー・フライト・ディスプレイに表示された高度がどんどんと数値を大きくしていく。

一万フィート、二万フィート……。

まだ何も異常は現れない。

「いま三万フィート……」

シモンズが静かに高度を読み上げた。後方に肩を寄せ合いながら成り行きを息を潜めて見つめる九人の男たちの視線がキャプテン、コ・パイ両サイドに表示された高度計の数値に注がれる。

異常な緊張感。声を発する者など唯のひとりもいなかった。コンピュータによって合成された単調なエンジン音が、それに拍車をかけた。

「三万一〇〇〇……三万二〇〇〇……」

一〇〇フィート単位で高度を読み上げていたシモンズが、問題の数値を告げた瞬間、それは起きた。警報音が鳴り響き、それまで何の異常もなくデータを表示し続けていたマルチ・ファンクション・ディスプレイに『ワーニング』の表示が現れた。

「Wooooo」

言葉にならない悲鳴が全員の口から一斉に洩れた。まるで出現を予期していた怪物が姿を現したかのような、ある意味では予感を確信に変えた、またある意味では謎の正体をついに突き止めたといった複雑な響きを持つ声が狭い空間に充満した。

シモンズの指がマルチ・ファンクション・ディスプレイに触れる。『フライト・コントロール・システム』――トラブルの発生箇所が表示され、そのチェックリストを出そうと再びシモンズの指がタッチパネルに触れた。一瞬、すべての表示が消え、今度はそこに、数行のメッセージが現れた。

「こいつだ！」シェーバーが叫んだ。「やはりこのディスクのプログラムが改竄されていたんだ」

「例のクイズだ」

狭いシートの上で体を捻るようにしてマクナリーが振り向きざまに言った。右手の指先がマルチ・ファンクション・ディスプレイを指している。

I　ライト兄弟の動力つき飛行機が最初に飛んだのはいつか
1. 1898年　2. 1907年　3. 1910年　4. 1903年

II　世界の国際空港と呼ばれる施設への到着便の昨年の平均延着時間は、次のうちどれか
1. 1時間45分　2. 2時間56分　3. 3時間14分　4. 3時間45分

III　米国東部時間3月31日、ニューヨーク／東京間を飛ぶ航空機の平均飛行所要時間はおよそ何時間か（スポット・アウトからインまでの時間とする）

1.　13時間30分　2.　14時間15分　3.　12時間45分　4.　11時間50分

マクナリーはすぐにディスプレイに視線を戻すと、これ以上ないといった速さで質問を読み上げた。最後の質問、そしてその解答例を読み上げる頃には、もう絶叫に近かった。

「それだ！（ダッツ・イット）　間違いない」

「やはり最新ヴァージョン、5．3．2のプログラムが改竄されていたんだ！」

手にしていたファイルに記載されていた7便、8便それぞれに現れた質問と突き合わせをしていたシェーバーの声と、コ・パイ・シートに座ったシモンズの声が交錯する。

「各社に送付したディスクのコピーはどこでやってる。ここか、それともU．S．ターン・キーでか」

FBIの捜査官が興奮した口調で声を張り上げる。

事故究明対策室のメンバーの目が一斉にチャップマンに向けられる。

「U．S．ターン・キーで行なわれます……すべて。もっとも各航空会社への送付はここからですが……」

――U．S．ターン・キーのオリジナル・プログラムが改竄されていた可能性が最も強くはなったが、ディスクがここですり替えられた可能性もないわけではない。

すっかり血の気が失（う）せた顔で、チャップマンはディスク発送までのプロセスを思い出しながら、かろうじてといった体（てい）で言葉を吐く。

可能性が絞られてきたと言わんばかりの勢いで、FBIの捜査官、FAAの係官それぞれ一名ずつが報告のためだろう、シミュレーターのドアを開け、血相を変えて飛び出していく。

「OK、スコット。それじゃ次のテストに入ろう」

それを見届けたところで、シェーバーは打って変わった落ち着いた声で言った。

「答をインプットするわけだな」

「そうだ。消息を絶った7便と同じ答をインプットするんだ」

操縦席に座っていたマクナリーとシモンズが顔を見合わせ、それぞれがショルダー・ハーネスを何気ない仕草で点検する。もしも7便がインプットした答が間違いで、それによってプログラムが暴走し墜ちたとしたら、いかにシミュレーターとはいえ、怪我をするほどではないにせよ、思いがけない動きをする可能性だって十分に考えられる。

「モーションをオフにしておきましょうか」

オペレーターのキンベルが、同じことを考えたのだろう。機転を利かせた提案をした。

「それがいい。何が起きるか分からんからな」

立ったままのシェーバーが、手にしていたファイルから目を上げることなく、すぐに合意する。

「で、インプットした答は何だったかな」

「4・4・2だ」

「CDUからのインプットでいいんだな」

「その通り」

マクナリーはシェーバーに確認を取りながら、アイル・スタンド・パネルにあるCDUのキーボードから7便がインプットしたのと同じ答を入力した。

「これでエンター・キーを押せばどうなるか……ブルース、モーション・モードは大丈夫か」

「大丈夫、切ってあります」

「それじゃ、やるぞ」

一同の視線が、使い古されて変色した手袋をはめたマクナリーの指先に集中する。その人差指が、興奮か、あるいはこれから起きる何かの予兆に怯(おび)えるように、微(かす)かに震えている。

カチリ……。

マクナリーはエンター・キーを押すと、すぐにその手を操縦桿に戻し、両手で現在のポジションを保持する態勢を取った。

一瞬の静寂。単調なエンジンの合成音だけが空間に充満した。それは決して長い時間ではなかったが、事の成り行きを見守る男たちには、その数倍、いや何十倍もの長い時間に感じられた。

変化は突然に現れた。

マルチ・ファンクション・ディスプレイに表示されていた質問が消え、新たなメッセージがそこに現れた。

『問題に正解しない限り、いかなる操作もすることができません』

「7便からの報告通りだ」

すでにこの間に正副操縦士席の間に割って入る姿勢でディスプレイを見つめていたシェーバーが、ファイルとの突き合わせを素早くこなす。

「機体の状態はいまのところ正常です。何の変化も起こっていません」

シミュレーターのモーション・モードを切ったせいで、体感する動きがなくなったために機体全体の動きをモニターしているキンベルの声が知らせる。

「おおっと、待て待て。次が来たぞ」

今度は予め予期していたとばかりにシェーバーの手が、手探りでファイルを一枚捲る。

ディスプレイの最下段に、新たなメッセージが、一文字ずつゆっくりと、ブリンクしながら現れた。

『コ・タ・エ・ガ・チ・ガ・イ・マ・ス・ゲ・ー・ム・ハ・シ・ュ・ウ・リ・ョ・ウ・シ・マ・ス』

「ブルース!」

シェーバーがオペレーター席に座るキンベルに向かって叫んだ。

「異常は何もありません。システムは回復していませんが、機体の姿勢はそのまま、発症当時を維持しています」

「何だって」

「何も起きない。何も」

操縦桿を握り締めたマクナリーの言葉が、キンベルの疑問に拍車をかける。

「そんな馬鹿な! 7便はこのメッセージの後に操縦不能に陥って消息を絶ったんだ。ここで何かが起きるはず、いや、そうじゃなければならないはずだ」

シェーバーは予想していなかった展開に戸惑いの表情を隠せなかった。7便の事故経過が記載してあるファイルと、メッセージがブリンクし続けるモニターの双方の間を忙しく、視線が行き交う。その何度目かの時、

「出た!」マクナリーが叫んだ。「こいつを見ろ」

後方のオペレーターのスペースで肩を寄せ合うようにして成り行きを見守っていた男たちが一斉に前方に押し寄せてくる。ある者は腰をかがめ、少し出遅れた者は背伸びをしながらモニターに新しく表示されたメッセージを読み始めた。
I　レオナルド・ダ・ヴィンチの生まれた年は次のうちどれか

II　1．1500年　2．1398年　3．1519年　4．1452年
　イカロスの堕ちた海はどこか
　1．アドリア海　2．カスピ海　3．イオニア海　4．エーゲ海
III　初めて火星に降り立つ有人宇宙船の名前は
　1．ブリリアント2号　2．マーズ1号　3．ガイア3号　4．サターン4号

「ホーリー・シット……」

しばしの沈黙の後、シェーバーが、かすれた声でかろうじての言葉を吐いた。

そこに現れたものは、内容の違う新たなクイズ。ただそれだけだった。

●米国　カリフォルニア州・サンフランシスコ

——まったくついてないったらありゃしない。フライトがキャンセルですって。一体どうなってるの。

アンジェラ・ソマーズはサンフランシスコ空港のボーディング・ゲートの前のソファに座りながら、たったいま流れたアナウンスに悪態をついた。本来の出発時間は一時間前のことだったが、この間、搭乗を待つ乗客のいらだちが頂点に差しかかる頃合いを見計らっ

たように時折流れるアナウンスはと言えば、

『ただいま整備不良箇所の修理のため、出発時間が遅れております。もうしばらくお待ち下さい』

その繰り返しだった。その度にロビー一杯にたむろする乗客の間から溜息が洩れ、堅く閉じられたボーディング・ゲートのドアの前に立ったクルーたちに、まるで飛ばないのはお前たちがそこにそうしているからだと言わんばかりに非難めいた視線が一斉に投じられた。

制服の袖に四本の金モールをつけたキャプテンが、ボーディング・カウンターにある電話を使って深刻な顔で何度かやり取りをする。おそらくは運航管理センターと事の成り行きについて話をしていたのだろう。一回の電話が終わる度に、傍らで会話に耳を傾けていた副操縦士と額を突き合わせるようにして言葉を交わすキャプテンの表情が険しくなっていった。

そしてついにキャンセル。

薄いグレーの色が入ったロビーの待合室の窓越しに、ボーディング・ゲートが前部搭乗口にしっかりと接続された真新しいAS―500の優雅な機体が、午後の陽光を反射して駐機している。目につくような不具合が見あたらないのは当然のこととしても、地上にそれらしい動きをする整備士たちが目につかないのが、どこか不自然な感じがする。

――スケジュールがめちゃくちゃだわ。せっかくジャマイカで嫌な思い出を少しでも忘れようと思っていたのに。今日のうちにジャマイカに飛ぶ飛行機はあったかしら。もしまだ間に合う便があるんだったら、これからカウンターに行ってその手配をしなければ。そのためには一度預けた荷物を、到着ロビーの一階下のバゲッジ・クレームに行って引き取り、再び搭乗手続きカウンターのあるフロアーへ引き返さなければならない。

グレンからたっぷりと金をせしめたお陰で、席はファースト・クラスだった。荷物は一番最初に出てくるのだろうが、それでもその手間を考えるだけでアンジェラは憂鬱（ゆううつ）になった。

ロビーにたむろしていた乗客の中には、ボーディング・カウンターの航空会社の職員に食ってかかる人間もいたが、そんなことは時間の無駄だといわんばかりに、彼女はハンディカートにくりつけていた手荷物とハンドバッグを手に持つと、大きな歩調でバゲッジ・クレームに向かって長い通路を歩き始めた。

通路の壁際には各航空会社の離着陸を掲示しているモニターがずらりと並び、その反対側にはバーや、土産物、そしてスナックやキャンディといった菓子や雑貨を扱う店が軒をつらねている。その半ばほどに差しかかった時、ふとアンジェラの耳に聞き慣れた言葉が飛び込んできた。

『U.S.ターン・キー社……』

それがどこから聞こえたものか、探し当てるのにそれほどの時間はかからなかった。すぐ傍らのボーディング・ゲートの待ち合い場所に設置されたテレビ。そこからその言葉は聞こえてきた。反射的に、そして躊躇することなくアンジェラの足の向きが変わり、じっと画面を見据えたまま、テレビに向かって進んで行った。

『新しく入ったニュースを繰り返します。現在操縦不能となったまま飛行を続けている全日本航空8便に搭載されたソフトは、最新ヴァージョンが同機に搭載される前に何者かの手によって改竄されていたことが、その後の捜査当局、エアー・ストリーム社の調査で分かりました。AS―500のフライト・コントロール・システムはカリフォルニア州サンノゼにあるU.S.ターン・キー社においてプログラミングされたあと、エアー・ストリーム社に納入されており、捜査当局は、改竄がこの時点ですでに行なわれていた可能性が高いと見て、東部時間の昼頃、四大テレビ・ネットワークに寄せられた女性の声による犯行声明との関連を念頭に置き、捜査を開始しました』

――AS―500のシステムが改竄されて飛行機が操縦不能になっているですって。もしできるとしたら、プログラマーの誰かが意図的にやらなければ無理なはずだわ。

――でも、あの中にそんな大それたことをしでかすような人間なんていたかしら。……そりゃあ、職場に不満を持っている人間は一人や二人じゃないでしょうけど、ここまでやる度胸のある人間、それほど深い恨みを持っている人間なんていなかったはずだわ。もっとも私にその能力があれば、あの忌々しいグレンに復讐するには絶好の手立てだったには違いないけど……。

瞬間、突然に別れを言い出したグレンの顔が脳裏に浮かんだ。

――いい気味だわグレン。これであなたも終わりだわ。もしも本当にプログラムの改竄があなたの所で行なわれたんだとしたら、信用は台無し。せっかくここまで大きくした会社も、あなた自身も身の破滅だわ。

――そうしてみるとグレン。私はあなたに感謝しなければならないわね。船が沈む前に続けていたら、こうしてファースト・クラスでジャマイカに遊びに行くどころか、一文無しに等しい状態で放り出され、へたをすれば何もかも失った男につきまとわれるところだった。人生、何が幸運なのか、ほんと分からないものね。

――幸運と言えば、キャサリン・ハーレー。あなたもそうよ。さぞや私を恨んでいたことでしょうけど、こうなってみれば逆に感謝したって……。

あざ笑うように画面から流れるニュースを見ていたアンジェラの顔が、瞬間、強張った。思考が一瞬にして停止し、ある一点でループを始めた。

――システムにアクセスしてプログラムを改竄できる人間。会社を破滅させてもいいほどグレンに深い恨みを持つ人間……さっきテレビは、たしか犯行声明は『女の声で』と言った。

――キャサリン・ハーレー！　あなたね。そうに決まってる。改竄する技術、それに動機を持った人間はあなたしかいない。あなたがやったのね！　グレンに捨てられ、多分間違いなく、裸をインターネットで流した犯人もあの男だと思っているはず。動機は十分だわ。でもそのいずれも、引き金を引いたのはこの私……。

閃いた推測は、瞬間的にアンジェラの中で確信に変わった。職業ゆえの演技か本心からかは分からぬが、じっとカメラを見据える真剣な眼差しのキャスターの瞳の向こうに、アンジェラは確かにキャサリンの影を見た思いがした。

全身の血が騒ぎ、それと同時に小刻みな震えが指先にも伝わってくる。興奮、緊張、そして不安……。

全米に報じられるような大事件の舞台になっている会社に、つい最近まで身を置き、そして犯人を自分は知っている。突如満席の劇場のステージ中央に、何の理由もなく立たされたような奇妙な感覚にアンジェラは襲われた。

——どうしたらいいの……どうしたら。

どれくらいそのままの姿勢でテレビ画面を見つめていたのか、分からなかった。淀みなく続くニュースも耳に入りはしなかった。それは極めて短い時間のようでもあり、そうではなかったのかもしれなかった。答を探し求めるように、ふと視線をやったその先に、公衆電話のブースが並んでいるのが目に入った。

アンジェラの足が無意識のうちにそこに向き、受話器を持ち上げると三桁の番号を押した。

『9・1・1』

それは警察に直結する電話番号で、呼び出し音が鳴る間もなくオペレーターの声が受話器を通じて流れてきた。

『9・1・1です。どうしました』

その声に我に返ったアンジェラは、考える間もなく早口でまくしたてた。

「操縦不能に陥った飛行機の件で、重要な情報があります」

●北太平洋上空　海上自衛隊P3C

夜明けとともに八戸(はちのへ)を飛び立った海上自衛隊の対潜哨戒機(しょうかいき)P3Cは全日航7便が消息を絶ったと思われる地点に向けて、徐々に高度を下げ始めていた。厚い雲を抜けると、鈍色(にび)の重々しい海面が姿を現し、白く弾(はじ)ける無数の波頭が一面に広がる北の海が視界一杯に広がった。その中に波頭の崩れる形とは明らかに違う、白い線がいくつか見える。目を凝らすと線の先端には、自衛艦だろう、グレーに塗られた船体が針のような細さで波に逆らいながら進んでいるのが確認できる。霞(かすみ)のような薄い雲が、時折視界を遮(さえぎ)る。

「そろそろ現場海域に差しかかります」

操縦席の後方から、ナビゲーターが操縦士に注意を促した。

「了解」

操縦士はパワーを絞りながら、操縦桿(かん)を押し下げ、また一段と高度を低く取る。鈍色の海面に少しばかり青さがまじるように感じるのは、砕けた波頭が空気を巻き込みその部分が微細な泡によって色を薄くしているせいだろう。

視界が極端に狭くなる。その代わりある程度の大きさを持つ浮遊物があれば、確認するのにそう難しくない程度の高度になった。安全に支障をきたさない程度にパワーを絞り、速度を落とす。それでも果てしなく続く海面が、ウインドシールドを前方から後方に滑るように流れていく。

捜索を続けているのはこの一機だけではない。海上自衛隊の同僚機、それに海上保安庁の捜索機、そして新聞社やテレビ局などマスコミの航空機がこの空域に入り乱れ、おそらくは墜落したと思われる7便の残骸(ざんがい)を求めて、飛行を続けているのだ。

レフト・シートに座る機長は、前方の空間そして、左方の海面に油断なく注意を払いながら操縦し、ライト・シートに座る副操縦士は前方、右の海面に手がかりを捜し求める。海中に潜む潜水艦を探知する機器が積み込まれた後部にいる隊員たちも、本来の任務を離れ観測窓から同じように7便の手がかりになる何かを捜し求めていることだろう。Ｐ３Ｃは対水上レーダーを装備しており、水上三〇センチメートルに突き出した潜水艦の潜望鏡でも、二〇秒ほど海面上に出ていれば探知することは可能だが、海面に浮いている破片となると必ずしも探索は容易ではない。

Ｐ３Ｃは何度目かの旋回をし、いまたどってきたコースから少し離れたところを逆に飛び始めた。風が追い風に変わったせいで、機長はスロットルレバーを操作し、対気速度を少し下げた。

誰も言葉を発する者はいなかった。ジュラルミンの機体に覆われた空間の中にいる誰もがたった一つの任務、7便の手がかりを発見することに集中していた。

機長、副操縦士の二人の耳を覆ったレシーバーからは、捜索にあたっている航空機や、船舶との間でやり取りされる交信が、時折聞こえてくる。その時だった。無線を通じて流れてくるそれらのやり取り以上に、明確な声が聞こえてきた。

『キャプテン、いま左側に漂流物と思われる何かを見ました』後部の観測窓から海面を窺っていた隊員からの報告だった。『何か黄色いものです、もしかするとライフジャケットかもしれません』

コックピットの中に緊張が走った。もしもそれが漂流しているライフジャケットだとすれば、やはり7便は墜落したことになる。もちろん状況的にその可能性が高いことは分かってはいたが、はっきりと確認されないうちは一縷の望みというものを捨てきれないでいた。おぞましい推測が現実になろうとしていた。しかしそれが最悪の結果を確認するものだとしても、ここにいる男たちにその現実から逃れる選択肢は残されていなかった。

「了解した。少し高度をとって、いま通過したあたりを旋回してみよう」

機長はそう言うと、スロットルレバーを前に押し出し、パワーを上げた。四機のターボプロップ・エンジンに取り付けられたプロペラが回転を上げ、僅かな振動とともに機は上昇、そして左旋回に入った。

再び沈黙の時間が流れた。それを破ったのはやはり後方にいる隊員の声だった。

『キャプテン、発見しました。左一〇時の方向です。ライフジャケットのようです』

機長は前方の安全を確認すると、指摘された海面に目を凝らした。鈍色の海面、白く弾ける波頭が一面に覆いつくした中に、それはあるはずだった。おそらく後方にいる隊員は、双眼鏡でそれを確認したのだろう。指摘された漂流物を肉眼で見つけることはできなかった。

「間違いないのか」

機長は隊員に向かって問い返した。

『間違いありません。ライフジャケットのようです。ああ、すごい、周辺には7便の残骸と思われる浮遊物がたくさん漂っています。機体の破片らしき金属片も漂流しています』

もはや何の説明もいらなかった。やはり7便は空中で飛散し、この海に散ったのだ。

機長は操縦桿の無線スイッチを押すと、興奮と落胆の入りまじった声で報告を始めた。

「こちらJN41。いま7便の残骸と見られる漂流物を発見した、場所は……」

●日本　東京・丸の内　日進証券

日本の証券会社でも最大規模を誇る日進証券。その巨大なビルの一角に、昨夜以来、夜通し明り（とも）が灯る、人の出入りの途切れない一室があった。

『全日本航空7便、8便事故対策室』

いつもは会議室として使用されるこの部屋の入口に、墨痕鮮やかに書かれた紙が貼り付けてある。その前に陣取った報道陣の顔にも、さすがに徹夜明けの疲労の色が見て取れる。事件発生からまる半日を過ぎても7便の消息ははっきりとせず、絶望感が漂い始めている。8便もまた西に向かって飛行を続けるだけで、解決の糸口は見出せていなかった。硬直した状況、特に8便は本来ならばもうそろそろ日本の領空近くに達し、機内では最後のミール・サービスが始まる頃だろう。操縦不能のままとはいえ飛行を続けてはいられるが、それも、積載燃料からどう見積もっても、あと六時間がいいところだった。

——あと六時間以内に解決策が見出されなければ……。

それがどういう結末を意味するか、口に出すまでもないことを誰もが知っていた。そしてその危機感に加えて謎解きに二〇〇万ドルという懸賞金がかけられたことが、フライト・コントロール・システムを元に戻すというパズルの解明に、世界中の人間を熱中させる要因となった。

事実、この日進証券の事故対策室でも、数人の人間たちが、時折入る代わり映えのしない情報に中断されながらも、四ページにもわたる重ね文字の中から、なんとかして答を探し出そうと、数枚の紙を天井の蛍光灯にかざしながらその作業に没頭していた。

その時、一人の社員がたったいま届けられたばかりの朝刊を手に対策室に飛び込んできた。

「室長、朝刊です」

夜を徹して流される特別番組に、そして衛星回線を通じて送られてくるCNNのニュースに見入っていた社員も、重ね文字の謎解きに熱中していた社員も、行為を一時中断しテーブルの上に置かれた数紙の新聞を争うようにして手に取った。

どれもこれも朝刊の一面トップは消息を絶った7便、そして8便の記事で埋め尽くされていた。

『全日航7便消息不明・8便操縦不能——サイバー・テロか？ コントロール・システム改竄(かいざん)の可能性』

『全日航機二機同時トラブル・消息不明と操縦不能』

リアルタイムで情報収集にあたっていた対策室の社員たちにとっては、さして目新しい情報があるわけではなかったが、それでも全員がむさぼるように紙面に目を通していく。そのうちの何紙かには、CNNを通じて、あるいは他の米国三大ネットワークを見た特派員電として犯人の犯行声明の概略と、彼女が指定したインターネットのホームページ・アドレスが掲載されていた。

社員たちがざっとその新聞に目を通し終えたその時だった。廊下にたむろしていた報道陣、数人の携帯電話が相次いで鳴り始めたかと思うと、テレビの特集番組にそれまでとは明らかに違った動きがあった。今度のニュースはCNNよりも日本のほうが早い。キャスターが席につき姿勢を正す間に原稿が画面の端から手渡される。

『消息不明になっていた全日本航空7便について新しいニュースが入りました。昨夜成田を発ってニューヨークに向かっていた全日本航空7便が消息を絶った海域で、同機のものと思われる残骸を、捜索にあたっていた自衛隊機が発見しました。残骸と見られるものの飛散状況は広範囲に渡っており、現在、海上自衛隊、及び海上保安庁の巡視船が、それが消息を絶っている7便のものであるか、回収・確認するために現場海域に急行しております。繰り返します……』

報道陣の間からどよめきが起き、それが合図になったかのように、対策室の中にいた社員たちの動きが活発になった。電話に飛びつき関係部署に連絡を取る者、あるいは部屋を飛び出していく者、それは驚くほど混乱の二文字とはかけ離れた動きで、そこにいた誰もがすでに7便に関して最悪の事態を想定していたことを図らずも証明することになった。

それは特別に設けられた事故対策室の中の数人の動きだったが、余波はまるで風一つなかった夜明けの水面に起きた波紋のように、徐々に、しかし確実に全社に広がっていった。

二機の航空機が同時に操縦不能に陥り、一方の墜落が決定的になり、そしてもう一方は、あと六時間ほどしか飛んでいられない。燃料がなくなれば墜落するのは物理的原理というもので、小学生の子供にも説明しなくても分かるほど答は明瞭だった。ならば、パイロットがフライト・コントロール・システムを切り、スポイラー、トリム、パワーの三つだけで操縦し、着陸を無事敢行できるか……。ご丁寧にも今朝発行された朝刊各紙とも、航空関係識者のコメントとしてそれがいかに難しく、危険を伴う行為であるかの解説文が掲載されていた。

たとえ顔を知らなくとも、同じ会社に働く同僚が遭難し、また一方の航空機には搭乗している――。

いまや社員にとって、進行しつつある危機、そしてすでに起きた悲劇は、他人事ではなく、自分たちもまさにその渦中に身を置く当事者の一人であった。事実マスコミの一部は出勤前の社員からコメントを取ろうと、通用口の前で待ち構え、『こちらの会社の方も両方の便に搭乗なさってますが……』さも心配げな口調ながら、ぶしつけな質問を投げかけてくる。

日進証券のオフィスに設置されたコンピュータは、ホストの端末とパソコンが兼用として使用できる仕組みになっていた。それはコンピュータの設置スペースを節約するという目的と同時に、端末機器の台数を減らすという、どこの企業でも当たり前のようになされていることとの結果である。加えて社員に対するほとんどの伝達、指示はEメールを通じて行なわれることになっており、そのせいで危機を回避するパズルが記載されているホームページには、この会社のオフィスのほとんどの端末画面から簡単にアクセスできた。

それは、世界を席捲している二ュースの渦中に、安全な立場にいながら身を置く者に、ちょっとした好奇心、野次馬根性といった、普通の人間ならば誰もが持つ微妙な心理が働いた結果だった。あるいはもしかしたら自分がこのパズルの最初の解答者になり、二〇〇万ドルという夢のような大金を手にする。つまり、まるで宝くじに一縷の夢を託すような単純な動機であったのかもしれない。

普段よりも早く出社した社員たち、その通勤途中で朝刊に目を通すことを半ば習慣としている日本の企業人の多くが、会社に着くやいなや新聞に掲載されたホームページ・アドレスに次々とアクセスしていった。この証券会社にも、外部からの不正侵入を防ぐべく、あるいはウイルスの感染を防ぐべくファイアーウォールとウイルス・チェッカーが設けられていたが、防壁の内側からホームページを覗(のぞ)きに行き、しかも自らの手でファイルをダウンロードしてしまうとなれば、この防御措置もまったく機能しなかった。

それは単に日進証券の本店に限った現象ではなく、支店でも同様のことが起こり、菱紅をはじめとする日本の名だたる総合商社、いやメーカー、小売業を問わず、大企業と呼ばれる多くの会社で一斉に起きた現象だった。

キャサリンが作り上げたウイルス『エボラ』は、その瞬間にも確実に、そして爆発的な勢いで日本社会の中枢で増殖を始めた。

●米国　カリフォルニア州・サンノゼ　U.S.ターン・キー社

――キャサリン、あの馬鹿女め！

グレンはブラインドを閉じた部屋の中を、何度も往復しながら同じ言葉を叫んで、自分の許(もと)を去っていった女のことを口汚く罵(ののし)った。

アトキンソンの指摘によると、彼が復帰してからの一か月の間に、自宅からフライト・コントロール・システムが開発されている会社のワークステーションには三度のアクセスがあったことが記録されていた。その三度のアクセス・レコードのうち、二度は同じ日付で、その日、自分はエアー・ストリームのあるフェニックスにいて不在だった。そして残るもう一日。その日はサンノゼにいたが、時間を見ると、その時、アトキンソンの労をねぎらうべく、『エドワーズ』で、本来ならばご免被るような相手を前に大枚を注ぎ込んだディナーをとっていた。調べてみると、そのひと月前にも一度。この日もグレンはフェニックスにいた。

空白の時間……あの家に自由に出入りできて、ワークステーションにアクセスしプログラムを改竄できる人間……それはどう考えてもキャサリン・ハーレー、あの女以外に考えられなかった。

——何てことをしてくれたんだ、あの女め。こんな大それたことをしでかせば、この会社がどんなことになるか分かっているのか。そんなに俺が憎かったのか、キャサリン。こんなことをしてまで恨みを晴らさなければならないほど、俺とアンジェラのことが許せなかったのか。

たしかにグレンの想像は外れてはいなかったが、動機の本質的な部分での読みという点で言えば、少しばかり違っていた。しかし彼の中で、今回のプログラム改竄がキャサリンによってなされたということに関しては、もはや確信以外の何物でもなかった。戸惑い、憤怒、そして後悔……流れどころのない複雑な感情は、グレンの心中で溶けた銑鉄のようにまじり合い、やがてそれはまったく別の形で一つの方向に向かって流れ出した。

――たとえキャサリンが意図的にプログラムを改竄したとしても、我々の管理責任を追及されることは間違いない。事実7便は消息を絶ち――これは墜落したと見て間違いあるまい。8便は操縦不能のままですでに数時間が経過している。損害賠償、いやそれ以前にこれだけの不始末をしでかしたというだけで、この会社は跡形もなく吹き飛んでしまう。いや会社だけじゃない。俺の人生が、ここまで築き上げてきたすべてが一瞬にして吹き飛んでしまう。そんなことがあってたまるものか。そんなことが……。

グレンの脳裏に芽生えた考え、それはこの危機をいかにして乗り越えるか。つまり自分にかかる責任をどうやって最小限に食い止めるか、その一点に絞られた。

グレンは何事かを思いついたかのように、デスクに歩み寄ると、短い内線電話の番号を押した。

「私だ。プログラムのチェックはどこまで進んでいる」

低く抑揚のない声から、息をするのも忘れてしまっているような緊張にグレンが襲われているのが分かる。次の言葉次第でこれからの自分の運命が決まるのだ。

『八割がた終わっています。もっともすべてのプログラムというわけではありません。二機の飛行機に現れた症状からみて、改竄されたと思われる部分に関してのことですが』

いつもとは打って変わって、アトキンソンの緊張した声が流れてくる。

「で、それらしい部分は見つかったのか」

『いいえ、いまのところは何も……すべて我々がオリジナルのプログラムとしてエアー・ストリームに納入したのと寸分の狂いもありません』

「そうか」グレンの声に落ち着きが戻ってきた。「ビル、悪いがすぐに私の部屋に来てくれないか。相談したいことがある」

受話器を置いたグレンは、そこから手を放さずに片手をついた形で考えた。アトキンソンがこの部屋に現れるまでの短い時間の中で、これから演じなければいけないシナリオの製作に、考えは集中していた。

――キャサリンがワークステーションにアクセスしたのは三回。そのうち二回目は同じ日に二度、そして最後は我々がエアー・ストリームに最終ヴァージョンの送付を終わらせた日。この回数、タイミングにどんな意味があるのだろう。

いまでこそプログラミングの現場を離れマネージメント（経営）に専念しているグレンだったが、元はと言えばキャサリンやアトキンソンと同じシステム・エンジニアとしてプログラム作成を生業（なりわい）にしてきた人間である。その原点に立ち返り、彼女の行なった行為の一つひとつを検証する能力はもとより持ちあわせている。

――もしも俺が彼女の立場なら、どうやってプログラムを入れ替えるか。自宅にある端末、これが彼女がここに姿を現すことなく、唯一外部からメインフレームにアクセスできる手立てだ。しかしどうやって私がいないことが分かったか。車庫の車？　いやそこに車がないからといって、いつ俺が帰ってくるかも分からないような状況で、作業を行なうはずがない。

グレンは必死の思いでキャサリンの帰りを待ち望んでいた頃の自分の行動を思い出してみた。

――そうだ、Eメールだ。あの時期毎日のように俺は会社の窮状を訴えるメッセージをあいつに向かって発し続けた。畜生め。なんてこった。ご丁寧にも俺はあいつに俺の居場所を逐一教えていたんじゃないか。

男の哀れさを訴える行為で、女の気を引こうとした行為が裏目に出たのだ。グレンはその自分の間抜けさに、いまさらながらに顔が熱くなった。

――それで、俺が留守だということを知ったわけだなキャサリン。それで余裕をもってメインフレームにアクセスできたってわけだ。完成したプログラムを取り出し、改竄したプログラムを移植する。これで二回のアクセスの謎は解けた。じゃあ、残りの一回は……。

その時、部屋のドアがノックされた。グレンは考えを一時中断すると、足早に歩み寄りドアを開けた。

疲労の色を濃くしたアトキンソンが立っていた。眼鏡は鼻梁の半ばほどまでずり下がり、半開きにした口許から不揃いな前歯が覗いている。この数時間の間に随分と衰弱したような印象を受ける。

「どこも悪いところなんかありゃしないよ、グレン。メインフレームに残されたプログラムは、僕らが改良したものそのものさ」

「それは、間違いないんだな」

「症状から見て、もし改竄があったとすればその箇所はぐっと絞られる。それ以前にバイナリー・チェックをすればすぐ分かる。そこに問題がないにもかかわらず改竄をするならこのあたりという箇所を中心にチェックをしたんだが、それらしきものは見当たらないんだ」

少しばかりだがグレンの顔に明るさが宿った。アトキンソンの答が、エアー・ストリームの連中にどれだけの説得力を持つかは分からないが、少なくともまったく言い訳が成り立たないものではない。たとえば、各航空会社に送られたプログラムがここではなく、エアー・ストリームから発送される直前に何者かの手によってすり替えられた……そうした可能性だって……。

――すり替え？

それがキーワードになったかのように、グレンの脳裏でキャサリンの三回目のアクセスの謎が解けた。それは単なる推測の域を越え、一回目、二回目の二度のアクセス、そして三回目のアクセスにともなう一連のキャサリンの行動のすべてが、まるで自分がそこに居合わせたかのように見えてきた。

――あの、クソ女め！　プログラムを元に戻しやがったな。しかしどうやってそのタイミングを計った。たしかに俺は答を貰えないEメールを頻繁に彼女に向かって送り続けた。

しかし、三回目のアクセスのあった日には俺はサンノゼにいて、彼女だって俺の行動の逐一を把握できなかったはずだ。しかもこの日はこのビルと『エドワーズ』で食事をして……。

グレンの視線が目の前に突っ立っているアトキンソンに向いた。気配を察したチーフ・プログラマーの目に、瞬間怯(おび)えと不安の色が浮かんだ。

「ビル。一つ聞きたいことがある」

「何でしょう」

「お前、俺と『エドワーズ』に行くことを誰かに話さなかったか」

グレンはあえてキャサリンの名前を出さずに聞いた。

「いいえ……そんなことは誰にも……」

コンピュータにかけてはいい腕を持つアトキンソンだったが、世渡りという点に関しては、熟達という言葉からはほど遠い生き方をしてきた男だ。内心の動揺が、彼とは逆にプログラマーとしてよりも、世渡りに十分に熟達しているグレンには手に取るように分かった。

「キャサリンから何か連絡があったんだろう」

口調こそやんわりとしてはいたが、断定調のグレンの言葉と、『私から連絡があったこと、グレンには話さないで……』キャサリンがあの時言った言葉との間で、アトキンソンの心は激しく揺れ動いた。それと同時にアクセス・レコードを目にして以来、密(ひそ)かにアトキンソンの中でくすぶっていた疑問、ワークステーションに侵入し、プログラムを改竄したのはキャサリンではないか、という疑問を確信に変えた。

——だとすれば、俺はこの一連の事件に手を貸したことになるのか。

——もしも自分がここで首を縦に振れば、グレンは即座に俺を首にするだろう。しかしそれよりももっと怖いのは、この事件の当事者のひとりとして扱われかねないことだ。そうなれば当局に取り調べられ、もちろん俺が有罪になるわけじゃないのは分かっているが、少なくともこれからの将来に多大な影響を及ぼすことは間違いない。犯人の口車に乗ってべらべらと喋りまくった『間抜け』。その汚点がずっとついてまわることは間違いない。

激しい葛藤は、アトキンソンの態度を曖昧なものにしたが、グレンにとってはそれで十分だった。

「まあいい。それは聞かないでおこう」拍子抜けするほど穏やかな口調で言うと、「ビル。ワークステーションのシステムには改竄の跡がなかった。それが重要なんだ」

まるで催眠術をかけるような静かな声で、グレンは続けた。

「たしかに、いまのところ改竄のあった痕跡は発見されてはいませんが」

「そう。つまり我が社はエアー・ストリームに完璧なシステムを納入したということさ。この事実は、改竄されたプログラムは、何者かの手によってエアー・ストリームから航空会社に発送される途中ですり替えられた。そういうことを意味するんじゃないのかね」

「しかし、グレン。すべての作業が終了した後にワークステーションにアクセスしたレコードが、一体誰が、何を目的としてやったものかがはっきりとしないうちは……」

「それは、俺がやったんだ。プログラムを最終的にチェックするためにな」

「そんな……。アクセス・レコードのあった三回のうちの二回は、あなたはフェニックスにいて……」

——そんな嘘がどこまで通じるものか。グレン、あんたはどうかしている。あんたも、何があったかその本当のところを気づいているはずだ。

アトキンソンは喉まで出かかった言葉をすんでのところで呑み込んだ。事の真相を明らかにすることは、自分もまたその渦中に巻き込まれることを意味する。いましがた脳裏に浮かんだ考えがそれを邪魔した。

「ここで君と私の過去のスケジュールについて話している暇はない。いいかビル。仕事を失いたくなかったら、いまのポジションを守りたかったら、私の言うことを……」

グレンがそこまで言いかけた時、机の上の電話が鳴った。長い呼び出し音。外線からのものだ。

「グレン・エリス」

グレンは受話器を取りながら、もう一方の手で、アトキンソンにそこにいるよう指示する。

『マーク・チャップマンだ』

聞きなれた声が聞こえてくる。事故究明対策室のシステム担当の声がいつもより緊張し、そしてどこかに刺があるように冷たく感じる。

「マーク、プログラムのチェックは八割方済んだが、それらしき改竄箇所は見つかっていない」

『改竄箇所が見つからない？　そんな馬鹿な話があるか』

「しかし、見つからないものは見つからないんだ。何もかも最終のＯＫをエアー・ストリームから貰った時と同じだ」

『つまり、改竄はそちらで行なわれたんじゃなく、こちらから各航空会社に向かって発送された過程で、物理的にディスクがすり替えられた。そう言いたいのか』

「それしか考えられない。現に、こちらのワークステーションに残ったデータは……」

グレンがそこまで言いかけた時、チャップマンの厳しい言葉が遮った。

『グレン、君のところに残っているプログラムがどうあろうと、マザーディスクそのもの、つまり、君が最初に最終版を持ち込んだ時点で、プログラムが改竄されていたことは間違いない』

「なぜだ、なぜそんなことが言える」

片手を大きく広げる大仰な動作とともに、グレンが噛みつきそうな勢いで受話器に向かって問いかける。

『シミュレーターだ。君のところからきた最終版ではなく、各航空会社に送る前のプログラムをロードしたシミュレーターを動かしたら同じ症状が出た。ＡＪＡの7便、8便に出たのと同じ症状がな』

「そんな馬鹿な。それ以前に誰かがすり替えた可能性はないのか。そちらの誰かが」

『そんな時間と施設がここのどこにある。βヴァージョンが出て、バグ取りの済んだオリジナルディスクを改竄するなんて、そんなことは不可能だ。やはり考えられるとすれば、グレン、君のところで……』

「ちょ、ちょっと待ってくれ。そう結論づけられても、こちらにもそんな形跡は……」

すっかり血の気の引いた顔で、受話器に向かってがなりたてるグレンの傍らで、部屋の外にある秘書席と繋がるインターフォンが間の抜けた呼び出し音を上げた。

「ちょっと待ってくれ、マーク」グレンは受話器の口を片手で押さえると、インターフォンに向かって「何だ！　いま大事な話の途中だ。後にしてくれ」刺々しい言葉を投げつけた。

「FBIの方がすぐに会いたいとお見えになっています……キャサリン・ハーレーのことで話を聞きたいといって……」

困惑の色を隠せない秘書の声が、スピーカーを通して聞こえてきた。

――どうしてFBIがキャサリンのことを知ったんだ。どうして……このことはまだ、俺しか知らないはずなのに。どうして……。

グレンの肩ががっくりと落ちた。彼は瞬間的に、いままで築き上げてきたすべてが足元から崩れ落ちていくのをはっきりと悟った。その証拠に、すでにグレンの顔は死人のそれに近かった。

●米国　カリフォルニア州・サンノゼ　サイバー・エイド社

レストランに向かう途中からUターンしてオフィスに戻ってくるとすぐに、雅彦とウィルソンはキャサリンが指定したホームページへのアクセスを終了し、そこに現れた犯行声明文と、パズルの解析に熱中していた。

合わせ文字を解く鍵となるデコーダーが五秒間隔で変化するために、それが二〇パターンの繰り返しでなされていることを知るまでに随分の時間を要した。何台ものコンピュータが並んだ部屋の中央には六人ほどの人間が囲めるテーブルがあり、プリントアウトされた犯行声明とパズルが置かれ、雅彦とウィルソンが天井の蛍光灯にデコーダーと長大な記号の羅列を重ねてすかし、文面となるべき箇所を発見すべく二枚の紙をスライドさせるという単純な作業を続けていた。

トレーシーは、そうした二人の作業に何の興味を示すこともなく、ホームページを表示したコンピュータの前に座り、何かの操作をしてはリブートを繰り返している。その度にコンピュータが起ち上がる柔らかなスタート・サウンドが、狭い部屋の中に余韻を残しながら漂う。

テーブル上には、ケータリング・サービスを使って取り寄せたサンドウィッチやポテトチップスが置かれていたが、誰もそれに手をつける者はいなかった。口にするものと言えば、その時届けられたポップ（炭酸飲料）ぐらいのもので、三人はそれぞれのスタイルで黙々と作業をこなしていた。

つけっ放しにしたラジオからは、操縦不能になった8便のニュース、それに消息を絶った7便のニュースが、時折国内のニュースをまじえながら報じられている。時間の経過にともなって双方の便に搭乗していたアメリカ人の身元もはっきりとしていた。やはりビジネス路線ということもあって、アメリカを代表する企業のビジネスマンが多い。その多くが証券や、銀行、コンピュータ関係といった時代の先端を行く企業が多いのが特徴的だった。

『新しいニュースが入りました。消息を絶っていた全日本航空7便に関してです。日本の捜査当局の発表によりますと、北太平洋上で同機のものと思われる残骸（ざんがい）を回収しました。破片の飛散状況は広範囲に渡っており、かなりの高空で機体破壊が起きたものと思われます。7便は現在太平洋上空を操縦不能のまま飛行を続けている8便と同様にフライト・コントロール・システムが何者かによって改竄されたと思われる症状が出、質問の答と思われる数値をインプットした直後に遭難信号を発して消息を絶っておりました。一方、犯人と思われる女性の声で四大ネットワークにその公開が要求されたホームページには、長大な犯行声明文とともに、重ね文字のパズルが掲載されており、このパズルにフライト・コントロール・システムのロックを解く答が隠されているとのことです。四大ネットワークがこの事実を犯人の要求に従って公開し、さらに8便に乗り合わせていたデジタル・ソフト社の社長、ジョセフ・パーカー氏がこのパズルを最初に解いた人物に二〇〇万ドルの懸賞金を出すと発表して以来、同ページには世界中からアクセスが殺到しており、その総計はすでに五〇〇万件を超し、現在も増え続けております……』

「くそ、これで三つを終わらせたが、文字なんか出てきやしないぞ」

ウイルソンが、デコーダーとなった小さな紙片を投げ捨てると、いらだった声を上げた。

「見落とさないように、慎重にやらないと……ちょっとしたずれでも文字にならないようになってますからね」

雅彦が天井にかざした二枚の紙片をゆっくりと、慎重にスライドさせながら視線をそこから離すことなく答えた。

「ガキの遊びじゃあるまいし、これだけの大事件の答を、よくもこんな単純な遊びに隠してくれたもんだ」

まだ半分も終わっていないデコーダーの紙片に視線をやりながらウイルソンは気を取り直したように次の一枚に手を伸ばした。

「ガキのやるような単純なものだから、皆が熱中するんです。驚異的なアクセス件数が何よりの証拠ですよ。もっとも懸賞金がかかったこともあるでしょうけどね」

「そうかしら」

雅彦の言葉にトレーシーが初めて口を開いた。

「そうじゃないのかな。だれにも解けそうもないパズルだったら、これほど多くの人がホームページにアクセスして謎解きに熱中なんかするもんか」

「そうじゃないの」トレーシーは画面から目を離すと、雅彦のほうを振り向いた。「私が言いたいのは、こんな妄言のような犯行声明を伝えるために、こんな大それたことをしたりするのか、ということよ」

「各研究機関に小包爆弾を送りつけたユナ・ボマーがニューヨーク・タイムズ、ワシントン・ポスト上で掲載した犯行声明文だって、妄言と言うに十分だったと思うがね」

「でもあの馬鹿げた文章を隅から隅まで読んだ人間なんてそう多くはなかったはずよ。もしもニューヨーク・タイムズやワシントン・ポストが別刷りで犯行声明文を売りに出したら、あの文章を目にした人間の数なんて、たかが知れているはずだわ」

何か考えがあるのか、ウイルソンの言葉にトレーシーはきっぱりと言いきった。

「つまり何が言いたいんだ、トレーシー」

「犯行声明だけだったら、ホームページにアクセスする人間の数はそう多くない。つまり誰でも解けそうなパズル、それが操縦不能になった飛行機を救う唯一の手立て……その危機的状況、そうやって人の興味をいやが上でも誘いそうな状況を作り出すためにこんなことをしてるんじゃないかしら」

「言ってることがよく分からんな」

ウイルソンが眉間に皺を寄せた。

「つまり、こういうことかい。二機の航空機を操縦不能にさせて、その危機を救う手立てとして犯行声明とともにパズルを入れた。前代未聞の大事件の、それも犯人が直接書いた物証に直接お目にかかれるなんてチャンスは普通の人間には皆無に等しい。そうした、人間ならば誰もが持つ好奇心を刺激するシチュエーションを作り出す……だとすれば、二機の航空機が操縦不能になったのは、ホームページにより多くの人間たちをアクセスさせるための囮に過ぎないということになるが……、しかし一体何のためにだろう」

雅彦は、デコーダーをスライドさせていた手をすでに止めていた。

「そんな馬鹿な。ただそれだけのために、何で五〇〇人近い人間の命を危険にさらす必要があるんだ。犯行声明をメディアに載せるためっていうんなら、他にも手はあるさ。ユナ・ボマーのようにね。何もインターネットを通じてやらなくとも、新聞に掲載させるという手もある」

ウイルソンの手も止まっている。

「そこがひっかかるのよ。彼女は犯行声明をホームページを通じて流した。しかもそのアドレスを公開する手立てとして選んだのは、速報性を持つ電波メディアだけだわ。それも世界的な影響力を持つ四大ネットワークを狙ってね」

「それは飛行時間という時間的制約があるからだろう。新聞が発行される前に時間切れになって二つの飛行機が墜ちたら、犯行声明の一部は新聞に掲載されることはあっても、全文はないだろう」

「そこよ。刻々と進行する危機。そして退屈な犯行声明ばかりじゃなく、誰もが興味を持つようなパズル……犯人の狙いはそこにあったんじゃないかしら」

「つまり」

そう聞き返す雅彦の手に、すでにパズルの紙片は握られていなかった。

「そう、つまり、より多くのネット・ユーザーに自分のホームページにアクセスさせる必要性があった……いえ、それが狙いだった。二機の飛行機は、さっきマサが言った囮なのよ」

「しかし、それが何を意味するってんだ。妄言に等しい犯行声明文をより多くの人間に読ませたいからだってのか」

「そんなんじゃなくてよ、エド。私の推測が正しければ、事態はもっと深刻だわ」トレーシーはそう言うと、再びコンピュータの画面に向かい、いままで繰り返してきた操作を続け始めた。

「そんなんじゃないんなら、いったい何なんだ。それに君、さっきから何をやってる」

ウイルソンは手にしていた紙片を、テーブルの上に放り投げると立ち上がり、トレーシーの肩越しに画面をのぞき込んだ。それに続いて雅彦もまた同じように画面に見入った。

トレーシーはコンピュータ内の時計を三〇分進めては、リブートを繰り返していた。すでにコンピュータ内の時間は翌日の朝七時になっていた。雅彦が背後に来たのを知ったトレーシーがおもむろに聞いた。

「マサ、いま日本は何時かしら」

その言葉に雅彦が自分の腕時計を見る。

「一七時間の時差だから、いま明日の午前七時だ」

「もうそろそろ、オフィスで仕事が始まる時間よね」

「大概のオフィスが一斉に仕事を始めるのは九時だから。あと二時間ほどある」

「日付が一番最初に変わる大きな国は」

「たしか南半球のニュージーランド。一時間おいてオーストラリア東部、それからまた一時間で日本じゃなかったかな」

「すると、事が起こるとすれば、この辺の時間を狙うのが最も可能性が高いわけね」

「事が起こる？ 一体何のことだ」

聞き返す雅彦の声を無視して、トレーシーは時間の設定を思いきってそこから三時間早めた。コンピュータの中の時刻が朝一〇時にセットされ、リブートされた。柔らかなスタート・サウンド、そして画面が起ち上がる。インストールしてあるOSのロゴマークが現れ、インストールされているソフトのアイコンが、空いたスペースに次々と現れてくる。

トレーシーは、無言のままマウスを操作し、幾つかの作業を行なった後、じっと画面に見入った。キャサリンが作成したホームページがモニター一杯に現れる。さらにマウスを操作し、パズル部分まで画面をスクロールする。二〇種類のパターンを一定の時間間隔で変化しながら繰り返すデコーダー部分だけが、まるでネオンサインのように変化していく。

ここに引き返してきてから何度も見た画面。そこに変化と呼べるようなものは何もないように思えた。

「やっぱり考え過ぎかしら」

しばらく見ていたトレーシーは、画面を元に戻し、再び同じ作業を始めようとした。マウスを手にし、それを机上のマウス・パッドの上で動かしてみる。

――あら……。

変化は突然に現れた。その異変に気がついたのは、実際にコンピュータを操作していたトレーシーだけだった。画面とトレーシーとの距離が近くなった。獲物を狩るハンターが目標を視界に捉(とら)えたかのような険しい目付きに変わり、眉(まゆ)が吊(つ)り上がる。

「どうした、トレーシー」

気配を察したウイルソンが、背後から声をかけた。

「フリーズしたのよ。システムが」

「あんまり時間をいじくったりしたからじゃないのか。意図的に何度もそんなことばかり繰り返せば、システムが……」

「そうじゃないわ、多分ね。……私の推測が当たっているとすれば、大変なことになるわよ。まあ見てらっしゃい」

トレーシーは言うが早いか、本体のスイッチに手を伸ばし、強制的に電源を切り、すぐに再びシステムを起ち上げにかかった。柔らかなスタート・サウンド。そして画面の端にメモリーをカウントする小さな数字が現れ、徐々にその数を上げていく。これまでと何の変わりもない起動時の画面そのものだった。

「ほらみろ、何も起きやしないじゃないか。やっぱり……」

ウイルソンが言ったまさにその時だった。メモリーをカウントしていた文字が消えた。

「ほら来た！」

トレーシーが、予期していたものをついに探し当てた、そして自分の推測が正しかったという興奮が入りまじった声を上げた。その声につられるように、雅彦、ウイルソンの二人が身を乗り出して画面に見入る。

『NO SYSTEM』

黒い画面の中央に八文字のメッセージが現れ、コンピュータはすべての機能を停止していた。

「何だ。何が起きたんだ」

ウイルソンの瞳が左右に激しく動き、この現象に対する答を求めた。

「ウイルスよ。この犯行声明文の裏にウイルスがいる可能性が高いわ」

「何だって……」

「詳しくは調べてみないと分からないけれど、もしも私の推測が正しければ、相当たちの悪いウイルスだわ。いままで見たこともないほどね」

「たちが悪いって、一体どんなやつなんだ」

「だから調べてみないとはっきりしたことは言えないって言ってるでしょう」雅彦の先をせかすような言い方にトレーシーの口調が少し荒くなった。「一つはウイルス・チェッカーに引っかからない」

「ウイルス・チェッカーに引っかからない。そんなことができるのかい」

「技術力の問題ね。万能なウイルス・チェッカーなんてありゃしない。言い換えればウイルスを作る連中は常にそれに引っかからないようなものを作ることに心血を注ぐものだわ。どんな方法を使ったのかは分からないけれど、とにかくここにあるウイルス・チェッカーをすり抜けてきたことは間違いないわ。それに、どうもこの症状からすると、もしかすると、OSが破壊されるようにできているのかもしれない」

「OSを破壊するだって！　それじゃ、このウイルスに感染したコンピュータは……」

「ただの箱になるってことよ」

——そうだったのか。ラジオでニュースを聞いた時から、心のどこかにわだかまっていたものは、これだったんだ……。コンピュータ・ウイルス——目に見えず、音も立てない。犯罪でありながら、どこにも人間的な匂いさえしない。しかけたのは人間に違いなくとも、まるでウイルス自身が自らの意思で事件を起こしているような、そうした気味悪さ……。こうしたものに、やがて人間の社会や文化が滅ぼされる時が来ると危惧するのは、自分だけだろうか。

　雅彦の脳裏に、オフィスにずらりと設置されたコンピュータの群れが浮かび上がった。証券会社、商社、そして銀行……、工場、役所、学校、病院……、交通、通信、物流……いまやコンピュータなしに日常業務がこなせるところなんてありゃしない。ありとあらゆる業務に関するデータが保管され、業務の効率化を図るために多くの人間がその前で過ごす。企業規模が大きくなればなるほどコンピュータはネット化され、その多くは、ホストの端末とパソコンとしての機能を併用して持つ。そのOSが破壊されるということは、たとえメインフレームが生きていたとしても、何の役にも立ちはしないということを意味する。頭が生きていても四肢が、目が、そして口がまったくマヒした状態……そんなことになれば、社会は大混乱に陥る。それもいままで誰も経験したことのない大混乱が、世界的規模で起こるということだ。

「こいつが動きだしたらどんなことになるんだ。証券市場は、銀行は、企業は。すべての経済活動がマヒするんじゃないのか」

　雅彦の肩が恐怖と焦りで大きく上下する。

「銀行業務が影響を受けることはまずないわ。なにしろあの人たちの使用しているシステムは完全なクローズド、独立したシステムになっていて、日常業務に使用しているシステムは外部とは一切繋がっていないから。でも証券会社は別よ、ほとんどの端末がパソコンとホストの端末の兼用ってケースが多いの。もし、私の推測通りだとすれば、証券市場は間違いなく大きな影響、いやマヒ状態に陥る可能性があるわ」

「そんなことになったら、大変だぞ」

「その通りだわ。大変なのは何も証券会社だけじゃなくてよ。これがただの箱になれば、メールだって使えなくなる。いまの社会を考えてみて、マサ。ほとんどのビジネスマンが自分の名刺にメール・アドレスを刷り込んでいる時代よ。ビジネス上のやり取りの多くが、電話じゃなくメールで交わされる。それが使えなくなったら……」

「何てこった。いったい、どこのどいつがこんな馬鹿なことをしでかしたんだ。それも何のために」

「とにかく、何が起こるのか、プログラムを検証してみる必要性があるわ。それに対策がまったくないわけじゃない。そうでしょう、エド」

「その通りだ、トレーシー」

一瞬だが、ウイルソンの目に不遜（ふそん）な光が宿ったように雅彦は感じた。

「本当にウイルスがいるのか、もしいるならどんな特性を持っているのか。それを確かめるのが先決だわ」トレーシーはそこでウイルソンに向き直ると「もう一台おしゃかにするかもしれないけど、いいわよね」有無を言わせぬ口調で聞いた。

「いいともさ」

その返事を聞くまでもなく、トレーシーは隣に席を移すと、再びキャサリンが犯行声明を載せたホームページにアクセスを開始した。

「大変だ。これをすぐに全世界に報じないと……エド、電話を借りるぞ」

傍らにあった電話に手を伸ばしかけたその手を、ウイルソンのごつい手が遮った。

「マサ、発表するのは事の次第がはっきりしてからでいい。いまの時点でウイルスが存在している可能性を発表すれば、余計な混乱を招きかねない」

「しかし、現にトレーシーのコンピュータは……」

「とにかく分析が済んで、その存在がはっきりしてからだ。発表はそれからでも遅くはない」

ウイルソンは、正面から雅彦を見つめると、有無を言わさぬ厳しい口調で言った。

●日本　東京・丸の内　日進証券

朝七時、いつもならまだ閑散としているオフィスには、男性社員を中心に多くの人間が出社していた。場が立つ九時前に業務を開始できる態勢にしておくために、毎朝の慣例となっている朝礼や窓口業務の態勢を整えておかなければならない。他の業種に比べて出社時間が早いのはいつものことだったが、それにも増して、今日この時間に出社する社員の数が多いのには、二つの理由があった。一つは日本企業のほとんどが決算期を迎える三月末日を四日後に控え、株を売却し、それを現金化できるまでに四日の日数を要する――つまり今日は、決算書の体裁を整えるべく株の取引が一年で最も大きくなる一日であること。

そしてもう一つは、昨夜来、消息を絶ち、ついには墜落が報じられた全日本航空7便と依然操縦不能のまま飛行を続ける同8便に関する犯行声明とパズルが掲載されたホームページにアクセスするためであった。

社員の何人かが双方の便に搭乗しており、7便に乗り合わせた者はすでに絶望が報じられ、また8便に乗り合わせた者も同じ運命をたどる危険な状況に置かれている。その危機感が、本社のみならず各支店においても、同様の現象を引き起こしていた。

オフィスのあちらこちらに人だかりが出来、食い入るようにコンピュータの画面を見つめる男たち。その中には早々に出社してきた女子社員の姿も散見される。

世界の放送メディアが昨日来トップ・ニュースとして報じ、すべての新聞が一面、そして社会面のほとんどを割いて報じている事件の現物が目の前にある。同僚を案ずる気持ちがないわけではなかったが、それ以上に大事件の犯行声明の現物、事態の危機を救うパズルがいま目の前にある興奮、興味、それに少しおいて発表された二〇〇万ドルの懸賞金。異常な熱気に朝のオフィスは包まれていた。

「こんな英語で書かれた長い文章なんか、何が書いてあるのか、ちんぷんかんぷんで分かりゃしねえや」

コンピュータを操作する若い男の背後から、画面を覗き込んでいた中年の男の声が聞こえる。

「こんなもの辞書片手に訳していたんじゃ、何日かかるか分かったもんじゃねえ」

超のつく一流企業に勤めていようとも、多くの日本のビジネスマンの英語力など所詮知れたものだ。タイムやニューズウィークをはじめとする欧米の雑誌を辞書なしで読める人間はそう多くはない。おそらく、その末尾にフライト・コントロール・システムを元にもどすパズルがなければ、そして何よりも懸賞金という魅力がなかったら、日本をはじめ世界中からこのホームページにアクセスする件数は、はるかに少ないものになっていたに違いない。デコーダーと、部分的に欠けた文字の羅列。それがピタリと合ったところで文章が現れる。それが一つのセンテンスとして体をなすか否か、その程度のことならば、いかに英語力がなくとも、一〇年ちかくもの間英語教育を受けてきた人間ならば、全文が分からなくとも、気配であたりをつけることはできる。

それがまさにキャサリンが狙ったところだった。難しい犯行声明文だけを載せたのでは、ホームページにアクセスする人間の数は限られる。より多くの人間がアクセスしたくなるように、彼女はたとえ英語に不慣れな人間でも、多少の心得があれば誰にでも解けそうなパズル、それも重ね文字という単純極まりないものにすることによって人々の興味を引こうとしたのだ。ジョセフ・パーカーの行動は、それにさらに拍車をかけることになったに過ぎない。

「たしかにこの犯行声明を読んでいちゃ、何日あっても足りゃあしませんけどね。このパズルは、これだけの人がいりゃあ、すぐに解けるんじゃないですか」

マウスを操作していた男が、ページをスクロールさせると、奇怪な記号の羅列で埋め尽くされた部分で止めた。

「何だ、こりゃ」

「この枠で囲まれた部分とこっちとを重ね合わせていくと、どこかで文章が現れるってんだろう。それが操縦不能になった8便のロックを解く答ってわけだよな」

「そう言われてるんですが……」背後から聞こえる声にも男は視線を逸らすことなく答える。

「とにかくプリントアウトしてみましょう」

簡単な操作を何度か繰り返すと、傍らにあるレーザープリンターが微かな唸りを上げ、数枚の紙を吐き出し始めた。

「この、ちかちか変わるのは何だ」

背後から画面を覗き込んでいた男たちの間から声が上がった。

「どうも、このデコーダーってやつには幾つかのパターンがあるみたいですね」

「つまり、本文の欠損部分を埋めるのに必要な元が、このパターンのどれか分からないってわけか」

「そのようです」

「しかし、世界中で膨大な数の人たちがこのパズルの答を探そうと必死になっているわけだろう。それがこれだけ時間が経っても答が分からないってのは、一体どういうわけだ」

「そんなこと、私に聞かれても……」マウスを操作していた若い男が困惑した声を上げた。

「もしかすると、長大な記号の羅列はダミーで意味がなく、このデコーダーの幾つかのパターンの組み合わせの中に答があるとか……それに、私も昨夜自宅のマシーンでトライしてみたんですが、ちょっとしたズレで文字にならないみたいなんです。かなり精密に重ねないと……」

「なるほどね。単なる重ね文字じゃない可能性もあるわけか」

プリントアウトされてきた長大な記号の羅列とデコーダーを天井の蛍光灯の光に透かしながら、中年の男が呟いた。そこには、遭難した同僚に思いをはせる気配もなければ、危機に瀕している同僚を案ずる様子も窺えなかった。誰もが事件の渦中に身を置き、まるでミステリーの中で謎を解く主人公の探偵にでもなったかのように、次々にプリントアウトされてくるパズルをコピーし、そして重ね合わせるといった作業に没頭した。そしてその答を見出した者、それが一躍この時代のヒーローとして扱われ、文字通りの億万長者になれるであろうことを、心のどこかで感じていた。それは宝くじを買った者が、当籤番号の発表を待つ間、どこかで自分に幸運が舞い降りてくるのを疑わないのと同じで、誰もがその記号の羅列の中に、危機に陥っている8便を救う答が隠されていると信じて疑わなかった。

——ホームページの画面を表示した瞬間に、その裏に隠された『エボラ』は確実に感染し、メモリーをフルにし、すでにハードディスクへの感染を終了していた。これは日進証券のコンピュータに限ったことではなく、日本中、いや世界中のコンピュータの内部で密かに起こっている現象だった。いまや日本経済を代表する大企業はもちろんのこと、中、小の企業規模を問わず、キャサリンが開設したホームページにアクセスしたすべてのコンピュータで、最初たった一つのウイルスに過ぎなかった『エボラ』は確実に増殖を続け、あとはその発症の時を待つだけとなっていた。

日本時間の三月二七日。日本の多くの企業が決算を控え、あらゆる面で経済活動が最も活発になる時期、キャサリンが全能力を傾注して開発した凶悪なコンピュータ・ウイルス『エボラ』、それが動きだすまでに、もういくばくかの時間しか残されてはいなかった――

「朝礼を始めるぞ」

奥の店長室から姿を現した、ひときわ貫禄のある男の声がオフィスに響いた。この後に起こる未曾有のパニックなど考えのどこにもない、いつもの業務開始を告げる声だった。

●米国　カリフォルニア州・サンノゼ　U.S.ターン・キー社

――どこで彼女の名前を知ったかは分からんが、取り調べも商談も似たようなものだ。所詮は人と人との化かし合い。駆け引きならば、俺だってこれまで幾つもの修羅場をくぐり抜けてきた。

「キャサリン・ハーレーのことについて、何を聞きたいというのです」

ＦＢＩの捜査官三名を前にして、グレン・エリスは初対面の挨拶（あいさつ）もそこそこに、落ち着いた声で切りだした。

「いま彼女がどこにいるか、ご存じですか」

グレンのオフィス。その中央にしつらえられた革張りの応接セットの長椅子に三人並んで腰を沈めた男の一人が静かに聞いた。

リチャード・タンディ。グレンの目がテーブルの上に並べられた三枚の名刺の中から、その男の名前を確認する。

「残念ながら、ミスター・タンディ」

「リックで結構です」

「じゃあ、リック。彼女は三か月ほど前から家を出ていましてね。居場所が分からないのです」

「居場所が分からない？　結婚こそしていませんが、あなたがたは事実上の夫婦関係にあっただけでなく、このU.S.ターン・キー社では、経営と技術面の中核をなす、いわばパートナーの関係にあるわけですよね。そのあなたが居場所が分からないとは……」

変ですね、あるいは、そんなことはないでしょう、とでも続けたかったのかもしれなかったが、そこで言葉を切った。

「実は、その前にちょっとした行き違いがありましてね。多分それが原因だと思うのですが」

「ちょっとした行き違い。それは何か仕事に関することですか」

「いいえ、そうではありません。極めてプライヴェートなことでね」グレンはそこで、僅かに姿勢を正すと、「そういうこともお話ししなければなりませんか」

「お話しいただけるなら、それに越したことはないのですが、したくなければ、強いてとは言いません」

グレンはその言葉に僅かに肩をすくめた。それが拒否を表す仕草だった。

「分かりました。それじゃ、質問を変えましょう」タンディは、キャサリンが姿を消した原因などさして重要ではないとばかりに、あっさりと話題を変えた。「キャサリン・ハーレーはチーフ・プログラマーとしてAS－500のフライト・コントロール・システム開発の責任者だった。それは間違いありませんね」

「その通りです」

「かなり優秀な」

「少なくとも一介のヴェンチャー企業に過ぎなかった我が社がここまでになったのは、キャサリンが図抜けて優秀なプログラマーだったこととの一つの証明にはなるでしょう。我が社の中では一番のプログラマーでしたね」

グレンは、意図してその存在を過去形で表した。

「当然、システムに関しては、隅から隅まで知り尽くしていた」

「その通りです。エアー・ストリームから出された要件定義にしたがって、要求通り機能するようにプログラムを作成するのが我々の仕事です。その陣頭指揮にあたる人間ですからね、あの飛行機のシステムに関しては、何もかも彼女の頭の中に入っています」

「なるほど」

三人は予め予想していた答が得られたとばかりに、素早く視線を交わしあう。

「そのキャサリンが、どうかしたんですか」

彼らの仕草が何を意味するものか、分からないグレンではなかったが、しらを切るような口調で問い返した。

「何者かによってAS—500のフライト・コントロール・システムが改竄された。このことは当然ご存じですね」

「ええ、それで今朝からこちらは大変なことになっています。実際にエアー・ストリームに納入したプログラムを検証して改竄があったのか、なかったのか、それを調べるのにかかりっきりでしてね」

「エアー・ストリームに納入されたシステムには、明らかに改竄された箇所があった。それは間違いありません。すでにあなたも聞いているでしょう。シミュレーターでも、操縦不能に陥ったAJAの7便と8便双方に現れた症状と同じ現象が起きたことを」

「ええ、知っています。あなた方がちょうどここにお見えになった時、エアー・ストリームのシステム担当者から報告を受けていたところでしたからね」グレンは乾いた髪を片手で掻き上げる。

「しかし我々が、ここのホスト・コンピュータに保存されている最終ヴァージョンを検証した範囲では、それらしき箇所は見つかっていません」

「それは、すべてのプログラムを検証なさったということですか」

「すべての……というわけではありません。操縦不能に陥った二つの飛行機に現れた症状から、改竄する箇所はぐっと絞られます。その箇所を調べた範囲では、ということです」

「なるほど。しかし現にあなた方から納入された各航空会社向けのファイナル・ヴァージョンをダウンロードしたシミュレーターでは、操縦不能になった二機と同じ症状が出た。三万二〇〇〇フィートに達したところで、システムがロックし、クイズが現れるという症状がね。そのクイズの内容も二機から報告されたものと寸分違わぬものだった」

「つまり、あなた方が言いたいのはこういうことですか。システムの改竄は、ここU.S.ターン・キーで起きた。それを行なったのはキャサリン・ハーレーだったと」

「そう結論づけてはいません。その可能性もあるということです。だからこうして事情を聞きに来ているのです」

「馬鹿な」あくまでも静かな口調で淡々と話を続けるタンディと対照的に、グレンの口調が俄に感情を露にしてくる。「そんなことはどう考えても不可能だ。第一、システムを開発保管しているワークステーションは完全なクローズド・システムになっていて、外部からアクセスすることはできやしない。どんなに優秀な技術を持ったハッカーでも、物理的にラインが繋がっていないところに侵入するのは不可能だ。その点、何度もハッカーの被害をこうむっている国防総省(ペンタゴン)のシステムより、よっぽどセキュリティはしっかりしている。もしもキャサリンがシステムの改竄を行なったとしたら、ここの端末に座って、作業を行なったことになる。しかしこの三か月というもの、我々はAS―500のシステム改良に追われていて、常に誰かが徹夜で作業をしているような状態だったんだ。こっちが必死になって行方を捜していた彼女がそこに姿を現せば、嫌でも私の耳に入らないわけがないじゃないか」

「AS―500のシステム改良？」

タンディの眉(まゆ)がぴくりと動いた。

「バグ取りですよ。システムに完璧(かんぺき)なものなんかありゃしません。必ずバグという厄介な存在が潜んでいるんです。その作業に追われていたということです」

「バグ取りに三か月もの間、徹夜でかかりきりになって……ですか」

「AS―500はエアー・ストリームが社運をかけて開発したシップです。あなた方も覚えているでしょう、就航したばかりのAS―500がフランクフルトで墜(お)ちたのを。結果的にはパイロット・ミスでしたが、あの事故はAS―500の安全性に関して大きなイメージ・ダウンになったことは否めません。そこで、システムの総点検が始まった、それも念には念を入れてね」

――改良という言葉を使ったのはまずかった。

グレンは内心で舌打ちをしながらも、落ち着いた口調で言葉を繕(つくろ)った。

「それに、エアー・ストリームのシミュレーターで7便8便と同じ症状が出たとおっしゃったが、さっきも言ったように、こちらのオリジナル・プログラムにはそうした症状が出るようなロジック、改竄箇所は見当たらないんだ」

「その点、エアー・ストリームは何と」

「すぐにシミュレーターに搭載されていたシステムを、こちらにネットを使って送ってくると言ってましたがね。それとこちらに保管されてあるプログラムを突き合わせれば、少なくともここで改竄などなかったことは、はっきりすると思いますがね」

「すると、誰かがエアー・ストリームから各航空会社に送られた最新ヴァージョンのディスクをすり替え、さらにご丁寧にもシミュレーターに搭載したソフトもすり替えたということになるわけだが」

タンディは探るような目でグレンを見た。長年捜査の現場で養われてきた勘が、グレンとの一連の会話の裏に潜む何かを嗅ぎつけていた。それはちょっとしたグレンの仕草、あるいは口調、そして話の展開といったものだったかもしれない。とうてい説明のつかない何かが、そこに潜む、そして恐らくこの大事件を引き起こした犯人を決定づける秘密をグレンが握っているに違いないと確信させた。

「その可能性もまったくないわけじゃないでしょう」

そうしたタンディの内心など知る由もないグレンは、風向きがこちらに有利に動きはじめたとばかりに膝を組み直した。

「そうかな」いままでグレンの話の方向に合わせる形で会話を進めていたタンディが、初めてあからさまに流れを変えた。「タイム・フレームを考えると、そんなことがエアー・ストリームの中でできるものかな。各航空会社に配られたディスクは、すべてここでコピーされたものだった。シミュレーターに搭載されたのは、それよりももっと早くだ。シミュレーター、実機によるテストを経てファイナル・ヴァージョンが君の手によって運ばれるとすぐに、エアー・ストリームは各航空会社にディスクを送付している。もしも、エアー・ストリームの中で何者かがこの間にディスクをすり替えるとしたら、極めて短時間の間にプログラムを改竄しなければならないことになる。釈迦に説法かもしれないが、プログラムの改竄、特に今回のように、君の言葉を借りるなら改竄するならこの箇所という目星をつけて、それが間違いなく稼働するように正確にプログラミングする。そんなことができる人間が、たとえシステム関係の部門で働いていたとしても、エアー・ストリームという組織にいるものかね」

「そんなことを私に言われても……」

グレンの表情が一変した。右手の人差指が口許に運ばれ、無意識のうちにその付け根のあたりを噛みはじめる。

「それは、これから調べてみれば、はっきりすることだが」タンディは、それまでと変わらぬ口調で言うと、

「ベン」

隣に座って、これまで二人の会話を無言のまま聞いていた若い捜査官に声をかけた。

「ミスター・エリス。二つほどすぐに確認したいことがあります」

グレンは黙って頷くしかなかった。

「一つは、この会社のワークステーションのシステム構成図を見せていただきたい。それからもう一つはこの三か月のホスト・コンピュータへのアクセス・ログを確認したいんです。もし三か月分が保管されていないんだったら、直近から遡れるところまでで結構です」

「それは、構わないが。しかしそんなものを調べても先ほど説明した以上のことは……」

「それらのデータが役に立つか立たないかは、こちらが判断することです。ご協力いただけますかな。ミスター・エリス」

有無を言わせぬ口調でタンディが言った。

――システム構成図、それにアクセス・ログを調べられれば、自宅にホストへアクセスできる端末があること、そこから三件のアクセスがあったことが露見してしまう。その時、俺が自宅にいなかったことは、こいつらが調べればすぐに分かることだ。この危機をどう乗りきったらいいんだ。しかしどうしてこいつらは、キャサリンのことを……。

気乗りのしない様子が傍目にもありありと分かる、スローモーな動作でグレンは立ち上がった。タンディはその一瞬を見逃さなかった。その目に瞬間、不敵な光が宿ると、

「ミスター・タンディ・エリス」

突然何かを思い出したような声を出した。

振り向いたグレン。その目前でタンディは傍らに置いた鞄を探ると、小さなテープレコーダーを取り出した。

「私から、もう一つお聞きしたいことがあります」

グレンはテープレコーダーを見つめ、無言のまま頷いた。

「この声に聞き覚えがありませんか」

おもむろにスイッチを入れたテープレコーダーから、若い女の声が流れ始めた。

『操縦不能に陥った飛行機の件で、重要な情報があります』

瞬間、グレンは凍りついた。

——アンジェラ・ソマーズ！

それは、まぎれもなくひと月前に自分が捨てた女の声だった。

●米国　カリフォルニア州・サンノゼ　サイバー・エイド社

トレーシーはもう一台のコンピュータを使って、再びキャサリンが指定したインターネットのホームページにアクセスした。その隣には黒地の画面の中央で『NO SYSTEM』の文字が出たまま、もはやただの樹脂の工作物と化した『箱』がファンの回る音を空しく響かせている。

再び、もう何度見たか分からない長大な犯行声明文が現れ、画面をスクロールさせると、それに続くパズルのページが現れる。その最初の行にはそれを解くキーとなるデコーダーが一定の間隔でブリンクしながら、パターンを変えていく。

——さて、これからだわ。

トレーシーは幾つかの操作を繰り返すと、プログラムを調べにかかった。

画面一杯に記号の羅列が現れる。その複雑な配列に目を通しながら、トレーシーは片手でカーソルを操作し、プログラムをスクロールさせていく。上方に向かって流れる記号を追うトレーシーの目が、忙しげに左右に行き交う。記号の配列は、その行為が一つ済む度に彼女の頭脳の中で具現化し、それがコンピュータの中でいかなる動作をするようにできているのか組み上げられていく。

カーソルを操作していたトレーシーの手が止まった。

——なるほどね、言語はまさにネットワーク向きのものを使用しているってわけね。それで、あなたの狙いとするものは何なの。

一度たりとも会ったことのないウイルスの製作者に向かって話しかけるように、トレーシーは再びカーソルに指をあてると、画面をスクロールしにかかった。

知識のないものが見れば、何の意味も持たない文字、そして記号。それがゆっくりと画面下方から次々に現れてくる。それを目で追うトレーシーの眉間に皺が寄り、スクロールが進むにつれて、どんどん深くなっていく。瞬きを忘れてしまったかのように大きく見開かれたその瞳(ひとみ)に、画面の文字が浮かび上がった。

――これだわ……これよ。

記号の羅列はトレーシーの頭の中で解読され、たちまちのうちに意味をなし、プログラムが働き始めた時に起きるであろう現象がシミュレートされていく。

それは、プログラマーとして卓越した技能を持つトレーシーにしても思わず見とれてしまうほど見事なロジック、そして技量で仕上がっていた。『奇麗なバラには刺(とげ)がある』――その言葉と同様に、顕微鏡の中で初めて見ることのできる細菌、あるいはウイルスも、毒性の強いものに限って、特徴的でひときわ美しい輝きを放つものだ。

いま目の前にあるコンピュータ・ウイルスを見るトレーシーの心境は、まさに顕微鏡の中に広がる世界に魅せられた研究者の心境に似ていた。彼女は言葉を発することを忘れ、その世界に没頭していった。

いっぽう、画面に無言のまま向かい合うトレーシーの背後では、ウイルスの存在の可能性が分かってからというもの、ウイルソンと雅彦の間で激論が交わされていた。

「エド、どうしてこの事実を報じちゃいけないんだ」

「誰も報じてはいけないとは言っていない。正体がはっきりしないうちに、ウイルスがあるなんてことを迂闊(うかつ)に報じでもしたら、それこそ不必要な混乱を招きかねない」

「じゃあ、さっき言ったことは何なんだ。トレーシーも君も、このホームページの裏にOSを破壊するようなウイルスが潜んでいる。そう言ったじゃないか」

許しを得るまでもないとばかりに、再び雅彦は電話に手を伸ばした。その手を頑丈なウイルソンの手が封じる。

「あれはあくまでも可能性の話をしただけだ。いいか、OSをやられるなんて不確かな情報を流してもしてみろ。世界中ですでに何千万っていうコンピュータがあのホームページにアクセスしてるんだ。それがある時間に破壊される。これがどんな意味を持つのか分かってるのか」

「分かっているさ。だからこそ……」

気色ばんだ雅彦の言葉を、すかさずウイルソンが封じにかかる。

「いいや、分かっていない。その可能性がある、それを報じただけで、世界中のコンピュータ・ユーザーがシステムを起ち上げるのを止めざるを得ないだろう。それだけでも世界は大混乱だ。特に大企業の多くが、オンライン端末とパソコンを兼用しているんだ。スコープ2000というOSを搭載したマシーンをな。それを、可能性があるだけで止めさせる。そんなことが現実に可能だと思うか」

「しかし現に、ここのコンピュータではOSが破壊された。それも、三月二七日の午前一○時をもって、立派にウイルスが動きだしたじゃないか」

「だから、それがウイルスによるものかどうか、いま検証してるんじゃないか。もしも本当にそこにウイルスがいるなら、間もなくその正体が分かるはずだ。場合によっては、既存のワクチンが効くものかもしれない。手立てができてからウイルスの存在を教える。それが、混乱を最小限にとどめる一番の方法だ」

「時間がないんだ、エド。時間が」

――どうしてこの男は、ウイルスの存在をすぐに世界に向けて報じることに、これほどまでに抵抗するのだろう。

時計を見ながら雅彦は考えた。ウイルスの存在を、すでにインターネット上のホームページにアクセスしダウンロードした人間たちに知らせなくては――。ここで起きた現象がたしかにウイルスによるものならば、有効なワクチンが起動時間、つまり三月二七日の午前一〇時までに開発されなければ、システムの起ち上げを中止せざるを得ず、そうなればほとんどの企業で業務は成り立たなくなるだろう。しかし、もしもそれを知らせずに、彼らがシステムを起ち上げ、ウイルスが動きだす時間を迎えたら。それはもっと大変なことになる。OSの破壊。それが意味するところは……。

「時間ならまだたっぷりとある。まだ二六日の午後じゃないか。検証が済んでから、もしもウイルスが確認できたら、世間にそれを公表するのは、それからでも遅くはない」

雅彦は、怪訝（けげん）な表情でウイルソンを見た。

「何を言ってるんだ、エド。時差という概念が君にはないのか。日本はあと一五分でその時間を迎えるんだ」

その時だった。二人の激論に終止符を打つような冷静な声が響いた。

「よくできてるわ。芸術的だわ、ここまでいくと……」

「あったのか」

その言葉に、二人が同時にトレーシーの両肩越しに画面に見入る。雅彦にはわけの分からない内容だが、多少はプログラムに通じているウイルソンが、素早くそこに表示された記号の羅列に目を走らせ、

「……デム。まさにネット向きの言語で書いてやがる」

低い唸《うな》り声を上げる。

トレーシーはその言葉を無視して、画面を、ウイルスのプログラムの最初へと送った。

「初っぱなから驚かされるのは、このウイルス・チェッカーをすり抜けるプログラムね。ほんと、よく考えてあるわ。これなら既存のウイルス・チェッカーにはまず引っかかることはないでしょうね。そして起動時間がここにあるわ。三月二七日午前一〇時。この時間がくるとこのプログラムが働くようにできている。でも意識的に日にちをスキップさせても駄目。最初に感染した時間から、秒読みが始まるようにできてる」

「何だって」

「時計を進めるコマンドを改変するようにできてるの。時計を操作するコマンドもプログラムで作られてますからね。これを改変してしまう機能がウイルスにあって、感染以降は時間の変更を受けつけないコマンドが入っているのよ」

「つまり一度貰《もら》ったら最後、中の時計を変えても意味がないってことか」

雅彦が聞く。

「そういうこと」トレーシーはあっさりと答えると、カーソルで画面をスクロールさせる。「本番が始まるのはここからよ。メモリーをフルにさせ、ウイルスのプログラムはハードディスクに流れ込む。ここで密(ひそ)かに稼働時間を待ち、その時が来ると……」

「どうなるんだ」

先を促す雅彦の声が上ずる。

「ファイルを消しに行く。そしてOSもね」

「何てこった。こんなものを貰ったら、コンピュータは本当にただの箱になっちまう」

雅彦の声が少し震えを帯びた。OS(オペレーティング・システム)は人体で言うならば、脳の中に記録された人間としての機能を果たす基本行動の指令に該当し、ファイルが壊されるということは、学習し記憶したものすべてを失うということを意味する。つまり、この双方が破壊されることは、人体ならば脳死の状態に陥るということになる。

「このプログラムの凄(すご)いところはね、ここからよ」トレーシーは聞きようによっては、うっとりとした響きさえ感じさせるような声で解説を続けた。「ネットで繋(つな)がっている場合は、サーバーに潜り込んで、自分を複製して、繋がっているすべてのコンピュータに自分を放り投げていくのよ」

「クローンを作るってのか」

さすがのウイルソンも、半ば呆(あき)れた口調になる。

「ファイアーウォールがあるじゃないか」

「それは外部からの侵入を防ぐためには有効だけど、今回の場合は、皆こちらからホームページにアクセスしに行っている。役に立ちゃしないわ」トレーシーは鼻で笑うように言うと、

「それだけじゃないわ。このウイルスはネットに繋がっているすべてのコンピュータに感染し終えると、最後はサーバーのデータを消して消滅。つまり自爆するようにできてるの」

「ホーリー・シット！」ウイルソンが罵りの声を上げる。「こんなものが世界中に広がったら、この世界は一体どんなことになるんだ」

「さっきラジオでは、ホームページにどれくらいのアクセスがあったって言ってた」

「たしか五〇〇〇万を超えて、さらに増え続けてるって……」

雅彦が答える。

「この機能からすれば、その数倍の規模での感染があってもおかしくないわ」

「しかし、一体誰が、何のためにこんな馬鹿なことをしでかしたんだ」

「そんなこと私に分かるわけないじゃない」トレーシーの口調がきつくなった。「ただ一つ言えることは、二機の航空機が操縦不能に陥るようにした、それは本来の目的ではなかったってことよ。間違いないわ。犯人の狙いは、このとんでもないウイルスを世界中のコンピュータに感染させること。それが目的だったのよ」

トレーシーは断言した。

「このウイルスを退治するワクチンはないのか。もう日本はウイルスが稼働し始める時間を迎えるんだ。これが発症すれば日本は……」

「日本だけじゃないわ、時間軸にそって西に向かってコンピュータがクラッシュし始めるわ。東京、香港、シンガポールそしてヨーロッパ……」

「どうなるんだ、一体。世界中のコンピュータが時間を追って次々にダウンしていく」

「『バイブル』を使えば何とかなるかもしれない」

トレーシーが呟（つぶや）いた。『バイブル』、少なくとも単語としては聞きなれた言葉だ。

「『バイブル』？　まさか、それを広げて神に祈るって言うんじゃないだろうな」

雅彦が大まじめでその言葉に反応する。

「トレーシー！」

彼女が先を続けようとするのを遮るように、ウイルソンの鋭い一喝。

「エド、これは私たちが想定していたウイルスとピッタリとはいかなくとも、かなりの部分で似かよっているわ。いずれこうしたタイプのウイルスが必ず出てくる。そのためにあのワクチン・プロジェクトを進めていたんじゃなくって」

「それはそうだ。だが日本でこいつが動き始めるまでには、もう一〇分しかないんだ。それまでにどうやってあのワクチンを完成させるんだ。まだαヴァージョンじゃないか」

「たしかに日本は救えない。残念ながらね。でも、これが世界中で動き始めたら、それこそ大変なことになる。すっかりかんになったコンピュータに再びOSをダウンロードさせれば事は済むって問題じゃないわ。それにともなうデータ破壊だって深刻なものよ。第一、もう一度ＯＳを入れ直すって言ったって、そんなことがすぐに出来ると思って？　それがどれだけ深刻な影響をこの社会に与えるか……完全な復旧をみるまでに何か月、いや、もしかしたら年単位での時間がかかるわ。それも日本や香港だけじゃない。ヨーロッパもこアメリカも大混乱に陥るわ。この世の破滅よ」

「そんなことは分かっているさ。だが、仮にワクチンを作り上げたとして、どうやってそれを配付するつもりだ」

「簡単なことよ、インターネットを使って逆感染させてやればいいのよ」

「トレーシー……私だってそれぐらいのことは分かっている」ウイルソンの声が低くなった。

「問題はその代金、つまりワクチンの代価をどうやって回収するつもりだ」

「エド！　あなた、この期に及んで何てことを言ってるの」

「当たり前のことを言っているのさ」トレーシーの詰め寄るような口調に負けじと、ウイルソンの語気もまた荒くなる。「なるほど、君の能力をもってすれば数時間の間に『バイブル』を改良することは可能だろう。事実あのワクチンは完成に近いところまで来ているからな。だが、俺にはこの会社を経営していく責任がある。ヴェンチャーとして起ち上げ、やっとここまでこぎ着け、大きくしようという時に、確実に金の生る木をただでくれてやる？　世界を救うために？　ご立派なことだ。それこそ世界中の人間から感謝されるだろうさ。だがその後俺たちは、この会社はどうなるんだ。お褒めの言葉を賜って、それで会社をたたみ、一文無しになって、それで終わりか」

ウイルソンは明らかに興奮していた。もはやそこに雅彦がいることなど念頭にないかのように、トレーシーに向かって指を突きつけると、

「いいか、これは逆の考え方をすれば、またとないビジネス・チャンスだ。このウイルスが働き始めれば間違いなく世界中のコンピュータがクラッシュする。大混乱は避けられない。だが、だからと言って誰がこの魔法の箱を手放すっていうんだ。いまや世界はこのマシーンなくしては生活も、仕事も成り立ちはしないようになっている。一度痛い目にあっても、この機械を使うことを止めやしないさ。その時に、二度とこうしたことが起きないようにと、ワクチン、つまり『バイブル』に対する膨大なマーケットが出現する。『バイブル』をリリースするのはその時だ」

――なんて奴だ。この阿呆はウイルスの発生、拡散をまたとないビジネス・チャンスととらえてやがる。さっきから俺がホームページの裏に潜むウイルスのことを報じようとするのを邪魔し続けたのは、そういうわけだったのか。

雅彦の胸中に、久しく忘れていた怒りの感情が沸き上がった。しっかりと閉じた口の中で上下の歯が嚙み合わさり、そこで吸収できなかった力がこめかみの筋肉を膨張させる。固く握り締めた拳、そして腕の筋肉に力が込もり、そこに溜まったエネルギーの放出をウイルソンに向けて爆発させそうになるのを、雅彦はすんでのところで堪えた。

その気配を感じたのか、ウイルソンがあらためて雅彦がそこにいたのに気づいたように、視線を向けた。

「なんだ、何か文句があるのか」図らずも本心を吐露してしまったにもかかわらず、そこには動揺の影もなかった。まるで開き直りともとれる口調で、ウイルソンは雅彦を射るような視線で見つめた。「俺がこのウイルスを作ってばらまき、それで商売しようってのなら、非難されるのは当たり前だ。いや非難されるどころか、立派な犯罪行為だ。だが、そもそもこうした輩がサイバーの世界にはいるからこそ、俺たちのような仕事が成り立っているんだ。少なくとも、俺たちの存在は感謝されこそすれ非難を浴びるようなもんじゃない。いいか、マサ。これは大変なビジネス・チャンスなんだ。俺たちが私財を投入し、そして多くの投資家から金を集めて起こしたヴェンチャーがうまく軌道に乗るかどうか、それを決定づけるようなビッグ・チャンスが転がり込んできたんだ」

「それは違うだろう、エド。このウイルスに感染した日本、あるいはアジアのマシーンは時間的に救うことはできないかもしれない。だが先ほどのトレーシーの言葉からすれば、世界中のマシーンがいかれる前に、どこかの時点でワクチンが完成し、クラッシュするのを未然に防ぐことができるはずだ。もし、それをあえて見逃したとすれば、あんたもまたこの破壊行為の立派な共犯者だ」

「共犯者？」

「そうさ」雅彦の口調が熱くなった。「たとえば君が、交通事故の現場に出くわした医者だったとしよう。死者がいて、そして息も絶え絶え、すぐにでも手を施さなければ手遅れになる怪我人もいる。君はその一人ひとりに、『保険には入っているのか』『支払い能力はあるのか』いちいちそうやって聞いて回るのか。それで支払い能力がないとなれば、君は怪我人を見捨てて、何の処置も施さないでその場を立ち去るのか」

「それとこれとは話が別だ……。ビジネス、そして経営の根幹にかかわる問題だ。ただで膨大な開発費を費やしたワクチンをくれてやる……簡単に言ってくれるよ、まったく。君たちジャーナリストはいつでも渦中に身を置かず、一歩下がったところからものを見て批判する。実に気楽なもんだ。なら聞くが、災害の現場に逸早く到着した君らが、目の前で溺れていく被災者がいても、助けもせずにカメラを回し続けるあれは何なんだ。かつて日本でジャンボ・ジェット機が山に激突した時、現場に真っ先に到着したのは救助隊じゃなくジャーナリストだったそうじゃないか。生存者がいるかどうかの確認もせずに、センセーショナルな写真を撮りまくった。実際あの事故では、それからずいぶん後になって到着した救助隊が生存者を発見した。もしも君らが写真を撮りまくる前に、自発的に捜索活動を続けていたら、生存者はもっと多くいたかもしれなかった。その可能性がなかったとは言わせんぞ」

雅彦の脳裏に、かつて自分が紛争地域を取材して世界中を飛びまわっていた頃の光景が蘇る。この二年の間封印していた記憶。銃弾を受け、絶望的なうつろな眼差しを虚空に向けながら、生命の灯火を消していった兵士。爆弾テロの現場では、負傷を受けた箇所を訴えることもできないような幼い乳飲み子が、血に塗れながら泣き叫ぶ。その傍らで母親がボロ切れのような布でその子をかかえ、必死の形相で医師の姿を求めて叫び声を上げる。

死と生の狭間に身を置きながら、雅彦はいつの間にかそうした現状に人間らしい感情を抱くことを忘れ、ただひたすらシャッターを切っていた自分の姿を思い浮かべた。

――そう、俺もたしかにそうだった。死にゆく人間に手を差しのべることなく、写真を撮りまくった。だが、少なくともあれは悲劇を食い物にしていたわけじゃない。たしかに、写真と引き換えに、ファインダーの中で生命の灯火を消していった人間、そして泣き叫ぶ子供の痛みと引き換えに代償を貰い、俺は生計を立てていた。しかし、そこにはこうした悲劇を世に伝えることで、人間が次の間違いを起こさぬよう――そうした願いが込もっていたのは事実だ。単にビジネスと割りきって、傍観者を決め込んでいたわけじゃない。一枚の写真が世に問いかける力、それはこの男が考える以上の力を持っている、そう信じていたからこそシャッターを押すことができたのだ。決して悲劇を待ち望み、それをビジネス・チャンスにしようなどという気持ちは……。

「つまり君が言うのは……」しばし黙り込んだ雅彦に止めを刺すかのように、ウイルソンが続けた。

「俺に、現代のクルセーダーになれってことさ」

「クルセーダー。今回の場合は、まさにそれが必要なんだ。このウイルスが世界的な規模で動きだせば、ダメージを受けたコンピュータの復旧だけでも、どれだけの時間がかかるか分からない。OSを新たにダウンロードしても、やられたデータは元には戻らない。いいか、こうなると破壊は単なるサイバーの世界だけの話じゃないんだ。世界経済に及ぼす影響を考えれば、かつて人類が経験したこともない凄まじい規模の大破壊が起こるんだ。それは目に見えない所で起こり、これによって人が傷つけられることもない。だが、一都市に原爆が落ちて多くの人間が死ぬ以上の混乱が世界中で一斉に起こるんだ。もしも、ここで君がそれを知ってて見逃したとなれば、何度も言うが、それは共犯以外の何物でもない。ビジネス・チャンスどころか、サイバー・エイドは、この世を恐慌のどん底に陥れた共犯者として、世間から猛反発を食うだろう」

　今度はウイルソンが黙る番だった。

「絶対にそうなる。君の起ち上げたヴェンチャーも何もかもが夢と化し、どん底へ叩きつけられる。そして人々は言うだろう。さっき君が山にぶつかった事故機を目の前にして手をこまねいていたジャーナリストを批判したようにな。『ほら、あれがコンピュータ・クラッシュを最小限に食い止める手立てを持ちながら、ビジネス・チャンスだと言って大混乱になるのを眺めていたあのエドワード・ウイルソンだよ』ってね。なぜなら、それを俺が記事にするからだ」

　ウイルソンのこめかみが膨らむと、雅彦の顔を、噛みつかんばかりの形相で正面から睨みつける。

「エド、悪いようにはしない。だからこの事実をとにかく世界中に向けて報じさせてくれ。

もうこの半日の間にウイルスが世界中に広がった責任は、言うまでもなく君たちのせいじゃない。僕にも考えがある。とにかく、もうこれ以上あのホームページに新たなアクセスをさせないこと。それがいま一番大切なことだ。それから全力を上げてワクチン『バイブル』を完成させること。それが重要なんだ」

雅彦はそう言い放つと、電話を手にし、一〇桁の番号を押した。今度はウイルソンも邪魔をしなかった。呼び出し音が一度鳴り終わる間もなく相手が出る。

『ワンダ・ヒンケル……』

東海岸のニューヨークにあるアメリカン・ワールド・ニューズのオフィスにいるヒンケルの声が、相変わらずの早口で聞こえてきた。

●日本

三月二七日。それは証券会社にとっては、一年のうちでも最も株式の売買が錯綜する日だ。三月末の決算を控え、日本の多くの企業が、手持ちの株式のうち含み益を持つ株を売却し、あるいはより有利な価格で仕込もうとするのだ。売却された株式は現金化するまでに四日を要する。つまり、決算書上の数字を確定に持ち込む最終日が、今日、三月二七日というわけだ。

丸の内にある日進証券のディーリング・ルームには、大口の顧客からの売買注文がひっきりなしに飛び込み、朝九時の相場開始とともに、必ずどこかで鳴る電話と売買を指示する怒号とが飛び交い、いつにもまして殺気だった雰囲気に満ちあふれていた。

電光掲示板に表示された日経平均株価を示すオレンジ色の折れ線グラフが、相場開始から時間の経過にともなって、生き物のようになって伸びていく。バブル崩壊後の不良債権の処理が一向に進まないこともあって、今日も相場の展開は寄り付きから好ましくない数値を示している。そこに持ってきて、ただでさえも業績不調な企業が決算書の数字を幾らかでもましなものにしようと、含み益を持つ株を売りにまわっている。

日経平均は寄り付きから値を下げ、このままいけば当たりそこねのセカンド・ライナーになりそうな、ゆっくりとした下降線を描いて、勢いがない。

『225』と表示された掲示板の数字の傍らでは、▼140の数字が点滅している。今日も一万四〇〇〇円を挟んでの攻防になるのだろう。政府は、多くの企業が持つ株式の含み益が何とか確保できる線を維持すべく株価をその線に抑えようと、財投資金を国際優良株を中心に買いに走り、下支えにかかっているのだが、一向に売りの圧力が弱まる兆しが見えない。

ディーラーが大口の注文を電話で受け、その数字を確認する声がヒステリックな響きをもって騒然とした空気を切り裂く。買いの指示は即座に専用のコンピュータ端末を使って、兜町（かぶとちょう）にある東京証券取引所の場立ちへと伝えられる。

そこから数フロアー下がった本店の一階では、一般顧客が壁一面に埋め込まれた株価動向を示す電光掲示板に目をやりながら、カウンターに座った女性社員を相手に、売買の指示に余念がない。

「東部興産を一万株、なりで売ってくれ」

「失礼ですが、営業担当は」

「太田くんだよ。今日はたまたまこっちに出てくる用事があったもんでね。電話で済まそうとも思ったんだが」中年の男はカウンターの中をひとしきり見渡すと「どうも今日は外回りに出ているのかな。見あたらないみたいだ」

「あいにく太田は出ておりまして。私がご注文を承ります」

女性社員は顧客の注文を繰り返し、伝票に素早く数字を書き込むと、カウンター・テーブルに置かれた端末画面に向かって数字をインプットする。

それはいつもと変わらぬ株式売買の光景そのものだった。顧客の注文に応じて上場されている企業コードがインプットされ、条件が入力される。それもまた、数フロアー上の階にあるディーリング・ルームのコンピュータからインプットされた指示と同じように、すぐに東京証券取引所の場立ちへと流れていく。すべてがいつもと変わらぬ光景だった。

ちょうどその時、時計が午前一〇時を指した。

画面を見つめながら、ブラインド・タッチでたったいま受けたばかりの注文を画面に入力していた女性社員の顔に怪訝な表情が宿った。目が少しばかり大きく見開かれ、画面と顔の距離が近くなる。キーを押しているにもかかわらず、画面にその反応が現れないのだ。

いやそればかりではない、本来ならば所定の位置に現れているはずの、カーソル自体が画面のどこにもない。女性社員の手が自然とキーボード上の一つのキーを何度も叩く。どこかにカーソルがいるのなら、それは指の動きに同調して画面の上で動き回るはずだった。しかしどう目をこらしてみても、カーソルはどこにも現れない。

――どうしたのかしら。

システムがフリーズすることがないわけではないが、それは頻度でいえば極めてまれなことだ。リターン・キーを押してみる。完全に入力が終わっていない場合はエラー・メッセージが出るはずだが、反応は何もない。

「少々お待ち下さい」

女性社員は目の前に座った客に一言断ると、後方を振り返り、比較的パソコンにくわしい男性社員に声をかけた。

「川崎さん。ちょっとお願いします。端末が動かなくなりまして……」

声をかけられた男が駆け寄ると、客に儀礼的な会釈をし、端末の様子を窺う。しなやかな女の手に代わって、節くれだった男の手がキーボード上を走る。

「なんか、フリーズしたみたいだな。もう一度起ち上げ直すしかないな」

男の手がコンピュータ本体のリブート・スイッチに伸び、小さなボタンを押した。電源が切れ画面が黒くなる。そして一瞬の後に、柔らかなスタート・サウンドが鳴り響き、画面の端にメモリーを読み込む数値が現れ、カウントを上げていく。

「今度はうまくいくだろう。どこかでシステムがフリーズしただけ……」

男がそこまで言ったその時だった。画面の中央に『NO SYSTEM』の文字が、闇の中に突如として浮き上がった亡霊の姿のように現れた。

「何だこれは。どうしたんだ。システムが飛んだ？　そんな馬鹿な」

狼狽した表情で、男が再びリブート・スイッチに手を伸ばした時だった。隣のブースにいた別の女性社員が、困惑した声を上げた。

「川崎さん。こっちの画面も動かなくなって……これどうしたら……」

「何だって！」

それが引き金になったように、そのフロアーにあるコンピュータ画面の前に座っていた社員の間から次々に声が上がった。

「何だ、コンピュータが動かねえぞ」

「固まっちまった。どうしたらいいんだ。これじゃ売買ができない」

その中の何人かは、コンピュータに対する多少の知識があったのだろう。広大なフロアーのあちらこちらで、絶え間なく鳴り響く電話の音に合わせて、まるでオーケストラが演奏前に個々に音合わせを始めたかのように、リブートして再び最初からシステムを起ち上げるスタート・サウンドが聞こえる。

株式は生き物である。価格は刻々と変わる。少しのタイミングのずれが、売り買いのチャンスを逸する。その指示を出す元の機械がダウンし始めたのだ。それも一斉に。

「何だ、どうした」

オフィスにいる人間たちの間に動揺が広がっていった。

「おい、ねえちゃん。どうしたんだ。売り注文が入らないのか」

社員たちの狼狽、動揺は、微妙な空気の変化となって窓口で注文を出していた顧客の間にも広がり、カウンターでついさっき売り注文を出した男が、いらついた声を上げた。

ひっきりなしに鳴る電話。それを取る営業マンたちは、とりあえず伝票に売買の注文を書き込みはするが、それを実際に場に伝える方法がないだけに、表情が徐々に不安げなものへと変化していく。

「コンピュータがおかしくなりまして……注文が入らないんです……原因はいま調査中なんですが……」

女性社員が必死の弁解をするその傍らで、川崎が額にうっすらと汗を浮かべ、受話器を耳に押しあてている。システム部門への電話だった。しかし何度呼び出し音が鳴っても相手は出ない。川崎は社内電話帳を手にすると、今度は別の番号をプッシュしてみる。とにかく、この事態をすぐに切り抜けなければ大変なことになる。もしもこのフロアーの売買端末がすぐに回復できない状態に陥ったのならば、手書き伝票を持ってどこか動いている端末を探して、そこから注文を場に伝えなければならない。果たして押し寄せる注文をそんなことでこなせるものかどうか、莫大《ばくだい》な金が絡んでいるだけに事態は深刻だった。

受話器の向こうから、今度は単調な断続音が聞こえてくる。

った。

「くそ、こいつは話し中だ」

川崎は毒づくと再び社内電話帳を捲り、次の番号をプッシュした。今度もまた話し中だった。

「一体どうなってるんだ」

川崎は知らなかったが、この時、日進証券のパソコンとオンライン端末を兼用しているすべてのコンピュータがダウンし、使用不能な状態に陥っていた。パニックに陥った全支店から本社のシステム部に向けて一斉に問い合わせの電話が殺到し、いまや回線はパンク寸前の状態だった。

それは、この日進証券だけではなく、日本を代表するほとんどの企業で、いやキャサリンのホームページにアクセスしたすべてのコンピュータの中で『エボラ』が動き始めた瞬間だった。

破壊が始まった。

総合商社菱紅の財務部門では、決算を控え、慌ただしい雰囲気に包まれていた。帳簿を閉じるのはこれから四日後の三月末日の話だが、通常、企業が決算準備を始める時期は、それよりさらに前に遡る。九月の中間決算はもちろんのこと、年末になると各部門は業績見通しの提出を要求され、それからほぼ毎月にわたって、目標の数値が達成されるか否か、それを厳しくチェックされる。それは、株式会社という形態をとっている以上、株主に対しての配当率の目安を立てるためでもあり、何らかの要因によって損失を引き当てねばならない時には、含み益のある株を処理する、あるいは、当初その年の活動予算として組み込んでいた予算の中から、交際費あるいは広告費といった経費を削減する指示を出さねばならないからだ。

決算日を四日後に控え、予定していた数字への追い込みは最終局面に入っていた。世界中に現地法人を持っている菱紅は、それらとの連結決算という方式をとっているために、その調整もまたグローバル企業であるがゆえの複雑さがつきまとう。刻々と変わる為替レート、それにこのところのアジアの金融危機もまた、本年度の決算に大きな影響を及ぼしていた。

損失を埋める手立て——その最も大きな部分を占めるのが、含み益のある株の売却だった。すでに営業部門からは、三月末の売り上げ見通しの最終報告が上がっていた。予め想定していた数字にもっていけるかどうか。今日の株式の売買が、そのために財務部門ができる最後の仕事だった。

窓の外に皇居が見えるそのオフィスの一角で、財務担当の中堅社員である向山は証券会社と繋がるオンラインの画面に見入っていた。モニター上には、含み益をもつ幾つかの国際優良株の相場が表示されている。その流れを見ながら売りのタイミングを計っていた。

そのいずれもが、まだ自分の意図する金額には達していない。株——経済理論によって値づけがされると言えば聞こえはいいが、実体が必ずしもそうでないことは言うまでもない。そこは、人間の欲と思惑、そして時には意図的な売買が横行する紛れもないギャンブルの場だ。どの時点で売りを出し、どの時点で買いを出すか。それはまさに合法的かつ世界最大のカジノで金を張り続けるようなものだ。

相場の展開は思わしくなかった。狙いとする国際銘柄は、まだ向山の満足のいくところまで上がってはいなかった。相場が開いて一時間。もう少し様子を見て、それでも上がる気配がなければ指し値で売り注文を出すか。いずれにしても、午後三時の後場の終了まで、昼を挟んで、正味あと四時間の勝負だった。

「あっ！」

部屋の一角から、ひときわ大きな声で悲鳴が上がった。思わずそちらに目をやった向山の視線の先で、コンピュータに向かって何やらデータを入力していた若手社員が画面を見据えたまま、うんざりした表情を浮かべている。

「おいおい冗談じゃねえぞ。今日は早出をして仕事をしているのに。フリーズしちまったら、いままでインプットしていたデータが全部飛んじまうじゃねえか」

カチカチというマウスのボタンをクリックする音と同時に、その男の右手がマウスを操作しているのだろう、机の一角を探るように動き回る。

「ちくしょう、駄目だ。本当にフリーズしちまった」

「自動保存は設定していなかったのか」

「それが……してないんです」

「馬鹿だなあ。自動保存の設定ぐらいしておけよ」

『エボラ』が動き始めれば、データを自動保存にしておいたところで、そんなことは何の役にも立たない。ハードディスク上に記録されたOS、そしてデータのすべてを破壊しつくすのだ。しかしそんなことを知る由もない向山は、鼻で笑うように言った。

「でも、データを何度も入れ換える必要があるもんですから。そう頻繁に保存データが更新されると、不便なこともあるんですよ」

男は言い訳がましい言葉を吐きながら、それでもあきらめきれないのか、何度もマウスを操作しているふうだったが、一向に回復の兆しが見えないとみるや、

「ええい、もう。もう一度最初からやり直しだ」

コンピュータ本体の背後に手を回し、強制的にリブートさせにかかった。

「まったく、忙しい時に限って、こういうことが起こりやがる」

「これもマーフィーの法則ってやつでしょうか」

隣に座って、やはりコンピュータ画面に見入っていた女性社員が、少しばかりちゃかすような言葉を吐く。その時だった、当の女性社員の顔が曇った。

「あら、マウスが……」

「何だ。どうした」

マシーンがリブートしたことを告げるスタート・サウンドに重なるように、隣の席の男が画面を覗き込む。

「これもフリーズしたのか」

「そんな。いままで動いていたのに……」

「セーブは？」

「一〇分ごとにかけているんですが」

「それなら被害は最小限で済む」

その言葉が終わらないうちに、オフィスのあちらこちらで一斉に怪訝そうな声が上がった。

「あれ、コンピュータが動かなくなった」

「フリーズした」

「こっちもだ」

尋常ならざる事態だった。オフィスにあるコンピュータ、少なくともここ菱紅の財務部門にあるコンピュータが一斉にフリーズし始めたのだ。

「オンラインもおかしい。伝票の入力もできなくなりました」

「何だって。何でそんなことになるんだ」

もはや財務部のフロアーは恐慌状態の様相を呈していた。一企業の一年間の総決算、その最終処理をするのはメインフレームのコンピュータであることは言うまでもないが、そこにデータをインプットするまでの煩雑な個人レベルでの業務処理は、各自に与えられたパソコンで行なわれる。これは何も菱紅に限ったことではなく、日本の、いや世界の企業のオフィスでごく当たり前に行なわれる業務形態に他ならない。

その個人レベルでの仕事を管理するパソコンとメインフレームの端末は、これまた世界中の企業の例に漏れず、兼用となっており、必要に応じて使い分けるシステムになっていた。

――パソコンがフリーズし、そしてオンラインも使えなくなった。

向山は、頭の中でその意味を考えてみた。パソコンとして端末を使用している間、そのコンピュータはオンラインと完全に切り離された状態にあり、いま聞く範囲ではその双方のトラブルに何ら相関関係はないように思われた。しかし一斉にパソコンがダウンしたとなると、考えられるのは……。

向山の目が、自然と自分の前に置かれた証券会社とのオンライン端末に注がれた。これもまたパソコン用のOSが組み込まれた機械であり、場が終わった後には、個人的なデータの処理、そしてEメールの受発信に使用しているものだ。一見したところ正常に働いているように見えるその画面に何か不自然なものを感じたのは、きっと周囲のコンピュータが一斉にダウンし始めたことで、注意が集中していたせいだったのかもしれない。

――カーソルがない！

売り買いの数字をインプットする欄。本来ならばそこで点滅しているはずのカーソルが、どこにも見当たらないのだ。

――そんな馬鹿な！　なんで俺のマシンまでおかしくなるんだ。

　フロアーのあちらこちらで、もはや処置なしと見たのか、リブート・スイッチを押し、再びシステムを起ち上げ直すスタート・サウンドが鳴る。その音の中からひときわ高く、一番最初にシステムがフリーズし、そしてマシンをリブートした男が叫んだ。

「ノー・システム！　何で、どうしてこうなるんだ！　冗談じゃない。ハードディスクの中身が全部ぶっ飛んだってのか」

「本当か、それは！　こっちの株式売買システムもフリーズしている。まさかこれもリブートするとただの箱になるんじゃないだろうな」

　向山は引き攣った声を上げながら、カーソルを何度も操作してみた。まったく反応がない。そのうちに、リブートしたマシーンの前に座った社員たちの間から、次々に悲鳴にも似た声が上がる。

「ノー・システム！」

「こっちもだわ」

「これって、中のデータが全部飛んだってことなのか」

「どうにかならないのか」

「早くシステム部の人間を呼べ。このままじゃ決算が越せないぞ！」

　それは菱紅に限らず、日本のほとんどの企業で始まったパニックへの序曲に過ぎなかった。

東京の赤坂に本社がある極東自動車工業の生産管理部の電話が鳴ったのは、菱紅や日進証券のコンピュータが次々にダウンし始めたのと同じ状況がここでも起き始めた、その最中だった。

『NO SYSTEM』の表示が画面の中央に出たまま、まったく反応のなくなったコンピュータを前に、「システム部の担当者を呼べ」といった怒号が飛び交う中、

「極東自動車です」

呼び出し音の長さから、それが外線のものであることを知った部員の柴崎が受話器を取ると、会社名を名乗った。

『柴崎さん。東亜部品の岐阜工場の牧野です』

システムが一斉にダウンしたパニック状態の中で聞く牧野の声は、どこか別の世界からのもののように聞こえた。しかしその声のどこかに緊張と困惑の色が窺えることを柴崎は瞬時にして悟った。それは多分、フロアーにあるすべてのコンピュータが一気にダウンするといった前代未聞の状況に置かれ、張り詰めた緊張感が、いつもより柴崎の感性を敏感なものにしていたせいかもしれなかった。

「ああ、牧野さん」しかし異常事態の中にあっても、それはあくまでも社内の事情であり、日常業務をおろそかにするわけにはいかない。「すいません、いまこちらのコンピュータが一斉にダウンしまして。ちょっとばたばたしておりまして……」

とりあえずの状況を説明しながら、柴崎は牧野の話を聞く姿勢を見せた。

『コンピュータがダウンしたって……そちらもですか』

受話器の向こうから意外な言葉が返ってくる。

「そちらもって……岐阜でも同じことが起きてるんですか」

『実は大変困ったことになっています。生産管理をしているコンピュータが先ほど一斉にダウンしまして、工場の機能がマヒ状態に陥っているのです』

極東自動車のような大企業の一翼をになう企業とはいえ、所詮は中小企業の域を出るものではない。東亜部品のような小規模工場では、生産管理から事務処理までをLANを組んだシステムで行なっているところも珍しくはない。

東亜部品が製作するのは、極東自動車が製造する自動車の配線部分である。それも単に電線そのものを製造するのではなく、車種に合わせて加工し、静岡にあるアッセンブリー・ラインで組み込むばかりの状態で納入するのだ。

自動車製造において、最終組立部門が在庫を持ち、それをやり繰りしながら自動車を組み立てていくなどという方式はすでにはるか過去の話である。かんばん方式、あるいはジャスト・イン・タイムと呼ばれる、製造のスピードに合わせ、必要量を必要な時間に合わせてアッセンブリー・ラインに持ち込む。つまり無駄な在庫を持たず、無駄な保管スペース、無駄な在庫管理のための人員も持たないことで、間接経費を極限まで切り詰める思想が徹底されているのだ。それは、考えようによっては綱渡り以外の何物でもないのだが、これを完璧なまでに可能にしたのが、コンピュータによる生産ラインと製造ラインとの自動発注・生産プログラムである。顧客からの自動車の受注・製造、部品の発注・製造は、予め綿密に立てられた生産計画に従って、ある程度の安全と思われるリード・タイムを加味したライン・プログラムによって確実に動くように構築されているのだ。

しかしそれも、完全にシステム化されたプログラムが確実に動き、輸送の途中に重大な障害が生じないという条件の下で動くことが大前提となる。事実これまでにこの極東自動車でも、全国に広がる部品製造拠点から最終アッセンブリーのある静岡に部品を搬入する途中、大事故で高速道路がまる半日に渡って封鎖され、部品を積んだトラックが予定の時間に到着できず、その間製造ラインが完全にストップしたことがあった。

一瞬、柴崎の脳裏をあの時の悪夢がよぎる。

――たった一本の配線でも、納入時間に間に合わなければ、それは即座に最終アッセンブリー・ラインの停止に繋がる。いやそれだけではない。順調に稼働している他の部品製造拠点からは、時間通りに続々と部品が静岡に向けて運び込まれてくる。そうなれば、保管場所を持たない静岡工場の門前には膨大な数のトラックが列をなし、荷下ろしができないまま待機を余儀なくされる。影響は他にもある。海外に輸出される車両は、自動車運搬専用船によって運ばれ、そのスケジュール管理もまた時間単位で成り立っている。この事態が長引けば、まさにチェーンで繋がった、ジャスト・イン・タイム方式の輪が途切れ、膨大な損失を被ることになる。

「もしもし、牧野さん。そのシステム・ダウンはすぐに解決がつきそうなんですか」

状況を尋ねる柴崎の声が俄に緊迫の度合を増し、早口になった。

『それが分からんのです』泣きそうな声が受話器の向こうから返ってくる。『突然システムが動かなくなって、再度こちらのコンピュータ部門の人間が起ち上げにかかったのですが、どうしてもうまくいかないのです。システム部の人間が言うことには、全体を管理しているコンピュータに繋がっているコンピュータ・ネットのどこかでエラーが発生しているんじゃないかと言うんですが』

「そちらのオフィスにあるコンピュータはどうです。正常に稼働していますか」

『それが、全部ではないのですが、ネットで繋がっているコンピュータは、すべてダウンしています』

「何ですって」

『急に動かなくなって、再度起ち上げを試みたら、今度はノー・システムの表示が出るんです。動いているのは、ネットに繋がっていない何台かだけということで』

「ネットに繋がっていない何台かは動いている？」

柴崎の脳裏に閃くものがあった。それは瞬間的に推測の域を超え、確信へと変わった。

――ウイルスだ。ネットを介してウイルスが広がっているんだ。

『とにかく、復旧に全力を尽くしていますが、システム部の人間に聞いても、ＯＳを最初から入れ直さなければとか、サーバーがどうのと私にはわけの分からないことを言うもんで。とにかくこちらのシステム部からそちらのシステム部にもすでに報告が入っているとは思うのですが。製造を再開するのは、いまのところまったく目処が立っていない状態でして……』

「分かりました。牧野さん。おかしくなっているのは、あなたのところだけじゃありません。本社のコンピュータもいま全部ダウンして使い物にならない状態になっています。とにかく善後策をすぐに上司と相談して対策を考えます。また後ほど連絡します。なにかそちらで変化があったら知らせて下さい」

柴崎は電話を切ると、椅子を蹴って立ち上がり、窓際の席でパニックに陥るフロアーに不安な視線を送りながらなす術もなく座っている部長の席に向かって駆けだした。

「部長、大変なことになりました」

毎朝新聞社にある週刊毎朝編集部の北代の電話が鳴った。受話器を耳にあてると、聞きなれた雅彦の声が聞こえてきた。遠く太平洋の対岸からだというのに、すぐそこからかけているかのように音声は鮮明で、ノイズもない。

「ようマサ、取材は順調にいってるか」

『それどころじゃありません。大変なことが分かりました』

普段はめったなことで感情を表すことのない雅彦の口調に、緊張感がみなぎっている。そこからもただならぬ事態が起こっているのを予感させる。

「何だ、大変なことって」

呑気な声で雅彦の電話を取った北代の声に力が込もる。背もたれに預けていた上半身が自然と起き上がる。

『そちらではまだ、何も起きていませんか』

「何の話だ」

『コンピュータです。例の、全日航の二つの飛行機のフライト・コントロール・システムを改竄した犯人の犯行声明とパズルが掲載されたホームページの裏に、大変なウイルスが潜んでいたんです』

「何だって」

『いったんホームページにアクセスすると、こいつはウイルス・チェッカーをくぐり抜け、単体のパソコンの場合はハードディスクに、ネットで繋がっているものに関してはサーバーの中で、発症の時間が来るのをじっと待っているんです』

「ちょ、ちょっと待ってくれ。俺には難しすぎて意味がよく分からない。いま相田を呼ぶから」コンピュータに関しては知識の乏しい北代は、そう言うなり机の上にうずたかく積み上げられた書類の山の陰に隠れていた若手社員に向かって声をかけた。「相田よ。ちょっと話を一緒に聞いてくれ」

北代が電話をスピーカーフォン・モードにする間に、声をかけられた相田が北代の席に駆けよってくる。

「川瀬さん、相田です」

『相田君か。大変なことが起こった。いまもトシさんには説明したんだが、例の全日航のフライト・コントロール・システムを改竄した犯人の犯行声明が掲載されたホームページには、強烈なウイルスが潜んでいることが分かった』

「本当ですか」

『ああ。いま私がいるサイバー・エイド社で確認した。こいつはアクセスしてきたコンピュータが単体ならばハードディスクに、ネットで繋がっているものの場合はサーバーの中で発症の時をじっと待っている。発症時間は今日の午前一〇時だ。サーバーの中で息を潜めていたウイルスは、その間そこにアクセスしてきたコンピュータのIPアドレスを読み取り、自分をコピーしてそれらすべてに感染する』

「そんな……」相田の顔色と口調の変化から、それがただならぬものであるらしいことがコンピュータの素人である北代にも容易に推測できた。

「それで、そいつはどんな症状を及ぼすウイルスなんですか」

『OS、それにファイルのすべてを消しにいく』

「とんでもない。そんなことになったら、コンピュータはただの箱になってしまうじゃないですか」

『その通りだ。特にメインフレームの端末とパソコンとを兼用しているところは、メインフレームが生きていても、何の役にも立たなくなる。それこそ頭は生きていても目、それに手足をもがれたのと同じ状態に陥ってしまう』

「そんなことが起きたら……川瀬さん。いま発症時間は午前一〇時とおっしゃいましたね」

『そうプログラミングされている。これはコンピュータに内蔵されている時間に同調して動きだすように作られている』

北代、相田双方の目が、壁に掛かった時計を見た。すでに時間は一〇時を一〇分ほど回っている。

『そちらでは、何もおかしなことは起きていないのか』

雅彦の訝しげな声に、相田が慌てて反応した。

「川瀬さん。ちょっとこのまま待って下さい。こちらのコンピュータの様子をみてみます」

キャサリンが犯行声明を掲載したホームページには、週刊毎朝編集部に置かれたコンピュータもまたアクセスをしていたが、この時点になってもまだ、誰ひとりとしてウイルス感染、発症の事実に気がついていなかった。時代の最先端、最新のニュースを報じる新聞社の雑誌編集部や出版各社の編集部では、一般の人間が抱くイメージとは異なってコンピュータ化が遅れており、まだ十分にその機能が発揮されていない。日々事件を追う記者たちが作成する原稿は、多くが、いまだに手書きで原稿用紙の升目を埋めるものか、あるいはワープロで作成したものをプリントアウトするかのどちらかだ。

しかしその一方で、社外にいる相当数の記者がEメールを通じて本社に原稿を送るといったことが日常化している新聞では、すでに収拾のつかない混乱が生じはじめていた。記者がいくら原稿を送っても、受信元の本社のコンピュータ内で『エボラ』が動きはじめ、完全にその機能を失ってしまっていたのだ。

Eメールが届かないことを知らされた記者は、ほとんどパニックに近い状況に陥った。電話、あるいは手書き原稿をファックスでといった、一時代前の送稿の方法を取らざるを得なくなったのである。夕刊の締め切り時間という絶対的タイムリミットを持つ中で、他社、そして社会の多くの所でコンピュータがクラッシュしていることをまだ知らない記者たちは、電話にかじりつき、時を刻む秒針を見ながら原稿を送った。皮肉なことに、時代の先端を行く部門ほどウイルスの被害は大きくなり、そうでない旧態依然とした部門ほど被害は小さかった。

その観点から言えば、北代が編集長を務める週刊誌の現場は、その影響が最も少ない部門の一つと言えた。

「で、マサ。このニュースは俺のところが最初か」

相田がコンピュータの稼働状況を確認するために席を離れたところで、北代が聞いた。

『いいえ。感染は世界的規模で広がっています。トシさんのところに連絡する前にAWNのワンダのところへ知らせてあります。とにかく例のインターネットのホームページへのアクセスを止めさせないことには、事態は深刻さを増すばかりです。もっともそうは言っても遅すぎるくらいですが』

「編集長！ 川瀬さんの言う通りです。ウチのコンピュータもフリーズしています。動かないんです」

パソコンの前に座った相田の口から、悲鳴に似た声が洩れる。

「聞こえたかマサ。どうやらお前の言う通りだ。たしかに昨夜、例の犯行声明のあったホームページにこのコンピュータはアクセスしている。その時に貰っちまったらしい」

『そうなったらもう駄目です。リブートすると、今度はノー・システムの表示が出て、ご臨終。OSとすべてのデータが破壊されて消えてしまうんです』

「もうこうなったら、何をやっても駄目なのか」

『ウイルスが動き始めたら処置なしです』

「相田、もうそうなったらご臨終だそうだ。リブートすると、ノー・システムの表示が出て、すっからかんになるんだそうだ」

北代が相田にむかって忌々しげな声を投げつける。

「そんな、困ります。その中には部の取材費や、フリーのライターさんに支払う金額明細とか、色々なデータが入ってるんです」

パソコンの前に座る機会が一番多い女性社員が、一連の会話を聞いて泣きそうな声を上げる。

「データのバックアップは取ってないのか」

「いちいちそんなことはしていません。ハードディスクに記録してあるだけで」

「だから、バックアップはまめに取れって言ってるだろう、何があるか分からないんだから」

分かってはいても、まめにデータをフロッピーに保管するユーザーは、絶対数から言えばそう多くはないだろう。ご多分に洩れず、このオフィスでもデータはハードディスク本体に記録したまま、バックアップの処理がなされていなかった。

「しょうがない、あきらめるんだな」

「でもそんなことしたら、伝票や取材記録をもう一度最初から……」

相田は女性社員の言葉が終わらないうちに、無造作にコンピュータの電源を切った。マシーンがリブートするスタート・サウンドが、無情に響く。

「で、マサ。対策はないのか。この厄介なウイルスを退治するワクチンてやつは」

『それについては……』

雅彦が『バイブル』について説明しかけたその時だった。天井に埋め込まれた館内放送のスピーカーを通して、緊急電を告げるチャイムが鳴り、緊張した男の声でニュースが読み上げられ始めた。

『ニューヨーク発、AWN、緊急電。太平洋上で遭難した全日航7便、及び操縦不能に陥っている8便のフライト・コントロール・システムを改竄した犯人からの犯行声明文及びパズルの記載されたホームページに、コンピュータ・ウイルスが仕組まれていることが判明。このウイルスは三月二七日、本日の午前一〇時を以て稼働するように作られ、感染した場合、OS及びファイルのすべてを消去し、コンピュータを完全に使用不能にするもの。現在これに対応できるワクチンはなく、米国のサイバー・エイド社が対抗できるワクチンを開発中。該当するホームページへのアクセスは全世界で七〇〇〇万件を超えており、またこのウイルスはイントラネットのサーバーに寄生し、そこにつながるパソコンに感染する特性を持っており、被害は世界的規模で広がることが予想される』

雅彦がこれから説明しようとしたことが、AWNを通じて世界中に発信されたメッセージとなってスピーカーから流れた。

「マサ、聞こえたか」

『聞こえました』

北代の問いかけに雅彦が答える。

「ワクチンの開発は、いまお前がいるサイバー・エイドで進んでいるんだな」

『ええ、〝バイブル〟という開発中のワクチンを改良すれば何とかなりそうなんですが、それがいつできるのかは分かりません』

「だが、二七日の午前一〇時といえば、こちらの時間ではもう一〇分も回っているが」

『残念ながら日本はもう間に合いません。これから何が起きるのか、日本からどれだけのアクセスがあったのかは分かりませんが、ウイルスの特性から考えて大変な事態になることが予想されます。事実トシさんのところのコンピュータも感染しているんでしょう』

「くそっ、だめだ！　川瀬さんの言った通りノー・システムの表示が出た。中身はすっからかんになっちまってる」

雅彦の言葉を裏付けるように、相田の叫び声がフロアーにこだました。

すでにこの時点で、自社のコンピュータ端末の八割が、そして他の大手証券会社の端末もまたほぼ同数が使用不可能になったことがディーラーたちに知らされると、彼らは反射的に同一の行動に出た。

――売買端末のダウンは単なるシステム・トラブルではない。それも世界的規模で、いまここで起こっていることが次々に世界中で起きる。

東京証券取引所にある場立ちにオンラインで繋がったコンピュータの専用回線は、全体の二割にも満たなかったが、残り少ない生きている回線を通じて一斉に売りが入った。それは一般の小口顧客が持つ株ではなく、株式ファンドといった、株式売買のプロたちの持つ株が一斉に売りに出されたのである。

『有事、不測の事態では、とにかく売れ』

株式ディーラーの鉄則が働き、含み益のある株から手当たり次第に売りに出された。それは大手証券会社のすべてのディーリング・ルームで起きた光景であり、キャサリンの掲載したホームページにアクセスせずに『エボラ』ウイルスの影響を受けなかった小規模の証券会社でも、自社のコンピュータ・システムは正常であるにもかかわらず、大手証券の動きにつられるように狼狽売りが始まった。

九時の市場開始から一時間一五分。東京証券市場は値がつかない売り気配一色となり、日経平均株価は驚異的な勢いで値を下げていった。

「香港はまだ大丈夫か」

ディーラーのひとりが東京と一時間の時差で開く市場の様子を確認する。

「いま開いたばかりです。寄り付きから東京の影響を受けて落ちています」

「やっぱり香港も、このウイルスに感染しているんだろうか」

「その可能性はないとは言えません。なにしろ世界中から七〇〇〇万を超すアクセスがあのホームページにはあったそうですから」

ふとディーラーの脳裏に、昨夜テレビで読み上げられた乗客名簿の名前が浮かぶ。アメリカへ向かう東南アジアからの乗客は、アジアのハブとなっている日本を経由して行くのがほとんどだ。日本の航空会社のフライト・アテンダントに中国人が必ず乗務し、キャビン・アナウンスも日本語、英語、中国語で行なわれるのが何よりもそれを物語っている。たしか乗客名簿の中に、中国人らしい名前が多く見られたのもそのせいだろう。ましてや謎解きには二〇〇万ドルの懸賞のおまけまでついている。

――だとすれば、あのホームページにアクセスした人間が、香港の証券会社の中にもいるに違いない。それに一般企業の中にもそうした人間は多くいるはずだ。そうなれば、いま、日本で起きているような事態が必ず発生する。

「国際銘柄を、いまのうちに香港にシフトして売りに回ろう」

「分かりました」

「こうなると、遅かれ早かれ、東京市場は午前中で取引停止になるだろう。香港市場がたとえ無事継続されたとしても、さらに値を下げて行くに違いない。乗り遅れるな！」

『エボラ』に侵食されていない生き残った二割の専用回線を使って売りに回ったディーラーに対し、一般投資家は、値がつかず売り気配一色の掲示板を、顔色を変えて見つめるよりほかに手立てがなかった。

営業部の電話は狂ったように鳴り響き、受話器を持ち上げる度にYシャツ一枚の営業マンが、汗を拭きながら同じ言葉を繰り返す。

「申しわけありません。いま売りを出されましても、コンピュータがまったく使えない状態で、どうにもならないんです」

この頃になると、証券会社に限らず、多くの日本中のコンピュータにウイルスが感染し、日本経済を支える根幹部分がマヒ状態になりつつある状況がテレビ、ラジオを通じて、臨時ニュースとして伝えられ始めていた。それを知った一般投資家の狼狽売りが始まったのだ。電話で売り注文を出してくる顧客に必死の形相で受け答えする営業マンの前には、インプットされるあてもないまま、売り伝票だけがたまっていく。

顧客の中には、狼狽して窓口に押しかけてくる者も少なくなかった。本店とはいえ限られた窓口はどこもいっぱいになり、客の多くは待合室のソファに座れずにフロアーに立ったまいらだつ表情を浮かべ、あるいは引き攣った顔で壁面一杯に設置された株価のボードと窓口の進み具合を交互に見ている。

もはや収拾のつかない事態だった。男の社員が数名フロアーの中に進み出ると、大声を張り上げて状況説明を始めた。

「ただいま、コンピュータがダウンしておりまして、売買注文がすべてストップしております。回復に全力を傾注しておりますが、ただいまのところ、正直申し上げて復旧の目処が立っておりません」

「復旧の目処が立ってないって、あんた。あのボード見てみい。売り気配一色で、これをただ眺めてろっちゅうんか」

ニュースを聞いて駆けつけてきたのだろう、スーツ姿のサラリーマン風の男が、関西弁で嚙みついた。

「しかし、そうは言われましても。全社的にシステムがマヒ状態でして」

「そない馬鹿な話があるかいな。売り一色いうことは、誰かがちゃんとその注文を出しとるちゅうことやないか」

「そうよ。あんたんとこで売れないんだったら、株券を引き渡してちょうだいよ。預かり証だって持ってきてるんだから、他の、コンピュータが動いているところで売るわよ」

「預かり証でと言われましても、今度はそれを管理しているシステムもただいまマヒ状態になっておりまして」

値がつかず売り気配一色のボード。それは紛れもなくここに押し寄せた人々の資産の目減りを意味している。金の毒に魅せられた人々の殺気に押されながら、Ｙシャツ姿の男性社員の対応はしどろもどろになり、それが集まった顧客の怒りにさらに火に油を注いだ。

カウンターでも、同じように女性社員が、噛みつかんばかりの必死の形相を浮かべた顧客の対応に苦慮していた。指し値どころか、何でもいいから早く売ってくれ。いずれも顧客の口をついて出るのは狼狽売りの注文でしかなかったのだが、できるのはその指示を伝票に書き入れるだけで、それ以降の処理がまったく進まないのだ。

その一方で、数十台あるコンピュータの様子を一つずつチェックしていく何人かの男女がいる。急を聞いて駆けつけてきた数フロアー上の階にあるシステム部門の人間たちだった。一斉にダウンしたコンピュータの画面には、いまも『ＮＯ　ＳＹＳＴＥＭ』の文字だけが表示されている。その一つひとつを確認する度に、彼らの顔に絶望的な色が濃くなっていく。

「駄目です、店長。もうどのコンピュータも全部やられています。もう一度ＯＳから入れ直さないと動きません」

「何とかならんのか。オンラインだけでも回復してくれればいいんだ」

「オンラインを使えるようにするには、ＯＳを入れてやらなきゃならないんですよ。端末画面の絶対数を減らすために、我が社の八割のコンピュータがオンラインとパソコンの兼用機になっていますからね。このパソコンのＯＳがやられてしまうと、ただの箱になってしまうんです」

「回復まで一体どれくらいの時間がかかるんだ。とにかく一刻でも早く直してもらわないことには……」

店長はすがるような目で、システム部の人間の顔を見た。

「そう簡単な話じゃないですよ、店長。この一台一台に全部最初からOSを入れていく。それだけだって一台あたり二、三時間はかかります。いやそれ以上でしょう。なにしろすべてのコンピュータが同じ環境でできているわけじゃありませんからね。それにOSをインストールしても今度はソフトを入れないことには、役に立ちません。それこそ一台一日の仕事です。もちろん同時並行的に、OSのインストールは行ないますが、それでも効率よくやれたとして、これだけの台数ともなると数日はかかるでしょう」

「数日？」

「もっともこのフロアーだけの話です。トラブルが起きているのはここだけじゃないんです。今回のウイルスはイントラネットのサーバーにも入り込んでいて、いまや全社的にマヒ状態にあるんです。支店でも同じ被害が続出しているんです。これに優先順位を決めていかに効率よく仕事を行なうか、それを決めるだけでも大変な話です」

「そんな、数日も受発注ができなくなったら商いはどうなるんだ。それこそ会社、いや日本経済の根幹にかかわる問題だぞ」

「そんなことは言われなくとも分かってます。とにかく、いますぐに何とかしろとおっしやられても、どうしようもないものはどうしようもないんです」

茫然とした面持ちの店長に向かって、技術屋はピシャリと言い放った。

日本橋にあるプラムフィルムでは、期末を控えて販売目標達成への追い込みに入っていた。米国、欧州、そして日本と、製造メーカーが限られる上に、熟成産業の宿命として技術力、製品力にこれといった差がないこの業界での販売競争は熾烈を極め、いくつかの限られたメーカーが、世界を舞台にシェアの食い合いを演じていた。ほぼ毎日社員の誰かが海外出張に出、あるいは帰国するのが当たり前のこの会社でも、社員が全日航の7便8便の双方に乗り合わせていたため、昨夜、そして早朝からインターネットを通じてキャサリンが掲載したホームページへアクセスする社員が跡を絶たなかった。そして一〇時を迎えたところで、システムが一斉にダウンし始めた。

販売目標達成のための追い込みと言えば聞こえはいいが、実体は量販店、あるいは特に影響力を持つ店への「押し込み」である。今期勘定で商品を押し込み、勘定は来期に回す。メーカーには売りが立ち、一方、販売店にしてみれば、店頭在庫は増えるが、目標を達成した見返りとして一〇パーセント前後の達成リベートというおまけがつく。余剰となった在庫は、三月の決算を終えた時点で返品すれば支払いも生じず、これほどうまい話はない。

双方にとってメリットのあるこの押し込みがピークに達するこの日、システムがクラッシュしたのだ。

プラムフィルムのメインフレームに繋がる端末もまた、パソコンとの汎用機だった。システム化が進んだこの会社では、社員の間の連絡事項、そして会社から全社員に向けて発せられる伝達事項もすべてEメールを使ってなされていた。

決算を控え追い込みに入っていた財務部門がほとんど機能を失ったことに加え、もう一つこの会社では、販売メーカーならではの深刻な事態に陥っていた。顧客からの受注が入力できなくなったのである。

いつにもまして受注量が多くなるこの時期、電話を受けた受注セクションの女性社員がコンピュータ端末から入力しようにも、まったく機能しなくなったのだ。

この時期、販売目標を達成できるか否かは、営業部門にとっても重要な問題である。それは単に決算という財務的な問題からだけではなく、目標の達成が社員の人事考課に直接的な影響を及ぼすからだ。

朝と夕の二回にわたって、目標値に対する達成度合が、部門、営業マン、顧客別に膨大な紙の束となってプリントアウトされてくる。管理職はそれを見て的確な指示と叱咤を営業マンに飛ばし、営業マンは営業マンで目標への達成度合を確認する。その指標が、オーダー・エントリーができなくなったことで、すべてなくなってしまったのだ。

そればかりではない。オーダー・エントリーが不可能になったために、受注したデータが物流システムに流れなくなり、倉庫では出荷伝票が一枚も吐き出されないという事態に陥った。現在の最も進んだ物流システムでは、受注したデータはいったんホスト・コンピュータの中で蓄積され、それをあるタイミングで倉庫を管理するシステムに渡す、いわゆるバッチ処理の形態をとっている。その時点で、何万にも及ぶ保管場所から指定された商品のストック・ロケーション、それに出荷数量が指示され、長大なコンベアーを箱が流れてくる間に、一顧客への出荷物として仕上がっていくのだ。そして最後には発送方面に向けての仕分け……。もちろん、オフィス・ワークを目的としたメインフレームと倉庫を管理するシステムは緊密な関係にはあるのだが、それぞれが独立した形態をとっており、この点でこれらのコンピュータ自体は『エボラ』の影響は受けなかった。しかしオーダー・エントリーを行なう末端のコンピュータが『エボラ』に侵食され、ただの箱と化したいま、プラムフィルムの財務、そして出荷機能は完全なマヒ状態に陥っていた。

そしてこれは、プラムフィルムに限ったことではなく、多くのメーカーで起き、物流、そして営業活動はどこでも壊滅的打撃を受けていた。

中小企業の場合、事態はもっと深刻だった。二つの航空機が操縦不能に陥ったという前代未聞の事件。その危機を救うパズルの謎解き、そして懸賞金という興味と欲に惹(ひ)かれ、キャサリンのホームページにアクセスした会社では、イントラネットが全滅した。

顧客データ、売上、仕入、債権債務の情報のすべてが飛んだ。三月末の支払い、あるいは入金が幾らになるのか。資金を幾ら用意しなければならないのか。そのすべての指標が失われたのだ。これらの企業にとって不幸だったのは、銀行のシステムが完璧(かんぺき)なまでに機能している点だった。銀行のコンピュータ・システムは、その業務の特性上、完全に外部と遮断された状態にあり、メインフレームと端末を繋ぐ線もまたまったくのクローズド・システムであり、パソコンとオンラインの兼用端末、ましてやそれがインターネットと繋がっているということはない。もちろん個人レベルで言えば、些細な興味に駆られた行員が個人的に使用しているパソコンから、あるいはEメール用に設置されたシステムからホームページへのアクセスを行ない、これらは漏れなく『エボラ』に感染し、使用不能の状態に陥っていた。しかし日本が大混乱に陥っていく中で、銀行のシステムだけは確実に日々の機能を履行していた。

そして中小企業の中には、キャサリンの掲載したホームページなどに何の興味を抱くことなく、健全な状態で業務を続けているところも多く、ここで、債権債務を正確に把握している会社とそうでない会社の不整合が起きようとしていた。データを失った会社が、決済日に支払いの金額を用意できなくなればどんなことになるか。逆に入金をあてにして支払い計画を立てていた会社に、その金額が振り込まれていなければどういうことになるか。手形は不渡りとなり、倒産する企業が続出する事態が発生することは想像に難くない。

もはや日本の経済は、たった一個のコンピュータ・ウイルス『エボラ』の出現によって大混乱の様相を呈し始めていた。

それはまさに凄まじいの一語に尽きる破壊だった。誰を傷つけるわけでもなく、誰が死ぬわけでもない。血も流れず、物理的に目に見える範囲での破壊も起きない。だが、単に0と1の組み合わせでできた、誰の目にも見えない記号の世界が破壊されただけに過ぎない衝撃は、核爆弾が落とされた以上の混乱と破壊を生み出していた。

●米国 ワシントンD.C.ホワイトハウス

二六日夜一〇時。ワシントン特別区(D.C.)、ホワイトハウスの地下にあるシチュエーション・ルームでは国家安全保障会議が急遽(きゅうきょ)開かれようとしていた。CIA長官のジェイ・ホッジスが海兵隊の歩哨(ほしょう)、シークレット・サーヴィスの何重かの警備を通り抜けてこの部屋にたどり着いた時には、緊急招集を受けたメンバーたちの全員が顔を揃えていた。国防長官、国務長官、統合参謀本部の全員、安全保障担当大統領特別顧問、菱形(ひしがた)のテーブルを囲む面々は、世界一の大国の安全保障について最高決議を下すメンバーたちだったが、本来ならここにいるはずのない商務長官とFBI長官の姿が見えるのが、今回の招集が本来の意味での国家の安全保障にかかわる問題と趣を異にしていることを物語っていた。

大統領が座る上座の席は空いたままで、その隣にプレゼンテーター用の席があり、そこに座った見慣れない男が、二台のラップトップ型のコンピュータを、やはり二台のオーバーヘッド・プロジェクターに接続し、映り具合を調整している。

年の頃は四〇代の前半といったところだろうか、髪の生え際は左の分け目から禿(は)げ上がり、そこから右に流れた髪が柔らかなウエーブを描いて、広い額に被さっている。縁無しの眼鏡の下で、オーバーヘッド・プロジェクターとコンピュータの画面を交互に見る男の目に落ち着きがなく見えるのは、その動作のせいばかりではない。

突然に呼び出され、文字通り国家のVIPを前にしてプレゼンテーションを行なう、その緊張感がそうさせているのだ。ダーク・グレーのスーツ。糊のきいていないピンストライプのシャツにグリーンの小紋タイ。その恰好からして、今日のプレゼンテーションが突然にやってきたものであることを窺わせる。もしもこの日の晴れ舞台がこの男のスケジュールに組み込まれていたならば、一生に一度あるかないかのチャンスに真っ赤なパワー・タイを締め、髭を剃ったばかりだといわんばかりにタルカム・パウダーの匂いを漂わせているとか、もう少し装いそのものが違っていたことだろう。

ケネス・メイソン博士。ジョージタウン大学でコンピュータ工学の准教授を務め、コンピュータ危機管理に関しての権威。ハッキング、ウイルスといったサイバー・ネット社会にはびこる闇の部分に関しては、全米でも指折りの人物。この男が突然に呼び出され、この場に駆り出されたのは、雅彦からウイルスの存在の第一報を受けたAWNのワンダ・ヒンケルが世界に向けてニュースを報じて間もなくのことだった。

この男にしても大統領という国家第一の権力者と実際に面と向かうのは初めてのことで、果たしてそれにふさわしいプレゼンテーションができるかどうか、それは彼自身にも分からなかった。しかしただ一つ言えることは、これから半日を経ずしてアメリカで起こるであろうコンピュータ・クライシスの実演、それにいま日本で起こっているパニックの再現。その二つの点に関しては確実にここで見せてやれるということ。そしてどの程度かは質問者のレベルによるが、そのウイルスが動きだした時、このアメリカ社会でどういった現象が起きるか、予告めいた説明。その程度のことはやりおおせる自信があった。

奥のドアが開き、大統領が姿を現した。

誰が号令をかけたわけでもないのに、全員がほぼ同時に起立する。それよりも僅かばかりメイソンの起立が遅れたのは、やはりここのしきたりに不慣れなせいだろう。

「待たせてすまなかった。さっそく本題に入ろう」

やはりしきたり通り大統領が先に席に着き、全員がそれに倣ったところで大統領が安全保障特別顧問のゲーリー・テンプルを見た。

「皆さんに今日お集まりいただいたのは外でもありません。すでにご承知の通り、インターネットのホームページを介して、前例のない規模で強烈なコンピュータ・ウイルスの大感染という事態が発生しました。本来ならばこのメンバーでこうした場を持つのは、軍事的な意味合いでの国家への危機、あるいは文字通り安全保障にかかわる問題を話し合うのが目的とされるべきところですが、いま我々が直面しつつある危機はそれに匹敵すると言ってもいいでしょう」テンプルはそこでいったん話を切り、一同をぐるりと見渡すと、さらに続けた。「事の次第を最初から説明します。まず最初に東部時間の本日午前中、ニューヨーク、それに東京をほぼ同時刻に飛び立った二機のエアー・ストリームＡＳ―５００

が突如操縦不能の状態に陥りました。航空機のコンピュータ・システムのアップデートはコントロール・システムに限らず頻繁に行なわれるごく日常的な作業です。エアー・ストリーム社からの報告によると、送付したばかりの最新ヴァージョンが何者かによって、ある高度、正確には三万二〇〇〇フィートの高度に達したところで、操縦系統がコントロールできなくなるよう改竄されていた可能性があるとのことです」

「それならば、システムを切ればマニュアルモードで飛ぶことができるんじゃないのか」

国務長官アーサー・ホルコムが、いかにも素人らしい率直な意見を述べた。

「いや、たしかAS－500は完全なフライ・バイ・ワイヤー、つまりパイロットの指示をコンピュータが検証した後、その指示を電気信号で舵に伝える構造のはずだ。それもフライト・コントロールの部分に関しては、三つのコンピュータが相互に作動状態を監視しあい、たとえ一つに不都合が起きたとしても、残り二つがバック・アップとして稼働し、正常な飛行が続けられる構造になっている。マニュアルモードで飛べないことはないが、システムなしで飛ぶとなると、使えるのはパワー、トリム、それにスポイラーぐらいのものだろう」

空軍大将のロイ・エリクソンが、まさに自分の専門分野だと言わんばかりに、淀みない口調で説明する。現代科学技術の最先端を行くハイテク旅客機といえども、そのほとんどが所詮軍用に用いられた技術のお下がりだ。フライ・バイ・ワイヤーの技術にしても、真っ先に取り入れられたのは戦闘機や爆撃機だった。敵のレーダー網をかいくぐるためには超低空での飛行を余儀なくされるが、高速で飛ぶ戦闘機や爆撃機にとっては、ちょっとした操縦桿（かん）の操作ミスが命取りになりかねない。地形、高度とパイロットの操作をコンピュータが解析し、それが適切なものであるかどうかを判断し舵に伝える。そもそもが、そうしたところからこのフライ・バイ・ワイヤーの思想というものが生まれたのだ。

「ありがとうございます、大将（ジェネラル）」自分に代わって説明をしてくれたエリクソンに向かって感謝の言葉を述べると、テンプルは話を続けた。「操縦不能に陥った二機にはモニター上に三つの質問が出ました。この問題を解かない限り機能は回復しないというメッセージとともに、です。このパターンは、既存のコンピュータ・ウイルスとしては広く知られたピーターIIと酷似しています。そしてどんな問題であろうと答は同じという特性を持っているのです。全日本航空の東京発ニューヨーク便は、メカニックと話し合い、答と思われる数値をインプットしました」

「そしてその直後に墜落した。何と無謀なことをするんだ。次に何が起こるか分からんのに、軽率といえばあまりに軽率な行為だ」

　ホルコムが、いささか怒気を含んだ声を上げた。

「上空で起きた不測の事態を何とか打破しようとするのが、パイロットというものだ。結果的に悲惨な結末を迎えたが、その措置について責めるのは少々酷だと思うがね」

　エリクソンが再びホルコムの言葉に異を唱える。

「たしかに、その後エアー・ストリームのシミュレーターで同じプログラムを試したところ、同様の症状が出ましたが、間違った答をインプットしても、次に新しい質問が出てくるだけで、それが即座に墜落に結びつくような症状は出なかったとレポートされています」テンプルはそこでグラスの水を一口含み、口を湿らした。「問題はここからです。それと相前後して、CNN、ABC、NBC、CBSの四大テレビ・ネットワークに、犯人と思われる女性の声で犯行声明が入りました。操縦不能になった二機を救う答の隠されたクイズを犯行メッセージとともにインターネットのホームページに掲載してある。このホームページ・アドレスを全世界に向けて公表しなさい。さもなくば最悪の事態が起こる、と。四大ネットワークはただちに電話会議を持ち、この件について話し合いました。その最中に飛び込んできたのが東京発の便の消息不明です。四大ネットワークは、かつてユナ・ボマーの脅迫に屈し、長大な犯行声明を掲載した前例に倣って、こぞってこのホームページ・アドレスを全世界に向けて発信しました」

「そのホームページにウイルスが隠されていた、というわけか」

説明にじっと聞き入っていた大統領が初めて口を開いた。

「その通りです。むしろ二機の航空機を操縦不能にするよりも、どうも犯人の狙いは最初からこのウイルスを世界的規模で同時感染させる、そちらのほうがメインの目的だったようです。その証拠に、ウイルスが実際に発症した現在においても、それ以上の……たとえば金銭的な、あるいは政治的な要求などの、犯人側からのコンタクトは皆無です。犯行メッセージからも、国家や社会に対する具体的な要求は汲み取れません。けれどもその結果は全世界に甚大な災厄をもたらすものです。犯人が一体何を考えてこんなことをやったのか、理解に苦しみます。単なる愉快犯、あるいはごく個人的な恨みからの犯行とでも考えたほうがまだ納得できるとも報告されています。なお、犯人、あるいはそのグループに関しては、現在のところ、有力な手がかりはまだありません」テンプルはそこまで言うと、FBI長官のドレーク・ダニエルの横顔に視線を走らせたが、ダニエルの顔には何の変化もなかった。

「で、そのウイルスというのは、どんなものなんだ」

さしあたってすぐに軍事力や政治力を振るう必要はなさそうだと判断したのか、大統領は話を先へと促した。

「それについては、ケネス・メイソン博士から説明していただくことにします。メイソン博士はジョージタウン大学のコンピュータ工学の准教授で、コンピュータの危機管理の専門家です」

テンプルは、見るからに緊張した面持ちで会話に聞き入っていたメイソンに視線を向けると、彼を紹介した。一同の視線が一斉にメイソンに向く。

カメラの前に立つ時にはそれなりのメイキャップを施し、些かの演技もまじるせいなのかもしれなかったが、間近に見る大統領は、まだ五〇代半ばの若さだというのに、テレビで見るよりずっと老けて見えた。しかしその分だけ、遥かに威厳があり、何よりも国家の最高権力者としての風格と自信に満ちあふれているように思われた。メイソンと視線が合ったところで大統領が静かに頷いた。それが始まりの合図だった。

メイソンは、まず最初の一台のオーバーヘッド・プロジェクターのスイッチを入れた。スクリーンに、キャサリンが犯行声明とパズルを掲載したホームページが現れる。

「これは、先ほど来説明のあった、ホームページに掲載された犯行声明とパズルの現物です」

メイソンは出だしの一言に詰まりながらも、何とか最初のセンテンスを話しおおせた。

「実のところ、ウイルスの存在を知ったのは、その存在がニュースとして流れてからで、解析はまだ十分に済んではいません。したがってこれからご説明することは、この時点までに判明したことだけで、今後、私が申し上げる以上のことが起きる可能性も十分に考えられることを最初に申し上げておきます」

メイソンはそう言うと、おもむろにキーボードを操作し始めた。キーを叩く軽やかな音がしんとした室内に流れ、次に何が画面に現れるかと息を呑んで見つめる人々の間に僅かな時間が流れた。

突如スクリーン上の画面が変わり、そこに膨大な記号の羅列が映し出された。

「ワッタ・ヘルズ・ザット」

居並ぶ高官の間から、反射的に少なくない数の罵りの声が上がった。

メイソンはそうした声を無視し、マウスを操作して画面をスクロールさせていく。素人には意味のない記号の羅列でも、プロフェッショナルにとっては一行一行がコンピュータが何を起こすべくプログラムされているのかを語りかけてくる重要な文章なのだ。

「これがウイルスの正体の一部です」メイソンは静かに口を開いた。「このウイルスの特性としては、いまのところ分かっている範囲で次のことが挙げられます。まず言語がネットワーク向きのものが用いられている点。ウイルス・チェッカーをすり抜けてハードディスクに流れ、時間がくるとそこにあるすべてのデータ、つまりOS、ファイルを消しに行く点。さらに厄介なのはネットで繋がっている場合、サーバーに潜り込んでサーチロボットの中に発症の時間が来るまで隠れている……」

「何だね、そのサーチロボットというのは」

「コンピュータには、それぞれの機械にIPアドレスという独自のIDがあるのですが、どの機械がサーバーに接続したか、それを記録しておく機能と申し上げればお分かりいただけるでしょうか。このウイルスはそこに潜んでサーバーに接続したIPアドレスを読み取ると、自動的に自分のクローンを作り、接続先にウイルスを感染させていくのです」

「そして最後は？　一体どうなるんだ」

国務長官が、半ば開きかけた口から声を洩らした。

「感染を終了すると、今度はサーバーのデータを消しに行きます。その時点でウイルスも自爆するようにできているようです」

「こいつが動きはじめたら、一体どんなことになるんだ」

ラッセル・ニューマン陸軍大将がしっかりとプレスのきいたダーク・グリーンの制服に

固めた身を乗り出す。

「この表示が出て、コンピュータはただの樹脂の箱になります」

メイソンはオーバーヘッド・プロジェクターのスイッチを切り替えると、もう一台のコンピュータの画面をスクリーンに映し出した。

『NO SYSTEM』

スクリーンの中央、黒地の画面に小さな文字が白く浮かび上がっている。

「これは実に厄介な問題です。もちろんこのウイルスがメインフレームを壊すということはないのですが、それぞれのコンピュータに搭載されたOS、それにファイルが破壊される。ちょっと想像してみて下さい。皆さんのまわりで使用されているコンピュータの中に、ホストの端末と、パソコンとして使用する機能を併せ持った兼用端末がどれだけあるか。OSが破壊されるということは、そのコンピュータがホストの端末として機能しなくなることを意味しているのです」

「国防上のシステムは完全なクローズドの状態になっていて、兼用端末というのはそれほど多く存在しないはずだが……」

国防長官のフランシス・コールマンが、幾分自信なげな口調で言った。

「私は国防上のコンピュータのシステムに関してはとんと知識はありませんが、多分メインフレームからの端末は専用のものになっているはずです。しかし、皆さんの担当する部署で、Eメールを使ってメッセージのやり取りをしていないところはないはずです。もちろん機密を第一に考えられているセクションでは、外部とまったく遮断された独自のメール・システムで運用されているところもあるのでしょうが、もしも外部と自由に繋がるメール・システムを用いている部署があり、それがイントラネットの中に組み込まれたコンピュータで、その中の誰かがこのホームページにアクセスしていたら、そのシステムはこのウイルスに感染していると見て間違いないでしょう。可能性という観点から言えば、その数は決して少なくないはずです。皆さんの名刺、あるいは部署で使用される名刺、そこにいまEメール・アドレスが記載されていないものがどれだけありますか。ちょっと想像してみて下さい」

たしかにメイソンの言う通りだった。いまやここにいる誰もが、直接自分でパソコンを使い、あるいは秘書が、日々寄せられる膨大な量のEメールによって業務をこなしている。もはやそれは日常業務の中では電話と同様当たり前に使用する道具であり、使用不能になることなど考えもつかないことだった。

「ホーリー・クライスト！　メールが使えなくなるだけでも大変なことだ」

コールマンがのけ反った。

「使えなくなるだけではありません。保存していたメッセージも、データもすべておしゃかになるんですから」

「Eメール程度で済むならお安いもんですよ」商務長官のハワード・ボンドが初めて口を開いた。「すでにご存じかと思いますが、混乱はすでにアジアで始まっています。日本、香港ともに、現地時間の一〇時ちょうどにこのウイルスが動きはじめました。破壊は凄まじいの一語につきます。日本、香港ともに、証券会社の一般顧客向けの窓口で使用されているコンピュータはホスト端末とパソコンの兼用機でした。日本では約八割、香港でもほぼ同率の窓口のコンピュータがそうだったのです。これが一斉にダウンするや、機関投資家、それに大口顧客を扱うファンド・マネージャー連中は、専用回線であったがゆえに生き残った二割のコンピュータを使って、一斉に売りに出ました。『危機にはとにかく売れ』の市場心理が働いた結果です。日経平均株価は僅か一時間の間に二〇〇〇円も下げ、香港もまた二〇パーセントも下げました。一般投資家が窓口に殺到し、電話は売りの注文で鳴りっ放し。しかし伝票は処理できないまま、窓口でたまる一方だそうです。東京、香港ともに午前一一時を以て、とりあえず取引停止を決定し、市場は閉鎖されましたが、まさにクラッシュです。三時間後にはモスクワ、五時間後にはフランクフルト、六時間後にはロンドンの市場が開きますが、ここでも国際株を中心に激しい売りが始まるでしょう。これらの市場で売買に使用されているコンピュータが感染しているか否かははっきりしませんが、厄介なのは、たとえウイルスに感染していたとしても市場開始一時間の間は窓口のコンピュータが正常に稼働するという点です。すでに日本、香港、シンガポールの市場で何があったかは、これらの国々にもニュースとして伝わっています。一般投資家が窓口に押しかけ、銀行の取り付け騒ぎのような状態になることは想像に難くありません。そして一時間後にはニューヨーク……」

「日本や香港でのクラッシュの再現が、ニューヨークでも起きるというのかね」

大統領が聞いた。

「かなりの確率で、と言うよりまず間違いなくと申し上げておきましょう」メイソンがすかさず確信を持った声でそれに答える。「このウイルスの発生は、いまのパソコン界の現状を考えるとまさに最悪のタイミングで発生したと言えます。これがもし三年早く、あるいはあと数か月後だったならば、これだけ深刻な被害を及ぼさなかったでしょう」

「それはどういうことかね、博士」

「デジタル・ソフト社が発売したスコープ２０００というＯＳの出現です。三年前あのＯＳが発売されるや、世界中のユーザーが先を争うようにしてパッケージを買い求めました。皆さんもあの時の異常なまでのフィーバーぶりを覚えていらっしゃるでしょう」

たしかにあれは異常な光景だった。発売日がクリスマス・イヴの世界同日ならば、その発売時間も午前零時という異例さだった。コンピュータ・ショップの前には黒山の人だかりができ、人々は、まるでサンタクロースからのプレゼントだと言わんばかりに店の前に山と積まれたパッケージを買い求めていったものだった。

「スコープ２０００の出現は、それまでのコンピュータＯＳ界の地図を激変させました。私はマーケティングについては門外漢ですが、普通のビジネスの世界で言えば、マーケット・シェアを一パーセント変化させるのは並大抵のことではないでしょう。しかしデジタル・ソフト社はスコープ２０００で、それまでのマーケット・シェアだった二五パーセントを、僅か三年の間に八〇パーセントにまで高めることに成功したのです。おそらくこれだけの成功を収めた商品、そして企業は、産業の歴史の中でも数えるほどしかないでしょう。八〇パーセント……これは実に驚異的な数字です。世界に普及しているコンピュータの台数から考えれば、現状はデジタル・ソフト社、それにスコープ2000の完全な寡占状態にあると言えます。それは同時に世界の八割近くのコンピュータが、ほとんど同じ環境の下で稼働していることを意味するのです」

「つまり、スコープ2000上でウイルスが動くことが証明された、それだけで同じ環境にある我が国のコンピュータもまた同じ運命をたどるということなのだな」

「その通りです、大統領」

「しかし、あと数か月遅かったら、というのはどういう意味なのかね。博士」

海軍大将のカール・ウイラーが金のモールがべっとりとついたネイビー・ブルーの制服の袖口を口許にやりながら質問する。

「スコープ3000という新OSの発売を控えているからです。もしもこれが市場に導入された後であったなら、OSの環境の違いによって、たとえウイルスに感染したとしても、クラッシュしないコンピュータがかなりの台数出てきたことでしょう」

「つまり、八割のコンピュータが同じ環境で稼働しているがために被害が大きくなった。そういうわけか」

「その通りです」

「大統領、深刻なのは何も株式市場に限ったことではありません。日本ではEメールのやりとりが事実上マヒ状態にあり、そのために情報の確認をとる電話の使用量があがり、一部では回線がパンク寸前です。それだけではありません、物流、特に受発注ができないために商品の配送はできず、中小企業では売買データそのものが破壊され、債権債務の把握ができなくなっているところが出てきています。これは、このまま放置しておけば我が国でも十分に起こりうることです」

ボンドはそう言うと眉をひそめ、深刻な吐息を吐いた。

「一体どれだけの数のコンピュータがこのウイルスに感染しているんだ」

ウイラーが忌々しげな言葉を吐く。敵がはっきりと見えるなら対処のしようもあるが、姿を見せず、社会の奥深くに入り込みじっとその時を待つ。国家を守る軍の最高司令官のひとりでありながら、打つ手のなさにいらだつ様子がはっきりと分かった。

「ホームページへのアクセス件数はおよそ七〇〇〇万件を超していますが、正確な数は分かりません。さきほども申し上げたように、このウイルスはサーバーの中に潜み、ネットに繋がったコンピュータに感染していく機能を持っているんですから。こんなことを私が言うのも変な話ですが、実際舌を巻くほどよくできたプログラムです。芸術的ですよ」

「これはサイバー・テロだ！　ロシアやヨーロッパ、そしてアメリカの経済、社会が目茶苦茶にされる。それも、誰もがどこで何が起きているのか分からないうちに、確実にマヒ状態に陥っていく」

コールマンのヒステリックな叫びに、メイソンと商務長官のボンド以外のメンバーたちは、つい最近米軍を統括する統合参謀本部が秘かに行なったあるシミュレーションの結果を、ちょうどこの部屋でコールマンから聞いた時の衝撃を思い出していた。

そのシミュレーションは、国家安全保障局などのコンピュータ専門家ら三十数人が仮想敵国の工作員、あるいはテロリストの役を演じ、米政府のコンピュータ網に侵入してシステムを破壊するサイバー攻撃を仕掛けたらどうなるか、それを実際に実験したものだった。結果は想像を絶した。電気や電話回線は寸断され、各方面軍司令部の指揮・統制機能は完全にマヒ状態となり、部隊動員や後方支援も機能を完全に停止した。冷戦終結後の新しい世界の構図の中で、もはやサイバー・テロは、現実にアメリカを危機に陥れる極めて現実的、かつ最も深刻な問題となっていることがはっきりとしたのだった。国民の巨額な血税を軍備の開発整備に注ぎ込み、しかるべき武器や装置を配備しようとも、いかに兵士を訓練しようとも、何の役にも立ちはしない。今回の場合は国防システムを狙い撃ちしたものではなさそうだが、そこに集まった誰もが、どれだけ深くコンピュータ・ネットワークがこの現代社会にはびこり、その機能によって社会生活が成り立っているかを、いまさらながらに認識する思いだった。そして不特定多数の人間が使用するインターネットを介して、ひとりなのか、あるいは何らかの組織によるものなのかは分からないが、たった一つのコンピュータ・ウイルスで世界を震撼させることができるという事実を前にして、現在の情報ネットワークがあまりにも無力、無防備であることに驚き、そして恐怖を感ずるとともにに、ある種の空しささえも感じていた。

「それで博士、このウイルスに関して何か打つ手はあるのかね」

一瞬の重々しい沈黙を破るように、大統領がメイソンに向かって意見を求めた。

「もちろん、基本的には駆除は可能です」

「基本的には？」

「ワクチンを用いて、このウイルスを駆除すれば、それでお終いです」

メイソンの言葉があまりにもシンプルで分かりやすく、一瞬テーブルを囲む人々の間に安堵の表情が浮かんだ。それを素早く見て取った彼は、すかさず説明を付け加えた。

「ただ、私も詳しく分析したわけではないので、はっきりしたことは言えませんが、このプログラムは、どうもそう簡単に駆除できるものではなさそうです。ワクチンによるウイルスの駆除は、基本的に、本来あるべきものとウイルスに汚染されたものとを比較認識し、余計な部分、つまり悪さをするプログラムを消去するものなのですが、新しいタイプのウイルスには従来のワクチンは効かないのです。新型のウイルスに対抗するには分析の過程が必要で、そのためにはそれなりの時間というものが必要で……」

「その開発には、どれくらいの時間がかかるものなんだ」

コールマンが、じれたような声を上げた。

「ですから、それは詳しくこのウイルスを分析してみなければ分かりません。まだ他に何か誤作動をもたらすような機能を持っていないとも限りません」

「もし一〇時間以内にそのワクチンが開発できなければ、このアメリカでも日本や香港で起きたような混乱が始まるというわけかね」

「そういうことです」

再び重苦しい沈黙が流れた。

「ただ……」

「ただ、何だね」

初めて口を開いたFBI長官のドレーク・ダニエルに全員の視線が向いた。

「このウイルスを最初に発見したサイバー・エイド社によると、このウイルスに対応できるワクチンを、そう時間をかけずに開発できる見通しがあると……」

「サイバー・エイド社?」

メイソンの眉がぴくりと動いた。

「博士、何か心あたりでも」

「トレーシー・ホフマン……MITで研究をしていたころ何年か助手として仕事を手伝ってもらったことがあります。極めて優秀な学生でした。あそこを出てからはそのサイバー・エイドという会社をヴェンチャーで起こし、ワクチンの開発をしているはずです。もし彼女が開発の見通しがあるというのなら、あるいは……」

「分かった」大統領が立ち上がった。「ゲーリー、すぐにそのサイバー・エイドと連絡を取り、いまの情報を確認してくれ。どれくらいの時間でそのワクチンが開発可能なのかをな。被害がロシア、ヨーロッパに及ぶ前なのか、それともこのアメリカに及んでもまだ開発が間に合わないのか、それを早急に調べてくれ。それによって今後の対応が違ってくる。諸君、それまでこの会議は延期だ」

●米国　カリフォルニア州・サンノゼ　U.S.ターン・キー社

結果はすぐに出た。エアー・ストリーム社から送られてきたAS－500のシミュレーターに搭載されていたプログラムとU.S.ターン・キー社のワークステーションに保管されていたプログラムのバイナリー・チェック、つまり双方のプログラムが一ビットでも違っていれば、それは異質のものだということがはっきりする。

画面に向きあっていたアトキンソンの目前に現れた数値。それは明らかに違うもので、エアー・ストリームから送られてきたプログラムの容量のほうが遥かに大きな数値を示していた。

その背後から画面を注視していたグレンにも、二人のFBI捜査官たちにも、何の説明もいらなかった。

「実に不思議なことですな、ミスター・エリス」

タンディが皮肉の込もった口調で、顔色を失っているグレンに向かって話しかけた。その目は画面を見つめたままで、演技かどうかは分からぬが、じっと腕組みをし、片方の手できりに顎のあたりを撫でている。その口調が落ち着いている分だけ、グレンにしてみると、自分が徐々に袋小路に追い込まれていくような重圧を感じる。

「あなたの所に保管されたオリジナルとエアー・ストリームで最終ヴァージョンとして実際にシミュレーターでテストされたソフト、それに各航空会社に送られたソフトでは、まったく異なったものになっている」

「分からない。こんなことがなぜ起きたのか。いやこんな馬鹿なことが起こり得るはずがない」

グレンは背中が汗ばむのを感じながら、小さく首を振る。

「先ほどの議論の蒸し返しになりますが、こうなると可能性は二つしかありません。一つはあなたが言ったように、ここからオリジナル・ソフトが送られた後に何者かがそれを改竄したものとすり替えた。しかしそう考えるには、どう考えても幾つかの無理な点があります。第一にシミュレーターでテストされたプログラムはあなた自身の手によって、エアー・ストリーム社に運ばれている。エアー・ストリームはそのシステムをテストした後、最終的なOKを出している。その後一週間のバグ取りの期間を経て各航空会社に送られたソフトは、ここで複製され、今度もまたあなた自身の手でエアー・ストリームに搬入されている。それを受け取ったエアー・ストリームは直ちに、いいですか直ちにですよ、各航空会社に向けてそれを発送しています。この段階ですり替えを行なったとすれば、これは状況的に見ても、改竄技術の観点からしても、かなり組織だって事を計画的に運ばなければならないでしょう。その点どう考えても、この可能性は極めて薄いと言わざるを得ません」

どこかに姿を消していた捜査官の一人が、いつの間にか背後に立ち、タンディに何事かを耳打ちする。彼は微かに頷き、おもむろに腕組みを解くと、そこで初めてグレンを見た。静かな眼差しが正面からグレンの目を見据える。無表情で何の感情も感じさせない目。まるで爬虫類が狙いを定め、決して獲物を外しはしないと確信したような冷酷さを感じさせる眼差しだった。

「そこでです、ミスター・エリス。あなたには二つ、いやそれ以上の質問にこれから答えていただかなくてはなりません。一つは、ここのワークステーションはたしかに外部とは完全にクローズドされた環境にあることになっていますが、ただ一つ、あなたの自宅にある端末だけはアクセスできる環境にありますね」

「それは間違いありません。もともとAS−500のフライト・コントロール・システムの開発に最初から責任者として携わっていたのがキャサリンでしたから。休日や深夜に仕事をすることも珍しくありませんでしたからね。この一つの端末だけは、例外的に社外に置いてあります」

「なるほど」

タンディは大きく頷くと、次の質問にかかった。

「ワークステーションに残されたアクセス・データからすると、この端末にはあなたがエアー・ストリームに最終ヴァージョンを納入する前々日に二度、それから納入後に一度、自宅からアクセスがあったことが記録されていますが、これについては何か特別な理由でも」

「いや……それは」

一瞬グレンは口ごもった。納入する前々日、その日グレンはエアー・ストリームの本社のあるフェニックスにいて、留守だった。

——この男たちは、俺の行動をすべて知っているのだろうか。いやたとえ知らなくとも、そんなことは秘書が管理している俺のスケジュール、あるいはエアー・ストリームの人間に聞けばたちどころに分かってしまうことだ。だが……。

「私は現在はマネージメントに専念している身ですが、これでもプログラマーの端くれです。最重要の顧客に最終製品を納品する前にチェックをする。それは不思議な行為とは言えないでしょう」

グレンはとっさに嘘を言った。堪えきれない不安が込み上げてくる。答を模索するそのグレンの仕草、表情だけでタンディには十分だった。

「それではでき上がったソフトを一週間、いや、あなたがチェックしたというなら三日間もワークステーションの中で眠らせた、というのはどういうことです。もしも問題がなかったとしたら納期前にでも納入するのが普通でしょう。それはエアー・ストリーム社にしてもあなた方を評価こそすれ、決してマイナスに働くものではないと思いますが」

「ごもっともな指摘です。しかし、これにもちゃんとしたわけがあるのです」今度はグレンがタンディの目を正面から見据えた。「秘密は守っていただけるんでしょうな」

「もちろん」

「納期前に納品する。これはたしかに評価に繋がることは間違いありませんが、それが我々にとって好ましいことかというと、話は別です」

「おっしゃってることが分かりませんな」

「つまり、それが次の仕事の目安となるからです。一週間で納めるべきところを三日でやった。それなら次の納期は三日でいいじゃないかと……つまり実績、前例というものが次の仕事の目安になり、それは確実に我々のワークロードを厳しいものに変えていく……ビジネスというのは、そういう難しさが必ずつきまとうものでしてね」

「なるほど、それでわざと納期を早めなかったというわけですな。よろしい、ミスター・エリス。質問を変えましょう。あなたは先ほどキャサリン・ハーレーが休日、あるいは深夜にワークステーションを使用するために、自宅に端末機械を例外的に設置したとおっしゃいました」

「ええ」

「そのキャサリンが姿を消して三か月。あなたはその居場所を摑んでいないとおっしゃった。その言葉を信じるなら、彼女がどこにいるかだけでなく、何をしていたかということもご存じないということですね」

「その通りです」

「もう一つ。これは私の推測、というよりこうした仕事に携わる人間の勘というものですが、先ほどのテープレコーダーに吹き込まれた女性の声、あれにあなたは心当たりがあるのではありませんか。つまり今回の一連の事件の犯人はキャサリン・ハーレーであるということを、内心あなたも確信しているんじゃないですか」

「まさか、そんな、いくら何でもあのキャサリンが……」

「ミスター・エリス。駆け引きはこの辺で終わりにしましょう。我々の組織(FBI)はそれほど小さなものでもないし、捜査能力もあなた方が考えているより、はるかに上を行っています。嘘をついて、とは言いませんが、何かを隠そうとしても駄目です。調べればいずれは分かることです。たとえばあなたの自宅に設置した端末からワークステーションにアクセスがあった日、最初の日は、あなたは自宅にはいなかった。つまりあなたが留守の間に誰かが自宅に侵入し、そこから何らかの目的でワークステーションに侵入した。おそらくオリジナルのプログラムを改竄するためにね。そして最後にアクセスがあった日。この日もあなたは自宅を空けていた。ここにいるミスター・アトキンソンとディナーを取るために……」

グレンの顔に明らかな動揺の色が広がった。画面に向きあっていたアトキンソンもまた、自分の名前が出た瞬間、心臓が体の中で位置を変えたかのように、肩を震わせた。

——あのせいだ。アンジェラのたくらみに乗ってキャサリンの裸をインターネットのホームページに掲載した。おそらくはその復讐。きっとそうに違いない。キャサリンはあれをグレンの仕業と思い復讐に出たんだ。そのこともこいつらは摑んでいるんだろうか。もしそのことがばれたら、俺はやはり罰せられるんだろうか。でも計画を立てたのは俺じゃない。俺はただアンジェラにそそのかされ、単に作業をしただけだ。それでも刑務所行きになるんだろうか。いやだ、絶対にいやだ、あんなホモと凶悪な連中の巣窟に入るなんて、絶対にいやだ。

アトキンソンの額に、みるみる脂汗が浮き上がる。曇った眼鏡の下の目が恐怖に震え、瞳孔が開きかげんになる。

その時だった。パーティションの向こうから、叫び声にも似た声が上がった。

「あったぞ！　ここだ」

エアー・ストリームから送られてきたフライト・コントロール・システムの解析を行なっていたワーキング・スタッフの一人が立ち上がった。

「改竄箇所が見つかりました」

まさに袋小路に陥る寸前だった二人にとって、それは、逃げ道――壁に空いた僅かな穴のような――を見出したような言葉だった。グレン、そしてアトキンソンがほぼ同時に駆けだし、立ち上がったスタッフの席に置かれたモニターを覗き込む。そしてＦＢＩの三人の捜査官も。

アトキンソンは、すこしでも自分の置かれた危機的境遇を忘れようとするかのように、画面一杯に表示されたプログラムに目を走らせ始めた。外国語を同時通訳していくように、記号が頭の中で瞬時に整理され、解読されていく。

「どうだ、何か分かるか」

せかすような声でグレンが聞く。FBIの捜査官たちは、とりあえず尋問を中止し、成り行きに目をこらしている。アトキンソンの、指紋と脂にまみれて曇ったレンズに反射したプログラムが、下から上へと流れていく。

口の中で何かぶつぶつと呪文を唱えるような声が聞こえる。静かな沈黙の時が流れる。コンピュータの熱を放出するファンの音だけがやたらと耳につく。

アトキンソンが一つ大きな溜息をついた。

「よくできてます。これは本当にこのプログラムを熟知した人間が書いたものですね」

うかつにもアトキンソンは率直な感想を洩らした。

「やはり、このプログラムの作成に携わった者の仕業なんだな」

その言葉に反応したタンディの質問に、初めてアトキンソンはそのことに気がついた。しかしもう取り繕う余地もなければ、その言葉を否定することもできはしない。アトキンソンはとりあえず解読した範囲での解説を始めた。

「まず、こいつの動きだすタイミングですが、三月二七日のグリニッジ標準時（GMT）十一二時間にAS－500が高度三万二〇〇〇フィートに達した時点で、フライト・コントロール・システムがロックされるようにできています。それと同時に、三つの質問が画面に表示されるように……」

「で、その答は」

タンディが先を急ぐように早口で聞く。

「ちょっと待って下さい」アトキンソンは何度かプログラムを上下にスクロールさせる。

「変ですね、質問はこのプログラムだと一〇のパターンが用意されています。しかし、このロックを解除する答、つまりキーになる部分が見あたらないんです」

「何だって、答がない」

「ええ、答がありません。間違った答、というよりはどんな答をインプットしても、すべて間違いと認識されるようにできています」

「で、その間違った答をインプットするとどうなるんだ。墜落した7便のようにシステムが勝手に暴走するとか、そんなつくりになっているのか」

タンディの声が緊張を帯びる。そして再び何度かのプログラムのスクロール。

「いや、そうではないようです。この一〇の質問が繰り返されるだけで、悪さをするようなプログラムは仕組まれていないようです」

「それじゃ、なんで7便は墜ちたんだ」

グレンがいらついた声を上げる。

――そもそもこんな大騒動になったのは、あの7便が墜ちたからじゃないか。

「そんなことを言われても……」アトキンソンは困惑した表情を浮かべながら、さらに画面をスクロールさせる。「おっと。ちょっと待って下さい。ここに何か別の仕掛けがあります。『ロック解除』の指令のようです」

「そいつだ。どうやったらロックの解除ができるんだ」

「ちょっと待って下さい」

相変わらず先を急ぐタンディの言葉を諌めるように、アトキンソンが非難がましい声を上げた。再び無言の時間。

「ホーリー・クライスト！」

アトキンソンの口から罵りの言葉が洩れた。

「どうした」

「どうしたもこうしたもありません。こいつは最初から、終わりのないゲームを作り上げてやがる」

「終わりのないゲーム……それはどういうことだ」

「ロックの外れる時間です。このプログラムが作動し始めてから一〇〇時間経たないと、ロックは外れないようにできてる」

「一〇〇時間！」

「そんなに長い間飛び続けていられる飛行機が、この世のどこにあるんです。ＡＳ－５００はソーラー・プレーンじゃありません。せいぜいが一六時間かそこらの飛行時間しか飛んでいられない飛行機です。このままだとあの飛行機は間違いなく墜ちます」

「すると、あのインターネットに掲載されたパズルはやはり……」

タンディの顔色が変わった。

「囮(おとり)です。ウイルスを世界中のインターネットに接続したコンピュータに感染させるためのね」

「何てこった。グレン、電話を借りるぞ。ベン、すぐに本部にこのことを連絡してくれ」

返事を待つことなくベンが傍らの受話器を取り上げ、番号をプッシュしだす。

その気配を背後で感じながら、タンディはこの日初めてドスの利いた声を出した。

「グレン。すべてを包み隠さず話してもらおうじゃないか。キャサリン・ハーレー、そしてあの密告電話の主のことをな」

●米国　カリフォルニア州・サリナスの南　インターステイト一〇一

キャサリンの乗る赤のアコードは、インターステイト一〇一を南に向けて疾走していた。

後部座席には、メアリーの所に転がり込んだ時の荷物が、大きめのボストン・バッグにひとまとめにして放り投げてある。夜九時を回ったこの時間、ヘッドライトに浮かぶのは四車線の広い道路の一部と前を行く車の赤いテールランプだけだった。徐々に距離が近づくその光の次におぼろげに車体後部が見えたところで、車線を変える。追い越す車の色が一瞬ヘッドライトの明りの中に、くすんだ色に浮き上がり、並走する間もなく後方へと去っていく。何度も車線を変更しては、キャサリンは同じ動作を繰り返していた。こんな乱暴な運転は後にも先にもこの時が初めてだった。四車線の道路を左から右に、そして右から左に、縦横無尽に駆け抜けるその様は、まさに動揺しているキャサリンの心情そのものだった。

恐怖と不安、そして後悔と良心の呵責(かしゃく)の念がキャサリンの心をさいなんでいた。

——どうしてあの7便は墜ちたんだろう。プログラムは何度もチェックしたわ。もちろん私がノート・パッドに手書きで書いた部分だけで、実際のプログラムに関しては完全なチェックをしたわけじゃない。だけど、どう考えてもあの飛行機が墜ちるような、そんなロジックは組み込んじゃいないし、大体どこを捻(ひね)ってもそんなことが起きるわけがないのよ。フライト・コントロール・システムは一〇時間後にロックが解除され、普段の機能を回復する。乗客も乗員も誰ひとりとして傷つくこともなければ死ぬなんてことは、ましてやあり得ない……。でも、実際に7便は墜ちた……それはやっぱり私のせいなの。

7便が晴天乱流(CAT)に巻き込まれたことなど、キャサリンにとって、想像できることではなかった。なにゆえに自動操縦装置がパイロットの判断で途中で解除できるようになっているのか、実用と理論の乖離(かいり)——そうした考えが欠如している彼女にとって、ほとんどの飛行機が無事目的地に到達できるのは、パイロットの判断が、コンピュータで管理されている以上に安全面に大きく寄与している結果であることなど、まさしく思い及ばぬことであったのだ。

そして彼女は気がつかなかった。プログラムにロックの解除時間を打ち込む際に『0』のキーに一つ余分に触れてしまったことに……。

――私がやりたかったこと、それはインターネットという怪物、この無法地帯を放置したままにしている人間たちに一泡吹かせてやること。ただそれだけだったのよ。私の裸を流し、そしてそれを盗み見、あげくの果てには卑猥なメッセージを送ってきた連中。抗議をしても何の責任もとらないプロバイダー。そしてそれを放置している社会。そいつらに、この怪物がどれだけ危険なものであるか、それを思い知らせてやれれば、それでよかった。

キャサリンの脳裏に、見ず知らずの多数の相手から突然寄せられたメッセージを受け取った瞬間が、そしてその最初の一つを開き、そこに自分の裸体が現れた瞬間の屈辱が蘇る。

――私は何も悪いことをしちゃいないわ。復讐……そう復讐よ。法で裁かれない、何のペナルティも受けない連中に、ひとりの被害者として、当たり前の行為をしてやっただけよ。それのどこが悪いの。私は間違っちゃいないわ。

ともすると、罪の意識に陥りそうになる自分を奮い立たせるように、キャサリンはまた一段とアクセルを踏み込んだ。また一台、前方を走る車のテールランプが近くなり、彼女は即座にウインカーを出すと、躊躇することなくその車を抜き去った。ヘッドライトの中の視界は極めて限られたもので、周囲の闇がキャサリンの速度に対する感覚を鈍らせていた。

じっと前方を見つめ、頭の中で永遠に答の出そうにない悔恨と自己弁護を繰り返す彼女は、つい速度表示に目をやることを忘れていた。速度メーターは七〇マイルを指しており、インターステイトの制限速度の五〇マイルを二〇マイルもオーバーしていた。

——そもそもは、あのグレンが悪いのよ。アンジェラ・ソマーズと浮気をし、私の裸の写真を、二人だけの秘密の思い出を不特定多数の人々の前に晒した。あの人があんなことさえしなければ、私だってこんなことはしでかさなかった。でもグレン、これであなたも終わりね。フライト・コントロール・システムを改竄したのが私だってことに、あなたが気がつくまでにそう長い時間はかからない。あなたの留守中に、あの家からワークステーションにアクセスできる人間が誰かなんて、馬鹿なあなたにもすぐに分かることですものね。でも、システムを改竄したのが私だと分かったとして、あなたはそれをそのままＦＢＩに、ＦＡＡに、あるいは警察に、正直に言えて？　そんなことをすれば、やったのが私でも、エアー・ストリームはあなたの管理責任をついてくる。そうなればＵ.Ｓ.ターン・キーのようなちっぽけな会社は破滅するわ。それは同時にあなたの破滅の時でもあるわけよ、グレン。

インディケーター・パネルの光を薄暗く反射するキャサリンの顔に、狂気に満ちた笑いが浮かんだ。しかしそれも一瞬のことで、再びキャサリンの脳裏に、墜落した7便の二〇〇名を超える人々のことが浮かぶ。

——でもそのために私は二〇〇人を超える人間の命を奪った……。

もう何度繰り返したか分からない考えが、再びループし始める。キャサリンはその苦しさから逃れようとするかのように、ラジオのスイッチを入れた。破滅的なラップの旋律が狭い車内一杯に充満する。とてもじゃないが、こんな音楽とも言えないような奇妙なアクセントの喋りを聞く気にはなれない。前方を見据えたまま手探りでチューナーを操作する。何が自分の心を癒すには最適な音楽なのか分からぬまま、二度三度と局をスキャニングする。

突然、明らかにDJの語り口調とは違う男の声が、スピーカーを通して聞こえてきた。ニュースを読み上げる男の声だ。キャサリンの注意が、無意識のうちにそこに集中する。

『ただいまお伝えしたニュースを繰り返します。昨日、全日本航空の二つの飛行機を操縦不能に陥らせた犯人のホームページにアクセスしたコンピュータ・ユーザーの皆さんは、ただちにハードディスクに保管しているデータのバックアップ作業に取りかかって下さい。犯行声明及び操縦不能のロックを解くパズルの裏には、悪質なウイルスが隠されています。このウイルスは三月二七日の午前一〇時になると活動を開始し、皆さんのコンピュータのOS、及びデータを破壊します。またこのホームページに掲載されたパズルには、操縦不能に陥った航空機のロックを解くための答は隠されてはいません。FBIの発表によりますと、操縦不能に陥った航空機のロックは、答の如何にかかわらず、高度三万二〇〇〇フィートに達した時点から一〇〇時間を経過したところで解除されるようプログラミングされており……』

——一〇〇時間ですって！　そんな馬鹿な。私がプログラムしたのは一〇時間のはずよ。

キャサリンは我が耳を疑った。信じられない言葉を聞いたとばかりに、ラジオに一瞬目をやる。しかし驚きは、そればかりではなかった。

『当局は、AS―500の開発を担当したU.S.ターン・キー社の女性社員を、この事件に深く関与した疑いがあるとして全米に指名手配し、その行方を追っております』

――私のことだわ。私のことをFBIが摑んだ。

キャサリンの体中の毛穴から一斉に冷たい汗が噴き出す。心臓が凍りつきそうなほど痛く鼓動を打つ。息を一瞬でも止めてしまえば、そのまま体の機能がすべて停止してしまうのではないかと思われるほど、全身の筋肉が硬直してくるのが分かる。

――もしも、捕まったら。

罪の意識、それに対する弁解、それから逃れようとする当然の本能。相矛盾する複雑な感情がキャサリンの脳裏を駆け巡る。

――捕まったところで、私がやったという証拠がどこにあるの。自宅に自由に入れる鍵を私が持っていた？　複雑なフライト・コントロール・システムを改竄できるだけの技術を持ち、システムに精通していた？　それだけで私が犯人だと言える証拠になるの？　すべては状況証拠じゃない。物的証拠なんてどこにもありゃしないわ。でも……バークレーの貸しコンピュータ屋。あそこに私が何日もこもったレコード。それは当局が調べれば簡単に分かってしまう。それについてはどうなの。あそこで何をやっていたか、それをどう説明するつもり……。

自分では不自由を感じるほど体が強張るのを感じているくせに、巧みなハンドルさばきでキャサリンは前方の車を次々に追い抜いていく。その時だった。後方から猛スピードで近づいてきた一台の車が、突如そのヘッドライトをアップ・ビームに変え、それと同時にルーフの上についた赤色灯が点滅し始め、耳をつんざくような甲高いサイレンの音が鳴り響いた。

四車線の道路を縦横無尽に猛スピードで疾走する車。それを速度取締の任務についていたハイウェイ・パトロールのパトカーが見逃すはずはなかった。後方にピッタリとついたパトカーはしきりにパッシングを繰り返し、ウインカーを右に点滅させながら停止を命じる。

しかし、自分の車の速度に注意を払うことなどとうの昔に忘れていたキャサリンは、それをまったく別の目的を持ったサインであると解釈した。

――私を捕まえに来たんだわ。ついいましがたラジオで言っていた重要参考人。それは私のことに間違いない。車のナンバーが手配され、カリフォルニア中の警察が目を光らせていたに違いない。そう、いまのパトカーには小さなコンピュータがついていて、番号をインプットしさえすれば、それが盗難車か、あるいは何かの事情で手配を受けているものか、そんなことは瞬時にして分かってしまう。ここで私が捕まったらどうなるの。AS－500のフライト・コントロール・システムを改竄したことも、それに『エボラ』ウイルスを作って世界にばらまいたことも、厳しく追及されることになる。物証は何も残しちゃいないけど、状況的には私は真っ黒。その中でどれだけしらを切り通せるかしら。いいえ、そんなことは不可能だわ。連中は捜査、尋問もプロ。日頃相手にしている連中は、私のようなやわな人間じゃない。生まれつきの犯罪者。人を殺すことを屁とも思わない、モンスターのような人間ばかり。そんなのを相手にしている人間たちの前で、私がどれだけの抵抗ができるというの……。飛行機を墜とすつもりなんかなかった。二〇〇人以上の人間を殺すつもりなんかなかった。ただ私は自分の裸を盗み見た連中、そして無法地帯と化したサイバー・ネット社会に復讐をしたかった。誰も傷つけるつもりもなければ、ましてやただひとりの人間も殺すつもりもなかった。でもそんなことが陪審法廷で通じるかしら。理由がどうあれ結果は甚大なものだわ。どう考えても一つの判決以外に考えられない。『死刑』。下される判決はそれしかない。そうなれば私は、あのサンクエンティンのガス室に送られることになるんだわ。狭いチャンバーの中に据え付けられた堅い椅子に縛りつけられ、青酸ガスが流れてくる。最初の何十秒かは息を止め、僅かな時間、命を永らえることはできるかもしれない。でも次の一呼吸で確実に青酸ガスは私の体内に入り込み、そして肺の動脈から体内の隅々にまで運ばれる。体の機能が停止していく恐怖を感じながら、私の口はよだれと泡にまみれ、苦痛を感じる胸を掻きむしることすらできず、緊縛された体を捩りながら絶命の時を迎える……。それが私の最期？　そんなことがあっていいもの？　嫌！　私は絶対に嫌よ！

思うだけでもおぞましい運命は、彼女にとって、とうてい受け入れることのできないものだった。キャサリンは込み上げる恐怖から逃れようとするかのように、さらにアクセルを深く踏み込んだ。アコードのエンジンが金切り声を上げ、車体が振動を始める。運転席と助手席を隔てるギアボックスに当たる太股を通じて、エンジンの熱がじんわりと伝わってくる。ふとメーターに目をやると速度は八〇マイルを超している。もう暴走に等しい速度だった。

前方に車が現れる間隔が狭くなり、パトカーの点滅光とサイレンを察知した車は、たちまち車線を変更して道を空ける。路面の継ぎ目の凹凸を拾う振動の間隔が狭くなる。段差が大きいところでは、一瞬、車体が宙を飛ぶような気さえする。

インターステイト一〇一の行き着く先は、メキシコ最北端の街ティフアナである。しかしそこに行き着くまでにはロス・アンゼルスを抜け、サンディエゴを越し、そして国境には巨大なコンクリート・ブロックがジグザグに置かれた検問地域がある。ここからそこに行き着くだけでもまる二日は要するだろう。当然のことながらガソリンの補給もしなければならない。しかし、キャサリンには、そんなことはどうでもよかった。どこへ逃げようとしているのか、逃げてどうしようというのか、それすらもキャサリンの思考から欠落していた。

捕まるという恐怖から逃れること。そして、その後に必ずや待ち受けているであろう過酷な運命から逃れること。この二つがキャサリンの行動原理になっていた。

ルームミラーを見る。北行きの車線を走っていたパトカーが、途中の緊急Uターン・エリアを使って後方から追いついてきたのか、いつの間にか、後方をピッタリとついてくるパトカーの赤い点滅光が増えている。ざっと見ただけでも三台のパトカーが、一定の距離を置いてついてくる。

その時だった。右側、斜め上空から眩いほどの白い光がキャサリンの乗るアコードに浴びせかけられた。ハイウェイ・パトロールのヘリコプターが、アコードを捕捉したのだ。光は九〇マイルの速度で疾走するアコードをピタリと捉え、同じ速度で並行してついてくる。

サーチライトの光がアコードを捉えたのとほぼ同時に、追走してきたパトカーの一台が車線を変え、徐々に距離を詰めてくる。やや右前方から降り注ぐ白銀の光。ともすると眩惑されそうな光の強さに加えて、迫ってくるパトカーにキャサリンの注意は分散された。そのために右の路肩に置かれた、オレンジ色の地に黒い文字で『前方に作業員』『車線減少』と書かれた菱形の表示を見逃した。

キャサリンはさらにアクセルを踏み込んだ。もうアクセル・ペダルはべったりと床につき、それ以上踏み込む余裕は残されていない。速度がさらに上がった。その効果を確かめるべく後方を振り向いたキャサリンの視界に、追い抜こうとしたパトカーが急速に距離を広げていくのが見えた。そして車線変更。ルームミラーに目をやると、三台のパトカーは一列になり、さらに急速に距離を広げていく。

とりあえずの効果に満足したキャサリンは、前方に目を転じた。瞬間、キャサリンの口から絶望的な声が上がった。

「……マイ・ガッド……」

その目に飛び込んできたもの。それはすぐ目前に迫った巨大なトレーラーのテールランプだった。工事のために車線が減少し、そのために一時的な渋滞が起きていたのだ。その最後部のトレーラーまで、もう数十ヤードの距離も残されてはいなかった。祈りの言葉を吐きながらキャサリンはアクセルから足を放し、ブレーキを力一杯踏んだ。しかしその距離は、九〇マイルという速度で走るアコードのエネルギーをディスクとパッドの力を以て吸収するには、あまりに短すぎた。アコードはブレーキの効果が発揮されるよりも早く、ほぼそのままのスピードで、トレーラーの後部に激突した。

トレーラーのシャーシはほぼアコードのフロントグリルと同じ高さにあった。九〇マイルのスピードで突っ込んだアコードの前部は、トレーラーのシャーシと、エネルギーが吸収されるほどの接触を持つことなく、車体の下に潜り込んだ。最初の激突はフロントガラスと屋根を支える前部支柱で起きた。シャーシの後部にバンパーの役割を果たすべく横に渡されたL字形の鉄材が、鉈のような凶器となって、フロントガラスの下部から上をボディから切り離していく。フロントガラスとサイド・ウインドウ、そしてリア・ウインドウが一瞬のうちに砕け散り、捲れ上がった屋根が目に見えない神の手によって握り潰されたかのように、ぐしゃぐしゃになって宙に舞った。凄まじい轟音。まるで爆発音のような質量を持った一瞬の衝撃が、周囲の空気を衝撃波となって震わせた。その衝撃が去り、再び静寂に周囲が満たされた時、屋根を失ったアコードは車体だけをほぼ完璧な形でトレーラーのシャーシの半ばほどまで潜り込ませたところで止まっていた。ラジエターから漏れる不凍液が、熱を持ったエンジンにかかって蒸発する音が聞こえる。

ほどなく到着した三台のパトカーから警官が次々に降り立ち、中の何人かがトレーラーのシャーシの下を覗き込む。上空ではその一部始終を見ていたヘリがホバーリングし、サーチライトをトレーラーに固定している。

シャーシの下に潜り込み、懐中電灯で中の様子を確認していたひとりの警官が顔をしかめて出てくると、首を左右に振りながら一つ大きな息をした。それは不自然な姿勢で中の様子を窺っていたせいばかりではなかった。

「駄目だ……首から上がなくなっちまってる。ひでえもんだ」

それがキャサリンの死亡宣告だった。

その言葉を聞いた全員が顔をしかめ、その中の何人かは吹き飛んで路上に散乱している屋根やガラスに視線をやった。

「その辺を見てみろ。きっと首が落ちているに違いない」

シャーシの下に潜り込んでいた警官の言葉に、何人かの警官たちが懐中電灯を手に周辺を捜しにかかる。

「しかし、なんでまたあんな無茶な運転をしたんだ。スピード違反なんて、切符を切られ、罰金を払えばそれで終わりなのに」

「さあね。そいつばかりは死んだこのドライバーに聞いてみないことには何とも分からんね」

警官は肩をすくめながらそういうと、気が進まないという表情をありありと浮かべながら、キャサリンの『首』の捜索に加わっていった。

●北太平洋上空　AJA8便

ニューヨークを発（た）って、すでに一二時間が経過しようとしていた。本来ならば、もうそろそろ成田への着陸に向け高度を下げ始めるところだが、真西に向かって飛行を続ける塚本の前には、抜けるように青い空と、地上にへばりつくようにべっとりと広がった白い雲が見えるだけだった。コントロールが利かないまま飛行を続ける塚本にとって、ただ一つの救いは、行く手に積乱雲の影が見えないことだった。時に三万フィートを超えて湧き上がる積乱雲に突入すれば、正常なコントロール下にある飛行機でも一たまりもない。航空機には気象レーダーがあり、離陸時にオートパイロットにインプットしたデータを上空で変更して積乱雲を避けるのは、万が一にでもそこに突入することになれば、その後にたどる運命は、飛ぶことを職業としている者なら誰でも知っているからだ。もしコントロールが利かないいまの状態で積乱雲に突っ込めば、その結果は言うまでもない。そしてもう一つ、快晴で遮るもの一つなく見えるこの空には、目に見えない晴天乱流（CAT）という厄介な罠（わな）がある。こいつのハードなものに出くわせば、たとえ正常な状態で飛行している航空機でも、相当に危険な状態に陥る。もっともそれを予想する手段はまったくないわけではなく、プライマリー・フライト・ディスプレイに表示される外気温、風の微妙な変化、そうしたものからある程度の予想はできる。

太陽の光を反射して白く輝く雲海、遮るもののない前方、そして正常に作動しているディスプレイを交互に見ながら、塚本はもう何本目になるか分からないほど吸い続けた煙草に新たに火をつけようと、胸のポケットを探った。

ぺしゃんこになった胸のポケット。いつもなら一フライトに一〇本も吸わない煙草もすでに二箱を吸い尽くしていたことに、彼は初めて気がついた。そういえば口の中でニコチンがいやな匂いを放ち、幾分粘り気を帯びているような気がする。エアコンによって除湿された空気を吸い続けていたせいもあって、喉が嫌な感じで痛む。それでも塚本は次の一本を吸おうと、シートの横に置いたフライトバッグに手を伸ばし、上部のフラップを開け、新たなパッケージを探った。フライト・マニュアルやドキュメンテーションが整然と詰め込まれたバッグの中に新しいパッケージは見当たらなかった。

それを気配で悟った副操縦士の浦部が自分の胸ポケットを探り、パッケージを黙って差し出した。

「すまんな」

塚本は短く言うと、それを受け取り、中の一本を口にくわえ、火をつけた。すうっと吐き出された煙がウインドシールドの前に漂い、晴天の空に突如薄雲が発生したかのように広がると、エアコンの吹き出し口から絶え間なく流れるエアーに、たちまちのうちにかき消された。

その時だった。

『オール・ジャパン8、こちらオール・ジャパン東京』

ヘッドセットを通じて、徹夜で成り行きを見守っていた運行管理責任者の長崎の声が聞こえてきた。

「オール・ジャパン8、オール・ジャパン東京、どうぞ」

浦部がすかさず呼びかけに答える。

『改竄(かいざん)されたフライト・コントロール・システムについて新しい情報が入りました。エアー・ストリームからのものです』

塚本と浦部は反射的に顔を見合わせた。7便が墜(お)ちたという最悪の情報が入って以来、管制当局、カンパニーラジオを通してもたらされた情報と言えば、現在自分の飛行機がどこを飛んでいるかのポジショニング、あるいは天候に関する情報程度のもので、直面している問題を解決するような連絡は何一つとしてなかった。コントロール不能になって以来、これが状況に関しての初めての連絡だった。

二人の間に緊張が走った。

——さあ、何が飛び出してくるんだ。教えてくれ。

二人の注意が、ヘッドセットを通じて流れてくる長崎の声に集中した。

『キャプテン、あまりいい報告ではありません』長崎はまず最初に結論を言った。『エアー・ストリームによると、現在ディスプレイ上に現れている質問にはどんな答をインプットしても、正解がないのです』

「何だって」

茫然(ぼうぜん)とした顔になった塚本の口から、驚きの声が洩(も)れた。

『ロックしたシステムは、クイズの答ではなく、時間によって解除されるようにできているのです』

「時間によってだって?」

今度は塚本が送信ボタンを押して聞く。

『そうです。時間がくれば自動的にロックが外れてフライト・コントロール・システムは元に戻るようになっているのですが……』

長崎の声が歯切れの悪いものになる。よい兆候ではなかった。

「それは何時間なんだ」

『……一〇〇時間です』

「一〇〇時間? そんな馬鹿な。そんなに長い時間飛んでいられる飛行機なんてこの世のどこを探してもありゃしないぞ」

塚本の口調が罵(ののし)りを帯びたものになる。

『その通りです、キャプテン……』

それが長崎のせいではないのはもちろんだが、事実を伝える声は苦渋に満ちている。

「それじゃ、いったい俺たちはどうすりゃいいんだ。このままだと燃料はあと四時間しかもたない」

『キャプテン。これについてはメカニックとも協議した結果ですが、もう方法は一つしかありません。フライト・コントロール・システムのブレーカーを切ってシステムを遮断する』

「そんなことをすれば、コントロールできるのはトリム、パワー、フラップ、それにスポイラーだけだ。そんな状況で降りろと言うのか」

グラウンドの人間が判断した結論が間違っていないことは塚本にも分かっていた。しかし、どんな航空会社のどんなパイロットでもトリム、パワー、フラップ、そしてスポイラーだけで着陸する訓練など、たとえシミュレーターという仮想現実の世界の中でも受けてはいない。理屈の上では可能な着陸、そして未経験で最も困難な着陸を、二〇〇人以上の人間を乗せたままやれというのだ。

『しかし、それ以外に方法がないのです。ただ一つだけいいニュース、といっても状況が変わるわけではないのですが、ブレーカーを切ってもフライト・コントロール・システムが完全に使えなくなるだけで、他のシステムには何の影響も及ぼしません。それはエアー・ストリームのシミュレーターで確認済みです。旋回は左右のパワーの出力差で行ないます。その際のバンク（傾斜角）はエルロン・トリム、降下はエレベーター・トリムとパワーを使います。ただし旋回時のバンクは、この方法で行なう場合二〇度までとして下さい。二五度以上は厳禁です。特に三〇度以上になるとそのままロールに入ってしまう可能性がかなり高くなります。二〇度以上に入った場合は、バンクの回復を第一に考えて操作して下さい』

――つまり、無事着陸できるかどうかは俺の腕次第だというわけだ。

塚本は、初めて自分一人で空を飛んだファースト・ソロ・フライトのことを思い出した。航空大学校の宮崎の本校で一年の座学を終え、帯広（おびひろ）の分校で四か月間の初級単発の訓練をFA―200で受けた。二人乗りのブリキの玩具（おもちゃ）のような飛行機。その左席に一人座り、離陸した瞬間から、短い時間だったが、空は自分だけのものになった。場周飛行を終わり、アプローチに入るとたちまちのうちに現実に引き戻され、そこから着陸までの間はこれまで受けた訓練の手順を頭の中で繰り返し、間違いを犯さぬよう必死になった。迫りくる滑走路、あの緊張感……。最初の着陸はひどいものだった。引き起こしのタイミングが少し遅れ、三点接地に近い着陸。仲間たちからファースト・ソロの手荒い祝福を受けた後、教官からは厳しく叱られたものだった。

その時塚本の胸に去来したものは、まさにあのファースト・ソロを経験した時の緊張と、あの時とは異なった意味での興奮だった。

――やってみせるさ、絶対に。二〇〇人を超える人命がかかっているんだ。そしてそのいずれの人にも無事の生還を待ち望む家族がいる。何があっても絶対にやり遂げてみせる。

『キャプテン。現在の飛行位置ですが、北海道の東、間もなくルートG344に差しかかるところにいます。一番近い空港は千歳ですが、残念ながら千歳は雪で、あまり状況がいとは言えません。もちろん通常の状態ならば降りるのに支障はありませんが、どうしますか』

最終的に着陸の決断を下すのは機長である。長崎は自分の職分に定められた通り、状況を正確に報告した。

「できることなら、成田に着陸したい」

もちろん千歳には何度も着陸をしたことはある。多少の雪が降っていたとしても、除雪の能力は国内空港の中では図抜けて高い。だが滑走路に問題はなくとも、この不自由な状態の機を操ってのこととなれば長いアプローチが必要で、そのためには視界もできるかぎり確保されていることが望ましい。加えて国際線の機長として飛ぶようになってからは、成田のほうが、離着陸の回数で言えば圧倒的に多い。使い慣れた空港。それに万が一の事態を考えれば、救援設備のしっかりしているところに降りたい。それに成田に向かうまでに、これからの不自由な操縦に少しでも慣れておきたい。そうしたもろもろの判断から塚本は成田をリクエストした。

『分かりました。幸い成田の天候は良好で、ほぼ無風です。さっそくこちらも準備を整えるよう当局と調整を始めます』

「よろしく頼む」

『それから、自衛隊の戦闘機が間もなくそちらに向かい、成田のアプローチまで先導します』

「それはありがたい」

『新しい情報が入り次第、連絡を入れます』

「そうしてくれ」

『キャプテン』

長崎の口調があらたまった。

「何か……」

『幸運を祈っています。もう二度と、自分が担当する飛行機を失うのはごめんです』

「ありがとう。全力を尽くすよ」

たとえ自分のミスでなくとも、運航管理責任者として担当していた7便を失った長崎の気持ちは、塚本にも痛いほどよく分かった。

前方を見つめる塚本の目が堅い決意の色に満ちた。

「東京コントロール、オール・ジャパン8」

無線周波数を変えた塚本が管制部を呼び出した。

『オール・ジャパン8、東京コントロール、ゴー・アヘッド』

「オール・ジャパン8、しばらくするとG344に差しかかりますが、これから当機がとる行動を報告します。まずフライト・コントロール・システムのブレーカーを切り、マニュアルモードにします。その後パワーとエルロン・トリムを使ってルート上に機を乗せます。着陸する空港は、天候及び滑走路の長さなどを考慮して、成田を要求します。G344に乗った後、成田に向かうまでに使用可能な機器を使って上昇降下、旋回の慣熟飛行を行ないたい」

『東京コントロール。了解しました。G344へのコース変更は、そちらの判断でやっていただいて結構です。すでに該当空域周辺には、エスコートに向かっている自衛隊機以外はいません』

「オール・ジャパン8、了解した」塚本は交信を終わらせると浦部に向かって、「燃料データを作成してくれ」と命じ、次にインターフォンを使ってチーフ・パーサーをコックピットに来るよう呼び出した。ほどなくしてドアがノックされ、制服に身を包んだ中年の女性が緊張した顔でコックピットに姿を現した。

「前に説明した通り、この飛行機のフライト・コントロール・システムが改竄(かいざん)されていて、機のコントロールはかなりの制限を受けている。地上と話し合った結果だが、フライト・コントロール・システムのブレーカーを切って、使えるトリム、パワー、フラップ、スポイラーでの操縦を行なうしか、もう道は残されていない。正直なところ、こんな方法での操縦はシミュレーターの訓練でも受けたことがない。たぶん相当不自由な操縦を強いられる」

塚本の言葉に、チーフ・パーサーの顔にさらなる緊張の色が走った。

「一番近い空港は千歳だが、天候が悪い。着陸空港は成田にする。到達までまだ二時間ほどあるが、その間に使える機器での上昇降下、それに旋回の慣熟飛行を行なっておきたい。たぶん最初のうちは、かなり変な動きをすると思うが、無理はしないから信頼してくれ。これから先のサービスは一切なしだ。君はキャビンに戻ったらすぐに、乗客の席が元の位置に戻っているか、ベルトが間違いなく着用されているか、それにギャレーの機器がちゃんと収納され、ロックされているか、着陸時の手順に従って確認し、それが終了したらこちらに連絡をくれ。もちろんキャビン・クルーも全員着席だ。慣熟飛行に入る前にはコールサインを二度鳴らす」

「分かりました」

「幸い成田の天候は理想的な条件だが、操縦に関して言うなら状況は最悪だ。何が起きるか分からない。ハード・ランディングになる可能性もある。最終着陸態勢に入る前にコールサインを三度鳴らすので、乗客には安全姿勢を取らせてくれ」

「緊急脱出の可能性は」

「万が一ということもある。キャビン・クルーにはその旨指示を徹底させておいてくれ。明らかにそれが必要という場合は、そちらの判断で脱出用シューターを使用しても構わんが、基本的にはこちらからの指示を待つように」

「分かりました」

「以上だ。これから私から状況説明のキャビン・アナウンスを流すが、乗客には不必要な不安を抱かせないよう、よろしく頼む」

「はい」

チーフ・パーサーは塚本の指示を要領よくメモし終えると、その場を立ち去ろうとした。

「それから、例のお兄ちゃんはどうしてる」

イリノイ州上空で、パニックにかられコックピットに押しかけようとしたジョセフ・パーカーのことを聞いた。

「すっかり観念した様子で、神に祈っているのか手を合わせ、目を閉じてぶつぶつと祈りの言葉を繰り返しています」答える口許が、この時ばかりはぎこちなくほころんだ。「祈りたくなる気持ちは皆一緒ですけど」

「他の乗客は？」

「これまでにも何度かキャプテンからの状況説明がありましたからね。比較的落ち着いていいます。それでも中にはノートやメモ帳に走り書きをしている方がいますけど……」

チーフ・パーサーはあえて『遺書』という言葉を使わずに答えた。

「そうか」

塚本の顔に乗客の心情を慮(おもんぱか)るような真摯(しんし)な表情が宿った。それが元に戻らないうちに、チーフ・パーサーは身を翻(ひるがえ)し、コックピットを出て行く。

「燃料残はこの高度で三時間半です」

チーフ・パーサーと塚本の会話の間に燃料データを作成した浦部が報告した。

「旋回、上昇降下の慣熟飛行は二万フィート以下で行ないたいところだが……」

高高度では空気密度が薄いため、マニュアル・フライトには向かない。できることなら二万フィート以下まで高度を下げたいところだが、低高度に移ると燃料の消費が格段に進む。成田までの間に行なう慣熟飛行を低高度で行なった場合、どれだけの燃料を食うか、はっきりと分からないことを考えれば、この際、高高度での慣熟飛行も止むを得ないだろう。

「基本的には、この高度を維持する形で慣熟飛行を行なおう」

塚本はそう言うと、キャビン・アナウンス用のマイクを手にし、状況の説明に入った。すでにキャビンでは塚本の指示通りにアテンダントたちが、忙しく動き回っているに違いない。

「こちらは機長の塚本です。予て（かね）より皆さまにご説明しておりますように、当機の操縦系統に重大な障害が発生いたしました。この事態を打破すべく、これまでの間に地上の関連機関と検討を重ねた結果、代替機能を使用しての着陸の目処（めど）が立ちました。しかしながら正直申し上げて、こうした方法での着陸の訓練を我々は受けてはおりません。したがいまして、これから成田着陸までの間に、代替機能を使用しての飛行テストを行ないます。多少の揺れ、上下動、傾きが予想されますが、それはすべて意図的に起きるものであることを予め（あらかじめ）皆さまにお伝えいたします。どんなことがあっても皆さまを危険に晒（さら）すようなことはありません。どうか我々クルーをご信頼いただき、指示に従って下さいますよう、お願い申し上げます」

同じ内容を英語で繰り返し終わった時、キャビンからのインターフォンの呼び出し音が鳴った。チーフ・パーサーからのものだった。

『キャビン、ＯＫです』

「了解した」塚本はインターフォンの受話器を置いた。その時、機の後方から、自衛隊のＦ─15イーグル戦闘機がゆっくりと姿を現した。

『オール・ジャパン8、ＭＯＬＬ─1。これから私たちがエスコートします。貴機の前方一〇マイルに乱気流がないかどうか、確認のためにもう一機僚機が飛んでいます』

「オール・ジャパン8、感謝する」

淡い水色に塗られたイーグルの機体が、ことのほか心強く思える。8便は左右に一機ずつ、そして前方上空に一機、都合三機のイーグルに挟まれる形でマニュアルによる最初の旋回地点に向けて飛行を続けた。

●米国　カリフォルニア州・サンノゼ　サイバー・エイド社

ホワイトハウスからの電話を受ける、どこの国にしても一介の市民が名指しで、国家首班のオフィスから電話を受けるなどということは、まずあり得ない。しかも相手は安全保障特別顧問のゲーリー・テンプルだ。受話器を握り締めるウイルソンの顔に赤みがさし、直立不動に近い姿勢で受け答えするのも当然のことだろう。

『ミスター・ウイルソン。事態は極めて深刻だ。すでに君も知っての通り、日本、香港そしてシンガポールのコンピュータがクラッシュしている。株式市場は暴落し、いずれの国の市場も閉鎖され、いまのところ再開の目処も立っていない。それだけじゃない。これらの国では、物流を始め、あらゆるところで経済活動に重大な支障が生じている。もちろんEメールは完全に機能を停止している。このウイルスは二七日つまり明日の午前一〇時を以て(もっ)発症するようにできているそうだが、そうなれば破壊されるコンピュータは一時間毎に西に向かって増えていくことになる。三時間後にはモスクワが、五時間後にはフランクフルト、そして六時間後にはロンドンで、そして一一時間後には我が国の東海岸でおなじことが起こる』

「その通りです、ミスター・テンプル」

かしこまった口調でウイルソンが答える。

『そんなことになれば、世界は大恐慌に陥る。事実日本の株価はウイルスが動きだしてから一時間の間に稼働している二割のオンラインを通じて二〇〇〇円も下げ、市場が閉鎖されるや、香港でも一斉に売りが始まり、二〇パーセントも下げている。まさに暴落だ。それだけじゃない、為替(かわせ)レートにも影響が出ている』

「有事の際のドル買いというわけですな」

『その通りだ。今日一日で三〇円、いいか三〇円のドル高だ。まさに円の暴落だ。おそらく欧州でこのウイルスが動きだし、このアメリカで動きだしたとしてもこの流れは変わることはないだろう。これが我が国にとっていかに深刻な事態か……強いドル、たしかにそれ自体は悪いことではない。しかしそれにも限度というものがある。対日貿易赤字は急激に膨らみ、我が国の輸出産業は甚大な影響を受ける』

「分かります」

『もちろんこれは、あくまでもいま現在想定できる範囲での話だ。もしもこの国で大規模なコンピュータ・クラッシュが起きたら、どんなことが起こるのか、正直言って私たちにも見当がつかない。誰ひとりとして、こんな短時間の間にこれだけの規模でウイルス感染が起こることなど想像もしていなかったからな』

「それは無理もありません。このウイルスは実によくできている上に、機能及びプログラムの見地からも他に見られない特徴的な部分が幾つかあります」

——難しい技術的なことを言っても、どうせこの男には理解できまい。

ウイルソンは素人に説明するには必要ないと思われる部分を割愛し、話を進めた。

「OSを破壊するウイルス、その機能自体はいままでも同類のウイルスが出現したことがあります。この点に関して言えば、まったく新しいタイプのウイルスというわけではありません。ただ、いったん感染すると、ネットを組んでいた場合、サーバーに入り込み、そこに繋(つな)がるコンピュータに広がっていきます。つまり新たに自分をコピーし、感染していくのを待つ。これはかなり特徴的な部分です。それともう一つ、何といっても被害がこれほどまでに拡大した要因は、一斉感染させる方法と発症までの時間の短さです」

『つまり、二機の航空機を操縦不能の状態に陥れ、そのロックを解く答をパズルとしてホームページ上に掲載した。人々の好奇心をいやがうえにもあおり、インターネット・ユーザーが思わずアクセスするような方法を取った……』

「それに加えて、二〇〇万ドルもの懸賞金がかかったことがそれに拍車をかけた。通常ウイルスの感染は得体の知れないプログラムをメールでうっかり受け取った、あるいは少しばかりの金を惜しみ、出所不明のコピーディスクに入ったプログラムをインストールした、そういった接触感染、自らの不注意で起きるケースがほとんどだったのです。しかし今回は違います。二機の航空機を操縦不能に陥らせた、それだけでも大変なことなのに、その犯行声明やパズルの掲載されたホームページの裏に、これだけのウイルスが隠されているなんて誰も想像しませんからね」

『まさに人間の好奇心、盲点を巧妙についた犯行だよ』

「ただ一つ良心的とでも言えるのは、二七日の午前一〇時以降にならないと、ウイルスが動きださないということぐらいでしょうか。もしもこれが感染からある一定の時間で動きだすようにできていれば、被害はもっと大きくなっていたかもしれません」

その時受話器の向こうから別の男の声が聞こえてきた。どうやらホワイトハウスの電話はスピーカーフォンになっていたらしい。

『そうとも言えるが、そうでなかったかもしれない』

「失礼ですがあなたは？」

『ケネス・メイソンと言います』

「ケネス・メイソン……博士ですか。ジョージタウン大学の」

ウイルソンの背後で画面に向かって作業を続けていたトレーシーがその名前を聞き、手を止めた。即座に席を立った彼女は、ウイルソンの手にしていた電話をスピーカーフォン・モードに切り替えた。

『あなたの言うことにも一理ありますが、こいつがもしも感染からある一定時間で動きだすようにできていたなら、ウイルスの存在はもっと早くに発見できたでしょうし、感染の範囲も限定されていたかもしれない。そういう推測も成り立つでしょう』

「ドクター・メイソン。私です。トレーシー・ホフマンです」

『やあ、トレーシー。久しぶりだね』

「もう何年になるかしら、MIT以来ですもの」

電話を通した音声での再会とはいえ、会話が少し華やいだものになった。

『で、どうなんだ、ワクチンのほうは。何とかなりそうなのかい』

「ウイルス・プログラムの分析は終わりました。ドクター・メイソン、詳しいことは時間がかかるので説明している余裕はありませんが、本当によくできたプログラムです。まさに芸術的という言葉がふさわしいほどにね」

ウイルソンを無視して二人は話し始めた。

『君もそう思うかね。私も完全に分析をしたわけではないが、たしかによくできたウイルスのようだ。それでワクチンは』

メイソンは再び同じ質問を繰り返した。

「『バイブル』のことですね。いまその改良作業にかかっているところです。ウイルスの特性さえ摑んでしまえば、あとはそれを退治するプログラムを書くだけ」

『理屈の上ではね』

『バイブル』の完成度、適用度に関しては何の知識も持たないメイソンの声に、少しばかりの翳が宿った。

「私たちがいずれ現れるだろうと予期していたウイルスと、コンセプト的に似ている点が非常に多いのが幸いしました。改良点は分かっています、後は力仕事が残っているだけですから……」

『どうも、優秀なワクチンの作成者とウイルスの作成者には、どこかに共通点があるものらしいね。で、どのくらいの時間がかかる』

「あと二時間もあれば何とかなると思います」

『ということは、ロシア以降のマーケットは救われるというわけだな』

テンプルの明るい声が、メイソンにとって代わった。

「その通りです」

「ちょっと待っていただきたい」トレーシーの口から自信に満ちあふれた声が洩れた刹那、ウイルソンが横から口をはさんだ。「『バイブル』が完成した。さて問題はそこからだ。それをどうするつもりなんです」

『どうするつもり？　決まってるじゃないか、インターネットを使って逆感染させてやるのだよ』

当たり前のことを言わせるなとばかりに、メイソンの口調に訝しさが込もる。

「逆感染」

『簡単なことさ、ワクチンのプログラムを載せたホームページを開く。全世界のあらゆるメディアを使ってそのアドレスを公開する』

『もちろん、米国政府としても世界中の政府当局にアドレス公開について最大限の努力をはらうよう、要請するつもりだ。それを断る国なんかあるもんか。それでロシア、ヨーロッパ、アメリカのコンピュータは救われる。君たちは一躍時代のヒーローってわけだ』

テンプルが活路を見出したとばかりに、はしゃいだ声を上げた。

「冗談じゃない」

『…………』

思いがけないウイルソンの反応に、電話の向こうが押し黙った。

「代金は誰が払うんです。まさかただで『バイブル』を世界中のユーザーに配付しろっていうんじゃないでしょうね」

「いいですか。我々はこのサイバー・エイドをヴェンチャーとして起ち上げた。投資家を募り、私財を投入してだ。そしてようやくこのワクチンを開発した」

『代金……それは』

「エド」

「君は黙っていてくれ」傍らで非難がましい声をあげたトレーシーを、これまでにない厳しい声で遮ると、ウイルソンは言葉を続けた。「後発メーカーがすでにでき上がった市場に食い込んでいくのは並大抵のことじゃない。『バイブル』はそういった意味でも画期的な商品で、我々はこれに社の命運をかけているんだ」

『しかし、このままでは世界中のコンピュータが……』

テンプルの苦しげな反論。

「危機を救う、たしかにそれは英雄的行為です。だがその後我々はどうなるのか。最大限の賛辞と感謝。口で言うのは簡単でしょう。だが我々もこの仕事を慈善事業でやっているわけじゃない。ビジネスなんだ。利益を享受した者は代価を払う、それは当然のことじゃないですか」

「ミスター・テンプル。彼の言うことに私は一〇〇パーセント賛成するものではありませんが、言っていることは理解できないこともありません」

それまで黙って、じっとやり取りを聞いていた雅彦が、初めて口を開いた。

『誰だね、君は』

「日本のジャーナリストでマサヒコ・カワセと言います。たまたまウイルスの取材でこの会社を訪問し、いま問題になっているウイルスの発見から、ワクチンの開発にいたるまでを、つぶさに見てきました」

『それで』

「いま世界中を襲いつつある危機を何とか救いたいと願っているのは、ここにいるエドもトレーシーも皆、同じ気持ちです。もし、彼らが本当に自分たちのビジネスを優先して莫大な利益を得ようとしたなら、この危機を黙って見過ごしてもいいはずです。このままウイルスが働き続ければ、時間軸に沿って世界中のコンピュータは次々にクラッシュして行くでしょう。しかし、そうした被害にあっても、この世界からコンピュータがなくなることなどあり得ない話です。もはや、いまの社会はこの道具なしでは存在し得ないのです。痛い目にあったユーザーが再びコンピュータを使い始め、その時この『バイブル』をリリースしてやったらどうなりますか。彼らは誰に非難を浴びることもなく、大きな成功と莫大な利益を得ることができたはずです」

　ウイルソンがぽかんと口を開け、信じられないものを見るような目で雅彦を見た。雅彦は、黙っていろと彼に向かって軽くウインクすると、話を続けた。

「ウイルスの存在と『バイブル』の存在を世間に公表するよう、私に許可したのはウイルソンです。そして私はすぐにＡＷＮのワンダ・ヒンケルにこのニュースを伝えました。世界に向けてこの危機を一刻も早く流してくれとね」

『そういうことだったのか』

「ミスター・テンプル。この危機的状況にあって……と言うあなた方の意見も理解できます。しかしやはり利益を受ける者がその代価を支払う、それもまた道理というものです」

『利益を享受する者が代価を支払うと言っても、一体どうすればいいんだ。まさかホームページにクレジット・カードの番号を打ち込ませ、ワクチンをダウンロードした連中からもれなく代金を徴収するなんてことは、できやしないだろう。いや理屈の上では可能でも、クレジット会社との調整、その他にもいろいろとやらなければならないことが山ほどある。そんなことをしていたら……』

「その通りです」

『ならば一体どうすればいいと言うんだ。君に何かアイディアがあるのかね』

「この危機から救われるのは誰ですか」

『それはコンピュータ・ユーザー、いやここまで感染が大規模になれば社会全体がその恩恵を被る（こうむ）ることになる』

「その社会を代表するのは」

『……君は、我々にその代価を負担しろと言うのかね』

テンプルの声が裏返った。

「ミスター・テンプル。事は社会全体の問題です。今回の事件は、決して一部ユーザーの不注意から起きたことではありません。いま進行しつつある危機を最小限に食い止められるのはアメリカ政府をおいて他にありません」

『恩恵を被るのは、何もアメリカ国民だけではないだろう。ロシア、ドイツ、フランス、イギリス……いや他の国々だって恩恵を被るわけじゃないか。それらの負担も我々が負えというのか。アメリカ国民の税金を使って』

「アメリカには、最大級の賛辞と感謝の言葉が寄せられるでしょうね」

雅彦は巧妙に言い方を変えて、先ほどのテンプルの言葉をまねた。

傍らで、ウイルソンが思わず噴き出しそうになるのを必死にこらえているのが分かる。

『ミスター・カワセ、それにミスター・ウイルソン』

スピーカーの向こうから別の誰かが口を開いた。どこかで聞いたことのある声だ。

『私はアメリカ合衆国大統領だ』

雅彦、ウイルソンの二人が、信じられないといった表情で顔を見合わせた。

『君たちの言うことはよく理解できた。サイバー・エイド社の開発したワクチンを使用した料金は、アメリカ合衆国が支払おう。この緊急事態に対して大統領権限をもって決断する』

ウイルソンの分厚い手が雅彦の肩を鷲摑み（わしづかみ）にすると、やったとばかりに強く前後に揺さぶる。

『使用料はくれぐれもリーズナブルなものにしてくれ。ヴォリューム・ディスカウントというのも、ビジネスの上では当たり前の話だろう』

「もちろんですミスター・プレジデント」

ウイルソンの顔は、うれしさでくしゃくしゃになっている。

『それからミス・ホフマン』

「はい、ミスター・プレジデント」

『君の優秀な頭脳に期待している。一刻も早くワクチンを完成させてくれ』

「必ず……」

『朗報を待っている』

威厳のある言葉が終わると回線が切れ、発信音だけがスピーカーを通して聞こえてくる。

「マサ！　お前は最高のビジネスマンだぜ！　ジャーナリストにしておくのがもったいないくらいだ」

ウイルソンが雅彦に飛びつくなり、大声で叫んだ。耳元で雅彦の頬にあたるウイルソンの髭(ひげ)が音を立てて鳴った。

●太平洋上空　AJA8便

『オール・ジャパン8、MOLL―1。この辺でお別れだ。幸運を祈る』

「MOLL―1、どうもありがとう」

エスコートをしていた自衛隊のF―15イーグル戦闘機が左に大きくバンクをとると、滑るように後方に向かって去って行く。その寸前、キャノピーから上半身を覗(のぞ)かせたパイロットが塚本に向かって敬礼するのが見えた。視界から消えていくイーグルを目で追いながら、塚本もまた敬礼を返した。

戦闘機の燃料消費は一般で考えられているよりも遥(はる)かに激しく、イーグルの場合、増装タンクをつけていても、空中給油なしでは二時間ほどしか飛んでいられない。千歳から飛んできたイーグルが基地に帰るまでの距離と時間を考えれば、この青森沖に差しかかるあたりがぎりぎりのところだろう。8便は北米を行き来するNOPACという五本の航空路のうち、一番東側の航路G344というルートに乗りかける位置で飛行を続けていた。塚本の視界には入らないが、この先一〇マイルには、これから8便が通過するルート上に飛行に支障をきたす乱気流がないか確認するために、さらにもう一機のイーグルが飛んでいるはずだった。おそらくそれも、時を同じくして千歳に向けて帰投の態勢に入っているに違いなかった。

『オール・ジャパン8、PENY―3。ここからは私たちが、鹿島灘(なだ)沖までエスコートします』

視界からF―15イーグルが姿を消すと間もなく、三沢にある航空自衛隊第三航空団第三飛行隊の迷彩を施したF―1戦闘機二機が、8便を挟む形でゆっくりと後方から姿を現した。やはり視界には入らないが、いままでと同様に一〇マイル前方には、ルート上の乱気流を予(あらかじ)め調べるために、もう一機のF―1戦闘機が先行しているはずだ。

日米間を結ぶ五本の航空路のうち、このG３４４は完全に８便に割り当てられ、さらに万が一の事態を想定して、西隣のルートR５９１もまた制限を受けていた。

もうここまで来ると、成田までは二時間もかからないだろう。

「まず最初にG３４４に機を乗せる。それから予て打ち合わせの通り、上昇降下、旋回の慣熟飛行を行なう。東京コントロールにコンタクトしてくれ」

塚本は浦部に向かって短い指示を出した。

「東京コントロール。オール・ジャパン８」

『東京コントロール、オール・ジャパン８。ゴー・アヘッド』

すかさず所沢にある東京航空管制部から、低い声で応答があった。

「オール・ジャパン８便ですが、間もなくG３４４に差しかかります。これからフライト・コントロール・システムのブレーカーを切ってコースに乗せる操作を行ないます。それが済んだ後、トリム、スポイラー、パワーを使って慣熟飛行を行ないたい」

『了解。周囲にはエスコートする三機の自衛隊機がいるだけで、障害になる航空機はいない。そちらの判断で、行なって下さって結構です』

「オール・ジャパン８、了解した」

浦部は東京コントロールに返事を返すと、

「オール・ジャパン８、PENY―３。これからG３４４に乗せるために左に旋回します」

『PENY―3、了解。後方上空で待機する』

迷彩に塗られたF―1戦闘機が、俊敏な動きで機首を上に向けると、高度を上げ後方に向かって視界から消えて行く。

それを確認した塚本は、

「まずG344に乗せよう、バンク一五度で左旋回だ」

ナビゲーション・ディスプレイに現れ始めた、ルートを表す線を見ながら言った。

「はい」

浦部が答える間に塚本が予ての打ち合わせ通り、二度コールサインを鳴らした。

「よし、それじゃフライト・コントロール・システムのブレーカーを切ってくれ」

躊躇(ちゅうちょ)のない塚本の声が、狭い空間に静かに流れた。

「分かりました」

浦部がショルダー・ハーネスを外し、後方にあるフライト・コントロール・システムのブレーカーを切る。

「ブレーカー、切りました」

システムがオフになったことを知らせる警報音が鳴る。すかさず塚本がスイッチを操作し、煩(うるさ)い音を遮断する。

伸び上がった体を再び浦部が席に戻し、ショルダー・ハーネスを装着したところで、塚本は、これから行なう操作手順をもう一度頭の中で復誦(ふくしょう)し確認した。

いよいよマニュアルによる最初の左旋回を試みる時がきた。左右の主翼に一つずつあるエンジンの推力を違え、その偏りによって機首の向きを変える。機体のバンクはエルロン・トリムを使い、二〇度以内に収める。理屈は簡単だが、いざ実際に行なうとなると、想像を絶するほどに困難なものだった。ハイテク機のコックピットの中での正副操縦士の役割は、厳密に区分されており、二人が同時に操縦操作を行なうことはないが、今回ばかりは話が別だ。浦部が二本のスロットルレバーのそれぞれを左右の手で持ち、アイル・スタンド・パネルにあるエルロン・トリムを塚本が操作する。二人の目がナビゲーション・ディスプレイに表示されたコースとプライマリー・フライト・ディスプレイの中のフライト・ディレクターに集中する。

「よし、行くぞ。いま!」

塚本がタイミングを見計らって声をかけた。スロットルレバーを握った浦部の右の手が僅かに前方に押し出され、それとは逆に左の手が手前に引かれる。左右のエンジンの回転数の不整合が生みだす唸りが耳につく。ナビゲーション・ディスプレイ上の機首の方位が変化を始める。同時に塚本がエルロン・トリムを操作し、左にバンクを取る。

「バンク一三……一五……そんなに左のパワー絞るな。少し早いぞ!」

「はい……」

「エルロン・トリム戻すぞ。パワー、ゆっくり戻せ!」

「はい」

「コースに入ってきた。パワー戻して……いま」

微妙にエルロン・トリムを操作しながら、厳しい口調で塚本の指示が飛ぶ。浦部が何とかタイミングを摑もうと、必死の形相を浮かべながら指示をこなしていく。

「高度三〇〇フィート下がりました」

「コースに集中しろ！　高度の調整は後でいい！」

厳しい叱責（しっせき）が塚本の口から飛ぶ。

「分かりました」

ナビゲーション・ディスプレイ上のコースが機体を表す三角マークから外れ、今度は左にずれる。すかさず塚本がコースの修正にかかる。

「少し行き過ぎだ。ターン・ライト（右旋回）」

スロットルが今度は逆に操作される。エルロン・トリムの操作もまた逆だ。先ほどよりももっと微妙に慎重に、コースの修正が行なわれる。

四度ばかり同様の操作を繰り返した後、ようやく8便は予定したコースに乗った。機体が水平になり、三角マークの頂点から一直線にラインが出ている。初めて試みた方向転換にしては四度のトライがあったとはいえ、上出来だと言えるだろう。

「よし！　乗った」

「東京コントロール、オール・ジャパン8。G344に、いま乗りました」

額に浮いた汗を拭（ぬぐ）おうともせずに、浦部が報告する。

『オール・ジャパン8、了解。慣熟飛行はそちらの判断で行なっていただいて結構だ』

「了解」

「それじゃエレベーター・トリムから行こう。高度を元の三万二〇〇〇フィートに戻そう」

エレベーター・トリムは水平安定板（水平尾翼そのもの）の角度を変え、その時の機首角に合った操舵力の釣り合いをとる装置である。そのコントロール・ボタンは、操縦桿のグリップ上部に設置されている。

塚本は注意深くそのスイッチをアップになるよう操作した。機首が僅かに上を向く。彼の右手はスロットルレバーに添えられ、機首が上を向いたせいで加速が落ちるのを、レバーを少し前に押しやり、パワーを上げてやる。プライマリー・フライト・ディスプレイ上の水平線が自機を表すシンボルより僅かに下に行き、高度計の数値がゆっくりと動きだす。

「いま三万一〇〇〇フィート」

浦部が高度を読み上げたその時、塚本の頭にある考えが浮かんだ。それは閃き、あるいはちょっとした思いつきといった類のものだったと言ってもいいだろう。

塚本はトリムを操作し、機体を水平に戻すと、高度計の数値が三万一五〇〇フィートを指したところで、上昇を止めた。

「キャプテン」

怪訝そうな顔で浦部が塚本を見る。

「浦部君、すまんがフライト・コントロール・システムのブレーカーを入れてみてくれないか」

「ブレーカーを入れるんですか。そんなことしたら、また元のように……」

　驚きと恐怖の色を露にした浦部に向かって、

「いや、ちょっと面白いことができるかもしれない」

「面白いこと？」

「ああ。考えてみれば、ニューヨーク上空でフライト・コントロール・システムがフリーズして以来、この飛行機は高度、方位を保って真西に向かって飛行を続けてきた。飛行自体は安定したものだった」

「つまり」

「改竄されたシステムは、機が三万二〇〇〇フィートに達した時点でロックするようにできていることは、エアー・ストリームのプログラム・チェックで分かっている。つまりその時点での高度、方位を維持してフリーズする。だが、一度三万二〇〇〇フィートを離脱した後はどうなるんだろうか、ということさ」

「言われることの意味がよく分かりませんが」

　浦部の顔にますます怪訝な表情が宿った。

「墜ちた7便は、我々が飛んでいたコースとはまったく違う方向に飛んでいた。そこでシステムがロックした。もし私の推測が正しければ、三万二〇〇〇フィートを離脱してブレーカーを元に戻してやり、再びフライト・コントロール・システムをロックさせれば、今度はその時点での方位、高度を自動的に維持するように働くんじゃないかと思うんだ」

「なるほど。そうなると水平直線飛行に移り、狙ったところでフリーズさせてやれば自動的にその姿勢を維持するように働く可能性もあるということですね」

「そういうことだ」

「それなら、操縦は格段に楽になります」

「もっとも、そうは言っても降下、コースの変更、それに最後の着陸だけはマニュアルでやらねばならないことに変わりはないが」

「いやそれでも、ずっとここからマニュアルでやるより、はるかにましです。やってみる価値はありますよ、キャプテン」

そう言うと、浦部はショルダー・ハーネスを外し、頭上後方にあるフライト・コントロール・システムのブレーカーに手をやった。

「三万フィートまで高度を下げたところでブレーカーを入れてみよう」

「分かりました」

「それじゃ行くぞ」

塚本はエレベーター・トリムとパワーを調整し、降下の姿勢に入った。昇降計が降下側に動き、毎分五〇〇フィートの降下率を指示する。エンジン音が変わり、軽いマイナスGがかかる。浦部の左手はブレーカーのスイッチに、右手は天井についた手摺（てすり）をしっかりと握っている。

「三万一〇〇〇……三万〇五〇〇……三万……いま、ブレーカー入れて」

「ブレーカー入れました」

すかさず浦部の緊張した声が返ってくる。二人の注意がフライト・ディレクターの機体姿勢、高度計、昇降計の数値に集中する。フライト・ディレクターの水平線がゆっくりと下がり始め、自機を表すシンボルに徐々に近づき、やがて重なる。昇降計の針が値を小さくしていき、ゼロを指す。高度計の数値が三万フィートを指して止まる。

――ここで上昇に転じず、方位が変わらなければ、読み通りフライト・コントロール・システムがブレーカーの入った状態でフリーズし、三万フィートの水平飛行を始めたことになる。

二人は息を呑んで計器の変化を観察した。一秒、二秒、三秒……何も起きない。

「キャプテン！」

浦部が、このフライトに入って初めての笑みを満面にたたえた。

「やはりそうか。これで少なくとも水平直線飛行だけは機械任せでいられる」

この一つを以て不自由なコントロールを強いられることと無縁になったというわけではないが、高高度での飛行をマニュアル・フライトでこなすとなれば、地上で言うなら酔っ払い運転のバスに乗っているようなものだ。いまでこそ自動操縦装置が微妙なコントロールを行ない、安定したフライトを乗客に提供してはいるが、そもそもが高高度の飛行をマニュアルで行なう、つまり人間の感覚で行なうとなれば、快適という言葉とはほど遠いものになるのがおちなのだ。ましてや、コントロールにこれほどの制限が加わっている状態となれば、なおさらのことだ。

——少なくとも一つの問題はこれでクリアになった。

塚本の顔にもまた笑みが洩れた。

「浦部君、このことをすぐに東京コントロールに報告して」

「分かりました」

「東京コントロール、オール・ジャパン8」

『オール・ジャパン8、東京コントロール。ゴー・アヘッド』

「オール・ジャパン8。新しい事実が判明しました。フライト・コントロール・システムのブレーカーを切ってマニュアルで降下した後、こちらの意図する高度で再びブレーカーを入れると、その時点でフライト・コントロール・システムがロックし、水平飛行を始めることが分かりました。これで水平直線飛行はずいぶん楽になります」

『オール・ジャパン8。了解しました。それはいいニュースです。こちらのアプローチ誘導も楽になります』

心なしか管制官の声も明るく聞こえる。しかしまだ問題が解決したわけではない。いずれにしたところで上昇、降下、旋回はすべて制限のあるマニュアルで行なわなければならないことに変わりはない。

「とにかく上昇、降下、旋回の慣熟を続けよう」

そう言う塚本の顔に、先ほどまで浮かべていた笑みは、もうなかった。

「はい」

「それじゃブレーカーを抜いて。今度は三万一〇〇〇フィートまで上昇して右旋回、そして左旋回でコースに戻す。それをやろう」

二人は打ち合わせの通りに、何度かの上昇降下、そして旋回を始めた。

次々に繰り出される指示に、汗みずくになりながら浦部が機敏な操作を行なう。その間にも8便は確実に成田に向かうコースをたどる。それは同時にこの不自由極まりない操縦に慣れることへのタイムリミットであることを意味した。通常の訓練であれば、与えられた時間内にメニューをこなせなければ、訓練打ち切り、エリミネート(失格)という厳しい結果が待っている。それは自尊心が傷つき、会社にとってみれば一時間動かすのに三〇万円というコストをかけたシミュレーターのオペレーションコストが水泡に帰すという結果にはなるが、極めて一部の人間、そして組織がダメージを被(こうむ)るだけのことに過ぎない。しかしこの場合は違う。あと一時間と少し、この間に慣熟――巨体を意のままに、とまではいかなくとも、許容の範囲内に動かす感覚を身につけることができなければ、待っている運命は一つ。自らが傷つくだけではなく、後ろに乗った二〇〇人以上の人間たちの生命を危機に追いやる結果を生むのだ。そして最も難しい滑走路に向かっての最終アプローチ。そして着陸。微妙なパワーの操作、トリムによる機首の引き起こし。この厄介な操作は文字通りの一発勝負で結果を出さなければならない。

『オール・ジャパン8、PENY―3。だいぶ感覚が摑めてきたようだ。こちらからも旋回、上昇、降下ともだいぶ安定してきたのがはっきりと分かる』

後方から8便の一連の動きを観察していたF―1戦闘機から、力強い声で無線が入る。

「エルロン・トリムとパワーの感覚がもう一つよく摑めない」

『目標高度、方位とのずれはどれくらいか』

「高度でおよそ、四〇フィート内外、コースは一度から二度以内には、なってきている」

『成田の滑走路は、四〇〇〇メートルある。滑走路幅は六〇メートル。この範囲内で収めることができれば、問題はない。キャプテン、完璧な着陸をするにこしたことはありませんが、この場合要求されるのは無事着陸できるかどうかです。大丈夫、その範囲内なら、やり遂げることができます』

「ありがとう。しかし最後のアプローチ、着陸はぶっつけ本番だ」

『残念ですが、我々もそろそろ基地に帰投しなければなりません。ここからは百里のF―15がファイナル・アプローチまで先導します』

「了解した。これまでの協力に感謝する」

空を飛ぶ男たちの間には、ある種独特の連帯感がある。最先端技術によって確率的には車で走るよりも安全と言われようとも、それは絶え間ない訓練の結果、選び抜かれた一握りの人間が許される、空を飛ぶという栄光を摑んだ自負の念によるものなのかもしれない。

戦闘機なら、操縦不能に陥り、制御不能、あるいは着陸失敗の危機に晒(さら)されれば、イジェクト・レバーを引き、パラシュートによって機を放棄して脱出することも可能だ。しかし、乗客を乗せている民間機ともなれば、そうはいかない。任務とはいえ、自衛隊のパイロットが自分たちを見守る、そして励ましの言葉をかけてくる、そうした言葉の裏に隠された空を飛ぶ者同士の心遣いが、塚本にも痛いほどによく分かった。

水平飛行に入った8便の横に、再びF―1戦闘機が姿を現した。千歳からのF―15が去り際にしたように、パイロットが敬礼し、左右に翼を振りながら左に大きくバンクを取ると、滑るように後方に去っていく。

『オール・ジャパン8、東京コントロール。高度を二万五〇〇〇フィートまで降下、それを維持せよ。途中から百里を飛び立った自衛隊のF―15が先導を開始する』

「オール・ジャパン8。了解した。これより二万五〇〇〇フィートまで降下する」

浦部が管制官の指示を繰り返し、塚本を見た。

「さあ、行こう。ここからが腕の見せどころだ」

塚本の右手がスロットルレバーにかかり、それを手前に引いた。エンジンの音が僅(わず)かに変化し、機は指示された高度に向かって静かに降下を始めた。

●米国　カリフォルニア州・サンノゼ　サイバー・エイド社

「できたわ」

画面に向きあっていたトレーシーが静かな声で言った。その目はまだ、たったいま自分が打ち込んだプログラムの最後の部分に向けられたままだ。

「できたか」

他のことならいざ知らず、これぱかりは手伝うことができないとばかりに、それぞれが手持ち無沙汰な様子を隠しきれずに椅子に座っていたウイルソン、雅彦の二人が同時に彼女の元へ駆け寄った。背後からのぞき込む画面は、一杯に、びっしりと複雑な記号で埋め尽くされている。

雅彦が反射的に時計を見る。モスクワでウイルスが動き始めるまでに、まだ四五分の時間があった。

――まだ間に合う。これでロシア、ヨーロッパ、もちろんアメリカのコンピュータは救われる。

「できたと言っても、まだこれが確実にウイルスを駆除できるかどうか分かっちゃいないわ。機能テストをやってみないことにはね」

「ＯＫ。それじゃすぐにそれに取りかかろう」そこでウイルソンも時計をちらりと見た。

「もう時間があまりない」

トレーシーは出来上がったばかりのワクチン『バイブル』を、フロッピーディスクにコピーし始める。

「神に祈ってちょうだい。考え通りに動けば、間違いなくウイルスは駆除できるけど、どこかに致命的なロジックのミス、あるいは重大なバグが存在していたら、直すには時間がかかるわ」

「時間がかかるって……どれくらい」

「そんなこと分かるもんですか。とにかく最初からやり直しに近いことになるわ。少なくとも、ヨーロッパでウイルスが動きだすのを食い止めるのは不可能になるでしょうけどね」

雅彦の問いかけにトレーシーは肩をすくめた。

「そんなに簡単に言うなよ、トレーシー。ロシア、ヨーロッパのコンピュータがクラッシュしたら、それこそ……」

「そんなこと分かっているわ、マサ。私だってベストを尽くした。でも結果は結果よ」

振り向きながら、いつになくきつい口調で言葉を返すトレーシーの顔に疲労の色が濃く浮かんでいる。この数時間というもの、画面に集中し、頭脳をフル回転させ、持てるエネルギーのすべてを『バイブル』の改良に注ぎ込んだ。やつれという言葉を思わせるその顔つきに、何の説明もいらなかった。言う通り、彼女はベストを尽くしたのだ。

「すまない、トレーシー。何も君を責めるつもりで言ったんじゃないんだ」

「分かってるわよ。マサ」

トレーシーは再び椅子を回転させると、画面に向き直った。

「さあ、コピーが済んだわ。後はこれをウイルスに感染したマシーンに突っ込んで、効果を試すだけ」

鈍い唸りを上げて本体からフロッピーディスクが吐き出される。それを手にしたトレーシーは数時間ぶりに立ち上がり、すぐそばの机の上に置かれたラップトップ・コンピュータに歩み寄った。

電源を入れ画面を起ち上げにかかる。柔らかなスタート・サウンド。そしてスコープ2000のOSが搭載されていることを示すロゴ。それが終わると、搭載されたさまざまなソフトのアイコンが表示され、使用可能になった状態で画面が固定する。

「入れるわよ」

フロッピーディスクを差し込むと、短い時間の後、画面右隅にそのフロッピーを示すアイコンが出てくる。

「エド、間違いなくこの中には例のウイルスがいるんでしょうね」

「ああ、間違いない。何なら例のホームページを開いて見ろよ。ハードディスクの中に、犯行声明とパズルの入ったファイルがあるはずだ」

ウイルソンの言葉を信じないわけではなかったろうが、トレーシーはそれでも念には念を入れてとばかりに、ハードディスクのアイコンをクリックすると、ファイルの中から該当するものを開いた。

何度も見慣れたおぞましい文面、それにパズルが姿を現した。間違いなくこの裏にウイルスが存在し、発症の時をじっと待っている。その証拠がそこにあった。

「いたわ。間違いない」

トレーシーの言葉に、雅彦は一瞬、自分が細菌研究施設の中でも最も管理の厳重なクラス―4と呼ばれる隔離室の中にいるような緊張と、息苦しさを覚えた。エボラ、クリミア・コンゴ出血熱、マールブルグ病……治療法さえ確立されていないウイルスが、完全に外界と遮断された中に生きたまま保管されている。その光景は写真でしか見たことがなくとも、通常の感覚を持った人間ならば、ある種の薄気味悪さ、恐怖を覚えるに十分だった。

――そう、ここはコンピュータ・ウイルスのCDC（防疫センター）なのだ。

トレーシーは、研究施設の中で危険なウイルスを扱う研究者のように、手慣れた仕草でファイルを閉じると、マウスを操作し、フロッピーディスクのアイコンをクリックした。

プログラムを読み込む鈍い作動音がしんとした部屋に響く。ファイルが開き、そこに『バイブル』の文字とともに、『サイバー・エイド社』の文字が浮かび上がる。そしてメニュー……。

息を呑（の）んでそれを見つめるウイルソン、雅彦の二人の視線など意に介さないかのように、マウスを操作するトレーシーの手が無造作にウイルス・チェックの項目をクリックする。

ＤＮＡの螺旋構造を思わせるようなバーが出ると、それが、ドリルが回転するように回りだす。突如画面の中央、四角い枠で囲まれた部分が赤く点滅を始めた。

「トレーシー！」

何が起きたかと思わず尋ねた雅彦に向かって、

「ただ『ウイルスを発見しました』のメッセージじゃ面白くないでしょう。危険なものを見つけたら見つけたで、いかにもそれらしく見せなくちゃね」

トレーシーが軽いウインクをしながら、言葉を返す。

「じゃあ、いまのところは」

「ほら、見なさいよ」

彼女は画面の一部に現れたメッセージを指差した。

『このコンピュータには一件のウイルスが存在しています。それをこれから消去します』

「ここまでは順調よ。でもまだ試験は半分まで来たところ。ウイルスを消去して、中を完全な状態に修復して、さらに正常に機能するかどうか、それを確認しないことにはね」

トレーシーはあくまでも冷静だった。彼女は再びマウスを操作すると、右下隅に表示された『ＯＫ』欄に矢印を移動させ、クリックした。

中央で赤く点滅を繰り返していた欄が元の白地に戻った。ＤＮＡの螺旋構造を思わせるバーが逆回転を始め、右の先から徐々に消え去っていく。

「それはウイルスの消去、修復が始まったということかい」

「そう」

雅彦の問いに、トレーシーが短く答える。

それはまさにウイルスのＤＮＡが破壊され、その威力を失っていく様を象徴しているような画面だった。遠く離れた極東の地で社会を、いや世界を大混乱に陥れる最大級の破壊が起きたのと同じように、いまこの小さな箱の中では、相反する二つのプログラムが格闘し、一方を抹殺する凄まじい戦いが繰り広げられているに違いなかった。バーを構成しているらせんグラフが完全になくなった時、このコンピュータに潜み、発症の時を待っていたウイルスは完全に破壊され、プログラムの中から駆逐されるのだ。

逆回転する螺旋のバーが短くなっていく度に、それが途中で止まらぬように、トレーシーの目論見通りに進むよう、祈るような気持ちで、雅彦はそれを見つめていた。

その長さがあと五ミリほどに来たとき、動きが突如止まった。

「どうした。ロックしたのか」

思わず声を上げた雅彦に、

「まだよ。まだ分からないわ」

相変わらず冷静なトレーシーの声が答える。通常のプログラムの読み込みでも、それがすべて同じペースで進むとは限らない。複雑に構築されたプロセスの中には、単にプログラムを読み込むだけではなく、それを検証するプロセス、整合性を取るプロセスなどがあり、それぞれの機能に差しかかったところで、処理のスピードは違ってくる。

ウイルソンやトレーシーほどではないにせよ、多少なりともコンピュータについての知識のある雅彦にとって、それぐらいのことは先刻承知のはずのことだったが、この時ばかりはそれを忘れるほど冷静さを失っていた。

「ほら来た。これが最後よ」

トレーシーの言葉通りバーが動き始めると、今度は前よりずっと早く回転し、やがて画面上から消え去った。

「終わったわ。どうやらうまくいったみたい」

その言葉を実証するかのように、画面上に新しいメッセージが現れた。

『ウイルス一件を除去しました』

「ヒュー！」と言う雅彦の腕をまだだと押さえて、トレーシーは、

「これでコンピュータ内の時間を進めて何も起きなければ、ワクチンは有効に働いたということになるわ」

「よし、さっそく試してみよう」

ウイルソンの言葉を待つまでもなく、マウスを操作するとメニューの中から『環境設定』の項目を選び出し、時間を三月二七日の午前九時五九分に設定した。

「さて、これでどうなるかだ」

「これで何もなければ、ウイルスは完全に駆除されたことになるのだけれど……」

三人の目が壁に掛かった時計に注がれる。そして一〇分ほどたったところで『再起動』

の項目を選び出し、マシーンをリブートさせた。

再び柔らかなスタート・サウンドとともに画面が消え、右端上部にメモリーを読み込む数値が現れる。ここで『NO SYSTEM』の表示が出れば、ウイルスがまだこのコンピュータ内に残って活動を開始したことになり、ワクチンの効果はなし、『スコープ2000』のロゴが出てくれれば、ウイルスは駆除できたことになる。極めて限られた時間の中でのやっつけ仕事に等しい作業ゆえ、いかにトレーシーが優れた技術者で、細心の注意を払って開発を行なったとしても、バグの一つや二つ、あるいはプログラム・ミスが潜んでいたとしてもおかしくはない。

三人の目が画面に釘付けになる。それは時間にして数秒という短い時間だったが、誰ひとりとして言葉を発する者はなく、息詰まる一瞬だった。

「やった！」

三人の口から同時に歓声が上がった。次の瞬間画面に表示されたもの、それは紛れもない『スコープ2000』のロゴだった。ウイルソンが背後からトレーシーの肩を掴み、前後に激しく揺さぶる。傍らの雅彦の手がトレーシーの前に差し出され、それを彼女の手が握り返す。そしてウイルソン……。

その間にもコンピュータは順調に動き、先ほど画面に現れた順番と寸分違うことなく搭載されたプログラムが読み込まれていく。

「これで『バイブル』は完成と考えていいんだな」

雅彦が弾む声で聞く。

「ええ。たぶんバグがないわけじゃないでしょうけど、とにかくこのヴァージョンでウイルスが駆除できることは間違いないわ」

「応急処置としては十分だ。バグ取りの済んだヴァージョンは、この危機が済んでから、もう一度正式に発表したらいい」

「まさか、それも有料ってわけじゃないだろうな」

ウイルソンの言葉に、雅彦が冗談まじりに言う。

「馬鹿言うな。俺はそこまでの悪徳商人じゃない」

二人のやり取りを聞いていたトレーシーが肩を震わせながら振り向いた。厳しかった彼女の顔の口許に白い歯が覗いている。考えてみるとそれが雅彦の見た、初めての彼女の笑顔だった。

「さあ、時間がない。さっそくホワイトハウスに連絡だ」

電話に手を伸ばしたウイルソンに向かって、雅彦もまた別の電話に手をかけながら、

「エド、電話を借りるぞ」

「特ダネ中の特ダネをものにしたってわけだな。いいだろう、自由にやってくれ。君にはそれを一番最初に報じる権利がある」

二人は、ほぼ同時に電話のボタンをプッシュし始めた。

●鹿島灘上空　AJA8便

8便は、限られた操作可能な機能を使って慣熟飛行を繰り返しながら、順調に高度を下げていた。高度が一万フィートの手前に達した時、塚本は自らキャビン・アナウンス用のマイクを手にすると、乗客に最後の状況説明を行なった。

「こちらは機長の塚本です。当機はこれから成田空港に向かって最終着陸態勢に入ります。これまでにご説明申し上げました通り、現在当機の操縦系統には重大な障害が生じており、着陸時に通常よりも大きな衝撃を受ける可能性があります。幸い地上の天候は安定しており、私どもも最善を尽くしますが、皆さまの安全をより確実なものにするために、着陸時には安全姿勢を取っていただきます。これから客室乗務員が皆さまの席を回り、安全姿勢の取り方についてご説明申し上げます。その指示に従って下さいますよう、お願い申し上げます。私どもクルーは着陸時の緊急事態の訓練を日頃から十分に受けております。どうかご信頼下さいますよう重ねてお願い申し上げます」

たとえ絶望的な状況であろうとも、全責任を担う機長が直接状況を説明することが乗客を落ち着かせる効果があることを、これまでに海外で幾つかあった操縦系統に重大な損傷を受けながらの着陸例から、塚本は学んでいた。加えて緊急時でなくとも一万フィートを切れば、コックピットは通常でもキャビンと切り離された状態になり、パイロットは降下、進入に専念すべきスティライズド・コックピット・ルールというものがある。自ら状況を説明するチャンスは、この点からもこれが最後だった。

高度は一万フィートを切った。8便は成田空港のILSローカライザー・コースの会合点のすぐ近くまで達していた。

「ターン・ライト」

塚本は成田空港に向かって最終進入態勢に入るべく、浦部に向かって右旋回の指示を出した。通常ならば、着陸順番待ちの何度かの旋回を繰り返しながら上空待機をし、それから決められたパターンをなぞりながら進入していくところだが、当然そうした手順は省略された。すでに成田空港は、これからの8便の着陸に備え、閉鎖状態にあり、ただ一機のために空路も滑走路も空けられた状態にある。8便の両側には百里を飛び立った航空自衛隊のF―15イーグル戦闘機が、一定の距離を置いてピタリとついている。そして前方には、気流の状態を探るべくもう一機のイーグルが、これから8便がたどらなければならないコースの先導役としてゆっくりと降下をしていく。

右左二本のスロットルレバーに添えられた浦部の右手が手前に、左手が向こうに交互に動く。それに呼吸を合わせ、塚本が機に適切なバンクを与えるべく、プライマリー・フライト・ディスプレイ上のフライト・ディレクターの傾斜角(バンク)に注意を払いながら、エルロン・トリムを操作する。機は右にバンクを取りながらゆっくりと旋回を始めた。機体の状態を示すバーが右に傾斜を始め、すでに成田の周波数にセットされた進入方向を示すローカライザーの針が、フライト・ディレクターの中でゆっくりと、右に動きだす。この針がフライト・ディレクターの中心にくる——それは成田の滑走路中心線の延長線上に機が位置したことを意味するのだ。このコースに乗ってしまえば、あとは高度を徐々に下げていけばいいだけだった。もちろんそこには風という厄介な代物があるが、幸い今日の成田は無風に近く、あまり影響を受けずにすみそうだった。さほど深いバンクではなかったが、副操縦士席側のサイド・ウインドウ越しに鹿島灘に点在する低い雲が顔を出す。地上の光景が見え、ＩＬＳの針の動きに集中していた塚本の視線が一瞬そこに注がれる。遠くに見える鹿島灘の海面は、春の日の光を反射して、ゆったりとしたうねりに満たされているだけだ。

——最後の最後で、どうやら最悪の条件下で着陸をしなくとも済みそうだ。この不自由な状態の中で横風にでもあったら、コントロールは極めて難しいものになる。この状態が着陸まで続けば何とかなる。

塚本の胸中に、最良のコンディションの中で着陸を敢行できる、僅(わず)かばかりの安堵(あんど)の気持ちが宿った。しかしそれも一瞬のことで、彼の注意は再びローカライザーの針の動きに集中した。先導するイーグルとの高度差が開いていくのは、降下の操作を無視したせいだ。とにかく位置を先に確保し、進入角度を誘導するグライド・スロープを捕まえるのはそれが安定してからでも十分に間に合う。不自由を強いられている状況の中で旋回、降下と二つのことを行なうよりも、一つずつを確実にこなす。それが最善の策だと塚本は判断した。

――それにまだ、成田までは十分な距離がある。降下の調整を行なうには旋回を確実に終わらせてからでも遅くはない。

ローカライザーの針がフライト・ディレクターの中央に差しかかる。旋回の惰性力、あて舵（かじ）に相当するエルロン・トリムの逆操作。それを考えると、このあたりがほどよいタイミングだった。

「パワー戻して。あて舵とるぞ」

「はい」

浦部は前後に引いていたスロットルレバーを同位置に直し、エンジン・パワーを左右均等にする。

太平洋を本州に沿って南下しながら、何度となく繰り返した訓練は決して無駄ではなかった。予め（あらかじ）指示がくるものと、タイミングを見計らっていた浦部の手が素早く動き、確実に操作をこなしていく。

機体の状態を示すバーが水平に戻り、ローカライザーの針が中央のポイントでピタリと固定する。

――よし、とりあえず乗った。あとは高度を下げていくだけだ。

塚本の目が前方を飛ぶイーグルに注がれる。高度差にして二〇〇フィートはあるだろうか。

「成田アプローチ、オール・ジャパン8。いまローカライザーのコースに乗った。高度八〇〇フィート」

浦部が間髪を容れず機の状態を報告する。

『オール・ジャパン8、成田アプローチ。八〇〇〇フィート了解。そのままのコースで進入支障なし』

「オール・ジャパン8、了解。五〇〇〇フィート通過時に連絡する」

地上とのコンタクトが、通常の飛行に比べて簡潔で、かつ緊密ではないのは、8便が周辺を飛ぶ航空機のどれよりも優先されているせいばかりではない。異常事態に置かれたパイロットに操縦に専念させる。その気持ちの表れでもあるのだ。

「降下に入るぞ。もし途中で機体が傾いたら、エルロン・トリムで水平を維持してくれ。方向の微調整は俺がパワーで行なう。その時、傾くかもしれんから、よくチェックしてくれ」

浦部に代わって塚本がスロットルレバーを僅かに引き、パワーを落とした。回転を下げたエンジンの波長が少し変わった。エレベーター・トリムを僅かにダウンに取る。昇降計の数値が徐々に数字を大きくしていく。降下率が前方を行くイーグルよりも大きくなったせいで、上面から見る形だった機影が、徐々に後部から見る姿に変わっていく。剃刀のように薄い二枚の垂直尾翼、そして二つの円形の排気筒。左右に平べったく張り出した主翼、そして微妙に動く水平尾翼……。自分の操る機と、それがほぼ同等のコースをたどり始め、フライト・ディレクターの中の進入角度を表すグライド・スロープの横バーが、ゆっくりと中心に向かって上がってくる。タイミングを見計らって塚本はトリムを戻し、パワーを少しふかした。前方を飛ぶイーグルの向こうに、海岸線が見えてくる。鹿島灘だ。

「成田アプローチ、オール・ジャパン8。いま五〇〇〇フィート通過。ILSに乗った」

『成田アプローチ、了解した。そのまま着陸進入支障なし。成田タワーとコンタクトしてくれ』

「了解」

通常なら管制塔タワーとのコンタクトは三〇〇〇フィートを切ったあたりで始まるものだが、いつもより早いのは、現在成田に進入中の航空機がこの全日本航空8便ただ一機しかいないせいだろう。

浦部がアイル・スタンド・パネルの無線機を操作し、周波数をタワーのものに変える。

「成田タワー、こちらオール・ジャパン8」

『成田タワー。オール・ジャパン8、どうぞ』

「現在高度四九〇〇フィート通過。ILSに乗って順調に降下を続けている」

『了解した。地上の救援態勢はすでに整っている。使用滑走路は予定通り34番です。視界はおよそ一五キロ。風はほぼ無風です』

「オール・ジャパン8、了解」

お膳立てはすべて整った。あとはこの姿勢を維持し、まっすぐ滑走路に向かって滑り込んで行けば、進入角三度で成田の34番滑走路に着陸し、この長いフライトも終わりだ。しかしフィナーレは、絶対に失敗できない。たとえ機体に多少のダメージを与えようとも、客席に座る二〇〇名を超える乗客を無事降機させることができなければ、自分に与えられた任務を全うしたとは言えない。

塚本は決意を新たにすると、ＩＬＳがフライト・ディレクターの中央できちんと交差し、速度もまた適切なものであることを確認し、

「フラップス20」

「フラップス20」

浦部の手がフラップ（補助翼）のレバーに伸び、それを一段手前に引いた。フラップが出たせいで浮力が増す。すかさず塚本がパワーを絞り、エレベーター・トリムを取る。しかし同時に翼面の抵抗が増し、再び少しパワーを送り込む。

「ギア・ダウン」

浦部の手が前方に伸び、ギア・レバーを一杯に押し下げる。

床下で機械の稼働音がし、十数時間ぶりにギア・カバーが開き、脚が下りる。遮るもの一つない機体下部に突き出たギアに風が当たり、エンジン音とはまったく異なった、風を切るごうという音が足元から響いてくる。

「スリー・グリーン・チェック」

前脚（ノーズ・ギア）、そして主脚が下り、ロックされたことを浦部が確認する。

もう鹿島灘の海岸線が目前に迫ってきた。

「成田タワー、オール・ジャパン8。いま二五〇〇フィート通過」

『成田タワー了解。着陸進入支障なし。風は無風』

「オール・ジャパン8、了解」

　管制塔との連絡が終わったところで塚本が命じる。

「フラップス40」

　再び揚力が増す。さらにパワーを絞りエレベーター・トリムを取る。フラップを下げた際に機首の仰角が零度（ゼロ）になり、その後すぐに絞られたパワーのせいで減速された機体は五度ほど機首を上げた状態になり、降下を始めた。

「ランウェイ・インサイト」

　エルロン・トリムを調整しながら前方を見つめていた浦部が、滑走路が見えたことを告げる。もちろんそれは、すでに塚本の目にも入っていた。

「一〇〇〇（ワン・タウザンド）」

　規定通りの高度読み上げ。進入角度を示すグライド・スロープ、進入方位を示すローカライザーの針はフライト・ディレクターの中央でしっかりとクロスしている。

「ロウデータ」

　塚本が静かに答える。単調なエンジン音が、これまでの十数時間に何事もなかったかのように平和な響きをもって聞こえる。

『オール・ジャパン8、ELK—1。本機の先導をここで終了する。幸運を祈る』

先導していたイーグルから無線が入ると、前方に見えていた灰色の機体が、左にバンクを取りながら急上昇していく。

「ELK—1、先導に感謝する」

左手で操縦桿（かん）についたエレベーター・トリムを、右手でパワーを調節する塚本に、それに答える余裕はなかった。代わって浦部が、すかさず答える。

ここからはいよいよ一人旅、塚本の腕だけが頼りになる。ILSの針は中心線に合ったまま、上下左右のどちらにもぶれてはいない。このままいけば間違いなく滑走路の中心線に機は降りる。あとは接地位置、そして引き起こしのタイミングだけだ。それにはエレベーター・トリムを使うが、こればかりは、いままでの飛行の間に繰り返し上昇下降を行なってきた中で養った勘に頼るしかない。

「五〇〇（ファイヴ・ハンドレッド）」

「スタビライズド（安定している）」塚本は高度の読み上げに答えると、「コールボタン。乗客に安全姿勢を取らせてくれ」と続けた。

「はい」

塚本の指示に従って、予め（あらかじ）キャビン・クルーと打ち合わせた通り、浦部がコールサインを三度鳴らす。これでキャビンでは全乗客とクルーが安全姿勢を取るはずだ。

シートベルトをきつく締める。そのままの姿勢で太股（ふともも）を大きく開き足首を両手で摑（つか）む。

あるいは前席の背もたれに両腕をつき額を押しつける。かかる事態に身を晒すことになった己の運命を呪い、いつ襲うかもしれない衝撃に怯えながら不自然な体勢を強いられる。それはちょっとした拷問にも等しいことに違いなかったが、それでも乗客にとって、考えられる上では最も安全な防御姿勢なのだ。

対地速度に気をつかいながらパワーを少し絞る。降下角度を一定に保つ。そのままの高度を維持できない推力——つまり着陸が『制御された墜落』と称される姿勢のまま、8便は一定の降下率で高度を下げていく。

「プラス一〇〇」

「チェック」

着陸決心高度から一〇〇フィート高い高度に来たことを告げる浦部のコールに答えると同時に、塚本はそれまで集中していた計器から目を転じ、前方に視線をやった。広大な成田空港の全景が見える。さまざまな色にペイントを施された航空機が各スポットに駐機している。いつもならばタキシングをしている航空機や、誘導路で離陸待ちをしている航空機が数多く見えるのだが、今日ばかりはすべての動きが停止していた。8便の着陸、それを息を呑んで見つめているのだ。滑走路周辺の誘導路にただの一機も航空機が見えないのは、万が一の事態を想定してのことだろう。目をこらすと誘導路のあちらこちらに赤く小さな無数の点滅光が見える。着陸に失敗した時にいち早く駆け付け、火災が発生した時には消火にあたる、あるいは怪我人の救出にあたる緊急車両の群れだろう。

滑走路中心の延長線上すぐ前にあるアプローチ・ライトが、滑走路に向かって誘うような光の流れとなって見える。

「ミニマム」

浦部が静かに着陸決心高度に来たことを告げる。塚本の注意はすでにウインドシールドの前方から迫ってくる滑走路に集中している。

「ランディング」

塚本は着陸を決意したことを告げる。

——頼むから風だけは吹かんでくれ。

叫び出したくなるのを堪(こら)え、慎重にパワーを調整する。滑走路の左端に置かれたプレシジョン・アプローチ・パス・インディケーター(PAPI)に注意が行く。四列のライトで構成されるこの機器は、進入してくる航空機の進入角度が所定通りならば、左二列が白に、右二列が赤に見える。もしも高度が所定よりも高ければ白の数が多くなり、低ければ赤の数が多くなる。

いま、塚本の目に映るそれは、左一つが白、右三つが赤だった。

「スライトリィ・ビロウ(少し低い)」

浦部が進入角度が少し低いことを注意する。塚本は少しパワーを入れる。浮力が生じ僅(わず)かに機首が持ち上がる。今度はトリムを取らなかった。ここでへたに調整するより、最後の引き起こしでこの程度の修正ならば十分可能だと判断したからだ。ＰＡＰＩの表示が、左白二つ右赤二つになった。

オート・コールアウト・システムの機械音声が高度を読み上げ始める。

「一〇〇(ワン・ハンドレッド)……五〇(ヒフティ)……四〇(フォーティ)……三〇(サーティ)」

塚本はパワーをアイドルにし、同時にエレベーター・トリムを少し取り、機首上げの動作に入った。

「二〇(トウエニィ)」

エレベーター・トリムをさらにアップに取る。「いま五・五度」と浦部が機首の仰角を告げる。接地までこの角度を維持すれば正常の着陸ができる。急速に滑走路の先端が迫り、サイド・ウインドウ越しに見える光景が、滑走路の周囲に密生する芝生で一杯になる。空中に入る際にはさほど感じないが、着陸寸前に地上の光景がほぼ同高度になったところで突如感じる速度感に、一瞬の戸惑いを感じる。

「一〇(テン)……五(ファイヴ)……」

そのコールとほぼ同時に主脚が接地した衝撃。

「リバース」

目一杯手前に引かれたスロットルレバーを引き上げる。エンジンの音が大きくなり逆噴射がかかる。堅く閉じられたコックピットのドア越しに乗客の中から悲鳴が上がるのが聞こえた。しかしそれも塚本の耳には入らなかった。エレベーター・トリムを一、二秒の間ダウンの状態にする。機首が下がり、前輪が接地する衝撃。

「スポイラー・エクステンド」

主翼上面についたスポイラーが自動的に立ち、エアーブレーキを働かせる。同時に予めセットされたオート・ブレーキ・システムが稼働し、自動的に制動がかかる……。8便は滑走路の半ばを過ぎたところで急速に減速し、ゆっくりとした地上滑走の速度になった。

後方から、エンジン音にまじって追いかけてくる緊急自動車のサイレンの音が聞こえる。ふと右手を見るとコ・パイ・サイドのウインドウ越しに、タクシー・ウェイを並走する消防自動車が見える。塚本は左手で地上滑走用のステアリングを僅かに動かしてみた。まだ完全に止まっていない機体がその動きに同調して左右に振れる。

「リクエスト・タクシー・インストラクション（地上滑走指示）」

塚本は大きな吐息を吐くと、今度は一転して会心の笑みを浮かべた。

「キャプテン」

喜びで顔をくしゃくしゃにした浦部が、軽くウインクするとマイクのスイッチを入れた。

「成田タワー、オール・ジャパン8。リクエスト・タクシー・インストラクション」

後方のドア越しに、乗客たちの歓声が聞こえた。

The Day＋3　3月30日

●米国カリフォルニア州・サンフランシスコ

雅彦を乗せた日本航空1便は、ゆっくりとタクシー・ウェイから滑走路に出ると、推力を上げ、離陸に向けて滑走を始めた。軽いGがかかり、ビジネス・クラスのシートに座る雅彦の体が柔らかなシートに幾分埋まり、それを感じなくなったあたりでぐいと機首が持ち上がると、一直線にカリフォルニアの空に向かってB—747は地上を離れた。大きく左にバンクを取ると、窓越しにサンフランシスコの街並みが、ツイン・ピークスが見え、やがてゴールデン・ゲート・ブリッジが見えてくる。

——もうあの事件から三日が経った。

ノー・スモーキング・サインが消える音が引き金になり、この三日の間に起きた幾つかの出来事を、雅彦の脳裏に蘇らせる働きをした。

サイバー・エイド社からワクチン完成の知らせを受けたホワイトハウスの動きは素早か

った。何をどう報じたらいいか、どうしたら最も効果的に有権者、ひいては納税者に対してアピールできるか。そして他国に対しては『強いアメリカ』を見せつけられるか。すべてが完璧なまでに計算された演出が準備され、あとはその材料を待つばかりになっていた。知らせを受けて一〇分ほどの間を置いて、大統領の緊急発表が全米のメディアを通じて行なわれた。ブルーのバックに『Ｔｈｅ Ｗｈｉｔｅ Ｈｏｕｓｅ』の白抜き文字の前に立った大統領は、チャコール・グレーのスーツ、オックスフォード地のブルーのボタンダウン・シャツ、そして真っ赤なパワー・タイといったいでたちでテレビの前に姿を現した。その姿は、世界第一国の大統領に相応しい威厳と自信に満ちあふれていた。

『国民の皆さん。こんばんは。アメリカ合衆国大統領です』

お決まりの文句で始まった大統領のメッセージは、予め何度もリハーサルを繰り返したかのような見事さだった。

『すでに皆さんがご承知のように、昨日来世界的な規模でコンピュータ・ウイルスが大感染するという事態が発生しました。このウイルスは世界のコンピュータに寄生し、三月二七日の午前一〇時を以て発症、ＯＳおよびファイルのすべてを消し去ってしまうという特性を持っているものです。この感染はまさにサイバー・テロと呼ぶのにふさわしい巧妙な手段で行なわれ、感染から発症までの時間が極めて短いがために、その存在が明らかになる前に、日本、香港、シンガポールといった極東地域では甚大な被害が発生し、社会は大混乱に陥りました。ホスト・コンピュータとの兼用端末として使用していたコンピュータは使用不能となり、これらの国々では株式市場が閉鎖され、生産施設、企業、そしていまや一般社会でも欠くことのできないEメールも使用不能となりました。このウイルスの特性についてここでさらに詳しい説明はいたしませんが、我が国においても相当に広い範囲で感染が起きていることは間違いなく、日本や香港で起きたことが、やがてここアメリカでも起こることは疑いの余地のないところです。繰り返して言いますが、これはまぎれもないサイバー・テロです。我々はこのウイルスの存在を確認すると直ちに分析をはじめ、そして対抗するワクチンを開発することに成功しました。これはカリフォルニアにあるヴェンチャー企業、サイバー・エイド社の優秀な技術者が逸早くその存在に気がつき、ワクチンの開発に全力を注いだ結果です。我々はこのワクチンをこれから公開するインターネットのホームページを通じて世界中のコンピュータ・ユーザーに等しく無料で提供します。もちろんサイバー・エイド社にはそれ相応の代価が支払われなければなりません。それは国庫から支払われます。つまり皆さんの税金が使用されるのです。アメリカ以外の国のユーザーにも等しく無料でこのワクチンを分け与える、つまり税金を他国のユーザーのために使う。この件に関しては抵抗を覚える方も中にはいらっしゃるでしょう。しかし現在の社会、特にサイバーの世界にはすでに国境という枠がありません。世界のどこかのシステムが破壊される、それは同時にこのアメリカの社会が危機に晒されるということを意味します。我々には世界の第一国として、この世界の安定を守る義務と責任があります。同時に私にはこの国をたとえどんな手段を用いてでも守る義務があります。この国の安定と、世界の安定を取り戻すために、そして世界の友人たちのために、どうか皆さんの貴重な税金を使うことをお許しいただきたい。最後にもう一つ、私は今回のサイバー・テロを行なった犯人を必ず捕まえることをここに約束します。犯人が世界のどこにいようとも、必ず逮捕し、それなりの裁きを受けさせることを』

大統領の演説が済むと、画面一杯にホワイトハウスが予め用意したインターネットのホームページ・アドレスが複数現れた。ニュースはたちまちのうちに世界中を駆け巡り、まだウイルスが動き始めていなかったロシア、ヨーロッパ、そしてアメリカから一斉にアクセスが始まった。その件数はまさに爆発的というほどの数字で、最初の一時間で実に一億件を超す凄まじさだった。もちろんこのすべてが『エボラ』に感染していたわけではないだろう。ウイルスが目に見えないものであるがために、万が一のことを考えたユーザーの、念には念を入れて……という心理が働いた結果でもあったに違いない。

白頭鷲のエンブレムの載ったホワイトハウスのワクチン配付のためのホームページ。世界中のユーザーが、たしかに大統領からのプレゼントだと言わんばかりの印象を受けながら、ワクチンをそれぞれのコンピュータにダウンロードしていった。インターネットによるワクチン『バイブル』の逆感染は見事なまでに機能した。午前一〇時を迎えたモスクワ、そしてヨーロッパでも被害は起きなかった。極東の市場のあおりを受け、株式市場は多少の影響は受けたが、対策が見出されたことで落ち着きを取り戻した市場は、通常の下げ幅の範囲の中で取引を終えた。そして注目されたニューヨークもまた同じだった。

しかしただ一つ、大統領がテレビ演説で約束した犯人の逮捕……これだけは公約通りにはいかなかった。U.S.ターン・キー社のワークステーションに残ったアクセス・レコード、そしてAS―500のフライト・コントロール・システムに関する知識とプログラミングに関する知識、ウイルス『エボラ』を生み出せるだけの技量、それを裏づけるノート類の発見……。航空機操縦不能の犯行声明とパズルを組み合わせてインターネットのホームページにアクセスさせ、ウイルスの大感染をたくらんだこの衝撃的な事件は、状況的には、キャサリンの犯行であることは誰の目にも明白だった。しかしその本人がインターステイト一〇一の路上で、首なしの無残な最期を遂げたことが分かると、捜査はそこで行き詰まった。グレンとキャサリンの間がうまくいっていなかったこと、いわゆる痴情の縺れからAS―500のフライト・コントロール・システムを改竄し、グレンに復讐をしようとした。そうした推測は成り立ったが、何ゆえにインターネットを通じてウイルスを世界中に大感染させるような行為に走ったのか、それは永遠の謎として残ることになった。もちろん一連の犯行がキャサリンのものであることを通報したアンジェラにも事情聴取は行なわれたが、彼女も、また実際にインターネットのお試しホームページを通じてキャサリンの裸を世界中に流したアトキンソンも、決してそのことを口にすることはなかった。

二機の航空機に改竄されたシステムを配付したエアー・ストリーム社には、この事件以来まだ三日しか経っていないのに、世界中の航空会社からAS―500の仮発注に対するキャンセルが相次いだ。今回の事件の真相――といってもあくまでもキャサリンがフライト・コントロール・システムを改竄したという範囲でのことだが——をマスコミがこぞって報道し、コンピュータによって制御される航空機の危険な部分だけがクローズアップされ、それがさもAS—500が危険な欠陥機であるかのような印象を世間の人々に与えることになったからだ。エアー・ストリームにとって、それはまさに壊滅的な打撃だった。莫大な開発費と年月をかけて開発した航空機、たとえ数ある製品ライン・ナップの一つであっても、それがまったく売れないとなれば、この航空機製造メーカーがたどる道は容易に想像がつく。やがてどこかに吸収合併されるか、あるいは大規模なリストラが行なわれ、規模の縮小を余儀なくされるか、最悪の場合には倒産の憂き目にあうことも十分に予想された。

そして当然のことながら、U.S.ターン・キーのたどる道はこの時点で誰の目にも明らかだった。意図的に改竄されたとはいえ、システムに関するセキュリティの責任を問われ、さらに痴情の縺れが原因と分かるや、マスコミの攻撃は経営者であるグレンに集中し、批判・非難の嵐となった。イエロー・ペーパーやゴシップ誌は、二人を巡る記事を面白おかしく興味本位に書き立て、エアー・ストリームに対する以上の厳しい論調でその責任を追及した。もはやこの時点で、グレンはすべてを失ったも同然だった。早々と会社の将来を悟った社員たちは、事実が明らかになるや、雪崩を打つようにして会社を去っていった。もちろんその中にウイリアム・アトキンソンがいたことは言うまでもない。グレンはすべてを失い、そして一人になった。

そして日本……。社会が大混乱に陥ったこの国では、未曾有の破壊行為にともなう危機を回避すべく、被害に遭った各企業が、誰に指示されたわけでもないのに一斉に同様のアクションを起こした。端末のOSを破壊された証券会社をはじめ、決算期を迎えた企業では、不眠不休の復旧作業が行なわれた。破壊されたデータの回復は不可能だとしても、OSをインストールし、とりあえず最低限の機能を回復すべく、あらゆる努力がなされた。多少なりともコンピュータに詳しい社員はすべて駆りだされ、高校生、大学生を問わず、知識のある人間には高額のアルバイト料を払って雇い入れる企業が続出した。電気街では、間もなく次のシリーズが発表されることが分かっていても、スコープ2000のOSが飛ぶように売れ、品切れを起こす店が続出した。

だが、悲惨を極めたのは中小企業である。データのバックアップを取っていなかった会社では、支払いと、請求のデータがなくなり、資金繰りの目処が立たなくなっていた。これらの会社がどういう運命をたどるのか、日本の経済紙を読む限りでは、不渡り、そして倒産する会社が出る可能性も十分に予想された。

たった一つのウイルスが瞬く間に増殖する、インターネットというシステムを介してのウイルス感染の恐ろしさをあまねく見せつけられる光景だった。

――しかしこれだけの被害に遭いながら、まだ人々はその使用を止めようとはしない。いや、できない。もはやこの社会はこのコンピュータという機械なしには成り立たない仕組みができ上がってしまっているのだ。いくら火事に遭おうとも、いくらひどい火傷を負おうとも、人々が火のない生活など考えられないのと同じように、すでにコンピュータは我々の社会生活の中の一つの臓器となっているのだ。

ウエスト・コーストの海岸線に沿って飛ぶ機内から下界を見つめながら、雅彦は最初にトレーシーに会った時に言われた言葉を思い出していた。

『インターネットの出現は、人類が火を手にして以来、二度目の革命的な道具の出現だったのよ』

『インターネットの出現は、原子力の出現と似ているわ。原子力もまた軍事利用と、その一方ではエネルギーの供給源として、対極にある利用の仕方がある。でもこの二つの決定的な違いは、原子力は普通の人には扱えないけど、インターネットは年端もいかない子供にも自由に使える点にあるの』

『そして使い方のルールが決まらないうちに、道具が勝手に一人歩きを始めた……』

たしかにその通りかもしれないと雅彦は思った。これだけの大混乱が起きても、社会は何一つとしてインターネットに関して新たなルール作りをしようとはしないだろう。いやできるわけがない。ウイルスにしてもそうだ。『バイブル』のようなワクチンができても、今度はさらにそれを上回るウイルスが出現する。それがどれだけの被害をこの社会に及ぼすものかは分からないが、この世から犯罪者が決していなくならないように、ウイルスを作り出す人間も決していなくなることはない。

雅彦はある種の空しさを感じながら、前のシートの下に滑り込ませたバッグを引き出すと、中からラップトップ・タイプのパソコンを取り出した。日本まで九時間の飛行。その間に今回見聞きした一連の事件を記事にまとめておかなければならない。事件の渦中に身を置いた人間の記事。週刊毎朝の編集長北代は、そのための特集記事を組むことをすでに雅彦に伝えてきていた。

ラップトップ・コンピュータの蓋を開いたその時、フライト・アテンダントが食事前の飲み物のオーダーを取りにきた。

「川瀬様。お飲み物は何にいたしましょうか」

「ソーダ・ウォーターを」

本来ならばアルコールを体に入れたいところだが、仕事があるとなれば、そうはいかない。

「ペリエでよろしいでしょうか」

「結構です」

アルミ缶のペリエから、最初の一杯が注がれる。それを受け取りながら雅彦は聞いた。

「ところで、コンピュータはもう使っても大丈夫だよね」

「ええ、どうぞ、ご存分に」

フライト・アテンダントが質問の意味を察したらしく、笑いながら答えた。

（了）

〈参考文献及び資料〉

この作品を執筆するにあたって、次の書籍、資料を参考にさせていただきました。
ここに書き記し、お礼申し上げます。

777 GENERAL FAMILIARIZATION MANUAL　Commercial Airplane Group:BOEING社
最後の30秒　山名正夫（朝日新聞社）
朝日新聞（一九九八年一〇月一九日朝刊）アメリカと世界
CIVIL AVIATION BUREAU, JAPAN (EFF : 13 AUG 1998)
コンピュータウィルスとその動向　情報処理振興事業協会セキュリティ・センター　中村進
レッドオクトーバーを追え　トム・クランシー（文春文庫）
エアフレーム――機体――　マイクル・クライトン（早川書房）
7110. 65G Air Traffic Control U.S. Department of Transportation Federal Aviation Administration

２６２頁に引用した歌詞の楽曲名、作詞・作曲者名、出版許諾等は以下の通りです。

本作品はフィクションであり、実在の人物・団体・国家とは一切関係がありません。

解説

杉江松恋

　今やインターネットは、自分自身の手足に等しいほど身近な存在だ。「ググる」という言葉が一般化したことが端的に示すように、検索サービスやネットショッピング、ソーシャル・ネットワーキング・サービスなど、インターネットを介したサービスは生活の中に完全に定着している。それだけに、かつては予想だにしなかったコンピュータ犯罪やトラブルが身近なものとして迫ってきているのである。十年前を思い出してみていただきたい。自分が日常的にコンピュータのウイルス・チェックをするなんて、予想もできなかったでしょう？　楡周平『クラッシュ』は、インターネット社会の恐怖を端的に描いた、圧巻の謀略小説である。

　物語は、ドイツ・フランクフルト空港へ着陸を行おうとした旅客機が均衡を失って滑走路に激突、機体が炎上して全乗員・乗客の命が喪るという惨劇場面から始まる。事故を起こしたAS－500は世界最新鋭のハイテク機で、それが路線就航の初フライトだった。事故はパイロットの人為的ミスによるものとして片付けられたが、フライング・コントロール・システムの制作を請け負っていたU.S.ターン・キー社に対して、航空会社からはソフトウェアの改良が申し渡された。

U.S.ターン・キー社でチーフ・エンジニアとしてAS-500に関するソフトウェアを完成させたキャサリン・ハーレーは、社の最高経営責任者グレン・エリスとは内縁関係にあった。だがグレンは、秘書を新しい愛人にして熱をあげていた。傷つけられたキャサリンの自尊心は、とんでもない事故によって完全に破壊される。グレンが撮影したキャサリンの全裸写真が何者かによってインターネット上にアップロードされ、全世界へ向けて公開されてしまったのだ。打ちのめされ、誇りを傷つけられたキャサリンは、グレンと、自らを陵辱したインターネット社会に対して復讐(ふくしゅう)を敢行した。人知れずAS-500のフライング・コントロール・システムを書き換え、さらに危険なコンピュータ・ウィルス「エボラ」を、巧妙な手段でインターネットの沃野(よくや)へと放ったのだ。やがて、世界規模での異変が起こり始める。

楡周平は一九九六年、〈朝倉恭介vs川瀬雅彦〉六部作の第一作である『Cの福音』でデビューを果たした。当時の宝島社には文芸部門出版社という印象が薄く、かつ新人賞を受賞という過程を経た通常のデビューでもなかった。不意打ちのような形で楡周平は大衆小説文壇に乗りこんできたのである。死角からの登場にもかかわらず『Cの福音』は、評論家筋のみならず一般読者からの支持を集めるベストセラーになった。作品の力によるものと言うしかないでしょう。

楡は翌一九九七年には第二長篇の『クーデター』（宝島社↓現・角川文庫）を上梓し、『Cの福音』の成功が決してフロックではなかったことを証明してみせた。同作と次の『猛禽の宴』（宝島社↓現・角川文庫）によって〈朝倉恭介vs川瀬雅彦〉のシリーズ構想が明らかになり、俄然楡は注目を浴びることになる。本書は、そうした気運が高まった一九九八年十二月に刊行された（二〇〇四年四月／宝島社文庫↓二〇〇五年八月／同文庫新装版↓現・角川文庫）。『クーデター』で主役を務めた川瀬雅彦が再登場を果たしている。

『Cの福音』で朝倉恭介という悪の主人公に触れたとき、多くの読者は、大藪春彦が一九五八年にデビュー作「野獣死すべし」（同題作品集に収録。現・角川文庫他）で創造した伊達邦彦を連想したはずだ。おのれの生を充実させるためには手段を選ばず、犯罪行為に手を染めることも厭わない強烈な自我のありようは、危険なほどに人を魅了する。ハルピン生まれ、敗戦によって地獄を見ながら内地へと引き上げた体験が、自らは選ばれた者であるという超人思想へと結実したのが伊達邦彦だ。対する朝倉恭介は、生まれこそ平時ではあるが、海外で教育を受け、両親が航空事故のために死亡した後は祖国との精神的な縁を断ち切った人物である。両者とも、国籍こそ日本人であるが実質は故郷喪失者に等しいのである。楡周平に最初に贈られた称号が「国際ハードボイルド作家」であったのは、こうした主人公像の共通点があったからです。

伊達邦彦の場合は存在しなかった対抗者として設定されたのが本書の主人公・川瀬雅彦である。川瀬雅彦は『クーデター』『クラッシュ』の二作品で活躍した後、シリーズ最終作『朝倉恭介』(二〇〇一年/宝島社→宝島社文庫。角川文庫近刊予定)で朝倉恭介と対決する。彼は元新聞記者だが、国際紛争が各地で起きている現実を報道しきれないマスメディアに幻滅を感じ、入社四年目の春に新聞社を退社、フリーランスのカメラマンとして単身内戦中のアフガニスタンに渡った。世界を股にかけて活躍するジャーナリストとして、第二の人生のスタートを切ったのである。朝倉恭介とは出自が違うが、おのれが享受する平和がいかに危うい基盤の上に成立しているか、想像すらしようとしない同国人に対して、強い違和を感じている点は共通している。川瀬雅彦も、日本の社会を外側から見る人間なのだ。その彼がジャーナリストという傍観者の立場を踏み越えて修羅場に足を踏み入れるきっかけとなったのが、『クーデター』事件だった。

朝倉恭介・川瀬雅彦の両者は、悪しきものと善なるものという、もっとも普遍的な対立関係を体現した存在に見える。だが、それだけならば古くさい勧善懲悪の物語として読者に受け止められ、一過性のものとして消えていくことになったはずではないかしらん。このシリーズが画期的だったのは、二人の主人公を日本という祖国に心の拠り所を得られなくなった、故郷喪失者として描いた点にあった。もっと端的に言えば、彼らは二人とも、日本人が安住している旧弊なシステムの是非を試す者たちなのだ。

日本という島国に住む者たちは、閉鎖系のシステム内にいるように錯覚している。もちろんそれは錯覚で、システムには無数の開口部があり、常になんらかの危険に晒されている。日本人が平和と安全を享受できるのは、システムを保全するエキスパートがいるからであり、収奪による貧困や戦火の恐怖といった不幸を他国に押しつけているからなのだ。『Cの福音』で〈日本システム〉の盲点を衝いて事件を引き起こしたのが朝倉恭介、『クーデター』で同様にシステムの脆弱な箇所を攻撃してきた敵を迎え撃ったのが川瀬雅彦だった。恭介は攻、雅彦は守である。両者の存在によって、日本という国が抱えているセキュリティー上の弱点が浮き上がる形式になっていたわけです。楡作品が読者に新鮮な驚きを与えた原因は、実はこの点にあった。

『猛禽の宴』『ターゲット』（一九九九年／宝島社→宝島社文庫。角川文庫近刊予定）の両作品で朝倉恭介の立場は大きく変容する（かつて伊達邦彦が一匹狼の悪党から英国情報部の破壊工作員への鞍替えを迫られたことを思い出しますね）。同じように、川瀬雅彦も『クラッシュ』では日本一国どころではなく、全世界の秩序を滅ぼしかねない巨大な敵と闘うことになるのだ。言うまでもなくそれは、コンピューター・ネットワークが世界規模で地続きであり、日本はすでに網の一組織として搦め捕られているからに他ならない。

一九九八年の段階では、いわゆる「二〇〇〇年問題」の危険がようやく一般メディアで取り沙汰され始めた程度で、ネットワーク社会が内在する危険を自覚している日本人など、ほんの一握りにしかすぎなかった。楡周平のリアリズムを重視した筆致は、当時は多くの読者にとって未知の領域だったコンピューター・システムを、ディテール豊かに描き出している。本書が現在でも十分再読に堪えうるのはそのためだ。作品発表から十年以上が経過した今日では、本書に描かれているサイバー・テロの恐怖は、より切迫して感じられるはずである。

楡周平は本シリーズと並行して一九九八年にSF『ガリバー・パニック』（講談社→現・講談社文庫）を発表している。これは、現代のスウィフトを企図した社会風刺小説だ。一九九九年の『外資な人たち』（中央公論新社→現・講談社文庫）は、国際資本に買収された企業を描く会社小説、二〇〇〇年の『青狼記』（講談社→講談社文庫）は中国大陸を舞台とした時代小説と路線は変わったが、『マリア・プロジェクト』（二〇〇一年／角川書店→現・角川文庫）では医療ビジネスを題材として、再び現代社会の暗部をえぐる作品を著した。『朝倉恭介』でシリーズを完結させた後に発表した『無限連鎖』（二〇〇二年／文藝春秋→現・文春文庫）は、九・一一テロによって変容した世界において、テロリズムが無限に連鎖していくさまを描いた作品で、デビュー以来書き続けてきた国際謀略サスペンスである。だが次の『フェイク』（二〇〇四年／角川書店→現・角川文庫）で、楡はコンゲーム（詐欺）小説という新境地を見出した。過去の作品とは打って変わったユーモア路線だが、もちろん日本人が無自覚でいるシステムの盲点をついた犯罪小説という大筋に変更はない。『再生巨流』（二〇〇五年／新潮社→現・新潮文庫）は物流業界に題材をとったビジネス小説である。小説の中で新しいビジネスモデルを提案するという非常にユニークな作品で、実際に関心を示した企業もあったそうだ。以降も日本の巨大産業である電機企業を扱った『異端の大義』（二〇〇六年／毎日新聞社）や大企業と中小企業のスリリングな駆け引きを描く『ラストワンマイル』(二〇〇六年／新潮社)と同趣向の作品は書き続けられている。二〇〇八年に発表された『プラチナタウン』(祥伝社)も、財政破綻した地方自治体の再建をテーマにした作品なので、同系列に含めていいだろう。システムの盲点を衝く、という作者の特質が、新しいビジネスの形を追求するというプラスの方向に転じた例ですね。

もちろんミステリー路線の著書も継続しており、二〇〇九年から裁判員制度が実施されるのに先駆け、その妥当性に疑義を示した法廷小説『陪審法廷』(二〇〇七年／講談社)、父の死によって天涯孤独の身になった主人公が日本社会への復讐を目論むという、初期作品のテーマの再演奏となる犯罪小説『クレイジーボーイズ』(二〇〇七年／角川書店)など力作が続いている。また、大河小説『ワンス・アポン・ア・タイム・イン・東京』(二〇〇八年／講談社)は、昭和から平成にかけての時代を作者なりの視点で再構成した意欲作であり、現時点の集大成と言ってもいい作品である。

このように〈朝倉恭介vs川瀬雅彦〉シリーズによるデビューから現在に至る作者の活躍は、すべて一続きの太い幹の上にある。楡の小説を楽しんだ読者は、世界を見つめなおす新たな視点が自らに備わっていることに気づかされるはずだ。うるさく批判を言い立てるのではなく、波瀾万丈の物語の中に鋭い視点をさりげなく織り込んでいくのが楡のやり方だ。はっと目を覚まされるような物語、楽しんでください。

本作品は二〇〇五年八月に宝島社文庫より
刊行されました。

クラッシュ

楡周平（にれしゅうへい）

平成21年 1月25日　初版発行
令和7年 6月5日　14版発行

発行者●山下直久

発行●株式会社KADOKAWA
〒102-8177　東京都千代田区富士見2-13-3
電話　0570-002-301（ナビダイヤル）

角川文庫 15522

印刷所●株式会社KADOKAWA
製本所●株式会社KADOKAWA

表紙画●和田三造

ISBN978-4-04-376506-5　C0193

JASRAC 出 0816874-514

角川文庫発刊に際して

角川源義

第二次世界大戦の敗北は、軍事力の敗北であった以上に、私たちの若い文化力の敗退であった。私たちの文化が戦争に対して如何に無力であり、単なるあだ花に過ぎなかったかを、私たちは身を以て体験し痛感した。西洋近代文化の摂取にとって、明治以後八十年の歳月は決して短かすぎたとは言えない。にもかかわらず、近代文化の伝統を確立し、自由な批判と柔軟な良識に富む文化層として自らを形成することに私たちは失敗して来た。そしてこれは、各層への文化の普及滲透を任務とする出版人の責任でもあった。

一九四五年以来、私たちは再び振出しに戻り、第一歩から踏み出すことを余儀なくされた。これは大きな不幸ではあるが、反面、これまでの混沌・未熟・歪曲の中にあった我が国の文化に秩序と確たる基礎を齎らすためには絶好の機会でもある。角川書店は、このような祖国の文化的危機にあたり、微力をも顧みず再建の礎石たるべき抱負と決意とをもって出発したが、ここに創立以来の念願を果すべく角川文庫を発刊する。これまで刊行されたあらゆる全集叢書文庫類の長所と短所とを検討し、古今東西の不朽の典籍を、良心的編集のもとに、廉価に、そして書架にふさわしい美本として、多くのひとびとに提供しようとする。しかし私たちは徒らに百科全書的な知識のジレッタントを作ることを目的とせず、あくまで祖国の文化に秩序と再建への道を示し、この文庫を角川書店の栄ある事業として、今後永久に継続発展せしめ、学芸と教養との殿堂として大成せんことを期したい。多くの読書子の愛情ある忠言と支持とによって、この希望と抱負とを完遂せしめられんことを願う。

一九四九年五月三日